GOLDMANN

Buch

London zur Zeit Königin Victorias: mit Gaslampen beleuchtete Salons, das Klacken der Pferdehufe auf dem feuchtglänzenden Pflaster, aber auch dunkle Slums und finstere Krankenlager, die den Namen Hospital nicht verdient haben. In einem solchen wacht ein Mann auf und schaut sich ungläubig um. Man sagt ihm, er sei William Monk, Police-Detective, und habe einen Kutschenunfall gehabt. So sehr er sich auch bemüht, er kann sich weder an das Vorgefallene noch an seine Vergangenheit erinnern. Trotzdem nimmt er den Polizeidienst wieder auf, und die offene Feindseligkeit seines Vorgesetzten läßt es ihm geraten erscheinen, den Gedächtnisverlust zu verheimlichen. Keine guten Voraussetzungen für den brisanten Fall, den er sogleich übernehmen muß: Major Joscelin Grey, hochdotierter Veteran aus dem Krimkrieg und stadtbekannter Bürger, wurde in seiner Wohnung brutal ermordet. Die Untersuchungen gestalten sich als höchst schwierig, weil sich Monk seine herausragenden kriminalistischen Fähigkeiten erst wieder erobern muß. Er kehrt in eine Welt zurück, in der er nicht zwischen Freund und Feind unterscheiden kann und wo er verzweifelt nach jedem Hinweis greift, der ihn in seine eigene Vergangenheit und zu einem grausamen Mörder führen kann.

Autorin

Anne Perry lebt als Schriftstellerin in Portmahomack, Schottland. Sie ist die Autorin der hochgelobten Serie aus dem victorianischen London um Inspektor Thomas Pitt. Mit *Das Gesicht des Fremden* beginnt eine neue Serie mit Police-Detective Milliam Monk und der Krankenschwester Hester Latterly, die ihm bei seinen ungewöhnlichen Fällen assistiert.

Außerdem von Anne Perry bei Goldmann:

Gefährliche Trauer (41532)
Eine Spur von Verrat (41549)

ANNE PERRY

Das Gesicht des Fremden

Ein Krimi aus dem viktorianischen England

Aus dem Englischen
von Carla Blesgen

GOLDMANN VERLAG

Die Originalausgabe erschien unter dem Titel
»The Face of a Stranger« bei Ballantine Books, New York

Umwelthinweis:
Alle bedruckten Materialien dieses Taschenbuches
sind chlorfrei und umweltschonend.

Der Goldmann Verlag
ist ein Unternehmen der Verlagsgruppe Bertelsmann

Umschlaggestaltung: Design Team München
Umschlagfoto: Süddeutscher Verlag, Bilderdienst
Satz: Uhl + Massopust, Aalen
Druck: Graphischer Großbetrieb Pößneck GmbH
Ein Mohndruck-Betrieb
Verlagsnummer: 42675
Ge · Herstellung: Heidrun Nawrot
Made in Germany
ISBN 3-442-42675-8

1 3 5 7 9 10 8 6 4 2

Für Christine M. J. Lynch
In Dankbarkeit für die
Erneuerung einer alten Freundschaft

1

Er öffnete die Augen und sah nichts als fahles Grau über sich, eintönig wie ein Winterhimmel, bleiern und bedrohlich. Er lag flach auf dem Rücken; das Grau war eine Zimmerdecke, in die sich der Schmutz und die Ausdünstungen etlicher Jahre eingebrannt hatten.

Er bewegte sich leicht. Die Pritsche, auf der er lag, war hart und kurz. Er machte den Versuch, sich aufzusetzen, und spürte augenblicklich einen starken Schmerz. Er hatte das Gefühl, in seine Brust würde ein Messer gebohrt, und sein linker Arm, der unter einem enormen Verband verschwunden war, tat unerträglich weh. Kaum hatte er sich halb aufgerichtet, klopfte es in seinem Kopf, als hätte sich sein Pulsschlag in einen Hammer verwandelt, der unerbittlich hinter seinen Augen auf- und niedersauste.

Wenig mehr als einen Meter neben seiner stand eine ähnliche hölzerne Bettstatt, auf der sich ein Mann mit teigiger Gesichtsfarbe unruhig herumwarf; das Hemd unter seiner durchlöcherten grauen Decke war schweißdurchtränkt. Dahinter folgte eine weitere Pritsche mit einem Paar Beinen darauf, das mit bluttriefenden Verbänden umwickelt war, dann wieder eine und wieder eine, bis zu dem bauchigen, schwarzen Ofen am anderen Ende des Raums und der rauchgegerbten Decke darüber.

Er wurde unvermittelt von heller Panik übermannt, spürte ein brennendheißes Prickeln auf der Haut. Er war in einem Armenhaus! Was, um alles in der Welt, hatte er hier zu suchen?

Aber es war hellichter Tag! Er brachte sich unbeholfen in eine andere Lage und besah sich den Raum genauer. Pritschen säumten die Wände. Auf jeder lag jemand, auch die im hintersten Winkel waren belegt. Das gab es in keinem Armenhaus im ganzen Land! Die Leute hätten auf den Beinen sein und arbeiten sollen, wenn schon nicht für den Geldbeutel des Hauses, dann wenigstens für den eigenen Seelenfrieden. Nicht einmal Kindern war es dort vergönnt, dem Laster des Müßiggangs zu frönen.

Natürlich – es war ein Krankenhaus. Was sonst! Er ließ sich sehr vorsichtig zurücksinken. Erleichterung überwältigte ihn, als sein Kopf das rauhe Kissen berührte. Er hatte keine Ahnung, welchem Umstand er diesen Aufenthalt zu verdanken hatte, erinnerte sich an keinen Unfall – und doch war er zweifellos verletzt. Obwohl sein Arm steif und unförmig war, spürte er mittlerweile einen ziehenden Schmerz im Knochen, seine Brust tat bei jedem Atemzug weh, und in seinem Kopf tobte ein wahres Unwetter. Was war passiert? Es mußte ein schlimmerer Unfall gewesen sein: eine einstürzende Mauer, ein heftiger Tritt von einem Pferd, ein Sturz aus größerer Höhe vielleicht? Er erinnerte sich an nichts, nicht einmal an ein Gefühl der Angst.

Er quälte sich noch mit seinem Gedächtnis ab, als plötzlich ein grinsendes Gesicht über ihm auftauchte und eine muntere Stimme rief:

»Na so was, wir sind wohl mal wieder aufgewacht, wie?«

Er starrte nach oben und versuchte, sich auf das mondförmige Gesicht über seinem Kopf zu konzentrieren. Es war breit und grob, hatte rissige Haut und grinste von einem Ohr zum andern, wodurch zwei Reihen schwärzlichbraune Zahnstummel zur Schau gestellt wurden.

Er gab sich alle Mühe, den Nebel in seinem Kopf zu durchdringen.

»Wieder?« fragte er verwirrt. Die Vergangenheit lag unter traumlosem Schlaf begraben, wie ein weißer Korridor ohne Anfang.

»Sie sind mir vielleicht einer«, seufzte die Stimme gutmütig. »Können Sie sich von heut auf morgen an nix mehr erinnern, was? Würd mich gar nich wundern, wenn Se nicht mal Ihren eigenen Namen wüßten! Wie geht's denn so? Was macht der Arm?«

»Mein Name?« Nichts, absolute Leere.

»Genau.« Die Stimme klang heiter und geduldig. »Und – wie isser, Ihr Name?«

Dumme Frage, natürlich kannte er seinen Namen. Und ob! Er hieß ... Die Sekunden strichen grausam leer vorbei.

»Na?« drängte die Stimme.

Er strengte sich wirklich an, doch alles, worauf er stieß, war die nächste helle Panik, die wie ein Schneesturm durch seinen Geist wirbelte, furchterregend und ohne erkennbaren Kern.

»Sie habn's vergessen!« stellte die Stimme stoisch und resigniert zugleich fest. »Hab ich mir schon gedacht. Tja, vor zwei Tagen waren die Polypen hier und haben irgendwas gefaselt, Sie würden ›Monk‹ heißen – ›William Monk‹. Was habn Se denn ausgefressen, daß die Polypen hinter Ihnen her sind?« Zwei riesige Hände stauchten das Kissen zusammen und zogen die Decke glatt. »Habn Se vielleicht Lust auf 'n schönen warmen Tee? Richtig frostig isses, sogar hier drin. Juli – und benimmt sich wie'n gottverdammter November! Ich hol Ihnen mal 'n schönen warmen Tee oder 'ne Portion Haferschleim, was halten Se davon? Draußen schüttet's wie aus Kübeln. Hier drinnen sind Se gut aufgehoben.«

»William Monk?« wiederholte er.

»Genau, jedenfalls haben die Polypen das gesagt. So 'n Typ namens Runcorn. Mr. Runcorn, 'n waschechter Inspektor sogar!« Er zog ein Paar zerfranste Augenbrauen hoch. »Na – was habn Se angestellt? Sind Se vielleicht so 'n Hochstapler, der den feinen Pinkeln die Brieftaschen und goldenen Uhren klaut?« Es lag nicht die geringste Spur Mißbilligung in den runden, gütigen Augen. »So habn Se nämlich ausgesehn, als man Se hergebracht hat. Richtig schick und adrett angezogen unter dem ganzen Dreck und dem zerrissenen Mantel – und dem ganzen Blut.«

Monk sagte nichts. In seinem Kopf drehte sich alles. Mit pochenden Schläfen versuchte er, seinem umnebelten Gedächtnis einen Anhaltspunkt abzuringen, irgend etwas, nur eine einzige greifbare, klar umrissene Erinnerung. Doch nicht einmal der Name sagte ihm etwas. »William« war ihm zwar auf diffuse Weise vertraut, aber schließlich handelte es sich dabei um einen ziemlich gebräuchlichen Vornamen. Bestimmt kannte jeder Dutzende von Männern, die Wiliam hießen.

»Sie wissen's also nich mehr«, konstatierte der Mann mit freundlichem und leicht amüsiertem Gesicht. Er hatte sämtliche Varianten menschlicher Schwächen und Verfehlungen kennengelernt, nichts war so beängstigend oder ausgefallen, daß es ihn aus der Fassung bringen konnte. Er hatte Menschen an Pocken und Pest zugrunde gehen sehen, hatte miterlebt, wie sie voller Entsetzen über Dinge, die gar nicht vorhanden waren, die Wände hochgingen. Ein erwachsener Mann, der sich nicht mehr an die Vergangenheit erinnern konnte, war zwar eine Kuriosität, aber beileibe kein Grund, vor Staunen aus dem Häuschen zu geraten. »Oder Sie wolln's nich sagen«, fügte er hinzu. »Is schon in Ordnung.« Er zuckte die Achseln. »Geben Se den Polypen nix in die Hand, wenn's nich unbedingt sein muß. Na, wie wär's mit 'nem bißchen Haferschleim? Is richtig schön heiß und dick, hat die ganze Zeit auf 'm Ofen gestanden. Is gut für die Lebensgeister.«

Monk war hungrig, außerdem fror er unter der Decke.

»Ja, gern«, sagte er dankbar.

»Na, wer sagt's denn, kommt sofort! Wahrscheinlich muß ich Ihnen Ihren Namen morgen auch wieder sagen, und Sie glotzen mich dann genauso blöd an wie vorhin.« Er schüttelte den Kopf. »Entweder habn Se sich irgendwo ganz furchtbar den Schädel angehaun, oder die Polypen haben Ihnen so 'n Schrecken eingejagt, daß Sie ganz durchgedreht sind. Was habn Se bloß gemacht! Die Kronjuwelen geklaut?« Damit schlurfte er in sich hinein kichernd auf den dickbäuchigen, schwarzen Ofen am andern Ende des Krankensaals zu.

Polypen! War er ein Dieb? Er schreckte vor dem Gedanken zurück, nicht wegen der beängstigenden Konsequenzen, sondern vor dieser Möglichkeit selbst. Trotz alledem – er hatte nicht den leisesten Schimmer, ob es stimmte.

Wer war er? Was für ein Mensch? Hatte er sich verletzt, während er etwas Mutiges tat, etwas Unbesonnenes? Oder hatte man ihn wegen eines Verbrechens gehetzt wie ein Tier? Oder hatte er schlicht und einfach Pech gehabt, sich zur falschen Zeit am falschen Ort befunden?

Er zermarterte sich das Hirn und fand nichts, nicht den Funken eines Gedankens oder Gefühls. Er mußte doch irgendwo wohnen, Leute kennen, die Gesichter, Stimmen, Regungen hatten. Aber da war nichts! Danach zu urteilen, was sein Gedächtnis zu bieten hatte, konnte er seine Existenz genausogut hier, auf dem harten Lager dieser tristen Krankenhausstation, begonnen haben.

Einen allerdings gab es, der ihn kannte. Ein Inspektor!

In dem Moment kehrte der Pfleger mit dem Haferschleim zurück. Vorsichtig flößte er ihn Monk löffelweise ein. Das Zeug war dünn und fad, aber er war für jeden Tropfen dankbar. Anschließend ließ er sich zurücksinken, und so sehr er auch dagegen ankämpfte, nicht einmal die Angst konnte verhindern, daß er in tiefen, scheinbar traumlosen Schlaf fiel.

Als er am nächsten Morgen aufwachte, waren ihm zwei Dinge vollkommen klar: sein Name und wo er sich befand. Er konnte sich genau an die spärlichen Ereignisse des vergangenen Tages erinnern – den Pfleger, den heißen Haferschleim, den stöhnenden und sich windenden Mann auf der Nachbarpritsche, die grauweiße Zimmerdecke, die kratzige Bettdecke auf seiner Haut und den Schmerz in seiner Brust.

Er hatte keine Ahnung, wie spät es war, hielt es seinem Gefühl nach jedoch für den späteren Nachmittag, als der Polizeibeamte erschien. Er war ein großer Mann oder wirkte zumindest so mit dem Cape und dem Zylinder der Peel's Metropolitan Police. Sein Gesicht war knochig, die Nase lang, der Mund breit, die Stirn recht hoch, nur die tiefliegenden Augen waren zu klein, als daß man ihre Farbe ohne weiteres hätte identifizieren können. Trotz der schwachen Ärgerfalten zwischen den Augenbrauen und um die Mundwinkel ein durchaus freundliches und intelligentes Gesicht. Neben Monks Bett blieb er stehen.

»Na, erkennen Sie mich heute?« erkundigte er sich fröhlich.

Monk versagte sich ein Kopfschütteln; es tat zu weh.

»Nein.«

Der Mann zügelte seine Verdrossenheit und noch etwas anderes, bei dem es sich womöglich um Enttäuschung handelte. Er musterte Monk eingehend von oben bis unten, wobei er ein Auge nervös zusammenkniff, als wolle er seinem Sehvermögen auf diese Weise auf die Sprünge helfen.

»Sie sehen heute viel besser aus«, verkündete er.

Stimmte das? Sah er tatsächlich besser aus? Oder wollte Runcorn ihn lediglich aufheitern? Was das betraf – wie sah er eigentlich überhaupt aus? Er hatte nicht die leiseste Ahnung. War er dunkelhaarig oder blond, häßlich oder eher ansehnlich? Er konnte nicht einmal seine Hände sehen, geschweige denn den unter der Decke verborgenen Körper. Nein, er würde jetzt nicht nachschauen – er mußte warten, bis Runcorn wieder verschwunden war.

»Sie erinnern sich an gar nichts, nehme ich an?« fuhr Runcorn fort. »Keine Ahnung, was Ihnen zugestoßen ist?«

»Nein.« Monk schlug sich mit einer absolut formlosen Wolke der Vergessenheit herum. Kannte dieser Mann ihn persönlich oder nur vom Hörensagen? War er eine Figur des öffentlichen Lebens, die Monk ein Begriff sein sollte? Oder verfolgte er ihn in irgendeiner dienstlichen und geheimen Mission? War er lediglich auf Informationen aus, oder konnte er Monk etwas über seine Person erzählen, das über den bloßen Namen hinausging, der schlichten Tatsache seiner Existenz Form und Inhalt geben?

Monk lag bis zum Kinn eingepackt auf dem Bett und fühlte sich doch innerlich nackt und verletzlich, wie es alle Entlarvten und dem Spott Preisgegebenen sind. Sein Instinkt riet ihm, eine Maske aufzusetzen, seine Schwäche zu kaschieren. Gleichzeitig wollte er so viel wie möglich über sich erfahren. Wahrscheinlich gab es Dutzende, vielleicht sogar Hunderte von Menschen auf der Welt, die ihn kannten, und er erinnerte sich an nichts! Damit war er auf der ganzen Linie und auf äußerst zermürbende Weise im Nachteil. Er wußte nicht einmal, wer ihn gemocht oder gehaßt hatte. Er befand sich in der Lage eines Verhungernden, der für etwas Eßbares sein Leben geben würde und doch entsetzliche Angst hat, in jedem Bissen könnte Gift stecken.

Monk konzentrierte sich wieder auf den Polizisten. Runcorn hieß er, hatte der Pfleger gesagt. Er mußte einen Vorstoß wagen.

»Hatte ich einen Unfall?« fragte er.

»Sah ganz danach aus«, gab Runcorn nüchtern zurück. »Der Hansom, in dem sie saßen, hatte sich überschlagen – schöner Schlamassel! Sie müssen mit wahnwitzigem Tempo irgendwo gegen geknallt sein. Das Pferd war vor Schreck ganz aus dem Häuschen.« Er schüttelte den Kopf und zog die Mundwinkel nach unten. »Der Kutscher war auf der Stelle tot, der arme Teufel. Schlug mit dem Kopf auf die Bordsteinkante. Vermutlich sind Sie nur deshalb mit einem blauen Auge davongekommen, weil Sie in der Kabine gesessen haben. War eine Schweinearbeit, Sie mit Ihrem ganzen Gewicht da wieder rauszukriegen. Hätte nie gedacht, daß Sie so ein stabiler Bursche sind. Sie erinnern sich wohl nicht mehr daran? Auch nicht an die Angst?« Wieder verengte sich sein linkes Auge ein wenig.

»Nein.« Kein einziges Bild tauchte in Monks Kopf auf, keine Erinnerung an eine rasante Fahrt, einen Zusammenstoß oder gar Schmerzen.

»Keine Ahnung, was sie vorhatten?« bohrte Runcorn ohne echten Optimismus in der Stimme weiter. »Ob es mit einem Fall zusammenhing?«

Ein strahlender Hoffnungsschimmer durchbrach die Finsternis, das erste greifbare Etwas. Er fürchtete sich fast zu fragen, da er sich bei genauerem Hinsehen womöglich in Luft auflösen könnte. Er starrte Runcorn an. Er mußte diesen Mann kennen, persönlich kennen, vielleicht war er ihm sogar täglich begegnet. Trotzdem wurde nicht die leiseste Erinnerung in ihm wach.

»Was ist, Mann?« versetzte Runcorn ungeduldig. »Erinnern Sie sich? Wir hatten Sie nicht dahin geschickt, wo Sie waren! Was, zum Teufel, hatten Sie vor? Sie müssen irgendwas im Alleingang getan haben. Wissen Sie vielleicht noch, was?«

Die Leere war unergründlich.

Monk brachte die Andeutung eines Kopfschüttelns zustande, aber das leuchtende Brodeln in seinem Innern blieb. Er war selbst ein Polyp, ein Peeler, deshalb kannten sie ihn! Er war kein Dieb – kein flüchtiger Verbrecher.

Runcorn, dem die frisch erwachte Spannkraft in seinem Gesicht nicht entgangen war, beugte sich ein wenig vor und beobachtete ihn scharf.

»Sie erinnern sich an etwas!« stellte er triumphierend fest. »Kommen Sie, Mann – was ist es?«

Monk konnte ihm unmöglich begreiflich machen, daß nicht eine aufgetauchte Erinnerung für die Veränderung in ihm verantwortlich war, sondern das allmähliche Schwinden der Angst, die sich bis an die Grenze des Erträglichen in ihm ausgebreitet hatte. Die alles erstickende Decke über seinem Geist war zwar noch vorhanden, jetzt aber bedeutungslos, keine spezifische Bedrohung mehr.

Runcorn wartete nach wie vor auf eine Antwort und starrte ihn eindringlich an.

»Nein«, sagte Monk langsam. »Es ist zu früh.«

Runcorn richtete sich auf. Er seufzte und versuchte sich zu beherrschen. »Wird schon wieder.«

»Seit wann bin ich hier? Ich habe jedes Zeitgefühl verloren.« Das klang doch ganz vernünftig: Jedem Bettlägerigen würde es so gehen.

»Seit über drei Wochen. Heute ist der 31. Juli 1856«, fügte Runcorn mit dem Anflug von Sarkasmus hinzu.

Großer Gott! Über drei Wochen, und alles, woran er sich erinnerte, war der gestrige Tag. Er schloß die Augen. Es war sogar weitaus schlimmer – ein ganzes Leben von . . . wer weiß wie vielen Jahren lag hinter ihm, und er erinnerte sich nur an gestern! Wie alt war er? Wie viele Jahre waren ihm verlorengegangen? Wieder stieg Panik in ihm hoch, und einen Moment lang hätte er am liebsten gebrüllt: Warum hilft mir denn keiner? Wer bin ich? Gebt mir mein Leben zurück, mein Ich!

Aber Männer schrien ihren Kummer nicht einfach so heraus, weder in der Öffentlichkeit noch im stillen Kämmerlein. Seine Haut war mit kaltem Schweiß bedeckt; er lag starr und reglos da, die Hände neben dem Körper zu Fäusten geballt. Runcorn würde es als Schmerzverhalten deuten, als normale Reaktion des Körpers auf physische Pein, und diesen Eindruck mußte er aufrechterhalten. Runcorn durfte auf keinen Fall denken, er hätte vergessen, wie ein guter Polizist seine Arbeit tut. Ohne Arbeit würde das Armenhaus tatsächlich in erschreckend greifbare Nähe rücken – und damit ein tägliches Einerlei aus striktem Gehorsam und Unterwürfigkeit, sinnlosem Schuften und Ausweglosigkeit.

Er zwang sich, in die Gegenwart zurückzukehren.

»Über drei Wochen?«

»Ja«, bestätigte Runcorn. Dann hustete er und räusperte sich. Wahrscheinlich war ihm die ganze Angelegenheit peinlich. Was sagt man zu einem Mann, der nicht weiß, wer man ist, der nicht mal weiß, wer er selbst ist?

»Wird schon wieder«, sagte Runcorn noch einmal. »Wenn Sie erst wieder auf den Beinen sind, wenn Sie wieder arbeiten können. Sie brauchen Urlaub, eine kleine Pause, um zu Kräften zu kommen. Nehmen Sie sich eine oder zwei Wochen frei. Ja, tun Sie das! Kommen Sie erst ins Revier zurück, wenn Sie sich wieder ganz fit fühlen. Ich bin sicher, dann kommt alles ins Lot.«

»Bestimmt«, pflichtete Monk ihm bei, eher Runcorn zuliebe als aus Überzeugung. Er glaubte nicht daran.

Drei Tage später verließ er das Krankenhaus. Er war kräftig genug, um laufen zu können, und niemand blieb länger als unbedingt nötig in einer solchen Einrichtung. Das hatte nicht nur finanzielle Gründe, sondern entsprang dem reinen Selbsterhaltungstrieb. In Krankenhäusern starben mehr Menschen an einer Kreuzinfektion als an den Krankheiten oder Verletzungen, denen sie den Aufenthalt ursprünglich zu verdanken hatten. Diese Tatsache wurde ihm auf sonderbar vergnügt-resignierte Weise von dem Pfleger mitgeteilt, der ihm als erster seinen Namen verraten hatte.

Er glaubte es gern. In den wenigen Tagen, die in seinem Gedächtnis haften geblieben waren, hatte er die Ärzte von einer blutenden oder eiternden Wunde zur nächsten hetzen sehen, vom Fieberkranken zu Erbrochenem und Ausfluß, dann zu wundgelegenen Stellen – und das Ganze wieder von vorn. Auf dem Fußboden lagen benutzte Verbände herum, gewaschen wurde nicht oft. Dennoch tat jeder zweifellos sein Bestes für den Hungerlohn, den er bekam.

Außerdem mußte man der Krankenhausbelegschaft fairerweise zugestehen, daß sie alles menschenmögliche unternahm, ohne je zu wissen, ob sie einen Typhus-, Cholera- oder Pockenkranken vor sich hatte. Wurde später eine dieser Seuchen entdeckt, war sogleich Abhilfe zur Hand: Die armen Seelen wurden kurzerhand in ihren eigenen Behausungen unter Quarantäne gestellt, damit sie in Ruhe sterben oder – so Gott wollte – sich wieder erholen konnten. Dort waren sie am wenigsten eine Gefahr für die Allgemeinheit.

Jeder kannte die Bedeutung der schwarzen Fahne, die schlaff am Ende irgendeiner Straße baumelte.

Runcorn hatte ihm seinen nach dem Unfall sorgfältig gesäuberten und geflickten Peeler-Umhang nebst Zylinder mitgebracht und dagelassen. Die Sachen paßten wie angegossen, wenn der Mantel auch aufgrund seiner Gewichtsabnahme durch das lange Liegen ein wenig weit war. Um die verlorenen Pfunde machte er sich die geringsten Sorgen. Er war ein großer, kräftiger und muskulöser Mann, nur sein Gesicht hatte er noch nicht gesehen, da der Pfleger das Rasieren übernommen hatte. Er hatte es lediglich befühlt, mit den Fingerspitzen auskundschaftet, wenn ihn gerade niemand beobachtete. Der Knochenbau war kräftig, der Mund anscheinend breit, mehr hatte er nicht in Erfahrung bringen können. Seine Handteller waren glatt, ohne Schwielen, dafür sprossen aus den Handrücken vereinzelt dunkle Härchen hervor.

Offenbar hatte er bei der Einlieferung etwas Silbergeld in der Tasche gehabt, das man ihm zum Abschied nun aushändigte. Jemand anders mußte für die Behandlungskosten aufgekommen sein – es sei denn, sein Polizistengehalt hatte dafür gereicht. Da stand er jetzt also draußen auf der Treppe, acht Schilling und elf Pence, ein baumwollenes Taschentuch sowie einen Briefumschlag in der Hand, auf dem sein Name und »Grafton Street 27« stand; er enthielt eine Rechnung seines Schneiders.

Er betrachtete die Umgebung, ohne etwas wiederzuerkennen. Die Sonne schien, die Wolken fegten mit schwindelerregendem Tempo über den Himmel, der Wind war warm. Fünfzig Meter vor ihm lag eine Kreuzung, auf der ein kleiner Junge die Straße von Pferdemist und sonstigem Müll befreite, indem er emsig mit einem Besen herumfuhrwerkte. Zwei schnell galoppierende Braune mit einem klapprigen Gefährt im Schlepptau jagten an ihm vorbei.

Monk stapfte die Stufen hinunter und schlug die Richtung zur Hauptstraße ein. Er fühlte sich immer noch schwach. Es dauerte fünf Minuten, dann hatte er einen unbesetzten Hansom geortet, ihn angehalten und dem Kutscher die Adresse genannt. Er lehnte sich auf der Sitzbank zurück und betrachtete die vorbeifliegenden Straßen und Plätze, die zum Teil von livrierten Lakaien gesteuerten

Kutschen, andere Hansoms, Brauereiwagen, Lastenkarren. Er kam an Hausierern und Straßenhändlern vorbei, von denen einer frischen Aal, der nächste warme Pasteten und Plumpudding zum Verkauf anbot – was wirklich verlockend klang, denn er hatte großen Hunger –, aber da er nicht wußte, was solche Dinge kosteten, wagte er nicht zuzuschlagen.

Ein Zeitungsjunge schrie irgend etwas, doch sie fuhren zu schnell an ihm vorbei, als daß man seine Worte durch das Pferdegetrappel hindurch hätte verstehen können. Ein Mann mit einem Bein verkaufte Streichhölzer.

Er schien die Straßen schon einmal gesehen zu haben, allerdings war die Erinnerung daran ganz tief in seinem Gedächtnis vergraben. Er hätte keine einzige benennen können, sie waren ihm lediglich nicht vollkommen fremd.

Tottenham Court Road. Der dort herrschende Betrieb war enorm: Kutschen, Rollwagen, Handkarren, mehrere Frauen in umfangreichen Röcken, die einen großen Schritt über den Abfall im Rinnstein machten, zwei lachende, angesäuselte Soldaten, deren leuchtende Rotröcke farbenfroh hervorstachen, ein Blumenverkäufer und zwei Wäscherinnen.

Der Hansom bog links in die Grafton Street ein und blieb stehen.

»Da wären wir, Sir, Nummer siebenundzwanzig.«

»Danke sehr.« Monk stieg unbeholfen aus; er war immer noch steif und schwach. Schon dieser kurze Ausflug hatte ihn erschöpft. Er hatte keine Ahnung, wieviel er dem Kutscher bezahlen sollte, also hielt er ihm die geöffnete Hand mit einem Zweischillingstück, zwei Sixpencemünzen, einem Penny und einem Halfpenny hin.

Der Kutscher zögerte einen Augenblick, entschied sich für eine der Sixpencemünzen sowie den Halfpenny, tippte an seinen Hut, ließ die Zügel auf den Rücken seines Pferdes klatschen und Monk mutterseelenallein auf dem Bürgersteig zurück. Er war vor Furcht plötzlich wie gelähmt; er hatte nicht die geringste Vorstellung, was – oder wen – er vorfinden würde.

Zwei Männer gingen an ihm vorbei und musterten ihn mit neugierigen Blicken. Bestimmt dachten sie, er hätte sich verlaufen. Monk schämte sich, kam sich vor wie ein Idiot. Wer würde ihm die Tür öffnen? Jemand, den er kennen sollte? Falls er tatsächlich dort wohnte, konnte er für diese Leute kein Fremder sein! Wer waren sie überhaupt – Freunde oder lediglich seine Hauswirte? Es war absurd, aber er wußte nicht einmal, ob er Familie hatte.

Nein, in dem Fall hätte man ihn bestimmt besucht. Runcorn war gekommen, folglich hätte man seinen Angehörigen mitgeteilt, wo er sich aufhielt. Oder hatte er zu der Sorte Mann gehört, die keine Liebe braucht, sondern voll und ganz im Beruf aufgeht? War aus diesem Grund auch Runcorn erschienen? Weil es sein Job war?

War er ein guter Polizist gewesen, hatte er seine Arbeit zufriedenstellend erledigt? Hatten die Kollegen ihn gemocht? Das Ganze war lächerlich – geradezu mitleiderregend.

Er schüttelte den Gedanken ab. Nein, das war kindisch. Hätte er Familie – eine Frau, Bruder oder Schwester –, Runcorn hätte es ihm gesagt. Er mußte die Dinge nehmen, wie sie kamen. Wenn er es geschafft hatte, einen Job bei der Metropolitan Police zu bekommen, mußte er ein guter Detektiv sein. Er würde nach und nach jede Einzelheit in Erfahrung bringen, bis er sich schließlich ein vollständiges Bild machen könnte, ein Modell seines Lebens sozusagen. Der erste Schritt bestand darin, an diese dunkelbraune, abweisende Tür zu klopfen.

Er hob eine Hand und pochte energisch gegen das Holz. Es dauerte endlos lange Minuten voller Verzweiflung, die er mühsam und mit dröhnendem Kopf durchstand, bis ihm die Tür von einer breithüftigen Frau mittleren Alters geöffnet wurde. Sie trug eine Schürze; ihr Haar war lieblos zurückgebürstet, aber dicht und frisch gewaschen, und das auf Hochglanz geschrubbte Gesicht deutete auf ein gutes Herz hin.

»Na, haste Töne!« entfuhr es ihr. »Der Herr sei meiner Seele gnädig, wenn das nich unser Mr. Monk is! Erst heute morgen hab ich zu Mr. Worley gesagt, wenn Se nich bald wieder da wären, müßt ich Ihr Zimmer weitervermieten. Nich, daß ich so was gern tu, aber der Mensch lebt schließlich nicht von Luft allein. Ihr Mr. Runcorn war hier und hat erzählt, Sie hätten 'nen Unfall gehabt und wären schlimm verletzt und würden in irgend so 'nem schrecklichen Krankenhaus liegen.« Sie legte angewidert eine Hand an die Wange. »Der

Herr verschone uns vor solchen Orten. Sie sind der erste, den ich auf seinen eigenen zwei Beinen da rauskommen seh. Wenn Se die Wahrheit wissen wolln, ich hab sogar jeden Tag damit gerechnet, daß so 'n Laufbursche kommt und sagt, Sie wären tot.« Sie verzog das Gesicht und musterte ihn scharf. »Besonders gut sehen Se wirklich nich aus. Jetzt kommen Se erst mal rein, dann bring ich Ihnen was Vernünftiges zu essen. Sie müssen ja halb verhungert sein. Möchte wetten, Sie haben nix Ordentliches mehr zwischen die Zähne gekriegt, seit Se hier weg sind. War das vielleicht 'n rabenschwarzer Tag, als Se plötzlich verschwunden sind! Genauso rabenschwarz wie die Seele von 'nem Armenhausschinder!« Mit diesen Worten raffte sie ihre gigantischen Röcke zusammen und ließ ihn ein.

Er folgte ihr durch die getäfelte Eingangshalle, deren Wände mit kitschigen Bildern behängt waren, dann die Treppe hinauf in einen breiten Gang. Dort angekommen, löste sie ein Schlüsselbund von ihrem Gürtel und schloß eine der Türen auf.

»Sie haben Ihren Schlüssel wohl verloren, sonst hätten Se nich geklopft, was? Klingt doch logisch, oder?«

»Ich hatte einen eigenen Schlüssel?« erkundigte er sich überrascht und merkte erst hinterher, wie sehr er sich durch solche Fragen verriet.

»Der Herr steh uns bei – sicher hatten Se den!« erwiderte sie verwundert. »Sie glauben doch wohl nich, daß ich die ganze Nacht auf den Beinen bleib, nur um Sie rein- und rauszulassen, oder? Ein guter Christ braucht seinen Schlaf. Und das sind wirklich unchristliche Zeiten, wann Sie unterwegs sind, kann ich Ihnen sagen! Liegt sicher daran, daß Se ständig hinter so 'nem unchristlichen Gesindel herjagen.« Sie drehte sich um und musterte ihn wieder. »Meine Güte, Sie sehen richtig krank aus. Sie gehen jetzt sofort da rein und setzen sich hin, und ich bring Ihnen gleich 'ne feine heiße Mahlzeit und was zu trinken. Wird Ihnen guttun.« Sie schnaubte und strich mit grimmiger Vehemenz ihre Schürze glatt. »Hab schon immer gesagt, daß man in diesen Krankenhäusern nicht ordentlich versorgt wird. Wetten, daß die Hälfte von denen, die da drin sterben, vor lauter Hunger verrecken?« Jeder Muskel unter dem schwarzen Taft schien vor Empörung zu zucken, als sie mit diesen Worten aus dem Raum rauschte. Die Tür ließ sie weit offen stehen.

Monk machte sie zu, dann drehte er sich um und betrachtete das Zimmer. Es war groß, dunkelbraun getäfelt und grün tapeziert. In der Mitte stand ein schwerer Eichentisch mit vier dazu passenden Stühlen, beides aus der Zeit Jacobs I., mit geschnitzten Beinen und gedrechselten Klauenfüßen. Die Anrichte an der gegenüberliegenden Wand stammte offenbar aus derselben Zeit, er fragte sich allerdings, welchen Zweck sie erfüllen mochte. Sie enthielt weder Porzellan noch Besteck. Lediglich in den untersten Schubladen entdeckte er frisch gewaschene Tischdecken und Servietten, die sich allesamt eines ausgezeichneten Zustandes erfreuten. Ansonsten gab es noch einen Eichensekretär mit zwei kleinen, flachen Schubladen und an der Wand neben der Tür ein recht hübsches, randvolles Bücherregal. Waren die Bücher Bestandteil des Mobiliars, oder gehörten sie ihm? Er würde sich die Titel später ansehen.

Die Fenster waren mit Plüschvorhängen von sattgrüner Farbe versehen, die eher um die Scheiben herumdrapiert als vor ihnen aufgehängt waren. An den reichverzierten Armen der Wandleuchter fehlte hier und da ein Stück. Der Ledersessel hatte verblichene Flecken auf den Lehnen, der Flor des Sitzkissens war abgenutzt. Die Farben des Teppichs bestanden aus längst verblichenem Pflaumenblau, Marineblau und Waldgrün – was sein Auge als überaus angenehm empfand. An den Wänden hingen einige Bilder, die etwas Schwülstiges ausstrahlten, über dem Kaminsims thronte ein Spruchband mit der furchtbaren Drohung DER HERR SIEHT ALLES.

Gehörten diese Dinge ihm? Bestimmt nicht. Schauer jagten ihm über den Rücken, und er erwischte sich dabei, daß er angesichts der rührseligen Gegenstände das Gesicht verzog, ja sogar einen Anflug von Verachtung empfand.

Es war ein gemütliches, wohnliches Zimmer, nur eigenartig unpersönlich, ohne Fotografien oder Andenken, ohne Spuren seines eigenen Geschmacks. Seine Augen glitten wieder und wieder über die Einrichtung, doch nichts war ihm vertraut, nichts rief auch nur im entferntesten eine Erinnerung in ihm wach.

Er versuchte es mit dem angrenzenden Schlafraum – genau das gleiche: gemütlich, alt, schäbig. In der Mitte stand ein breites Bett. Es war mit einem frischen Laken bezogen, zudem mit einer adretten, weißen Nackenrolle und einem weinfarbenen Federbett ausgestattet, dessen Seitenränder Rüschen zierten. Auf dem massiven Waschtisch standen eine recht ansehnliche Waschschüssel aus Porzellan sowie ein Wasserkrug, auf der hohen Schlafzimmerkommode lag eine entzückende Haarbürste mit echtem Silberrücken.

Er strich über die Möbel – seine Finger blieben sauber. Mrs. Worley war eine gute Hausfrau.

Er wollte gerade die Schubladen herausziehen und sich weiter umsehen, da klopfte es energisch an die äußere Tür, und Mrs. Worley rauschte herein. Sie trug ein Tablett mit einem dampfenden Teller, randvoll mit Fleischpastete, gekochtem Kohl, Erbsen und Möhren nebst einem Schälchen Pudding in Vanillesoße.

»So, das hätten wir!« sagte sie zufrieden und stellte das Tablett auf dem Tisch ab. Erleichtert registrierte er, daß auch Messer, Löffel, Gabel und ein Glas Apfelwein vorhanden waren. »Essen Sie erst mal, dann fühlen Sie sich bestimmt besser.«

»Vielen Dank, Mrs. Worley.« Seine Dankbarkeit war nicht gespielt; er hatte nichts Ordentliches mehr zwischen die Zähne bekommen seit...?

»Ich tu nur meine Christenpflicht, Mr. Monk«, wehrte sie mit leichtem Kopfschütteln ab. »Und Sie haben immer pünktlich bezahlt. Ja, mit Ihnen hat's deshalb noch nie Streit gegeben, Sie sind nich mal einen Tag zu spät dran gewesen oder sonst irgendwas. Jetzt essen Se das auf, und dann legen Se sich 'n bißchen aufs Ohr. Sie sehen total erledigt aus! Ich weiß nich, was Se getrieben haben, und ich will's auch gar nicht wissen. Zuviel Neugier is wahrscheinlich sowieso nich gesund.«

»Was soll ich nachher damit machen...?« Er warf einen vielsagenden Blick auf das Tablett.

»Na, vor die Tür stellen, wie sonst auch!« sagte sie mit hochgezogenen Brauen, sah ihn scharf an und seufzte. »Und wenn's Ihnen heut nacht schlechtgeht, rufen Se einfach, ich komm dann rüber und schau nach Ihnen.«

»Das wird nicht nötig sein – ich werde sicher ausgezeichnet schlafen.«

Sie rümpfte die Nase, schnaufte ein wenig, raffte die Röcke und rauschte hinaus. Die Tür fiel mit einem lauten Klicken hinter ihr ins Schloß. Kaum war sie verschwunden, wurde ihm klar, wie unhöflich er gewesen war. Sie hatte ihm angeboten, mitten in der Nacht aufzustehen, falls er Hilfe brauchen sollte, und ihm war nichts Besseres eingefallen, als ihr zu sagen, ihre Hilfe wäre überflüssig. Trotzdem schienen seine Worte sie nicht verletzt, ja nicht einmal überrascht zu haben. War er immer so flegelhaft? Er hätte stets pünktlich und ohne Widerrede gezahlt, sagte sie. War das alles, was ihr Verhältnis zueinander ausmachte? Keine Herzlichkeit, keine Gefühlswärme – war er lediglich ein Mieter, auf den man sich in finanzieller Hinsicht verlassen konnte, und sie eine Wirtin, die ihre Christenpflicht an ihm erfüllte, weil es eben ihre Art war?

Keine besonders schöne Vorstellung.

Monk wandte seine Aufmerkamkeit dem Essen zu. Es war einfach, aber köstlich zubereitet, außerdem war sie, was die Portionen betraf, bestimmt nicht knickerig. Er fragte sich flüchtig und mit einer gewissen Besorgnis, wieviel er für diese Annehmlichkeiten wohl hinblättern mußte und ob er sich den Luxus noch lange würde leisten können, wenn er nicht in der Lage war zu arbeiten. Je eher er genug Kraft und klaren Verstand beisammen hatte, um den Dienst bei der Polizei wieder anzutreten, desto besser. Er konnte sie schlecht um Kredit bitten – schon gar nicht nach ihren Bemerkungen und seinem Benehmen. Gebe Gott, daß er ihr nicht bereits für die Zeit während des Krankenhausaufenthalts etwas schuldig war!

Nach dem Essen deponierte er das Tablett draußen im Gang auf einem Tisch. Zurück in seinem Zimmer, schloß er die Tür und ließ sich in der Absicht, den Inhalt des Sekretärs in der Fensternische durchzusehen, auf einem der Lehnstühle nieder; er war jedoch so ausgelaugt und das Polster so bequem, daß er einschlief.

Als er einige Zeit später steif, verfroren und mit schmerzender Seite wach wurde, war es bereits dunkel. Obwohl er immer noch müde war und sich gern ins Bett gelegt hätte, tastete er sich zu den Gasleuchtern und machte Licht. Er wußte genau, die Versuchung, den Schreibtisch zu erforschen, und die gleichzeitige Furcht vor möglichen Entdeckungen würden auch den allernotwendigsten Schlaf verhindern.

Er zündete auch die Öllampe über dem Sekretär an, klappte den Aufsatz hoch und brachte so eine ebene Arbeitsplatte mit Tintenfaß, einen in Leder eingefaßten Schreibblock sowie ein Dutzend kleine, geschlossene Schubladen zum Vorschein.

Er begann mit der obersten auf der linken Seite und arbeitete sich von dort aus nach unten rechts durch. Er mußte ein methodischer Mensch sein. Quittierte Rechnungen; ein paar Zeitungsausschnitte, in denen es ausschließlich um Verbrechen und die Genialität der Polizei bei deren Aufklärung ging; drei Fahrpläne der Bahn; Geschäftsbriefe – und eine Benachrichtigung von einem Schneider.

Ein Schneider! Dorthin war sein Geld also geflossen. Eitler Pfau! Er mußte unbedingt seine Garderobe durchsehen, um festzustellen, was für einen Geschmack er hatte. Laut der Rechnung in seiner Hand einen teuren. Ein Polizeibeamter, der wie ein Gentleman aussehen wollte! Er lachte hart auf; ein Rattenfänger mit Ambitionen – so einer war er also? Eine reichlich lächerliche Figur. Die Vorstellung tat weh, und er schob sie mit Galgenhumor beiseite.

In den übrigen Schubladen befanden sich Briefumschläge und Briefpapier, alles von bester Qualität – wieder ein Zeichen von Eitelkeit! Wem hatte er geschrieben? Außerdem gab es Siegellack, eine Schnur, ein Papiermesser und eine Schere sowie eine Reihe unwichtiger Gerätschaften zur Arbeitserleichterung. Er mußte sich bis zur zehnten Schublade vorarbeiten, bis er endlich auf die Privatkorrespondenz stieß. Sämtliche Briefe waren in derselben Handschrift verfaßt und stammten, nach der Stellung der Buchstaben zu urteilen, von einem jungen oder gering gebildeten Menschen. Anscheinend schrieb ihm nur eine einzige Person – oder aber deren Briefe waren die einzigen, die es seiner Meinung nach wert gewesen waren, aufgehoben zu werden. Er öffnete den ersten und mußte verärgert feststellen, daß seine Hände dabei zitterten.

Es war ein sehr schlichter Brief, der mit »Lieber William« begann, voll belangloser Neuigkeiten steckte und mit »deine dich liebende Schwester Beth« schloß.

Die runden Buchstaben schienen zu lodern, als er den Brief benommen vor Aufregung und von Erleichterung überwältigt zur Seite legte. Vielleicht war er auch ein bißchen enttäuscht, doch dieses Gefühl wurde eilends verdrängt. Er hatte eine Schwester, es gab jemand, der ihn kannte, der ihn zeit seines Lebens gekannt hatte – mehr noch, der ihn gern hatte. Er nahm den Brief rasch wieder in die Hand und hätte ihn vor lauter Unbeholfenheit in seiner Hast beinah zerrissen. Ein netter, ein sehr offener, ja geradezu liebevoller Brief; kein Zweifel, niemand war so offen einem Menschen gegenüber, dem er nicht vertraute, den er nicht mochte.

Dennoch wies der Inhalt in keiner Weise darauf hin, daß es sich um einen Antwortbrief handelte, er nahm keinerlei Bezug auf etwas, das er ihr geschrieben hatte. Und er hatte, oder? Unmöglich, daß er eine solche Frau kaltlächelnd ignoriert haben konnte.

Und wenn doch? Wenn er sie tatsächlich ignoriert, ihr nicht geschrieben hatte, mußte es einen Grund dafür geben. Wie konnte er es sich erklären, sich rechtfertigen, wenn er sich an nichts erinnerte? Er kam sich vor wie ein Verbrecher, der unfähig, sich zu verteidigen, auf der Anklagebank saß.

Die Minuten zogen sich endlos und qualvoll dahin, bis er plötzlich auf die Idee verfiel, nach der Adresse zu sehen. Als er es schließlich tat, war er endgültig verwirrt. Der Brief kam aus einem Ort in Northumberland. Er sagte den Namen immer wieder laut vor sich hin. Er klang vertraut, dennoch konnte er ihn geographisch in keiner Weise einordnen und mußte erst einen Atlas aus dem Bücherschrank holen, um ihn nachzuschlagen. Selbst dann fand er ihn nicht auf Anhieb. Es war ein sehr kleiner Ort, kaum lesbare Buchstaben direkt an der Küste – ein Fischerdorf.

Ein Fischerdorf? Was hatte seine Schwester nur in ein solches Nest verschlagen? Hatte sie geheiratet und war dann dort hingezogen? Der Nachname auf dem Umschlag lautete Bannerman. Oder war er selbst dort geboren und später nach Süden, nach London gegangen? Er lachte abermals hart auf. War das der Schlüssel zu seiner Eitelkeit? Der Sohn eines Fischers aus der Provinz, der unbedingt etwas Besseres sein wollte?

Wann? Wann war er hierhergekommen?

Er stellte mit einem ziemlichen Schrecken fest, daß er keine Ahnung hatte, wie alt er war. Noch immer hatte er keinen Blick in den Spiegel riskiert. Weshalb? Fürchtete er sich davor? Was spielte es schon für eine Rolle, wie ein Mann aussah? Trotzdem zitterte er am ganzen Körper.

Er schluckte schwer, bewaffnete sich mit der Öllampe, ging zögend ins Schlafzimmer und stellte sie auf der Kommode ab. Irgendwo mußte ein Spiegel sein, wenigstens groß genug, um sich darin rasieren zu können.

Der Spiegel war auf einem Ständer mit Drehgelenk befestigt; deshalb hatte er ihn vorher nicht bemerkt. Er stellte die Lampe kleiner und kippte den Spiegel langsam zu sich um.

Das Gesicht darin war ernst und energisch, die Nase breit und etwas gebogen, der Mund groß. Die Oberlippe war ziemlich dünn, die untere eher voll, direkt darunter befand sich eine alte Narbe. Zwei graue Augen leuchteten ihm in dem flackernden Licht intensiv entgegen. Es war ein ausdrucksvolles, aber nicht unschwieriges Gesicht. Falls es Humor verriet, dann eher einen von der schroffen Sorte, der sich mehr in ironischen Bemerkungen als in Gelächter äußerte. Wahrscheinlich war er zwischen fünfunddreißig und fünfundvierzig Jahre alt.

Er nahm die Lampe und kehrte ins Wohnzimmer zurück, ohne den Weg wahrzunehmen. Vor seinem geistigen Auge schwebte immer noch das Gesicht, das ihn aus dem trüben Spiegelglas heraus angestarrt hatte. Nicht, daß es ihm besonders mißfallen hätte, es war nur das Gesicht eines Fremden – eines Fremden, der nicht leicht zu durchschauen war.

Am folgenden Tag faßte er einen Entschluß. Er würde in den Norden fahren, um seine Schwester zu besuchen. Sie konnte ihm zumindest etwas über seine Kindheit, seine Familie verraten. Außerdem schien sie ihn – ihren Briefen und dem Datum des letzten nach zu urteilen – noch zu mögen, ob er es nun verdiente oder nicht. Am frühen Morgen schrieb er ihr einen kurzen Brief, in dem lediglich stand, er habe einen Unfall gehabt, sich mittlerweile einigermaßen erholt und trage sich mit dem Gedanken, ihr einen Besuch abzustatten, wenn er sich für die Reise fit genug fühle, was seiner Ansicht nach nicht mehr länger als ein oder zwei Tage dauern könne.

Unter den restlichen Dingen in den Schreibtischschubladen entdeckte er auch einen bescheidenen Geldvorrat. Abgesehen von seiner Vorliebe für exklusive Mode – sämtliche Stücke in seinem Kleiderschrank waren ausgezeichnet geschnitten und aus erstklassigem Stoff – und der Büchersammlung, sofern sie ihm gehörte, war er offenbar nicht besonders verschwenderisch veranlagt. Andernfalls mußte er regelmäßig gespart haben, doch er fand keine Notiz, die darauf hinwies, außerdem spielte das momentan keine Rolle. Er zahlte Mrs. Worley die Miete für den nächsten Monat im voraus – abzüglich des Betrages für das Essen, das er während seiner Abwesenheit nicht verbrauchen würde – und teilte ihr mit, er würde nach Northumberland fahren, um seine Schwester zu besuchen.

»Gute Idee.« Sie nickte weise mit dem Kopf. »Hätten Se schon viel öfter machen sollen, wenn Se mich fragen. Nich, daß Sie's überhaupt mal getan hätten! Ich bin bestimmt niemand, der sich überall einmischt«, sie schnappte geräuschvoll nach Luft, »aber Sie waren die ganze Zeit, die ich Sie kenn, nich einmal dort, und das is jetzt schon 'n paar Jahre her. Dabei schreibt Ihnen das arme Ding regelmäßig – obwohl ich den Verdacht hab, daß sie noch nie 'ne Antwort gekriegt hat!«

Sie verstaute das Geld in ihrer Rocktasche und sah ihn scharf an.

»Na, dann passen Se mal gut auf sich auf – futtern Se ordentlich, und lassen Se die blöden Eskapaden, hinter irgendwelchen Halunken herzujagen. Lassen Sie die mal 'ne Zeitlang in Ruh und kümmern Se sich um sich selbst!« Mit diesem gutgemeinten Rat zum Abschied strich sie ihre Schürze glatt, drehte sich um und marschierte mit klappernden Absätzen den Gang Richtung Küche hinunter.

Man schrieb den vierten August, als er sich in London in den Zug setzte und es sich für die lange Fahrt bequem machte.

Northumberland entpuppte sich als unendlich weit und trostlos, der Wind fegte über baumlose, dunkle Heidemoore, aber der stürmische Himmel und die klar umrissene Landschaft hatten etwas Schlichtes, das ihm ausgesprochen gut gefiel. War sie ihm vertraut, rief sie Kindheitserinnerungen wach, oder war es nur die Schönheit der Gegend, die solche Gefühle in ihm weckte, auch wenn sie ihm unbekannt war wie ein Plateau auf dem Mond? Er blieb lange Zeit vor dem Bahnhof stehen, den Koffer in der Hand, und starrte auf die Hügel hinaus, ehe er sich endlich in Bewegung setzte. Er mußte irgendein Gefährt auftreiben, denn das Meer und das Dörfchen, zu dem er wollte, lagen siebzehn Kilometer weit entfernt. Im Normalzustand hätte er diese Strecke leicht zu Fuß bewältigt, aber er fühlte sich immer noch schwach. Wenn er tief Luft holte, schmerzte seine Rippe, und der Arm war längst nicht voll einsatzfähig.

Es war nur ein Ponykarren, und er hatte königlich dafür bezahlt, aber er war froh, daß der Fahrer ihn und seinen Koffer direkt vor der Haustür in der schmalen Gasse absetzte, nachdem er ihm Namen und Adresse seiner Schwester genannt hatte. Während die Räder über das Kopfsteinpflaster von dannen holperten, bezwang er seine dunklen Ahnungen und das Gefühl, einen unwiderruflichen Schritt zu tun, und klopfte laut an.

Er wollte eben zum zweitenmal klopfen, als die Tür aufschwang und eine hübsche Frau mit frischem Gesicht auf der Schwelle erschien. Sie war gerade noch an der Grenze zum Molligsein, hatte dichtes, dunkles Haar und Gesichtszüge, die seinen lediglich durch die breite Stirn und die Form der Wangenknochen ähnelten. Ihre Augen waren blau, die Nase war zwar ebenfalls breit, dafür ohne jede Spur von Arroganz, der Mund wesentlich weicher. All das schoß ihm simultan mit der Erkenntnis durch den Kopf, daß dies Beth sein mußte, seine Schwester. Sie würde es nicht verstehen und wahrscheinlich gekränkt sein, wenn er nicht so tat, als kenne er sie.

»Beth.« Er streckte ihr die Hände entgegen.

Ihr Gesicht verzog sich zu einem breiten, erfreuten Lächeln.

»William! Mein Gott, hast du dich verändert, ich hätte dich fast nicht erkannt! Wir haben deinen Brief bekommen. Ein Unfall, schreibst du – bist du schlimm verletzt? Wir haben dich gar nicht so bald erwartet –« Sie wurde rot. »Das soll natürlich nicht heißen, daß du nicht willkommen bist.« Sie sprach breiten Northumberland-

Akzent, was in seinen Ohren ausgesprochen angenehm klang. War auch der Grund hierfür Vertrautheit, oder lag es nur an der wohltuenden Abwechslung nach der harten Londoner Aussprache?

»William?« Sie schaute ihn eindringlich an. »Komm rein – du mußt ja völlig erschöpft sein. Bestimmt hast du Hunger.« Sie machte Anstalten, ihn ins Haus zu zerren.

Er folgte ihr lächelnd, plötzlich ungeheuer erleichtert. Sie kannte ihn; anscheinend nahm sie ihm weder sein langes Fernbleiben noch die unbeantworteten Briefe übel. Sie benahm sich so natürlich, daß lange Erklärungen unnötig waren. Und er merkte, daß er tatsächlich sehr hungrig war.

Die Küche war klein, aber peinlich sauber; das Zentrum bildete ein großer, fast weißer Tisch. In seinem Gedächtnis regte sich nichts. Es duftete anheimelnd nach frischgebackenem Brot, gebratenem Fisch und salziger Seeluft. Zum erstenmal seit er im Krankenhaus aufgewacht war, begann er sich zu entspannen, so daß sich die Knoten in seinem Innern allmählich lockerten.

Nach und nach, bei Suppe und Brot, erzählte er ihr, was er über den Unfall wußte. Hier und da dichtete er ein Detail hinzu, um überzeugend zu klingen. Sie stand am Herd und rührte im Kochtopf, während sie ihm zuhörte, wärmte dann das Bügeleisen an und machte sich damit über ein paar Kindersachen und das weiße Sonntagshemd eines Mannes her. Falls ihr seine Geschichte merkwürdig oder unglaubwürdig erschien, so ließ sie es sich nicht anmerken. Vielleicht war ihr die ganze Londoner Welt ohnehin ein Rätsel, bevölkert von Leuten, die ein unverständliches und für einen normalen Menschen wenig erstrebenswertes Leben führten.

Die Abenddämmerung senkte sich bereits über den Spätsommertag, als ihr Mann nach Hause kam, ein breiter, blonder Kerl mit wettergegerbtem, freundlichem Gesicht. Seine grauen Augen schienen immer noch in den Anblick der See vertieft zu sein. Er begrüßte Monk mit freundlicher Überraschung, wirkte aber in keiner Weise unangenehm berührt oder in seinem häuslichen Frieden gestört.

Niemand verlangte Erklärungen von Monk, nicht einmal die drei schüchternen Kinder, die mittlerweile ebenfalls heimgekehrt waren. Es war eine deutliche Distanz zwischen ihnen, wie er sich mit schmerzlicher Ironie eingestand. Offenbar hatte er nie viel von seinem Leben mit dem bißchen Familie geteilt, das er besaß, daß das Ausbleiben wichtiger Informationen aufgefallen wäre.

Ein Tag nach dem andern verging. Manche waren von goldenem Licht erfüllt, wenn die Sonne heiß vom Himmel brannte, der Wind vom Land kam und der Sand unter seinen Füßen weich und nachgiebig war. Ein andermal drehte der Wind nach Osten und blies mit eisiger Schärfe und fast mit Sturmwindstärke von der Nordsee her über die Küste. Dann spürte Monk, wie er an ihm zerrte, während er am Strand entlanglief; er peitschte ihm ins Gesicht, riß ihn an den Haaren, und das Ausmaß seiner Kraft war furchterregend und trostspendend zugleich. Der Wind hatte nichts Menschliches; er war unpersönlich, richtete ihn nicht.

Er war nun schon eine Woche hier und spürte die alten Lebensgeister allmählich zurückkehren, als eines Abends Alarm gegeben wurde. Es war fast Mitternacht, der Wind fegte heulend um die steinernen Häuserecken, als das Geschrei und das Hämmern gegen die Tür begann.

Rob Bannerman war binnen weniger Minuten auf den Beinen; man konnte beinah glauben, er würde Öljacke und Gummistiefel selbst im Bett nicht ausziehen. Monk stand ratlos und vollkommen durcheinander auf dem Treppenabsatz herum; er konnte sich den plötzlichen Aufruhr im ersten Moment nicht erklären. Erst als er Beths Gesicht sah, ihr zum Fenster folgte und die tanzenden Laternen und die von deren Lichtschein geisterhaft beleuchteten Gestalten mit dem in Regen glänzenden Öljacken erblickte, wußte er, was los war. Instinktiv legte er seine Arme um Beth. Sie rückte kaum merklich näher an ihn heran, aber ihr Körper blieb steif. Mit gepreßter Stimme, in der Tränen mitschwangen, murmelte sie ein Gebet vor sich hin.

Rob war bereits aus dem Haus. Er hatte zu keinem von ihnen ein Wort gesagt, war nicht einmal stehengeblieben, als er hinter Beth vorbeilief und kurz ihre Hand drückte.

Der Grund für den Tumult war ein Wrack, irgendein Schiff, das der brüllende Wind auf die ausgestreckten Finger eines Felsens geworfen hatte und an dessen berstenden Planken sich nun wer weiß wie viele Menschen klammerten, das Wasser schon bis zu den Hüften.

Nachdem sie sich vom ersten Schock erholt hatte, rannte Beth wieder die Treppe hinauf, um sich anzuziehen. Sie forderte Monk im Vorbeikommen auf, das gleiche zu tun. Dann ging es nur noch darum, Decken aufzutreiben, Suppe warm zu machen, die Öfen wieder anzuwerfen, um den Überlebenden zu helfen – falls, so Gott gebe, welche da sein sollten.

Die ganze Nacht wurde geschuftet, Rettungsboote fuhren hin und her, Menschen wurden aneinandergeseilt. Fünfunddreißig Personen konnten aus dem Meer gezogen werden, zehn blieben verschollen. Die Überlebenden wurden auf die wenigen Haushalte des Dörfchens verteilt. Beths Küche war voll totenbleicher, zitternder Menschen, die sie und Monk mit heißer Suppe und allen erdenklichen beruhigenden Worten überhäuften.

Es wurde nicht geknausert. Beth gab den letzten Bissen her, ohne sich Gedanken darüber zu machen, was ihre eigene Familie am nächsten Tag essen sollte. Auch der winzigste trockene Kleidungsfetzen wurde hervorgekramt und weitergegeben.

In einer Ecke saß eine Frau, die vor Kummer so betäubt war, daß sie den Verlust ihres Mannes nicht einmal beweinen konnte. Beth betrachtete sie mit einem Mitgefühl, das sie wunderschön aussehen ließ. In einem kurzen Augenblick zwischen zwei Handgriffen sah Monk, wie sie sich vorbeugte und die Hände der Frau nahm. Sie hielt sie ganz fest zwischen ihren, um etwas Wärme in das kalte Fleisch zu pressen, und redete beschwichtigend auf sie ein, als wäre sie ein Kind.

Monk wurde sich schlagartig und schmerzhaft seiner Einsamkeit bewußt; er fühlte sich wie ein Außenseiter, der rein zufällig in dieses Passionsspiel um Leid und Mitleid geraten war. Er hatte nichts zu geben als köperliche Hilfe; er konnte sich nicht einmal erinnern, ob er etwas Derartiges vielleicht schon früher getan hatte, ob das hier wirklich seine Leute waren oder nicht. Hatte er jemals sein Leben riskiert – ohne zu fragen oder nachzudenken, wie Rob Bannerman es tat? Ein Teil von ihm sehnte sich entsetzlich nach der Befriedigung, die es mit sich bringen mußte. Hatte er jemals Mut oder

Selbstlosigkeit bewiesen? Gab es irgend etwas in seiner Vergangenheit, worauf er stolz sein, woran er sich klammern konnte?

Da war niemand, den er hätte fragen können...

Doch der Moment ging vorüber, und die Dringlichkeit der Gegenwart nahm ihn wieder voll in Anspruch. Er beugte sich hinunter, um ein vor Angst und Kälte zitterndes Kind auf den Arm zu nehmen, wickelte es in eine warme Decke und hielt es fest an sich gepreßt, während er es mit sanftem Streicheln und leisen, immer gleichen Worten beruhigte wie ein verschrecktes Tier.

Bei Tagesanbruch war alles vorbei. Die See ging immer noch schwer und rauh, aber Rob, zu müde zum Sprechen und deprimiert wegen der Menschenleben, die das Meer gefordert hatte, war zurück. Wortlos entledigte er sich seiner nassen Sachen und legte sich ins Bett.

Nach einer weiteren Woche hatte Monk sich physisch vollkommen erholt. Nur seine Träume machten ihm zu schaffen. Sie handelten von Furcht und Schmerzen, von dem Gefühl, brutal geschlagen zu werden und das Gleichgewicht zu verlieren, und endeten jedesmal mit der Angst zu ersticken. Er schreckte dann schweißgebadet und nach Luft schnappend, mit Herzrasen und rasselndem Atem aus dem Schlaf, doch das einzige, was blieb, war die Angst. Nirgends ein Faden, den er aufrollen konnte, um seinem Gedächtnis auf die Sprünge zu helfen. Nach London zurückzufahren wurde immer dringlicher. Er hatte seine ferne Vergangenheit, seine Wurzeln aufgespürt, aber sein Gedächtnis war nach wie vor in jungfräuliches Schwarz gehüllt, und Beth konnte ihm auch nicht sagen, was er getrieben hatte, seit er von zu Hause fortgegangen war. Sie war zu der Zeit gerade erst den Kinderschuhen entwachsen gewesen. Er hatte ihr offenbar nur Belanglosigkeiten geschrieben und von nichtssagenden kleinen Begebenheiten berichtet, wie man sie ebensogut in Illustrierten und Zeitungen nachlesen konnte. Lediglich kleine Randbemerkungen hatten durchblicken lassen, daß sie und ihre Familie ihm nicht völlig egal waren. Dies war sein erster Besuch seit acht Jahren, was ihn nicht gerade mit Stolz erfüllte. Er mußte ein ziemlich gefühlskalter, ehrgeiziger Geselle sein. Hatte dieser Ehrgeiz ihn dazu getrieben, hart zu arbeiten, oder war er so arm gewesen? Nur zu gern hätte er sich an irgendeine Rechtfertigung geklammert, doch der Geldbetrag in seinem Schreibtisch in der Grafton Street sprach eher dafür, daß es ihm zumindest in letzter Zeit nicht allzu schlecht gegangen sein konnte.

Er zermarterte sich das Hirn auf der Suche nach der Erinnerung an eine Gefühlsregung, irgendeine blitzartige Erleuchtung, was für ein Mensch er gewesen war, worauf es ihm im Leben angekommen war – vergebens. Rein gar nichts fiel ihm ein, auch keine Ausflüchte, weshalb er anscheinend immer nur mit sich selbst beschäftigt war.

Er verabschiedete sich von Beth und Rob und dankte ihnen recht unbeholfen für den freundlichen Empfang, was die beiden verwunderte und verlegen machte. Durch ihr Verhalten wurde auch ihm das Ganze peinlich, aber er meinte es wirklich ernst. Weil sie Fremde für ihn waren, hatte er das Gefühl, sie hätten ihn, der auch für sie ein Fremder sein mußte, bei sich aufgenommen und ihm jede Menge Verständnis, ja Vertrauen entgegengebracht. Die beiden machten verwirrte Gesichter, Beth wurde sogar rot, aber er versuchte nicht, es ihnen zu erklären. Zum einen hatte er keine Worte parat, zum andern wollte er gar nicht, daß sie Bescheid wußten.

London kam ihm riesig, schmutzig und gleichgültig vor, als er aus dem Zug stieg und den pompösen, rauchgeschwängerten Bahnhof verließ. Er nahm einen Hansom zur Grafton Street, meldete Mrs. Worley seine Rückkehr, ging dann nach oben und wechselte die zerknitterte Reisekleidung gegen frische. Danach machte er sich auf den Weg zu dem Polizeirevier, dessen Namen Runcorn im Gespräch mit dem Pfleger erwähnt hatte. Die Erlebnisse in Northumberland und seine Schwester Beth hatten sein Selbstbewußtsein etwas gestärkt. Auch der Gang zur Polizei war ein Ausflug ins Ungewisse, doch mit jedem Schritt, den er ohne unliebsame Überraschungen hinter sich brachte, ließen seine Befürchtungen nach.

Er stieg aus der Kutsche, bezahlte den Fahrer und blieb auf dem Bürgersteig stehen. Das Polizeirevier war ihm genausowenig bekannt wie alles andere – nicht direkt fremd, einfach ohne jeden Funken Vertrautheit. Er öffnete die Tür und ging hinein, erblickte einen Sergeant am Dienstschalter und fragte sich, wieviel hundertmal er wohl schon haargenau das gleiche getan hatte.

»Tag, Mr. Monk.« Der Mann schaute ihn leicht überrascht und ohne ersichtliche Freude an. »Dumme Sache, das mit dem Unfall. Geht's wieder besser, Sir?«

Seine Stimme klang frostig, mißtrauisch. Monk besah ihn sich genauer. Der Mann war etwa vierzig, hatte ein rundes Gesicht und machte einen sanften und vielleicht etwas unsicheren Eindruck – ein Mann, der leicht einzunehmen und leicht zu vernichten war. Tief in Monk regte sich Scham, wofür er außer der Vorsicht in den Augen seines Gegenübers keinerlei Grund finden konnte. Offenbar rechnete er damit, daß Monk etwas sagen würde, worauf ihm keine entsprechende Antwort einfiel. Er war ein Untergebener, schwerfällig mit Worten, und das wußte er.

»Ja, vielen Dank.« Monk erinnerte sich nicht an den Namen des Mannes, sonst hätte er ihn gebraucht. Er spürte Selbstverachtung in sich hochsteigen; welcher Mensch stieß jemand vor den Kopf, der nicht in der Lage war zurückzuschlagen? Warum? Hatte sich der andere irgendwann einmal als unfähig oder hinterhältig erwiesen – erklärte das die Spannung?

»Sie wollen bestimmt zu Mr. Runcorn, Sir.« Der Sergeant schien keine Veränderung an Monk zu bemerken und war offenbar ganz versessen darauf, ihn so schnell wie möglich loszuwerden.

»Ja, bitte – sofern er da ist.«

Der Mann trat einen Schritt zur Seite und ließ Monk durch.

Auf der anderen Seite blieb Monk stehen; er kam sich absolut lächerlich vor. Er hatte nicht die leiseste Ahnung, welche Richtung er einschlagen sollte, und würde gewiß Argwohn erregen, wenn er sich für den falschen Weg entschied. Es durchfuhr ihn siedendheiß, daß man seinetwegen kaum bereit war, Konzessionen zu machen – hier mochte man ihn nicht.

»Sind Sie in Ordnung, Sir?« erkundigte sich der Sergeant besorgt.

»Jaja, mir geht's gut. Sitzt Mr. Runcorn« – er warf einen Blick in die Runde und tippte auf gut Glück – »immer noch da oben, am Ende der Treppe?«

»Genau, Sir, wie eh und je.«

»Danke.« Damit stapfte Monk hastig die Treppe hinauf; er fühlte sich wie ein Vollidiot.

Runcorns Büro war das erste im Gang. Monk klopfte an und trat ein. Der Raum war düster, mit Aktenschränken und Aktenkörben vollgestopft. Überall lagen Zeitungen herum, dennoch wirkte er trotz einer gewissen, für Behörden typischen Nüchternheit gemütlich. Die Gaslampen an den Wänden stießen ein leises, beruhigendes Zischen aus. Runcorn saß hinter einem gewaltigen Schreibtisch und kaute auf einem Füllfederhalter.

»Ah!« machte er zufrieden, als Monk hereinkam. »Wieder auf den Beinen, was? Wird auch Zeit. Es gibt nichts Besseres als Arbeit – ein Mann braucht das. Na, dann setzen Sie sich mal. Im Sitzen läßt sich's besser denken.«

Monk kam der Aufforderung nach, jeden Muskel zum Zerreißen gespannt. Er glaubte, sein Atem ginge so schwer, daß er selbst das Zischen der Gaslampen übertönen mußte.

»Schön, schön«, fuhr Runcorn fort. »Haufenweise unerledigte Fälle, wie immer. Ich wette, in manchen Vierteln dieser Stadt wird mehr geklaut als auf ehrliche Art und Weise erworben und verkauft.« Er schob einen Stapel Unterlagen zur Seite und stellte seinen Füllfederhalter in den Ständer zurück. »Die Londoner Hochstaplergilde hat immer mehr Zulauf. Denken Sie bloß an diese schrecklichen, gigantischen Reifröcke! Reifröcke sind nur erfunden worden, damit man die Leute besser bestehlen kann. Unmöglich, bei so vielen Unterröcken noch zu merken, wenn einer an einem herumgrapscht! Aber das soll nicht Ihr Problem sein, für Sie hab ich was besonders Hübsches zum Zähneausbeißen.« Er lächelte freudlos.

Monk wartete schweigend.

»Einen Mord von der übelsten Sorte.« Er lehnte sich zurück und schaute Monk direkt in die Augen. »Es ist uns bis jetzt nicht gelungen, auch nur das geringste herauszukriegen, obwohl wir wirklich alle Hebel in Bewegung gesetzt haben. Lamb war mit der Sache betraut, aber jetzt ist der arme Kerl krank und muß das Bett hüten. Ich werde Sie auf den Fall ansetzen. Machen Sie Ihre Sache gut, Monk, wir müssen langsam mit Resultaten aufwarten.«

»Wer wurde ermordet?« wollte Monk wissen. »Und wann?«

»Ein Bursche namens Joscelin Grey, Lord Shelburnes jüngerer Bruder. Sie sehen, es ist ziemlich wichtig, daß wir die Angelegenheit aufklären.« Sein Blick ruhte unverwandt auf Monks Gesicht. »Wann? Tja, das ist das Schlimme – schon vor einer ganzen Weile, und wir haben bisher nicht den geringsten Anhaltspunkt. Die Tat liegt fast sechs Wochen zurück, geschah etwa zur selben Zeit wie Ihr Unfall. Halt – wenn ich genau darüber nachdenke, fiel sie sogar damit zusammen. Eine fürchterliche Nacht war das, es donnerte und blitzte und schüttete wie aus Kübeln. Wahrscheinlich ist ihm irgendein Halunke nach Hause gefolgt, aber er hat seinen Job ziemlich lausig erledigt, hat den armen Kerl bis zur Unkenntlichkeit zusammengeschlagen. Für die Zeitungen war das natürlich ein gefundenes Fressen. Wo bleibt die Gerechtigkeit, wie weit ist es mit der Welt bloß gekommen, hat die Polizei die ganze Zeit nichts zu tun und so weiter, und so fort. Können Sie sich ja vorstellen. Sie bekommen natürlich sämtliche Informationen, die der arme Lamb bisher zusammengekratzt hat, außerdem einen guten Mann, der Ihnen helfen soll. Sein Name ist Evan, John Evan; hat schon mit Lamb zusammengearbeitet, bis der krank wurde. Versuchen Sie Ihr Glück. Liefern Sie den Leuten irgendwas!«

»Jawohl, Sir.« Monk erhob sich. »Wo finde ich Mr. Evan?«

»Der ist irgendwo unterwegs; die Spur ist inzwischen ziemlich kalt. Legen sie morgen früh los, frisch und ausgeruht. Heute ist es zu spät. Gehen Sie nach Hause und ruhen Sie sich aus, ist Ihre letzte Nacht in Freiheit, hm? Machen Sie das Beste draus; ab morgen müssen Sie schuften wie ein Schienenleger!«

»Verstanden, Sir.« Monk entschuldigte sich und ging. Draußen dämmerte es bereits, und der Wind wehte ihm den Geruch von kommendem Regen ins Gesicht, aber er wußte, wohin er gehen würde, und er wußte, was er morgen zu tun hatte. Er hatte eine Identität – und ein Ziel.

2

Monk traf zeitig in der Wache ein, um sich mit John Evan und den Fakten vertraut zu machen, die Lamb bisher über den Mord an Lord Shelburnes Bruder Joscelin Grey in Erfahrung gebracht hatte.

Er war nach wie vor von dunklen Ahnungen überfallen; bislang hatte er nichts als Banalitäten über sich selbst herausbekommen, Kleinigkeiten, wie man sie ohne große Menschenkenntnis bei jedermann entdeckt: spezifische Vorlieben und Abneigungen, gewisse Eitelkeiten – die hatte ihm seine Garderobe klar vor Augen geführt – und seine Umgangsformen, mit denen es offensichtlich nicht weit her war, dem Benehmen des Sergeants am Aufnahmeschalter nach zu schließen. Doch die Erinnerung an die Wärme und Geborgenheit von Northumberland reichte aus, ihm neuen Auftrieb zu geben. Und schließlich mußte er wieder arbeiten. Das Geld wurde allmählich knapp.

John Evan entpuppte sich als großgewachsener, junger Bursche. Er war sehr mager, wirkte fast schon schwächlich, aber Monk schloß aus der Art seiner Haltung, daß dieser Eindruck trog; durchaus vorstellbar, daß der Körper unter dem recht eleganten Jackett ziemlich drahtig war, zudem sah er in der relativ schicken Aufmachung vollkommen natürlich aus, nicht die Spur weibisch. Sein feingeschnittenes Gesicht schien nur aus Augen und Nase zu bestehen, das wellige, honigfarbene Haar war aus der Stirn gekämmt. Er machte einen ausgesprochen intelligenten Eindruck, was Monk einerseits als notwendige Voraussetzung erachtete, ihm andererseits aber auch etwas Angst einjagte. Er fühlte sich einem Kollegen mit klarem Verstand und rascher Auffassungsgabe noch nicht gewachsen.

Was das betraf, hatte er allerdings kaum ein Wörtchen mitzureden. Runcorn machte die beiden miteinander bekannt und knallte einen Wust Unterlagen auf den breiten, zerkratzten Holzschreibtisch in Monks Büro, einem angenehm großen Raum mit etlichen Aktenschränken und Bücherregalen sowie einem Schiebefenster, das auf eine schmale Gasse hinausging. Bei dem Teppich handelte es sich offenbar um das ausrangierte Stück aus irgendeinem Privathaushalt, doch das war immer noch besser als der blanke Holzfußboden, außerdem standen zwei recht ansehnliche Stühle mit Ledersitzen darauf. Runcorn ging hinaus und ließ sie allein.

Evan zögerte einen Moment, da er Monks Autorität nicht untergraben wollte, streckte dann aber, als dieser sich nicht vom Fleck rührte, einen langen Finger aus und tippte damit auf den Papierstapel.

»Das hier sind sämtliche Zeugenaussagen, Sir. Leider nicht besonders hilfreich, fürchte ich.«

Monk stellte die erstbeste Frage, die ihm einfiel.

»Waren Sie dabei, als Mr. Lamb die Zeugen verhörte?«

»Ja, nur beim Straßenfeger nicht. Ich war gerade dabei, den Kutscher ausfindig zu machen, als er bei ihm war.«

»Den Kutscher?« Für den Bruchteil einer Sekunde gab Monk sich der wilden Hoffnung hin, der Mörder wäre gesehen worden, hätte seine Identität preisgegeben, so daß man nur noch seinen Aufenthaltsort herauskriegen mußte, doch er begrub den Gedanken gleich wieder. Sie hätten kaum sechs Wochen gebraucht, wenn es so einfach wäre, zudem war ihm in Runcorns Gesicht ein provozierender Ausdruck aufgefallen, fast eine Art perverse Befriedigung.

»Der Kutscher, der Mr. Grey nach Hause gefahren hat, Sir«, machte Evan seine Hoffnungen mit bedauernder Miene endgültig zunichte.

»Ach so.« Monk wollte ihn fragen, ob der Mann irgend etwas Brauchbares zu sagen gehabt hatte, dachte dann aber bei sich, was für einen unfähigen Eindruck das machen mußte. Schließlich lagen sämtliche Unterlagen direkt vor ihm. Er nahm das oberste Blatt in die Hand und begann zu lesen, während Evan schweigend am Fenster stand und wartete.

In sauberer, klarer Schrift stand oben auf der Seite die Zeugenaussage von Mary Ann Brown, die in besagter Straße Bänder und

Spitzen verkauft hatte. Monk stellte sich vor, wie man ein wenig an der Grammatik des Originals herumgebastelt und ein paar Hauchlaute hinzugefügt hatte, doch am Grundtenor hatte sich dadurch nichts geändert.

»Ich stand an meinem üblichen Platz in der Doughty Street in der Nähe vom Mecklenburg Square – wie ich das immer tue, gleich an der Ecke, wo ich genau weiß, daß da in den Häusern jede Menge feine Damen wohnen, besonders so welche, die sich von ihren Mädchen die Sachen nähen lassen, Sie wissen schon.«

Frage von Mr. Lamb: »Sie sind also um sechs Uhr am fraglichen Abend dort gewesen?«

»Muß ich wohl, aber ich weiß nicht, wie spät es war, ich hab nämlich keine Uhr. Jedenfalls hab ich den Herrn ankommen sehen, der ermordet wurde. Schrecklich, wenn nicht mal mehr sicher ist, was Rang und Namen hat.«

»Sie sahen Major Grey ankommen?«

»Jawohl, Sir. Ein Gentleman, wie er im Buche steht, so richtig fröhlich und unbeschwert.«

»War er allein?«

»Ja, Sir, er war allein.«

»Ging er direkt ins Haus? Nachdem er den Kutscher bezahlt hat, selbstverständlich?«

»Ja, Sir, das tat er.«

»Wann haben Sie den Mecklenburg Square verlassen?«

»Weiß ich nicht genau. Aber die Glocke von St. Mark schlug die Viertelstunde, kurz bevor ich da war.«

»Wo, zu Hause?«

»Ja, Sir.«

»Und wie weit liegt Ihre Wohnung vom Mecklenburg Square entfernt?«

»Ungefähr anderthalb Kilometer, würd ich sagen.«

»Wo wohnen Sie?«

»In der Nähe von Pentonville Road, Sir.«

»Eine halbe Stunde Fußweg etwa?«

»Gütiger Gott, wo denken Sie hin, Sir! Nicht viel mehr als 'ne Viertelstunde. Es war viel zu naß draußen, um rumzutrödeln.

Außerdem werden Mädchen, die sich um diese Zeit am Abend auf der Straße rumtreiben, leicht mißverstanden – oder Schlimmeres.«

»Verstehe. Sie verließen den Mecklenburg Square also gegen sieben Uhr.«

»Ich glaub schon.«

»Haben Sie nach Mr. Grey noch jemanden Haus Nummer sechs betreten sehen?«

»Hab ich, Sir, noch einen Gentleman in einem schwarzen Mantel mit breitem Pelzkragen.«

Auf diese Behauptung folgte eine eingeklammerte Anmerkung, die besagte, man habe überprüft, daß es sich bei fraglicher Person um einen Bewohner des Hauses handelte, der von jeglichem Verdacht frei sei.

Unten auf der Seite stand in derselben Handschrift Mary Ann Browns Name, daneben prangte ein unförmiges Kreuz.

Monk legte das Blatt aus der Hand. Diese Aussage war lediglich von negativem Wert; durch sie wurde ziemlich unwahrscheinlich, daß Joscelin Grey von seinem Mörder nach Hause verfolgt worden war. Andererseits hatte sich die Tat im Juli ereignet, wenn es bis neun Uhr abends hell war. Jemand, der einen Mord oder auch nur einen Raubüberfall plant, würde kaum scharf darauf sein, in nächster Nähe seines Opfers gesehen zu werden.

Evan stand reglos am Fenster und beobachtete ihn, ohne sich um den Radau unten in der Gasse zu kümmern, wo ein Rollkutscher lautstark fluchte, während er versuchte, sein Pferd zum Rückwärtsgehen zu bewegen, ein fahrender Händler seine Waren anpries und ununterbrochen die Räder aller möglichen Gefährte über das Pflaster klapperten.

Monk nahm sich die nächste Aussage vor, die von einem gewissen Alfred Cressent stammte. Alfred war ein elfjähriger Junge, der die Kreuzung an der Ecke Mecklenburg Square und Doughty Street mit dem Besen von Pferdemist und anderem Unrat säuberte.

Sein Beitrag lautete im wesentlichen gleich, nur daß er die Doughty Street erst eine halbe Stunde nach dem Mädchen mit den Bändern verlassen hatte.

Der Kutscher behauptete, Grey kurz vor sechs vor einem Regimentsklub aufgelesen und direkt zum Mecklenburg Square gefahren zu haben. Sein Fahrgast war außer ein paar nichtssagenden Bemerkungen über das Wetter – das an jenem Tag ganz besonders scheußlich gewesen war – und einem »Schönen Abend noch« zum Abschied recht wortkarg gewesen. Sonst erinnerte sich der Mann an nichts, vor allem nicht an eventuelle Verfolger. Ihm waren weder auf dem Hin- noch auf dem Rückweg in der Nähe von Guilford Street oder des Mecklenburg Square irgendwelche verdächtigen Gestalten aufgefallen. Er hatte lediglich die allerorts vertretenen Hausierer, Straßenkehrer und Blumenverkäufer sowie eine Handvoll unauffällig aussehender Herren gesichtet, bei denen es sich genausogut um Büroangestellte handeln konnte, die nach einem langen Arbeitstag nach Hause kamen, wie um Taschendiebe, die nach potentiellen Opfern auf der Lauer lagen. Also war auch diese Aussage keine echte Hilfe.

Monk legte das Blatt auf die beiden anderen, hob den Kopf und mußte feststellen, daß Evan ihn nach wie vor anschaute. Sein Blick war scheu und enthielt einen Anflug kritischer Selbstbetrachtung. Er war Monk auf Anhieb sympathisch gewesen, doch vielleicht lag das nur an seiner Einsamkeit, an der traurigen Tatsache, daß er keine Freunde hatte, keine Beziehungen zu anderen Menschen, die über das höfliche Miteinander im Büro oder Mrs. Worleys unpersönliche Freundlichkeit bei der Ausübung ihrer »Christenpflicht« hinausgingen. Hatte er früher Freunde gehabt – oder auch nur den Wunsch danach verspürt? Wenn ja, wo steckten sie? Weshalb hatte ihn niemand zu seiner Rückkehr in die Welt der Lebenden beglückwünscht? Nicht einen einzigen Brief hatte er bekommen! Die Antwort war unangenehm und lag auf der Hand; er hatte es nicht verdient. Er war schlau und ehrgeizig, ein wahrhaft erstklassiger Spürhund – aber kein besonders ansprechender Charakter. Evan gegenüber durfte er sich diese Selbstzweifel allerdings nicht anmerken lassen. Er mußte professionell wirken – schließlich war er eine Respektsperson.

»Sind die alle in dem Stil?« fragte er.

»So ziemlich«, erwiderte Evan; nun, da er angesprochen wurde, richtete er seinen langen Körper ein wenig auf. »Niemand hat etwas gehört oder gesehen, anhand dessen wir die Tatzeit oder den Tathergang bestimmen könnten. Und wir haben nicht mal ein eindeutiges Motiv.«

Das überraschte Monk und lenkte seine Aufmerksamkeit wieder aufs Berufliche. Er mußte bei der Sache bleiben. Es würde schon ohne Tagträumereien schwer genug werden, den Eindruck eines kompotenten Polizeibeamten zu vermitteln.

»Kein Raubüberfall?«

Evan schüttelte den Kopf und zuckte kaum merklich mit den Achseln. Er strahlte mühelos genau die Eleganz aus, die Monk anstrebte und Runcorn so völlig fehlte.

»Es sei denn, der Dieb wurde durch irgend etwas verscheucht«, sagte er. »In Greys Brieftasche war Geld, darüber hinaus befanden sich in dem Zimmer einige wertvolle Gegenstände, die er leicht hätte transportieren können. Eine Sache ist möglicherweise von Bedeutung: Er trug keine Uhr. Männer wie er besitzen gewöhnlich recht teure Uhren, mit Gravur und so, und eine Uhrenkette hatte er bei sich.«

Monk ließ sich auf der Schreibtischkante nieder.

»Vielleicht hat er sie versetzt?« schlug er vor. »Hat schon mal jemand eine Uhr an ihm gesehen?« Eine durchaus intelligente Schlußfolgerung und obendrein ganz instinktiv gezogen. Auch Reiche hatten gelegentlich kein Geld flüssig, zu kostspielig gespeist oder sich eine Garderobe zugelegt, die ihre Mittel überstieg, so daß sie vorübergehend in finanzielle Verlegenheit gerieten. Was wußte er über derartige Dinge, daß er auf diese Idee gekommen war? War er auf dem Gebiet detektivischer Spitzfindigkeiten ein solches Naturtalent, daß er gut und gern ohne Erfahrung und Erinnerungen auskam?

Evan errötete leicht. Der Blick seiner rehbraunen Augen wurde etwas verlegen.

»Ich fürchte, das werden wir nie erfahren, Sir. Die Leute, die wir danach gefragt haben, wissen es offenbar nicht mehr genau. Manche erinnern sich dunkel an so etwas wie eine Uhr, andere nicht. Jedenfalls gab uns niemand eine exakte Beschreibung. Wir haben uns auch schon gefragt, ob er sie versetzt haben könnte, aber wir fanden keinen

Pfandschein bei ihm und haben uns alle hiesigen Leihhäuser vorgeknöpft.«

»Erfolglos?«

Evans nickte. »Auf der ganzen Linie, Sir.«

»Wir würden also gar nicht merken, wenn sie urplötzlich irgendwo auftaucht?« fragte Monk enttäuscht und machte eine Handbewegung in Richtung Tür. »Irgendein hundserbärmlicher Teufel könnte hier hereinspazieren und damit herumprotzen, und wir wären keinen Deut schlauer. Trotzdem – falls der Mörder sie einsteckte, bin ich ziemlich sicher, daß er sie in den Fluß geworfen hat, als das ganze Zeter und Mordio losging. Wenn nicht, ist er wirklich so dämlich, daß er nicht frei rumlaufen dürfte.« Er widmete sich wieder dem Papierstapel und blätterte ihn achtlos durch. »Mal sehen, was wir hier sonst noch haben.«

Die nächste Aussage stammte von einem Mann, der in der gegenüberliegenden Wohnung wohnte, einem gewissen Albert Scarsdale. Sie klang reichlich barsch und bissig. Mr. Scarsdale nahm es Grey offensichtlich übel, daß er sich als derart egoistisch und geschmacklos erwiesen hatte, sich ausgerechnet am Mecklenburg Square ermorden zu lassen. Er war wohl der Ansicht, je weniger er darüber zu sagen hatte, desto schneller würde die Angelegenheit in Vergessenheit geraten und desto eher könnte er sich von der schmutzigen Geschichte distanzieren.

Er glaubte, so räumte er ein, erst gegen acht und dann wieder um Viertel vor zehn jemand auf dem Flur zwischen seiner und Greys Wohnung gehört zu haben. Er könne unmöglich sagen, ob es sich dabei um ein und denselben oder zwei verschiedene Besucher gehandelt habe, er sei nicht einmal sicher, ob es nur ein streunendes Tier gewesen war, eine Katze vielleicht, oder der Portier auf seinem Rundgang – Scarsdales Wahl der Worte nach zu urteilen rangierten beide ohnehin auf derselben Stufe. Es könne auch ein Laufbursche gewesen sein, der sich verlaufen hatte, oder wer weiß was sonst noch. Er sei mit seinen eigenen Angelegenheiten beschäftigt gewesen und habe nichts Auffälliges gehört oder gesehen. Diese Erklärung war mit verschnörkelter, unausgeglichener Handschrift unterzeichnet und somit als wahr bescheinigt worden.

Monk sah zu Evan hinüber, der nach wie vor am Fenster stand. »Mr. Scarsdale klingt wie ein störrischer, alter Gaul«, bemerkte er trocken.

»Und wie, Sir«, pflichtete Evan ihm mit leuchtenden Augen, aber ohne jede Spur eines Lächelns bei. »Vermutlich liegt's an dem Skandal in seinem Haus; zieht natürlich die Aufmerksamkeit der verkehrten Leute auf sich und ist ausgesprochen schlecht für das gesellschaftliche Ansehen.«

»Er ist ohnehin alles andere als ein Gentleman«, lautete Monks unbarmherziges und promptes Urteil.

Evan gab vor, ihn nicht ganz zu verstehen, obschon das eine offenkundige Lüge war.

»Alles andere als ein Gentleman, Sir?« Er runzelte fragend die Stirn.

»Ganz recht. Jemand, der sich seines sozialen Status sicher ist, würde sich kaum durch einen Skandal aus der Ruhe bringen lassen, der ihn lediglich durch einen geographischen Zufall betrifft und nichts mit ihm persönlich zu tun hat. Es sei denn, er kannte Grey gut.«

»Tat er nicht, Sir«, erwiderte Evan, doch seine Augen verrieten, daß er absolut Monks Meinung war. Offensichtlich litt Scarsdale immer noch unter der Schande, die über Grey gekommen war, und Monk konnte sich das lebhaft vorstellen. »Er stritt jede persönliche Beziehung zwischen ihnen ab, und das ist entweder eine Lüge oder doch sehr seltsam. Wenn er wirklich der Gentleman wäre, für den er sich ausgibt, hätte er Grey bestimmt besser gekannt oder zumindest hin und wieder ein paar Worte mit ihm gewechselt. Immerhin waren sie direkte Nachbarn.«

Monk hatte nicht die geringste Lust, um Mißerfolge zu buhlen. »Selbst wenn er bloß versucht, seine gesellschaftliche Position zu wahren, sollte man dem nachgehen. Also weiter im Text«, sagte er und nahm sich wieder die Unterlagen vor, dann blickte er jäh auf. »Wer hat die Leiche überhaupt gefunden?«

»Die Putzfrau und der Portier, Sir. Ihre Aussagen decken sich, nur daß die des Portiers etwas ergiebiger ist, weil wir ihn selbstverständlich auch zu dem fraglichen Abend befragt haben.«

»Auch?« Monk fand sich kurzzeitig nicht zurecht.

Evan wurde vor lauter Ärger über seinen Mangel an klarer Ausdrucksweise rot.

»Die Leiche wurde erst am anderen Morgen entdeckt, als die Frau, die für Grey kochte und saubermachte, erschien und nicht in die Wohnung kam. Er hatte sich geweigert, ihr einen Schlüssel zu geben, offenbar traute er ihr nicht; er ließ sie immer persönlich rein, und wenn er nicht da war, ging sie einfach wieder und kam später zurück. Normalerweise hinterließ er in dem Fall eine Nachricht beim Portier.«

»Ich verstehe. Ging er oft weg? Ich nehme an, wir wissen wohin?« Monks Stimme klang plötzlich ungewollt herrisch und ungeduldig.

»Laut Portier verbrachte er die Wochenenden bisweilen woanders. Manchmal, während der Ferien, blieb er auch länger fort, ein oder zwei Wochen in irgendeinem Landhaus«, erwiderte Evan.

»Was geschah also, als Mrs. – wie heißt sie eigentlich – eintraf?«

Evan nahm beinahe Haltung an. »Huggins. Sie klopfte wie üblich an die Tür, und als sie nach dem drittenmal keine Antwort erhielt, ging sie nach unten zum Portier – Grimwade –, um nachzusehen, ob Grey eine Nachricht hinterlassen hatte. Grimwade sagte ihr, er hätte Grey am vergangenen Abend heimkommen und das Haus bisher nicht wieder verlassen sehen, und schickte sie wieder hinauf. Vielleicht wäre Grey ja im Bad oder ungewöhnlich fest eingeschlafen gewesen und würde inzwischen zweifellos oben am Treppengeländer stehen und ungeduldig auf sein Frühstück warten.«

»Was er natürlich nicht tat«, warf Monk überflüssigerweise ein.

»Nein. Ein paar Minuten später war Mrs. Huggins vollkommen aufgelöst und fürchterlich aufgeregt zurück – diese Frauen kommen ohne Dramatik einfach nicht aus – und verlangte, daß Grimwade endlich etwas unternehmen sollte. Mit unendlichem Genuß«, Evan grinste freudlos, »prophezeite sie, Grey würde dort oben bestimmt kaltblütig abgeschlachtet in seinem eigenen Blut liegen. Sie meinte, man müsse unbedingt etwas tun und die Polizei rufen. Das hat sie mir bestimmt ein halbes dutzendmal erzählt.« Er schnitt eine Grimasse. »Sie ist mittlerweile felsenfest davon überzeugt, daß sie das zweite Gesicht hat, und ich habe eine Viertelstunde lang auf sie eingeredet, damit sie die Putzerei nicht an den Nagel hängt, um den Leuten künftig die Zukunft vorauszusagen. Eins steht jedenfalls fest: Für das Lokalblatt – und zweifellos auch in der hiesigen Kneipe – ist sie längst eine Art Heldin!«

Jetzt mußte auch Monk lachen.

»Wieder eine vor einer steilen Karriere in einer Rummelplatzbude bewahrt und in den sicheren Dienst der Herrschaft zurückgeführt«, meinte er. »Heldin für einen Tag – und kostenlosen Gin für das nächste halbe Jahr, wann immer sie ihre Geschichte zum besten gibt. Ging Grimwalde mit ihr nach oben?«

»Ja, bewaffnet mit dem Generalschlüssel.«

»Und was genau fanden sie vor?« Das war wahrscheinlich das einzige, was sie wirklich in der Hand hatten: die präzisen Fakten über den Fund der Leiche.

Evan dachte dermaßen angestrengt nach, daß Monk nicht sicher war, ob er sich die Zeugenaussage oder sein eigenes Bild der Räumlichkeiten in Erinnerung zu rufen versuchte.

»Die kleine Diele war perfekt aufgeräumt«, begann er schließlich. »Da standen die üblichen Dinge, ein Garderobenständer samt Mänteln und Hüten, ein weiterer, recht hübscher Ständer für Stöcke und Schirme und dergleichen, ein Schuhschrank, ein kleines Tischchen für Visitenkarten, sonst nichts. Alles war an seinem Platz. Die einzige Tür führt direkt ins Wohnzimmer, von dem aus man dann Bad, Küche und Schlafzimmer erreicht.« Ein Schatten glitt über sein ungewöhnliches Gesicht. Er entspannte sich ein wenig und lehnte sich, ohne es zu merken, gegen den Fensterrahmen.

»Nach der Diele war das Wohnzimmer wie ein Schlag ins Gesicht. Die Vorhänge waren zugezogen, und das Gaslicht brannte noch, obwohl es draußen längst hellichter Tag war. Mitten im Raum lag Grey, halb auf dem Fußboden, halb auf einem riesigen Sessel, mit dem Kopf nach unten. Überall war Blut – er sah ziemlich schlimm aus.« Evans Blick flackerte nicht die Spur, aber Monk sah deutlich, daß er es nur mit Mühe verhindern konnte. »Ich habe schon einige Leichen gesehen – aber die hier war mit Abstand im grauenhaftesten Zustand. Man hatte mit einem recht dünnen Gegenstand auf den Mann eingedroschen, bis er tot war, und das muß ganz schön lange gedauert haben; jedenfalls kann es kein Totschläger gewesen sein. Es hat allem Anschein nach einen heftigen Kampf gegeben. Ein kleiner Tisch war umgekippt und hatte dabei eins seiner Beine eingebüßt, auf dem Boden lagen überall Ziergegenstände herum, und einer der schwarzen Polstersessel lag auf dem Rücken – der, über dem die eine Hälfte von Greys Leiche hing.« Evans runzelte die Stirn, während er sich das Bild in Erinnerung rief; er sah blaß aus. »In den übrigen Zimmern war nichts verändert«, fuhr er mit einer fahrigen Handbewegung fort. »Es dauerte eine ganze Weile, bis Mrs. Huggins wieder so weit bei Sinnen war, daß wir sie überreden konnten, einen Blick in Küche und Schlafzimmer zu werfen, aber schließlich tat sie es doch und erklärte anschließend, beide Räume sähen noch genauso aus, wie sie sie am vorigen Tag zurückgelassen hatte.«

Monk holte tief Luft und dachte nach. Er mußte jetzt unbedingt etwas Intelligentes sagen, nicht nur irgendeinen albernen Kommentar zum Offensichtlichen abgeben. Evan behielt ihn abwartend im Auge, und er fühlte sich gehemmt.

»Er hat also irgendwann im Lauf des Abends Besuch bekommen«, begann er zaghafter als geplant. »Von jemandem, der mit ihm stritt oder ihn einfach ohne Vorwarnung angriff. Es gab einen heftigen Kampf, und Grey zog den kürzeren.«

»Mehr oder weniger«, stimmte Evan ihm zu und stellte sich wieder gerade hin. »Jedenfalls haben wir keinen weiteren Anhaltspunkt, dem wir nachgehen könnten. Wir wissen nicht mal, ob es sich um einen Fremden handelte oder um jemand, den Grey kannte.«

»Kein Anzeichen für gewaltsames Eindringen?«

»Nichts, Sir. Es ist auch ziemlich unwahrscheinlich, daß ein Einbrecher sich gewaltsam Zutritt zu einem Haus verschafft, in dem noch alle Lichter brennen.«

»Richtig.« Monk verfluchte sich im stillen für seine idiotische Frage. War er immer so blöd? Evan wirkte nicht im mindesten verwundert. War das reine Höflichkeit – oder befürchtete er nur, einen Vorgesetzten zu verärgern, der für seine Nachsicht nicht gerade berühmt war? »So dumm wäre er nicht«, sagte er laut. »Ich nehme an, er kann auch nicht von Grey überrascht worden sein und erst später das Licht angemacht haben, um uns an der Nase herumzuführen.«

»Genauso unwahrscheinlich, Sir. Wenn er tatsächlich so kaltblütig gewesen wäre, hätte er doch sicher ein paar Wertsachen mitgehen lassen, nicht wahr? Wenigstens das Geld aus Greys Brieftasche, denn das hätte man nicht zurückverfolgen können.«

Dem war nichts weiter hinzuzufügen. Monk seufzte und verschwand hinter seinem Schreibtisch. Er machte sich nicht die Mühe, Evan ebenfalls einen Stuhl anzubieten, und las die Zeugenaussage des Portiers zu Ende.

Lamb hatte ihn unermüdlich über sämtliche Lebewesen ausgefragt, die am fraglichen Abend in dem Haus ein- und ausgegangen waren, ob es sich nun um Lieferanten, Botenjungen oder streunende Tiere handelte, und immer wieder wissen wollen, ob jemand unbemerkt in Greys Wohnung hätte gelangen können. Grimwade, der offenbar eine boshafte Unterstellung heraushörte, war pikiert. Selbstverständlich nicht! Botenjungen würden stets zur richtigen Adresse begleitet, nach Möglichkeit nehme er ihnen die Nachricht sogar höchstpersönlich ab und leite sie weiter. Und kein einziges streunendes Tier hätte das Gebäude je durch seine Anwesenheit besudelt – ekelhafter Abschaum, solch streunendes Viehzeug, zu nichts Besserem nutze, als überall Dreck zu hinterlassen. Wofür hielt ihn die Polizei eigentlich – wollte man ihn auf Teufel komm raus beleidigen?

Monk hätte zu gern gewußt, was Lamb darauf erwidert hatte. Ihm wäre bestimmt eine passende Antwort über den relativen Nutzen herumstreunenden Viehzeugs und herumstreunender Menschen eingefallen! Selbst jetzt noch schossen ihm automatisch ein paar scharfe Entgegnungen durch den Kopf.

Grimwade schwor Stein und Bein, es wären zwei Besucher gekommen – und nur zwei! Er war absolut sicher, daß sonst niemand an seinem Fensterchen vorbeigekommen war. Bei dem ersten, etwa gegen halb acht, habe es sich um eine Frau gehandelt, und er hätte nicht die Absicht zu verraten, zu wem sie wollte, denn Privatangelegenheiten müßten schließlich mit der nötigen Diskretion behandelt werden. Zu Mr. Grey wollte sie jedenfalls nicht, das wisse er ganz genau. Außerdem sei sie ein ziemlich zerbrechliches Geschöpf gewesen, das dem Toten bestimmt nicht diese furchtbaren Verletzungen hätte zufügen können. Der zweite Besucher war ein Mann, den Grimwade selbst zur entsprechenden Tür eskortiert und auch dahinter verschwinden gesehen hatte.

Wer immer Grey ermordet hatte, mußte allem Anschein nach entweder einen der anderen Besucher als Köder für ein Ablenkungsmanöver benutzt haben, oder er hatte sich bereits in irgendeiner geschickten Tarnung unbemerkt ins Haus geschlichen und längst dort aufgehalten. Das klang zuumindest logisch.

Monk legte das Blatt zur Seite. Sie mußten sich Grimwade noch einmal vornehmen, auch die entferntesten Möglichkeiten mit ihm durchsprechen. Eventuell stießen sie dabei auf etwas Neues.

Evan ließ sich auf das Fensterbrett sinken.

Mrs. Huggins Erklärung war genauso, wie Evan sie beschrieben hatte, wenn auch ein wenig wortreicher. Monk las sie nur, weil er Zeit zum Nachdenken schinden wollte.

Anschließend widmete er sich dem letzten Blatt, dem Bericht des Gerichtsmediziners. Er war von allen der unerfreulichste, wahrscheinlich aber der wichtigste. Die Handschrift war klein, unglaublich präzise und sehr rund. Monk stellte sich den Verfasser als schmächtigen Arzt mit runder Brille und peinlich sauberen Fingern vor. Erst viel später fragte er sich, ob er je eine solche Person gekannt hatte und ob es vielleicht die erste zarte Andeutung für seine wiederkehrende Erinnerung war.

Der Bericht klang extrem klinisch, er erörterte den Zustand der Leiche, als handle es sich bei Joscelin Grey um irgendeine fremdartige Spezies, nicht um ein Individuum, ein menschliches Wesen mit Leidenschaften und Sorgen, Hoffnungen und Träumen, das gewaltsam und unvermittelt aus dem Leben gerissen worden war und in den letzten Augenblicken seines Daseins – die hier dermaßen gefühllos auseinandergepflückt wurden – unvorstellbares Entsetzen und unvorstellbaren Schmerz empfunden haben mußte.

Die Leiche war um kurz nach halb zehn Uhr vormittags untersucht worden. Sie war laut Untersuchungsprotokoll die eines schlanken, aber gut genährten Mannes Anfang dreißig, der außer einer relativ frischen Wunde am rechten Oberschenkel, wegen der er möglicherweise etwas gehinkt hatte, allem Anschein nach unter keinerlei Gebrechen oder Krankheiten litt. Dem Arzt zufolge handelte es sich um eine fünf oder sechs Monate alte, recht oberflächliche Verletzung, wie er sie bei vielen Exsoldaten gesehen hatte. Der Mann war seines Erachtens zwischen acht und zwölf Stunden tot. Genaueres konnte er bedauerlicherweise nicht sagen.

Die Todesursache war selbst für einen Laien auf den ersten Blick erkennbar gewesen: eine Reihe heftiger und brutaler Hiebe auf Kopf und Schultern des Opfers, vermutlich mit einem schweren Stock oder einer massiven Stange.

Monk legte den Bericht auf den Schreibtisch zurück; die detailgetreue Darstellung der Todesumstände hatte ihn ernüchtert. Die emotionslose, kalte Sprache ließ ein so unangenehmes Faktum wie den Tod nur noch greifbarer werden. Monk sah deutlich den Leichnam vor seinem geistigen Auge, beschwor in seiner Phantasie den süßlichen Verwesungsgestank und das Summen der Fliegen herauf. Hatte er mit vielen Mordfällen zu tun gehabt? Er konnte schlecht danach fragen.

»Ekelhaft«, sagte er, ohne Evan anzusehen.

»Und wie«, pflichtete der ihm kopfschüttelnd bei. »Die Zeitungen machten damals ein Mordstheater, gingen auf uns los, weil wir der Öffentlichkeit keinen Mörder präsentieren konnten. Abgesehen davon, daß Greys Tod viele Leute nervös gemacht hatte, ist der Mecklenburg Square eine ziemlich gute Adresse, und wenn man dort schon nicht sicher war, wo dann? Außerdem war Joscelin Grey ein allseits beliebter, recht harmloser, junger Exoffizier aus bester Familie. Er diente an der Krim und wurde wegen einer Kriegsverletzung aus dem Heer entlassen. Seine Akte kann sich sehen lassen: Mitglied der Charge of the Light Brigade, schwerverwundet während der Belagerung von Sewastopol.« In Evans Gesicht zuckte es ein wenig, teils aus Verlegenheit, teils aus Mitgefühl. »Viele Leute haben den Eindruck, sein Vaterland hätte ihn im Stich gelassen. Erst läßt es quasi zu, daß ihm so etwas überhaupt passiert, und dann wird der Täter noch nicht mal gefaßt.« Er schaute Monk an und bat ihn mit seinem Blick für diese unfaire Einstellung um Verzeihung – und dafür, daß er sie verstand. »Ich weiß, das ist ungerecht, aber ein Anflug von Kreuzrittertum läßt nun mal die Zeitungskassen klingeln; Sie wissen doch – das Motiv heiligt die Mittel! Und die herumziehenden Revolverschnauzen haben natürlich jede Menge Liedchen darüber komponiert: von wegen heimgekehrter Volksheld und so weiter!«

Monks Mundwinkel bogen sich nach unten.

»War's schlimm?«

»Ziemlich«, gab Evan achselzuckend zu. »Und wir haben nicht die geringste Spur. Wir haben das bißchen Beweismaterial immer wieder durchgekaut, und es gibt nichts, aber auch gar nichts, wodurch man ihn mit einer anderen Person in Verbindung bringen könnte. Jeder x-beliebige Straßenstrolch kann ins Haus gelangt sein, wenn er schlau genug war, den Portier zu umgehen. Niemand sah oder hörte irgendwas Nützliches. Wir sind genau da, wo wir angefangen haben.« Er stand verdrossen auf und kam zum Tisch getrottet. »Ich denke, Sie sollten sich die Beweisstücke einmal ansehen, auch wenn es nicht viel zu sehen gibt. Und dann möchten Sie vermutlich einen Blick in die Wohnung werfen, um wenigstens einen Eindruck vom Tatort zu gewinnen.«

Monk stand ebenfalls auf.

»Ja, das möchte ich. Man weiß ja nie, vielleicht fällt uns doch noch etwas auf.« Obschon er es sich beim besten Willen nicht vorstellen konnte. Wenn Lamb und dieser scharfsinnige, gewiefte Polizeinovize schon keinen Erfolg gehabt hatten, was sollte er dann noch ausrichten? Er spürte, wie ihn die Angst zu versagen langsam von allen Seiten einkreiste, dunkel und bedrohlich. Hatte Runcorn ihm diesen Fall übergeben, weil er genau wußte, daß Monk scheitern würde? War es ein dezenter und ausgesprochen wirkungsvoller Weg, Monk loszuwerden, ohne herzlos zu erscheinen? Wie konnte er mit Sicherheit ausschließen, daß Runcorn kein alter Feind von ihm war? Hatte er seinem Vorgesetzten irgendwann einmal übel mitgespielt? Die Möglichkeit bestand durchaus. Was bisher an schemenhaften Umrissen seines Charakters aufgetaucht war, hatte nicht gerade durch spontan empfundenes Mitgefühl oder plötzliche

Freundlichkeit und Wärme geglänzt. Er lernte sich kennen, wie ein Fremder ihn kennenlernen würde, und was er bis jetzt an sich entdeckt hatte, erfüllte ihn keineswegs mit Stolz. Er konnte Evan wesentlich besser leiden als sich selbst.

Sein junger Kollege marschierte in flottem Tempo vor ihm her, seine langen Beine trugen ihn erstaunlich schnell davon. Jede Faser in Monk wollte ihm vertrauen, trotzdem war er durch seine Unwissenheit fast bis zur Bewegungslosigkeit gelähmt. Jedes sichere Fleckchen Erde unter seinen Füßen verwandelte sich durch sein Gewicht in Treibsand. Er wußte nichts. Sein Leben war eine einzige Mutmaßung, ein sich ständig wiederholendes Rätselraten.

Er handelte und reagierte automatisch und hatte außer seinem Instinkt und seinen eingefleischten Angewohnheiten nichts, worauf er sich verlassen konnte.

Die Beweisstücke waren verblüffend spärlich; man hatte sie wie abhanden gekommene, besitzerlose Gegenstände in einem Fundbüro nebeneinander aufgereiht. Es waren die traurigen und reichlich peinlich anrührenden Überbleibsel aus dem Leben eines andern, die plötzlich ihren Sinn und Zweck verloren hatten und Monk ein wenig an seine eigenen Habseligkeiten in der Grafton Street erinnerten: lauter Gegenstände, deren Geschichte und Bedeutung für immer ausgelöscht waren.

Er blieb neben Evan stehen und nahm einige Kleidungsstücke in die Hand. Die dunkle, aus exzellentem Tuch gearbeitete Hose war mit Blutflecken übersät. Die auf Hochglanz polierten Stiefel waren kaum abgelaufen, die Unterwäsche offensichtlich erst vor ganz kurzer Zeit gewechselt worden. Oberhemd und Seidentuch waren auf der Brust und im Nacken stark blutverschmiert. Auch das hochmodische Jackett war durch das Blut vollkommen ruiniert, außerdem an einem Ärmel eingerissen. Außer einer ungefähren Ahnung von Joscelin Greys Größe und Körperbau sowie einer gewissen Bewunderung für seinen Geldbeutel und Geschmack brachten ihm die Sachen nichts Neues. Da die Herkunft der Verletzungen bereits feststand, ließ sich auch aus den Blutflecken nichts ableiten.

Er legte die Kleidungsstücke zurück und wandte sich zu Evan um, der ihn beobachtete.

»Nicht sehr hilfreich, was, Sir?« Evan betrachtete die Sachen mit einer Mischung aus Bedauern und Unwillen. Etwas in seinem Gesicht schien echter Kummer zu sein; vielleicht war er für den Beruf eines Polizisten einfach zu sensibel.

»Nein, nicht besonders«, meinte Monk trocken. »War das alles?«

»Die Tatwaffe noch, Sir.« Evan streckte einen Arm aus und nahm einen schweren Ebenholzstock mit Silberknauf in die Hand. Er war mit getrocknetem Blut und Haaren überkrustet.

Monk zuckte zusammen. Sollte er jemals zuvor etwas derart Gräßliches gesehen haben, mußte sich seine Immunität dagegen zusammen mit seinem Erinnerungsvermögen auf und davon gemacht haben.

»Widerlich.« Evans Mundwinkel wanderten nach unten, während er die rehbraunen Augen weiterhin auf Monk gerichtet hielt.

Monk wurde sich des Blickes plötzlich voll bewußt und geriet beinah aus der Fassung. Diese Abneigung, dieses Mitleid – galt das alles ihm? Fragte Evan sich, wie ein ranghöherer Polizeibeamter nur so zimperlich sein konnte? Er kämpfte seinen Ekel mit einiger Anstrengung nieder und nahm den Stock in die Hand. Er war ungewöhnlich schwer.

»Kriegsverletzung«, bemerkte Evan, ohne den Blick von ihm zu wenden. »Laut Zeugenaussagen lief er tatsächlich damit rum, er benutzte ihn nicht nur zur Zierde.«

»Das rechte Bein.« Monk rief sich den Bericht des Gerichtsmediziners in Erinnerung. »Erklärt auch das Gewicht.« Er legte den Stock weg. »Sonst nichts?«

»Nur ein paar zerbrochene Gläser und eine ebenfalls zerbrochene Karaffe, Sir. Muß der Lage nach alles auf dem umgekippten Tischchen gestanden haben; eine Reihe Ziergegenstände lagen auch noch herum. In Mr. Lambs Ordner befand sich eine Skizze, wie es in dem Raum ausgesehen hat. Ich weiß zwar nicht, wie die uns weiterhelfen soll, aber Mr. Lamb hat stundenlang darüber gebrütet.«

Monk empfand erst einen Anflug von Mitgefühl für Lamb, dann für sich selbst. Einen Moment lang wünschte er, er könnte mit Evan die Rollen tauschen, sämtliche Entscheidungen und Beurteilungen jemand anders überlassen, die Verantwortung für jegliches Scheitern von sich schieben. Er haßte es zu versagen! Er merkte plötzlich, was für ein verzehrendes, brennendes Verlangen er hatte, diesen Fall aufzuklären, zu gewinnen, dieses süffisante Lächeln aus Runcorns Gesicht zu vertreiben.

»Ach so – das Geld, Sir.« Evan brachte eine Pappschachtel zum Vorschein und öffnete sie. In ihrem Innern befanden sich eine Brieftasche aus feinstem Schweinsleder und – fein säuberlich davon getrennt – mehrere Sovereigns nebst einer Reihe Geschäftskarten von einem Klub und einem exklusiven Restaurant. Etwa ein Dutzend Karten stammten vom Opfer selbst. Sie trugen die Aufschrift »Major the Honorable Joscelin Grey, Mecklenburg Square 6, London«.

»Ist das jetzt endgültig alles?« fragte Monk.

»Ja, Sir. Es sind insgesamt sieben Schilling und Sixpence. Falls es tatsächlich einen Dieb gab, ist es ziemlich seltsam, daß er sie nicht eingesteckt hat.«

»Vielleicht hatte er Angst – er kann selbst verletzt gewesen sein.« Etwas anderes fiel ihm nicht ein, statt dessen forderte er Evan mit einem Wink auf, die Pappschachtel wegzulegen. »Wir sollten uns besser auf den Weg machen und uns am Mecklenburg Square umsehen.«

»Jawohl, Sir.« Evan richtete sich gehorsam zu voller Größe auf. »Es ist ein Fußmarsch von etwa einer halben Stunde. Schaffen Sie das schon?«

»Was, die paar Kilometer? Ich hab mir den Arm gebrochen, Mann, nicht beide Beine!« Und mit diesen Worten riß Monk Hut und Mantel vom Haken.

Evan erwies sich als eine Spur zu optimistisch. Dank Gegenwind und der nötigen Umsicht, um nicht mit Hausierern, anderen Fußgängern sowie dem Verkehr und dem Pferdemist auf den Straßen zu kollidieren, brauchten sie gut vierzig Minuten, bis sie den Mecklenburg Square erreicht, die Vorgärten umrundet und Nummer sechs ausfindig gemacht hatten. An der Ecke zur Doughty Street fuhrwerkte ein Junge emsig mit dem Besen auf der Kreuzung herum, und Monk fragte sich unwillkürlich, ob es wohl derselbe war wie an jenem Abend im Juli. Er spürte kurzzeitig Mitleid für dieses Kind in sich hochsteigen, das bei jedem Wetter hier draußen war, oft bei Hagel oder Schnee, und sich vor die Rollwagen und Karren stürzen mußte, um Dung aufzuschaufeln. Was für eine jämmerliche Art und Weise, seinen Lebensunterhalt zu verdienen! Doch dann ärgerte er sich über sich selbst – das war dummer und sentimentaler Blödsinn. Er mußte auf dem Boden der Tatsachen bleiben! Er straffte sich und marschierte in die Eingangshalle. Vor der Tür zu einem winzigen Büro, einem engen Kabuff besser gesagt, stand der Portier.

»Kann ich Ihnen helfen, Sir?« Er trat ihnen mit liebenswürdiger Miene entgegen, machte jedoch gleichzeitig ein weiteres Vordringen unmöglich.

»Grimwade?« fragte Monk.

»Ja, Sir?« Der Mann war ganz offensichtlich verblüfft und auch verlegen. »Tut mir leid, Sir, aber ich wüßte nicht, daß ich Ihnen schon mal begegnet bin. Normalerweise habe ich ein gutes Gedächtnis für Gesichter –« Er ließ den Satz unvollendet und hoffte anscheinend, Monk würde ihm weiterhelfen. Dann schaute er zu Evan hinüber, woraufhin ein Funken von Wiedererkennen in seinem Gesicht aufblitzte.

»Polizei«, sagte Monk schlicht. »Wir möchten uns Major Greys Wohnung gern noch einmal ansehen. Haben Sie den Schlüssel?«

Die Erleichterung des Mannes war sehr gemischt.

»O ja, Sir, und wir haben niemand reingelassen. Das Schloß is immer noch so, wie Mr. Lamb es hinterlassen hat.«

»Gut. Vielen Dank.« Monk hatte damit gerechnet, daß der Portier einen Dienstausweis sehen wollte, doch der Mann schien voll und ganz damit zufrieden zu sein, daß er Evan kannte, und verschwand hinter seinem Kämmerchen, um den Schlüssel zu holen.

Einen Augenblick später war er zurück und führte sie mit dem gebührenden Ernst angesichts eines Todesfalles – obendrein eines gewaltsam herbeigeführten – die Treppe hinauf. Monk beschlich kurzzeitig die beklemmende Befürchtung, Joscelin Greys Leiche könnte noch dort oben liegen, unberührt und nur auf ihr Erscheinen wartend.

Aber das war albern, und er schüttelte den Gedanken entschlossen ab. Allmählich wuchs sich das Ganze zu einem immer wiederkehrenden Alptraum aus. Lächerlich – als könnten sich Ereignisse wiederholen!

»Wir sind da, Sir.« Evan stand mit dem Schlüssel des Portiers in der Hand vor einer Tür. »Es gibt natürlich auch eine Hintertür, die in die Küche führt und für Lieferanten und Dienstpersonal bestimmt ist, aber sie mündet ebenfalls in diesen Flur, nur etwa zehn Meter weiter vorn.«

Monk konzentrierte sich mühsam auf die aktuellen Geschehnisse. »Am Portier muß man aber trotzdem vorbei?«

»Sicher, Sir. Es hat nicht viel Sinn, einen Portier einzustellen, wenn man trotzdem unbemerkt ins Haus gelangen kann. Dann könnte einen ja jeder Bettler und Hausierer nach Herzenslust belästigen.« Er schnitt eine einzigartige Grimasse, während er versuchte, sich die Gepflogenheiten der Bessergestellten auszumalen. »Und die Gläubiger erst!«

»Ja, die ganz besonders«, bestätigte Monk mit sardonischem Grinsen.

Evan drehte sich um und schob den Schlüssel ins Schloß. Er zögerte, als würde ihn etwas zurückhalten, als wäre der Ort noch von der Erinnerung an die brutale Gewalt behaftet, deren Spuren er dort drinnen gesehen hatte. Oder projizierte Monk lediglich seine eigenen Phantastereien auf jemand anderen?

Die kleine Diele war genauso, wie Evan sie beschrieben hatte: aufgeräumt, sehr sauber und gepflegt, dem georgianischen Stil getreu ganz in Blau gehalten und mit weißlackierten Zierleisten versehen. Monk sah den Hutständer mit der Abstellmöglichkeit für Stöcke und Regenschirme, das Tischchen mit den Visitenkarten. Evan stakste steifbeinig voraus und öffnete die Tür zum Wohnzimmer.

Monk ging ihm nach. Er war nicht sicher, was er vorzufinden erwartete. Auch sein Körper befand sich in Alarmbereitschaft, als rechne er mit einem Angriff, mit irgend etwas Plötzlichem und Grauenhaftem, das jeglicher Vernunft zuwiderlief.

Der Raum war aufwendig tapeziert, was eine horrende Summe Geld verschlungen haben mußte, im trüben Tageslicht – ohne den warmen Schein der Gaslampen oder des Kaminfeuers – jedoch kaum zur Geltung kam. Die wedgwoodblauen Wände wirkten auf den ersten Blick makellos, die weißen Zierleisten schienen nicht den kleinsten Kratzer zu haben, doch über dem polierten Holz von Chiffoniere und Sekretär lag eine zarte Staubschicht, und die Farben des Teppichs wurden durch einen unsichtbaren Film gedämpft. Sein Blick glitt automatisch zum Fenster, von dort aus über die restlichen Möbel – ein Beistelltischchen mit gedrechselten Beinen, dessen Kanten wie umgestülpte Teigdecken aussahen, einen Blumenständer mit einer japanischen Schale darauf, einen Bücherschrank aus Mahagoni – und blieb schließlich an dem umgestürzten Sessel und dem direkt davor liegenden, ramponierten Wohnzimmertisch hängen. Seine bleiche Holzunterseite bildete einen beinah obszönen Kontrast zu der weichen Satinhaut des Sessels; er sah aus wie ein Tier, das alle viere in die Luft streckt.

Und dann sah Monk den Blutfleck auf dem Boden. Er war nicht besonders groß, aber sehr dunkel, fast schwarz. Grey mußte an dieser Stelle ziemlich viel Blut verloren haben. Er blickte zur Seite und stellte auf diese Weise fest, daß es sich bei dem, was er für ein Teppichmuster gehalten hatte, offensichtlich um weitere Blutspritzer handelte, nur waren sie heller. An der gegenüberliegenden Wand hing ein Bild schief. Er ging hinüber, um es sich genauer anzusehen, und entdeckte neben dem Bild eine Schramme an der Wand sowie einige leichte Kratzer auf dem Motiv selbst. Es handelte sich um ein miserables, in grellen Blautönen gehaltenes Aquarell der Bucht von Neapel; im Hintergrund ragte ein unförmiger Vesuv gen Himmel.

»Es muß ein beachtlicher Kampf stattgefunden haben«, sagte er ruhig.

»Allerdings, Sir«, erwiderte Evan, der unschlüssig mitten im Raum stand. »Arme, Schultern und Rumpf wiesen zahlreiche Blutergüsse auf, außerdem war ein Knöchel aufgeschürft. Ich würde sagen, er hat sich ordentlich gehalten.«

Monk schaute ihn stirnrunzelnd an.

»Ich kann mich nicht erinnern, etwas Derartiges im Bericht des Gerichtsmediziners gelesen zu haben.«

»Ich glaube, dort hieß es bloß ›Anzeichen für einen Kampf‹, Sir.

Aber das geht aus dem Zustand dieses Zimmers sowieso eindeutig hervor.« Evan ließ seinen Blick durch den Raum schweifen. »Auf dem Sessel ist auch Blut.« Er deutete auf das dick gepolsterte Monstrum, das auf dem Rücken lag. »Dort hat er gelegen – mit dem Kopf auf dem Fußboden. Wir sind hinter einem äußerst brutalen Kerl her, Sir«, verkündete er abschließend und schüttelte sich leicht.

»In der Tat.« Monk starrte finster umher und versuchte sich vorzustellen, was vor etwa sechs Wochen in diesem Raum vorgegangen sein mochte, welches Grauen, welche Furcht hier geherrscht haben mußten, wie Körper aneinanderprallten, zwei Schatten hin- und herglitten – Schatten deshalb, weil er sie nicht kannte –, wie Möbel umstürzten, Glas klirrend zu Bruch ging. Und plötzlich wurde die Vorstellung fast real, klarer und weitaus drastischer als alles, was sich seine Phantasie ausdenken konnte, glutrote Augenblicke der Raserei und des Entsetzens, der niedersausende Stock – und dann war es wieder vorbei, und er blieb zitternd und der Übelkeit nahe zurück. Was, in Gottes Namen, hatte sich in diesem Zimmer abgespielt, daß der Widerhall des Geschehenen immer noch überall lauerte wie ein gequälter Geist – oder wie eine reißende Bestie?

Er wandte sich ab und ging, tastete wie blind nach der Tür, ohne sich weiter um Evan zu kümmern. Er mußte hier raus, hinunter auf die vertraute und schmutzige Straße – dorthin, wo es Stimmen gab, wo der Alltag zwar anstrengend, aber greifbar war. Er wußte nicht einmal, ob Evan ihm folgte.

3

Kaum stand Monk draußen auf der Straße, ging es ihm besser, auch wenn es ihm nicht gelang, die beklemmende Vision ganz abzuschütteln, die ihn oben mit derartiger Heftigkeit überfallen hatte. Immerhin war sie einen Augenblick lang real genug gewesen, ihm den kalten Angstschweiß aus sämtlichen Poren zu treiben, und hatte ihm einen solch klaren Eindruck von der Brutalität der Tat vermittelt, daß ihm regelrecht schlecht geworden war und er vor Entsetzen gezittert hatte.

Er strich sich mit bebender Hand über die nasse Wange. Der Wind peitschte schwere, harte Regentropfen vor sich her.

Als Monk sich wieder zum Haus umwandte, sah er Evan hinter sich stehen. Falls dieser oben in der Wohnung das gleiche wahrgenommen haben sollte wie er, so war es ihm jedenfalls nicht anzumerken. Er schien verwirrt, ein wenig bedrückt, das war alles.

»Ein brutaler Kerl«, wiederholte Monk Evans Worte mit steifen Lippen.

»Ja, Sir«, bestätigte Evan feierlich und trat neben ihn. Er machte Anstalten, noch etwas zu sagen, überlegte es sich aber anders und fragte statt dessen: »Wo wollen Sie jetzt anfangen?«

Es dauerte eine Weile, bis Monk das Chaos in seinem Kopf so weit im Griff hatte, daß er in der Lage war zu antworten. Sie gingen die Doughty in Richtung Guilford Street hinunter.

»Bei den Zeugenaussagen. Ich werde sie noch einmal überprüfen«, meinte er schließlich und blieb jäh an der Bordsteinkante einer Straßenecke stehen, wo gerade ein Hansom vorbeiraste; unter den Rädern spritzte nach allen Seiten Regenwasser und Dreck weg. »Etwas Besseres fällt mir momentan nicht ein, also beginne ich erst einmal mit dem, das am wenigsten Erfolg verspricht. Da hätten wir den Straßenfeger.« Er deutete auf ein Kind, das wenige Meter vor ihnen emsig mit dem Aufkehren von Tierexkrementen beschäftigt war und währenddessen hastig nach einem Penny grapschte, den ihm jemand hingeworfen hatte. »Ist es derselbe?«

»Ich glaube wohl, Sir. Ich kann sein Gesicht von hier aus nicht erkennen.« Mit diesen Worten beschönigte Evan den Umstand, daß die Gesichtszüge des Jungen unter einer dicken Schicht Dreck verborgen lagen; außerdem steckte die obere Hälfte seines Kopfes unter einer riesigen Stoffmütze, die ihm offenbar als Regenschutz diente.

Monk und Evan betraten die Kreuzung und gingen auf ihn zu.

»Na?« erkundigte sich Monk, als sie den Jungen erreicht hatten.

Evan nickte.

Monk durchforstete seine Manteltaschen nach Kleingeld; er fühlte sich verpflichtet, dem Kind den Verdienstausfall zu ersetzen, der ihm in der verlorenen Zeit entstehen würde. Er brachte eine Twopencemünze zum Vorschein und hielt sie ihm hin.

»Ich bin von der Polizei, Alfred. Ich möchte gern mit dir über den Gentleman sprechen, der hier in Nummer sechs ermordet wurde.«

Der Junge griff nach dem Geldstück.

»Tja, ich hab dem andern Bullen schon alles gesagt, Mister. Sonst weiß ich nix.« Er zog die Nase hoch und schaute Monk hoffnungsvoll an. Zu einem Typen, der mit Twopencemünzen um sich warf, konnte man ruhig nett sein.

»Schon möglich«, räumte Monk ein, »ich würde mich aber trotzdem gern mit dir unterhalten.« Der Karren eines Straßenhändlers polterte in Richtung Grey's Inn Road an ihnen vorbei; er bespritzte sie mit Schlamm und warf fast direkt vor ihren Füßen einige Kohlblätter ab. »Warum gehen wir nicht auf den Bürgersteig?« erkundigte sich Monk, wobei er mühsam seinen Ärger unterdrückte. Seine guten Stiefel waren ruiniert, die Hosenbeine trieften vor Nässe.

Der Junge nickte und dirigierte sie dann, als er ihre Ungeschicklichkeit im Ausweichen bemerkte, mit der nur echten Profis eigenen Herablassung für Amateure zur Bordsteinkante zurück.

Dort angekommen, ließ er die Twopence irgendwo in den Falten seiner vier oder fünf Jacken verschwinden, meinte zuversichtlich:

»Na, dann schießen Se mal los!« und zog noch einmal geräuschvoll die Nase hoch. Aus Respekt vor dem gesellschaftlichen Rang seiner Begleiter sah er davon ab, sie sich mit dem Ärmel abzuwischen.

»Du hast Major Grey am Tag seines Todes heimkommen sehen?« begann Monk in angemessen feierlichem Ton.

»Jawoll, und ihm is niemand gefolgt. Mir is jedenfalls keiner aufgefallen.«

»War viel los auf der Straße?«

»Nee, gar nich! War 'n ganz fieser Abend für Juli, hat gegossen wie aus Eimern. Kaum 'ne Menschenseele zu sehen, und wenn, sind se alle gerannt, so schnell se die Füße tragen konnten.«

»Wie lang arbeitest du schon hier auf der Kreuzung?«

»'n paar Jahre.« Die dünnen blonden Augenbrauen wanderten verblüfft nach oben; mit dieser Frage hatte der Junge offensichtlich nicht gerechnet.

»Dann kennst du bestimmt die meisten Leute, die hier in der Gegend wohnen?«

»Klar, ich denk schon.« Plötzlich blitzte in seinen Augen Verstehen auf. »Sie meinen, ob ich jemand gesehen hab, der nich hierher gehört?«

Monk nickte beifällig angesichts soviel Klugheit. »Den Nagel auf den Kopf getroffen.«

»Dem haben se den Schädel eingeschlagen, nicht wahr?«

»Ja.« Monk zuckte innerlich zusammen; die Floskel paßte leider nur allzugut.

»Dann sind Se also nich hinter 'ner Frau her?«

»Nein«, bestätigte Monk und dachte im selben Moment, daß der Täter durchaus ein als Frau verkleideter Mann gewesen sein konnte – falls Greys Mörder kein Fremder gewesen war, sondern jemand, der ihn kannte, der Zeit genug gehabt hatte, im Lauf der Jahre den enormen Haß in sich aufzustauen, der in jedem Winkel dieses unheilvollen Zimmers zu lauern schien. »Es sei denn, sie war sehr groß«, fügte er hinzu, »und sehr stark.«

Der Junge unterdrückte ein anzügliches Grinsen. »Die, die ich gesehen hab, war von der kleinen Sorte. Die meisten Frauen gehn doch sowieso bloß in hochmodernen Klamotten raus, worin se so hübsch wie möglich aussehen oder doch wenigstens so, wie 'ne richtige Frau aussehen soll. Große, starke Flittchen laufen hier nicht rum und Frauen, die wie Putzlappen aussehen, schon gar nich!«

Er zog vielsagend die Nase hoch und die Mundwinkel zum Zeichen seiner Mißbilligung grimmig nach unten. »Nur erstklassige, wie se sich die feinen Herren hier leisten können.« Er machte eine ausladende Handbewegung über die stattlichen Häuserfronten.

»Ich verstehe.« Monk ließ sich seine Belustigung nicht anmerken. »Und du hast gesehen, wie eine solche Frau an jenem Abend in Nummer sechs verschwand?« Vermutlich hatte es nichts zu bedeuten, aber schließlich mußten sie bei diesem Stand der Ermittlungen jedem Hinweis nachgehen.

»Keine, die das nich regelmäßig getan hat, Mister.«

»Um wieviel Uhr?«

»Gerade, als ich nach Hause gehn wollte.«

»Um halb sieben?«

»Stimmt genau.«

»Und davor?«

»Sie meinen nur die, die in Nummer sechs reingegangen sind?«

»Ja.«

Der Junge schloß die Augen und dachte angestrengt nach; er gab sich alle Mühe, gefällig zu sein, denn vielleicht sprang ja noch ein Twopencestück heraus. »Ein so 'n Herr aus Nummer sechs kam zusammen mit 'nem andern nach Hause, 'n kleinerer Typ mit so 'nem Kragen, der wie 'n Pelz mit ganz viel Locken aussieht.«

»Astrachan?« schlug Monk vor.

»Keine Ahnung, wie so was heißt. Jedenfalls ging er so um sechs Uhr rein und kam nich wieder raus. Hilft Ihnen das, Mister?«

»Durchaus möglich. Ich muß mich wirklich sehr bei dir bedanken.« Monk klang vollkommen ernst; er gab dem Jungen zu Evans größter Überraschung noch einen Penny und schaute ihm nach, wie er sich fröhlich in den Verkehr auf der Durchgangsstraße stürzte und seine Pflichten wieder aufnahm.

Evans Gesicht war in nachdenkliche, grüblerische Falten gelegt, aber Monk traute sich nicht zu fragen, ob nun die Antworten des

Jungen dafür verantwortlich waren oder ein Rätselraten über die Vermögensverhältnisse seines Vorgesetzten.

»Das Mädchen mit den Bändern ist heute nicht da.« Evans Augen suchten den Bürgersteig längs der Guilford Street ab. »Wen wollen Sie sich als nächstes vornehmen?«

Monk überlegte einen Moment. »Was ist mit dem Kutscher? Ich nehme an, wir haben seine Adresse?«

»Schon, Sir, aber ich bezweifle, daß er jetzt zu Hause ist.«

Monk drehte sich um; Nieselregen und schneidender Ostwind schlugen ihm ins Gesicht. »Wenn er nicht zufällig krank ist, ja«, stimmte er Evan zu. »Ein glänzender Tag fürs Geschäft. Bei diesem Wetter geht niemand freiwillig zu Fuß.« Das gefiel ihm – es klang intelligent und war doch nur gesunder Menschenverstand. »Wir werden ihm eine Ladung aufs Revier schicken, auch wenn ich mir nicht vorstellen kann, daß er seiner Aussage noch irgend etwas hinzufügen könnte.« Er grinste sarkastisch. »Es sei denn natürlich, er hat Grey selbst ins Jenseits befördert.«

Evan starrte ihn mit großen Augen an; er war sich offenbar nicht sicher, ob Monk nur Spaß machte. Der stellte plötzlich fest, daß er es selbst nicht genau wußte. Es gab keinen Grund, dem Kutscher zu glauben. Vielleicht hatte es ein hitziges Wortgefecht zwischen den beiden gegeben, irgendeinen dummen Streit – beispielsweise wegen des Fahrpreises. Vielleicht hatte der Mann Grey nach oben begleitet, weil er einen Koffer oder ein Paket für ihn tragen mußte, die Wohnung gesehen – den Platz, die anheimelnde Wärme, den ganzen wertvollen Klunker – und war daraufhin in einem Anfall von Neid handgreiflich geworden. Er könnte betrunken gewesen sein; er wäre nicht der erste Kutscher, der sich etwas zu reichlich gegen Regen, Kälte und langweilige, einsame Stunden gewappnet hätte. Schließlich gingen die meisten seiner Kollegen an Bronchitis oder übermäßigem Alkoholkonsum zugrunde.

Evan sah ihn immer noch unsicher an.

Monk beschloß, die letzten Gedanken auszusprechen.

»Wir müssen uns beim Portier noch einmal vergewissern, ob Grey das Haus tatsächlich allein betreten hat. Er könnte einen bepackten Kutscher zum Beispiel genauso leicht übersehen haben, wie man einen Postboten übersieht; solche Leute sind zu einer derart festen Einrichtung geworden, daß die Augen sie zwar sehen, das Gehirn aber nicht registriert.«

»Möglich wär's.« Evan klang allmählich überzeugter. »Vielleicht hat er sich auch im Auftrag eines andern die Adressen von allen wohlhabenden Fahrgästen notiert, bei denen eventuell was zu holen wäre. Als kleinen Nebenverdienst sozusagen.«

»Ja, vielleicht.« Monk hatte das Gefühl, auf dem Bürgersteig langsam zu Eis zu erstarren. »Er würde das Haus zwar nicht so gut kennen wie der Junge, der den Müll abholt, wüßte aber eher, wann das Opfer nicht zu Hause ist. Nur daß es in Greys Fall gründlich danebenging – falls es sich tatsächlich so abgespielt hat.« Er schauderte. »Wahrscheinlich wäre es besser, dem Mann einen Besuch abzustatten, als ihn aufs Revier zu zitieren; er könnte nervös werden. Wissen Sie eigentlich, wie spät es schon ist? Kommen Sie, gehen wir in eine Schenke, essen eine Kleinigkeit und hören uns den neuesten Klatsch an. Anschließend gehen Sie zum Revier zurück und stellen fest, ob irgend etwas über diesen Kutscher vorliegt. Ich werde mir noch mal den Portier und ein paar Nachbarn vornehmen.«

Die Schenke entpuppte sich als angenehmer, lärmender Ort. Man brachte ihnen Bier und Sandwich mit ausgesuchter Höflichkeit, behielt sie jedoch vorsichtshalber im Auge; zum einen waren sie fremd, zum andern sahen sie verdächtig nach Polizei aus. Das einzig Neue, was sie zu hören bekamen, waren ein paar deftige Zoten. Joscelin Grey schien das Lokal nicht mit seiner Anwesenheit beehrt zu haben, weshalb ihm auch kein spezielles Mitgefühl zuteil wurde, sondern lediglich jenes allgemeine Interesse, das ein makabres Ereignis wie Mord auf sich zieht.

Evan begab sich nach dem kurzen Imbiß schnurstracks zur Polizeiwache, während Monk zum Mecklenburg Square und zu Grimwade zurückkehrte. Er begann noch einmal von vorn.

»Jawohl, Sir«, sagte Grimwade geduldig. »Major Grey kam um Viertel nach sechs nach Hause, vielleicht auch etwas früher, und er sah genauso aus wie immer.«

»Kam er mit einer Kutsche?« Monk wollte ganz sichergehen, daß er dem Mann die gewünschte Antwort nicht suggerierte.

»Ja, Sir.«

»Woher wissen Sie das? Haben Sie die Kutsche gesehen?«

»Ja, Sir, das hab ich.« Grimwade konnte sich nicht recht entscheiden, ob er nun nervös oder gekränkt sein sollte. »Sie hielt genau hier vor der Tür; das war kein Abend, an dem man zu Fuß gegangen wär, wenn man nich unbedingt mußte.«

»Haben Sie auch den Kutscher gesehen?«

»Also, ich versteh wirklich nich, was das soll!« Das klang allerdings beleidigt.

»Haben Sie ihn gesehen?« beharrte Monk.

Grimwade verzog das Gesicht. »Kann mich jedenfalls nich dran erinnern.«

»Ist er vielleicht abgestiegen, um Major Grey beim Tragen eines Koffers oder eines Pakets zu helfen?«

»Nich daß ich wüßte – nein, isser nich.«

»Sind Sie sicher?«

»Ja, völlig sicher. Er hat keinen Fuß durch diese Tür gesetzt!«

Damit war zumindest diese Theorie beim Teufel. Eigentlich war er zu alt, um deswegen enttäuscht zu sein, doch schließlich hatte er keinerlei Erfahrung, auf die er sich berufen konnte. Das meiste schien ihm ohnehin wie von selbst zuzufliegen, auch wenn der Großteil davon wahrscheinlich bloß gesunder Menschenverstand war.

»Er ging allein nach oben?« versuchte er es ein letztes Mal, um auch den allerletzten Zweifel zu beseitigen.

»Jawohl, Sir. Mutterseelenallein.«

»Hat er etwas zu Ihnen gesagt?«

»Weiß nich mehr. Wenn's der Rede wert gewesen wär, würd ich mich wohl dran erinnern. Jedenfalls hat er ganz bestimmt nich gesagt, daß er Angst hat oder irgendwen erwartet.«

»Aber es waren am fraglichen Nachmittag und Abend doch ein paar Besucher hier?«

»Keine, die irgendwen ermorden wollten.«

»So, meinen Sie.« Monk zog die Augenbrauen hoch. »Sie wollen doch nicht etwa andeuten, Major Grey hätte eine Art bizarren Unfall gehabt? Oder daß es noch eine andere Alternative gibt – daß der Mörder sich nämlich bereits im Haus befand?«

Grimwades Gesichtsausdruck durchlief einen fliegenden Wechsel von Resignation über extremes Pikiertsein zu blankem Entsetzen. Er starrte Monk vollkommen verdattert an.

»Oder haben Sie vielleicht eine bessere Idee? Ich hab jedenfalls keine.« Monk seufzte. »Denken wir noch mal in Ruhe darüber nach. Sie sagten, nach Major Greys Ankunft wären noch zwei Personen gekommen: gegen sieben Uhr eine Frau und später dann, etwa um Viertel vor zehn, ein Mann. Also, Mr. Grimwade, zu wem wollte diese Frau, und wie sah sie aus? Und bitte – keine kosmetischen Alterationen um der lieben Diskretion willen!«

»Keine was?«

»Die Wahrheit, Mann!« schnappte Monk. »Es könnte verdammt unangenehm für Ihre Mieter werden, wenn wir der Sache auf eigene Faust auf den Grund gehen müßten.«

Grimwade funkelte ihn wütend an, hatte die Bedeutung dieser Worte jedoch absolut erfaßt.

»Eins der hiesigen Freudenmädchen, Sir. Molly Ruggles«, stieß er zwischen den Zähnen hervor. »'n hübsches Ding, rothaarig. Ich weiß auch, wo sie wohnt, und Sie verstehn doch bestimmt, daß ich mich sehr freun würd und mich Ihnen auch erkenntlich zeig, wenn Sie so diskret sind und nich verraten, von wem Sie wissen, daß die hier war, oder?« Er sah komisch aus, wie er versuchte, seine Abneigung aus dem Gesicht zu verbannen und gewinnend zu lächeln.

Monk unterdrückte ein hämisches Grinsen – er würde den Mann damit nur vor den Kopf stoßen.

»Einverstanden«, sagte er statt dessen; er tat es auch in seinem eigenen Interesse. Richtig behandelt, konnten Prostituierte nützliche Informanten sein. »Mit wem hatte sie ein Rendezvous?«

»Mit Mr. Taylor aus Nummer fünf, Sir. Sie besucht ihn ziemlich regelmäßig.«

»Und es war ganz sicher sie?«

»Bestimmt, Sir.«

»Haben Sie sie zu Mr. Taylors Wohnung begleitet?«

»O nein, Sir. Sie müßte den Weg inzwischen eigentlich kennen, und Mr. Taylor – na ja...« Er zog die Schultern hoch. »Das wär wohl wirklich ziemlich taktlos, finden Sie nich, Sir? Nich, daß ich etwa glaub, Takt wär bei Leuten mit Ihrem Beruf besonders gefragt!« fügte er vielsagend hinzu.

»Nein, nicht besonders.« Monk lächelte leicht. »Sie haben Ihren Platz also nicht verlassen, als sie kam?«

»Nein.«

»War sonst noch eine Frau hier, Mr. Grimwade?« Er sah dem Portier direkt in die Augen.

Grimwade wich seinem Blick aus.

»Muß ich erst meine eigenen Nachforschungen anstellen?« versetzte Monk drohend. »Im ganzen Haus Polizisten verteilen, damit sie den Leuten nachspionieren?«

Grimwade war entsetzt; sein Kopf fuhr ruckartig hoch.

»Das dürfen Sie nich tun, Sir! Hier wohnen schließlich lauter feine Herren! Die würden sofort ausziehen – so was lassen die sich doch niemals gefallen!«

»Dann zwingen Sie mich nicht dazu.«

»Sie sind ein harter Mann, Mr. Monk.« Hinter Grimwades jammerndem Tonfall verbarg sich widerwilliger Respekt. Ein schwacher Trost.

»Ich will den Kerl finden, der Major Grey auf dem Gewissen hat«, erwiderte Monk. »Irgend jemand ging in dieses Haus, lief die Treppe hinauf, verschaffte sich Zutritt zu seiner Wohnung und schlug mit einem Stock auf ihn ein, immer wieder, bis er tot war – und selbst dann ließ er nicht von ihm ab.« Er sah Grimwade zusammenzucken und spürte den bereits vertrauten Ekel auch in sich selbst hochsteigen. Er dachte an das grenzenlose Entsetzen, daß ihn in diesem Raum überfallen hatte. Konnten Mauern Geschehenes speichern? Konnten Gewalt und Haß auch nach der Tat noch die Atmosphäre vergiften und den Sensiblen, den Phantasievollen mit einem Hauch des stattgefundenen Grauens streifen?

Nein, lächerlich. Es war nicht der Phantasievolle, sondern der von Alpträumen Geplagte, der solche Dinge spürte. Er ließ zu, daß seine eigene Furcht und die Grabesstille, die seine Vergangenheit umhüllte, sich mit der Gegenwart vermischten und seine Urteilskraft trübten. Nur etwas mehr Zeit, einige Fragmente mehr, die ihm dabei halfen, seine neue Identität weiter auszubauen, dann konnte er fundierte Erinnerungen in die Realität miteinbeziehen. Seine Zurechnungsfähigkeit würde zurückkehren; er würde endlich wieder eine Vergangenheit haben, in der er selbst und andere Menschen einen festen Platz hatten.

Oder war es möglich, daß ihn seine Erinnerungen bereits überfallen hatten - in wirrer, traumartig verzerrter Form? War es ein Echo der Schmerzen und der Furcht, die er empfunden haben mußte, als sich die Kutsche überschlug und ihn unter sich begrub, ein Widerhall der Entsetzensschreie, als das Pferd stürzte, der Kutscher kopfüber auf das Kopfsteinpflaster geschmettert wurde und mit gespaltenem Schädel liegenblieb? Ohne Zweifel hatte er Todesangst durchlebt und in den wenigen Sekunden, bis er in gnädige Bewußtlosigkeit gefallen war, einen heftigen, ja mörderischen Schmerz gespürt. War dieses Erlebnis der Grund für das Grauen, das ihn in Greys Wohnung überfallen hatte? Hatte es gar nichts mit Grey zu tun gehabt, sondern war lediglich eine aufblitzende Erinnerung an jene fürchterliche Erfahrung gewesen, lang bevor er sein ungetrübtes Wahrnehmungsvermögen wiedererlangt hatte?

Er mußte um jeden Preis mehr über sich selbst in Erfahrung bringen, mußte herausfinden, was er in jener Nacht getan hatte, woher er gekommen war, wohin er gegangen war. Was war ihm im Leben wichtig gewesen, wen hatte er gemocht, wen nicht? Jeder Mensch hatte Beziehungen zu anderen, jeder hatte Gefühle und Begierden; jeder löste bei seinen Mitmenschen irgendwelche Regungen aus. Bestimmt gab es irgendwo Leute, die etwas für ihn empfanden, und zwar mehr als rein berufliche Rivalität – oder nicht? So farblos und unbedeutend konnte er nicht gewesen sein, daß er keinerlei Spuren im Herzen eines anderen hinterlassen hatte.

Sobald sein Dienst beendet war, mußte er Grey vergessen und damit aufhören, dessen Leben Stück für Stück zu rekonstruieren. Er brauchte Zeit, um sich mit den wenigen Puzzleteilen seines eigenen beschäftigen und sie mit intuitivem Gespür zusammensetzen zu können – sofern er so etwas besaß.

Grimwade harrte immer noch der Dinge, die da kommen würden, und sah ihn neugierig an. Es war ihm nicht entgangen, daß Monks Gedanken abgeschweift waren.

Monk erwiderte den Blick.
»Na, Mr. Grimwade?« Seine Stimme klang überraschend sanft. »Was für eine andere Frau?«
Grimwade interpretierte den gedämpften Tonfall als Drohung.
»Eine, die zu Mr. Scarsdale wollte, Sir; auch wenn der mir 'ne hübsche Stange Geld dafür gegeben hat, daß ich's nich verrat.«
»Um wieviel Uhr war das?«
»So um acht.«
Scarsdale hatte laut eigener Aussage gegen acht Uhr etwas auf dem Flur gehört. Spielte er damit auf seinen eigenen Besuch an, um kein Risiko einzugehen, falls jemand anders die Dame ebenfalls bemerkt hatte?
»Gingen Sie mit ihr nach oben?« Er sah Grimwade scharf an.
»Nein, Sir, sie meinte, sie wär schon mal dagewesen und würd den Weg kennen. Außerdem wußte ich, daß sie erwartet wird.«
Grimwade verzog den Mund zu einem anzüglichen Grinsen und setzte eine wissende Miene auf, ganz von Mann zu Mann.
Monk grinste zurück. »Und um Viertel vor zehn? Da wollte ein Mann zu Mr. Yeats, sagten Sie. War der auch nicht zum erstenmal hier?«
»Doch, Sir. Ich ging mit nach oben, weil er Mr. Yeats nich gut kannte und nich wußte, wo er hin mußte. Das hab ich Mr. Lamb aber gesagt.«
»Ich weiß.« Monk verzichtete darauf, ihn ins Gebet zu nehmen, weil er Scarsdales Gast geflissentlich zu erwähnen vergessen hatte. Es würde seiner Sache nur schaden, wenn er den Mann noch mehr gegen sich aufbrachte. »Sie haben ihn also zu Mr. Yeats' Wohnung begleitet?«
»Jawohl, Sir.« Grimwade war wieder die Bestimmtheit in Person. »Und ich hab auch gesehen, wie Mr. Yeats ihm die Tür aufmachte.«
»Wie sah er aus, dieser Mann?«
Grimwade verdrehte die Augen. »Puh, ein Riese von einem Kerl war das, kräftig und – Mann!« Seine Kinnlade klappte hinunter. »Sie denken doch wohl nich, er hat's getan?« Mit weit aufgerissenen Augen ließ er langsam den Atem entweichen. »Großer Gott – er muß es gewesen sein, wenn ich jetzt so drüber nachdenk!«

»Vielleicht, ja«, stimmte Monk ihm vorsichtig zu. »Es wäre jedenfalls möglich. Würden Sie ihn wiedererkennen?«

Grimwades Gesicht fiel zusammen. »Tja, jetzt haben Sie mich erwischt, Sir. Hab ihn nämlich nich von nahem gesehen, als er hier unten war, und auf der Treppe war's viel zu dunkel, da mußte ich auf meine Füße aufpassen. Er hatte so 'nen dicken Mantel an, schließlich war's ganz eklig draußen und hat in Strömen gegossen. Sie wissen schon, so 'n Wetter, wo man den Mantelkragen so weit wie möglich hoch und den Hut so weit wie möglich runterzieht. Ich glaub, er hatte dunkle Haare, und mit seinem Bart kann's nich allzuweit hergewesen sein, sonst wär er mir aufgefallen; mehr kann ich nich sagen.«

»Er war also höchstwahrscheinlich dunkelhaarig und glattrasiert.« Monk gab sich alle Mühe, seine Enttäuschung zu verbergen. Er mußte verhindern, daß sich der Mann aus lauter Angst, ihn zu verärgern, etwas Gefälliges ausdachte, auch wenn es nicht ganz der Wahrheit entsprach.

»Er war wirklich kräftig gebaut, Sir«, gab Grimwade hoffnungsvoll zu bedenken, »und ziemlich groß, mindestens einsachtzig. Damit fallen doch 'ne Menge Leute aus, oder?«

»Ja, ja, das tun sie«, versicherte Monk. »Wann ist er wieder gegangen?«

»Hab aus den Augenwinkeln gesehen, Sir, wie er an meinem Fenster vorbeigekommen ist. Das muß so halb elf oder vielleicht 'n bißchen früher gewesen sein.«

»Sie haben ihn nur aus den Augenwinkeln gesehen? Sind Sie sicher, daß er es war?«

»Er muß es gewesen sein! Er hat das Haus weder davor noch danach verlassen, außerdem sah er genauso aus: selber Hut, selber Mantel, selbe Größe. Hier wohnt sonst keiner, der so aussieht.«

»Haben Sie mit ihm gesprochen?«

»Nein, er schien's eilig zu haben. Wahrscheinlich wollte er schnellstens nach Hause. Wie gesagt, draußen war's an dem Abend ganz eklig, da hätte man nicht mal 'n Hund vor die Tür gejagt.«

»Ja, das sagten Sie schon. Schön, Mr. Grimwade, erst mal vielen Dank. Falls Ihnen noch etwas einfallen sollte, sagen Sie's mir, oder hinterlassen Sie auf dem Polizeirevier eine Nachricht für mich. Auf Wiedersehen.«

»Auf Wiedersehen, Sir«, erwiderte Grimwade aus tiefstem Herzen erleichtert.

Monk beschloß, auf Scarsdale zu warten, ihn zunächst mit seiner Lüge bezüglich der Frau zu konfrontieren und dann nach Möglichkeit etwas mehr über Joscelin Grey aus ihm herauszubekommen. Er stellte einigermaßen erstaunt fest, daß er außer der Art und Weise, wie Grey ums Leben gekommen war, rein gar nichts über den Mann wußte. Greys Leben war ein genauso unbeschriebenes Blatt für ihn wie sein eigenes. Er war ebenfalls nicht mehr als eine schemenhafte Gestalt, deren einzige Charakterisierung in ein paar wenigen physischen Fakten bestand. Und bei einem Menschen hatte Grey mit Sicherheit Antipathie geweckt, und zwar bei demjenigen, der ihn erst totgeschlagen und danach wieder und wieder auf ihn eingedroschen hatte, selbst als es längst nicht mehr nötig war. Hatte Grey etwas an sich gehabt – bewußt oder unbewußt –, das derartigen Haß erzeugen konnte, oder war er nur der Katalysator für etwas gewesen, mit dem er nichts zu tun gehabt hatte, und dem zum Opfer gefallen?

Monk schlenderte über den Platz und machte eine Sitzgelegenheit ausfindig, von der aus er den Eingang von Nummer sechs bequem im Auge behalten konnte.

Es dauerte über eine Stunde, bis Scarsdale endlich in Sichtweite kam. Die Abenddämmerung hatte bereits eingesetzt, und die Luft war stark abgekühlt, aber Monk hatte sich zum Warten gezwungen, weil ein Gespräch mit dem Mann sehr wichtig für ihn sein konnte.

Scarsdale war zu Fuß, und Monk nahm die Verfolgung auf – bis in die Eingangshalle, wo er sich von Grimwade bestätigen ließ, daß es sich tatsächlich um Scarsdale handelte.

»Ja, Sir, er ist es«, bescheinigte er widerstrebend, doch Monk interessierte sich momentan wenig für das weitere Schicksal des Portiers.

»Soll ich Sie hinbringen?«

»Nicht nötig, danke. Ich finde den Weg schon.« Mit diesen Worten war er auch schon bei der Treppe, nahm jeweils zwei Stufen auf einmal und traf genau in dem Augenblick auf dem entsprechenden

Treppenabsatz ein, als die Tür ins Schloß fiel. Er marschierte mit großen Schritten auf sie zu und klopfte forsch an. Nach kurzem Zögern wurde die Tür geöffnet. Während Monk seinen Dienstausweis vorzeigte, erklärte er in knappen Worten sein Anliegen.

Scarsdale war keineswegs erfreut, ihn zu sehen. Er entpuppte sich als kleiner, drahtiger Mann, dessen angenehmstes körperliches Merkmal in einem blonden Schnurrbart bestand, mit dem sich weder die leichte Stirnglatze noch seine mittelmäßigen Gesichtszüge messen konnten. Er war ausgesprochen schick, fast übertrieben pingelig gekleidet.

»Tut mir leid, ich habe heute abend keine Zeit«, versetzte er schroff. »Ich muß mich jetzt umziehen, ich bin auswärts zum Dinner verabredet. Kommen Sie morgen oder übermorgen wieder.«

Monk war der größere von beiden und keineswegs in der Stimmung, sich einfach so hinauswerfen zu lassen.

»Morgen stehen andere Leute auf meiner Liste«, gab er zurück, während er sich Scarsdale halb in den Weg stellte. »Ich brauche sofort ein paar Informationen von Ihnen!«

»Nun, ich wüßte nicht, welche –«, begann Scarsdale und wich zurück, als wolle er die Tür schließen.

Monk machte einen Schritt vorwärts. »Mich interessiert zum Beispiel der Name der jungen Frau, die Sie am Abend von Major Greys Tod besucht hat – und warum Sie uns ihretwegen belogen haben.«

Der Vorstoß zeigte den gewünschten Erfolg. Scarsdale blieb wie angewurzelt stehen. Er suchte krampfhaft nach Worten, unschlüssig, ob er sich herausreden oder einen etwas verspäteten Einlenkungsversuch starten sollte. Monk betrachtete ihn verächtlich.

»Ich – äh«, stammelte Scarsdale, »ich – ich glaube, Sie haben das falsch verstanden...« Er hatte offenbar noch keine Entscheidung getroffen.

Monks Gesicht wurde hart. »Würden Sie nicht vielleicht vorziehen, dieses Thema an einem diskreteren Ort als dem Treppenhaus zu besprechen?« Er ließ seinen Blick vielsagend über die Treppe und den Flur schweifen, von dem eine Menge andere Wohnungstüren abzweigten – unter anderem auch die von Joscelin Grey.

»Ja – doch, ich denke schon.« Scarsdale war mittlerweile deutlich anzusehen, wie unbehaglich ihm zumute war. Auf seiner Stirn stand eine dünne Schweißschicht. »Obwohl ich Ihnen in diesem Zusammenhang wirklich nichts Neues sagen kann.« Er entfloh in seine Diele; Monk ging ihm nach. »Die junge Dame, die an jenem Abend bei mir war, steht in keinerlei Verbindung zu dem armen Grey und hat auch sonst nichts gehört oder gesehen!«

Monk zog die Wohnungstür hinter sich zu und folgte Scarsdale ins Wohnzimmer.

»Sie haben sie folglich gefragt, Sir?« Er gestattete seinem Gesicht, Interesse zu bekunden.

»Selbstverständlich tat ich das!« Nun, da er sich unter seinen eigenen Besitztümern befand, kehrte Scarsdales Gelassenheit allmählich zurück. Das Gaslicht war voll aufgedreht; sein warmer Schein fiel weich auf poliertes Leder, einen antiken, türkischen Teppich und Fotografien, die in Silberrahmen steckten. Er war ein Mann von Stand, Monk lediglich einer von Peels Polizeischergen. »Falls es etwas gegeben hätte, das Ihnen bei Ihrer Arbeit weiterhelfen könnte, hätte ich es Sie natürlich wissen lassen müssen.« Als Hinweis auf die Kluft zwischen ihnen sprach er das Wort »Arbeit« eine Spur verächtlich aus. Er bot Monk keinen Stuhl an und blieb ebenfalls stehen, wobei er so zwischen Sideboard und Sofa eine ziemlich unbeholfene Figur machte.

»Und diese junge Dame ist Ihnen sicherlich gut bekannt?« Monk versuchte gar nicht erst, den Sarkasmus aus seiner Stimme zu verbannen.

Scarsdale war verwirrt. Sollte er nun den Beleidigten spielen oder sich dumm stellen? Da ihm keine vernichtende Erwiderung einfiel, entschied er sich für Letzteres.

»Wie soll ich das verstehen, bitte?« meinte er steif.

»Können Sie sich für ihre Ehrlichkeit verbürgen?« Monk sah Scarsdale direkt in die Augen und verzog den Mund zu einem finsteren Lächeln. »Ist sie – abgesehen von ihrer ... *Arbeit*«, er wählte bewußt das gleiche Wort, »eine respektable Person?«

Scarsdale lief dunkelrot an, und Monk wurde im selben Moment klar, daß er jede Aussicht auf Kooperation verspielt hatte.

»Sie überschreiten Ihre Kompetenzen!« brauste Scarsdale auf. »Das ist unerhört! Meine Privatangelegenheiten gehen Sie überhaupt nichts an! Hüten Sie Ihre Zunge, oder ich sehe mich gezwungen, mich bei Ihren Vorgesetzten über Sie zu beschweren.« Er musterte Monk mit einem raschen Blick und kam zu dem Schluß, daß das wohl keine allzu gute Idee war. »Die betreffende Dame hat nicht den geringsten Grund zu lügen«, fuhr er hölzern fort. »Sie kam und ging allein und hat beide Male außer Grimwade niemanden gesehen; das können Sie sich von ihm bestätigen lassen. Ohne seine Zustimmung darf niemand dieses Gebäude betreten.« Er rümpfte kaum merklich die Nase. »Das hier ist keine gewöhnliche Pension!« Er ließ seinen Blick kurz über die hübschen Möbel, dann wieder zu Monk schweifen.

»Also muß Grimwade logischerweise auch den Mörder gesehen haben«, entgegnete Monk ungerührt, ohne Scarsdale eine Sekunde aus den Augen zu lassen.

Dieser begriff die Anspielung sofort und erbleichte; er mochte arrogant und vielleicht bigott sein, aber dumm war er nicht.

Monk packte das, was er für seine wahrscheinlich einzige Chance hielt, unverzüglich beim Schopf.

»Sie als Mann von Stand haben den gleichen gesellschaftlichen Rang wie Major Grey« – er wand sich innerlich angesichts seiner Heuchelei – »und sind sein direkter Nachbar. Sie müssen doch in der Lage sein, mir etwas über ihn zu erzählen. Ich weiß nicht das geringste.«

Scarsdale war überglücklich, das Thema wechseln zu dürfen, und fühlte sich trotz allen Ärgers geschmeichelt.

»Selbstverständlich kann ich das«, lenkte er hastig ein. »Sie wissen gar nichts?«

»Gar nichts«, bestätigte Monk.

»Er war der jüngere Bruder von Lord Shelburne, müssen Sie wissen.« Scarsdales Augen weiteten sich. Er verließ endlich seinen Standort, schlenderte in die Mitte des Raumes und ließ sich auf einem mit Schnitzereien verzierten Stuhl mit harter Rückenlehne nieder. Anschließend wedelte er unbestimmt mit dem Arm, anscheinend als Aufforderung an Monk, es ihm gleichzutun.

»Was Sie nicht sagen!« Monk entschied sich für einen zweiten Stuhl mit harter Rückenlehne, um auf gleicher Höhe mit Scarsdale zu sitzen.

»O ja, eine sehr alte Familie«, fuhr Scarsdale genüßlich fort. »Seine Mutter, die Witwe Lady Shelburne, war die älteste Tochter des Duke of Ruthven, zumindest glaube ich, daß er so hieß; jedenfalls ein Duke von irgendwas.«

»Joscelin Grey«, ermahnte Monk ihn.

»Ach ja. Ein sehr angenehmer Bursche. War Offizier an der Krim, welches Regiment, habe ich vergessen, aber seine Beurteilung war ausgezeichnet.« Er nickte energisch mit dem Kopf. »Wurde bei Sewastopol verwundet, wenn ich mich recht entsinne, und daraufhin aus der Armee entlassen. Mußte am Stock gehen, der arme Teufel, aber Sie müssen nicht denken, daß ihn das entstellt hätte. War ein sehr gutaussehender Bursche, überaus charmant und überall beliebt.«

»Die Familie ist wohlhabend?«

»Die Shelburnes?« Monks Ignoranz schien Scarsdale zu belustigen; seine Selbstsicherheit kehrte zurück. »Ich bitte Sie! Das müßte Ihnen aber bekannt sein – na ja, vielleicht wissen Sie's tatsächlich nicht.« Er sah Monk geringschätzig von oben bis unten an. »Das Geld fiel allerdings dem ältesten Sohn zu, dem gegenwärtigen Lord Shelburne. So ist das eben: der Älteste bekommt zusammen mit dem Titel auch alles andere. Dadurch wird der Besitz zusammengehalten, sonst würde er ja völlig auseinandergerissen, wenn Sie verstehen. Alle Macht des Landes zum Teufel!«

Obwohl Monk sich ziemlich gönnerhaft behandelt fühlte, hielt er sich zurück; er kannte die Rechte eines Erstgeborenen.

»Ja, ich verstehe. Danke. Und woher stammt Joscelin Greys Geld?«

Scarsdale wedelte mit den Händen; sie waren klein, die Knöchel breit und platt, die Nägel unglaublich kurz geschnitten. »Oh, aus irgendwelchen Geschäften, nehme ich an. Ich glaube nicht, daß er besonders reich war, aber man hatte nie den Eindruck, daß es ihm an irgend etwas fehlte. War immer gut angezogen. Aus der Kleidung kann man eine Menge schließen, wissen Sie.« Er schürzte die Lippen und bedachte Monk mit einem weiteren abschätzenden Blick, wobei er die ausgezeichnete Qualität von dessen Jackett und Hemd registrierte und ein leicht verwirrtes Gesicht machte, da er sein Vorurteil offensichtlich neu überdenken mußte.

»Und er war Ihres Wissens weder verlobt noch verheiratet?« Monk schaffte es, sich seine Genugtuung nicht anmerken zu lassen.

Soviel Unkenntnis verwunderte Scarsdale nun doch.

»Nicht mal das wissen Sie?«

»Wir wissen, daß es keine offiziellen Pläne in dieser Richtung gab«, erwiderte Monk hastig, um seinen Fehler zu überspielen. »Aber Sie in Ihrer Position sind vielleicht über eventuelle andere Bindungen informiert – gab es vielleicht jemand, für den er ... Interesse zeigte?«

Scarsdale zog die Winkel seines recht üppigen Mundes nach unten.

»Falls Sie damit gelegentliche Verabredungen meinen: nicht daß ich wüßte. Aber ein Mann mit guter Kinderstube fragt einen anderen Gentleman nicht nach seinen persönlichen Neigungen – oder wie er sich das Leben angenehmer gestaltet.«

»Oh, ich meinte keine Liebesdienste gegen Bezahlung«, erwiderte Monk mit leicht spöttischem Unterton. »Ich wollte auf irgendeine Dame hinaus, der er möglicherweise besonders ... den Hof gemacht hat.«

Scarsdale stieg die Zornesröte ins Gesicht. »Davon weiß ich nichts!«

»Hat er gespielt?«

»Keine Ahnung. Ich spiele selbst nicht – das heißt, nur mit Freunden natürlich, und dazu hat Grey nicht gehört. Jedenfalls ist mir nichts dergleichen zu Ohren gekommen, falls Sie das meinen.«

Monk wurde klar, daß er an diesem Abend nicht mehr viel weiter kommen würde, außerdem war er müde. Das Mysterium seines eigenen Lebens ließ ihn nicht los. Sonderbar, wie aufdringlich Leere sein konnte. Er erhob sich.

»Ich danke Ihnen, Mr. Scarsdale. Ich bin sicher, Sie lassen es uns wissen, falls Sie irgend etwas hören sollten, das Licht auf die letzten Tage in Major Greys Leben wirft oder einen Hinweis auf mögliche

Widersacher gibt. Je eher wir den Kerl festnehmen, desto besser für uns alle.«

Auch Scarsdale stand auf; sein Gesicht wirkte plötzlich verkniffen. Schuld daran war der zarte, aber lästige Wink, daß sich der Mord gleich gegenüber zugetragen hatte und seine Kreise sogar bis hierher zog, in Scarsdales eigene vier Wände.

»Selbstverständlich«, entgegnete er ein wenig scharf. »Wenn Sie mir nun gestatten würden, mich umzuziehen – wie Sie wissen, bin ich zum Dinner verabredet.«

Evan erwartete ihn bereits, als er auf dem Revier eintraf. Monk staunte, wie sehr er sich darüber freute, den jungen Kollegen wiederzusehen. War er immer einsam gewesen, oder lag es nur an der Isolation, in die er durch seine Amnesie geraten war? Bestimmt existierte irgendwo ein Freund – jemand, mit dem er Freud und Leid geteilt oder zumindest über alltägliche Erlebnisse gesprochen hatte. Hatte es denn keine Frau in seinem Leben gegeben, wenigstens früher? Gab es keinerlei Erinnerungen an Zärtlichkeit, an fröhliche oder traurige Stunden? Wenn nicht, mußte er ein regelrechter Eisblock gewesen sein! Hatte sich vielleicht eine Tragödie abgespielt? Irgendein fürchterliches Unrecht?

Wieder stürmte ein Gefühl unbeschreiblicher Leere auf ihn ein und drohte die ohnehin unsichere Gegenwart zu verschlingen. Er besaß anscheinend nicht einmal Angewohnheiten, mit denen er sich trösten konnte.

Evans kluges Gesicht war ihm jedenfalls willkommen.

»Irgendwas rausgekriegt, Sir?« Er rappelte sich eilends von dem Stuhl hoch, auf dem er gesessen hatte.

»Nicht viel«, erwiderte Monk lauter und barscher als beabsichtigt. »Abgesehen von dem Mann, der gegen Viertel vor zehn bei Yeats war, kann kaum jemand ins Haus gekommen sein, ohne daß der Portier ihn gesehen hätte. Laut Grimwade war er ziemlich groß und bis über die Ohren vermummt, was bei so einem Wetter kein Wunder ist. Kurz nach halb elf ging er wieder. Grimwade brachte ihn rauf, hatte ihn aber nicht aus der Nähe gesehen und würde ihn wohl nicht wiedererkennen.«

Evan sah aufgeregt und frustriert zugleich aus.

»Mist!« entfuhr es ihm. »Dann kann's ja jeder x-beliebige gewesen sein!« Er warf Monk rasch einen anerkennenden Blick zu. »Immerhin haben wir jetzt eine ungefähre Vorstellung, wie er ins Haus gekommen ist. Das ist ein riesengroßer Schritt vorwärts! Meinen Glückwunsch, Sir.«

Monk spürte seine Lebensgeister vorübergehend neu erwachen, obwohl ihm klar war, daß es eigentlich keinen Grund dafür gab; in Wirklichkeit war der Schritt sehr, sehr klein. Er ließ sich auf dem Stuhl hinter dem Schreibtisch nieder.

»Um die Einsachtzig«, wiederholte er Grimwades Beschreibung, »dunkelhaarig und höchstwahrscheinlich ohne Bart. Ich nehme an, das schränkt den Kreis der in Frage Kommenden ein wenig ein.«

»Oh, ganz gewaltig, Sir!« versicherte Evan eifrig, während er sich wieder hinsetzte. »Wir wissen jetzt, daß es kein Gelegenheitsdieb war. Wenn der Kerl Yeats einen Besuch abgestattet hat – oder zumindest so tat als ob –, hat er das Ganze geplant und sich die Mühe gemacht, das Gebäude auszukundschaften. Er wußte, wer sonst noch dort wohnte. Und dann ist da natürlich noch Yeats selbst. Waren Sie bei ihm?«

»Nein, er war nicht zu Hause, außerdem möchte ich mir erst ein Bild von ihm machen, bevor ich ihn mit der Sache konfrontiere.«

»Klar. Falls er tatsächlich etwas weiß, wird er vermutlich ganz versessen darauf sein, es abzustreiten.« Trotzdem verrieten Evans Gesicht und Stimme ungeduldige Vorfreude; sein ganzer Körper schien sich unter dem eleganten Mantel anzuspannen, als rechne er jeden Moment damit, daß im Polizeirevier ein unerwarteter Tumult ausbrechen würde. »Der Kutscher war übrigens eine Niete. Absolut respektabel, arbeitet seit zwanzig Jahren in der Gegend, hat eine Frau und sieben oder acht Kinder. Es hat nie irgendwelche Beschwerden gegen ihn gegeben.«

»Hm.« Monk nickte. »Grimwade sagt, er hätte keinen Fuß ins Haus gesetzt. Er glaubt sogar, daß er nicht mal abgestiegen ist.«

»Was soll ich wegen diesem Yeats unternehmen?« erkundigte sich Evan; ein schwaches Lächeln umspielte seinen Mundwinkel. »Morgen ist Sonntag – kein guter Tag, um viel ans Licht zu bringen.«

Daran hatte Monk nicht gedacht.

»Stimmt. Warten Sie bis Montag. Das Ganze liegt fast sieben Wochen zurück, ist sowieso keine heiße Spur mehr.«

Das Lächeln auf Evans Gesicht wurde blitzschnell breit.

»Danke, Sir. Einen Sonntag kann ich mir wirklich anders vorstellen.« Er stand auf. »Schönes Wochenende, Sir. Gute Nacht.«

Monk schaute ihm nach. Er fühlte sich allein gelassen und wußte gleichzeitig, daß das Unsinn war. Evan hatte selbstverständlich auch andere Interessen, Freunde, Familie oder eine Freundin. Was fing *er* gewöhnlich mit seiner Freizeit an? Besuchte er Freunde, ging er irgendeiner Nebenbeschäftigung oder einem Hobby nach? Er mußte doch mehr zu bieten haben als diese Zielstrebigkeit, diesen Ehrgeiz, den er bis jetzt an sich entdeckt hatte.

Er war noch damit beschäftigt, sich erfolglos das Hirn zu zermartern, als es kurz an seine Tür klopfte.

»Herein!« sagte Monk laut und deutlich.

Die Tür schwang auf, und ein stämmiger, junger Bursche in Konstableruniform betrat den Raum. Sein Blick war ängstlich, das ziemlich unscheinbare Gesicht leicht gerötet.

»Ja?« fragte Monk.

Sein Gegenüber räusperte sich. »Mr. Monk, Sir?«

»Ja?« Wiederholte Monk. Sollte er den Mann kennen? Seinem wachsamen Gesichtsausdruck nach zu schließen mußte in ihrer gemeinsamen Vergangenheit etwas geschehen sein, das zumindest ihn stark beeindruckt hatte. Er stand mitten im Raum und trat nervös von einem Fuß auf den anderen. Monks schweigsames Starren machte es auch nicht gerade besser.

»Kann ich was für Sie tun?« erkundigte er sich schließlich und versuchte so beruhigend wie möglich zu klingen. »Haben Sie vielleicht eine Nachricht für mich?« Er wünschte, er wüßte den Namen seines Besuchers.

»Nein, Sir – ich mein, ja, Sir, ich muß Sie was fragen.« Er holte tief Luft. »Hier ist der Bericht über ’ne Uhr, die heut nachmittag bei ’nem Pfandleiher aufgetaucht ist, Sir, und – und da hab ich mir gedacht, vielleicht hat’s ja was mit dem Gentleman zu tun, den sie umgebracht haben – weil er doch bloß ’ne Kette ohne Uhr dran bei sich hatte, richtig? Hier, Sir.« Er streckte Monk ein mit gestochen scharfen Buchstaben übersätes Papier entgegen, als würde es jeden Moment in die Luft gehen.

Monk befreite ihn von seiner Bürde und überflog den Bericht kurz. Es handelte sich um die Beschreibung einer goldenen Herrentaschenuhr, in deren Deckel die verschnörkelten Initialen J. G. eingraviert waren. Die Innenseite war leer.

»Danke«, sagte er lächelnd. »Klingt vielversprechend, die Initialen stimmen jedenfalls. Was wissen Sie über die Sache?«

Der Konstabler wurde puterrot. »Nicht viel, Mr. Monk. Der Typ von der Pfandleihe schwört Stein und Bein, daß er sie von 'nem Stammkunden gekriegt hat, aber dem darf man kein Wort glauben, weil er sowieso nix andres sagen würde, richtig? Der hat bestimmt keine Lust, in 'nen Mordfall verwickelt zu werden.«

Monk besah sich das Blatt noch einmal. Es enthielt Namen und Adresse des Pfandleihers, also konnte er der Spur nachgehen, wann immer er Lust dazu verspürte.

»Ja, er würde zweifellos lügen«, pflichtete er dem jungen Polizisten bei. »Trotzdem bringt es uns vielleicht ein gutes Stück weiter, wenn wir beweisen können, daß es sich tatsächlich um Greys Uhr handelt. Nochmals vielen Dank – da haben Sie sehr gut aufgepaßt. Darf ich den Bericht behalten?«

»Sicher, Sir. Wir brauchen ihn nicht; wir haben genug andre Sachen gegen den Kerl auf Lager.« Jetzt war der Grund für das kräftige Rosarot seines Gesichts in der offenkundigen Freude und der beträchtlichen Verwunderung seines Besuchers zu finden. Er stand wie angewurzelt da.

»Gib's sonst noch was?« Monk hob die Brauen.

»Nein, Sir. Nein, alles in Ordnung! Vielen Dank, Sir.« Mit diesen Worten machte der Konstabler auf den Hacken kehrt, um aus dem Zimmer zu flüchten, stolperte über die Türschwelle und schoß dann wie eine Rakete davon.

Fast im selben Moment wurde die Tür wieder aufgerissen, diesmal von einem drahtigen Sergeant mit schwarzem Schnurrbart.

»Alles in Ordnung, Sir?« fragte er, als er Monks Stirnrunzeln sah.

»Jaja. Aber was ist denn in – äh...« Er machte eine hilflose Handbewegung in Richtung auf die davonflitzende Gestalt; wieder wünschte er verzweifelt, der Name des Mannes würde ihm einfallen.

»Harrison?«

»Harrison, richtig. Was ist denn in den gefahren?«

»Gar nichts. Er hat bloß 'ne Heidenangst vor Ihnen, sonst nix. Ist ja auch kein Wunder, nachdem Sie ihn vor versammelter Mannschaft zur Minna gemacht haben, bloß weil ihm dieser eine Ganove durch die Lappen gegangen ist – obwohl er eigentlich gar nichts dafür konnte, wo der Knabe doch 'n regelrechter Schlangenmensch war; schwerer festzuhalten als 'n eingeöltes Schwein. Und wenn wir ihn abgeknallt hätten, wären wir noch vorm Frühstück selber fällig gewesen!«

Monk war verwirrt; was sollte er dazu sagen? Hatte er sich Harrison gegenüber unfair benommen, oder hatte er guten Grund gehabt für das, was er dem Mann an den Kopf geworfen hatte? Oberflächlich betrachtet, klang es ganz so, als hätte es ihm Spaß gemacht, grausam zu sein, doch schließlich hatte er nur die eine Seite der Geschichte zu hören bekommen – es war niemand da, der ihn verteidigen, der eine Erklärung, eine Rechtfertigung liefern oder ihm verraten konnte, was er wußte.

Und wenn man ihn auf die Folterbank spannte – er erinnerte sich an nichts, nicht einmal an Harrisons Gesicht, von besagtem Zwischenfall ganz zu schweigen.

Er kam sich wie ein Idiot vor, wie er so dasaß und von unten in die kritischen Augen des Sergeants stierte, der ihn unverkennbar nicht mochte – seiner Meinung nach aus gutem Grund.

Monk hätte sich liebend gern gerechtfertigt, aber weitaus wichtiger war ihm, daß er sich selbst begriff! Wie viele Zwischenfälle dieser Art würden noch aus der Versenkung auftauchen, von außen besehen Gemeinheiten, die er jemandem angetan hatte, der seine Sicht der Dinge nicht kannte?

»Mr. Monk – Sir?«

Er war sofort wieder bei der Sache. »Ja, Sergeant?«

»Ich dachte, 's interessiert Sie vielleicht, daß wir den Irren geschnappt haben, der dem ollen Billy Marlowe Saures gegeben hat. Wenn der nicht baumeln muß, freß ich 'nen Besen. So 'n Stinktier!«

»Oh – prima. Gut gemacht.« Er hatte keinen Schimmer, wovon der Mann sprach, aber offenbar erwartete man es von ihm, also fügte er ein hastiges »Alle Achtung!« hinzu.

»Danke, Sir.« Der Sergeant richtete sich zu voller Lebensgröße auf, drehte sich um und ließ die Tür mit lautem Klicken hinter sich ins Schloß fallen, als er aus dem Raum ging.

Monk vertiefte sich wieder in die Arbeit.

Eine Stunde später verließ er das Polizeirevier und spazierte langsam über das nasse, dunkle Pflaster in die Grafton Street zurück.

Wenigstens wurden ihm Mrs. Worleys Zimmer allmählich vertraut. Er wußte, wo welche Dinge zu finden waren, außerdem – und das war wesentlich mehr wert – verschafften sie ihm eine Privatsphäre; niemand störte ihn, niemand konnte ihn unterbrechen, wenn er damit beschäftigt war, einen roten Faden in seinem Leben zu finden.

Nachdem er ein heißes, sättigendes und schwerverdauliches Gericht aus Hammelfleisch, Gemüse und Klößen verspeist, sich bei Mrs. Worley dafür bedankt und ihr nachgeschaut hatte, bis sie mit dem Tablett am Fuß der Treppe verschwunden war, nahm er sich noch einmal seinen Schreibtisch vor. Die Rechnungen waren keine große Hilfe; er konnte schwerlich zu seinem Schneider marschieren und sagen: »Was für ein Mensch bin ich? Was ist mir wichtig? Mögen Sie mich, mögen Sie mich nicht – und warum?« Nur eins ging aus den Belegen hervor: Er schien seine Rechnungen stets prompt zu begleichen. Es gab keine Mahnungen, und die Quittungen waren alle wenige Tage nach Rechnungseingang datiert. Nun war er also ein Fitzelchen schlauer – sein Tun hatte Methode.

Beths Briefe verrieten eine Menge über ihren eigenen Charakter; sie war unkompliziert, zeigte ihre Gefühle vollkommen unbefangen, führte ein Leben, das aus lauter wichtigen Nebensächlichkeiten bestand. Kein Worte über irgendwelche Entbehrungen, über harte Winter, nicht einmal über Schiffswracks oder die Leute auf den Rettungsbooten. Ihre Anteilnahme basierte offensichtlich auf ihren eigenen Empfindungen, denn sie schien nicht viel über ihn zu wissen. Er mußte ihr so bald wie möglich schreiben – einen Brief, der einerseits vernünftig klang, ihr andererseits aber eine Antwort entlocken würde, die ihm mehr über sich verriet.

Am nächsten Morgen wurde er durch ein Klopfen an seiner Tür geweckt. Es war bereits spät, Mrs. Worley brachte das Frühstück. Er ließ sie herein, woraufhin sie das Tablett mit einem Seufzen und einem mißbilligenden Kopfschütteln lautstark auf den Tisch stellte. Es blieb ihm nichts anderes übrig, als im Pyjama zu frühstücken, sonst wäre das Essen kalt geworden. Anschließend nahm er die Suche wieder auf, doch sie führte auch diesmal zu keinerlei neuen Erkenntnissen. Nur eins schien festzustehen: Er hatte einen guten Geschmack. Monk fühlte sich zu der Spekulation verführt, ob er es darauf anlegte, bewundert zu werden – aber was war die ganze Bewunderung schon wert, wenn sie sich nur auf Preis und Erlesenheit seiner Sachen erstreckte? War er oberflächlich? Eingebildet? Oder jemand auf der Suche nach Sicherheit, die er in sich selbst nicht fand? Jemand, der sich einen Platz in einer Welt erkämpfen wollte, die ihn seiner Meinung nach nicht so akzeptierte, wie er war?

Die Wohnung selbst war unpersönlich, mit kitischigen Bildern und altmodischen Möbeln vollgestopft. Bestimmt war das eher Mrs. Worleys Geschmack als sein eigener.

Nach dem Mittagessen gab es nur noch einen Ort, an dem er nachsehen konnte: die Taschen sämtlicher Kleidungsstücke, die in seinem Schrank hingen. In dem feinsten Exemplar, einem sehr gut geschnittenen, recht streng aussehenden Mantel, entdeckte er ein Stück Papier. Er faltete es vorsichtig auseinander und sah, daß es sich um das Flugblatt eines Vespergottesdienstes in einer Kirche handelte, deren Namen er noch nie gehört hatte.

Vielleicht lag sie ganz in der Nähe. Hoffnung stieg in ihm auf. Vielleicht war er ein Gemeindeglied, so daß ihn der Pfarrer kannte. Vielleicht hatte er Freunde dort, einen Glauben, ja sogar irgendein Amt oder eine spezielle Ausgabe! Er faltete das Blatt sorgfältig zusammen und verstaute es im Schreibtisch, dann ging er ins Bad, um sich noch einmal zu waschen und zu rasieren. Anschließend zog er seine besten Sachen an, unter anderem den Mantel, in dem er das

Flugblatt entdeckt hatte. Um fünf Uhr war er fertig und machte sich auf den Weg nach unten, um Mrs. Worley zu fragen, wie er zur St.-Marylebone-Kirche kam.

Die Enttäuschung war niederschmetternd, als diese völlige Unwissenheit zur Schau stellte. Er kochte innerlich vor Wut. Sie mußte die Kirche einfach kennen! Ihr sanftes, schlichtes Gesicht blieb jedoch vollkommen ausdruckslos.

Er war drauf und dran, einen Streit vom Zaun zu brechen, sie anzubrüllen, daß sie es doch wissen müsse, aber im selben Moment wurde ihm klar, wie idiotisch das war. Er würde es sich mit einem der wenigen Freunde verderben, die er ohnehin bitterlich brauchte.

Er starrte sie mit gerunzelter Stirn aus zusammengekniffenen Augen an.

»Du meine Güte, sind Sie aber aufgeregt! Ich werd mal Mr. Worley fragen, der kennt sich gut aus in der Stadt. Ich glaub auch, daß die Kirche in der Marylebone Street liegt, aber wo genau, weiß ich nich. Is 'ne ganz schön lange Straße.«

»Ja, danke«, sagte Monk vorsichtig; er kam sich vor wie ein Volltrottel. »Es ist wirklich wichtig.«

»Sie wollen wohl zu 'ner Hochzeit, was?« Mrs. Worleys Blick glitt anerkennend über den sorgfältig gebürsteten, dunklen Mantel. »Was Sie brauchen, is 'n ordentlicher Kutscher, der was versteht von seiner Arbeit und Sie schnell da hinbringt.«

Natürlich – das war die Lösung! Warum war er nicht selbst darauf gekommen? Er dankte ihr für ihren Einfallsreichtum und verließ, nachdem Mr. Worley zu Rate gezogen worden war, der meinte, es müsse irgendwo gegenüber vom York Gate sein, das Haus, um nach einem Kutscher Ausschau zu halten.

Der Vespergottesdienst hatte bereits angefangen, als er die Stufen hinaufrannte und in den Vorraum stürzte. Die Stimmen hoben sich soeben recht dünn, um das erste Loblied einzustimmen. Es klang eher pflichtergeben als froh. War er religiös? Oder religiös gewesen? Abgesehen von einer gewissen Wertschätzung für die schlichte Schönheit der Steinmetzarbeit, empfand er nicht die Spur Wohlbehagen oder wenigstens Ehrfurcht.

Er betrat den Hauptraum und ging dabei fast auf den Außenkanten seiner polierten Stiefel, um sowenig Lärm wie möglich zu machen. Ein oder zwei Köpfe drehten sich nach ihm um, die dazugehörenden Gesichter strotzten vor beißendem Vorwurf. Er kümmerte sich nicht darum, glitt in eine der hinteren Bänke und tastete ungeschickt nach einem Gesangbuch.

Nichts klang vertraut; er lauschte dem Kirchenlied nur deshalb, weil die Melodie unglaublich abgedroschen klang und voll von musikalischen Klischees steckte. Er kniete sich hin, wenn alle knieten, stand auf, wenn alle aufstanden. Die Antwortstrophen ließ er aus.

Als der Pfarrer die Kanzel bestieg, um das Wort zu erheben, forschte Monk in jeder Falte seines Gesichts nach einer Winzigkeit, die seinem Gedächtnis auf die Sprünge helfen könnte. Konnte er zu ihm gehen, ihm die Wahrheit anvertrauen und ihn bitten, ihm alles zu sagen, was er wußte? Die Stimme gab dröhnend einen Gemeinplatz nach dem anderen zum besten; bestimmt hatte der Mann gute Absichten, aber er war derart bemüht, sie in Worte zu zwängen, daß man ihn kaum noch verstand. Monk versank immer tiefer in einem Gefühl der Hilflosigkeit. Der Pfarrer schien nicht einmal seinen eigenen Gedankengängen folgen zu können, wie sollte er sich an Wesen und Charakter eines einzelnen Schäfchens seiner Herde erinnern?

Nachdem das letzte Amen gesungen war, beobachtete Monk die hinausströmenden Leute. Er hoffte, ein bekanntes Gesicht zu entdekken – oder, besser noch, von jemandem angesprochen zu werden.

Er wollte gerade aufgeben, als ihm eine junge, schlanke Frau von mittlerer Größe ins Auge fiel. Sie trug Schwarz und hatte das dunkle Haar in weichen Wellen aus einem recht intelligent aussehenden Gesicht gebürstet. Ihre Augen waren ebenfalls dunkel, die Haut zart, der Mund im Verhältnis eine Spur zu voll und zu groß. Obwohl es kein direkt nachgiebiges Gesicht war, konnte es vermutlich leicht in Gelächter oder Tränen ausbrechen. Ihr Gang hatte etwas Anmutiges, das Monk dazu verleitete, sie weiterhin zu betrachten.

Als sie auf gleicher Höhe mit ihm war, bemerkte sie ihn und wandte sich zu ihm. Die Augen weiteten sich; sie zögerte und holte Atem, wie um etwas zu sagen.

Doch der Moment verging; sie schien die Kontrolle über sich wiedererlangt zu haben, hob ein wenig das Kinn, raffte unnötigerweise ihren Rock und setzte ihren Weg fort.

Er folgte ihr, aber sie mischte sich unter eine Grupe von Leuten, mit denen sie offensichtlich gekommen war. Zwei waren ebenfalls schwarz gekleidet, ein großer, blonder Mann Mitte Dreißig mit glattem Haar, langer Nase und ernstem Gesicht und eine Frau, die sich auffallend gerade hielt und über bemerkenswert ausgeprägte Gesichtszüge verfügte. Die drei marschierten auf die Straße zu, wo mehrere Kutschen warteten; keiner von ihnen sah sich noch einmal um.

Monk fuhr in einem Zustand abgrundtiefer Verwirrung, bodenloser Furcht und wilder, verzehrender Hoffnung nach Hause.

4

Als Monk am Montagmorgen völlig außer Atem und ein wenig zu spät auf dem Revier eintraf, war es erst einmal unmöglich, mit den Nachforschungen über Yeats und seinen geheimnisvollen Gast zu beginnen. Runcorn lief in seinem Büro auf und ab und wedelte unablässig mit einem blauen Briefbogen, den er in der rechten Hand hielt. Kaum hörte er Monks Schritte vor der Tür, blieb er abrupt stehen und wirbelte herum.

»Ah!« Mit funkelnden, vor Wut blitzenden Augen fing er wieder an, das Blatt durch die Luft zu schwenken; sein linkes Auge war fast gänzlich geschlossen.

Die morgendlichen Begrüßungsworte erstarben auf Monks Lippen.

»Post von oben!« Runcorn hielt ihm den Briefbogen hin. »Die maßgeblichen Stellen gehen mal wieder auf uns los. Unsre ehrenwerte Witwe Lady Shelburne hat an Sir Willoughby Gentry geschrieben und besagtem Mitglied des Unterhauses vertraulich mitgeteilt«, er legte in jede Silbe seine ganze Verachtung für jenes Geschöpf, »wie unglücklich sie über das absolute Versagen der Metropolitan Police bezüglich der Festnahme des abscheulichen Irren sei, der ihren lieben Sohn auf derart widerliche Weise in seinen eigenen vier Wänden umgebracht hat. Sie würde keine weiteren Entschuldigungen für unsere Verzögerungstaktik, unsere lustlose Einstellung und das komplette Fehlen von Tatverdächtigen akzeptieren.« Runcorns Teint färbte sich angesichts solch tolldreister Ungerechtigkeit dunkellila; er machte keinen bekümmerten Eindruck, schien lediglich am Rand eines Tobsuchtsanfalls zu stehen. »Was, zum Teufel, treiben Sie die ganze Zeit, Monk? Überall heißt's, Sie wären ein verdammt guter Detektiv. Soweit ich weiß, sind Sie sogar scharf drauf, irgendwann mal Polizeichef, ja Regierungsbeauftragter zu werden! Was sollen wir dieser – dieser Ladyschaft sagen?«

Monk atmete tief durch. Runcorns Anspielung auf ihn selbst setzte ihm wesentlich mehr zu als alles, was in dem Brief stand. War er tatsächlich so anmaßend ehrgeizig? Leider blieb ihm nicht die Zeit, sich zu verteidigen; Runcorn hatte sich vor ihm aufgebaut und verlangte eine Antwort.

»Lamb hat die gesamte Basisarbeit erledigt, Sir.« Der Mann hatte wirklich ein bißchen Lob verdient. »Er hat getan, was er konnte, die übrigen Hausbewohner, die Straßenhändler, die Leute in der Gegend befragt – jeden, der etwas gehört oder gesehen haben könnte.« Obwohl Monk Runcorn deutlich ansah, daß ihn seine Ausführungen keineswegs zufriedenstellten, ließ er sich nicht davon abbringen. »Unglücklicherweise war an jenem Abend besonders scheußliches Wetter, so daß die Leute mit hochgeschlagenem Kragen und eingezogenem Kopf unterwegs waren. Wegen des Regens trieb sich niemand länger als nötig auf den Straßen herum, und wegen der starken Bewölkung wurde es früher dunkel als gewöhnlich.«

Runcorn wurde vor Ungeduld immer zappeliger.

»Lamb verbrachte viel Zeit damit, die uns bekannten Bösewichte zu überprüfen. In seinem Bericht steht, daß er sich jeden einzelnen Spitzel und Informanten aus der Gegend um den Mecklenburg Square vorgenommen hat. Nichts. Kein Pieps. Niemand weiß etwas – oder wenn, dann rücken sie nicht damit raus. Lamb glaubte, daß sie die Wahrheit gesagt haben. Ich wüßte nicht, was er sonst noch hätte tun können.« Monk konnte zwar nicht aus seiner abhanden gekommenen Erfahrung sprechen, doch fiel ihm kein Versäumnis auf. Er stand voll und ganz auf Lambs Seite.

»Constable Harrison stieß in einer Pfandleihe auf eine Uhr mit den Initialen J. G. – aber wir wissen nicht, ob sie Grey gehört hat.«

»In der Tat«, bestätigte Runcorn grimmig und fuhr mit dem Zeigefinger über den hübsch gesägten Rand des Briefbogens; einen solchen Luxus konnte er sich nicht leisten. »Sie wissen es nicht! Was wollen Sie also unternehmen? Fahren Sie damit nach Shelburne Hall – lassen Sie sie identifizieren.«

»Harrison ist bereits unterwegs.«

»Konnten Sie wenigstens rauskriegen, wie der Mistkerl reingekommen ist?«

»Ich denke schon«, erwiderte Monk gemessen. »Einer der Hausbewohner, ein gewisser Mr. Yeats, bekam am fraglichen Abend Besuch. Er kam um neun Uhr fünfundvierzig und ging gegen halb elf – ein kräftiger, dunkelhaariger Mann, gut vermummt. Er kommt als einziger in Frage, die restlichen Besucher waren Frauen. Ich möchte mich nicht zu vorschnellen Schlüssen hinreißen lassen, aber alles weist darauf hin, daß er der Mörder ist. Ansonsten wüßte ich nicht, wie ein Fremder ins Haus gelangt sein könnte. Grimwade schließt um Mitternacht die Haustür ab – wenn alle Bewohner anwesend sind, auch früher –, danach müssen selbst sie läuten, damit er sie reinläßt.«

Runcorn legte den Brief vorsichtig auf Monks Schreibtisch.

»Und wann hat er an jenem Abend abgeschlossen?«

»Um elf. Alle waren zu Hause.«

»Was weiß Lamb über den Mann, der bei Yeats war?« Runcorn verzog das Gesicht.

»Nicht viel. Er hat anscheinend nur einmal mit Yeats gesprochen und sich dann darauf konzentriert, etwas über Grey in Erfahrung zu bringen. Vielleicht ist ihm zu der Zeit die Bedeutung dieses Besuchers nicht ganz klargewesen. Grimwade sagte, er hätte ihn zu Yeats' Wohnung gebracht und Yeats hätte ihn hereingelassen. Lamb war damals auf der Suche nach einem Einbrecher –«

»Damals!« Runcorn stürzte sich wie besessen auf das eine Wort. »Und wonach suchen Sie jetzt?«

Monk begriff plötzlich, was er gesagt hatte und daß er es tatsächlich so meinte. Er runzelte die Stirn und wählte die nächsten Worte so vorsichtig wie möglich.

»Ich denke, ich suche jemand, der Grey kannte – und der ihn haßte; jemand, der ihn tot sehen wollte.«

»Lassen Sie das um Himmels willen nicht unsre ehrenwerte Lady Shelburne hören!« sagte Runcorn drohend.

»Es ist wohl ziemlich unwahrscheinlich, daß ich je ein Wort mit ihr wechseln werde«, gab Monk mit mehr als einer Spur Sarkasmus zurück.

»Oh, und ob Sie werden!« Runcorns Stimme barst vor Triumph; sein großes, rotes Gesicht begann fast zu leuchten. »Sie begeben sich noch heute nach Shelburne Hall, um Ihrer Ladyschaft zu versichern, daß wir alles Menschenmögliche unternehmen, um den Mörder zu fassen, und daß wir nach unendlichen Mühen und dank unsrer brillanten Arbeit endlich eine Spur haben, die geradewegs zur Entdeckung dieses Monsters führt.« Seine Oberlippe kräuselte sich andeutungsweise. »Sie sind für gewöhnlich dermaßen unverblümt, fast schon unverschämt – trotz Ihres oberfeinen Getues –, daß sie Ihnen glauben wird.« Sein Ton schlug plötzlich um; er wurde sanft wie ein Lamm. »Weshalb glauben Sie, daß es jemand war, der ihn kannte? Verrückte können sich die übelsten Mordmethoden ausdenken; solche Irren schlagen einfach blind drauflos, hassen einen für nichts.«

»Mag sein.« Monk gab sowohl Runcorns Blick als auch dessen Abneigung aus ganzem Herzen zurück. »Aber sie spionieren nicht die Namen der restlichen Hausbewohner aus, statten ihnen einen Besuch ab und machen sich dann wieder auf den Weg, um jemand anders umzubringen. Wenn der Täter lediglich ein mordlüsterner Psychopath war, warum hat er sich dann nicht an Yeats ausgetobt? Wozu sich noch mit Grey abgeben?«

Runcorn machte große Augen; es widerstrebte ihm, aber er mußte die Logik des Gedankens einsehen.

»Finden Sie soviel wie möglich über diesen Yeats heraus«, befahl er. »Und unauffällig, denken Sie dran! Ich will nicht, daß er verscheucht wird!«

»Was ist mit Lady Shelburne?« Monk tat ganz unschuldig.

»Fahren Sie zu ihr. Und benehmen Sie sich wie ein zivilisierter Mensch, Monk, versuchen Sie's wenigstens! Evan soll die Yeats-Sache übernehmen und Ihnen Bericht erstatten, wenn Sie zurück sind. Nehmen Sie den Zug. Sie werden ein oder zwei Tage in Shelburne bleiben. Nach dem Krawall, den sie geschlagen hat, wird es Lady Shelburne kaum überraschen, Sie zu sehen. Schließlich hat sie einen persönlich überbrachten Rapport über unsere Fortschritte verlangt. Also, auf geht's. Stehen Sie hier nicht rum wie ein Ölgötze, Mann!«

Monk entschied sich für einen Zug der Great Northern Line. Er rannte über den Bahnsteig in der King's Cross Station und schaffte es gerade noch, aufzuspringen und die Waggontür hinter sich zuzuschlagen, als die Lok sich mit einem kräftigen Ruck in Bewegung setzte. Es war ein aufregendes Gefühl, diese Woge aus gewaltiger Kraft, gesteuertem Maschinenlärm und der zunehmenden Geschwindigkeit, als sie aus dem höhlenartigen Gewölbe des Bahnhofsgebäudes in das grelle Licht der Spätnachmittagssonne hinausschossen.

Monk ließ sich auf dem freien Platz gegenüber einer voluminösen Frau nieder. Sie trug ein Kleid aus schwarzem Bombasin, hatte ungeachtet der Jahreszeit eine Pelzpelerine um, und ihren Kopf zierte ein gefährlich schief sitzendes, schwarzes Hütchen. Auf ihrem Schoß lag ein Proviantpaket, über das sie sich unverzüglich hermachte. Ein kleines Männchen mit riesenhafter Brille beäugte die Brote hoffnungsvoll, sagte jedoch nichts. Ein weiterer Mann in gestreiften Hosen war voll und ganz in seine *Times* vertieft.

Sie brausten zischend und stampfend an Mietskasernen, Häusern und Fabriken, Krankenhäusern, Kirchen, Gasthäusern und Bürogebäuden vorbei. Nach und nach waren sie immer dünner gesät, so daß auch einmal ein Fetzen Grün zwischen ihnen aufblitzte, bis sie die Stadt endlich hinter sich gelassen hatten. Monk ließ seinen Blick mit Vergnügen über die liebliche Landschaft schweifen, die sich in ihrer hochsommerlichen Pracht endlos weit vor ihm erstreckte. Mächtige Äste hingen in grünen Wolken über Kornfeldern, deren Ähren sich unter der Last des reifen Getreides bogen, und buschigen Wildrosenhecken. In den Senken zwischen den sanften Hügeln drängten sich kleine Baumgruppen aneinander. Spitze oder auch gelegentlich eckige, mit normannischen Rundbögen ausgestattete Kirchtürme wiesen schon von weitem auf eine Ansiedlung hin.

Shelburne kam Monk viel zu schnell, denn er konnte sich an der Schönheit des Ganzen nicht sattsehen. Ungehalten nahm er seine Reisetasche von der Gepäckablage, zwängte sich entschuldigend – und ihre stumme Mißbilligung auf sich ziehend – an der fetten Dame in Schwarz vorbei und öffnete hastig die Tür. Auf dem Bahnsteig erkundigte er sich bei dem verloren wirkenden Bahnwärter, wo Shelburne Hall liege, und bekam zur Antwort, kaum mehr als einen Kilometer entfernt. Der Mann wies mit dem Arm in die entsprechende Richtung, zog die Nase hoch und meinte dann: »Aber zum Dorf sind's drei Kilometer in die andere Richtung, und wahrscheinlich wollen Se da hin!«

»Danke, aber ich muß zum Herrenhaus. Geschäftlich«, erwiderte Monk.

Der Bahnwärter zuckte mit den Schultern. »Sie werden's ja wissen, Sir. Dann nehmen Se die Straße nach links, dann laufen Se genau drauf zu.«

Monk bedankte sich noch einmal und machte sich auf den Weg.

Er brauchte nur fünfzehn Minuten vom Bahnhof bis zu dem Tor, das den Besitz von der Außenwelt trennte. Das Anwesen entpuppte sich wahrlich als überwältigend; das im frühgeorgianischen Stil erbaute Wohnhaus war drei Stockwerke hoch und verfügte über eine ganz entzückende Fassade, die an manchen Stellen mit blühenden Weinranken und Kletterpflanzen bewachsen war. Ein befahrbarer, gewundener Weg führte zum Haus hin. Er war mit den gleichen Zedern und Birken gesäumt, die das gesamte parkartige Grundstück sprenkelten, das sich bis zu den in der Ferne erkennbaren Feldern und einem – vermutlich hauseigenen – Gut ausdehnte.

Monk stand unter dem Tor und ließ den Anblick einige Minuten auf sich wirken. Die harmonische Symmetrie, die Art und Weise, wie der Besitz die Gegend schmückte – all das war nicht nur ausgesprochen schön anzusehen, sondern ließ auch einiges über das Wesen der Menschen ahnen, die dort geboren und aufgewachsen waren.

Schließlich machte er sich an das letzte Drittel seines Weges, die beträchtliche Strecke bis zum eigentlichen Wohnhaus. Dort angekommen, umrundete er die Außengebäude und Ställe bis zum Dienstboteneingang. Ein reichlich unfreundlicher Lakai trat ihm in den Weg.

»Wir kaufen nichts«, sagte er kalt und mit einem Seitenblick auf Monks Koffer.

»Das trifft sich gut, ich habe nämlich nichts zu verkaufen«, gab Monk bissiger als beabsichtigt zurück. »Ich bin von der Metropolitan Police. Lady Shelburne wünschte einen Bericht über die Fortschritte, die wir bei den Ermittlungen hinsichtlich Major Greys Tod gemacht haben. Ich bin gekommen, um ihn ihr zu liefern.«

Die Brauen des Lakais gingen in die Höhe.

»Tatsächlich? Dann muß es sich um die Witwe Shelburne handeln. Werden Sie erwartet?«

»Nicht daß ich wüßte. Vielleicht sagen Sie ihr, daß ich hier bin.«

»Na, Sie kommen wohl besser rein.« Widerstrebend hielt er die Tür auf. Monk trat ein. Der Mann verschwand ohne weitere Erklärung und ließ ihn in der rückwärtigen Eingangshalle stehen. Diese war eine kleinere, kahlere und zweckmäßiger ausgestattete Version der vorderen Halle; die Gemälde fehlten, das Mobiliar war nach praktischen Gesichtspunkten ausgesucht – angemessen den Bedürfnissen der Dienerschaft. Vermutlich war der Lakai aufgebrochen, um eine höhergestellte Person zu Rate zu ziehen, den Alleinherrscher über den Dienstbotenbereich oder den Butler. Es dauerte mehrere Minuten, bis er zurück war und Monk mit einer Handbewegung aufforderte, ihm zu folgen.

»Lady Shelburne wird Sie in einer halben Stunde empfangen.« Diesmal ließ er Monk in einem kleinen Salon zurück, der an das Domizil des Hausmeisters grenzte, dem passenden Ort für solche Leute wie Polizisten.

Nachdem der Lakai verschwunden war, begann Monk langsam in dem Raum umherzugehen. Er besah sich die abgenutzten Möbel, die braun aufgepolsterten Stühle mit den gebogenen Beinen, einen Tisch und eine Anrichte, beides aus Eichenholz. Die Papiertapete war verblichen, die Bilder namenlos – übertrieben sittenstrenge Erinnerungen an die soziale Stellung und die Tugendhaftigkeit der Pflichterfüllung. Monk persönlich war der saftige Rasen mit den mächtigen Bäumen, der jenseits der Fensterscheibe schräg zu einem Zierbrunnen hin abfiel, wesentlich lieber.

Er fragte sich, was für eine Frau das sein mochte, die eher dreißig endlose Minuten lang verbissen ihre Neugier zügelte, als einem gesellschaftlich unter ihr Stehenden ein Fünkchen ihrer Würde zu opfern. Lamb hatte sie mit keinem Wort erwähnt. War es möglich, daß er sie gar nicht zu Gesicht bekommen hatte? Je länger Monk darüber nachdachte, desto wahrscheinlicher erschien es ihm. Lady Shelburne würde ihre Anfragen niemals an einen einfachen Polizisten richten; außerdem hatte es keinen Grund gegeben, ihr Fragen zu stellen.

Monk hatte allerdings genau das vor; falls Grey nicht von einem Wahnsinnigen, sondern von einem Bekannten umgebracht worden war – den man lediglich insofern als verrückt bezeichnen konnte, als er sein Temperament so sehr mit sich hatte durchgehen lassen, daß ein Mord dabei herauskam –, war es unerläßlich, Grey besser kennenzulernen. Ob beabsichtigt oder nicht, Greys Mutter würde bestimmt etwas über ihn verraten, in ihrem Kummer und im Gedenken an ihn etwas preisgeben, das seiner substanzlosen Gestalt ein wenig Farbe verlieh.

Er hatte eine Menge Zeit, über Grey nachzudenken und sich ein paar Fragen zurechtzulegen, bis der Lakai zurückkehrte, um ihn durch eine mit grünem Fries bespannte Tür in Lady Fabias schräg gegenüberliegendes Wohnzimmer zu führen. Es war mit diskretem dunkelrosa Samt und Rosenholzmöbeln ausstaffiert. Lady Fabia thronte auf einem Louis-Quinze-Sofa. Je näher Monk ihr kam, desto mehr verließen ihn seine Vorsätze. Sie war recht klein, wirkte hart und zugleich zerbrechlich wie Porzellan. Ihr perfekter Teint wurde nicht durch den kleinsten Makel getrübt, nicht ein einziges, seidenweiches Härchen befand sich fehl am Platze. Ihre Züge waren regelmäßig, die blauen Augen groß, lediglich das leicht vorspringende Kinn tat der Zartheit des Gesichts ein wenig Abbruch. Und sie war vielleicht eine Spur zu dünn; ihre Schlankheit hatte etwas Eckiges. Ihre Kleidung war ganz in Schwarz und Violett gehalten, wie es einer Trauernden anstand, auch wenn es so wirkte, als unterstreiche sie damit eher ihr würdevolles Auftreten denn irgendwelches Leid. Sie strahlte keinerlei Schwäche aus.

»Guten Tag«, sagte sie energisch, während sie den Lakai mit einer Handbewegung entließ. Lady Fabia schien Monk kein allzu großes Interesse zu zollen und warf kaum mehr als einen flüchtigen Blick auf sein Gesicht. »Setzen Sie sich, wenn Sie möchten. Wie ich höre, sind Sie hier, um mich über Ihre Fortschritte hinsichtlich der Entdeckung und Festnahme des Mörders meines Sohnes zu unterrichten. Also, was haben Sie mir zu sagen?«

Sie saß mit kerzengeradem Rücken vor ihm, als hätte sie einen Stock verschluckt. Vermutlich hatte sie jahrelang unter der Fuchtel von Gourvernanten gestanden, als Kind mit einem Buch auf dem Kopf für die rechte Haltung trainiert und war aufrecht im Damensattel durch den Park geritten. Monk blieb nicht viel anderes übrig als zu gehorchen, sich widerwillig auf einen der verschnörkelten Stühle zu setzen und sich seiner selbst nicht mehr sicher zu fühlen.

»Nun?« fragte sie ungeduldig, als von ihm keine Reaktion kam. »Die Uhr, die uns ihr Konstabler gezeigt hat, war nicht die meines Sohnes.«

Ihr Tonfall, dieses fast unbewußte Überzeugtsein von ihrer Überlegenheit, verletzte Monk. Früher mußte er so etwas gewöhnt gewesen sein – obwohl er sich nicht daran erinnern konnte –, aber heute traf es ihn wie ein Hagelschlag aus Schottersteinen, der zwar keine tiefe Wunde, aber durchaus eine schmerzhafte brennende Hautabschürfung nach sich zog.

Lady Shelburne starrte ihn unwillig an.

»Uns ist inzwischen der Zeitpunkt bekannt, wann sich jemand Zutritt zu dem Haus am Mecklenburg Square verschafft haben kann«, sagte er recht hölzern, da sein Stolz verletzt war. »Und wir sind im Besitz einer Beschreibung des einzigen Mannes, der dies getan hat.« Er blickte gelassen in die eisigen und nicht schlecht überraschten blauen Augen. »Er war an die Einsachtzig groß, kräftig gebaut – soweit das unter einem dicken Mantel beurteilbar ist –, dunkelhaarig und trug keinen Bart. Sein Besuch galt angeblich einem Mr. Yeats, der auch in dem Haus wohnt. Wir haben bisher noch nicht mit Mr. Yeats gesprochen –«

»Warum nicht?«

»Weil Sie verlangt haben, daß ich herkommen und Sie über unsere Fortschritte informieren soll, Ma'am.«

Sie hob in einer Mischung aus Skepsis und Geringschätzung die Brauen. Monks Sarkasmus ging vollkommen an ihr vorbei.

»Gewiß sind Sie nicht der einzige, der mit den Ermittlungen in einem derart wichtigen Fall betraut ist? Mein Sohn war ein tapferer

Soldat, ein ausgezeichneter Soldat, der für sein Vaterland das Leben riskiert hat. Ist das alles, was Sie zu bieten haben, um es ihm zu lohnen?«

»London ist ein Sündenbabel, Ma'am; jeder ermordete Mensch, ob Mann oder Frau, ist für irgendwen ein schlimmer Verlust.«

»Sie können den Sohn eines Marquis wohl kaum auf eine Stufe mit einem hergelaufenen Dieb oder dem ganzen mittellosen Gesindel stellen!« blaffte Lady Fabia zurück.

»Niemand hat mehr als ein Leben zu verlieren, Ma'am. Und vor dem Gesetz sind wir alle gleich – oder sollten es zumindest sein.«

»Unsinn! Manche Männer sind geborene Führernaturen und leisten einen wichtigen Beitrag zur Gemeinschaft; die meisten tun es nicht. Mein Sohn gehört zu denen, die es taten.«

»Manche haben nichts, um –«

»Dann sind sie selbst schuld!« fiel sie ihm ins Wort. »Ich habe allerdings nicht den geringsten Wunsch, mir Ihre philosophischen Betrachtungen anzuhören. Mir tun die Menschen leid, die in der Gosse leben, weiß der Himmel warum, aber sie interessieren mich nicht. Was beabsichtigen Sie zu unternehmen, um dieses Wahnsinnigen, der meinen Sohn ermordet hat, habhaft zu werden? Wer ist er?«

»Wir wissen nicht –«

»Was werden Sie unternehmen, um es herauszufinden?« Falls unter der exquisiten Oberfläche Gefühle existierten, war sie wie Generationen ihres Standes von Kindesbeinen an darauf getrimmt worden, sie zu verbergen, niemals eine Schwäche zu zeigen. Beherztheit und guter Geschmack waren ihre Hausgötter, für sie war kein Opfer zu groß oder wurde je in Frage gestellt, sondern tagtäglich und ohne zu murren dargebracht.

Monk schlug Runcorns Mahnungen in den Wind und fragte sich, wie oft er das in der Vergangenheit bereits getan haben mochte. Runcorns Ton hatte an diesem Morgen eine Schärfe gehabt, hinter der mehr stecken mußte als bloße Frustration über seinen Mißerfolg im Mordfall Grey oder Lady Shelburnes diesbezüglichen Brief.

»Unserer Ansicht nach handelt es sich bei dem Täter um jemanden, der Major Grey kannte«, antwortete er, »und seinen Tod sorgfältig geplant hat.«

»Dummes Zeug!« kam es wie aus der Pistole geschossen. »Weshalb sollte jemand, der meinen Sohn kannte, den Wunsch gehabt haben, ihn zu töten? Er war ein durch und durch reizender Mensch; alle mochten ihn, sogar die, denen er nicht nahestand.« Lady Fabia stand auf und ging zum Fenster hinüber. Mit halb angewandtem Rücken blickte sie hinaus. »Für Sie ist das vielleicht nicht leicht zu verstehen. Sie sind ihm nie begegnet. Lovel, mein ältester Sohn, besitzt eine Menge Ernsthaftigkeit, Verantwortungsgsgefühl und eine Art natürlicher Begabung, Leute zu führen. Menard kann ausgezeichnet mit Zahlen und Fakten umgehen; er ist imstande, aus allem Profit zu schlagen. Aber es war Joscelin, der einen zum Lachen bringen konnte, Joscelin, der vor Charme sprühte.« Ihre Stimme geriet kaum merklich ins Stocken, klang andeutungsweise ehrlich bekümmert. »Menard kann nicht singen, wie Joscelin es konnte – und Lovel fehlt jegliche Phantasie. Er wird einen hervorragenden Hausherren abgeben, den Besitz glänzend verwalten, zu jedem gerecht sein – aber, mein Gott . . .«, ihr Ton wurde plötzlich hitzig, fast leidenschaftlich, »verglichen mit Joscelin ist er ein solcher Langweiler!«

Monk ging der Kummer über den Verlust des geliebten Sohnes nahe, der aus ihren Worten herausklang. Sie war einsam, hatte das Gefühl, daß etwas unersetzbar Wohltuendes aus ihrem Leben verschwunden war und ein Teil von ihr nur noch zurückschauen konnte.

»Es tut mir leid«, sagte er wahrheitsgemäß. »Ich weiß, es bringt ihn nicht zurück, aber wir werden den Täter finden, und er wird seine Strafe erhalten.«

»Den Strang«, erwiderte sie tonlos. »Man wird ihn eines Morgens nach draußen schaffen, und ein Seil wird ihm das Genick brechen.«

»Ja.«

»Das nützt mir wenig.« Sie wandte sich wieder zu ihm. »Aber es ist besser als nichts. Sorgen Sie dafür, daß es bald geschieht.«

Damit war er offenbar entlassen, aber er war noch nicht bereit zu gehen. Es gab noch einiges, das er wissen mußte. Er stand ebenfalls auf.

»Das habe ich vor, Ma'am, aber ich brauche Ihre Hilfe –«

»Meine?« Ihr Tonfall drückte sowohl Erstaunen als auch Mißfallen aus.

»Jawohl, Ma'am. Um herauszufinden, wer Major Grey genügend gehaßt hat, um ihm den Tod zu wünschen« – er erntete einen ärgerlichen Blick – »aus welchem Grund auch immer. Auch die prächtigsten Menschen sind nicht gegen Neid, Habgier und Eifersucht gefeit . . .«

»Schon gut, Sie haben mich überzeugt!« Sie kniff die Augen zusammen, wodurch ihre Muskelstränge ihres dünnen Halses deutlich hervortraten. »Wie ist Ihr Name?«

»William Monk.«

»Aha. Und was, Mr. Monk, ist es, das Sie unbedingt über meinen Sohn wissen möchten?«

»Zuerst würde ich gern den Rest der Familie kennenlernen.«

Lady Fabia zog leicht amüsiert die Brauen hoch.

»Sie halten mich für voreingenommen, Mr. Monk?« erkundigte sie sich spöttisch. »Denken Sie, ich hätte Ihnen etwas verschwiegen?«

»Wir zeigen denen, die wir am meisten mögen – und die uns gern haben –, häufig nur unsere schmeichelhaften Seiten«, gab er gelassen zurück.

»Wie außerordentlich scharfsinnig von Ihnen«, bemerkte sie mit beißendem Sarkasmus. Er versuchte sich vorzustellen, wieviel gut kaschierter Schmerz sich hinter diesen Worten verbarg.

»Wann könnte ich mit Lord Shelburne sprechen? Und mit jedem andern, der Major Grey gut kannte?«

»Ich frage mich, warum Sie das nicht längst getan haben, wenn es dermaßen wichtig ist.« Sie ging zur Tür. »Warten Sie hier. Ich werde mich erkundigen, ob er die Zeit erübrigen kann, mit Ihnen zu sprechen.« Mit diesen Worten marschierte sie aus dem Zimmer, ohne sich noch einmal umzublicken.

Monk setzte sich so, daß er aus dem Fenster schauen konnte. Draußen lief gerade eine Frau in einem einfachen Stoffkleid vorbei; auf dem Arm trug sie einen Korb. Einen verrückten Augenblick lang wurde er von einer Erinnerung heimgesucht. Vor seinem geistigen Auge sah er ein Kind, ein Mädchen mit dunklen Haaren, und eine Kopfsteinpflasterstraße, die zum Wasser hinabführte. Er kannte die Gegend, aber etwas fehlte; er grübelte angestrengt nach, und dann fiel ihm ein, daß es der Wind war, der Wind und Geschrei der Möwen. Es war die Erinnerung an eine glückliche Zeit, eine Zeit völliger Geborgenheit. Die Kindheit? Erinnerte er sich vielleicht an seine Mutter, an Beth?

Doch da war es bereits vorbei. Er gab sich alle Mühe, die Vision zurückzuholen, sie klarer und detaillierter zu sehen – vergebens. Er war ein Erwachsener in Shelburne, der sich mit dem Mord an Joscelin Grey herumschlagen mußte.

Eine weitere Viertelstunde verging, ehe sich die Tür auftat und Lord Shelburne hereinschritt. Er war achtunddreißig bis vierzig Jahre alt und, nach Joscelins Beschreibung und Kleidung zu urteilen, etwas stärker gebaut als sein Bruder. Monk überlegte, ob Joscelin ebenfalls diese selbstsichere, fast unbewußt überlegene Ausstrahlung besessen haben mochte. Lovel Greys Haar war dunkler als das seiner Mutter, sein Gesicht sensibler und ohne jede Spur von Sinn für Humor.

Monk sprang dem Anstand zuliebe auf die Füße – und haßte sich dafür.

»Sie sind der Bursche von der Polizei?« fragte Shelburne mit leichtem Stirnrunzeln. Da er sich nicht hinsetzte, blieb Monk keine andere Wahl, als ebenfalls stehenzubleiben. »Und – was wollen Sie? Ich kann mir beim besten Willen nicht vorstellen, wie Ihnen irgend etwas, das ich über meinen Bruder zu sagen habe, dabei helfen soll, den Psychopathen zu finden, der bei ihm eingebrochen und ihn getötet hat, den armen Teufel.«

»Niemand ist eingebrochen, Sir«, berichtigte Monk. »Wer immer es war, Major Grey ließ ihn aus freien Stücken herein.«

»Ach wirklich?« Die waagerechten Augenbrauen hoben sich ein paar Millimeter. »Das halte ich für ziemlich unwahrscheinlich.«

»Dann sind Sie mit den Fakten nicht vertraut, Sir.« Monk ärgerte sich über die arrogante, herablassende Art dieses Mannes, der offenbar glaubte, er verstünde mehr von Monks Job als der selbst, nur weil er ein Mann von Stand war. Hatte er Geringschätzung schon immer schlecht vertragen? Fuhr er leicht aus der Haut? Runcorn hatte so etwas angedeutet. Seine Gedanken flogen zum vergangenen Tag zurück, zu der Frau in der Kirche. Er sah ihr Gesicht deutlich vor sich, erinnerte sich an das Rascheln ihres Taftrockes, den schwachen, fast imaginären Duft ihres Parfums, den verblüfften Ausdruck in ihren Augen. Es war eine Erinnerung, die sein Herz schneller schlagen, seine Kehle vor Erregung eng werden ließ.

»Ich weiß, daß mein Bruder von einem Geistesgestörten erschlagen wurde.« Shelburnes Stimme sauste wie ein Fallbeil auf seine Gedanken nieder, zertrümmerte sie in tausend Stücke. »Und daß Sie den Kerl noch nicht geschnappt haben. Das sind die Fakten!«

Monk zwang sich, seine Aufmerksamkeit wieder auf die Gegenwart zu richten.

»Bei allem Respekt, Sir«, er wählte seine Worte bewußt taktvoll, »wir wissen zwar, daß er erschlagen wurde, wir wissen jedoch nicht, von wem oder weshalb. Es weist nichts darauf hin, daß sich der Mörder gewaltsam Zutritt zu seiner Wohnung verschafft hat. Die einzige verdächtige Person, die das Gebäude betreten hat, scheint jemand anders aufgesucht zu haben. Wer immer über Major Grey hergefallen ist, hat allergrößte Sorgfalt darauf verwendet und unseres Wissens nichts gestohlen.«

»Und daraus schließen Sie, daß es jemand war, den er kannte?« Shelburne blieb skeptisch.

»Daraus und aus der Brutalität, mit der das Verbrechen begangen wurde«, bestätigte Monk. Shelburne stand ihm schräg gegenüber, so daß er sein Gesicht in dem Licht, das durchs Fenster fiel, gut sehen konnte. »Ein Einbrecher drischt nicht immer wieder auf sein Opfer ein, wenn es längst tot ist.«

Shelburne zuckte zusammen. »Es sei denn, er ist verrückt! Und genau das ist meine Meinung: Sie haben es mit einem Irren zu tun, Mr. – äh.« Er erinnerte sich nicht mehr an Monks Namen und wartete auch nicht ab, bis dieser ihn wiederholte. »Es besteht wohl kaum die Chance, daß Sie ihn jetzt noch schnappen. Man sollte Sie wahrscheinlich besser dafür einsetzen, Straßenräuber oder Taschendiebe zur Strecke bringen – oder was immer Sie normalerweise tun.«

Monk mußte ziemlich kämpfen, um seine Wut hinunterzuschlukken. »Lady Shelburne ist da offensichtlich anderer Meinung.«

Lovel Grey war sich seiner Unverschämtheit nicht bewußt; einem Polizisten gegenüber konnte man gar nicht unverschämt sein.

»Mama?« Für den Bruchteil einer Sekunde flackerte in seinem Gesicht eine Gefühlsregung auf. »Ja, sicher. Frauen sind nun mal so. Ich fürchte, sie hat Joscelins Tod sehr schwergenommen – schwerer noch, als wenn er an der Krim ums Leben gekommen wäre.« Letzteres schien ihn ein wenig zu verblüffen.

»Das ist ganz normal«, fuhr Monk hartnäckig fort; er hatte beschlossen, es anders zu versuchen. »Soviel ich weiß, war er ein schrecklich netter Bursche – überall beliebt?«

Shelburne lehnte am Kaminsims; seine Stiefel glänzten im hellen Licht der Sonnenstrahlen, die sich durch die breiten Fenster verschwenderisch in das Zimmer ergossen. Er kickte verdrossen gegen das Kamingitter aus echtem Messing.

»Joscelin? Ja, ich schätze, das war er. Immer fröhlich, immer ein Lächeln auf den Lippen. Talentierter Musiker und Geschichtenerzähler und so weiter. Sie wissen schon. Ich weiß, daß meine Frau ihn sehr gern hatte. Was für ein Jammer – und auch noch so sinnlos! Alles nur wegen einem miesen, dahergelaufenen Irren!« Er schüttelte den Kopf. »Furchtbar für Mutter.«

»Kam er oft hierher?« Monk glaubte, einen verheißungsvollen Nerv getroffen zu haben.

»Ach, alle paar Monate. Wieso?« Shelburne hob den Kopf. »Sie denken doch wohl nicht, jemand wäre ihm von hier aus gefolgt?«

»Jede Möglichkeit verdient es, daß man sich mit ihr beschäftigt, Sir.« Monk verteilte sein Gewicht ein wenig auf der Kante der Anrichte. »War er kurz vor seinem Tod noch hier?«

»Ja, das war er tatsächlich! Vor einigen Wochen, vielleicht etwas weniger. Aber ich glaube, Sie sind auf der falschen Spur. Jeder hier kannte ihn seit Jahren, und keiner hatte etwas gegen ihn.« Ein Schatten glitt über sein Gesicht. »Meiner Meinung nach war er der erklärte Liebling des gesamten Dienstpersonals. Hatte stets ein freundliches Wort für die Leute parat, erinnerte sich an ihre Namen, obwohl er schon viele Jahre nicht mehr hier wohnte.«

Monk versuchte sich ein Bild zu machen: der solide, schwerfällige ältere Bruder – achtbar, aber langweilig; der mittlere bislang nicht mehr als eine schemenhafte Silhouette; schließlich der jüngste, der sich große Mühe gab und letztlich begriff, daß ihm sein Charme das eintrug, was seine Abstammung nicht vermochte, der die Leute zum Lachen brachte und ein wenig aus ihren selbsterrichteten Mausoleen der Förmlichkeiten hervorlockte, der sich für die Diener und ihre Angehörigen interessierte und somit anders als seine Brüder kleine Pluspunkte für sich verbuchen konnte – und die Zuneigung seiner Mutter.

»Der Mensch kann seinen Haß verbergen, Sir«, sagte Monk laut, »und gewöhnlich tut er das auch, wenn ihm der Sinn nach Mord steht.«

»Muß er wohl in dem Fall«, räumte Lovel ein; er richtete sich auf, blieb jedoch weiterhin mit dem Rücken zu der leeren Feuerstelle stehen. »Dennoch glaube ich, daß Sie auf dem Holzweg sind. Sehen Sie sich lieber in London nach einem gemeingefährlichen Irren um, einem gewalttätigen Einbrecher zum Beispiel; die Stadt muß voll davon sein! Haben Sie keine Kontaktpersonen? Leute, die der Polizei bestimmte Informationen liefern? Warum versuchen Sie's nicht bei denen?«

»Das haben wir getan, Sir – bis zum Umfallen. Mr. Lamb, mein Vorgänger, hat wochenlang jede Möglichkeit in dieser Richtung untersucht. Es war das erste, worum wir uns überhaupt gekümmert haben.« Monk beschloß, das Thema zu wechseln. Er hoffte, daß sich der Argwohn seines Gegenübers etwas gelegt hatte. »Womit hat Major Grey seine Lebenshaltungskosten finanziert, Sir? Wir konnten bisher keinerlei Geschäftsverbindungen entdecken.«

»Wozu, in aller Welt, wollen Sie das nun wieder wissen?« Lovel war fassungslos. »Sie können doch nicht im Ernst annehmen, er hätte Geschäftskonkurrenten von der Sorte gehabt, die ihn mit einem Spazierstock totprügeln würden! Das ist wirklich absurd!«

»Jemand hat es getan.«

Shelburne verzog das Gesicht zu einer angewiderten Grimasse. »Das habe ich nicht vergessen! Ob er Geschäfte betrieb, weiß ich beim besten Willen nicht. Er erhielt eine kleine Beihilfe von uns.«

»Wie klein, Sir?«

»Ich glaube kaum, daß Sie das zu kümmern braucht.« Shelburnes Gereiztheit kehrte zurück; ein Polizist hatte es gewagt, sich in seine persönlichen Angelegenheiten zu drängen. Er begann erneut, das Kamingitter abwesend mit dem Stiefel zu traktieren.

»Natürlich kümmert es mich, Sir.« Monk hatte sich inzwischen völlig in der Hand. Er bestimmte die Richtung des Gesprächs, und er hatte auch ein bestimmtes Ziel im Auge. »Ihr Bruder wurde umgebracht, wahrscheinlich von einer Person, die ihn kannte. Geld kann durchaus eine Rolle gespielt haben; es ist eins der häufigsten Mordmotive.«

Lovel hüllte sich in Schweigen.

Monk wartete.

»Ja, vermutlich«, ließ Lord Shelburne sich schließlich vernehmen. »Vierhundert Pfund jährlich – zuzüglich der Invalidenrente selbstverständlich.«

Für Monks Empfinden ergab das ein ordentliches Sümmchen; man konnte mit knapp tausend Pfund jährlich ein großes Haus inklusive Frau, Kindern und sogar zwei Dienstmädchen unterhalten. Wahrscheinlich hatte Joscelin Grey jedoch einen ziemlich extravaganten Lebensstil gehabt: Kleidung, Klubs, Pferde, Glücksspiel, Frauen vielleicht oder zumindest Geschenke für sie. Sein soziales Umfeld hatten sie bislang nicht erforscht, da sie den Täter für einen Gelegenheitsdieb und Grey für das Opfer eines unglücklichen Umstands gehalten hatten.

»Danke«, sagte er zu Lord Shelburne. »Von anderen Einnahmequellen ist Ihnen nichts bekannt?«

»Mein Bruder hat seine Finanzlage nicht mit mir besprochen.«

»Ihre Frau hatte ihn sehr gern, sagen Sie? Wäre es möglich, daß ich sie kurz sprechen kann? Er könnte ihr gegenüber bei seinem letzten Besuch etwas erwähnt haben, das uns eventuell weiterhilft.«

»Wohl kaum, sonst wüßte ich es – und hätte Sie, oder wer immer dafür zuständig ist, selbstverständlich darüber in Kenntnis gesetzt.«

»Auch Dinge, die Lady Shelburne vollkommen belanglos erscheinen, können für mich von Wichtigkeit sein«, erklärte Monk. »Einen Versuch ist's allemal wert.«

Lovel marschierte in die Mitte des Raumes, als hätte er die Absicht, Monk in Richtung Tür zu drängen. »Das denke ich nicht. Außerdem hat sie bereits einen ernsthaften Schock erlitten; ich sehe keinen Sinn darin, sie auch noch mit schmutzigen Details zu quälen.«

»Ich wollte mich eigentlich über Major Greys Charakter mit ihr unterhalten, Sir«, versetzte Monk mit leiser Ironie in der Stimme, »über seine Freunde und seine Interessen, nichts weiter. Oder war sie ihm derart zugetan, daß sie selbst das zu sehr quälen würde?«

»Ihre Frechheiten treffen mich nicht im geringsten!« fuhr Lovel ihn an. »Natürlich war sie das nicht. Ich möchte es nur nicht noch schlimmer machen – es ist nämlich nicht sehr angenehm, wenn ein Familienmitglied erschlagen wird!«

Monk sah ihm direkt in die Augen. Sie standen nicht weiter als einen Meter auseinander.

»Allerdings, aber das ist sicherlich ein Grund mehr, den Mörder zu finden.«

»Wenn Sie darauf bestehen ...« Mißmutig forderte er Monk mit einer Handbewegung auf, ihm zu folgen, und führte ihn aus dem femininen Wohnzimmer durch einen kurzen Gang in die Haupthalle. Monk versuchte in den wenigen Sekunden, die Shelburne vor ihm her stolzierte, soviel wie möglich von der Umgebung aufzunehmen. Die Holzvertäfelung an den Wänden reichte bis auf Schulterhöhe, den Parkettboden zierten zahlreiche handgewebte, chinesische Teppiche in wunderschönen Pastellfarben. Beherrscht wurde das Ganze von einer prachtvollen Treppe, die sich auf halber Höhe teilte und nach beiden Seiten in einer Galerie mit stattlichem Geländer fortgesetzt wurde. Überall hingen Gemälde in überladenen Goldrahmen; um sie genauer zu betrachten, reichte die Zeit allerdings nicht aus.

Shelburne öffnete die Tür zum Salon, wartete ungeduldig, bis Monk ihm in den Raum gefolgt war, und zog sie dann hinter sich zu. Das Zimmer war länglich und ging nach Süden hinaus, wo eine Terrassentür den Blick auf einen mit blühenden Blumenrabatten umgebenen Rasen freigab. Rosamond Shelburne saß mit einem Stickrahmen in der Hand auf einer mit Brokat bezogenen Chaiselongue. Bei ihrem Eintreten hob sie den Kopf. Auf den ersten Blick sah Lovel Greys Frau ihrer Schwiegermutter nicht unähnlich: Sie war ebenso blond, hatte die gleiche hohe Stirn, die gleiche Augenform – nur waren ihre Augen dunkelbraun und das harmonische Verhältnis ihrer Gesichtszüge anders gelagert; es war ein resolutes, aber nicht hartes Gesicht, das Humor und viel Phantasie verriet, die nur darauf wartete, sich austoben zu dürfen. Sie war so schmucklos gekleidet, wie es sich für jemand schickte, der vor kurzem den Schwager verloren hatte, obwohl ihr weiter Rock nur die Farbe von roten Trauben hatte, die im Schatten standen, und lediglich die Perlen ihres Rosenkranzes schwarz waren.

»Entschuldige die Störung, Liebes«, meinte Shelburne mit einem spitzen Seitenblick auf Monk, »aber hier ist jemand von der Polizei, der glaubt, du könntest ihm vielleicht etwas Hilfreiches über Joscelin sagen.« Er ging an ihr vorbei zum Fenster und schaute blinzelnd gegen das Sonnenlicht auf den Rasen hinaus.

Rosamonds helle Haut färbte sich schwach rosa; sie mied Monks Blick.

»Wirklich?« fragte sie höflich. »Ich weiß nur sehr wenig über Joscelins Leben in London, Mr. –?«

»Monk, Ma'am. Soviel ich weiß, mochte Major Grey Sie recht gern, also hat er Ihnen gegenüber vielleicht irgendwann einmal einen Freund oder Bekannten erwähnt, der uns seinerseits einen Hinweis geben könnte, verstehen Sie?«

»Oh.« Sie ließ die Stickerei sinken; es handelte sich um einen Text inmitten eines Flechtwerks aus Rosen. »Selbstverständlich. Ich fürchte allerdings, mir fällt nichts dergleichen ein. Aber nehmen Sie doch bitte Platz, ich will gern versuchen, Ihnen so gut wie möglich zu helfen.«

Monk nahm das Angebot an und begann ihr auf liebenswürdige Weise Fragen zu stellen. Er glaubte nicht, auf direktem Wege viel von ihr zu erfahren, aber er beobachtete sie unauffällig, lauschte auf Veränderungen in ihrem Tonfall und gab auf die Bewegungen ihrer Finger acht, die sie im Schoß ineinander verschlungen hatte.

Allmählich bekam er ein Bild von Joscelin Grey.

»Er wirkte sehr jung auf mich, als ich nach der Heirat hierherkam«, sagte Rosamond lächelnd, den Blick an Monk vorbei aus dem Fenster gerichtet. »Das war natürlich, bevor er an die Krim ging. Offizier war er damals; er hatte gerade erst das Offizierspatent erworben und war so . . .« – sie suchte nach dem richtigen Wort – »so unbeschwert! Ich erinnere mich noch genau an den Tag, als er hier in seinen glänzenden Stiefeln und dem scharlachroten Uniformrock mit den goldenen Tressen hereinmarschiert kam. Man mußte sich einfach mit ihm freuen.« Ihre Stimme wurde leise. »Zu der Zeit hielten wir das alles noch für ein großes Abenteuer.«

»Und später?« fragte Monk prompt. Er beobachtete die zarten Schatten auf ihrem Gesicht, verfolgte, wie sie nach etwas forschte, das sie geahnt, jedoch nicht verstanden hatte.

»Er wurde verwundet – wissen Sie das?« Rosamond schaute ihn stirnrunzelnd an.

»Ja.«

»Zweimal, und obendrein schwer.« Sie versuchte seinem Blick zu entnehmen, ob er mehr wußte als sie. »Er hat viel durchgemacht. Bei der Schlacht von Balaklawa wurde er von seinem Pferd abgeworfen, und in Sewastopol holte er sich eine tiefe Schwertwunde am Bein. Über die Zeit im Krankenhaus von Skutari sprach er nicht gern; er meinte, es wäre zu furchtbar, um wiedergegeben zu werden, und würde uns nur aufregen.« Die Stickerei glitt auf dem glatten Stoff ihres Rocks ab und fiel auf den Boden. Sie machte sich nicht die Mühe, sie aufzuheben.

»Er hatte sich verändert?« fragte Monk rasch.

Rosamond lächelte traurig. Sie hatte einen hübschen Mund, weicher und empfindsamer als der ihrer Schwiegermutter. »Ja – aber seinen Sinn für Humor hatte er nicht verloren, er konnte nach wie vor lachen und sich an schönen Dingen freuen. Zu meinem Geburtstag schenkte er mir eine Spieldose.« Ihr Lächeln wurde bei dem Gedanken daran breiter. »Sie hat einen Emailledeckel, auf den eine Rose gemalt ist. Die Melodie heißt ›Für Elise‹ – Beethoven, müssen Sie wissen . . .«

»Also wirklich, meine Liebe!« Lovels Stimme schnitt ihr brutal das Wort ab, während er sich kurz auf seinem Standort am Fenster herumdrehte. »Der Mann ist hier, weil er Nachforschungen für die

Polizei betreibt. Er schert sich nicht um Beethoven oder Joscelins Spieldose. Versuche doch bitte, dich auf das Wesentliche zu konzentrieren – für den recht unwahrscheinlichen Fall, daß so etwas überhaupt existiert. Er will wissen, ob Joscelin jemand gekränkt haben könnte, irgendwem Geld schuldete – der Himmel weiß, was noch!«

In Rosamonds Zügen spielte sich eine derart schwache Veränderung ab, daß diese leicht auf einen Wechsel der Lichtverhältnisse hätte zurückgeführt werden können, wäre der Himmel vor den Fenstern nicht von ungetrübtem, wolkenlosem Blau gewesen. Sie sah plötzlich müde aus.

»Ich weiß, daß Joscelins hin und wieder finanzielle Schwierigkeiten hatte«, erwiderte sie ruhig, »aber Genaueres ist mir nicht bekannt, ebensowenig ob oder wem er Geld schuldete.«

»Er hätte solche Dinge wohl kaum mit meiner Frau besprochen!« Jetzt wirbelte Lovel endgültig herum. »Falls er etwas hätte borgen wollen, hätte er sich an mich gewendet, aber dazu war er viel zu klug. Er bekam nämlich bereits einen ausgesprochen großzügigen Zuschuß.«

Monk ließ seinen Blick fassungslos über das prachtvolle Zimmer, die gerafften Samtvorhänge und die dahinterliegende Parklandschaft gleiten und versagte sich eine Bemerkung zum Thema Großzügigkeit. Seine Augen hefteten sich wieder auf Rosamund.

»Sie haben ihm niemals unter die Arme gegriffen, Ma'am?«

Rosamond zögerte.

»Womit, zum Beispiel?« wollte Lovel wissen und hob die Brauen.

»Mit einem Geschenk etwa?« schlug Monk vor; er bemühte sich nach Kräften, taktvoll zu bleiben. »Ein kleines Darlehen vielleicht, um einen unerwarteten Engpaß zu überbrücken?«

»Ich kann mir nur vorstellen, daß Sie böses Blut schaffen wollen«, rief Lovel erbost. »Eine unglaubliche Frechheit ist das! Wenn Sie nicht damit aufhören, werde ich dafür sorgen, daß man Ihnen den Fall wegnimmt!«

Monk war bestürzt; er hatte nicht vorgehabt, irgendwen zu beleidigen, er wollte die Wahrheit ans Licht bringen. Solche Überempfindlichkeiten taten nun gar nichts zur Sache, außerdem fand er es albern, jetzt darauf Rücksicht zu nehmen.

Lovel bemerkte seine Verdrossenheit und interpretierte sie fälschlicherweise als Begriffsstutzigkeit. »Eine verheiratete Frau besitzt nichts, das sie geben könnte, Mr. Monk – ob nun ihrem Schwager oder sonst wem.«

Monk wurde rot – zum einen, weil er einen Narren aus sich gemacht hatte, zum andern wegen Shelburnes herablassender Art. Natürlich kannte er das Gesetz – jetzt, wo man ihn darauf gestoßen hatte. Selbst Rosamonds eigener Schmuck gehörte ihr rechtlich gesehen nicht. Sollte Lovel ihr verbieten, ihn zu verschenken, durfte sie es nicht tun – was Monk allerdings keine Sekunde daran zweifeln ließ, daß genau das passiert war. Ihr plötzliches Verstummen und das Flackern in ihren Augen hatten sie eindeutig verraten.

Da er sie nicht in Schwierigkeiten bringen wollte, verkniff er sich die Antwort, die er gern gegeben hätte. Was er wußte, reichte ihm.

»Ich hatte nicht die Absicht anzudeuten, es wäre irgend etwas ohne Ihr Einverständnis geschehen, Mylord, ich meinte lediglich eine freundschaftliche Geste von Lady Shelburnes Seite.«

Lovel öffnete den Mund, als wolle er etwas entgegnen, besann sich eines Besseren und sah wieder aus dem Fenster; sein Gesicht war hart, die breiten Schultern steif.

»Hat der Krieg Major Grey sehr zugesetzt?« wandte sich Monk wieder an Rosamond.

»O ja!« Einen Moment lang schien sie von ihren Gefühlen überwältigt zu werden, wurde sich dann aber ihrer Umgebung bewußt und rang mühsam um Beherrschung. Wäre sie nicht so hervorragend geschult gewesen, was die Rechte und Pflichten einer Frau ihres Standes anbelangte, hätte sie vermutlich geweint. »Ja«, wiederholte sie. »Obwohl er seinen Kummer ungeheuer tapfer gemeistert hat. Es ist erst wenige Monate her, daß er allmählich anfing, wieder der alte zu sein – wenigstens die meiste Zeit über. Er spielte wieder Klavier und sang uns manchmal etwas vor.« Ihre Augen sahen durch Monk hindurch, auf einen Ort tief in ihren eigenen Erinnerungen. »Er gab immer noch lustige Geschichten zum besten und brachte uns damit zum Lachen, aber es gab Zeiten, da dachte er an die Männer, die im Krieg umgekommen waren, und wahrscheinlich auch an sein eigenes Leid.«

Joscelin Grey nahm langsam konkretere Formen an: ein flotter junger Offizier, ungezwungen und unkompliziert, vielleicht eine Spur unreif. Dann, nach den furchtbaren Kriegserfahrungen und der für ihn vollkommen ungewohnten Verantwortung, die Rückkehr nach Hause mit dem festen Entschluß, das frühere Leben soweit wie möglich wiederaufzunehmen. Der jüngste Sohn einer vornehmen Familie, ein Mann mit wenig Geld und viel Charme sowie einer gehörigen Portion Courage.

Kaum jemand, der sich Feinde geschaffen hatte, indem er anderen übel mitspielte. Aber man mußte nicht mit übermäßiger Phantasie ausgestattet sein, um auf den Gedanken zu kommen, daß er Neid und Mißgunst hervorgerufen haben könnte, die stark genug waren, in Mord zu eskalieren. Alles dazu Erforderliche hatte seine Wurzeln vielleicht in diesem entzückenden Raum mit den gewirkten Tapeten und dem Blick auf die Parklandschaft.

»Meinen aufrichtigen Dank, Lady Shelburne«, sagte Monk förmlich. »Durch Sie habe ich jetzt ein wesentlich klareres Bild von Major Grey. Sie haben mir sehr geholfen.« Dann wandte er sich an Lovel: »Vielen Dank, Mylord. Wenn ich nun mit Mr. Menard Grey sprechen dürfte –«

»Der ist nicht da«, erwiderte Lovel schroff. »Er ist bei einem der Pächter. Es hat keinen Zweck, wenn Sie sich hier noch länger aufhalten. Außerdem ist es Ihre Aufgabe, Joscelins Mörder zu finden, nicht einen Nachruf zu schreiben!«

»Der Nachruf ist meiner Meinung nach erst fertig, wenn der Fall aufgeklärt ist«, gab Monk zurück, während er Grey gerade und herausfordernd in die Augen sah.

»Worauf warten Sie dann noch?« fuhr Lovel ihn aufgebracht an. »Gehen Sie und tun Sie etwas Nützliches, anstatt sich hier die Sonne auf den Pelz scheinen zu lassen!«

Monk machte sich wortlos auf den Weg und zog die Salontür ohne besondere Sanftheit hinter sich zu. In der Halle wurde er von einem diskret herumstehenden Lakai erwartet, der ihn offenbar hinausbegleiten sollte – oder aber den Auftrag hatte, aufzupassen, daß Monk nicht das silberne Kartentablett oder den Brieföffner mit dem Ebenholzgriff verschwinden ließ.

Das Wetter hatte sich geändert. Wie aus dem Nichts waren schwere Gewitterwolken aufgezogen, und als er aus dem Haus trat, klatschten bereits die ersten dicken Tropfen auf die Erde.

Monk stapfte die Auffahrt hinab in Richtung Tor durch den reinigenden Regenguß, da kreuzte das nächste Mitglied der Familie Grey seinen Weg. Flotten Schrittes eilte ihm eine ältere Frau entgegen. An Alter und Kleidung glich sie Fabia Shelburne, nur fehlte ihr deren kalte Schönheit. Die Nase war länger, das Haar widerspenstiger – sie war vermutlich nie schön gewesen, auch nicht vor vierzig Jahren.

»Guten Tag.« Zur Bezeugung seiner Ehrerbietung lüftete Monk kurz den Hut.

Sie hielt inne und musterte ihn neugierig. »Guten Tag. Ich kenne Sie nicht. Was tun Sie hier? Haben Sie sich verlaufen?«

»Nein, trotzdem vielen Dank, Ma'am. Ich bin von der Metropolitan Police und habe über unsere Fortschritte bezüglich des Mordes an Major Grey Bericht erstattet.«

Sie kniff die Augen zusammen, und er war sich nicht im klaren, ob der Grund dafür Belustigung oder etwas anderes war.

»Für jemand, der Nachrichten überbringt, scheinen Sie recht gut etabliert zu sein, junger Mann. Sie waren bei Fabia, nehme ich an?«

Da Monk keine Ahnung hatte, wer sie war, wußte er nicht, wie er sie ansprechen sollte.

Sie begriff sofort.

»Ich bin Callandra Daviot; der letzte Lord Shelburne war mein Bruder.«

»Dann war Major Grey Ihr Neffe, Lady Callandra?« Erst nachdem die Worte ausgesprochen waren, kam ihm zu Bewußtsein, daß er ihren Titel vollkommen korrekt und ohne nachzudenken benutzt hatte.

»Zwangsläufig«, bestätigte sie. »Ich wüßte nicht, was Ihnen das weiterhelfen könnte.«

»Sie müssen ihn gekannt haben.«

Ihre ziemlich struppigen Augenbrauen hoben sich ein wenig.

»In der Tat. Wahrscheinlich sogar ein bißchen besser als Fabia. Warum?«

»Standen Sie ihm nahe?« fragte er rasch.

»Im Gegenteil, ich hielt mich stets in einiger Entfernung.« Dieses Mal war Monk sicher, daß aus ihren Augen trockener Humor blitzte.

»Und haben um so klarer gesehen?« spann er ihre Andeutung weiter.

»Schon möglich. Bestehen Sie darauf, mich hier unter den Bäumen auszuhorchen, junger Mann? Ich werde allmählich naß.«

Monk schüttelte den Kopf und wandte sich um, um sie denselben Weg zurückzubegleiten, den er soeben gekommen war.

»Ein Jammer, daß Joscelin umgebracht wurde«, fuhr sie fort. »Es wäre viel besser gewesen, wenn er die letzte Ruhe in Sewastopol gefunden hätte – für Fabia sowieso. Aber was wollen Sie von mir? Ich war nicht besonders verrückt nach Joscelin – was durchaus auf Gegenseitigkeit beruhte. Ich habe weder eine Ahnung, was er die ganze Zeit getrieben hat, noch irgendwelche Mutmaßungen, wer ihm ein derart furchtbares Ende gewünscht haben könnte.«

»Sie mochten ihn nicht besonders?« hakte Monk verblüfft nach. »Bis jetzt hat jeder nur so von seinem Charme geschwärmt.«

»O ja, davon besaß er jede Menge«, bestätigte sie, während sie mit langen Schritten nicht etwa auf den Haupteingang des Hauses zusteuerte, sondern in einen Schotterweg einbog, der zu den Stallungen führte. »Ich schere mich nicht allzuviel um Charme.« Lady Callandra schaute ihm gerade ins Gesicht, und er stellte fest, daß ihm ihre spröde Direktheit immer besser gefiel. »Vielleicht weil er mir nie beschieden war, aber charmante Leute wirken auf mich wie Chamäleons, und ich kann nie sicher sein, welche Farbe das Tier darunter tatsächlich hat. Würden Sie nun bitte ins Haus zurückgehen oder wo immer Sie hinwollten? Ich habe nicht die geringste Lust, noch nasser zu werden, als ich bereits bin, und es wird garantiert gleich wieder regnen. Es ist doch vollkommen zwecklos, hier draußen vor den Ställen herumzustehen und höflichen Unsinn zu reden, der Ihnen ganz bestimmt nicht weiterhelfen kann.«

Monk lächelte breit und neigte zum Abschied leicht den Kopf. Lady Callandra war der einzige Mensch in Shelburne Hall, der ihm spontan sympathisch war.

»Schon unterwegs, Ma'am. Vielen Dank für Ihre« – er zögerte, denn er wollte nicht zu direkt sein und Offenheit sagen – »Zeit. Einen schönen Tag noch.«

Sie warf ihm einen sarkastischen Blick zu, nickte leicht und marschierte geradewegs in den Raum mit dem Pferdegeschirr, wo sie lautstark nach dem ersten Stallburschen verlangte.

Monk ging zum zweitenmal die Auffahrt hinunter – wie befürchtet durch einen kräftigen Schauer – und ließ das Tor nun endgültig hinter sich. Er folgte der Straße die viereinhalb Kilometer bis zum Dorf. Die vom Regen reingewaschene Landschaft um ihn herum glänzte im Licht der wieder durchbrechenden Sonne; gierig nahm er den Anblick der unbeschreiblich schönen Gegend in sich auf, als hätte er Angst, sie für immer aus dem Gedächtnis zu verlieren, sobald sie einmal außer Sicht war. Hier und da hob sich ein schimmerndes, dunkelgrünes Baumgrüppchen als bauschige Silhouette über der sanft wogenden Grasflut gegen den Himmel ab, jenseits der steinernen Mauern der Dorfhäuser ergossen sich tiefgoldene Weizenfelder, deren schwere Ähren sich wie Wellen im Wind wiegten.

Während dieses erbaulichen Spaziergangs, der etwas weniger als eine Stunde dauerte, fand Monk die innere Ruhe wieder, seine Gedanken von der lediglich vorübergehend wichtigen Frage, wer Joscelin Grey ermordet hatte, loszureißen und sich dem prekären Thema seiner eigenen Vergangenheit zuzuwenden. Hier kannte ihn niemand; wenigstens einen Abend lang würde er in der Lage sein, ganz neu anzufangen, keine vorangegangene Tat konnte ihn dabei behindern – oder ihm helfen. Vielleicht gelang es ihm ja, etwas über sein Inneres zu erfahren, wenn sämtliche Erwartungen wegfielen.

Er verbrachte die Nacht im Dorfgasthaus und erkundigte sich dort am kommenden Morgen unauffällig über gewisse Lokalgrößen, woraufhin er seinem Bild von Joscelin Grey zwar keine bedeutsamen neuen Details hinzufügen konnte, jedoch herausfand, daß seinen beiden Brüdern beträchtlicher Respekt gezollt wurde, jedem auf seine Weise. Beliebt waren sie nicht – dazu waren ihr Stand und Lebensstil einfach zu anders –, aber man verließ sich auf sie. Sie entsprachen haargenau der Vorstellung, die man sich von Leuten ihresgleichen machte; man registrierte sorgsam jede kleine Gefälligkeit und achtete darauf, daß eine Art wechselseitiger Ehrenkodex eingehalten wurde.

Mit Joscelin verhielt es sich anders, bei ihm war eine gewisse Sympathie nicht ausgeschlossen. Laut einhelliger Meinung war er mehr als nur höflich gewesen; man erinnerte sich an seine enorme Freigebigkeit, die mit seinem Status als Sproß des Hauses Shelburne gerade noch vereinbar gewesen war. Sollte jemand etwas anderes gedacht oder gefühlt haben, er hätte es einem Fremdling wie Monk niemals auf die Nase gebunden. Außerdem war Joscelin bei der Armee gewesen, und eine gewisse Ehrerbietung stand den Toten zu!

Monk genoß es unendlich, einmal umgänglich, ja sogar freundlich sein zu dürfen. Niemand fürchtete sich vor ihm – obschon man ihn im Auge behielt, er war schließlich ein Peeler –, keiner behandelte ihn mit ehrfürchtigem Resepekt, und alle waren genauso erpicht darauf, den Mörder ihres Helden zu finden, wie er selbst.

Das Mittagessen nahm er in der Schankstube zu sich, in Gesellschaft einiger bedeutender hiesiger Persönlichkeiten, und schaffte es tatsächlich, mit ihnen ins Gespräch zu kommen. In dem hellen Sonnenlicht, das durch die offene Tür strömte, begannen sich die Zungen bei Apfelwein, Apfelkuchen und Käse schon bald zu lösen. Monk wurde miteinbezogen, und es dauerte nicht lang, da gingen die Pferde mit ihm durch, und er gab geistreiche, ironische und witzige Bemerkungen zum besten. Erst auf dem Rückweg wurde ihm klar, daß sie stellenweise auch unverschämt geklungen haben mußten.

Am frühen Nachmittag brach er auf, um von dem winzigen, verschlafenen Bahnhof aus die polternde, dampfzischende Rückreise nach London anzutreten.

Kurz nach vier kam er dort an und fuhr mit einem Hansom schnurstracks zum Polizeirevier.

»Und?« drängelte Runcorn mit gezückten Brauen. »Haben Sie's fertiggebracht, Ihre Ladyschaft einzulullen? Ich darf wohl davon ausgehen, daß Sie sich wie ein Gentleman benommen haben?«

Wieder hörte Monk diese gewisse Schärfe und anklingende Antipathie aus seiner Stimme heraus. Was hatte er dem Mann bloß getan? Er versuchte verzweifelt, sich an etwas zu erinnern, das

Runcorns Abneigung rechtfertigen konnte. Sein schroffes Benehmen konnte nicht der einzige Grund dafür sein, oder war er tatsächlich so dumm gewesen, sich mit einem Vorgesetzten anzulegen? Er mußte es herausfinden, denn es spielte eine große, beinah lebenswichtige Rolle: Runcorn hielt den Schlüssel zu seiner Beschäftigung in der Hand, dem einzig sicheren Bestandteil seines augenblicklichen Lebens. Ohne Arbeit wäre er nicht nur absolut identitätslos, sondern binnen weniger Wochen auch vollkommen verarmt, und dann wäre ihm das gleiche traurige Schicksal beschieden wie jedem armen Schlucker: die Bettelei mit dem allzeit drohenden Hungertod oder die Gefahr, wegen Landstreicherei ins Gefängnis geworfen zu werden, oder das Armenhaus; und es gab weiß Gott so manchen, der das Armenhaus für das größere Übel hielt.

»Ich denke, Ihre Ladyschaft hat begriffen, daß wir alles menschenmögliche tun«, erwiderte er. »Und daß wir zuerst den nächstliegenden Möglichkeiten auf den Grund gehen mußten – wie zum Beispiel der Einbrechertheorie. Sie hat Verständnis dafür, daß wir inzwischen auch jemand aus Greys Bekanntenkreis als Mörder in Betracht ziehen.«

Runcorn stöhnte. »Sie haben Sie nach ihm ausgefragt, stimmt's? Was für ein Knabe er war und so?«

»Ja, Sir. Sie war verständlicherweise voreingenommen –«

»Verständlicherweise«, pflichtete Runcorn ihm säuerlich bei, während seine Brauen von neuem hochzuckten. »Sie sollten allerdings schlau genug sein, das zu durchschauen.«

Monk überhörte die Anspielung. »Er schien ihr Lieblingssohn gewesen zu sein – und mit Abstand der liebenswerteste. Darüber waren alle einer Meinung, sogar im Dorf; abzüglich derer, die sich weigern, schlecht über die Toten zu sprechen.« Er grinste verzerrt. »Oder über den Sohn aus dem großen Haus! Wie auch immer, zurück bleibt jedenfalls ein Mann mit schier unerträglichem Charme, einer ausgezeichneten Laufbahn beim Militär und ohne besondere Laster oder Schwächen, wenn man einmal davon absieht, daß er bisweilen Schwierigkeiten hatte, mit dem familiären Zuschuß auszukommen, gelegentlich ein wenig aufbrauste und dann und wann seinen spöttischen Witz versprühte. Dafür war er um so spendabler, merkte sich die Geburtstage und Namen der Dienerschaft – und verstand es, die Leute zu unterhalten. Allmählich sieht es ganz so aus, als ob Eifersucht im Spiel sein könnte.«

Runcorn seufzte.

»Brenzlig, brenzlig«, verkündete er entschieden, das linke Auge bis auf einen Spalt geschlossen. »Misch dich niemals in Familienangelegenheiten, denn je höher du kommst, desto widerlicher wird's!« Er zupfte geistesabwesend an seinem Mantel, wenn dieser deshalb auch nicht die Spur besser saß. »Bitte, da haben Sie Ihre große Welt; können ihre Spuren besser verwischen als jeder von Ihren Durchschnittsganoven, auch wenn die sich noch soviel Mühe geben. Macht zwar nicht oft einen Fehler, dieses Pack, aber wenn – dann gnade einem Gott!« Sein Finger stieß ruckartig in die Luft und zeigte auf Monk. »Ich gebe Ihnen mein Wort drauf, falls da wirklich was nicht stimmt, wird's erst noch viel ungemütlicher, bevor es besser werden kann. Sie mögen von den oberen Klassen angetan sein, mein Freund, aber wenn's darum geht, die eigenen Angehörigen zu schützen, greifen die zu den schmutzigsten Mitteln, die man sich nur denken kann, das dürfen Sie mir ruhig glauben!«

Monk wußte nichts darauf zu erwidern. Er fragte sich wieder, weshalb Runcorn so gegen ihn aufgebracht war. War ihm früher auch jedes Mittel recht gewesen, um gesellschaftlich aufzusteigen? Die Vorstellung, sich für etwas auszugeben, was man nicht ist, nur um bei Leuten Eindruck zu schinden, die sich nicht im mindesten um einen scherten und mit ziemlicher Sicherheit bereits über die wahre Herkunft Bescheid wußten, ehe man überhaupt den Mund auftat, war abstoßend, auf gewisse Weise sogar bemitleidenswert.

Versuchte andererseits nicht jeder, seine Position zu verbessern, wenn sich ihm die Gelegenheit bot?

Runcorn starrte ihn voll Ungeduld an.

»Na, was haben Sie dazu zu sagen?« fragte er unwirsch.

»Jawohl, Sir. Ganz Ihrer Meinung.« Monk hatte sich wieder im Griff. »Wir könnten tatsächlich auf etwas ausgesprochen Schmutziges stoßen. Man muß einen Menschen schon sehr hassen, um ihn auf die Art totschlagen zu können, wie es Grey widerfuhr. Falls die Familie in die Geschichte verwickelt ist, wird sie garantiert alles daransetzen, es zu vertuschen. Der älteste Sohn, unser gegenwärtiger Lord Shelburne, war auch gar nicht erbaut von meiner Idee, die Zusammenhänge dahingehend zu erforschen. Er tat sein Bestes, mich auf die Theorie zurückzubringen, der Mörder sei ein Gelegenheitsdieb oder ein Psychopath.«

»Und Ihre Ladyschaft?«

»*Sie* will, daß wir weitermachen.«

»Dann hat sie aber Glück, was?« Runcorn nickte; sein Mund war zu einer merkwürdigen Grimasse verzogen. »Weil Sie haargenau das tun werden!«

Monk begriff, daß er entlassen war.

»Jawohl, Sir. Ich fange mit Yeats an.« Er entschuldigte sich und ging in sein eigenes Büro.

Evan saß emsig vor sich hin kritzelnd am Schreibtisch. Bei Monks Eintreten schaute er mit einem kurzen Lächeln auf. Monk seinerseits war unbeschreiblich glücklich, ihn zu sehen. Er merkte plötzlich, daß er Evan bereits mehr als Freund denn als Kollegen betrachtete.

»Wie war's in Shelburne?«

»Außerordentlich entzückend – und außerordentlich steif. Und Yeats?«

»Ausgesprochen achtbar.« Evans Mund kräuselte sich flüchtig vor unterdrückter Belustigung. »Und ausgesprochen mittelmäßig. Niemand hat etwas zu seinen Ungunsten zu sagen. Genaugenommen hat niemand überhaupt viel zu sagen; man hat Schwierigkeiten, sich exakt an ihn zu erinnern.«

Monk verbannte Yeats aus seinen Gedanken und kam auf ein Thema zu sprechen, das ihm mehr am Herzen lag.

»Runcorn scheint zu glauben, daß das Ganze noch ziemlich unangenehm wird. Er erwartet eine ganze Menge von uns –«

»Klar.« Evan sah ihm offen ins Gesicht. »Deshalb hat er Sie ja auf den Fall angesetzt, obwohl Sie gerade erst aus dem Krankenhaus raus waren. Es wird immer brenzlig, wenn wir mit dem Adel zu tun haben. Lassen Sie's uns ruhig beim Namen nennen: Ein Polizist wird für gewöhnlich behandelt, als hätte er den gleichen gesellschaftlichen Rang wie ein Dienstmädchen – wie jemand, den man genausogern in seiner Nähe hat wie eine Sickergrube. In einer unvollkommenen Welt zwar ein notwendiges Übel, in einem feinen Salon allerdings völlig fehl am Platz.«

Bei einer anderen Gelegenheit hätte Monk gelacht, doch momentan war er viel zu betroffen.

»Warum ich?« bestürmte er Evan.

Der war zutiefst verwirrt. Er überspielte, was wie Verlegenheit aussehen mußte, mit Förmlichkeit.

»Sir?«

»Warum ich?« wiederholte Monk eine Spur schärfer. Er hörte selbst, daß seine Stimme ein paar Töne hinaufging, war jedoch außerstande, es zu verhindern.

Evan schlug peinlich berührt die Augen nieder.

»Wollen Sie eine ehrliche Antwort von mir – obwohl Sie's eigentlich genau wissen müßten?«

»Ja, das will ich! Also bitte.«

Evan schaute ihn mit brennenden Augen an. »Weil Sie der beste Mann im ganzen Revier sind – und der ehrgeizigste. Weil Sie wissen, wie man sich kleidet und wie man sich ausdrückt. Wenn jemand den Shelburnes gewachsen ist, dann Sie.« Er verstummte, biß sich auf die Lippe und fuhr dann jäh fort: »Und falls Sie doch scheitern sollten – entweder weil Sie das Ganze verpfuschen und den Mörder nicht zu fassen kriegen oder Ihrer Ladyschaft blöd kommen und sie sich über Sie beschwert –, gäb's nur wenige, denen Ihre Degradierung leid tun würde ... Und Schlimmeres natürlich, wenn sich herausstellt, daß der Mörder tatsächlich zur Familie gehört, und Sie ihn festnehmen müssen –«

Sein Vorgesetzter starrte ihn an, doch diesmal wich Evan dem Blick nicht aus. Es überlief Monk siedendheiß.

»Einschließlich Runcorn?« fragte er ruhig.

»Ich denke schon.«

»Und Sie?«

Wieder war Evan ehrlich überrascht. »Nein, ich nicht«, sagte er schlicht. Er erging sich nicht in Protestgeschrei, weshalb Monk ihm um so mehr glaubte.

»Gut.« Er holte tief Luft. »Für heute reicht's. Um Yeats kümmern wir uns morgen.«

»In Ordnung, Sir.« Evan grinste, der Schatten auf seinem Gesicht war verflogen. »Um acht bin ich hier.«

Monk schrak innerlich zusammen, als er die Uhrzeit hörte, mußte sich aber wohl oder übel damit einverstanden erklären. Er wünschte Evan einen angenehmen Abend und machte sich auf den Heimweg.

Unbemerkt schlug er jedoch die entgegengesetzte Richtung ein. Er registrierte erst nach einer ganzen Weile, daß er auf die Gegend um die St.-Marylebone-Kirche zusteuerte. Es war eine Strecke von mehr als drei Kilometern, und er war müde. Seine Beine taten ihm noch von dem langen Fußmarsch in Shelburne weh, seine Füße waren wund gelaufen, also hielt er eine Kutsche an und nannte dem Fahrer die Adresse der Kirche.

Dort war es sehr still. Durch die in Windeseile dunkler werdenden Fenster drang kaum noch Helligkeit, lediglich die Kandelaber warfen kleine, gelbe Lichtbögen in den Raum.

Warum die Kirche? Er fand all die Ruhe, allen Frieden, den er sich wünschte, in seinen eigenen vier Wänden, und große Gottesfürchtigkeit hatte ihn bestimmt nicht getrieben. Monk glitt in eine der Bankreihen und grübelte darüber, was er an diesem Ort zu suchen hatte.

Nachdem er bereits wer weiß wie lang ohne jegliches Zeitgefühl reglos im Dunkeln gesessen hatte, wie immer auf der Suche nach irgendeiner Erinnerung – einem Gesicht, einem Namen, einem Gefühl –, sah er plötzlich nur wenige Meter entfernt die junge Frau in Schwarz.

Er konnte es nicht fassen. Sie erschien ihm so voller Leben, so unglaublich vertraut. Faszinierte sie ihn lediglich, weil sie ihn an etwas erinnerte, das er um jeden Preis wieder fühlen wollte?

Im Grunde war sie nicht schön, nicht wirklich. Der Mund war zu groß, die Augen lagen zu tief – und aus eben diesen Augen schaute sie ihn nun an.

Monk bekam plötzlich Angst. Kannte er sie? War es unverzeihlich flegelhaft von ihm, sie nicht anzusprechen? Aber wahrscheinlich kannte er Dutzende von Leuten aus allen möglichen Gesellschaftsschichten! Sie konnte alles sein, von der Pfarrerstochter bis zur Prostituierten!

Nein, ausgeschlossen bei dem Gesicht.

Blödsinn, natürlich konnten auch Huren ein nettes Gesicht mit strahlenden Augen haben – zumindest solange sie jung waren und das Leben noch keine sichtbaren Spuren auf der äußeren Hülle hinterlassen hatte.

Ohne sich dessen bewußt zu sein, sah er sie unverwandt an.

»Guten Abend, Mr. Monk«, sagte sie zögernd; es fiel ihr offenbar nicht leicht, denn sie blinzelte verlegen.

Monk stand auf. »Guten Abend, Ma'am.« Er hatte keine Ahnung, wie sie hieß, und war mittlerweile wirklich zu Tode erschrocken. Wäre er bloß nie hergekommen! Was sollte er zu ihr sagen? Wie gut kannte sie ihn? Er spürte, wie ihm der Schweiß aus allen Poren drang; sein Mund war trocken, seine Gedanken waren ein einziges, alles vernichtendes, stummes Chaos.

»Sie haben so lang nichts mehr von sich hören lassen«, fuhr sie fort. »Ich hatte schon Angst, Sie hätten etwas entdeckt, das Sie mir nicht sagen wollen.«

Entdeckt! Hatte sie mit irgendeinem Fall zu tun? Monk suchte krampfhaft nach einer Erwiderung, die halbwegs vernünftig klang, ohne daß er sich kompromittieren mußte.

»Tut mir leid, ich fürchte, ich habe nichts Neues herausgefunden.« Seine Stimme hallte schrecklich künstlich in seinen Ohren wider. Er betete zu Gott, daß er sich nicht wie ein Vollidiot anhörte.

»Ach so.« Sie senkte den Blick. Für einen Moment sah es so aus, als wüßte sie nicht, was sie noch sagen sollte, dann hob sie den Kopf wieder und schaute ihn direkt an. Monk konnte an nichts anderes denken als an ihre Augen; wie dunkel sie waren – braun, nein, eher ein ganzes Meer unterschiedlicher Farbschattierungen. »Sie dürfen mir die Wahrheit sagen, Mr. Monk, was immer es ist. Auch wenn er sich selbst getötet hat, möchte ich es wissen. Genau wie den Grund.«

»Es ist die Wahrheit«, entgegnete er schlicht. »Ich hatte vor ungefähr sieben Wochen einen Unfall. Die Kutsche, in der ich saß, überschlug sich; ich brach mir einen Arm und ein paar Rippen und holte mir eine Platzwunde am Kopf; an den Unfall selbst erinnere ich mich nicht. Fast einen Monat lang lag ich im Krankenhaus, dann bin ich zu meiner Schwester gefahren, um mich zu erholen. Seit damals habe ich mich nicht mehr um den Fall gekümmert.«

»Sie Ärmster!« In ihrem Gesicht spiegelte sich tiefe Besorgnis. »Das ist ja furchtbar. Fühlen Sie sich denn jetzt wieder gut? Sind Sie sicher, daß es Ihnen besser geht?«

Das klang ganz so, als meinte sie es wirklich ernst. Monk stellte fest, daß ihm warm ums Herz wurde. Gewaltsam schob er den Gedanken beiseite, sie könnte lediglich ein mitfühlender oder auch nur guterzogener Mensch sein.

»Jaja, danke. Ich habe nur ein paar kleine Gedächtnislücken.« Weswegen hatte er das gesagt? Um sein Benehmen zu rechtfertigen, für den Fall, daß er sie gekränkt haben sollte? Er bildete sich zuviel ein! Warum sollte ihr Interesse an ihm über bloße Höflichkeit hinausgehen? Er dachte plötzlich wieder an Sonntag; auch da hatte sie Schwarz getragen, sündhaft teure, elegante, schwarze Seide, und der Mann in ihrer Begleitung hatte Sachen angehabt, die er sich im Traum nicht leisten konnte. Ihr Ehemann? Die Vorstellung war ausgesprochen deprimierend, geradezu schmerzhaft. Die andere Frau kam ihm gar nicht in den Sinn.

»Oh.« Sie war von neuem um Worte verlegen.

Monk versuchte sich in dem Irrgarten seiner Empfindungen zurechtzufinden, während er sich ihrer Gegenwart ständig in aller Schärfe bewußt war; er glaubte sogar, den Duft ihres Parfums wahrzunehmen, obwohl sie einige Meter weit weg stand. War auch das pure Einbildung?

»Was war denn das letzte, was ich Ihnen gesagt habe? Ich meine –« Was er meinte, wußte er nicht.

Sie aber antwortete fast ohne die kleinste Verzögerung.

»Nicht viel. Sie sagten, Papa hätte mit Sicherheit herausgefunden, daß das Geschäft ein Schwindel war – daß Sie aber noch nicht wüßten, ob er die restlichen Partner bereits zur Rede gestellt hätte. Irgendwen – seinen Namen haben sie mir nicht verraten – hätten Sie bereits mehrfach aufgesucht, dafür wäre ein Mr. Robinson allerdings jedesmal unauffindbar, wenn Sie sich um ihn bemühen würden.« Ihr Gesicht wurde hart. »Sie wußten nicht, ob Papa von den anderen ermordet worden war, um ihn zum Schweigen zu bringen, oder ob er sich aus Scham das Leben genommen hatte. Vielleicht war es falsch von mir, Sie um Hilfe zu bitten. Ich fand den Gedanken so furchtbar, er könnte sich eher für die zweite Möglichkeit entschieden haben als dafür, den andern den Kampf anzusagen. Es ist doch kein Verbrechen, betrogen zu werden!« Trotz des angestrengten Versuchs, sich zu beherrschen, konnte sie einen gewissen Zorn nicht verbergen. »Ich wollte unbedingt glauben, daß er am Leben geblieben wäre und es mit ihnen aufgenommen hätte, daß er sich eher seinen Freunden stellen würde – auch denen, die tatsächlich Geld verloren hatten – als . . . als –« Hätte sie weitergesprochen, wäre sie in Tränen ausgebrochen. Statt dessen stand sie einfach reglos da und schluckte schwer.

»Es tut mir sehr leid für Sie«, sagte Monk vollkommen ruhig. Er hätte sie gern berührt, war sich jedoch der Kluft zwischen ihnen schmerzhaft bewußt. Eine solche Geste wäre viel zu vertraulich gewesen und hätte unweigerlich die Intimität des Augenblicks, diese herrliche Illusion von Nähe, zerstört.

Sie verharrte noch einen Moment, als warte sie auf etwas, das ohnehin nicht eintreffen würde. Dann gab sie es schließlich auf.

»Ich danke Ihnen. Ich bin sicher, Sie haben getan, was in Ihrer Macht stand. Vielleicht habe ich die Dinge nur so gesehen, wie ich sie sehen wollte.«

Im vorderen Teil des Seitenschiffs, in der Nähe der Tür, bewegte sich etwas. Der Pfarrer kam mit ausdrucksloser Miene auf sie zu, gefolgt von der Frau mit dem bemerkenswert eigenwilligen Gesicht, die Monk bereits am Sonntag aufgefallen war. Sie trug auch diesmal schlichte, schwarze Kleidung; das kräftige, nur leicht gewellte Haar war eher zweckmäßig als modisch frisiert.

»Sind Sie das, Mrs. Latterly?« rief der Vikar unsicher, während er blinzelnd ins Halbdunkel spähte. »Wirklich, meine Liebe! Was tun Sie denn hier so allein? Es ist nicht gut, wenn Sie grübeln. Oh!« Er hatte Monk entdeckt. »Ich bitte um Verzeihung. Ich wußte nicht, daß jemand bei Ihnen ist.«

»Das ist Mr. Monk«, klärte sie ihn auf, »von der Polizei. Er war so freundlich, uns nach Papas – Tod – zu helfen.«

Der Pfarrer musterte Monk mit mißbilligendem Blick.

»Soso. Mein liebes Kind, ich denke wirklich, es wäre für jeden von uns besser, wenn Sie die Sache auf sich beruhen lassen könnten. Die Trauerzeit sollen Sie natürlich einhalten, aber lassen Sie Ihren armen Schwiegervater doch in Frieden ruhen.« Er malte geistesabwesend das Kreuzzeichen in die Luft. »Jawohl – in Frieden.«

Monk trat aus der Bank. Mrs. Latterly! Sie war also verheiratet – oder verwitwet? Halt, das ging nun wirklich zu weit!

»Falls ich noch etwas herausfinden sollte, Mrs. Latterly« – seine Stimme klang angespannt, fast erstickt – »möchten Sie darüber informiert werden?« Er wollte sie nicht verlieren, wollte verhindern, daß sie spurlos in der Vergangenheit verschwand. Wahrscheinlich fand er nicht das geringste heraus, aber er mußte wissen, wo sie lebte, mußte einen Grund haben, sie wiedersehen zu dürfen.

Sie schaute ihn einen langen Augenblick unschlüssig an. In ihrem Innern schien ein Kampf stattzufinden, und sie sagte schließlich vorsichtig: »Ja bitte, das wäre sehr nett, aber vergessen Sie Ihr Versprechen nicht.« Dann drehte sie sich schwungvoll um, wobei ihre Röcke seine Füße streiften. »Gute Nacht, Herr Pfarrer. Komm, Hester, es wird Zeit, nach Hause zu gehen; Charles erwartet uns zum Dinner.« Sie ging langsam auf die Tür zu. Monk blickte ihr nach, wie sie die Kirche Arm in Arm mit der anderen Frau verließ. Es kam ihm so vor, als nähme sie alles Licht mit.

Draußen in der kühlen Abendluft drehte sich Hester Latterly zu ihrer Schwägerin um.

»Ich finde, du schuldest mir langsam eine Erklärung, Imogen«, meinte sie ruhig, jedoch mit einem Quentchen Nachdruck in der Stimme. »Also, wer ist dieser Mann?«

»Er gehört zur Polizei«, erwiderte Imogen, während sie energisch auf die Kutsche zuschritt, die am Bordsteinrand wartete. Der Kutscher stieg ab, hielt ihnen die Tür auf und half erst ihr, dann Hester hinein. Beide ließen sich wortlos auf der Sitzbank nieder, wobei Hester ihre Röcke in Ordnung brachte, damit sie es bequemer hatte, Imogen, damit der feine Stoff nicht zerknitterte.

»Was soll das heißen, ›gehört zur Polizei‹?« fragte Hester ungehalten, als sich die Kutsche in Bewegung setzte. »Man ›gehört‹ nicht zur Polizei. So wie du es sagst, klingt es ja direkt wie ein gesellschaftliches Ereignis! ›Miss Smith gehört heute abend zu Mr. Jones.‹«

»Nun sei nicht pedantisch«, beschwerte sich Imogen. »Man sagt sogar über ein Dienstmädchen: ›Tilly gehört momentan zu den Robinsons!‹«

Hesters Augenbrauen schossen in die Höhe. »Ach! Und spielt dieser Herr momentan den Lakai für die Polizei?«

Imogen schwieg.

»Tut mir leid«, lenkte Hester schließlich ein. »Aber ich weiß genau, daß dir irgendwas zu schaffen macht. Ich fühle mich einfach völlig hilflos, weil ich keine Ahnung habe, was es ist.«

Imogen streckte eine Hand aus und drückte die ihrer Schwägerin.

»Es ist nichts«, sagte sie so leise, daß die Worte durch das Rattern der Räder, das dumpfe Pferdegetrappel und den allgemeinen Straßenlärm kaum zu hören waren. »Mir setzt nur Papas Tod und das anschließende Trara immer noch zu. Keiner von uns hat den Schock schon verkraftet, und ich bin wirklich sehr froh, daß du alles stehen- und liegengelassen hast und sofort nach Hause gekommen bist.«

»Das war doch selbstverständlich«, erwiderte Hester wahrheitsgemäß, obwohl ihre Arbeit in den Lazaretten an der Krim sie so sehr verändert hatte, daß weder Imogen noch Charles es auch nur ansatzweise begreifen konnten. Es war ihr ziemlich schwergefallen, die krankenpflegerische Tätigkeit aufzugeben, den leidenschaftlichen Wunsch, zu verbessern, zu verändern und zu heilen, hintanzusetzen – ein Wunsch, der auch unbekanntere Frauen als Miss Nightingale motiviert hatte. Doch als erst ihr Vater und dann binnen weniger Wochen ihre Mutter gestorben war, hatte sie es als eine Art heilige Pflicht betrachtet, nach Hause zurückzukehren, um zu trauern und ihrem Bruder und seiner Frau bei all den Dingen zu helfen, die zwangsläufig anfielen. Natürlich hatte Charles die geschäftlichen und finanziellen Belange geregelt, aber der Haushalt mußte aufgelöst, Bedienstete entlassen, unendlich viele Briefe geschrieben, Kleidungsstücke an die Armen verteilt, die persönliche Hinterlassenschaft verwaltet und die allzeit wichtige gesellschaftliche Fassade aufrechterhalten werden. Es wäre äußerst unfair gewesen, von Imogen zu erwarten, daß sie die ganze Last und Verantwortung allein trug. Hester hatte keinen zweiten Gedanken daran verschwendet, ob ihr Kommen zu ermöglichen war; sie hatte sich entschuldigt, ihre wenigen Habseligkeiten zusammengepackt und war an Bord gegangen.

Das Leben in London war ein ungeheurer Kontrast zu den Jahren an der Krim, in denen sie jede Menge menschliches Leid in all seinen Erscheinungsformen kennengelernt hatte: Verwundete, die vor Schmerz schrien, von Gewehrkugeln und Schwertern zerfetzte Leichen und – was ihr am meisten zusetzte – unzählige Menschen, die ohne jeden Sinn von Krankheiten dahingerafft wurden. Sie kannte die furchtbaren Krämpfe und schlimmen Brechanfälle von Cholera, Typhus und Ruhr, den Hungertod in eisiger Kälte – und die Unfähigkeit, etwas dagegen zu unternehmen, die sie an den Rand des Wahnsinns getrieben hatte.

Sie und eine Handvoll andere Frauen hatten bis zur Erschöpfung geschuftet, Menschen von ihren Exkrementen gesäubert, wo keine sanitären Einrichtungen vorhanden waren, den Urin der Hilflosen aufgewischt, der auf den Boden rann und in die Kellerräume durchsickerte, wo die schlimmsten Fälle zusammengepfercht waren – die, für die keine Hoffnung mehr bestand. Sie hatte Männer gepflegt, die im Fieberwahn delirierten, denen brandig gewordene Glieder amputiert werden mußten, nachdem sie von einer Muskete, einer Kanone oder einem Schwert getroffen worden waren – manche deshalb, weil sie sich Frostbeulen geholt hatten in den ungeschützten und gefürchteten Biwaks der Winterlager, in denen jedesmal Tausende von Soldaten und Pferden jämmerlich umkamen. Sie hatte die Babys der unterernährten und vernachlässigten Soldatenfrauen auf die Welt geholt, viele davon wenig später begraben und versucht, den trauernden Müttern Trost zu spenden.

Und als sie das Elend nicht länger tragen konnte, hatte sich ihr letztes bißchen Energie in unvorstellbarer Wut entladen, hatte sie begonnen, die Unzulänglichkeit der Kommandobehörde zu bekämpfen, die ihrer Ansicht nach über kein Jota gesunden Menschenverstand verfügte, von Führungstalent ganz zu schweigen.

Sie hatte einen Bruder und viele Freunde verloren, allen voran

Alan Russell, einen brillanten Kriegsberichterstatter, der die Zeitungen in der Heimat mit einigen unerfreulichen Wahrheiten über einen der glorreichsten und verwegensten Feldzüge versorgte, der je geführt worden waren. Die meisten Artikel hatte er mit ihr besprochen und sie lesen lassen, bevor er sie abschickte.

Als das Fieber ihn so weit geschwächt hatte, daß er nicht mehr schreiben konnte, hatte er ihr den letzten Brief diktiert, und sie hatte ihn aufgegeben. Bei seinem Tod im Krankenhaus von Skutari war sie auf die Idee verfallen, selbst einen Bericht zu verfassen, den sie mit seinem Namen unterzeichnete.

Er wurde angenommen und gedruckt. Von den anderen verwundeten und fiebernden Männern hatte sie genug über Schlachten, Belagerungen und Stellungskrieg, aussichtslose Angriffe und endlose Wochen bodenloser Langeweile erfahren, um weitere Artikel schreiben zu können, alle mit Alans Namen unterschrieben. In dem allgemeinen Chaos fiel es niemandem auf.

Und nun war sie wieder zu Hause, inmitten des gesittet, würdevoll, ja ausgesprochen nüchtern trauernden Haushalts ihres Bruders, wo man Schwarz trug, als wäre der Tod der Eltern der einzige Verlust, den es zu beklagen gab; als gäbe es nicht mehr zu tun, als in aller Stille einen Stickrahmen in die Hand zu nehmen, Briefe zu verschicken und gemeinsam mit den hiesigen Wohlfahrtseinrichtungen diskrete, kleine gute Taten zu vollbringen. Außerdem mußte Charles' ständigen, reichlich aufgeblasenen Anordnungen Folge geleistet werden, was wann, wie und wo zu erledigen war. Es war fast nicht zum Aushalten. Sie kam sich vor, als hätte man ihre Lebensgeister zeitweilig außer Kraft gesetzt. Sie war daran gewöhnt, eine gewisse Machtbefugnis zu haben, Entscheidungen zu treffen und jederzeit mit Leib und Seele im Geschehen zu stehen, stets verzweifelt gebraucht zu werden und da zu sein, auch wenn sie vollkommen übermüdet, bitter enttäuscht, voller Zorn oder Mitleid war.

Sie brachte Charles zur Raserei, weil er sie nicht verstand, weil er nicht begreifen konnte, wie sich das grüblerische, intellektuelle Mädchen, das er von früher kannte, nur so hatte verändern können – zudem fiel ihm beim besten Willen kein respektabler, potentieller

Heiratskandidat für sie ein. Die Vorstellung, für den Rest seines Lebens mit ihr unter einem Dach zu wohnen, war ihm unerträglich.

Es war auch für Hester keine erbauliche Aussicht, und sie hatte nicht vor, es soweit kommen zu lassen. Sie würde bleiben, solange Imogen sie brauchte, dann konnte sie sich immer noch Gedanken über ihre Zukunft machen.

Während sie jetzt neben ihrer Schwägerin in der Kutsche saß und sie über die staubigen Straßen holperten, wuchs in ihr plötzlich die feste Überzeugung, daß Imogen sich große Sorgen machte, und zwar wegen einer Sache, die sie weder Charles noch ihr anvertrauen wollte. Es mußte mehr dahinterstecken als Kummer; es war etwas, das nicht nur mit der Vergangenheit, sondern auch mit der Zukunft zusammenhing.

5

Monk und Evan sagten Grimwade nur flüchtig guten Tag und begaben sich direkt nach oben zu Yeats. Es war gerade acht Uhr vorbei; sie hofften, ihn beim Frühstück, wenn möglich noch davor zu erwischen.

Yeats öffnete ihnen die Tür selbst. Er war ein kleiner, leicht rundlicher Mann um die Vierzig mit sanftem Gesicht und schütterem Haar, das ihm in die Stirn fiel. In der Hand hielt er eine mit Orangenkonfitüre bestrichene Toastscheibe. Er machte einen recht erschrockenen Eindruck; bei Monks Anblick schien eine Alarmglocke in ihm anzuschlagen.

»Guten Morgen, Mr. Yeats«, sagte dieser ruhig. »Wir sind von der Polizei und möchten uns noch einmal mit Ihnen über den Mord an Major Grey unterhalten. Dürfen wir bitte hereinkommen?« Er machte keinerlei Anstalten, es von sich aus zu tun, doch seine Größe schien Yeats einzuschüchtern, was er bewußt ausspielte.

»J-ja, s-s-sicher«, stammelte Yeats im Zurückweichen. »Aber ich versichere Ihnen, ich weiß nichts, das ich n-nicht schon erzählt hätte. Zwar nicht Ihnen, a-a-aber einem Mr. Lamb, der –«

»Ich weiß.« Monk folgte ihm in die Wohnung. Er war sich seines schikanösen Benehmens bewußt, konnte und wollte es sich jedoch nicht leisten, allzu großes Zartgefühl an den Tag zu legen. Immerhin hatte Yeats dem Mörder direkt gegenübergestanden und ihm höchstwahrscheinlich bei seinem Verdunklungsmanöver geholfen, ob nun wissentlich oder nicht. »Uns liegen allerdings einige neue Fakten vor, seit Mr. Lamb krank geworden ist und ich den Fall übernommen habe.«

»So?« Yeats ließ den Toast fallen und hob ihn wieder auf, ohne sich um die Marmelade auf dem Teppich zu kümmern. Das Wohnzimmer war kleiner als Greys und wirkte durch die massiven Eichenmöbel überladen. Überall standen gerahmte Fotografien auf bestickten Deckchen. Beide Sessel steckten unter Schonbezügen.

»Was –?« begann Yeats nervös. »Tatsächlich? Ich kann mir nicht vorstellen, daß ich Ihnen irgendwie helfen kann, um – um ... äh –«

»Vielleicht wären Sie so freundlich, uns ein paar Fragen zu beantworten, Mr. Yeats«, sagte Monk beschwichtigend. Der Mann durfte auf keinen Fall derart in Angst und Schrecken geraten, daß er zu keinem klaren Gedanken mehr fähig war.

»Tja – wenn Sie meinen ... Natürlich, ja – gern.« Er machte einige Schritte rückwärts und ließ sich auf der äußersten Kante des Sessels nieder, der dem Tisch am nächsten stand.

Monk setzte sich ebenfalls und registrierte, daß Evan das gleiche tat und es sich auf einem an der Wand stehenden Stuhl bequem machte. Er fragte sich flüchtig, was Evan von ihm halten mochte, ob er ihn zu grob fand, zu sehr von seinem Ehrgeiz, von seiner Sucht nach Erfolg bestimmt. Yeats konnte leicht genau das sein, nach dem er aussah – ein verängstigtes Männchen, das nur aus Pech zur Schlüsselfigur in einem Mordfall avanciert war.

Monk beschloß, sanfter mit ihm umzuspringen, und überlegte mit einem Anflug von Selbstironie, daß sein gemäßigter Ton möglicherweise gar nicht dazu dienen sollte, Yeats zu beruhigen, sondern bei Evan Lorbeeren zu ernten. Was hatte ihn bloß in so große Isolation getrieben, daß Evans Meinung ihm derart wichtig war? War er so darin aufgegangen, aufzusteigen, sein Wissen zu erweitern, sein Image zu polieren, daß kein Raum mehr für Freundschaften geblieben war?

Yeats beäugte ihn wie ein Kaninchen, das einen Marder gesehen hat; er saß vor Furcht wie versteinert da.

»Sie hatten am fraglichen Abend Besuch«, erinnerte Monk ihn relativ freundlich. »Um wen handelte es sich?«

»Das weiß ich nicht!« stieß Yeats mit unnatürlich hoher Stimme hervor; es klang fast wie ein Quieken. »Ich weiß nicht, wer das war! Ich hab's Mr. Lamb doch schon gesagt! Der Mann hatte sich in der Tür geirrt – er wollte gar nicht zu mir!«

Monk hob unwillkürlich eine Hand, um ihn zu besänftigen, wie man es bei einem überdrehten Kind tat oder einem Tier.

»Sie haben ihn aber gesehen, Mr. Yeats«, fuhr er bewußt leise fort. »Bestimmt erinnern Sie sich an irgend etwas – an seine Stimme zum Beispiel? Sicher hat der Mann wenigstens ein paar Worte zu Ihnen gesagt?« Ob Yeats nun log oder nicht – wenn Monk seine Aussage offen anzweifelte, würde er garantiert nichts erreichen; der Mann würde sich nur noch tiefer hinter seinem Nichtwissen verschanzen.

Yeats zwinkerte nervös mit den Augen.

»Ich – wirklich, ich – ich . . . tut mir leid, Mr. –, Mr. –«

»Monk. Verzeihen Sie«, sagte Monk rasch, der weder sich noch Monk vorgestellt hatte. »Und das hier ist Mr. Evan. War der Mann groß oder klein?«

»Oh, groß. Sehr groß!« kam es wie aus der Pistole geschossen. »So groß wie Sie, und er sah ziemlich kräftig aus, obwohl er einen dicken Mantel anhatte, denn draußen war es an dem Abend ganz scheußlich. Hat fürchterlich geregnet.«

»Richtig, ich erinnere mich. War er größer als ich?« Monk stand auf, damit er sich ein besseres Bild machen konnte.

Yeats spähte an ihm hoch. »Nein, ich glaube nicht. Ungefähr genauso, wenn mich mein Gedächtnis nicht täuscht. Das ist alles so lange her.« Er schüttelte unglücklich den Kopf.

Monk setzte sich wieder. Evan machte sich im Hintergrund unauffällig Notizen.

»Er war nicht länger als ein, zwei Sekunden hier!« protestierte Yeats. Er hielt nach wie vor den Toast in der Hand, der sich allmählich in seine Bestandteile auflöste und seine Hose vollkrümelte. »Er hat geklingelt, mir eine Frage bezüglich meiner Tätigkeit gestellt, daraufhin gemerkt, daß ich nicht die Person bin, die er suchte, und ist wieder gegangen. Mehr war wirklich nicht!« Er wischte ohne großen Erfolg über seine Hosenbeine. »Glauben Sie mir, wenn ich könnte, würde ich Ihnen sofort helfen! Armer Major Grey – so ein furchtbarer Tod.« Er schauderte. »Und so ein reizender Mann! Das Leben kann einem schon übel mitspielen, finden Sie nicht?«

In Monk regte sich Hoffnung.

»Sie kannten Major Grey?« Er ließ die Frage so beiläufig wie möglich klingen.

»Nein, nicht besonders gut, wo denken Sie hin!« verwahrte sich Yeats entschieden, um von vornherein jeglichen Gedanken an Standesdünkel oder persönliches Betroffensein auszuschalten. »Wir haben uns gegrüßt, sonst nichts. Aber er war stets ausgesucht höflich, fand immer ein freundliches Wort – ganz anders als diese jungen Burschen von Stand. Und er hat niemals so getan, als hätte er den Namen vergessen.«

»Worin besteht eigentlich Ihre Tätigkeit, Mr. Yeats? Ich glaube, das haben Sie noch nicht erwähnt.«

»Nicht? Ja, kann sein.« Die Toastscheibe in seiner Hand bestand nur mehr aus einzelnen, größeren Brocken, wofür er jedoch vollkommen blind war. »Ich handle mit seltenen Briefmarken und Münzen.«

»Und Ihr Besucher handelte ebenfalls damit?«

Yeats schaute Monk verblüfft an.

»Das hat er nicht gesagt, aber ich kann es mir im Grunde nicht vorstellen. Diese Berufssparte ist sehr klein, müssen Sie wissen; man lernt früher oder später alle Kollegen kennen.«

»Er war folglich Engländer?«

»Wie bitte? Ich verstehe nicht ganz –«

»Er war kein Ausländer, den Sie auch dann nicht hätten kennen können, selbst wenn er im selben Bereich tätig gewesen wäre?«

»Ah, jetzt begreife ich, was Sie meinen.« Yeats Stirn glättete sich wieder. »Richtig, er war Engländer.«

»Und zu wem wollte er, wenn nicht zu Ihnen, Mr. Yeats?«

»I-ich habe keine Ahnung.« Seine Hand fuhr verzweifelt durch die Luft. »Er wollte wissen, ob ich Kartensammler bin. Als ich das verneinte, sagte er, dann wäre er wohl falsch informiert, und ging sofort wieder.«

»Das glaube ich nicht, Mr. Yeats. Ich glaube, er ging geradewegs zu Major Grey und schlug ihn im Verlauf der nächsten Dreiviertelstunde tot.«

»Großer Gott!« Yeats' Knochen gaben unter seinem Gewicht nach, so daß er nach hinten rutschte und halb in seinem Sessel versank. Hinter Monks Rücken rührte sich Evan, als wolle er ihm zu Hilfe eilen, besann sich dann eines Besseren und setzte sich wieder hin.

»Das überrascht Sie?« erkundigte sich Monk seinerseits verwundert.

Yeats schnappte sprachlos nach Luft.

»Haben Sie den Mann bestimmt nicht gekannt?« beharrte Monk, der ihm nicht die Möglichkeit geben wollte, sich wieder in den Griff zu bekommen. Es war genau der richtige Zeitpunkt, Yeats ein wenig unter Druck zu setzen.

»Aber nein. Ganz sicher nicht!« Er schlug die Hände vors Gesichts. »Gütiger Himmel!«

Monk betrachtete Yeats verdrossen. Der Mann war zu nichts mehr zu gebrauchen, entweder war er das Entsetzen in Person oder er gab ungemein geschickt vor, es zu sein. Er drehte sich nach Evan um. Dessen Gesicht war vor Verlegenheit völlig starr; wahrscheinlich schämte er sich wegen ihrer Anwesenheit und ihres Schuldanteils an dem Elend des kleinen Mannes – vielleicht auch nur, weil er Zeuge eines Zusammenbruchs war.

Monk erhob sich; seine Stimme klang wie aus weiter Ferne. Er wußte, daß er das Risiko einging, einen Fehler zu machen, und er wußte ebenfalls, daß er es um Evans willen tat.

»Ich danke Ihnen, Mr. Yeats. Es tut mir leid, daß ich Sie derart quälen muß. Nur eine letzte Frage noch: Hatte der Mann einen Spazierstock bei sich?«

Yeats hob den Kopf; sein Gesicht war leichenblaß, seine Stimme kaum mehr als ein Flüstern.

»Ja, einen recht stattlichen, deshalb ist er mir aufgefallen.«

»Leicht oder schwer?«

»Schwer – sehr schwer. O nein!« Er schloß rasch die Augen, als könne er dadurch der schrecklichen Vision entgehen, die auf ihn einstürmte.

»Sie brauchen keine Angst zu haben, Mr. Yeats«, ließ sich Evan aus dem Hintergrund vernehmen. »Unsrer Ansicht nach war es jemand, der Major Grey kannte, kein hergelaufener Geistesgestörter. Es gibt nicht den geringsten Grund für die Annahme, daß er Ihnen etwas tun wollte. Ich bin überzeugt, er wollte zu Major Grey und hat sich tatsächlich in der Tür geirrt.«

Erst draußen auf der Straße wurde Monk klar, daß Evan diese

Worte ausschließlich gesagt hatte, um den armen Mann zu beruhigen, denn es konnte unmöglich stimmen. Der Fremde hatte sich beim Portier ausdrücklich nach Yeats erkundigt. Monk warf seinem Kollegen, der schweigsam an seiner Seite durch den Nieselregen schritt, einen kurzen Blick zu und äußerte sich nicht weiter zu dem Thema.

Grimwade war auch keine Hilfe, da er den Mann weder hatte herunterkommen sehen, nachdem er bei Yeats gewesen war, noch bezeugen konnte, daß er tatsächlich zu Grey ging. Er hatte die Gelegenheit genutzt, dem Ruf der Natur zu folgen, und erst gegen halb elf, eine Dreiviertelstunde später, beobachtet, wie Yeats' vermeintlicher Gast das Haus verließ.

»Es gibt nur eine logische Erklärung«, meinte Evans bedrückt, während er mit gesenktem Kopf vor sich hin stapfte. »Der Kerl muß von Yeats' Tür schnurstracks zu Greys Wohnung gegangen sein, hat sich etwa eine halbe Stunde bei ihm aufgehalten, ihn dann getötet und ist vor Grimwades Augen verschwunden.«

»Was uns immer noch nicht verrät, wer er war«, sagte Monk. Er wich einer Pfütze aus und kam dadurch dicht an einem Krüppel vorbei, der Schnürsenkel feilbot. Ein Lumpensammlerkarren wälzte sich an ihnen vorbei, dessen Fahrer die Umwelt in nahezu unverständlichem Singsang auf seine Anwesenheit hinwies. »Ich komme immer zum selben Punkt zurück«, nahm Monk den Faden wieder auf, als es einigermaßen ruhig war. »Was kann der Grund für den enormen Haß auf Joscelin Grey gewesen sein? Die Atmosphäre in seinem Wohnzimmer war voll davon. Irgend jemand wurde dermaßen von seinem Haß beherrscht, daß er noch auf ihn eindrosch, als er längst tot war.«

Evan schauderte; der Regen lief ihm an Nase und Kinn hinab. Mit blassem Gesicht zog er den Mantelkragen bis über die Ohren hoch.

»Mr. Runcorn hatte recht«, stellte er unglücklich fest. »Diese Geschichte ist wirklich brenzlig. Man muß jemand gut kennen, um ihn derart zu verabscheuen.«

»Oder tödlich gekränkt worden sein«, fügte Monk hinzu. »Aber wahrscheinlich trifft Ihre Vermutung zu. Die Wurzeln des Ganzen werden in der Familie liegen, das ist meistens so. Entweder das – oder Grey hatte mit irgendwem ein Verhältnis.«

Evan starrte ihn entgeistert an. »Sie meinen, Grey war –«

»Nein.« Monk verzog den Mund zu einem sarkastischen Lächeln. »Das habe ich nicht gemeint, obwohl es natürlich möglich ist – gut möglich sogar. Ich dachte allerdings eher an eine Frau, eventuell mit Ehemann.«

Evans Gesicht entspannte sich geringfügig.

»Etwas so Simples wie Spielschulden und dergleichen kommt als Motiv wohl nicht in Frage – dazu war die Tat zu brutal, stimmt's?« sagte er ohne große Hoffnung.

Monk dachte einen Augenblick nach.

»Erpressung vielleicht«, schlug er aufrichtig erleichtert vor. Die Idee war ihm völlig unerwartet durch den Kopf geschossen, aber sie gefiel ihm.

Evan runzelte die Stirn. Sie gingen mittlerweile die Grey's Inn Road in südlicher Richtung hinunter.

»Glauben Sie?« Er warf Monk von der Seite her einen skeptischen Blick zu. »Für mich ergibt das keinen Sinn, außerdem sind wir bisher auf keine unerklärlichen Geldeingänge bei Grey gestoßen – aber wir haben uns in der Richtung auch noch nicht umgesehen! Das Opfer einer Erpressung könnte tatsächlich zu abgrundtiefem Haß getrieben werden, was ich ihm offengestanden nicht mal verübeln würde. Wenn jemand wochen- oder monatelang gepiesackt, quasi bis aufs letzte Hemd ausgezogen wird und sich dann mit dem gesellschaftlichen Bankrott konfrontiert sieht, kommt vermutlich irgendwann der Punkt, wo ihm eine Sicherung durchbrennt.«

»Wir müssen seinen Freundes- und Bekanntenkreis überprüfen, um herauszufinden, wer einen derart fatalen Fehler gemacht haben könnte, daß er erpreßbar wurde – so erpreßbar, daß er sich nur noch mit einem Mord zu helfen wußte.«

»Weil er zum Beispiel homosexuell war?« meinte Evan mit neu erwachendem Mißfallen; Monk wußte, daß er nicht daran glaubte. »Und einen Liebhaber hatte, der ihm für sein Schweigen Geld gab – und ihn umbrachte, weil er den Hals nicht vollkriegen konnte?«

»In der Tat eine brenzlige Angelegenheit.« Monk starrte auf das nasse Pflaster. »Runcorn hatte wirklich recht.« Doch der Gedanke an Runcorn lenkte seine Überlegungen in völlig andere Bahnen.

Er gab Evan den Auftrag, sich sämtliche Ladenbesitzer des Viertels vorzunehmen sowie alle Personen, die sich am Mordabend gemeinsam mit Grey in dessen Klub aufgehalten hatten. Auf diese Weise hoffte er, soviel wie möglich über seinen Bekanntenkreis herauszufinden.

Evan begann mit der Weinhandlung, deren Adresse sie auf dem Briefkopf einer Rechnung in Greys Wohnung entdeckt hatten. Der Besitzer entpuppte sich als dicker Mann mit schlaff herabhängendem Schnurrbart und salbungsvollem Gehabe. Zunächst bekundete er seine Trauer über den tragischen Verlust von Major Grey. Welch entsetzliches Pech! Welche Ironie des Schicksals, daß ein derart prächtiger Offizier den Krieg überstand, nur um in seinen eigenen vier Wänden von einem Verrückten erschlagen zu werden! Was für eine Tragödie! Er wisse gar nicht, was er dazu sagen solle – und tat dies in aller Ausführlichkeit, während Evan verzweifelt versuchte, auch einmal zu Wort zu kommen und eine sinnvolle Frage zu stellen.

Als es ihm schließlich gelang, fiel die Antwort genau so aus, wie er sie sich vorgestellt hatte. Der ehrenwerte Major Joscelin Grey war ein äußerst geschätzter Kunde gewesen. Er hatte einen ausgezeichneten Geschmack – aber was würde man auch anderes von einem derart vornehmen Gentleman erwarten? Er kannte sich sowohl mit französischen wie auch mit deutschen Weinen aus. Er kaufte nur die besten, und die bezog er von eben diesem Unternehmen. Seine Rechnungen? Nein, er bezahlte nicht immer pünktlich – aber zu gegebener Zeit. So waren diese vornehmen Typen nun mal, wenn's um Geld ging; man hatte gelernt, damit zu leben. Ansonsten wüßte er nichts, rein gar nichts hinzuzufügen. War Mr. Evan Weintrinker? Er könnte ihm einen ausgezeichneten Bordeaux empfehlen!

Nein, Mr. Evan war, wenn auch unfreiwillig, kein Weintrinker; er war der Sohn eines Landpfarrers und bestens in Vornehmtuerei unterrichtet worden, doch sein Geldbeutel erlaubte ihm nur das Nötigste und hin und wieder vielleicht ein gutes Kleidungsstück, was ihm wesentlich besser zustatten kam als der beste Wein. Dem Händler gegenüber erwähnte er das alles natürlich mit keinem Wort.

Als nächstes versuchte Evan sein Glück in den hiesigen Restaurants. Er arbeitete sich vom Steakhouse bis zur Bierschenke durch, die einen hervorragenden Eintopf nebst Rosinenpudding zu bieten hatte – wie er an Ort und Stelle eigens nachprüfte.

»Major Grey?« meinte der Wirt nachdenklich. »Ach der, den se umgebracht haben? Klar kenn ich den! War regelmäßig hier.«

Evan wußte nicht recht, ob er ihm glauben sollte. Möglich war es durchaus; das Essen war billig und sättigend und die Atmosphäre für jemand, der beim Militär gewesen war und zwei Jahre auf den Schlachtfeldern an der Krim verbracht hatte, wahrscheinlich ganz angenehm. Andererseits konnte die Behauptung, ein berühmtes Mordopfer habe hier gespeist, das – ohnehin blühende – Geschäft beträchtlich ankurbeln.

»Wie hat er ausgesehen?« wollte Evan wissen.

»Kommen Sie!« Der Wirt beäugte ihn mißtrauisch. »Sie sind doch dran an dem Fall, oder? Wissen Sie's nich selber?«

»Ich bin ihm nie begegnet, als er noch am Leben war«, setzte Evan ihm überzeugend auseinander. »Das ist ein ganz schöner Unterschied, wissen Sie?«

Der Wirt nagte an seiner Unterlippe. »Klar isses das. Tut mir leid, Mann, war 'ne blöde Frage. Groß war er, ungefähr so gebaut wie Sie, 'n bißchen dünn – und immer piekfein angezogen! Sah schon wie 'n richtiger Edelmann aus, bevor er 'n Wort gesagt hat. Und richtig schöne blonde Haare hat er gehabt – und 'n unheimlich nettes Lächeln.«

»Charmant«, sagte Evan; es war eher eine Feststellung als eine Frage.

»Können Se laut sagen.«

»Beliebt?«

»Und ob. Hat immer 'n Haufen Geschichten erzählt. So was mögen die Leute – is gut gegen Langeweile.«

»Spendabel?«

»Spendabel?« Der Wirt hob die Brauen. »Nee – spendabel nich.

Hat eigentlich mehr gekriegt als gegeben. Glaub nich, daß er besonders reich war. Die andern haben ihm gern einen spendiert – wie ich schon gesagt hab, war 'n ziemlich unterhaltsamer Knabe. Manchmal 'n bißchen protzig. War nich oft hier, einmal im Monat vielleicht, aber wenn, dann war er immer zu jedem freundlich.«

»Kam er regelmäßig?«

»Wie meinen Se das?«

»An einem bestimmten Tag?«

»Nee – immer ganz nach Lust und Laune. Manchmal zweimal im Monat, dann wieder zwei Monate gar nich.«

Hasardeur, dachte Evan bei sich; laut sagte er: »Vielen Dank.« Er trank seinen Apfelwein aus, legte ein Sixpencestück auf den Tisch und begab sich widerwillig in den nachlassenden Nieselregen hinaus.

Den restlichen Nachmittag verbrachte er bei Stiefelmachern, Hutmachern, Hemdenmachern und Schneidern, wo er genau das erfuhr, womit er gerechnet hatte – nichts, was ihm sein gesunder Menschenverstand nicht bereits geflüstert hätte.

Vor dem Findelhaus in der Guilford Street erstand er bei einem Straßenhändler ein frisches Stück Aalpastete, leistete sich für den langen Weg von dort nach St. James eine Kutsche und ließ sich direkt vor dem exquisiten Klub »Boodles« absetzen, in dem Joscelin Grey Mitglied gewesen war.

Hier mußte er seine Fragen wesentlich dezenter formulieren. Er befand sich in einem der vornehmsten Londoner Klubs für Männer von Stand, und die Dienerschaft tratschte nicht über Klubmitglieder, wenn ihr an dem ausgesprochen angenehmen und lukrativen Beschäftigungsverhältnis gelegen war. Alles, was er in anderthalb Stunden umständlicher Fragerei herausbekam, war die Bestätigung, daß Major Grey tatsächlich Klubmitglied gewesen war, ziemlich regelmäßig hereingeschaut hatte, wenn er sich in der Stadt aufhielt, selbstverständlich – wie andere vornehme Herren auch – gelegentlich dem Glücksspiel frönte und es möglicherweise hin und wieder eine Zeitlang dauerte, bis seine diesbezüglichen Schulden beglichen wurden, doch bezahlt wurden sie natürlich anstandslos. Kein Gentleman drücke sich vor einer Ehrenschuld; Händler vielleicht, aber andere Gentlemen – ausgeschlossen. Das stünde überhaupt nicht zur Debatte.

Dürfte sich Mr. Evan wohl mit einigen seiner engeren Bekannten unterhalten?

Sofern Mr. Evan eine entsprechende Vollmacht besaß, sei das gar keine Frage. Besaß Mr. Evan eine solche Vollmacht?

Nein, Mr. Evan besaß sie nicht.

Er machte sich wenig schlauer, dafür um so nachdenklicher auf den Rückweg.

Nach Evans Aufbruch lief Monk in flottem Tempo zum Polizeirevier und verschanzte sich in seinem Büro. Er suchte sämtliche Akten seiner früheren Fälle heraus und las sie durch. Was er erfuhr, war nur ein schwacher Trost.

Falls sich seine Befürchtungen bezüglich des Mordfalls Grey als zutreffend erweisen sollten – ein gesellschaftlicher Eklat, sexuelle Perversion, Erpressung und Mord –, blieben ihm als zuständigem Leiter der Ermittlungen nur zwei Möglichkeiten: Entweder er geriet in die prekäre Lage, daß sein Scheitern an die große Glocke gehängt wurde, oder er mußte die noch riskantere Aufgabe in Angriff nehmen, die mißlichen Umstände zu enthüllen, die letztlich zum großen Knall geführt hatten. Und ein Mensch, der seinen Geliebten – seinen Erpresser – erschlug, damit er den Mund hielt, würde kaum davor zurückschrecken, einen einfachen Polizisten zu vernichten. »Brenzlig« war die pure Untertreibung!

Hatte Runcorn das absichtlich getan? Während er seine eigene Akte studierte, seine glänzende Karriere, die von einem Erfolg nach dem andern geprägt war, fragte er sich unwillkürlich, was der Preis dafür gewesen sein mochte und wer alles – außer ihm selbst – diesen Preis bezahlt hatte. Offensichtlich hatte er seine gesamten Kräfte in die Arbeit gesteckt, in die Perfektionierung seines kriminalistischen Spürsinns, seines Wissens, seines Benehmens, seiner Kleidung und seiner Sprache. Von seinem Blickwinkel – dem eines Fremden – aus betrachtet, trat sein Ehrgeiz nur allzu kraß hervor: die unzähligen Überstunden, das peinlich genaue Achten aufs Detail, die brillanten Geistesblitze, die Beurteilung seiner Kollegen und deren Fähigkeiten – und Schwächen ... Er hatte stets für jede Aufgabe den Richtigen ausgesucht und dann, nach ihrer Erledigung, einen andern auserkoren. Seine ganze Loyalität schien dem Streben nach Gerechtigkeit gegolten zu haben. Hatte er allen Ernstes geglaubt, all das sei Runcorn verborgen geblieben, Runcorn, der ihm im Weg stand?

Sein Aufstieg vom Provinzler aus einem Northumberlander Fischerdorf zum Inspektor bei der Metropolitan Police war geradezu kometenhaft gewesen. Er hatte in zwölf Jahren mehr erreicht als die meisten Männer in zwanzig! Und er war Runcorn dicht auf den Fersen; beim gegenwärtigen Stand durfte er in Kürze auf die nächste Beförderung hoffen, was nichts anderes bedeutete als Runcorns Stuhl – oder noch eine Stufe höher.

Hing vielleicht alles weitere von dem Fall Grey ab?

Er wäre niemals so schnell so weit gekommen, ohne unterwegs auf einer Menge Leute herumzutrampeln. Monk fürchtete immer mehr, daß es ihm vollkommen egal gewesen sein könnte. Er hatte die Wahrheit zu seinem Gott erklärt und – wenn die Stimme des Gesetzes einmal unsicher war oder schwieg – gegebenenfalls auch das, was er für Gerechtigkeit hielt. Sollte er so etwas wie Mitleid oder echte Gefühle für die Opfer empfunden haben, ging es zumindest nirgends hervor. Selbst sein Zorn war unpersönlich gewesen: Er richtete sich gegen gesellschaftliche Zwänge, die Armut und Hilflosigkeit und infolgedessen Kriminalität hervorriefen, gegen die unbeschreiblich miserablen Zustände in den Elendsquartieren, gegen Ausbeutungsbetriebe, Wucher, Gewalt, Prostitution und Säuglingssterblichkeit.

Monk bewunderte den Mann, von dessen Persönlichkeit die Akten ein recht klares Bild zeichneten, bewunderte seine Sachkenntnis und seinen Verstand, seine Energie und Zähigkeit, sogar seinen Mut – aber es gelang ihm nicht, ihn zu mögen. Er entdeckte keine Spur von Wärme, nicht den leisesten Hinweis auf Hoffnungen oder Ängste, keine Eigenart, die verriet, daß ein menschliches Herz in seiner Brust schlug. Was einer entfernten Form von Gemütsbewegung noch am nächsten kam, war eine gewisse Rücksichtslosigkeit, mit der er Ungerechtigkeiten verfolgte; doch auch hier gewann er anhand der Worte auf dem Papier den Eindruck, daß der Mann, von dem die Rede war, lediglich das Unrecht haßte und die Leute, denen Unrecht geschah, für ihn nicht mehr waren als ein Nebenprodukt des eigentlichen Verbrechens.

Warum war Evan so versessen darauf, mit ihm zusammenzuarbeiten? Um von ihm zu lernen? Bei der Vorstellung, was er ihm da möglicherweise beibrachte, überkam ihn heftige Scham. Sollte er nicht besser von Evan etwas über Gefühle lernen und ihm zeigen, wie man exzellente Arbeit leistete, ohne vom Ehrgeiz zerfressen zu sein?

Es war nicht schwer nachzuvollziehen, daß Runcorn ihm bestenfalls mit gemischten Gefühlen gegenüberstand. Was mochte er ihm angetan haben während seines gnadenlosen Aufstiegs? Hatte er je einen Gedanken an Runcorn als Mensch verschwendet, nicht nur als Hindernis, das zwischen ihm und der nächsten Sprosse auf der Karriereleiter lag?

Monk starrte auf den Aktenberg. Der Mann, um den es darin ging, war ein völlig Fremder für ihn, ebenso eindimensional wie Joscelin Grey. Im Grunde war er ihm sogar noch fremder, da es, was Grey anbelangte, zumindest Leute gab, die ihn gemocht, ihn charmant und lustig gefunden hatten und seinen Verlust aus tiefstem Herzen bedauerten.

Monk dachte an die Frau aus der Kirche, Mrs. Latterly. Weshalb erinnerte er sich nicht an sie? Seit seinem Unfall hatte er sie erst zweimal gesehen, dennoch konnte er ihr reizendes Gesicht nicht vergessen; es schien allgegenwärtig zu sein. Hatte er viel Zeit auf den Fall verwendet, den sie erwähnt hatte, war er deswegen oft bei ihr gewesen? Die Vorstellung, ihre Beziehung zueinander sei persönlicherer Natur gewesen, war absurd. Die Kluft zwischen ihnen war unüberbrückbar, und wenn er tatsächlich mit derartigen Gedanken gespielt haben sollte, mußte er noch arroganter und eingebildeter gewesen sein, als er ohnehin vermutete. Bei dem Gedanken daran, was er ihr durch sein Benehmen, seine Worte möglicherweise zu verstehen gegeben haben mochte, wurde er vor Scham rot. Außerdem hatte der Pfarrer sie mit »Mrs.« angesprochen – trug sie wegen des Todes ihres Schwiegervaters Schwarz oder weil sie Witwe war? Wenn er sie das nächste Mal sah, mußte er die Dinge unbedingt richtigstellen und ihr klarmachen, daß er absolut keine unlauteren Absichten hatte.

Zuvor mußte er allerdings herausfinden, worum es bei dem Fall ging, abgesehen davon, daß ihr Schwiegervater vor kurzem gestorben war.

Er durchsuchte sämtliche Unterlagen, alle Akten und den ganzen Schreibtisch, ohne auch nur den leisesten Hinweis auf einen Mr. Latterly zu entdecken. Dann kam ihm plötzlich ein deprimierender und naheliegender Gedanke: Man hatte den Fall einem Kollegen übergeben! Wie sollte es auch anders sein, wenn es ihm nicht gutgegangen war. Runcorn hätte die Sache kaum ruhen lassen, besonders wenn eventuell Mord im Spiel war.

Warum hatte sich der neue Bearbeiter dann aber nicht mit Mrs. Latterly oder ihrem Ehemann in Verbindung gesetzt, sofern ein solcher existierte? Weil es keinen mehr gab? War das der Grund, weshalb *sie* ihn angesprochen hatte? Monk legte die Akten beiseite und machte sich auf den Weg zu Runcorns Büro. Als er an einem Fenster vorbeikam, stellte er zu seiner Überraschung fest, daß es draußen bereits dämmerte.

Runcorn war zwar noch da, jedoch gerade im Begriff zu gehen. Monks Erscheinen schien ihn nicht zu wundern.

»Na? Arbeiten Sie wieder zu den gewohnten Zeiten?« begrüßte er ihn spöttisch. »Kein Wunder, daß Sie keine Frau haben – sind eben mit Ihrem Job verheiratet. Tja, in kalten Winternächten ist das allerdings ein schwacher Trost«, fügte er mit unverhohlener Genugtuung hinzu. »Was gibt's denn?«

»Latterly.« Monk ärgerte sich über die Anspielung auf seine Arbeitswut. Vor dem Unfall hatte er seine Charaktereigenschaften und Angewohnheiten nicht sehen können, weil ihm die dazu nötige Distanz gefehlt hatte, doch jetzt war er in der Lage, sie leidenschaftslos zu beurteilen, als gehörten sie zu einem völlig Fremden.

»Was?« Runcorn schaute ihn entgeistert an, die Stirn in verständnislose Falten gelegt; der nervöse Tick in seinem linken Auge erwachte zu neuem Leben.

»Latterly«, wiederholte Monk. »Sie haben den Fall während meiner Abwesenheit vermutlich jemand anders übergeben?«

»Nie davon gehört«, erwiderte Runcorn scharf.

»Es ging um einen Mann namens Latterly. Er hat entweder Selbstmord begangen oder ist umgebracht worden –«

Runcorn erhob sich. Er ging zum Garderobenständer und nahm seinen zweckdienlichen, fad aussehenden Mantel vom Haken.

»Ach, der! Sie meinten, es wäre Selbstmord gewesen, und haben ihn bereits Wochen vor dem Unfall zu den Akten gelegt. Was ist los mit Ihnen? Läßt Ihr Gedächtnis langsam nach?«

»Nein, mein Gedächtnis läßt nicht nach!« fuhr Monk ihn an. Er spürte eine Hitzewelle in sich hochsteigen und betete zu Gott, daß man es seinem Gesicht nicht ansah. »Aber ich konnte die Unterlagen nicht mehr finden, also nahm ich an, irgend etwas hätte Sie veranlaßt, den Fall wiederaufzunehmen, und Sie hätten ihn jemand anders übergeben.«

»Soso.« Runcorn warf ihm einen finsteren Blick zu und fuhr fort, Mantel und Handschuhe anzuziehen. »Nun, nichts hat mich veranlaßt, und der Fall ist abgeschlossen. Niemand hat ihn übernommen. Vielleicht haben Sie einfach vergessen, es zu notieren? Würden Sie Latterly, der sich aller Wahrscheinlichkeit nach selbst ins Jenseits befördert hat, der arme Teufel, jetzt aus Ihren Gedanken verbannen und sich wieder mit Grey befassen, der das mit hundertprozentiger Sicherheit nicht tat? Sind Sie schon weitergekommen? Meine Güte, Monk – man ist Besseres von Ihnen gewohnt! Haben Sie aus diesem Yeats irgendwas rausgekriegt?«

»Nein, Sir, nichts Wesentliches«, gab Monk unüberhör gereizt zurück.

Runcorn wandte sich zu ihm und sah ihm mit breitem Grinsen und leuchtenden Augen voll ins Gesicht.

»Dann sollten Sie Ihre Ermittlungen wohl allmählich auf Greys Familie und Freundeskreis ausweiten, finden Sie nicht?« sagte er mit offenkundiger Befriedigung. »Vor allem auf seine Frauenbekanntschaften. Vielleicht gibt's irgendwo einen eifersüchtigen Ehemann – das Ganze sieht mir nämlich genau nach der Sorte von Haß aus. Glauben Sie mir, dieser Fall stinkt fürchterlich zum Himmel!« Er gab dem Hut auf seinem Kopf einen leichten Schubs, was jedoch nur schief und kein bißchen verwegen aussah. »Und Sie, Monk, sind genau der Richtige, um es ans Tageslicht zu bringen. Fahren Sie nach Shelburne, und versuchen Sie noch mal Ihr Glück!«

Mit diesem abschließenden Hieb warf er sich innerlich frohlokkend seinen Schal um den Hals und stolzierte hinaus.

Monk fuhr weder am nächsten noch an einem anderen Tag der Woche nach Shelburne. Er wußte, daß er nicht daran vorbeikommen würde, doch wenn es soweit war, wollte er so gut wie möglich gewappnet sein. Zum einen erhöhte es die Erfolgsaussichten, Joscelin Greys Mörder zu finden, zum andern – und das war ihm mittlerweile fast ebenso wichtig – half es ihm vielleicht, die Privatsphäre der Shelburnes sowenig wie möglich zu verletzen. Monk wußte zwar, daß die Mächtigen und Einflußreichen nicht weniger verwundbar waren als der Rest der Menschheit, für gewöhnlich setzten sie aber weitaus härtere Mittel ein, um die entsprechenden Schwachpunkte vor dem Gespött des Mobs in Sicherheit zu bringen. Das sagte ihm weniger seine Erfahrung als sein Instinkt – genau wie er ihm half, sich zu rasieren oder die Krawatte zu binden.

Statt dessen machte er sich am folgenden Morgen mit Evan auf den Weg zum Mecklenburg Square, diesmal nicht, um nach Spuren eines Eindringlings zu suchen, sondern um soviel wie möglich über Grey herauszufinden. Obwohl keiner von ihnen unterwegs besonders gesprächig war und jeder seinen Gedanken nachhing, war Monk froh, nicht allein zu sein. Greys Wohnung bedrückte ihn; es gelang ihm nicht, sich von den grausamen Geschehnissen freizumachen, die sich dort ereignet hatten. Es waren nicht das Blut und der Mord, was ihm zu schaffen machte, sondern dieser unbeschreibliche Haß. Er mußte dem Tod schon dutzend-, wenn nicht hundertmal begegnet sein, und er konnte ihn unmöglich jedesmal derart entsetzt haben. Wahrscheinlich hatte es sich meist um normalen gewaltsamen Tod gehandelt, um selbstsüchtigen und hirnlosen Mord, ausgeführt von einem habgierigen Straßenräuber, der sich holt, was er begehrt, oder einem Dieb, dessen Fluchtweg blockiert ist. Greys Tod indes besaß eine völlig andere Komponente, hatte etwas ausgesprochen Intimes. Täter und Opfer waren durch ein untrennbares Band tiefer Emotionalität miteinander verbunden.

Obwohl es im restlichen Haus warm war, begann Monk in Greys Wohnzimmer zu frösteln. Das durch die Fenster sickernde Tageslicht war farblos; statt Helligkeit zu verbreiten, schien es sie zu absorbieren. Die schweren Möbel machten plötzlich einen trostlosen und schäbigen Eindruck, wirkten für den Raum viel zu groß, obschon sich nicht das geringste verändert hatte. Monk schaute Evan an, um festzustellen, ob er ähnlich empfand, doch der schien lediglich nicht ganz glücklich darüber zu sein, daß er in den Briefen fremder Leute herumschnüffeln sollte; mit angewidertem Gesicht klappte er den Sekretär auf und begann die Schubladen zu durchsuchen.

Monk ging an ihm vorbei ins Schlafzimmer, wo es ein wenig muffig roch. Die Möbel waren, wie schon bei seinem ersten Besuch, mit einer dünnen Staubschicht bedeckt. Er warf einen Blick in den Kleiderschrank, in die Wäscheschubladen, die Frisierkommode; Greys Garderobe war exzellent – nicht allzu umfangreich, aber ausgezeichnet gearbeitet und von hervorragender Qualität. Er mußte in der Tat einen erstklassigen Geschmack gehabt haben, wenn ihn sein Geldbeutel vermutlich auch daran gehindert hatte, diesen in vollen Zügen auszuleben. Monk entdeckte mehrere Paar goldene Manschettenknöpfe, eins davon mit eingraviertem Familienwappen, zwei mit seinen Initialen. Außerdem stieß er auf drei Krawattennadeln, eine war mit einer Perle von ansehnlicher Größe bestückt, sowie eine silberne Toilettengarnitur nebst einem schweinsledernen Kulturbeutel. Kein Einbrecher konnte bis hierher vorgedrungen sein! Es gab jede Menge hübsche Brusttaschentücher mit eingesticktem Monogramm, Hemden aus Seide oder Leinen, Krawatten, Socken, saubere Unterwäsche. Monk stellte überrascht und leicht beunruhigt fest, daß er den Preis jedes einzelnen Artikels bis auf wenige Schilling genau benennen konnte, und fragte sich unwillkürlich, welchen Ambitionen er dieses Wissen zu verdanken hatte.

Er hatte gehofft, in den Schubladen Briefe zu finden, die zu persönlich waren, um zwischen Rechnungen und anderer Korrespondenz im Schreibtisch aufbewahrt zu werden, wurde allerdings enttäuscht und kehrte schließlich ins Wohnzimmer zurück. Evan stand reglos vor dem Sekretär. Es war mucksmäuschenstill im Raum, als hätten beide das Gefühl, ungebeten in das Reich eines Toten eingedrungen zu sein.

Von der Straße scholl das Gerumpel von Rädern, der härtere Klang von Hufschlägen und der Schrei eines Straßenhändlers herauf, der wie »Olle Wolle – olle Wolle!« klang.

»Und?« fragte Monk unbewußt im Flüsterton.

Evan blickte erschrocken auf; sein Gesicht war angespannt.

»Ein ganzer Haufen Briefe, Sir, aber ich weiß nicht, ob sie uns was nützen. Mehrere von seiner Schwägerin Rosamond Grey und ein ziemlich unfreundlicher von seinem Bruder Lovel – das ist doch Lord Shelburne, oder? Seine Mutter hat ihm vor gar nicht langer Zeit geschrieben, aber es ist nur ein Brief von ihr da, die andern hat er offenbar nicht aufgehoben. Dann gibt's noch ein paar von einer Familie Dawlish, alle erst kurz vor seinem Tod abgeschickt, unter anderem die Einladung, sie für eine Woche zu besuchen. Haben anscheinend auf freundschaftlichem Fuß mit ihm gestanden.« Er schürzte leicht die Lippen. »Einer stammt von Miss Amanda Dawlish höchstpersönlich und klingt reichlich ungeduldig. Es gibt eine ganze Reihe Einladungen, die sich auf Termine nach seinem Tod beziehen. Die älteren hat er weggeworfen, wie's aussieht. Einen Terminkalender habe ich leider nicht gefunden. Komisch eigentlich.« Er hob den Kopf. »Man sollte wirklich denken, jemand wie er hätte einen Kalender für all die gesellschaftlichen Anlässe, meinen Sie nicht?«

»Und ob ich das meine!« Monk trat einen Schritt vor. »Vielleicht hat ihn der Mörder eingesteckt. Sind Sie sicher, daß keiner da ist?«

»Im Sekretär jedenfalls nicht.« Evan schüttelte den Kopf. »Und nach Geheimfächern hab ich bereits geschaut. Allerdings wüßte ich keinen Grund, warum man so einen Kalender verstecken soll, Sie vielleicht?«

»Keine Ahnung«, erwiderte Monk wahrheitsgetreu, trat näher an den Schreibtisch heran und spähte hinein. »Es sei denn, der Mörder hat ihn tatsächlich mitgenommen, zum Beispiel weil sein Name zu oft vorkommt. Diesen Dawlishs werden wir auf jeden Fall einen Besuch abstatten müssen. Steht auf den Briefen ein Absender?«

»Hm, hab ihn schon aufgeschrieben.«

»Prima. Was sonst noch?«

»Mehrere Rechnungen. Er hat nicht immer sofort bezahlt, was ich aber schon von den Ladenbesitzern wußte. Drei sind von seinem Schneider, vier oder fünf von einem Hemdenmacher – der, bei dem ich war, zwei von dem Weinhändler, und dann gibt's noch einen recht knappen Brief vom Familienanwalt, der die Antwort auf Greys Forderung nach einem höheren Zuschuß enthält.«

»Abschlägiger Natur, nehme ich an?«

»Eindeutig.«

»Nichts vom Klub – bezüglich Spielschulden oder so?«

»Nein, aber für gewöhnlich verewigt man seine Spielschulden nicht auf Papier – nicht mal im Boodles –, es sei denn, man selbst ist derjenige, der sie eintreiben muß.« Er grinste plötzlich. »Nicht, daß ich mich da auskenne – außer vom Hörensagen.«

Monk entspannte sich ein wenig. »Wie wahr! Keine weiteren Briefe?«

»Ein ausgesprochen frostiger von einem Charles Latterly noch, in dem nicht viel –«

»Latterly?« Monk erstarrte.

»Ja. Kennen Sie den Mann?« Evan sah ihn neugierig an.

Monk atmete tief durch und riß sich mühsam zusammen. Mrs. Latterly hatte in St. Marylebone einen »Charles« erwähnt, und er hatte befürchtet, es handle sich dabei um ihren Ehemann.

»Ich habe vor einiger Zeit an einem Fall Latterly gearbeitet«, gab er zurück, wobei er versuchte, seine Stimme möglichst gleichmütig klingen zu lassen. »Ist wahrscheinlich purer Zufall. Gestern suchte ich die Akte noch, konnte sie aber nicht finden.«

»Könnte er irgendwas mit Grey zu tun gehabt haben? Einen Skandal zu vertuschen oder –«

»Nein!« Das klang härter als beabsichtigt und verriet seinen inneren Aufruhr. Monk mäßigte den Ton. »Ausgeschlossen. Der arme Kerl ist ohnehin tot. Starb noch vor Grey.«

»Oh.« Evan widmete sich wieder dem Schreibtisch. »Ich fürchte, das war's. Immerhin dürfte es uns jetzt gelingen, eine Menge Leute aufzutreiben, die ihn gekannt haben, was uns eventuell neue Anhaltspunkte liefert.«

»Ja, richtig. Trotzdem schreibe ich mir Latterlys Adresse sicherheitshalber auf.«

»Natürlich – hier ist sie.« Evan fischte einen der Briefe heraus und reichte ihn weiter.

Monk las ihn durch. Er klang frostig, wie Evan gesagt hatte, aber nicht unfreundlich. Nichts wies auf offenkundige Abneigung hin, man gewann lediglich den Eindruck, daß kein Wunsch nach einer Vertiefung der Beziehungen bestand. Nach dreimaligem Lesen, wobei ihm nichts Ungewöhnliches auffiel, schrieb Monk die Adresse auf einen Zettel und gab den Brief an Evan zurück.

Sie beendeten die Durchsuchung und verließen die Wohnung. Als sie unten in der Halle an Grimwade vorbeikamen, vergaßen sie nicht, ihm zum Abschied kurz zuzunicken.

»Gehen wir essen«, sagte Monk knapp. Er wollte unter Menschen, wollte sie lachen und reden hören, Menschen, die nichts über Mord, Gewalt und schmutzige Geheimnisse wußten, die vollauf mit den banalen Freuden und Ärgernissen des Alltags beschäftigt waren.

»Gute Idee.« Evan fiel in seinen Schritt ein. »Etwa einen Kilometer von hier gibt's ein recht ordentliches Wirtshaus, da bekommt man die besten Klöße weit und breit. Das heißt« – er hielt abrupt inne –, »es ist nichts Besonderes, vielleicht möchten Sie lieber . . .«

»Hervorragend«, sagte Monk. »Genau das, was wir jetzt brauchen. Ich bin halb erfroren nach unsrem Aufenthalt hier. Komisch eigentlich, denn man ist schließlich im Haus.«

Evan zog die Schultern hoch und grinste ein wenig einfältig. »Vielleicht ist's ja bloß Einbildung – aber ich kriege immer einen richtigen Schüttelfrost. Ich hab mich einfach noch nicht an Mord und Totschlag gewöhnt. Sie stehen vermutlich über solchen Gefühlsanwandlungen, aber ich bin noch nicht so weit, daß –«

»Tun Sie's nicht!« entfuhr es Monk heftiger als gewollt. »Gewöhnen Sie sich niemals dran!« Es war ihm egal, daß er seine eigene Verletzbarkeit, seine plötzliche Sensibilität preisgab. »Ich meine, Sie sollten unbedingt einen klaren Kopf behalten«, fuhr er in ruhigerem Ton fort, da seine Vehemenz Evan etwas aus der Fassung gebracht hatte, »aber versuchen Sie auf keinen Fall, das Entsetzen um jeden Preis abzuschalten. Seien Sie kein Kriminalbeamter, bevor Sie ein Mann sind!« Kaum hatte er die Worte ausgesprochen, bedauerte er sie; sie mußten ziemlich salbungsvoll und abgedroschen geklungen haben.

Evan schien das jedoch nicht zu bemerken.

»Ich hab sowieso noch einen langen Weg vor mir, bis ich dazu in der Lage bin, Sir. Offengestanden wird mir in diesem Zimmer sogar immer ein bißchen schlecht. Es ist der erste Mord dieser Art, mit dem ich zu tun habe.« Er hörte sich befangen und unglaublich jung an. »Sicher, ich hab schon eine Menge Leichen gesehen, aber das waren normalerweise die Opfer von Unfällen oder Landstreicher, die auf offener Straße verreckt sind – im Winter passiert das oft. Und deshalb bin ich auch so froh, daß ich mit Ihnen zusammenarbeiten darf. Es gibt niemand, von dem ich mehr lernen könnte.«

Monk spürte, daß er vor Freude rot wurde, doch zugleich war es ihm peinlich, denn dieses Lob hatte er im Grunde nicht verdient. Er stapfte verlegen durch den stärker werdenden Regen, während er vergebens versuchte, sich eine passende Erwiderung einfallen zu lassen. Evan lief stumm neben ihm her; er brauchte offenbar keine Antwort.

Am nächsten Montag stiegen Monk und Evan in Shelburne aus dem Zug und machten sich auf den Weg nach Shelburne Hall. Es war einer dieser Sommertage, an denen der Himmel tiefblau und wolkenlos war und einem von Osten her eine frische Brise ins Gesicht schlug, als bekäme man leichte Ohrfeigen. Die im Wind flüsternden Bäume schmiegten sich in dichten, grünen Wogen in die Talsenken. In der vergangenen Nacht hatte es geregnet, und bei jedem Schritt stieg ihnen der angenehme Duft feuchter Erde in die Nase.

Sie gingen schweigend nebeneinander her. Jeder genoß den Spaziergang auf seine Weise. Monk war sich – abgesehen vom Vergnügen beim Betrachten des endlosen Himmels und der weiten Felder – keines konkreten Gedankens bewußt, als er plötzlich erneut von einer lebhaften Erinnerung an Northumberland überfallen wurde. Vor seinem geistigen Auge tauchte eine ausgedehnte, kahle Hügellandschaft auf, an deren Grasbüscheln ein heftiger Nordwind zerrte.

Am milchigen Himmel trieben Schäfchenwolken in Richtung Meer, begleitet von lauthals kreischenden Seemöwen.

Er sah seine Mutter, dunkelhaarig wie Beth, inmitten des Geruchs nach Hefe und Mehl in der Küche stehen. Sie war stolz auf ihn, weil er lesen und schreiben konnte. Er mußte damals noch ziemlich klein gewesen sein. Er sah einen sonnenlichtdurchfluteten Raum, wo ihm die Pfarrersfrau das Abc beibrachte; Beth, die ein Kinderschürzchen trug, stand dabei und starrte ihn mit kugelrunden, ehrfürchtigen Augen an. Ihr sagten die Buchstaben nichts. Monk konnte spüren, wie er Jahre später ihre Hand führte, ganz langsam, Strich für Strich. Ihre Schrift trug noch heute die Spuren dieser endlosen Stunden, der großen Sorgfalt und des unermüdlichen Lerneifers. Sie hatte ihn geliebt, von ganzem Herzen – vorbehaltlos. Dann verschwand die Erinnerung, und er hatte das Gefühl, in eiskaltes Wasser getaucht und frierend und verängstigt zurückgelassen zu werden. Monk war wie betäubt. Er merkte nicht, daß Evan ihm einen verwunderten Blick zuwarf, jedoch gleich darauf wegschaute, weil er instinktiv spürte, daß alles andere ein Eindringen in Monks Privatsphäre gewesen wäre.

Shelburne Hall war inzwischen in Sichtweite gekommen. Knappe tausend Meter vor ihnen hob es sich von Bäumen eingerahmt gegen den Horizont ab.

»Soll ich auch was sagen oder nur zuhören?« wollte Evan wissen. »Vielleicht ist es besser, wenn ich still bin.«

Monk wurde schlagartig klar, wie nervös sein Kollege sein mußte. Es war gut möglich, daß er sich noch nie mit einer Dame von Stand unterhalten, geschweige denn ihr Fragen über persönliche oder gar unangenehme Dinge gestellt hatte. Wahrscheinlich hatte er ein solches Haus bisher nur aus der Ferne gesehen. Monk fragte sich, woher seine eigene Sicherheit diesbezüglich stammte und warum er erst jetzt darüber nachdachte. Runcorn hatte recht: Er war ehrgeizig und arrogant – und unsensibel.

»Kümmern Sie sich um die Diener«, erwiderte er. »Diese Leute bekommen eine Menge mit. Sie lernen manchmal Seiten der gnädigen Herrschaften kennen, die sich Ihre Lord- und Ladyschaften unter ihresgleichen wohlweislich verkneifen.«

»Wie wär's mit dem Kammerdiener?« schlug Evans vor. »Wenn man nur seine Unterwäsche anhat, fällt's einem vermutlich am schwersten, sich zu verstellen.« Bei dem Gedanken mußte er unvermittelt grinsen. Die Vorstellung, ein gesellschaftlich Höhergestellter könnte in Belangen der Körperpflege derart hilflos sein, daß er dafür Hilfe benötigte, war wirklich zu komisch; außerdem lenkte sie ihn von der Befürchtung ab, der Situation nicht gewachsen zu sein.

Lady Fabia Shelburne war nicht schlecht überrascht, Monk so bald schon wiederzusehen. Sie ließ ihn über eine halbe Stunde warten, diesmal im Aufenthaltsraum des Butlers, der die Silberpolitur, ein abgeschlossenes Pult für Weinbuch und Kellerschlüssel sowie einen bequemen Lehnstuhl vor einer winzigen Feuerstelle enthielt. Die Kemenate des Hausmeisters war offenbar besetzt. Er ärgerte sich über Lady Fabias Anmaßung, kam jedoch nicht umhin, ihre unglaubliche Selbstbeherrschung zu bewundern. Sie hatte nicht die geringste Ahnung, was er von ihr wollte – es war immerhin denkbar, daß er gekommen war, um ihr mitzuteilen, wer ihren Sohn umgebracht hatte und warum!

Als er endlich in das Rosenholzzimmer geführt wurde, welches ausschließlich ihr Reich zu sein schien, gab sie sich distanziert huldvoll, als sei er gerade erst eingetroffen und sie selbst lediglich aus Gründen der Höflichkeit an seinem Anliegen interessiert.

Auf eine Handbewegung ihrerseits hin ließ er sich auf demselben rosaroten Stuhl nieder wie beim letztenmal.

»Nun, Mr. Monk?« erkundigte sie sich mit leicht gehobenen Brauen. »Gibt es noch etwas, das Sie mir sagen wollen?«

»Jawohl, Ma'am, verzeihen Sie bitte die Störung. Unsere Vermutung, Major Grey sei aus persönlichen Gründen getötet worden und nicht das zufällige Opfer einer Gewalttat gewesen, hat sich erhärtet. Aus diesem Grund müssen wir soviel wie möglich über ihn in Erfahrung bringen. Was seine sozialen Kontakte anbelangt –«

Ihre Augen weiteten sich. »Falls Sie glauben sollten, seine sozialen Kontakte seien von solcher Art gewesen, daß sie zu Mord und Totschlag geführt haben, sind Sie über die Gepflogenheiten unserer Gesellschaftskreise außerordentlich schlecht informiert, Mr. Monk.«

»Ich fürchte, fast alle Menschen sind zu einem Mord imstande, wenn sie genügend unter Druck stehen oder das bedroht sehen, was sie am meisten lieben, Ma'am.«

»Da bin ich anderer Meinung.« Ihr Tonfall wies darauf hin, daß das Thema für sie beendet war; wie zur Bekräftigung drehte sie den Kopf ein wenig zur Seite.

»Hoffen wir, daß sie selten sind.« Er unterdrückte mit Mühe den Impuls aufzubrausen. »Allem Anschein nach existiert zumindest einer, und Ihnen liegt gewiß daran, ihn zu finden – vermutlich noch mehr als mir.«

»Sie haben eine flinke Zunge, junger Mann.« Sie sagte es ungern, fast tadelnd. »Und was erhoffen Sie sich von mir?«

»Eine Liste seiner engsten Bekannten. Freunde der Familie, Einladungen, denen er in den letzten Wochen vor seinem Tod nachgekommen ist, besonders übers Wochenende oder länger – alles, was Ihnen in der Richtung einfällt. Vielleicht gab es ja eine Frau, für die er sich interessiert hat.« Über ihre makellosen Züge glitt ein unwilliger Ausdruck. »Er muß ein ausgesprochen anziehender Mensch gewesen sein.«

»Das war er.« Ihr Mund zuckte kaum merklich, und ihr Blick geriet flüchtig ins Wanken, als sie sekundenlang von ihrem Schmerz überwältigt wurde. Doch sofort war jegliche Gefühlsregung wieder ausradiert und alles so glatt und perfekt wie zuvor.

Monk ließ ihr Zeit. Zum erstenmal bekam er eine Ahnung vom wahren Ausmaß ihres Kummers.

»Gab es eventuell eine Dame, die sich stärker zu ihm hingezogen fühlte, als ihre übrigen Verehrer oder gar ihr Ehemann hinnehmen konnten?« fragte er nach einer Weile in beträchtlich sanfterem Ton, obwohl seine Entschlossenheit, Joscelin Greys Mörder zu finden, eher noch zugenommen hatte und ihm eigentlich jede Rücksichtnahme verbat.

Lady Fabia dachte eine Zeitlang nach, ehe sie beschloß, darauf einzugehen. »Ausgeschlossen ist es nicht«, meinte sie schließlich. »Vielleicht war irgendeine junge Person zu unbedacht und hat durch ihr Verhalten Eifersucht provoziert.«

»Zum Beispiel bei jemandem, der ein bißchen zuviel getrunken hatte?« forschte Monk mit einem Taktgefühl, das ihm normalerweise völlig fremd war. »Und mehr dahinter sah, als tatsächlich war?«

»Ein Gentleman weiß, wie man sich benimmt.« Sie schaute Monk mit leicht herabgezogenen Mundwinkeln an. Der »Gentleman« sollte ihm offenbar eine Lehre sein. »Auch wenn er zuviel getrunken hat. Aber leider sind manche Leute bei der Wahl ihrer Gäste nicht so anspruchsvoll, wie sie sein sollten.«

»Es wäre sehr freundlich, wenn Sie mir ein paar Namen und Adressen nennen könnten, Ma'am. Ich werde die Nachforschungen so diskret wie möglich durchführen und Ihren Namen selbstverständlich nicht erwähnen. Ich denke, jeder, der ein reines Gewissen hat, ist genauso erpicht darauf, Major Greys Mörder zu finden, wie Sie.«

Dieses Argument entbehrte nicht einer gewissen Logik, was sie mit einem kurzen Blick direkt in seine Augen belohnte.

»Also schön. Wenn Sie etwas zum Notieren dabeihaben, werde ich Ihnen den Gefallen tun.« Sie streckte die Hand nach dem Rosenholztischchen aus, das gleich neben ihr stand, zog eine Schublade auf und entnahm ihr ein Adreßbuch mit Ledereinband und Goldziselierung.

Monk zückte Stift und Papier und geriet etwas aus der Fassung, als Lovel Grey plötzlich hereinschneite. Er trug auch diesmal bequeme Kleidung: Kniebundhosen und ein Norfolkjackett aus abgetragenem Tweed. Bei Monks Anblick verdüsterte sich seine Miene.

»Wenn Sie etwas zu berichten haben, Mr. Monk, wenden Sie sich gefälligst an mich!« sagte er erbost. »Wenn nicht, sehe ich keinen Sinn in Ihrer Anwesenheit, es sei denn, Sie wollen meine Mutter um jeden Preis quälen. Ich bin ohnehin überrascht, Sie wieder hier zu sehen.«

Monk stand instinktiv auf und ärgerte sich, daß ihm diese unumgängliche Geste der Ehrerbietung derart in Fleisch und Blut übergegangen war.

»Ich bin gekommen, Mylord, weil ich weitere Informationen brauche. Lady Shelburne war so freundlich, sie mir zu geben.« Er spürte, wie ihm das Blut in die Wangen stieg.

»Wir können Ihnen nichts, aber auch gar nichts sagen, das auch nur im geringsten von Bedeutung wäre«, fuhr Lovel ihn an. »Um Himmels willen, Mann – können Sie Ihren Job nicht erledigen, ohne alle paar Tage hier aufzukreuzen?« Er marschierte ruhelos auf und ab, wobei er mit einer kurzen Reitpeitsche ungehalten gegen sein Bein klopfte. »Wir können Ihnen nicht helfen! Wenn Sie geschlagen sind, geben Sie es endlich zu! Manche Verbrechen werden nun mal nie aufgeklärt, besonders dann, wenn Geistesgestörte am Werk waren.«

Monk versuchte gerade, eine halbwegs höfliche Entgegnung zustande zu bringen, da schaltete sich Lady Fabia mit gepreßter, angespannter Stimme ein.

»Mag sein, Lovel, aber in diesem Fall ist es anders. Joscelin wurde von jemandem ermordet, den er kannte, wie ungern wir das auch wahrhaben wollen. Selbstverständlich könnte der Mörder auch in diesem Haus verkehrt haben. Es ist wesentlich taktvoller von Mr. Monk, an uns persönlich heranzutreten, als sich in der ganzen Nachbarschaft umzuhören.«

»Großer Gott!« Lovel machte ein entsetztes Gesicht. »Das kann doch nicht dein Ernst sein. Ihm das zu erlauben, wäre ungeheuerlich! Es würde unsren Untergang bedeuten.«

»Unsinn!« Sie ließ das Adreßbuch geräuschvoll zuschnappen und legte es in die Schublade zurück. »So schnell gehen wir nicht unter. Die Shelburnes existieren seit fünfhundert Jahren und werden es auch weiterhin tun. Wie dem auch sei – ich habe keineswegs die Absicht, Mr. Monk zu gestatten, daß er die Leute aushorcht.« Sie warf Monk einen kalten Blick zu. »Deshalb werde ich ihn selbst mit einer Namensliste sowie einigen Fragen versorgen, die er stellen darf – oder zu vermeiden hat.«

»Das ist schon viel zu viel, außerdem absolut unnötig!« Lovel wirbelte außer sich vor Wut von seiner Mutter zu Monk herum und wieder zurück; sein Gesicht war dunkelrot. »Wer immer Joscelin ermordet hat, muß aus seinem Londoner Bekanntenkreis stammen – falls es tatsächlich jemand war, den er kannte, was ich nach wie vor bezweifle. Egal was Sie sagen, meiner Meinung nach war es purer Zufall, daß ausgerechnet er das Opfer war. Wahrscheinlich hat sich jemand in irgendeinem Klub oder sonstwo gedacht, er müsse ziemlich reich sein, und daraufhin den Entschluß gefaßt, ihn auszurauben.«

»Es war kein Raub, Sir«, wandte Monk entschieden ein. »In seiner Wohnung befanden sich alle möglichen wertvollen Gegenstände. Obwohl sie nicht zu übersehen waren, wurden sie nicht angerührt. Sogar das Geld in seiner Brieftasche war noch da.«

»Und woher, bitte, wollen Sie wissen, wieviel in seiner Brieftasche war?« versetzte Lovel. »Es könnten Hunderte von Pfund gewesen sein!«

»Diebe zählen gewöhnlich kein Wechselgeld ab und geben es einem zurück«, erwiderte Monk; er dämpfte den Sarkasmus in seiner Stimme nur geringfügig.

Lovel war zu sehr in Fahrt, um sich aufhalten zu lassen. Woraus schließen Sie eigentlich, daß es kein *gewöhnlicher* Dieb war? Ich wußte gar nicht, daß Sie bereits so weit gekommen sind. Offengestanden wußte ich nicht, daß Sie überhaupt irgendwohin gekommen sind!«

»Gelegenheitsdiebe verhalten sich, Gott sei Dank, anders.« Monk überhörte den bissigen Seitenhieb. »Sie töten nicht. Lief Major Grey häufiger mit Hunderten von Pfund in der Gegend herum?«

Die Adern auf Lovels Stirn drohten jeden Moment zu platzen. Er warf die Reitpeitsche durch den Raum; sie hatte anscheinend auf dem Sofa landen sollen, fiel jedoch daneben und schlug klappernd auf dem Boden auf. Er ignorierte es und schrie: »Selbstverständlich nicht! Dann war es eben ein einmaliges Ereignis. Er wurde schließlich nicht nur ausgeraubt und liegengelassen, er wurde erschlagen, falls Sie das vergessen haben sollten.«

Lady Fabias Gesicht wurde vor Elend und Abscheu ganz schmal.

»Wirklich, Lovel, der Mann tut sein Bestes – wozu auch immer das gut sein soll. Es besteht kein Grund, ausfallend zu werden.«

Lord Shelburnes Ton schlug abrupt um. »Du bist aufgeregt, Mama, was unter diesen Umständen auch nicht weiter verwunderlich ist. Bitte überlaß das mir. Wenn ich es für nötig halte, Mr. Monk etwas mitzuteilen, werde ich es tun. Warum gehst du nicht in den Salon und trinkst mit Rosamond eine Tasse Tee?«

»Behandle mich nicht wie ein kleines Kind, Lovel!« fuhr sie ihn an und erhob sich würdevoll. »Ich bin nicht so aufgeregt, daß ich mein gutes Benehmen vergessen und der Polizei nicht dabei helfen würde, den Mörder meines Sohnes zu finden.«

»Es gibt beileibe nichts, was wir tun könnten, Mama!« Er drohte schon wieder aus der Haut zu fahren. »Am allerwenigsten sollten wir sie dabei unterstützen, das halbe Land in Aufregung zu versetzen, um Informationen über Leben und Freunde des armen Joscelin zu erzwingen.«

»Es war einer seiner *Freunde*, der den armen Joscelin erschlagen hat!« Lady Fabias Gesicht war aschfahl; eine weniger starke Frau wäre längst in Ohnmacht gefallen, doch sie stand kerzengerade da, die weißen Hände ineinander verkrampft, und funkelte ihn mit glühenden Augen an.

»Blödsinn! Wahrscheinlich war's jemand, mit dem er Karten gespielt hat und der nicht verlieren konnte. Joscelin hat sich öfter mit Glücksspielen die Zeit vertrieben, als er dich hätte merken lassen. Manche Leute spielen um Einsätze, die sie sich nicht leisten können, und verlieren dann, wenn sie ruiniert sind, die Beherrschung und vorübergehend den Kopf.« Sein Atem ging heftig. »Spielklubs sind nicht immer so wählerisch in der Auswahl der Leute, die sie hereinlassen, wie sie sein sollten. Glaubst du im Ernst, jemand hier in Shelburne könnte etwas über die Sache wissen?«

»Es ist ebensogut denkbar, daß es aus Eifersucht wegen einer Frau geschah«, gab sie eisig zurück. »Joscelin war ausgesprochen anziehend, wie du weißt.«

Lovel wurde rot; die Haut in seinem Gesicht schien bis zum Zerreißen gespannt.

»Woran man niemals versäumt, mich zu erinnern«, sagte er mit verhaltener, gefährlich leiser Stimme. »Aber nicht jeder war so empfänglich dafür wie du, Mama. Es ist ein rein äußerlicher Vorzug.«

»Du hast nie begriffen, was es mit Charme auf sich hat, Lovel, das ist dein großes Pech. Vielleicht bist du nun so freundlich und bestellst eine Extraportion Tee in den Salon.« Sie schenkte ihrem Sohn keine weitere Beachtung und verstieß obendrein – wie um ihn zu ärgern – gegen die Etikette, indem sie fragte: »Wollen Sie sich uns anschließen, Mr. Monk? Vielleicht kann meine Schwiegertochter Ihnen weiterhelfen. Ihr oblagen zum Teil die gleichen Aufgaben wie Joscelin. Außerdem besitzen Frauen häufig eine bessere Beobachtungsgabe, was andere Frauen betrifft, besonders« – sie stockte –, »wenn es um Gefühlsangelegenheiten geht.«

Ohne auf seine Antwort zu warten und einen Blick an Lovel zu verschwenden, ging sie, Monks Einverständnis voraussetzend, zur Tür und blieb vor ihr stehen. Lord Shelburne zögerte für den Bruchteil einer Sekunde, dann folgte er ihr gehorsam und hielt seiner Mutter die Tür auf. Sie rauschte hinaus, wobei sie keinem von ihnen mehr die geringste Beachtung zukommen ließ.

Im Salon herrschte eine gezwungene Atmosphäre. Rosamond konnte nur mit Mühe ihre Verwunderung ob der Tatsache verbergen, daß man von ihr erwartete, mit einem Polizisten Tee zu trinken, als wäre er ein Mann von Stand. Selbst das Hausmädchen fühlte sich augenscheinlich unwohl, als es mit der Extratasse und dem zusätzlichen Gebäck erschien. Der Klatsch an der Hintertreppe hatte sie offenbar bereits über Monks Status informiert. Der dachte insgeheim an Evan und fragte sich, ob er wohl irgendwelche Fortschritte machte.

Nachdem das Mädchen jeden mit einer Tasse und einem Teller versorgt hatte und wieder verschwunden war, ergriff Lady Fabia mit gemessener, ruhiger Stimme das Wort. Lovels Blick wich sie weiterhin aus.

»Meine liebe Rosamond, die Polizei möchte alles über Joscelins gesellschaftliche Aktivitäten während der letzten Monate seines Lebens wissen. Du warst zum Großteil mit den gleichen Aufgaben betraut wie er, folglich wirst du mehr über seine Bekanntschaften wissen als ich – unter anderem zum Beispiel, wer ein stärkeres Interesse an ihm gezeigt haben könnte, als klug war?«

»Ich?« Entweder war Rosamond wirklich überrascht oder aber eine bessere Schauspielerin, als Monk vermutet hatte.

»Ja – du, meine Liebe.« Lady Fabia reichte ihr das Gebäck, das sie jedoch ignorierte. »Du bist genau die Richtige dafür. Ursula werde ich natürlich auch noch fragen.«

»Wer ist Ursula?« warf Monk ein.

»Miss Ursula Wadham; sie ist mit meinem zweiten Sohn Menard verlobt. Überlassen Sie es getrost mir, sie nach nützlichen Informationen auszuhorchen.« Damit war Monks Frage für sie erledigt, und sie wandte sich wieder Rosamond zu. »Also?«

»Ich – ich wüßte nicht, daß Joscelin eine ... spezielle Bekanntschaft gehabt hätte«, erklärte Rosamond ein wenig lahm, als spräche sie nicht gern über das Thema. Während er sie beobachtete, überlegte Monk flüchtig, ob sie eventuell selbst in Joscelin verliebt gewesen war und Lovel sich deshalb dermaßen gegen die Ermittlungen sperrte.

War ihr Verhältnis zueinander über bloße Anziehung hinausgegangen?

»Das habe ich nicht gefragt«, versetzte Lady Fabia nicht allzu sanft. »Ich fragte, ob jemand ein starkes Interesse für Joscelin gezeigt hat – wenn auch ein unerwidertes?«

Rosamonds Kopf fuhr ruckartig hoch. Einen Moment lang hatte Monk den Eindruck, sie würde sich gegen ihre Schwiegermutter auflehnen, doch der rebellische Funken in ihrem Blick war gleich wieder erloschen.

»Norah Partridge mochte ihn sehr gern«, sagte sie langsam und wohl durchdacht. »Aber das ist wohl nichts Neues. Außerdem kann ich mir nicht vorstellen, daß Sir John es so schwer genommen hat, um sich auf den weiten Weg nach London zu machen und einen Mord zu begehen. Natürlich mag er Norah, aber so sehr nun auch wieder nicht.«

»Du bist doch tatsächlich scharfsichtiger, als ich dachte«, bemerkte Lady Fabia mit bissigem Erstaunen. »Nur leider recht unbedarft, was das Verständnis der männlichen Natur betrifft. Es ist nicht nötig, etwas selbst haben zu wollen, um einem andern zu verübeln, daß er es einem wegnehmen könnte; vor allem, wenn er die Unverfrorenheit besitzt, es in aller Öffentlichkeit zu tun.« Sie wandte sich an Monk, dem kein Gebäck angeboten wurde. »Das wäre doch ein Anhaltspunkt für Sie. Ich bezweifle zwar, daß sich John Partridge zu einem Mord hinreißen lassen oder – falls doch – einen Spazierstock dazu benutzen würde«, auf ihrem Gesicht erschien erneut ein gequälter Ausdruck, »aber Norah hat eine ganze Menge Verehrer. Sie ist ein recht extravagantes Geschöpf und nicht mit besonders viel Urteilsvermögen ausgestattet.«

»Danke für den Tip, Ma'am. Fällt Ihnen sonst noch etwas ein?«

Im Verlauf der nächsten Stunde wurden erst vergangene Romanzen, dann aktuelle und mutmaßliche Affären aufgewärmt. Monk hörte nur mit einem Ohr hin. Ihn interessierten weniger die Fakten als die feinen Abstufungen in der Art und Weise, wie sie präsentiert wurden. Joscelin war zweifellos Mamas Liebling gewesen, was ihn nicht im geringsten wunderte, sollte der abwesende Menard seinem Bruder Lovel ähnlich sein. Wie immer ihre Gefühle jedoch geartet sein mochten, die Primogenitur sorgte dafür, daß nicht nur Titel und Ländereien, sondern auch das für deren Erhaltung erforderliche Geld und der damit verbundene Lebensstil an Lovel übergingen, den Erstgeborenen.

Lord Shelburne steuerte nichts zu dem Gespräch bei und seine Frau Rosamond gerade genug, um ihre Schwiegermutter zufriedenzustellen, vor der sie wesentlich mehr Respekt zu haben schien als vor ihrem Ehemann.

Lady Callandra Daviot war zu Monks Enttäuschung offenbar nicht zu Hause. Er hätte gern gehört, was sie in ihrer unverblümten Art zu dem Thema zu sagen hatte, obwohl er nicht sicher war, daß sie sich im trauernden Familienkreis genauso freimütig äußern würde wie an jenem verregneten Nachmittag im Garten.

Er bedankte sich und machte sich nach den üblichen Abschiedsfloskeln eilends auf den Weg, Evan abzuholen, damit sie sich im Dorf noch ein Glas Apfelwein genehmigen konnten, ehe der Zug nach London ging.

»Und – wie war's?« fragte Monk ungeduldig, sobald sie vom Haus aus nicht mehr zu sehen waren.

»Mmmmm.« Evan hatte Schwierigkeiten, seine Verzückung geheimzuhalten. Seine Schritte waren ausladend, sein dürrer Körper barst geradezu vor Energie; er lief laut platschend durch sämtliche Wasserpfützen, ohne sich im mindesten um seine immer nasser werdenden Stiefel zu kümmern. »Es war umwerfend! Ich bin noch nie in einem so großen Haus gewesen – hinter den Kulissen, meine ich. Mein Vater war Geistlicher, und da bin ich als Kind manchmal mit ihm zum Herrensitz gegangen, aber das war was völlig anderes. Meine Güte, diese Hausdiener kriegen Dinge mit, bei denen ich vor Scham im Erdboden versinken würde! Ihre Herrschaft behandelt sie buchstäblich, als ob sie blind und taub wären.«

»Für die Herrschaft sind sie auch keine Menschen – jedenfalls keine, die mit ihnen vergleichbar wären«, erwiderte Monk. »Sie kommen aus einer anderen Welt und haben, abgesehen von ihrer Handlangerfunktion, nicht in Erscheinung zu treten. Deshalb spielen ihre Ansichten auch nicht die geringste Rolle. Haben Sie sonst noch was dazugelernt?« Er mußte über Evans Naivität schmunzeln.

Der grinste. »Ich würde sagen, sie haben mir alles über die Familie verraten, was ihrer Meinung nach vertraulich ist – obwohl sie das einem Polizisten oder sonst wem gegenüber natürlich nie offen tun würden! Sie halten sich nach wie vor für außerordentlich verschwiegen.«

»Wie haben Sie das geschafft?« erkundigte sich Monk gespannt, während er verblüfft in das unschuldige, sensible Gesicht seines Kollegen schaute.

Evans Wangen färbten sich schwachrosa. »Hab mich auf Gedeih und Verderb der Köchin ausgeliefert«, verkündete er und senkte den Kopf, ohne jedoch das Tempo zu drosseln. »Und meine arme Wirtin gräßlich verleumdet, fürchte ich. Hab mich ziemlich abfällig über ihre Kochkünste geäußert – oh, und ich mußte eine Weile draußen warten, deshalb waren meine Hände ganz kalt –« Er hob den Kopf, sah Monk kurz an und gleich wieder weg. »Ungemein mütterlicher Typ, Lady Shelburnes Köchin. Wie's aussieht, hab ich einiges mehr erreicht als Sie«, fügte er mit ziemlich blasiertem Lächeln hinzu.

»Jedenfalls hab ich nichts zu essen gekriegt«, gab Monk verdrossen zurück.

»Oh, das tut mir leid«, versicherte Evan, ohne weiter nachzuhaken.

»Und was hat Ihnen Ihr dramatisches Debüt eingebracht, außer einem Mittagessen, versteht sich? Ich darf wohl annehmen, daß Sie die Ohren ordentlich aufgesperrt haben – während Sie den armen

Tropf markiert und den Leuten die Haare vom Kopf gefressen haben?«

»Aber sicher! Wußten Sie, daß Rosamond aus wohlhabender, aber recht junger Familie stammt? Außerdem verliebte sie sich zuerst in Joscelin, aber ihre Mutter bestand darauf, daß sie den ältesten Bruder heiratet, der ihr ebenfalls den Hof machte; also war sie ein braves, folgsames Mädchen und tat, wie ihr geheißen. Das habe ich zumindest aus dem rausgehört, was das Hausmädchen zur Waschfrau gesagt hat – bevor das Stubenmädchen auftauchte, ihnen das Klatschen verbot und sie wieder an die Arbeit scheuchte.«

Monk pfiff leise durch die Zähne.

»Ach ja«, fuhr Evan fort, ehe er ein Wort einwerfen konnte, »in den ersten Jahren blieb die Ehe kinderlos, aber dann, vor etwa anderthalb Jahren, brachte sie einen Sohn zur Welt: den Erben des Titels. Ein paar besonders böse Zungen behaupten, der Junge hätte zwar die charakteristischen Züge der Shelburnes, erinnere jedoch mehr an Joscelin als an Lovel – das hätte jedenfalls der zweite Lakai in der Dorfschenke aufgeschnappt. Blaue Augen, dabei ist Lord Shelburne ein durch und durch dunkler Typ, genau wie sie – jedenfalls was ihre Augen betrifft...«

Monk blieb wie angewurzelt stehen und starrte Evan entgeistert an.

»Sind Sie sicher?«

»Ich bin sicher, daß sie genau das gesagt haben, und Lord Shelburne muß es auch wissen, schließlich –« Evan machte ein entsetztes Gesicht. »Du liebe Zeit! Das hat Runcorn gemeint, nicht wahr? *Brenzlig* – o Mann, brenzlig ist gar kein Ausdruck!« In seiner Bestürzung wirkte er geradezu komisch; alle Begeisterung hatte ihn verlassen. »Und was machen wir jetzt? Ich kann mir lebhaft vorstellen, wie Lady Shelburne reagiert, wenn Sie versuchen, ihr damit zu kommen!«

»Das kann ich auch«, pflichtete Monk ihm düster bei. »Und ich habe nicht die leiseste Ahnung, was wir jetzt machen sollen.«

6

Hester Latterly stand am Fenster des winzigen Salons im Haus ihres Bruders in der Thanet Street, ganz in der Nähe der Marylebone Road, und betrachtete die vorbeifahrenden Vehikel. Das Haus war kleiner und bei weitem nicht so beeindruckend wie das Heim ihrer Eltern am Regent Square. Nach dem Tod ihres Vaters war ihnen nichts anderes übriggeblieben, als es zu verkaufen. Eigentlich hatte sie sich immer vorgestellt, Charles und Imogen würden dorthin zurückziehen, aber das Familienvermögen hatte gerade gereicht, die anfallenden Kosten zu decken, und keiner von ihnen hatte auch nur einen Penny geerbt. So wohnte Hester also bei Charles und Imogen, woran sich so lange nichts ändern würde, bis ihr etwas Besseres einfiel – und genau darum drehten sich ihre Gedanken.

Ihre Möglichkeiten waren begrenzt. Der gesamte Besitz ihrer Eltern war veräußert, alle erforderlichen Briefe geschrieben, die Hausdiener hatten ausgezeichnete Empfehlungsschreiben bekommen. Zum Glück waren die meisten von ihnen gleich woanders untergekommen. Nun war es für sie an der Zeit, eine Entscheidung zu treffen. Charles hatte natürlich gemeint, sie wäre herzlich eingeladen, so lang zu bleiben, wie sie wollte – gern auf unbestimmte Zeit. Allein die Vorstellung war schrecklich. Sie als Dauergast, weder von Gebrauchs- noch von Schönheitswert, ständiger Eindringling in einem Haushalt, der eigentlich Privatsphäre für ein Ehepaar und zu gegebener Zeit für deren Kinder sein sollte. Tante zu sein war ja ganz nett, aber nicht zum Frühstück, Mittagessen und Abendessen, und das jeden Tag der Woche!

Das Leben hatte mehr zu bieten.

Charles hatte selbstverständlich auch vom Heiraten gesprochen, doch wenn man das Kind einmal beim Namen nannte: Sie war gewiß nicht das, was man sich unter einer guten Partie vorstellte, dafür garantierte schon ihre augenblickliche Situation. Ihr Äußeres war im Grunde ganz passabel, nur war sie etwas groß geraten; sie schaute über die Köpfe zu vieler Männer hinweg. Außerdem hatte sie keine Mitgift zu erwarten und infolgedessen keinerlei Hoffnungen. Sie stammte aus guter Familie, verfügte aber über keine Kontakte zu den großen Häusern; man war vornehm genug gewesen, Ambitionen zu haben und die Töchter in allerlei unnützen Künsten unterrichten zu lassen, jedoch nicht privilegiert genug, daß die bloße Herkunft als Köder ausreichte.

Was vielleicht alles zu überwinden gewesen wäre, hätte sie ein ebenso angenehmes Wesen wie Imogen gehabt – nur war das unglücklicherweise nicht der Fall. Wo Imogen durch Sanftmut, Charme, ungeheures Taktgefühl und Zurückhaltung glänzte, war Hester schroff, voll Verachtung gegenüber Heuchelei, absolut unnachgiebig, was Wankelmut und Dilettantismus betraf, und nicht im geringsten gewillt, Dummheit auch nur mit einem Funken Charme zu begegnen. Sie las lieber und widmete sich intensiver ihrer Weiterbildung, als bei einer Frau als attraktiv empfunden wurde. Obendrein war sie nicht ganz frei von der intellektuellen Überlegenheit eines Menschen, dem das Denken leichtfiel.

Sie war als eine der ersten dazu bereit gewesen, England zu verlassen und unter haarsträubenden Bedingungen an die Krim zu segeln, um Florence Nightingale im Militärkrankenhaus von Skutari hilfreich unter die Arme zu greifen.

Hester erinnerte sich deutlich an den Augenblick, als sie die Stadt zum erstenmal gesehen hatte. Sie hatte erwartet, ein vom Krieg verwüstetes Ruinenfeld vorzufinden, statt dessen war ihre Kehle beim Anblick der weißen Mauern und grünkupfernen Kathedralenkuppeln am tiefblauen Horizont vor Ehrfurcht wie zugeschnürt gewesen.

Später lagen die Dinge anders. Sie war Zeugin unglaublichen Elends und sinnlosen Sterbens geworden, beides durch die bodenlose Inkompetenz der Autoritäten verschlimmert, und hatte dennoch nicht den Mut sinken lassen, niemals eine Belohnung für ihre Aufopferungsbereitschaft gefordert und stets gleichbleibend viel Geduld für die schwer Leidenden gezeigt. Gleichzeitig war sie durch die harten Erfahrungen strenger gegen sich und andere geworden als angemessen. Jeder Mensch nahm sein Leid im akuten Stadium sehr schwer, der Gedanke, anderen könnte es wesentlich schlechter gehen, kam nur wenigen. Das vergaß Hester nie, es sei denn, man zwang sie dazu, und genau das taten die meisten Leute: Sie schreckten davor zurück, unangenehme Dinge beim Namen zu nennen.

Sie war hochintelligent und besaß eine besondere Begabung für logisches Denken, was den Großteil ihrer Mitmenschen zu stören schien – vor allem Männer, die so etwas bei einer Frau weder vermuteten noch zu schätzen wußten. Dank dieses Talents war sie für die Verwaltungsabteilung von Krankenhäusern voll schwerverletzter und todkranker Menschen unentbehrlich geworden, doch in den gutbürgerlichen Privathaushalten englischer Edelleute war dafür kein Platz. Hester hätte eine ganze Burg samt der zu ihrer Verteidigung erforderlichen Ritter befehligen können und trotzdem genug Zeit für sich gehabt. Unseligerweise bestand kein Bedarf an Leuten, die Burgen befehligen konnten – und keiner griff sie mehr an.

Zudem marschierte sie stramm auf die Dreißig zu.

Die für sie realistischen Möglichkeiten lagen zum einen auf dem Gebiet der praktischen Krankenpflege, worin sie mittlerweile versiert genug war – wenn sie auch mehr mit Kriegsverletzungen zu tun gehabt hatte als mit Krankheiten, wie sie gemeinhin in England vorkamen –, und zum andern in der Verwaltung in einem Krankenhaus. Trotzdem rechnete sie sich in beiden Bereichen keine allzu großen Chancen aus; Frauen waren weder als Ärzte noch in leitenden Positionen tätig. Dennoch, der Krieg hatte viel verändert, und die Aussicht auf die Arbeit, die getan werden mußte, sowie auf die Reformen, die eventuell durchgesetzt werden konnten, reizte sie mehr, als sie sich selbst eingestehen wollte. Leider waren die Möglichkeiten, dabei mitzuwirken, äußerst gering.

Dann war da noch dieser Hang zum Journalismus, obwohl sie damit kaum genug verdienen konnte, um über die Runden zu kommen. Sollte sie ihn vollkommen verdrängen ...?

Sie brauchte einen Rat. Charles würde das Ganze genauso mißfallen wie ihre verrückte Idee, auf die Krim zu gehen. Er würde sich um ihre Sicherheit, ihren guten Ruf, ihre Ehre sorgen – und um ähnlich unkonkrete und undefinierbare Dinge, an denen sie zu Schaden kommen könnte. Armer Charles, was hatte er doch für einen schablonenhaften Verstand! Wie sie beide Geschwister sein konnten, war ihr unbegreiflich.

Imogen zu behelligen hatte ebenfalls wenig Sinn. Ihr fehlte das nötige Hintergrundwissen, außerdem schien sie neuerdings ganz mit ihren eigenen Problemen beschäftigt zu sein. Hester hatte vorsichtig versucht, mit ihr darüber zu sprechen, doch außer der relativen Gewißheit, daß Charles noch weniger wußte als sie selbst, nicht das mindeste aus ihrer Schwägerin herausbekommen.

Während sie versunken auf die Straße hinausstarrte, konzentrierten sich Hesters Gedanken auf Lady Callandra Daviot, ihre Mentorin und Freundin aus den Tagen vor der Zeit auf der Krim. Sie war die richtige Ratgeberin. Sie wußte einerseits, was im Rahmen des Möglichen lag, andererseits aber auch, wieviel Hester riskieren konnte und ob es sie – im Falle ihres Erfolgs – glücklich machen würde. Callandra hatte sich niemals darum geschert, ob ihr Tun den Leuten in den Kram paßte, und war der Meinung, daß das, was die Gesellschaft von einem verlangte, nie mit dem übereinstimmte, was man selbst wollte.

Sie hatte Hester sowohl in ihr Londoner Domizil als auch nach Shelburne Hall eingeladen, wo sie eine eigene Zimmerflucht besaß und jederzeit Gäste beherbergen durfte. Hester hatte an beide Adressen geschrieben und gefragt, ob sie kommen dürfe, und an diesem Morgen ein positives Antwortschreiben erhalten.

In dem Moment ging hinter ihr die Tür auf. Sie hörte Charles' Schritte und drehte sich um, den Brief noch in der Hand.

»Ich habe beschlossen, ein paar Tage, vielleicht auch eine Woche oder mehr, bei Lady Callandra Daviot zu verbringen, Charles.«

»Kenne ich sie?« fragte er wie aus der Pistole geschossen; seine Augen weiteten sich kaum merklich.

»Das halte ich für ziemlich unwahrscheinlich. Sie ist Ende Fünfzig und tritt öffentlich kaum in Erscheinung.«

»Hast du vor, ihre Gesellschafterin zu werden?« Charles dachte wie üblich praktisch. »Ich glaube nicht, daß du dafür geeignet bist,

Hester. Bei aller Liebe, ich kann mir nicht vorstellen, daß sich eine ältere Dame mit zurückhaltendem Wesen in deiner Gegenwart wohl fühlen würde. Du bist extrem rechthaberisch – und hast außerdem nur sehr wenig Verständnis für die Mühsal des täglichen Lebens. Und du hast es noch nie geschafft, deine Meinung für dich zu behalten, auch wenn sie noch so unsinnig war.«

»Ich habe es auch nie versucht!« erwiderte sie scharf; obwohl sie wußte, daß er es im Grunde gut meinte, hatten seine Worte sie verletzt.

Er, mit seinem etwas verschrobenen Sinn für Humor, lächelte. »Das ist mir vollkommen klar, meine Liebe. Ansonsten hättest selbst du mehr Erfolg haben müssen!«

»Ich habe nicht die Absicht, Gesellschafterin zu werden«, betonte Hester. »Sie ist die Witwe von Colonel Daviot, ehemals Chirurg bei der Armee. Ich wollte sie um ihren Rat fragen, was zu tun am besten für mich ist.«

»Glaubst du wirklich, ihr fällt zu dem Thema irgendwas Vernünftiges ein?« meinte Charles überrascht. »Ich kann's mir beim besten Willen nicht vorstellen. Aber wenn du unbedingt willst, bitte, fahr hin. Jedenfalls bist du uns eine wunderbare Hilfe gewesen, und wir sind dir von ganzem Herzen dankbar. Du bist sofort gekommen, als wir dich gebraucht haben.«

»Es handelte sich schließlich um eine Familientragödie.« Ausnahmsweise war sie in ihrer Unverblümtheit einmal gnädig gestimmt. »Ich wäre nirgendwo lieber gewesen. Aber um zum Thema zurückzukommen: Lady Callandra verfügt über beträchtliche Lebenserfahrung, und ihre Meinung bedeutet mir sehr viel. Wenn es dir recht ist, breche ich morgen früh auf.«

»Sicher –« Charles stockte; etwas schien ihm auf der Seele zu lasten. »Äh –«

»Was ist denn?«

»Verfügst du über – äh – ausreichende Mittel?«

Hester mußte lächeln. »Ja, danke. Im Moment reicht's.«

Er machte einen erleichterten Eindruck. Sie wußte sehr gut, daß er nicht von Natur aus spendabel war, seiner eigenen Familie gegenüber hatte er sich jedoch niemals knickerig benommen. Sein Zögern war nur eine weitere Untermauerung ihrer These, daß sich die Finanzlage in den letzten vier, fünf Monaten drastisch verschlechtert hatte. Schon andere Kleinigkeiten hatten darauf hingedeutet: Es waren nicht mehr so viele Bedienstete vorhanden wie vor ihrer Abreise auf die Krim; es gab lediglich noch die Köchin, eine Küchenmagd, ein Spülmädchen, ein Hausmädchen und ein Stubenmädchen, das zugleich als Imogens Zofe fungierte. Der Butler war der einzige männliche Hausdiener; einen Lakai gab es nicht, nicht einmal einen Stiefelputzer. Das Spülmädchen kümmerte sich um die Schuhe.

Imogen hatte ihre Sommergarderobe nicht mit der üblichen Sorglosigkeit erneuert, Charles hatte wenigstens ein Paar seiner kostbaren Stiefel in Reparatur gebracht. Das Silbertablett, auf dem die Visitenkarten der Besucher transportiert wurden, war aus der Halle verschwunden.

Es war allerhöchste Zeit, daß sie sich Gedanken über ihre eigene Position und die Notwendigkeit machte, selbst Geld zu verdienen. Vielleicht käme auch eine allgemeinwissenschaftliche Tätigkeit in Frage; Studien jeglicher Art fesselten sie, andererseits waren die für Frauen zugänglichen Tutorenposten dünn gesät, und die Beschränkungen der damit verbundenen Lebensweise schreckten sie ab. Hester las zum Vergnügen.

Nachdem Charles sich zurückgezogen hatte, ging sie nach oben. Imogen war in der Wäschekammer damit beschäftigt, Kissenbezüge und Bettlaken zu inspizieren. Das Instandhalten der Wäsche war selbst für einen so bescheidenen Haushalt eine umfangreiche Angelegenheit, besonders, wenn man ohne Wäschemagd auskommen mußte.

»Darf ich?« Hester ging ihrer Schwägerin zur Hand, indem sie die Kantenstickerei nach Rissen oder aufgetrennten Stichen untersuchte. »Ich werde für kurze Zeit zu Lady Callandra Daviot aufs Land fahren. Ich brauche ihren Rat, wie ich mein weiteres Leben gestalten soll.« Sie bemerkte Imogens verwunderten Blick und fügte erklärend hinzu: »Zumindest wird sie besser wissen als ich, welche Möglichkeiten mir überhaupt offenstehen.«

»Oh.« Imogens Gesichtsausdruck bekundete Freude und Enttäuschung zugleich. Einerseits verstand sie gut, daß Hester eine Entscheidung treffen mußte, andererseits würde sie die Schwägerin vermissen. Die beiden waren mittlerweile enge Freundinnen geworden; ihre grundverschiedenen Wesenszüge hatten sich eher ergänzt als zu Konflikten geführt. »Dann solltest du Gwen mitnehmen. Du kannst dich nicht ohne Kammerzofe bei Leuten von Stand aufhalten.«

»Natürlich kann ich«, protestierte Hester entschieden.»Ich habe keine, also bleibt mir nichts anderes übrig. Es macht mir nichts aus, und Lady Callandra ist die letzte, die so was stört.«

Imogen schaute sie zweifelnd an. »Und wer zieht dich zum Dinner um?«

»Du meine Güte! Das schaffe ich allein!«

»Ja, meine Liebe, das habe ich gemerkt.« In Imogens Gesicht zuckte es leicht. »Ich bin sicher, deine Aufmachung ist hervorragend geeignet, um kranke Menschen zu pflegen oder sich mit störrischen Respektspersonen beim Militär rumzuschlagen –«

»Imogen!«

»Und was ist mit deiner Frisur? Du wirst wahrscheinlich bei Tisch erscheinen, als ob dich gerade eine heftige Windbö zum Seitenfenster reingeweht hätte.«

»Imogen!« Hester warf mit einem Stapel Handtücher nach ihr. Eins davon streifte Imogens Haar, so daß ihre sorgfältig gedrehten Locken sich lösten, die übrigen Handtücher landeten in wildem Durcheinander auf dem Fußboden.

Imogen revanchierte sich mit einem Bettlaken, das bei Hester ein ähnliches Resultat erzielte. Sie musterten gegenseitig ihr derangiertes Aussehen und brachen in Gelächter aus.

In dem Moment ging die Tür auf, und Charles erschien auf der Schwelle; er machte ein verwirrtes, leicht beunruhigtes Gesicht.

»Was ist passiert?« rief er gebieterisch, in der Annahme, bei ihrem Schluchzen handle es sich um die Begleiterscheinung einer Notsituation. »Fühlt ihr euch nicht wohl? Was ist denn los, um Himmels willen!« Dann erst merkte er, daß Hester und Imogen sich glänzend amüsierten, was ihn nur um so mehr durcheinanderzubringen schien. Und als keine der beiden Anstalten machte, aufzuhören oder wenigstens ernsthaft Notiz von seiner Anwesenheit zu nehmen, wurde er regelrecht wütend.

»Imogen! Reiß dich zusammen!« sagte er scharf. »Was ist bloß in dich gefahren?«

Imogen konnte nicht anders, als nach wie vor hilflos lachen.

»Hester!« Charles' Gesicht färbte sich rosa. »Hester, sei still! Hör sofort auf!«

Hester sah ihn an und konnte sich erst recht nicht beruhigen.

Charles rümpfte die Nase, tat das Ganze als typisch Frau und infolgedessen unerklärbar ab und ließ sie allein, wobei er die Tür fest hinter sich ins Schloß zog, damit keiner der Bediensteten Zeuge einer derart lächerlichen Szene werden konnte.

Für Hester war Reisen nichts Neues, und die Fahrt von London nach Shelburne war wirklich kaum der Rede wert, verglichen mit der fürchterlichen Schiffsreise durch die Bucht von Biscaya, das Mittelmeer, den Bosporus und schließlich das Schwarze Meer hinauf bis Sewastopol. Übervölkerte und mit verängstigten Pferden vollgepfropfte Truppentransporter ohne den geringsten Komfort gehörten zu den Dingen, die das Vorstellungsvermögen der meisten, insbesondere der weiblichen, Engländer überstiegen. Eine Zugfahrt durch hochsommerliche Landstriche war die reine Freude, und die letzten, von Sonnenschein, wohltuender Stille und süßem Blumenduft begleiteten eineinhalb Kilometer im Dogcart nach Shelburne Hall bedeuteten ein Fest für Hesters Sinne.

Der leichte Einspänner hielt direkt vor dem Hauptportal mit dem dorischen Säulengang. Der Kutscher kam nicht dazu, ihr vom Wagen zu helfen, denn Hester war an solche Artigkeiten nicht mehr gewöhnt und bereits heruntergestiegen, während er noch die Zügel festband. Stirnrunzelnd lud er ihren Koffer ab, und fast im selben Augenblick öffnete ein Lakai die Tür, um sie Hester aufzuhalten. Ein zweiter Lakai bemächtigte sich des Koffers und verschwand damit im oberen Bereich des Hauses.

Hester wurde in den Salon geführt, wo Fabia Shelburne sie erwartete. Es war ein ausgesprochen schöner Raum; durch die weit geöffneten Terrassentüren mit Blick auf den Garten und den sich in sanften Hügeln dahinter erstreckenden Park strömte nach Rosen duftende, warme Sommerluft. Angesichts dieser Kulisse wirkte der in Marmor eingelassene Kamin vollkommen deplaziert. Die Gemälde kamen ihr wie Schlüssellöcher vor, durch die man in eine andere, überflüssige Welt spähte.

Lady Fabia lächelte, als sie Hester erblickte, stand jedoch nicht auf.

»Willkommen in Shelburne Hall, Miss Latterly. Ich hoffe, die Fahrt hat Sie nicht zu sehr angestrengt. Sie sehen etwas mitgenommen aus! Im Garten ist es wohl sehr windig, fürchte ich. Wenn Sie sich von der Reise erholt und umgezogen haben, möchten Sie vielleicht mit uns zusammen den Nachmittagstee einnehmen? Unsere Köchin versteht sich ausgezeichnet auf süße Pfannkuchen.« Sie lächelte wieder, was auf Hester den Eindruck einer kühlen, gut einstudierten Gebärde machte. »Sie sind bestimmt hungrig, außerdem ist es eine glänzende Gelegenheit, uns besser kennenzulernen. Lady Callandra und meine Schwiegertochter, Lady Shelburne, werden herunterkommen. Sie sind ihr bisher noch nicht begegnet, wenn ich mich recht entsinne?«

»Nein, Lady Fabia, aber ich freue mich schon darauf.« Hester registrierte, daß Fabia ein dunkelviolettes Kleid trug, eine Farbe, die nicht so düster war wie Schwarz, dennoch häufig mit Trauer in Verbindung gebracht wurde. Abgesehen davon hatte Callandra ihr von Joscelins Tod berichtet. »Mein aufrichtiges Beileid zum Tod Ihres Sohnes. Ich kann mir vorstellen, wie Ihnen zumute ist.«

Fabia wölbte die Brauen und meinte ungläubig: »Tatsächlich?«

Hester war gekränkt. Glaubte diese Frau allen Ernstes, sie wäre die einzige, die einen geliebten Menschen verloren hatte? Wie egozentrisch man in seinem Kummer doch sein konnte.

»Ja. Ich habe meinen ältesten Bruder auf der Krim verloren und vor wenigen Monaten im Abstand von drei Wochen meinen Vater und meine Mutter«, gab sie vollkommen ruhig zurück.

»Oh –« Fabia fehlten ausnahmsweise einmal die Worte. Sie hatte Hesters triste Kleidung für eine Reiseerleichterung gehalten. Ihre eigene Trauer nahm sie offenbar dermaßen in Anspruch, daß sie für die anderer Menschen blind war. »Das tut mir leid.«

Hester lächelte; wenn es von Herzen kam, strahlte ihr Lächeln immense Wärme aus.

»Danke. Und jetzt würde ich gern Ihrer ausgezeichneten Idee Folge leisten und mir etwas Passenderes anziehen, ehe ich Ihre Einladung zum Tee annehme. Sie haben absolut recht – schon bei dem Gedanken an Pfannkuchen knurrt mir der Magen.«

Das ihr zugedachte Schlafzimmer lag im Westflügel, wo sich auch Callandras Schlaf- und Wohnräume befanden, seit sie dem Kinderzimmer entwachsen war. Sie war gemeinsam mit ihren älteren Brüdern in Shelburne Hall aufgewachsen. Vor dreißig Jahren hatte sie das Haus anläßlich ihrer Heirat verlassen, sich jedoch häufig dort aufgehalten, und als sie Witwe wurde, hatte man ihr freundlicherweise gestattet, die ihrem Status angemessene Gastfreundschaft weiterhin in Anspruch zu nehmen.

Hesters Zimmer war groß und ein wenig düster. Eine Wand verschwand gänzlich hinter einem Wandteppich, die restlichen waren mit grüngrauen Papiertapeten bedeckt. Das schönste war ein herrliches Gemälde, auf dem zwei Hunde abgebildet waren und dessen Blattgoldrahmen die Sonnenstrahlen einfing. Die Fenster gingen nach Westen hinaus; ein sommerlich klarer Abendhimmel tauchte die mächtigen Buchen vor dem Haus und den dahinterliegenden, von einer Steinmauer umgebenen Kräutergarten in verschwenderisch sattes Licht. Die knorrigen Äste von Obstbäumen streckten sich wie grotesk verrenkte Finger nach der angrenzenden Parklandschaft aus.

In einem großen, blauweißen Porzellankrug stand heißes Wasser bereit, daneben befanden sich eine passende Waschschüssel sowie frische Handtücher. Hester verlor keine Zeit, entledigte sich ihrer schweren, staubigen Röcke, wusch sich Hals und Gesicht und stellte die Schüssel anschließend auf den Boden, um ihre heißen, schmerzenden Füße darin zu versenken.

Sie gab sich gerade diesem Vergnügen hin, als es an die Tür klopfte.

»Wer ist da?« rief sie einigermaßen entsetzt, da sie nichts als Pantalons und Mieder trug.

»Callandra.«

»Oh –« Vermutlich war es dumm, Callandra Daviot mit etwas beeindrucken zu wollen, das man ohnehin nicht aufrechterhalten konnte. »Kommen Sie rein!«

Callandra öffnete die Tür und blieb auf der Schwelle stehen; sie lächelte erfreut.

»Liebste Hester! Wie schön, Sie zu sehen. Sie scheinen sich nicht im geringsten verändert zu haben – zumindest innerlich.« Damit zog sie die Tür hinter sich ins Schloß, marschierte quer durch den Raum und ließ sich auf einem der Polstersessel nieder. Lady Callandra Daviot war weder jetzt eine Schönheit, noch war sie es je gewesen; die Hüften waren zu breit, die Nase zu lang, die Augen von leicht unterschiedlicher Farbe. Ihr Gesicht zeugte allerdings von Intelligenz, Humor und beträchtlicher Willenskraft, und Hester kannte niemand, den sie lieber mochte. Ihr Anblick reichte aus, um bessere Laune zu bekommen und neue Zuversicht zu fassen.

»Schon möglich.« Hester wackelte in dem mittlerweile abgekühlten Wasser mit den Zehen; das Gefühl war herrlich. »Aber es ist eine Menge passiert. Meine Situation hat sich vollkommen geändert.«

»Ja, das haben Sie mir geschrieben. Es tut mir sehr leid, was mit Ihren Eltern geschehen ist. Glauben Sie mir bitte, Sie haben mein tiefstes Mitgefühl.«

Hester wollte nicht darüber sprechen, die Wunde war noch zu frisch. Imogen hatte sie schriftlich über den Tod ihres Vaters in Kenntnis gesetzt, wenn sie sich auch nicht groß über die Begleitumstände ausgelassen hatte. Aus dem Brief ging lediglich hervor, daß er entweder beim Reinigen seiner Duellpistolen von einer Kugel getroffen worden war oder einen Einbrecher überrascht hatte. Letzteres war allerdings recht unwahrscheinlich, da sich das Ganze am späten Nachmittag ereignete. Die Polizei hatte zwar nicht darauf bestanden, jedoch durchblicken lassen, daß es Selbstmord war, und die definitive Feststellung der Todesumstände aus Rücksicht auf die Angehörigen offengelassen. Selbstmord war nicht nur ein Verstoß gegen das Gesetz, sondern auch eine Versündigung gegen die Kirche, welche ihm daraufhin ein Begräbnis auf geheiligtem Boden verweigert hätte. Diese Schande sollte der Familie erspart bleiben.

Es schien nichts weiter unternommen worden zu sein, und ein

Einbrecher wurde nie gefaßt. Die Polizei stellte die Ermittlungen ein.

Eine Woche später traf ein weiterer Brief ein – tatsächlich war er bereits vor zwei Wochen aufgegeben worden –, in dem es hieß, ihre Mutter sei ebenfalls gestorben. Es wurde mit keinem Wort erwähnt, daß sie ein gebrochenes Herz gehabt hatte, aber das war auch nicht nötig.

»Danke«, sagte Hester und brachte die Andeutung eines Lächelns zustande.

Callandra betrachtete sie eine Weile, war sensibel genug, ihren Schmerz zu spüren, und begriff, daß er nur schlimmer werden würde, wenn sie weiter in ihren Gast eindrang; Gespräche konnten den Heilungsprozeß nicht mehr fördern. Sie beschloß, das Thema aufs Praktische zu bringen.

»Und welche Pläne haben Sie jetzt? Schlittern Sie, um Gottes willen, nicht in eine Ehe!«

Hester wunderte sich ein wenig über diesen unorthodoxen Rat, erwiderte jedoch mit selbstkritischer Offenheit: »Die Gefahr besteht kaum. Ich bin fast dreißig, ein gutes Stück zu groß, habe kein besonders erbauliches Wesen und obendrein weder Geld noch Beziehungen. Jeder Mann, der mich heiraten wollte, wäre hochgradig suspekt, was seine Beweggründe oder sein Urteilsvermögen anbelangt.«

»Die Welt ist nicht gerade knapp an Männern mit der einen oder anderen Unzulänglichkeit«, erwiderte Callandra lächelnd. »Worauf Sie mich selbst des öfteren in Ihren Briefen hingewiesen haben. Beim Militär scheint es jedenfalls von Männern, deren Beweggründen Sie mißtrauen und deren Urteilsvermögen Ihnen ein Greuel ist, nur so zu wimmeln.«

Hester schnitt eine Grimasse. »Touché. Trotzdem, wenn's um ihre eigenen Interessen geht, beweisen sie gelegentlich erstaunlich viel Verstand.« Ihre Gedanken schweiften zu einem der Militärchirurgen im Lazarett ab. Sie sah sein erschöpftes Gesicht vor sich, das unerwartet durchbrechende Lächeln, erinnerte sich, wie schön es gewesen war, seinen Händen bei der Arbeit zuzusehen. Eines schrecklichen Morgens während der Belagerung hatte sie ihn zum

Redan begleitet. Für einen kurzen Augenblick stieg Hester wieder der Leichen- und Schießpulvergeruch in die Nase, glaubte sie, die bittere Kälte zu spüren. Die Nähe, die Vertrautheit zwischen ihnen war so groß gewesen, daß sie alles andere wettmachte – und dann kam jener furchtbare Moment, jenes entsetzlich flaue Gefühl im Magen, als er zum erstenmal von seiner Frau sprach. Sie hätte es wissen müssen, sie hätte daran denken sollen – aber sie hatte es nicht getan.

»Ich müßte entweder ungeheuer schön oder ungeheuer hilflos sein, am besten beides, damit sie mir in Scharen die Türen einrennen würden. Sie wissen genausogut wie ich, daß ich keins von beidem bin.«

Callandra sah sie scharf an. »Höre ich da einen Anflug von Selbstmitleid heraus, Hester?«

Hester spürte, wie ihr das Blut in die Wangen stieg, womit sich jede Antwort erübrigte.

»Sie werden lernen müssen, dieses Gefühl zu überwinden«, meinte Callandra, während sie sich tiefer in ihren Sessel rutschen ließ. Ihre Stimme klang sehr sanft; sie enthielt nicht die leiseste Spur von Tadel, sondern brachte lediglich eine Tatsache zum Ausdruck. »Viel zuviel Frauen blasen ihr Leben lang Trübsal, weil sie etwas nicht haben, von dem ihnen andere Leute einreden, sie würden es unbedingt brauchen. Fast alle verheirateten Frauen werden Ihnen erzählen, die Ehe wäre ein gesegneter Zustand, und Sie zutiefst bedauern, weil Sie nicht in diesen Genuß kommen. Das ist kompletter Blödsinn! Ob man glücklich ist oder nicht, hängt zwar auch von den äußeren Umständen ab, zum größten Teil aber davon, wie man sich selbst entscheidet, die Dinge zu sehen – und wie man selbst beurteilt, was man hat oder auch nicht.«

Hester runzelte die Stirn; sie wußte nicht recht, wieviel sie von Callandras Worten verstand beziehungsweise glauben sollte.

Die wurde etwas ungeduldig, beugte sich ruckartig vor und sagte ebenfalls stirnrunzelnd: »Mein liebes Kind, glauben Sie denn, jede Frau mit einem lächelnden Gesicht ist tatsächlich glücklich? Niemand, der halbwegs bei Sinnen ist, läßt sich gern von andern bemitleiden, und der beste Weg, das zu vermeiden, ist, seine Probleme für sich zu behalten und eine unbeschwerte Miene aufzusetzen. Dann denkt der Rest der Welt, man wäre so selbstzufrieden, wie man aussieht. Also: bevor Sie in Selbstmitleid versinken, sollten Sie sich Ihre Mitmenschen erst einmal genauer ansehen. Hinterher entscheiden Sie, mit wem Sie tauschen möchten oder könnten und wieviel von Ihrer persönlichen Freiheit Sie dafür zu opfern bereit sind. So wie ich Sie kenne, wohl herzlich wenig.«

Hester ließ sich das eine Weile durch den Kopf gehen. Schließlich nahm sie geistesabwesend die Füße aus dem Wasser und begann sie mit einem der Handtücher abzutrocknen.

Callandra erhob sich. »Kommen Sie zum Tee in den Salon? Wenn mich mein Gedächtnis nicht täuscht, ist er ausgezeichnet – genau wie Ihr Appetit. Anschließend besprechen wir, welche Möglichkeiten Sie haben, um Ihre Talente am sinnvollsten einzusetzen. Es gibt jede Menge zu tun; auf allen möglichen Gebieten sind dringend Reformen nötig, und Ihre Erfahrung und Ihr Engagement dürfen auf keinen Fall brachliegen.«

»Danke, das ist sehr nett.« Hester fühlte sich plötzlich wesentlich besser. Ihre Füße waren wieder frisch und sauber, ihr Magen knurrte tatsächlich vor Hunger, und obwohl die Zukunft nach wie vor in Dunst und Nebel gehüllt vor ihr lag, hatte sie binnen einer halben Stunde jegliches Grau verloren und strahlte beinah in neuem Glanz. »Und ob ich kommen werde!«

Callandra musterte Hesters Frisur. »Ich schicke Ihnen mein Mädchen. Sie heißt Effie und hat geschicktere Hände, als mein Äußeres vermuten läßt.« Mit diesen Worten marschierte sie gutgelaunt und mit voller Altstimme vor sich hin summend aus dem Zimmer. Hester horchte ihren forschen Schritten nach, die sich rasch über den Gang entfernten.

Den Nachmittagstee nahmen die Damen unter sich ein, Rosamond kam aus dem Boudoir, einem Raum, der speziell für die weiblichen Mitglieder des Haushalts gedacht war; sie hatte dort Briefe geschrieben. Die Zeremonie wurde von Fabia geleitet, obwohl selbstverständlich das Stubenmädchen zugegen war, um die Tassen sowie die belegten Brote, Pfannkuchen und Gebäck zu reichen.

Die Konversation war höflich und nichtssagend. Man sprach über Mode, welche Farbe und welcher Schnitt wem am besten stand, was in dieser Saison der letzte Schrei sein würde. Zeugte es von gutem Geschmack, Grün zu tragen – war das überhaupt für irgendwen vorteilhaft? Machte es nicht zu blaß? Ein schöner Teint war so überaus wichtig!

Hester schaute des öfteren zu Callandra hinüber und mußte den Blick rasch wieder abwenden, damit sie nicht zu kichern anfing. Niemand sollte glauben, sie mache sich über ihre Gastgeberin lustig, was in der Tat unverzeihlich wäre – aber wahr.

Das Dinner verlief vollkommen anders. Effie entpuppte sich als ausgesprochen nettes Mädchen vom Lande, das mit einer naturkrausen, kastanienbraunen Haarpracht ausgestattet war, für die so manche Herrin ihre Mitgift geopfert hätte; zudem verfügte sie über eine flinke, redselige Zunge. Sie war erst knapp fünf Minuten im Raum – in deren Verlauf sie mit unglaublicher Geschicklichkeit Hesters Kleid zurechtzupfte, hier etwas hochsteckte, dort ein paar Rüschen formte, überhaupt alles änderte –, da teilte sie bereits die aufsehenerregende Neuigkeit mit, daß die Polizei dagewesen war, um der Herrschaft Fragen über den Tod des armen Majors in London zu stellen, und das schon zweimal! Zwei Männer hatten sie geschickt, der eine ein ziemlich verbiesterter Typ mit grimmiger Visage und einem Gehabe, das jedes Kind in Furcht und Schrecken versetzt hätte; er hatte mit der Herrin gesprochen und sogar im Salon Tee getrunken, als ob er ein Edelmann wäre!

Der andere war ein ganz reizender Bursche gewesen und so schrecklich elegant – obwohl man beileibe nicht verstehen konnte, was der Sohn eines Geistlichen in so einem schmutzigen Beruf zu suchen hatte! Ein dermaßen netter Kerl sollte irgendwas Anständiges tun, zum Beispiel selbst das Gewand nehmen oder Söhne aus reichem Hause unterrichten.

»Da sieht man's mal wieder!« verkündete Effie, packte die Bürste und stürzte sich energisch auf Hesters Haare. »Die nettesten Leute tun die seltsamsten Dinge, sag ich immer. Die Köchin hat jedenfalls einen Narren an ihm gefressen. Du meine Güte!« Sie musterte

Hesters Hinterkopf mit kritischem Blick. »Sie sollten das Haar wirklich anders tragen, Miss, wenn ich das mal sagen darf.« Kaum hatte sie die Worte ausgesprochen, begann sie mit festen Strichen zu bürsten, türmte die Haare schließlich auf, steckte sie fest und betrachtete ihr Werk. »Schon besser; Sie haben wirklich ganz prächtiges Haar, wenn man's richtig frisiert. Sie sollten ein Wort mit Ihrem Mädchen reden, wenn Sie wieder zu Hause sind, Miss – sie kümmert sich nicht richtig um Sie. Es gefällt Ihnen hoffentlich?«

»Oh – und wie!« versicherte Hester verblüfft. »Du bist in der Tat ganz große Klasse.«

Effies Wangen färbten sich vor Freude tiefrot. »Lady Callandra meint, ich rede zuviel«, gab sie bescheiden zu bedenken.

»Eindeutig.« Hester lächelte. »Genau wie ich. Vielen Dank für deine Hilfe – sag das bitte auch Lady Callandra.«

»Jawohl, Miss.« Das Mädchen machte einen leichten Knicks, griff nach dem Nadelkissen und stürzte aus der Tür, ohne sie hinter sich zuzumachen. Hester hörte sie über den Gang davoneilen.

Sie sah wirklich umwerfend aus; der herbe Stil, in dem sie sich seit Beginn ihrer Krankenschwesternlaufbahn aus Bequemlichkeitsgründen gekleidet hatte, wirkte plötzlich weicher und runder. Ihr Kleid war so gekonnt um ihren Körper drapiert, daß es weniger schlicht aussah und sich vorteilhaft über einem geborgten Petticoat bauschte, so daß Hesters Größe unversehens von einem Minus- in einen Pluspunkt verwandelt wurde. Als es an der Zeit war, sich zum Dinner zu begeben, rauschte sie sehr mit sich zufrieden die breite Treppe hinunter.

Sowohl Lovel als auch Menard Grey waren mittlerweile nach Hause gekommen. Hester wurde zunächst im Salon mit ihnen bekannt gemacht und begab sich dann ins Eßzimmer, um sich an der langen, auf Hochglanz polierten Tafel niederzulassen. Sie war für sechs Personen gedeckt, hätte jedoch genug Raum für zwölf geboten; an zwei Stellen befanden sich Fugen im Holz, so daß das Fassungsvermögen bei Bedarf durch das Einschieben zusätzlicher Platten auf vierundzwanzig erhöht werden konnte.

Hester ließ ihren Blick über den Tisch gleiten und registrierte die frischgestärkten Leinenservietten mit eingesticktem Familienwappen, das ebenso geschmückte, schimmernde Silberbesteck, die Gewürzmenagen, die Kristallgläser, in denen sich die unzähligen Lichter des Kronleuchters spiegelten. In der Mitte standen drei flache Vasen mit sorgfältig arrangierten Blumengestecken aus dem Garten und dem Gewächshaus. Alles glitzerte und funkelte, als befände man sich auf einer Kunstausstellung.

Diesmal konzentrierte sich die Konversation auf das Anwesen sowie Themen eher politischer Natur. Lovel hatte sich offenbar den ganzen Tag im nahegelegenen Marktflecken aufgehalten und über die Ländereien diskutiert, Menard war zu einem der Gutspächter gefahren, um den Verkauf eines Zuchtbocks und die anstehende Ernte zu besprechen.

Ein Lakai und das Stubenmädchen sorgten für das rasche und reibungslose Auftragen der Speisen. Keiner zollte ihnen auch nur die geringste Aufmerksamkeit.

Man hatte soeben den zweiten Gang – geschmorten Hammelrükken – zur Hälfte hinter sich gebracht, als Menard, ein gutaussehender Mann Anfang dreißig, Hester zum erstenmal direkt ansprach. Er hatte ähnlich dunkelbraunes Haar wie sein älterer Bruder und eine frische Gesichtsfarbe, die er den zahllosen Stunden unter freiem Himmel verdankte. Seine besondere Vorliebe galt der Fuchsjagd, bei der er beträchtliche Verwegenheit an den Tag legte, außerdem schoß er zur Jagdzeit Fasane. Menard konnte durchaus lachen, wenn er sich wohl fühlte, ein Gespür für hintergründigen Witz bewies er allerdings nur selten.

»Wie reizend, daß Sie hergekommen sind, um Tante Callandra zu besuchen, Miss Latterly. Ich hoffe, Sie können noch eine Weile bleiben?«

»Vielen Dank, Mr. Grey, das ist sehr freundlich von Ihnen«, erwiderte Hester huldvoll. »Es ist wunderschön hier. Ich werde meinen Aufenthalt bestimmt sehr genießen.«

»Kennen Sie Tante Callandra schon lange?« Er trieb höfliche Konversation, und sie wußte, welchen Kurs die Unterhaltung nehmen würde.

»Seit fünf oder sechs Jahren. Sie hat mir hin und wieder wertvolle Ratschläge erteilt.«

Lady Fabia legte die Stirn in Falten und meinte skeptisch: »Tatsächlich?« Die Paarung von Callandra und wertvollen Ratschlägen war ihr offensichtlich fremd. »In welcher Beziehung, wenn ich fragen darf?«

»Was ich mit meiner Zeit und meinen Fähigkeiten anfangen soll, zum Beispiel«, gab Hester gelassen zurück.

Rosamond machte ein erstauntes Gesicht. »Was Sie damit anfangen sollen? Ich verstehe nicht recht.« Sie sah erst Lovel, dann ihre Schwiegermutter an, das hübsche Gesicht und den dunkelbraunen Blick voll Neugier und Verwirrung.

»Ich bin gezwungen, für meinen Lebensunterhalt selbst aufzukommen, Lady Shelburne«, setzte Hester ihr lächelnd auseinander, während sie unvermittelt an Callandras Worte über das Glücklichsein denken mußte.

»Oh, das tut mir leid«, murmelte Rosamond und senkte den Blick beschämt auf ihren Teller, als hätte sie etwas Taktloses gesagt.

»Das muß es ganz und gar nicht«, beruhigte Hester sie eilends. »Ich habe bereits so manche inspirierende Erfahrung gemacht und hoffe, daß weitere folgen werden.« Sie wollte hinzufügen, welch berauschendes Gefühl es sei, etwas Nützliches zu tun, merkte aber, wie grausam das wäre, und schluckte die Worte mit einem Bissen Hammelfleisch in Soße hinunter.

»Inspirierend?« Lovel schaute sie stirnrunzelnd an. »Sind Sie religiös, Miss Latterly?«

Callandra hüstelte in ihre Serviette; sie hatte offenbar etwas Sperriges in die Kehle bekommen. Fabia reichte ihr ein Glas Wasser. Hester riß ihren Blick von den beiden los.

»Nein, Lord Shelburne«, entgegnete sie. »Ich war Krankenschwester auf der Krim.«

Der Raum versank in betretenem Schweigen; selbst das Klirren von Silber auf Porzellan war verstummt.

»Mein Schwager, Major Joscelin Grey, hat auf der Krim gedient«, sagte Rosamond in die Leere hinein. Ihre Stimme klang sanft und traurig. »Er starb kurz nach seiner Heimkehr.«

»Lassen wir die Beschönigungen«, fügte Lovel mit plötzlich angespanntem Gesicht hinzu. »Er wurde in seiner Londoner Wohnung ermordet, wie Ihnen zweifellos zu Ohren kommen wird. Die Polizei ermittelt deswegen, sogar hier bei uns! Bisher ist es ihnen jedoch nicht gelungen, einen Verdächtigen festzunehmen.«

»Wie furchtbar für Sie!« Hester war aufrichtig schockiert. Sie hatte im Krankenhaus von Skutari einen Joscelin Grey gepflegt, allerdings nur kurz; seine Verwundung war schlimm gewesen, verglichen mit den Leiden der Schwerverletzten aber eine Kleinigkeit. Angestrengt versuchte sie, sich sein Bild ins Gedächtnis zu rufen: ein junger, blonder Bursche mit breitem, sorglosem Lächeln und ungezwungenem Charme. »Ich erinnere mich an ihn –« Effies Bericht über die Polizisten fiel ihr wieder ein.

Rosamond ließ ihre Gabel fallen; ihre Wangen wurden erst rot, dann aschfahl. Fabia schloß die Augen, atmete tief ein und ganz, ganz langsam und geräuschvoll wieder aus.

Lovel stierte auf seinen Teller. Nur Menard sah ihr in die Augen. Sein Gesichtsausdruck verriet eher eine Art tiefsitzendes, sorgfältig gehütetes Leid als Überraschung oder Betroffenheit.

»Was für ein bemerkenswerter Zufall«, sagte er langsam. »Sie haben vermutlich Hunderte, wenn nicht Tausende von Soldaten gesehen. Soviel ich weiß, waren unsere Verluste enorm hoch.«

»O ja, das waren sie!« bestätigte Hester grimmig. »Weit höher, als gemeinhin angenommen wird. Es waren über achtzehntausend, und viele davon starben umsonst – acht Neuntel kamen nicht auf dem Schlachtfeld, sondern als Folge von Verwundungen oder Seuchen ums Leben.«

»Sie erinnern sich an Joscelin?« fragte Rosamond begierig, ohne die horrenden Zahlen weiter zur Kenntnis zu nehmen. »Er wurde am Bein verwundet – so schlimm, daß er gehinkt hat. Er hat sogar oft einen Stock gebraucht, um besser gehen zu können.«

»Nur wenn er müde war!« warf Fabia scharf ein.

»Wenn er Mitleid erregen wollte«, fügte Menard kaum hörbar hinzu.

»Wie kannst du es wagen!« Fabias Stimme klang gefährlich sanft und enthielt einen drohenden Unterton. Die blauen Augen ruhten voll eisiger Verachtung auf ihrem Zweitältesten. »Ich will diese Bemerkung überhört haben.«

»Richtig, vergessen wir nicht die Konvention, daß man nicht schlecht von den Toten spricht«, erwiderte Menard mit für ihn untypischer Ironie. »Was den Themenkreis erheblich einschränkt.«

Rosamond starrte auf ihren Teller. »Deinen Humor werde ich wohl nie verstehen, Menard.«

»Das liegt daran, daß Menard kaum jemals absichtlich komisch ist«, versetzte Fabia böse.

»Wohingegen Joscelin allzeit amüsant war.« Menard war wütend und gab sich nicht mehr die Mühe, es zu verbergen. »Ist es nicht fabelhaft, wieviel Macht ein kleines Lachen hat? Unterhalte dich nur gut, dann bist du für alles andere blind!«

»Ich habe Joscelin geliebt.« Fabia sah ihn mit steinernem Gesicht an. »Und ich habe mich in seiner Gesellschaft stets wohl gefühlt, genau wie viele andere. Dich liebe ich auch, aber du langweilst mich zu Tode.«

»Von den Früchten meiner Arbeit zu profitieren scheust du dich allerdings nicht!« Sein Gesicht glühte vor Zorn. »Ich kümmere mich um die finanziellen Belange des Anwesens und sorge dafür, daß es ordentlich verwaltet wird, während Lovel den Familiennamen weiterleben läßt, im Oberhaus sitzt und wer weiß was für Dinge tut, die sich für einen Peer gehören mögen. Joscelin hat nie etwas anderes getan, als sich in Klubs und Salons rumzutreiben, um beim Glücksspiel alles zu verlieren!«

Jede Farbe wich aus Fabias Gesicht. Sie klammerte sich an Messer und Gabel, als wären sie ein Rettungsring.

»Und du nimmst ihm das übel?« Ihre Stimme war kaum mehr als ein Flüstern. »Er war im Krieg, hat für Königin und Vaterland unter furchtbaren Bedingungen sein Leben riskiert, hat Blut und Elend gesehen, die ganze furchtbare Schlächterei... Und als er dann verwundet nach Hause kam, konntest du ihm nicht einmal ein bißchen Spaß mit seinen Freunden gönnen?«

Menard holte Atem, um zu kontern, sah dann aber den tiefen Schmerz im Gesicht seiner Mutter und verbiß sich die Bemerkung. Statt dessen sagte er sanft: »Ein paar seiner Spielschulden haben mich in finanzielle Schwierigkeiten gebracht, das ist alles.«

Hester warf einen flüchtigen Blick auf Callandra. In deren ausdrucksvollen Zügen spiegelte sich eine Mischung aus Ärger, Mitleid und Hochachtung, wenn Hester auch nicht wußte, wem welche Gefühle galten. Die Hochachtung ordnete sie spontan Menard zu.

Lovel lächelte freudlos. »Ich fürchte, Sie werden feststellen, daß die Polizei uns nach wie vor belästigt, Miss Latterly. Sie haben einen ungehobelten Burschen hergeschickt, einen Emporkömmling – obwohl er vermutlich bessere Umgangsformen hat als die meisten Polizisten. Jedenfalls scheint er nicht im mindesten zu wissen, was er tut, und stellt eine Menge unverschämte Fragen. Falls Sie ihm während Ihres Aufenthaltes hier begegnen sollten und er Ihnen auch nur die geringsten Unannehmlichkeiten bereitet, sagen Sie ihm, er soll sich zum Teufel scheren, und lassen Sie es mich wissen.«

»Das werde ich, keine Sorge«, versicherte Hester entschieden. »Das alles muß Sie sehr belasten.«

»In der Tat«, bestätigte Fabia. »Aber wir werden diese Belastung notgedrungen aushalten müssen. Es ist mehr als wahrscheinlich, daß der arme Joscelin von einem Menschen umgebracht wurde, den er kannte.«

Hester fiel keine Entgegnung darauf ein.

»Vielen Dank für den Hinweis«, sagte sie zu Lovel, senkte den Blick und widmete sich wieder dem Essen.

Nachdem auch die Früchte verspeist waren, zogen sich die Frauen zurück, während Lovel und Menard ein halbes Stündchen bei einem Glas Portwein zubrachten. Anschließend schlüpfte Lovel in seine Hausjacke und machte es sich im Herrenzimmer gemütlich, Menard begab sich in die Bibliothek. Gegen zehn verschwanden alle unter irgendeinem Vorwand, weshalb der Tag für sie lang und anstrengend gewesen wäre, auf ihren Zimmern und legten sich schlafen.

Das Frühstück erwies sich wie erwartet als überaus reichlich: Porridge, Speck, Eier, gefüllte Nierchen, Koteletts, Reis mit Fisch und harten Eiern, geräucherter Schellfisch, Toast, Butter, eingemachtes Obst, Aprikosenkompott, Marmelade, Honig, Tee und Kaffee. Hester hielt sich zurück; bei der bloßen Vorstellung, von all dem etwas in sich hineinzustopfen, hatte sie das Gefühl zu platzen. Sowohl

Rosamond als auch Fabia frühstückten auf ihren Zimmern, Menard hatte bereits gegessen und das Haus verlassen. Callandra war noch nicht aufgestanden. Lovel war ihre einzige Tischgesellschaft.

»Guten Morgen, Miss Latterly. Haben Sie gut geschlafen?«

»Ausgezeichnet, danke, Lord Shelburne.« Sie bediente sich an den warmgehaltenen Speisen, die auf der Anrichte standen, und setzte sich. »Sie ebenfalls, hoffe ich.«

»Wie bitte? Ach so – ja, danke. Ich schlafe immer gut.« Er fuhr fort, den Essensberg auf seinem Teller nach und nach abzubauen, und es dauerte einige Minuten, bis er wieder aufblickte. »Was ich noch sagen wollte – Sie nehmen es Menard hoffentlich nicht übel, daß er gestern beim Abendessen etwas aus der Rolle gefallen ist. Jeder von uns trauert auf seine Weise. Menard hat noch jemand durch den Krieg verloren, seinen besten Freund. Er war mit ihm zusammen auf der Schule und in Cambridge. Hat ihn unglaublich hart getroffen. Im Grunde mochte er Joscelin sehr gern, nur hatte er als älterer Bruder die – die...« Lovel gab sich alle Mühe, die richtigen Worte zu finden, und scheiterte kläglich. »Er – äh, er hatte –«

»Eine gewisse Verantwortung für ihn?« schlug Hester vor.

Sein Gesicht leuchtete dankbar auf. »Genau. Offen gesagt spielte Joscelin gelegentlich ausgiebiger, als ihm guttat, und dann war Menard zur Stelle, um – äh...«

»Ich verstehe«, sagte sie, mehr um ihn aus seiner Verlegenheit zu befreien und der peinlichen Unterhaltung ein Ende zu machen, als aus Überzeugung.

Als sie später neben Callandra im Schatten der Bäume durch den klaren, stürmischen Morgen schritt, wurde sie um einiges schlauer.

»Alles Märchen!« verkündete Callandra scharf. »Joscelin war ein Betrüger. Schon immer, sogar als er noch in den Kinderschuhen steckte. Es würde mich nicht wundern, wenn er diese Eigenart nie abgelegt hätte und Menard immer hinter ihm aufräumen mußte, um einen Skandal zu vermeiden. Unglaublich empfindlich, was den guten Ruf der Familie angeht, dieser Menard.«

»Lord Shelburne etwa nicht?« fragte Hester erstaunt.

»Ich bezweifle, daß Lovel genug Phantasie besitzt, um sich einen betrügerischen Grey vorstellen zu können. So etwas übersteigt sein Begriffsvermögen. Ein Mann von Stand betrügt nicht; Joscelin war sein Bruder – aus diesem Grund zwangsläufig ebenfalls ein Mann von Stand –, also kann er nicht betrogen haben. So einfach ist das.«

»Sie mochten Joscelin wohl nicht besonders?« Hester schaute forschend in Callandras Gesicht.

»Nein, nicht besonders.« Callandra lächelte. »Obwohl ich zugeben muß, daß er bisweilen unwahrscheinlich witzig war, und wir vergeben bekanntlich Leuten, die uns zum Lachen bringen, eine ganze Menge. Außerdem spielte er wundervoll Klavier, und wir sehen über vieles bei einem Menschen hinweg, der herrliche Klänge für uns produziert – vielleicht sollte ich besser sagen: reproduziert. Soviel ich weiß, hat er keine eigenen Stücke komponiert.«

Während der nächsten hundert Meter sprach keine ein Wort. Nur das Rauschen und Rascheln des Windes in den riesigen Eichen erfüllte die Stille. Es klang wie ein tosender Wasserfall oder wie die unermüdliche Brandung an einer Felsküste. Es war eins der angenehmsten Geräusche, das Hester je gehört hatte, und die klare, süß duftende Luft hatte eine reinigende Wirkung auf ihre Seele.

»Und, Hester?« meinte Callandra nach einer Weile. »Wie stellen Sie sich Ihre weitere Zukunft vor? Ich bin überzeugt, Sie können einen ausgezeichneten Posten finden, wenn Sie sich weiterhin für die Krankenpflege entscheiden – in einem Lazarett zum Beispiel oder auch in einem Londoner Krankenhaus, das sich überreden läßt, Frauen einzustellen.« Ihrem Ton fehlte jeglicher Enthusiasmus.

»Aber?« sagte Hester an ihrer Stelle.

Callandras Mundwinkel verzogen sich zu einem Hauch von Lächeln. »Aber das hieße meiner Meinung nach, Perlen vor die Säue zu werfen. Sie haben großes Organisationstalent, außerdem jede Menge Kampfgeist. Sie sollten sich eine Herausforderung und eine Schlacht suchen, die Sie gewinnen wollen. Auf der Krim haben Sie viel über bessere Pflegebedingungen gelernt. Geben Sie dieses Wissen hier weiter, zwingen Sie die Leute, Ihnen zuzuhören. Helfen Sie, Kreuzinfektionen, unhygienische Verhältnisse, unfähige Schwestern und unzulängliche Behandlungsmethoden zu beseitigen, die jeder guten Haushälterin ein Greuel sein würden. Sie würden mehr Leben retten und wären eine glücklichere Frau.«

Hester wagte nicht, die Kriegsberichte zu erwähnen, die sie in Alan Russells Namen geschrieben hatte, außerdem war an Callandras Worten etwas Wahres. Sie erfüllten sie mit ungewohnter Wärme und riefen ein befreites Gefühl in ihrem Innern hervor, als hätte sich ein dissonanter in einen harmonischen Klang aufgelöst.

»Und wie soll ich das anstellen?« Das Artikelschreiben konnte warten. Je mehr sie wußte, desto eher war sie in der Lage, ihre Ziele mit Nachdruck zu verfolgen. Miss Nightingale würde ihren Feldzug mit einem Fanatismus fortsetzen, der an die Grenzen ihrer nervlichen und körperlichen Kraft ging. Aber allein würde sie nicht viel erreichen, mochten ihr Heimatland und ihre mächtigen Freunde sie noch so sehr mit Lobhudeleien überschütten. Zu viele Menschen würden sich ändern und damit zugeben müssen, daß sie schlecht beraten, unklug, ja unfähig gewesen waren.

»Wie komme ich an eine solche Stelle?«

»Oh, ich habe Freunde«, erwiderte Callandra mit ruhiger Zuversicht. »Ich werde ein paar Briefe schreiben – äußerst diskret, versteht sich –, die Leute um einen Gefallen bitten, an ihr Pflichtgefühl appellieren, ihnen ins Gewissen reden ... und wenn das alles nicht hilft, werde ich damit drohen, ihnen einen schrecklichen Skandal zu machen!« Sie machte einen leicht amüsierten Eindruck, wirkte jedoch fest entschlossen, jedes Wort in die Tat umzusetzen.

»Ich danke Ihnen. Und ich werde mich nach Kräften bemühen, meine Fähigkeiten so einzusetzen, daß Ihre Mühe nicht umsonst gewesen ist.«

»Davon bin ich überzeugt. Wenn ich nicht an Ihren Erfolg glauben würde, hätte ich Ihnen den Vorschlag nicht gemacht.« Mit diesen Worten fiel Callandra in Hesters Schritt ein, und sie gingen gemeinsam durch ein kleines Wäldchen, bis sie den offenen Park erreichten.

Zwei Tage später wurde General Wadham mit seiner Tochter Ursula, die seit mehreren Monaten mit Menard Grey verlobt war, zum

Dinner erwartet. Sie kamen früh genug, um vor dem Essen im Salon noch ein wenig Konversation mit der Familie betreiben zu können. Hesters Taktgefühl wurde bei dieser Gelegenheit unversehens auf eine harte Probe gestellt. Ursula war ein hübsches Mädchen mit einer blonden Mähne, die einen leichten Stich ins Rötliche hatte. Ihre Haut schimmerte rosig, als würde sie viel Zeit im Freien verbringen – und tatsächlich stellte sich bald ihre Begeisterung für die Fuchsjad heraus. Ursula war in leuchtendes Blau gekleidet, das Hesters Ansicht nach zu kräftig für sie war; eine gedämpfte Farbe hätte ihr mehr geschmeichelt und ihre natürliche Vitalität besser zur Geltung kommen lassen. So wirkte sie wie ein greller Farbklecks zwischen Fabias lavendelfarbener Seide, Rosamonds mattem, düsteren Dunkelblau und Hesters tiefem Traubenrot, das zwar intensiv war, ihrer Trauerzeit jedoch nicht widersprach. Sie fand insgeheim, daß ihr noch nie eine Farbe besser gestanden hatte!

Callandra trug ein schwarzes Kleid mit hier und da einem Fleckchen Weiß, das nicht ganz der aktuellen Mode entsprach. Doch was immer Callandra anzog, sie wirkte würdevoll, niemals extravagant; es lag ihr nicht, optisch viel herzumachen.

General Wadham war groß und kräftig, hatte borstige Koteletten und blaßblaue Augen, von denen Hester nicht genau sagen konnte, ob sie nun weit- oder kurzsichtig waren; nur eins war sicher: Als er sie ansprach, schien sich sein Blick nicht richtig auf sie zu konzentrieren.

»Zu Besuch, Miss – äh, Miss –?«

»Latterly.«

»Ja, natürlich – Latterly.« Er erinnerte Hester auf groteske Art an Dutzende in die Tage gekommene Soldaten, über die sie und Fanny Bolsover sich lustig gemacht hatten, wenn sie die ganze Nacht über müde bei den Verwundeten gesessen, sich dann auf dem einzigen Strohlager auf der Suche nach Wärme aneinandergekuschelt und sich alberne Geschichten ins Ohr geflüstert hatten. Lachen war besser gewesen als Weinen, und bei dem, was sie tagtäglich aushalten mußten, hatten sie weder den Nerv noch die Energie gehabt, sich zusammenzureißen.

»Eine Freundin von Lady Shelburne, was?« sagte General Wadham mechanisch. »Charmant, charmant.«

Hester spürte bereits, wie sich Ärger in ihr breitmachte.

»Nein. Eine Freundin von Lady Callandra Daviot. Ich hatte das große Glück, sie vor einiger Zeit kennenzulernen.«

»Ah ja.« Er wußte dem nichts hinzuzufügen und widmete sich Rosamond, die sich auf jedes Thema einließ, das ihm in den Sinn kam.

Als sie zum Dinner gerufen wurden, fand sich keine männliche Begleitung für Hester, folglich blieb ihr nichts anderes übrig, als mit Callandra ins Eßzimmer zu gehen. An der Tafel saß sie schließlich General Wadham gegenüber.

Nachdem der erste Gang serviert worden war, begann man zu speisen, die Damen grazil, die Männer mit gesundem Appetit. Die Unterhaltung verlief zunächst recht spärlich, doch als der gröbste Hunger gestillt und Suppe und Fisch vertilgt waren, fing Ursula ein Gespräch über die Jagd sowie die Vorzüge und Nachteile diverser Pferderassen an.

Hester hielt sich raus. Außer auf der Krim war sie nie geritten, und der Anblick der verwundeten, verhungernden und an Seuchen dahinsiechenden Tiere war so furchtbar gewesen, daß sie ihn nach Kräften verdrängt hatte. Sie verschloß ihre Ohren derart effektiv vor dem Gerede, daß Lady Fabia sie dreimal ansprechen mußte, ehe sie es merkte.

»Verzeihen Sie bitte!« entschuldigte sie sich verlegen.

»Sagten Sie nicht, Sie wären meinem verstorbenen Sohn, Major Joscelin Grey, flüchtig begegnet, Miss Latterly?«

»Ja. Bedauerlicherweise sehr flüchtig – es gab so viele Verwundete.« Ihr Ton war absolut höflich, als ginge es um einen Gebrauchsgegenstand, doch ihre Gedanken schweiften zu der bitteren Krankenhausrealität zurück, zu den verwundeten, halb erfrorenen und verhungerten, cholera- und ruhrkranken Menschen, die bereits so dicht beeinander lagen, daß kein Platz für weitere war. Nur die Ratten fanden immer ein freies Fleckchen.

Eine noch schlimmere Erinnerung waren die Erdschanzen während der Belagerung von Sewastopol, die eisige Kälte, die Lichtkreise der Lampen auf dem allgegenwärtigen Schlamm, sie, die am ganzen Leib zitternd einen Menschen festhielt, damit der Chirurg seine Arbeit tun konnte, den Blick fest auf das schummrig beleuchtete Sägeblatt gerichtet. Sie dachte an das erste Mal, als sie die Ehrfurcht einflößende Gestalt von Rebecca Box gesehen hatte, wie sie weit über die Schützengräben hinaus aufs Schlachtfeld schritt, in ein Gebiet, das unlängst von russischen Truppen besetzt worden war, sich die Leichen der Gefallenen über die Schulter warf und ins Lager zurückschleppte. Ihre unbeschreibliche Kraft wurde lediglich von ihrem Mut übertroffen. Kein Mann fiel weit genug draußen von einer Kugel getroffen um, daß sie nicht zu ihm gegangen wäre, um ihn in die provisorische Krankenbaracke oder eins der Lazarettzelte zu bringen.

Die andern starrten Hester an. Man erwartete anscheinend, daß sie weitersprach, daß sie irgendein rühmliches Wort über Joscelin äußerte. Schließlich war er Soldat gewesen – Major bei der Kavallerie.

»Soweit ich mich erinnere, war er sehr liebenswürdig.« Sie weigerte sich zu lügen, und wenn es hundertmal seine Familie war. »Und er hatte ein wunderbares Lächeln.«

Fabia entspannte sich und lehnte sich zurück. »Ja, so war Joscelin.« Die blauen Augen verschleierten sich. »Tapfer und fröhlich, selbst unter den furchtbarsten Begleitumständen. Ich kann immer noch nicht recht glauben, daß er von uns gegangen ist – ein Teil von mir erwartet, daß er die Tür aufreißt und hereinspaziert kommt, während er sich für sein Zuspätkommen entschuldigt und verkündet, wie hungrig er ist.«

Hester betrachtete den Tisch, auf dem sich Lebensmittel türmten, die für ein halbes Regiment gereicht hätten. Wie leichtfertig diese Leute doch mit dem Wort *Hunger* umgingen.

General Wadham lehnte sich ebenfalls zurück und betupfte sich mit seiner Serviette die Lippen.

»Ein prachtvoller Bursche«, sagte er gemessen. »Sie müssen sehr stolz auf ihn gewesen sein, meine Liebe. Das Leben eines Soldaten währt leider nur allzuoft nicht lange, aber er geht in Ehren und wird niemals vergessen.«

Das einzige Geräusch in der darauf folgenden Stille war das Klappern des Silberbestecks auf Porzellan. Niemand wußte etwas zu sagen. In Fabias Gesicht spiegelte sich tiefes, hoffnungsloses Leid, eine fast vernichtende Einsamkeit. Rosamond starrte ins Leere, und auch Lovel machte einen deprimierten Eindruck, ob wegen ihres oder seines eigenen Kummers, war schwer zu sagen. Hester fragte sich, was ihm mehr zusetzte – seine Erinnerungen oder die Gegenwart?

Menard kaute auf seinem Bissen herum, als wäre seine Kehle zu eng und sein Mund zu trocken, um ihn hinunterzuschlucken.

»Ein glorreicher Feldzug«, sagte der General in das Schweigen hinein. »Wird in die Geschichtsbücher eingehen – ist an Mut und Tapferkeit durch nichts zu übertreffen. Rote Gefechtslinie und so weiter!«

Hester spürte unvermittelt, wie ihr die Tränen in die Augen stiegen, wie sie von grenzenloser Wut und unerträglicher Enttäuschung gepackt wurde. Sie sah das Gebirge jenseits der Alma deutlicher vor sich als die Gesichter am Tisch. Sie sah die Brustwehre auf der vorderen Hügelkette, die an jenem verhängnisvollen Morgen von den Gewehren der feindlichen Truppen strotzten, die Redouten, die mit Steinen gefüllten Flechtwerkbarrikaden. Dahinter lagen die fünfzigtausend Mann von Fürst Menschikow. Die Luft roch nach Meer. Gemeinsam mit den anderen Frauen, die sich der Armee angeschlossen hatten, stand sie da und beobachtete Lord Raglan, wie er in Gehrock und blütenweißem Hemd mit kerzengeradem Rücken im Sattel saß.

Um ein Uhr mittags wurde zum Angriff geblasen; die Infanteristen rückten Schulter an Schulter vor und wurden niedergemäht wie Grashalme. Neunzig Minuten dauerte das Massaker, dann wurde der Befehl gegeben, der die Husaren, Ulanen und Füsiliere in peinlich genauer Marschfolge einmarschieren ließ.

»Sehen Sie sich das gut an«, sagte ein Major zu einer der Frauen. »Die Königin von England würde ihre Augen hergeben, um dabeisein zu können.«

Die Männer starben wie die Fliegen. Die emporgereckten Flaggen waren durch den Beschuß völlig zerfetzt. Stürzte ein Träger zu

Boden, nahm der Mann hinter ihm seinen Platz ein, bis er ebenfalls getroffen und seinerseits ersetzt wurde. Die Befehle waren widersprüchlich, so daß die Soldaten wild durcheinanderrannten. Zum Schluß rückten die Grenadiere vor, eine wandelnde Mauer aus Bärenfellmützen, und schließlich des 42. Hochländerregiment.

Die Dragoner wurden zurückgehalten, warum wußte niemand. Als man ihn fragte, erwiderte Lord Raglan, er sei mit seinen Gedanken bei Agnes gewesen!

Hester erinnerte sich, wie sie später über das Schlachtfeld gelaufen war, über blutdurchtränkten Boden und an Leichen vorbei, die teilweise so zerfetzt waren, daß ihre Glieder meterweit weg lagen. Sie hatte alles Menschenmögliche getan, bis sie vor Erschöpfung vollkommen gefühllos und von dem Geschrei und dem Elend um sie herum wie betäubt war. Die Verwundeten wurden zuhauf auf Karren verfrachtet und ins Feldlazarett geschafft, wo man sich Tag und Nacht um sie kümmerte. Die Sanitäter versuchten nach Kräften, die Blutungen zu stillen, aber gegen Schock und Schmerzen gab es nichts als ein paar kostbare Tropfen Brandy. Was hätte sie damals für den Inhalt von Shelburnes Kellergewölben gegeben!

Sie wurde sich wieder der höflichen und außerordentlich dummen Konversation bewußt, die munter um sie herumsummte.

»Ein prachtvoller Mann«, meinte Lord Wadham gerade, während er in sein Rotweinglas stierte. »Einer der größten Helden Englands. Lucan und Cardigan sind miteinander verwandt, aber das wissen Sie vermutlich. Lucan hat eine von Lord Cardigans Schwestern geheiratet – was für eine Familie!« Er schüttelte verwundert den Kopf. »Was für eine Bestimmung!«

»Ja, das beflügelt uns alle«, pflichtete Ursula ihm mit leuchtenden Augen bei.

»Es war Haß auf den ersten Blick«, entfuhr es Hester, ehe sie ihre Zunge im Zaum halten konnte.

»Wie bitte?!« Der General sah sie kalt an, die buschigen Brauen leicht gewölbt. In seinem Blick lag die ganze Fassungslosigkeit ob einer solchen Frechheit, all seine Verachtung für Frauen, die redeten, obwohl sie niemand dazu aufgefordert hatte. Er war genau der Typ blinder, arroganter Dummkopf, der zu den unermeßlichen

Verlusten auf dem Schlachtfeld beigetragen hatte, indem er vor wichtigen Informationen die Ohren verschloß und die Wahrheit nicht akzeptieren wollte.

»Ich sagte, Lord Lucan und Lord Cardigan konnten sich von Anfang an nicht ausstehen.« Ihre Worte fielen klar und deutlich wie Wassertropfen in die unheilvolle Stille.

»Sie sind wohl kaum in der Lage, das zu beurteilen, Madame.« Wadham musterte sie mit unverhohlener Geringschätzung. Sie war weniger als eine Subalterne, weniger als eine Privatperson – um Himmels willen: Sie war eine Frau! Und sie hatte ihm bei Tisch widersprochen, zumindest andeutungsweise.

»Ich war bei der Schlacht an der Alma dabei, in Inkerman und Balaklawa und bei der Belagerung von Sewastopol, Sir.« Hester sah ihn unverwandt an. »Und Sie?«

Sein Gesicht lief dunkelrot an. »Meine Erziehung und die Rücksichtnahme auf unsere Gastgeber verbieten mir, Ihnen die Antwort zu geben, die Sie verdienen, Madame«, sagte er steif. »Da wir nun mit dem Dinner fertig sind, möchten sich die Damen vielleicht in den Salon zurückziehen?«

Rosamond machte gehorsam Anstalten aufzustehen, Ursula legte ihre Serviette neben den Teller, obwohl noch ein halber Pfirsich darauf lag.

Fabia blieb wie angewurzelt sitzen; auf ihren Wangen prangten zwei hellrote Flecken. Callandra griff betont vorsichtig und bedächtig nach einem Pfirsich und rückte ihm mit Messer und Gabel zu Leibe; ein kleines Lächeln umspielte ihre Mundwinkel.

Niemand rührte sich von der Stelle. Die Stille wurde beinahe greifbar.

»Ich glaube, wir bekommen einen harten Winter«, sagte Lovel schließlich. »Der alte Beckinsale rechnet damit, daß er die halbe Ernte verliert.«

»Das sagt er doch jedes Jahr«, brummte Menard und stürzte in einem Zug den Rest seines Weines hinunter.

»Viele Leute sagen jedes Jahr dasselbe.« Callandra entfernte sorgfältig eine matschige Stelle aus ihrem Pfirsich und schob sie an den Tellerrand. »Unser Sieg über Napoleon bei Waterloo ist jetzt vierzig

Jahre her, und die meisten glauben immer noch, unser Heer wäre genauso unschlagbar wie damals. Wir erwarten, mit den gleichen Taktiken zu siegen, mit der gleichen Disziplin und Kühnheit, die in jenen Tagen halb Europa in die Knie gezwungen und den Untergang eines Imperiums bedeutet hat.«

»Und – bei Gott, Madame – das werden wir!« Der General ließ seine Faust derart heftig auf den Tisch sausen, daß das Besteck hochhüpfte. »Der britische Soldat ist allen Menschen ein Vorbild!«

»Zweifellos«, bestätigte Callandra. »Es ist der britische General auf dem Schlachtfeld, der sich wie ein bornierter, unfähiger Esel benimmt.«

»Um Gottes willen, Callandra!« Fabia war außer sich.

Menard schlug die Hände vors Gesicht.

»Vielleicht hätten wir uns nicht so dumm angestellt, wenn Sie dagewesen wären, General Wadham. Wenigstens verfügen Sie über beträchtliche Vorstellungskraft!«

Rosamond schloß die Augen und sackte auf ihrem Stuhl in sich zusammen. Lovel stöhnte.

Hester drohte in hysterisches Gelächter auszubrechen und preßte sich rasch die Serviette gegen den Mund, um es zu verhindern.

General Wadham brachte einen verblüffend würdevollen Rückzug zustande, indem er die Bemerkung als Kompliment nahm.

»Ich danke Ihnen, Madame. Vielleicht hätte ich das Abschlachten der ›Light‹-Brigade tatsächlich verhindern können.«

Damit war das Thema erledigt. Fabia rappelte sich mit etwas Hilfe von Lovel hoch und entschuldigte die Damen, die sich daraufhin in den Salon begaben, um über Musik, Mode, den Adel, ins Haus stehende Hochzeiten zu sprechen und ausnehmend reizend zueinander zu sein.

Nachdem sich der Besuch verabschiedet hatte, hielt Fabia die Zeit für gekommen, ihre Schwägerin ins Gebet zu nehmen. Sie fixierte Callandra mit einem Blick, unter dem diese eigentlich hätte schrumpfen müssen.

»Das werde ich dir nie verzeihen, Callandra!«

»Wie du mir auch nie verziehen hast, daß mein Kleid bei unsrer ersten Begegnung vor über vierzig Jahren die gleiche Farbe hatte wie deins. Ich werde es mit derselben Fassung tragen wie alle derartigen Episoden.«

»Du bist unausstehlich. Mein Gott, wie ich Joscelin vermisse!« Fabia erhob sich langsam, woraufhin Hester aus Anstandsgründen ebenfalls aufstand, und ging zur Tür. »Ich lege mich jetzt hin. Wir sehen uns morgen.« Damit verließ sie den Raum.

»Manchmal bist du wirklich unausstehlich, Tante Callandra«, bestätigte Rosamond, die mit verwirrtem und unglücklichem Gesicht mitten im Zimmer stand. »Ich verstehe nicht, warum du solche Sachen sagst.«

»Ich weiß«, entgegnete Callandra sanft. »Das liegt daran, daß du dich dein Leben lang nur in den besten Kreisen von Middleton, Shelburne und London bewegt hast. Wenn Hester hier nicht Gast wäre, würde sie das gleiche sagen – vielleicht sogar noch mehr. Unser militärischer Einfallsreichtum ist seit Waterloo in Konventionen erstarrt.« Sie stand auf und strich ihre Röcke glatt.

»Joscelin ist tot«, sagte Rosamond verdrossen, den Blick auf die zugezogenen Vorhänge geheftet.

»Ich weiß, meine Liebe. Aber er starb nicht auf der Krim.«

»Aber vielleicht war der Krieg dran schuld!«

»Ja, das könnte durchaus sein«, räumte Callandra ein; ihr Gesicht wurde plötzlich weich. »Ich weiß, daß du ihn sehr, sehr gern hattest. Er konnte Freude verbreiten und empfinden, wozu weder Lovel noch Menard in der Lage zu sein scheinen. Aber ich denke, das Thema ist mittlerweile ebenso erschöpft wie wir. Gute Nacht, Rosamond. Wein dich aus, wenn dir danach ist; es schadet nur, wenn man die Tränen zu lange zurückhält. Haltung ist gut und schön, es kommt aber auch manchmal der Punkt, da muß man seinem Schmerz freien Lauf lassen.« Sie legte ihren Arm um die schmalen Schultern und drückte Rosamond kurz an sich. Dann nahm sie Hester am Ellbogen und führte sie aus dem Raum, damit Rosamond allein war.

Hester verschlief am kommenden Morgen. Als sie schließlich aufwachte, tat ihr der Kopf weh. Sie hatte keinen Appetit und noch weniger Lust, irgendeinem Familienmitglied am Frühstückstisch gegenüberzusitzen. Sie hatte sich beim Dinner schlecht benommen, und der Gedanke daran ließ sie nicht los, wie sehr sie sich auch bemühte, den Zwischenfall so zu sehen, daß sie keine Schuld traf. Das Grübeln machte die Kopfschmerzen und die innere Unruhe nur noch schlimmer.

Sie nahm sich vor, so lange durch den Park zu laufen, bis ihre Energien erschöpft waren, zog sich entsprechend warm an und marschierte um neun Uhr in flottem Tempo durch das nasse Gras.

Ihre erste Reaktion beim Anblick der männlichen Gestalt war Ärger, denn sie wollte allein sein. Vermutlich war er vollkommen harmlos und hatte genausoviel Recht, sich hier aufzuhalten, wie sie – vielleicht sogar mehr? Zweifellos erfüllte er irgendeine Funktion. Dennoch störte er sie, war er ein anderes menschliches Wesen in dieser Welt aus Wind und Bäumen, einem grenzenlosen Himmel voll ziehender Wolkenmassen und zitterndem, singendem Gras.

Auf ihrer Höhe blieb er stehen und sprach sie an. Er war dunkelhaarig, hatte ein arrogantes, hageres Gesicht und sehr klare Augen.

»Guten Morgen, Ma'am. Sie kommen von Shelburne Hall –«

»Scharf beobachtet«, unterbrach Hester ihn schroff, während sie einen vielsagenden Blick auf den absolut leeren Park warf. Es gab keinen Ort, wo sie sonst hätte hergekommen sein können, es sei denn aus einem Loch im Boden.

Sein Gesicht wurde hart; ihr Spott hatte sein Ziel nicht verfehlt. »Gehören Sie zur Familie?« Er starrte sie mit einer Intensität an, die sie als ziemlich unangenehm, fast schon beleidigend empfand.

»Was sollte Sie das interessieren?«

Sein Blick schien sich noch mehr auf sie zu konzentrieren, und dann leuchtete darin plötzlich so etwas wie Wiedererkennen auf, obwohl sie sich beim besten Willen nicht erinnern konnte, ihm je zuvor begegnet zu sein. Merkwürdig, daß er nichts darüber sagte.

»Ich untersuche den Mordfall Joscelin Grey. Ich wüßte gern, ob Sie ihn gekannt haben.«

»Gütiger Gott!« stieß sie unfreiwillig aus, riß sich aber schnell zusammen. »Man hat *mir* ja schon jede Menge Taktlosigkeit vorgeworfen, aber Sie sind wirklich eine Klasse für sich! Sie hätten verdient, daß ich jetzt sagen würde, ich sei seine Verlobte gewesen – und auf der Stelle in Ohnmacht fiele.«

»Dann muß es aber ein heimliches Verlobungsverhältnis gewesen sein«, konterte er. »Und wenn Sie so für verstohlene Romanzen schwärmen, müßten Sie darauf vorbereitet sein, daß Ihre Gefühle des öfteren verletzt werden.«

»Worauf Sie sich offensichtlich hervorragend verstehen!« Ihr Rock plusterte sich im Wind, während sie reglos dastand und sich immer noch fragte, wieso er glaubte, sie zu kennen.

»Haben Sie ihn gekannt?« wiederholte er hartnäckig.

»Jawohl!«

»Lang?«

»Drei Wochen, wenn ich mich recht entsinne.«

»Ein sonderbarer Zeitraum für eine Bekanntschaft!«

»Was wäre denn Ihrer Ansicht nach eine angemessene Zeit dafür?«

»Drei Wochen sind ziemlich kurz«, setzte er ihr bewußt gönnerhaft auseinander. »Folglich können Sie kaum eine Freundin des Hauses gewesen sein. Haben Sie ihn erst kurz vor seinem Tod kennengelernt?«

»Nein. Ich habe ihn in Skutari kennengelernt.«

»Sie haben was?«

»Hören Sie schlecht? Ich habe ihn in Skutari kennengelernt!« Sie dachte an die ähnlich gönnerhafte Art des Generals, und plötzlich fielen ihr sämtliche Situationen ein, in denen man sie herablassend behandelt hatte. Die Offiziere zum Beispiel, die Frauen beim Militär für vollkommen deplaziert hielten, für Ziergegenstände, die nur zur Entspannung und aus Gründen der Bequemlichkeit recht nützlich waren. Vornehme Damen wurden verhätschelt, beherrscht und vor allem und jedem beschützt – inklusive Abenteuerlust, Entscheidungswut und Freiheitsliebe. Das weibliche Fußvolk bestand aus Huren und Arbeitstieren, die man wie anderes Ungeziefer auch zu behandeln hatte.

»Ach so.« Er nickte stirnrunzelnd. »Er war verwundet. Sind Sie da draußen bei Ihrem Mann gewesen?«

»Nein, bin ich nicht!« Warum tat diese Frage eigentlich ein bißchen weh? »Ich bin dortgewesen, um die Verwundeten zu pflegen, um Miss Nightingale und den andern Frauen zu helfen.«

Auf seinem Gesicht erschien weder die Bewunderung noch der an Ehrfurcht grenzende Respekt, den der Name gemeinhin auslöste, was Hester ein wenig aus der Fassung brachte. Dieser Mann schien sich ehrlich für Joscelin Grey zu interessieren.

»Sie haben Joscelin Grey gepflegt?«

»Ihn und viele andere. Würde es Ihnen etwas ausmachen weiterzugehen? Mir wird langsam kalt.«

»Sicher, gehen wir.« Er folgte ihr den schmalen Pfad entlang, der zu einem Eichenwäldchen führte. »Welchen Eindruck hatten Sie von ihm?«

Hester bemühte sich, ihre eigenen Erinnerungen und das Bild, das sie aufgrund der Äußerungen seiner Familie von Joscelin gewonnen hatte, auseinanderzuhalten.

»Ich erinnere mich besser an sein Bein als an sein Gesicht«, gab sie freimütig zu.

Er starrte sie sichtlich verärgert an.

»Mich interessieren weder ihre weiblichen Phantasien noch Ihr eigenartiger Sinn für Humor, Madame! Es geht hier um einen ungewöhnlich brutalen Mord!«

Jetzt platzte ihr wirklich der Kragen.

»Sie aufgeblasener Idiot! Sie verdorbener, lächerlicher Einfaltspinsel!« brüllte sie in den Wind. »Ich habe ihn gepflegt! Ich habe ihn angezogen und seine Wunde gesäubert, die sich – falls Sie es vergessen haben sollten – an seinem Bein befand! Sein Gesicht war unversehrt, deshalb hat es mich nicht mehr beeindruckt als die Gesichter der restlichen zehntausend Verwundeten und Toten. Ich würde ihn nicht mal wiedererkennen, wenn er geradewegs auf mich zumarschiert käme und mich ansprechen würde.«

Sein Gesicht war verbittert und zornig. »Das wäre in der Tat ein denkwürdiges Ereignis, Madame. Er ist seit acht Wochen tot – zu Brei geschlagen.«

Falls er gehofft haben sollte, sie damit zu schockieren, erlebte er eine Enttäuschung.

Sie schluckte schwer und hielt seinem Blick stand. »Klingt ganz nach dem Schlachtfeld bei Inkerman. Nur daß wir dort wußten, was den Leuten zugestoßen war – wenn auch keiner einen Schimmer hatte, warum!«

»Wir wissen genau, was ihm zugestoßen ist, aber wir wissen nicht, wer es getan hat. Glücklicherweise muß ich nicht den Krimkrieg rechtfertigen, sondern nur Joscelin Greys Tod klären.«

»Was Ihre Fähigkeiten bei weitem zu übersteigen scheint«, versetzte sie barsch. »Ich kann Ihnen auch nicht weiterhelfen. Ich weiß nur, daß er sympathisch war, daß er seine Verwundung mit der gleichen Tapferkeit getragen hat wie die meisten und daß er, als es ihm wieder besser ging, den Großteil seiner Zeit damit verbrachte, von Bett zu Bett zu gehen, um die andern aufzuheitern, insbesondere die, die nicht mehr lang zu leben hatten. Wenn ich so darüber nachdenke, war er sogar ein ziemlich bewundernswerter Mensch. Er hat sich verstärkt um die gekümmert, die im Sterben lagen, und ihre Familien später dann mit einem Brief über ihren Tod informiert, vermutlich auf sehr schonende Art. Es ist wirklich tragisch, daß er das alles überlebt haben soll, um hier ermordet zu werden.«

»Es war ein unglaublich brutaler Mord. Die Art und Weise, wie er erschlagen wurde, läßt auf enormen Haß schließen.« Er beobachtete sie scharf, und Hester war verblüfft, wieviel Intelligenz dieser unangenehm durchdringende Blick verriet – weitaus mehr, als sie ihm zugetraut hätte. »Ich glaube, daß er den Mörder gekannt hat. Man haßt keinen Fremden so sehr, wie er gehaßt wurde.«

Sie schauderte. So furchtbar es auf den Schlachtfeldern auch zugegangen sein mochte – es gab einen riesigen Unterschied zwischen dem hirnlosen Gemetzel auf der Krim und der persönlichen Böswilligkeit, die zu Joscelin Greys Tod geführt hatte.

»Es tut mir leid«, sagte sie etwas freundlicher, doch nach wie vor in dem steifen Ton, den er bei ihr hervorrief, »aber ich weiß wirklich nichts über ihn, das Ihnen einen Hinweis auf eine solche Bekanntschaft geben könnte. Wenn doch, würde ich es Ihnen sagen. Das Krankenhaus hat die Akten sämtlicher Verwundeter aufgehoben. Sie könnten also auf diese Weise herausfinden, wer zur selben Zeit dort war, aber das haben Sie bestimmt längst getan.« Sie sah einen Schatten über sein Gesicht gleiten und wußte im selben Moment, daß er es nicht getan hatte. Ihre Geduld war am Ende. »Um Himmels willen, was haben Sie denn gemacht in den vergangenen acht Wochen?«

»Fünf davon mußte ich mich selbst von einer Verletzung erholen«, blaffte er zurück. »Sie ziehen zu viele voreilige Schlüsse, Madame. Sie sind arrogant, anmaßend, übellaunig und herablassend – außerdem stellen Sie Hypothesen auf, die jeglicher Grundlage entbehren. Bah! Ich hasse kluge Frauen!«

Hester war für den Bruchteil einer Sekunde wie erstarrt, dann hatte sie die passende Antwort parat.

»Und ich liebe kluge Männer!« Ihre Augen wanderten verächtlich an ihm auf und ab. »Anscheinend sollen wir wohl beide enttäuscht werden.« Daraufhin raffte sie die Röcke und marschierte energisch an ihm vorbei auf das Wäldchen zu, wobei sie über den Ausläufer eines Brombeerstrauchs stolperte. »Verdammt!« fluchte sie erbost. »Tod und Teufel auch!«

7

»Guten Morgen, Miss Latterly«, sagte Fabia kühl, als sie am folgenden Morgen gegen Viertel nach zehn im Wohnzimmer erschien. Sie sah elegant und zerbrechlich aus und war bereits zum Ausgehen angezogen. Nachdem sie mit einem flüchtigen Blick auf Hester deren schlichtes Musselinkleid zur Kenntnis genommen hatte, wandte sie sich Rosamond zu, die an ihrem Stickrahmen herumstocherte. »Guten Morgen, Rosamond. Du fühlst dich hoffentlich wohl? Es ist ein sehr schöner Tag. Ich glaube, wir sollten die Gelegenheit nutzen, um den weniger vom Glück verwöhnten Dorfbewohnern einen Besuch abzustatten. Wir haben es lange nicht mehr getan, und du bist im Grunde noch mehr dazu verpflichtet als ich, meine Liebe.«

Rosamonds Wangen wurden eine Spur röter, während sie den Rüffel demütig hinnahm. Sie reckte lediglich das Kinn ein wenig, und Hester fragte sich, ob vielleicht mehr hinter dieser Gebärde steckte, als man auf den ersten Blick annahm. Die ganze Familie war in Trauer, aber Fabia hatte der Verlust eindeutig am stärksten getroffen – zumindest für den außenstehenden Beobachter. Hatte Rosamond das normale Leben für ihren Geschmack zu früh wiederaufgenommen, und das war Fabias eigene Art, den Zeitpunkt für gekommen zu erklären?«

»Natürlich, Schwiegermama«, erwiderte Rosamond, ohne aufzublicken.

»Miss Latterly wird sich uns selbstverständlich anschließen«, fuhr Fabia fort, ohne deren Einverständnis abzuwarten. »Um elf Uhr fahren wir los. Sie haben also genug Zeit, sich entsprechend anzuziehen. Es ist recht warm draußen – lassen Sie sich nicht dazu verleiten, Ihren Rang zu vergessen.« Nach dieser mit frostigem Lächeln vorgebrachten Warnung wandte sie sich zum Gehen, blieb jedoch bei der Tür noch einmal stehen und fügte hinzu: »Vielleicht nehmen wir das Mittagessen bei General Wadham und seiner Tochter Ursula ein.« Dann schwebte sie endgültig aus dem Zimmer.

Rosamond schleuderte die Stickerei in ihren Handarbeitskorb, doch sie prallte daran ab und rutschte scheppernd über den Boden. »Verflucht!« sagte das Mädchen mit verhaltener Stimme, fing Hesters Blick auf und entschuldigte sich eilends.

Hester lächelte und meinte freimütig: »Oh, lassen Sie nur. Bei der Vorstellung, die gute Fee bei den *armen Dörflern* spielen zu müssen, würde wahrscheinlich jeder in eine Sprache verfallen, die eher in die Stallungen paßt.«

»Fehlt Ihnen die Krim, jetzt, wo Sie wieder zu Hause sind?« fragte Rosamond unvermittelt; sie schaute Hester forschend, beinah furchtsam an, als habe sie Angst vor der Antwort. »Ich meine –« Aber es fiel ihr plötzlich schwer, die Worte auszusprechen, die ihr gerade noch auf den Lippen gelegen hatten, und sie wandte beschämt den Blick ab.

Hester hatte die Vision eines Lebens, das aus endlosen Tagen des Nettseins gegenüber Fabia bestand, aus dem bißchen Haushaltsführung, das Rosamond gestattet war, ohne daß sie dabei jemals das Gefühl hatte, es sei ihr Haus, solange Fabia lebte. Vielleicht würde deren Geist sogar danach noch allgegenwärtig sein. Morgendliche Pflichtbesuche mußten gemacht, das Mittagessen mit Leuten von gleichem Stand eingenommen, die Armen frequentiert werden – und während der Saison gab es Bälle, Rennen in Ascot, die Regatta in Henley und im Winter natürlich die Jagd – alles ohne Sinn und Bedeutung.

Aber Rosamond hatte weder eine Lüge erwartet, noch verdiente sie das, was Hester für die grausame Wahrheit hielt. Es war ihre Wahrheit; Rosamond sah es vielleicht ganz anders.

»Ja, manchmal schon«, erwiderte sie. »Aber man kann einen Krieg nicht endlos führen. Es ist eine mindestens genauso furchtbare wie intensive und reale Erfahrung. So verfroren, schmutzig und übermüdet zu sein, daß man sich völlig zerschlagen fühlt, ist nicht besonders lustig – und die Armeerationen sind auch keine Gaumenfreude. Etwas wirklich Nützliches zu tun ist eins der schönsten

Dinge im Leben – aber man kann sich bestimmt einen weniger aufreibenden Ort dafür aussuchen, und ich bin sicher, hier in England gibt es für mich davon mehr als genug.«

»Sie sind wirklich nett«, sagte Rosamond sanft und schaute sie wieder an. »Ich hätte nie gedacht, daß Sie sich so viele Gedanken machen.« Sie stand auf. »Wir sollten uns jetzt wohl besser umziehen. Haben Sie etwas Unauffälliges und Unelegantes, aber äußerst Würdevolles dabei?« Rosamond erstickte ein Kichern in einem Niesanfall. »Tut mir leid. Was für eine blöde Frage!«

»Doch, doch – der Großteil meiner Garderobe sieht so aus«, gestand Hester amüsiert. »Lauter reizendes Dunkelgrün und schrecklich fades Blau – wie verblichene Tinte. Geht das?«

»Es könnte gar nicht besser sein. Kommen Sie!«

Menard kutschierte sie in einem offenen Einspänner durch den Park. Bald hatten sie das Anwesen hinter sich gelassen und fuhren durch dichte Kornfelder auf das Dorf zu, dessen Kirchturmspitze sich scharf gegen die dahinterliegende Anhöhe abhob. Es machte ihm großen Spaß, das Pferd zu führen, und er tat es mit dem Geschick eines Menschen, der viel Übung darin hat. Er ging davon aus, daß sie ebensosehr von der Schönheit der Gegend gefangengenommen wurden wie er, und sagte kein einziges Wort.

Hester saß da und sah ihm zu, das Reden überließ sie Fabia und Rosamond. Sie registrierte, mit welcher Leichtigkeit die kräftigen Hände die Zügel hielten, wie geschickt er das Gleichgewicht hielt; er hatte sich völlig in sich zurückgezogen. Seine alltäglichen Pflichten auf dem Anwesen schienen keine Last für ihn zu sein. Während ihres Aufenthalts in Shelburne war ihr zwar gelegentlich ein grüblerischer, bisweilen verärgerter Gesichtsausdruck sowie ein gewisses Angespanntsein und eine leichte Nervosität aufgefallen, aber immer nur dann, wenn Fabia bei Tisch versucht hatte, ihre quälende, innere Einsamkeit zu überspielen, und dennoch den Eindruck erweckte, daß Joscelin der einzige Mensch auf der Welt war, den sie ohne Vorbehalt geliebt hatte.

Ihr erster Besuch galt einem Landarbeiter, der mit seiner Familie in einer winzigen Kate am Rand des Dorfes wohnte. Unten gab es nur ein Zimmer, in dem sich eine sonnenverbrannte, ungepflegte Frau und ihre sieben Kinder tummelten, die sich gerade einen Laib Brot mit Schweineschmalz teilten. Die schmutzigen, dünnen Beinchen der barfüßigen Kinder lugten unter einfachen Kitteln hervor; anscheinend waren sie erst vor kurzem von der Garten- oder Feldarbeit heimgekehrt. Sogar die Jüngste – sie war dem Aussehen nach nicht älter als drei oder vier – hatte vom Ernten Obstflecken an den Fingern.

Fabia stellte ein paar Fragen und erteilte praktische Tips, wie man das Geld besser einteilen und die Symptome der Diphterie lindern könnte, welche die Frau mit höflichem Schweigen entgegennahm. Hester schämte sich wegen des herablassenden Charakters, den das Ganze hatte; aber dann wurde ihr klar, daß bereits seit über tausend Jahren auf diese oder ähnliche Art und Weise verfahren wurde und sich beide Seiten in der Vertrautheit des Rituals wohl fühlten; außerdem wußte sie nicht, wodurch man es ersetzen konnte.

Rosamond unterhielt sich mit der ältesten Tochter, löste das breite, rosafarbene Band von ihrem Hut und band es dem Kind zu dessen scheu demonstriertem Entzücken ins Haar.

Menard wartete geduldig beim Pferd. In dem hellen Sonnenlicht waren die Sorgenfalten um Mund und Augen nicht zu übersehen. Hier draußen, inmitten der verschwenderischen Pracht der Natur mit ihren mächtigen Bäumen, dem Wind und der fruchtbaren Erde, wirkte er jedoch vollkommen entspannt, und Hester bekam zum erstenmal einen flüchtigen Eindruck von der anderen Seite des sturen, leicht reizbaren Zweitältesten, den er in Shelburne Hall herauskehrte. Sie fragte sich, ob Fabia wohl je versucht hatte, diesen anderen Menard zu sehen, oder ob Joscelins sprühender Charme dem stets im Wege gestanden war.

Der zweite Hausbesuch verlief ähnlich, nur setzte sich die Familie diesmal aus einer zahnlosen, betagten Alten und ihrem senilen Mann zusammen, der entweder betrunken war oder einen Anfall erlitten hatte, durch den er seines Sprach- und Bewegungsvermögens beraubt war.

Fabia widmete ihm ein paar knappe, unpersönliche Worte der Ermutigung, die er vollkommen ignorierte, und als sie ihm den

Rücken zudrehte, schnitt er ihr eine Fratze. Die Alte vollführte einen ruckartigen Knicks, nahm zwei Gläser Zitronenpaste in Empfang, man stieg wieder in den Einspänner, und weiter ging die Reise.

Nachdem sie ein Stück gefahren waren, hielt Menard an, um einen kurzen Abstecher auf die überreifen Kornfelder zu machen. Überall schwangen die Schnitter ihre Sicheln, während ihnen die Sonne heiß auf Rücken und Arme brannte, der Schweiß in kleinen Sturzbächen über ihre Körper rann. Man sprach über das Wetter, über die Jahreszeit, über die Windrichtung, stellte Spekulationen an, wann der nächste Regen fallen würde. Der hitzeschwangere Geruch nach Getreide und gemähtem Stroh war einer der angenehmsten Düfte, die Hester kannte.

Das Mittagessen verlief bei weitem unerfreulicher. Der Empfang war überaus herzlich – zumindest bis zu dem Augenblick, als General Wadham Hester erblickte. Sein Gesicht erstarrte auf der Stelle, sein Benehmen wurde förmlich.

»Guten Tag, Miss Latterly. Wie reizend, daß Sie uns Ihre Aufwartung machen. Ursula wird entzückt sein, daß Sie uns beim Mittagessen Gesellschaft leisten.«

»Vielen Dank, Sir«, erwiderte Hester entsprechend feierlich. »Das ist sehr großzügig von Ihnen.«

Ursula machte keineswegs einen besonders entzückten Eindruck, überhaupt jemand von ihnen zu sehen. Sie war unfähig, ihren Verdruß darüber zu verbergen, daß Menard draußen bei den Erntearbeitern geblieben war, anstatt mit ihr am Eßtisch zu sitzen.

General Wadham hatte seine Schlappe bei Hester während ihrer letzten Begegnung weder vergeben noch vergessen. Sein eisiger, glasiger Blick bohrte sich mehrmals über die Gewürzmenagen hinweg in ihren, ehe er sich endlich während einer Flaute zwischen Fabias Kommentaren zu den Rosen und Ursulas Mutmaßungen, ob Mr. Danbury nun Miss Fothergill oder Miss Ames ehelichen würde, zum Angriff entschloß.

»Miss Ames ist eine prachtvolle junge Dame«, bemerkte er an Hester gewandt. »Eine unglaublich gute Reiterin, nimmt's bei der Fuchsjagd mit jedem Mann auf. Hat sehr viel Mut. Und sieht gut aus – verteufelt gut!« Er warf einen säuerlichen Blick auf ihr dunkelgrünes Kleid. »Ihr Großvater fiel im Peninsularkrieg, 1810 bei Coruña. Da waren Sie wohl nicht, nehme ich an, oder, Miss Latterly? Ein bißchen vor Ihrer Zeit, was?« Er lächelte absolut unschuldig.

»1809«, korrigierte Hester. »Es war vor Talavera und nach Vimiero und dem Abkommen von Cintra. Ansonsten haben Sie vollkommen recht – dort war ich nicht.«

Das Gesicht des Generals lief dunkelrot an. Er verschluckte sich an einer Gräte und hielt sich hustend die Serviette vor den Mund.

Fabia reichte ihm weiß vor Zorn ein Glas Wasser.

Hester, die es besser wußte, stellte es augenblicklich weg und ersetzte es durch ein Stück Brot.

Der General aß das Brot, die Gräte rutschte seine Kehle hinunter.

»Danke«, sagte er eisig und nahm zusätzlich einen Schluck Wasser.

»Oh, es freut mich, daß ich helfen konnte«, flötete Hester. »Es ist äußerst unangenehm, wenn man eine Gräte verschluckt, und es passiert so leicht, egal wie gut der Fisch ist – und dieser hier ist wirklich köstlich.«

Fabia murmelte etwas Unverständliches und Gotteslästerliches, während sich Rosamond in überschwengliche Betrachtungen über die allsommerliche Gartenparty des Pfarrers rettete.

Als Fabia sich später entschieden hatte, bei Ursula und dem General zu verweilen, und Rosamond Hester mehr oder minder zum Einspänner schubste, damit sie mit den Armenbesuchen fortfahren konnten, flüsterte sie ihr atemlos und ein wenig befangen zu: »Das war phantastisch! Manchmal erinnern Sie mich an Joscelin. Er konnte mich genauso zum Lachen bringen.«

»Ist mir gar nicht aufgefallen, daß Sie gelacht haben«, erwiderte Hester wahrheitsgetreu, während sie hinter Rosamond auf den Kutschbock kletterte.

»Natürlich nicht, wo denken Sie hin!« Rosamond nahm die Zügel und trieb das Pferd an. »Man läßt sich das nicht anmerken. Sie werden doch wiederkommen, nicht wahr?«

»Ich bin mir nicht sicher, ob man mich noch mal einladen wird«, gab Hester reuevoll zurück.

»O doch, man wird. Tante Callandra wird Sie einladen. Sie mag Sie sehr – manchmal glaube ich, wir langweilen sie alle zu Tode. Kannten Sie Colonel Daviot eigentlich?«

»Nein.« Zum erstenmal bedauerte Hester diesen Umstand. Sie hatte lediglich ein Porträt von ihm gesehen; es zeigte einen untersetzten Mann mit kerzengerader Haltung und einem markanten, intelligenten und charaktervollen Gesicht. »Leider nicht.«

Rosamond trieb ihr Pferd noch schneller an, bis sie schließlich in beträchtlichem Tempo und mit klappernden Rädern über den unebenen Boden jagten.

»Er konnte sehr nett sein«, sagte sie, ohne den Blick von der Fahrspur zu wenden. »Wenn er wollte. Wenn er glücklich war, hatte er ein ungeheuer ansteckendes Lachen – aber zuweilen war er auch eklig und furchtbar herrschsüchtig, sogar Tante Callandra gegenüber. Er mischte sich ständig ein, schrieb ihr vor, wie sie was zu tun hatte – bis ihn wieder eine seiner Marotten packte. Dann ließ er alles stehen und liegen, und sie durfte das Chaos beseitigen.«

Rosamond zog leicht die Zügel an, damit sie das Pferd besser unter Kontrolle bekam.

»Im Grunde hatte er ein gutes Herz; wenn man sein Freund war, konnte man sich völlig auf ihn verlassen. Außerdem war er der beste Reiter, den ich je gesehen habe, wesentlich besser als Menard oder Lovel – und General Wadham.« Der Wind verwüstete ihre Frisur, was sie jedoch nicht zu stören schien. Statt dessen kicherte sie ausgelassen. »Sie konnten sich nicht ausstehen.«

Hester entwickelte allmählich ein neues Verständnis für Callandra und deren einsames und freies Leben. Sie begriff, warum sie nie mit dem Gedanken gespielt hatte, wieder zu heiraten. Wer konnte schon einem derart außergewöhnlichen Mann das Wasser reichen? Vielleicht hatte sie im Lauf der Zeit gelernt, die Unabhängigkeit zu genießen, vielleicht war sie aber auch unglücklicher, als ihre Äußerungen vermuten ließen.

Hester lächelte, ließ Rosamond durch eine beipflichtende Bemerkung wissen, daß sie ihr zugehört hatte, und wechselte das Thema. Wenig später erreichten sie einen kleinen Weiler, wo noch einige Besuche zu absolvieren waren, und es war bereits früher Abend, als sie schließlich durch den heißen, blaugoldenen Sommertag an den Feldern vorbei nach Shelburne Hall zurückfuhren. Die Rücken der Schnitter beugten sich immer noch über das Korn. Hester genoß den leichten Fahrtwind und empfand es als wahres Vergnügen, unter den dichten, schattenspendenden Bäumen hindurchzugleiten, die sich von beiden Seiten der schmalen Straße entgegenlehnten. Außer dem Getrappel der Hufe, dem gedämpften Zischen der Räder und einer gelegentlichen Vogelstimme war es vollkommen still. Wo die Landarbeiter bereits gewesen waren, schimmerten die hellen Getreidehalme blaß im Sonnenlicht, an anderen Stellen häuften sich die dunkleren, noch nicht eingesammelten Ähren. Oben am Himmel trieben ein paar wenige zarte Wölkchen, fein wie gesponnene Seide, in Richtung Horizont.

Hester betrachtete die Hände, die die Zügel hielten, und Rosamonds ruhiges, konzentriertes Gesicht. Sie überlegte, ob Lovels Frau wohl die zeitlose Schönheit des Ganzen sah, oder ob sie es nur als unendlich eintönig empfand. Aber das war eine Frage, die selbst sie nicht stellen konnte.

Den Abend verbrachte Hester in Callandras Gemächern, das Dinner im Familienkreis ließ sie ausfallen. Als sie am nächsten Morgen zum Frühstück im Eßzimmer erschien, empfing Rosamond sie mit offenkundiger Freude.

»Würden Sie gern meinen Sohn sehen?« fragte sie mit rotem Kopf, anscheinend über ihre Dreistigkeit und ihre Sensibilität gleichermaßen überrascht.

»Ja, und ob!« antwortete Hester wie aus der Pistole geschossen; was hätte sie auch anderes sagen sollen. »Ich kann mir gar nichts Netteres vorstellen.« Das entsprach sogar der Wahrheit. »Es wäre eine wundervolle Art, den Tag zu beginnen«, fügte sie rasch hinzu.

Das Kinderzimmer war ein heller, nach Süden gelegener Raum voller Sonnenlicht und Chintz. Neben dem Fenster stand ein niedriger Stillschemel, neben dem gut verbarrikadierten und gesicherten Kamin ein Schaukelstuhl und daneben wiederum, da das Kind noch sehr klein war, eine Kinderkrippe. Das Kindermädchen, ein junges Ding mit nettem Gesicht und einer Haut wie Milch und Honig, war gerade damit beschäftigt, das etwa anderthalbjährige Kind zu füttern. Es stocherte begeistert mit seinen verschmierten Fingerchen in einem weichgekochten Ei herum. Hester und Rosamond hielten sich im Hintergrund und schauten zu.

Das Baby, dessen blonde Haarkrone wie der Kamm eines kleinen Vogels aussah, hatte augenscheinlich einen Riesenspaß. Gehorsam ließ es sich einen Löffel nach dem anderen in den Mund schieben, während seine Backen dicker und dicker wurden. Dann holte es mit glänzenden Augen tief Luft und spuckte alles wieder aus. Daraufhin mußte der Kleine so lachen, daß sein Gesicht ganz rot wurde und er schließlich hilflos vor Entzücken auf seinem Stühlchen zur Seite kippte.

Rosamond war der Vorfall peinlich, doch Hester stimmte in das Gelächter des Babys ein, während das Mädchen mit einem feuchten Tuch an ihrer ehemals fleckenlosen Schürze herumtupfte.

»Master Harry, das tut man aber nicht!« sagte sie so streng, wie es ihr zustand, aber in ihrem Ton schwang kein Ärger mit. Sie schien auf sich selbst wütend zu sein, weil sie sich wieder mal hatte überlisten lassen.

»Ach, du schreckliches Kind!« Rosamond ging zu ihm, nahm ihn auf den Arm und preßte das blasse Köpfchen an ihre Wange. Er krähte vor Vergnügen und schaute Hester mit völligem Gottvertrauen, daß sie voll und ganz auf seiner Seite stand, über die Schulter seiner Mutter hinweg an.

Sie verbrachten eine unbeschwerte Stunde mit fröhlichem Geplauder, dann ließen sie das Kindermädchen allein, damit es wieder seine Arbeit tun konnte. Rosamond zeigte Hester das Spielzimmer, in dem sich Lovel, Menard und Joscelin als Kinder die Zeit vertrieben hatten. Es gab ein Schaukelpferd, Spielzeugsoldaten, Holzschwerter, Spieldosen, ein Kaleidoskop und Puppenhäuser, die aus einer früheren Generation von Töchtern stammen mußten – aus Callandras Ära vielleicht?

Anschließend begaben sie sich in das Schulzimmer, das voller Tische und Bücherregale stand. Hesters Hand glitt zunächst eher beiläufig über die alten Übungshefte, die die ersten linkischen Schreibversuche eines Kindes enthielten. Als sie dann aber zu den

Aufsätzen aus dem Heranwachsendenalter vorgedrungen war, begannen sie die in reiferer Schrift verfaßten Sätze zu fesseln. Der Stil war locker und flüssig und von einer scharfen Beobachtungsgabe und einem intelligenten, oft frechen Witz geprägt, der für einen so jungen Menschen verblüffend war. Es ging um ein Familienpicknick, und Hester mußte beim Lesen unwillkürlich lachen, obwohl die Geschichte traurig klang und sich unter dem Humor des Verfassers ein feines Gespür für Grausamkeiten aller Art verbarg. Sie mußte nicht erst auf den Deckel sehen, um zu wissen, daß Joscelin sie geschrieben hatte.

Es war auch ein Aufsatzheft von Lovel vorhanden. Sie blätterte die Seiten durch, bis sie auf eine ähnlich lange Geschichte stieß. Rosamond durchsuchte ein kleines Pult nach irgendwelchen Versen, also hatte sie genug Zeit, in Ruhe zu lesen. Diese Geschichte war von Grund auf anders; sie klang verträumt und romantisch, verwandelte die spärlichen Waldungen um Shelburne in einen riesigen, geheimnisvollen Wald, in dem Heldentaten vollbracht wurden und eine idealisierte Frau erobert und geliebt werden konnte – und zwar mit einer Reinheit des Herzens, die von der Realität der menschlichen Bedürfnisse und Probleme so meilenweit entfernt war, daß Hester die Tränen in die Augen stiegen, als sie sich vorstellte, wie hart die unvermeidliche Desillusionierung den Jungen getroffen haben mußte.

Sie klappte das Heft zu und schaute zu Rosamond hinüber. Die Sonne schien auf ihren gesenkten Kopf, während sie die Schulhefte auf der Suche nach einem bestimmten Gedicht durchblätterte.

Es dauerte eine Weile, bis sie auch das dritte Heft aufgestöbert hatte – Menards. Sein Stil war steif und ein wenig holprig. Er konnte wesentlich weniger gut mit Worten umgehen, doch die Quintessenz seiner Aufsätze war klar zu erkennen. Es ging um leidenschaftlich empfundenes Ehrgefühl und um grenzenlose Loyalität den Freunden gegenüber. Der Lauf der Geschichte wurde wie ein einziger Reiterzug der Stolzen und Guten dargestellt und mit einigen Anleihen aus der Artussage ausgeschmückt. Obwohl das Ganze geklaut und gestelzt klang, kam es eindeutig von Herzen, und Hester bezweifelte, daß der Mann die Wertvorstellungen abgelegt hatte, die er als Junge derart leidenschaftlich – und unbeholfen – aufgeschrieben hatte.

Rosamond war fündig geworden und so in ihr Gedicht vertieft, daß sie weder merkte, wie Hester sich ihr näherte noch wie sie einen kurzen Blick über ihre Schulter warf und sah, daß es sich um ein sehr kurzes und sehr zärtliches, anonymes Liebesgedicht handelte.

Hester wandte sich ab und ging zur Tür. Das war nichts, bei dem man sich einmischte.

Kurz darauf klappte Rosamond das Büchlein zu. Es gelang ihr nur mühsam, den Frohsinn von vorhin wiederzufinden, aber Hester ließ sich nicht anmerken, daß es ihr auffiel.

»Danke, daß Sie mitgekommen sind«, meinte Rosamond, als sie auf die Hauptgalerie mit den riesigen Blumenständern zurückgekehrt waren. »Es war sehr freundlich, daß Sie so viel Interesse gezeigt haben.«

»Das hat überhaupt nichts mit Freundlichkeit zu tun«, protestierte Hester rasch. »Meiner Meinung nach ist es ein großes Privileg, einen Blick in die Vergangenheit werfen zu dürfen, indem man sich ehemalige Kinder- und Schulzimmer anschaut. Ich danke Ihnen, daß Sie mich mitgenommen haben. Und Harry ist wirklich ein Schatz! In seiner Gegenwart muß es einem einfach gutgehen.«

Rosamond lachte und machte eine abwehrende Handbewegung, war aber unübersehbar erfreut. Sie gingen gemeinsam nach unten ins Eßzimmer, wo das Mittagessen bereitstand und Lovel auf sie wartete. Als sie hereinkamen, stand er auf und machte einen Schritt auf Rosamond zu. Für einen Augenblick sah es so aus, als wolle er etwas sagen, dann war der Impuls verpufft.

Rosamond zögerte einen Moment; ihr Blick war hoffnungsvoll. Hester haßte es, gerade jetzt hier zu sein, aber einfach zu gehen, wäre absurd gewesen. Das Essen stand auf der Anrichte, der Lakai wartete darauf, es zu servieren. Sie wußte, daß Callandra außer Haus war, um eine alte Bekannte zu besuchen – und zwar um Hesters willen –, doch Fabia fehlte überraschenderweise ebenfalls: Ihr Platz war nicht besetzt.

Lovel fing ihren Blick auf.

»Mama fühlt sich nicht wohl«, erklärte er kühl. »Sie bleibt auf ihrem Zimmer.«

»Oh, wie schade«, sagte Rosamond automatisch. »Hoffentlich nichts Ernstes?«

»Hoffentlich«, pflichtete Lovel ihr bei, wartete, bis sie sich gesetzt hatten, ließ sich dann ebenfalls nieder und forderte den Lakai mit einem Handzeichen auf, das Essen zu servieren.

Rosamond versetzte Hester unter dem Tisch einen leichten Tritt, woraufhin diese die Situation richtigerweise als heikel einschätzte und nicht weiter nachfragte.

Nach dem Essen zog sie sich zurück, um das zu tun, was sie für ihre Pflicht hielt. Sie mußte sich bei Fabia für ihr freches Benehmen General Wadham gegenüber entschuldigen. Er hatte es zwar verdient, aber sie war Fabias Gast und hätte sie nicht in Verlegenheit bringen dürfen, ganz gleich, wie groß die Provokation war.

Sie brachte es am besten sofort hinter sich; je länger sie darüber nachdachte, desto schwerer würde es werden. Hester hatte für kleine Wehwehchen wenig Verständnis. Sie hatte zu viele schwere Krankheiten gesehen und war selbst kerngesund, so daß sie nie am eigenen Leib zu spüren bekommen hatte, wie sehr auch kleine Wehwehchen an den Kräften zehren konnten, wenn sie sich über einen längeren Zeitraum hinzogen.

Sie klopfte an Fabias Tür, wartete die Aufforderung zum Eintreten ab und ging hinein.

Der Raum wirkte weniger weiblich, als sie erwartet hatte. Er war in schlichtem, hellem Wedgwoodblau gehalten und spärlich möbliert. Auf einem Tischchen beim Fenster stand eine einzige silberne Vase mit voll aufgeblühten Rosen. Das Bett hatte einen Baldachin aus dem gleichen weißen Musselin, aus dem auch die Innenseite der Vorhänge bestand. An der Stirnwand hing das ausgezeichnet gemalte Porträt eines jungen Mannes in der Uniform eines Kavallerieoffiziers. Er war schlank und hielt sich sehr gerade; das blonde Haar fiel ihm locker in die breite Stirn, die Augen waren hell und intelligent, der Mund machte einen beweglichen, humorvollen und wortgewandten Eindruck, wenn er Hester auch auf eine gewisse Labilität hinzudeuten schien.

Fabia saß aufrecht im Bett. Ein blaues Satinbettjäckchen bedeckte ihre Schultern, das gebürstete und gelöste Haar fiel ihr in konischen Spiralen über die Brust. Sie sah schmächtig und wesentlich älter aus, als Hester sich je hätte träumen lassen. Die Entschuldigung war plötzlich kein Problem mehr. In dem blassen Gesicht spiegelte sich die jahrelange Einsamkeit, der schlimme Verlust, der nie wiedergutzumachen war.

»Ja, bitte?« fragte Fabia hörbar abweisend.

»Ich komme, um mich zu entschuldigen. Ich war gestern sehr unfreundlich zu General Wadham, was mir als Gast in Ihrem Haus auf keinen Fall hätte passieren dürfen. Es tut mir aufrichtig leid.«

Fabia hob verblüfft die Brauen, dann lächelte sie kaum merklich.

»Ich nehme Ihre Entschuldigung an. Es überrascht mich, daß Sie soviel Anstand besitzen, zu mir zu kommen. Ich hätte es Ihnen offengestanden nicht zugetraut – und ich irre mich nur selten in einer jungen Frau.« Das Lächeln vertiefte sich, wodurch ihr Gesicht plötzlich viel lebendiger aussah; man konnte ein wenig von dem Mädchen darin entdecken, das sie einmal gewesen sein mußte. »Es war mir ausgesprochen peinlich, General Wadham dermaßen ... kleingemacht zu sehen, aber es entbehrte auch nicht einer gewissen Genugtuung. Er ist ein überheblicher, alter Trottel, und ich bin es manchmal leid, so gönnerhaft behandelt zu werden.«

Hester verschlug es die Sprache. Zum erstenmal seit ihrer Ankunft in Shelburne Hall war Fabia ihr sympathisch.

»Sie dürfen sich setzen«, meinte Fabia, wobei es in ihren Augen humorvoll aufblitzte.

»Danke.« Hester ließ sich auf dem mit blauem Samt bespannten Ankleideschemel nieder und betrachtete die übrigen, weniger guten Gemälde sowie die wenigen Fotografien. Die darauf abgelichteten Personen wirkten allesamt gezwungen und fürchterlich steif, was vermutlich auf das endlose Posieren vor der Kamera zurückzuführen war. Eins der Bilder zeigte Rosamond und Lovel, allem Anschein nach bei der Hochzeit. Sie machte einen zerbrechlichen und überglücklichen Eindruck – er blickte voll Optimismus direkt in die Linse.

Auf der Kommode stand eine frühe Daguerreotypie, auf der ein

Mann mittleren Alters mit stattlichen Koteletten, schwarzem Haar und eitlem, launischem Gesichtsausdruck zu sehen war. Aufgrund der Ähnlichkeit mit Joscelin nahm Hester an, daß es sich um den verstorbenen Lord Shelburne handelte. Dann gab es noch eine recht kitschige Federzeichnung von den drei Brüdern als Jungen; die Gesichtszüge waren etwas idealisiert dargestellt.

»Ich bedaure, daß es Ihnen nicht gutgeht«, sagte sie schließlich. »Kann ich irgend etwas für Sie tun?«

»Das halte ich für ziemlich unwahrscheinlich. Schließlich bin ich kein Kriegsopfer – zumindest nicht in dem herkömmlichen Sinn.«

Hester hatte keine Lust zu streiten. Es lag ihr auf der Zunge zu erwidern, daß sie alle möglichen Verletzungen kannte, aber das wäre herzlos gewesen. Sie hatte keinen Sohn verloren, und das war Fabias einziger Kummer.

»Mein ältester Bruder ist auf der Krim gefallen.« Es fiel ihr schwer, die Worte auszusprechen. Ihre Kehle war plötzlich wie zugeschnürt. »Und kurz darauf starben meine Eltern«, fügte sie mühsam hinzu. »Könnten wir bitte das Thema wechseln?«

»Sie Ärmste! Mein Gott, das tut mir leid. Natürlich – Sie haben es schon erwähnt. Vergeben Sie mir. Was haben Sie heute morgen gemacht? Würden Sie später gern mit dem Einspänner ausfahren? Das ließe sich ohne Schwierigkeiten einrichten.«

»Ich war im Kinderzimmer und habe Harry kennengelernt.« Hester lächelte und blinzelte die Tränen fort. »Er ist wirklich ein Schatz –«

Sie blieb noch ein paar Tage länger in Shelburne Hall. Von Zeit zu Zeit machte sie einen einsamen, ausgiebigen Spaziergang durch die windige, glasklare Luft. Die Schönheit des Parks erfüllte sie mit einem inneren Frieden, den sie bislang nur an sehr wenigen Orten gespürt hatte. Sie konnte besser über die Zukunft nachdenken, und Callandras Rat erschien ihr immer annehmbarer. Die Spannungen unter den Familienmitgliedern kamen seit dem Dinner mit General Wadham anders zum Ausdruck. Oberflächlicher Ärger wurde mit guten Manieren überspielt, aber Hester wurde anhand vieler kleiner Beobachtungen klar, daß Unglücklichsein und Unzufriedenheit zum Leben der Shelburnes gehörten wie die Nacht zum Tag.

Fabia besaß eine Courage, die vermutlich zur Hälfte auf ihre strenge Erziehung sowie einen immensen Stolz zurückzuführen war, der es ihr nicht erlaubte, andern gegenüber Schwäche zu zeigen. Sie war von einer Selbstherrlichkeit erfüllt, die an Egoismus grenzte. Fabia liebte ihre beiden übriggebliebenen Söhne ohne Zweifel, aber sie war nicht besonders verrückt nach ihnen, und keiner von beiden verstand es, sie zu verzaubern oder zum Lachen zu bringen wie Joscelin.

Mit Joscelin war ihre Lebenslust verschwunden.

Hester verbrachte viel Zeit mit Rosamond und schloß diese nach und nach auf etwas distanzierte Art in ihr Herz. Bei so mancher Gelegenheit kamen ihr Callandras Worte über das tapfere, dem Selbstschutz dienende Lächeln in den Sinn, insbesondere eines frühen Abends, als sie vor dem Kamin saßen und eins ihrer belanglosen, oberflächlichen Gespräche führten.

Ursula Wadham war zu Besuch. Ihrer Ansicht nach hatte Rosamond alles, was eine Frau sich nur wünschen konnte: einen reichen, adligen Ehemann, einen kräftigen Sohn, Schönheit, Gesundheit und ausreichendes Talent in der Kunst, auf andere einen guten Eindruck zu machen.

Was wollte sie mehr?

Hester lauschte Rosamonds Bekräftigungen, wie wunderbar alles sein würde, wie rosig die Zukunft aussähe, und entdeckte dabei in den dunklen Augen nicht die leiseste Zuversicht, nicht die mindeste Hoffnung – lediglich Verlorenheit, Einsamkeit und einen gewissen Mut der Verzweiflung, der sie weitermachen ließ, weil es keine Möglichkeit gab auszusteigen. Rosamond lächelte, damit sie ihre Ruhe hatte, um Fragen aus dem Weg zu gehen und sich ein bißchen Stolz zu bewahren.

Lovel war beschäftigt. Er hatte eine Aufgabe, und solang er diese erfüllen mußte, wurde jedes dunklere Gefühl in Schach gehalten. Nur beim gemeinsamen Abendessen verriet eine gelegentlich eingeflochtene Bemerkung sein stilles Wissen um die innerfamiliären Dissonanzen.

Menard steckte voller Wut, schien jedoch gleichzeitig unter etwas zu leiden, das er als große Ungerechtigkeit empfand. Hatte er zu oft hinter Joscelin aufgeräumt, um seiner Mutter die bittere Wahrheit zu ersparen, daß ihr Liebling ein Betrüger war? Oder wollte er sich und den Ruf der Familie schützen?

Nur wenn sie mit Callandra zusammen war, konnte Hester sich entspannen, obwohl sie sich auch bei ihr schon gefragt hatte, ob die Selbstgenügsamkeit das Resultat vieler glücklicher Jahre oder auf Callandras kämpferisches Wesen zurückzuführen war.

Diese Gedanken waren ihr eines Abends gekommen, als sie in Callandras Wohnzimmer ein leichtes Abendbrot zu sich nahmen, anstatt sich dem Dinner im Hauptflügel anzuschließen, und Callandra eine Bemerkung über ihren längst verstorbenen Ehemann machte.

Hester war bislang davon ausgegangen, daß die Verbindung glücklich gewesen war, nicht etwa, weil sie etwas darüber wußte oder Callandra Daviot es ihr erzählt hätte. Sie hatte es aus dem inneren Frieden geschlossen, den Callandra ausstrahlte.

Und jetzt wurde ihr plötzlich klar, wie voreilig sie sich zu dieser Schlußfolgerung hatte hinreißen lassen.

Callandra mußte ihr die Gedanken angesehen haben. Sie lächelte etwas schief und verzog amüsiert das Gesicht.

»Sie haben eine ordentliche Portion Mut, Hester, und sind obendrein von einer Lebenslust beseelt, die ein weit größerer Segen ist, als Sie annehmen – aber manchmal sind Sie unglaublich naiv. Das Elend hat viele Gesichter – genau wie das Glück –, und Sie dürfen sich auf keinen Fall dazu verleiten lassen, aufgrund Ihrer Kenntnis des einen den Wert des anderen so zu konstruieren, wie es Ihnen in den Kram paßt. Sie werden von dem starken, ja leidenschaftlichen Verlangen getrieben, den Menschen ein besseres Dasein zu ermöglichen. Seien Sie sich stets bewußt, daß Sie einen Menschen nur dann wirklich weiterbringen können, wenn Sie ihm helfen, so zu werden, wie er ist, nicht wie *Sie* sind. Ich habe Sie des öfteren sagen hören: ›Wenn ich Sie wäre, würde ich dieses oder jenes tun.‹ – Ich bin niemals Sie, und meine Art und Weise, ein Problem zu lösen, entspricht nicht unbedingt Ihrer.«

Hester mußte an den Polizisten denken, der ihr an den Kopf geworfen hatte, sie sei herrschsüchtig und anmaßend und derlei unangenehme Charaktereigenschaften mehr.

Callandras Lächeln vertiefte sich. »Eins dürfen Sie nie vergessen: Sie müssen es mit der Welt aufnehmen, wie sie ist, nicht wie sie Ihrer Meinung nach sein sollte. Man kann auch mit einem Quentchen Schmeichelei eine Menge erreichen, ohne gleich in die Offensive zu gehen. Hören Sie auf, sich den Kopf darüber zu zerbrechen, was Sie wirklich wollen, legen Sie lieber die Wut und die Eitelkeit ab, die Sie behindern. Unsre Urteilskraft wird sooft von unsren Gefühlen getrübt – und dann bilden wir uns auch noch ein, wir kämen zu einem völlig anderen Ergebnis, wenn wir nur noch ein Detail mehr wüßten.«

Hester war versucht, in Gelächter auszubrechen.

»Jaja, ich weiß«, sagte Callandra rasch. »Ich sollte selber üben, was ich predige! Aber glauben Sie mir, wenn mir etwas wirklich am Herzen liegt, bringe ich auch die Geduld auf, den rechten Augenblick abzupassen und mir zu überlegen, wie ich es am geschicktesten anstelle.«

»Ich werd's versuchen«, versprach Hester und meinte es ernst. »Dieser garstige Polizist wird auf keinen Fall recht behalten – ich werde es nicht zulassen.«

»Wie bitte?«

»Wir sind uns zufällig bei einem Spaziergang begegnet. Er meinte, ich wäre anmaßend und dickköpfig, etwas in der Art jedenfalls.«

Callandras Augenbrauen schossen ruckartig in die Höhe; sie versuchte gar nicht erst, ernst zu bleiben.

»Ach, tatsächlich? Was für eine Unverschämtheit! Und was für eine rasche Auffassungsgabe – nach so kurzer Bekanntschaft. Und was halten Sie von ihm, wenn ich fragen darf?«

»Ich halte ihn für einen unfähigen, unbeschreiblichen Einfaltspinsel!«

»Was Sie ihn zweifelsohne wissen ließen?«

Hester funkelte sie wütend an. »Was glauben Sie denn!«

»Genau das. Trotzdem denke ich, er hatte mehr Recht dazu als

Sie. Ich halte ihn nicht für unfähig. Man hat ihm eine Aufgabe gegeben, die extrem schwer zu lösen ist. Es gibt eine Menge Leute, die etwas gegen Joscelin gehabt haben könnten, und es wird für einen Polizisten ungemein schwierig sein herauszufinden, wer der Täter war. Gar nicht dran zu denken, wenn es erst ans Beweisen geht!«

»Soll das heißen, Sie glauben –« Hester ließ den angefangenen Satz unvollendet.

»Allerdings! Aber jetzt lassen Sie uns besprechen, was wir Ihretwegen unternehmen sollen. Ich werde, wie gesagt, einigen Freunden schreiben, und wenn es Ihnen gelingt, Ihre Zunge im Zaum zu halten, was Ihre Meinung über Männer im allgemeinen und die Generäle der Armee Ihrer Majestät im besonderen betrifft, habe ich große Hoffnung, daß wir einen Platz in der Krankenhausverwaltung für Sie finden werden, der nicht nur Sie zufriedenstellt, sondern auch die Menschen, die durch ihre Krankheit bereits gestraft genug sind.«

»Vielen Dank. Das ist furchtbar nett.« Hester blickte einen Moment lang auf ihre im Schoß gefalteten Hände, hob dann jäh den Kopf und schaute Callandra mit blitzenden Augen an. »Wissen Sie, ich habe gar nichts dagegen, zwei Schritte hinter einem Mann zu gehen – wenn es nur einen geben würde, der mir zwei Schritte voraus ist! Ich hasse es einfach, daß man durch Konventionen gezwungen wird, so zu tun, als ob man lahm wäre, nur damit jemand anders nicht in seiner Eitelkeit verletzt wird.«

Callandra schüttelte belustigt und traurig zugleich den Kopf. »Ich weiß. Vielleicht müssen Sie erst ein paarmal hinfallen und sich von jemand anderem wieder auf die Beine helfen lassen, um einen ausgeglicheneren Schritt zu finden. Aber machen Sie nicht den Fehler, nur deshalb langsam zu gehen, weil Sie nicht allein gehen wollen – niemals! Selbst Gott würde nicht verlangen, daß Sie sich unterjochen lassen und als Konsequenz gleich zwei Menschen auf einmal ins Unglück stürzen; Gott wahrscheinlich am allerwenigsten!«

Hester lehnte sich zurück, zog die Knie an und umklammerte sie auf wenig damenhafte Weise. »Ich wette, ich werde noch oft hinfallen und eine schrecklich dumme Figur dabei machen – und einer Menge Leute, die mich nicht mögen, zur Erheiterung dienen. Aber das ist immer noch besser, als es gar nicht zu versuchen.«

»Genau«, bestätigte Callandra. »Sie würden es allerdings sowieso tun, da mache ich mir keine Sorgen.«

8

Die ergiebigsten Informationen über Joscelin Grey erhielten sie bei einer der letzten Adressen von Personen aus seinem Bekanntenkreis; sie stammte nicht von Lady Fabias Liste, sondern hatte auf einem der Briefe in Greys Wohnung gestanden. Evan und Monk hatten sich über eine Woche in der Gegend um Shelburne aufgehalten und sich unter dem Vorwand, einem auf Landhäuser spezialisierten Juwelendieb auf den Fersen zu sein, unauffällig umgehört. Sie hatten etwas mehr über Joscelins Lebenswandel erfahren, zumindest während der Zeit, die er auf Shelburne Hall verbrachte. Außerdem hatte Monk eines schönen Tages das Pech gehabt, ausgerechnet mit der Frau zusammenzustoßen, die mit Mrs. Latterly in der Marylebone-Kirche gewesen war. Wahrscheinlich war es nicht so verwunderlich, aber ihn hatte die Begegnung völlig aus der Bahn geworfen. Die ganze emotionsgeladene Episode in der Kirche war an jenem Tag im Park von Shelburne Hall wieder auferstanden.

Wie sich herausstellte, gab es nicht den geringsten Grund, weshalb sie die Greys nicht hätte besuchen sollen. Sie war eine gewisse Miss Hester Latterly, die als Krankenpflegerin auf der Krim gewesen und mit Lady Callandra Daviot befreundet war. Laut ihrer recht unfreundlichen Ausführungen hatte sie Joscelin Grey zur Zeit seiner Verwundung flüchtig gekannt. Es war natürlich, daß sie nach ihrer Heimkehr persönlich vorbeikam, um der Familie ihr Beileid auszudrücken – und genauso sicher entsprach es ihrem Charakter, einen Polizisten über alle Maßen grob zu behandeln.

Aber er hatte es ihr, getreu der Devise »Jedem das Seine«, mit gleicher Münze zurückgezahlt und beträchtliche Genugtuung daraus geschöpft. Der Zwischenfall wäre spurlos an ihm vorübergegangen, wäre sie nicht offenkundig mit der Frau aus der Kirche verwandt, deren Gesicht ihn bis in seine Träume verfolgte.

Was hatte sich Neues ergeben? Joscelin Grey war wegen seiner umgänglichen, amüsanten Art und dem allzeit paraten Lächeln beliebt gewesen und beneidet worden; der oft sarkastische Unterton seiner Scherze schien den einen oder anderen etwas geärgert zu haben. Monk überraschte die Tatsache, daß man Mitgefühl, wenn nicht gar Mitleid an den Tag legte, weil er der Letztgeborene war. Die herkömmliche Laufbahn für Letztgeborene aus gutem Hause, eine Karriere beim Klerus oder bei der Armee, kam für ihn nicht in Frage. Für ersteren war er vollkommen ungeeignet, und letztere wollte ihn aufgrund der Kriegsverletzung nicht haben. Die von ihm hofierte reiche Erbin hatte seinen älteren Bruder geheiratet, und Ersatz war nicht in Sicht, zumindest keiner, dessen Familie ihn für eine annehmbare Partie hielt. Schließlich war er aus der Armee entlassen worden und hatte weder kaufmännisches Geschick noch finanzielle Einnahmequellen aufzuweisen.

Evan, der auf diese Weise einen Schnellkurs in Benehmen und Moral der Bessergestellten absolviert hatte, saß nun verwirrt und desillusioniert im Zug. Er starrte schweigsam aus dem Fenster, während Monk ihn mit einer Mischung aus Mitleid und Belustigung betrachtete. Er wußte, wie seinem Kollegen zumute war, wenn er sich auch nicht an seine eigenen Erfahrungen auf dem Gebiet erinnern konnte. War er womöglich nie so naiv und unbedarft gewesen? Die Vorstellung, schon immer ein Zyniker gewesen zu sein, war verdammt unangenehm.

Sich selbst zu erforschen wie einen Fremden zerrte mehr an seinen Nerven, als er sich bisher eingestanden hatte. Manchmal schreckte er nachts aus dem Schlaf, weil er von undefinierbaren Ängsten und Zweifeln gequält wurde, doch je mehr er versuchte, Licht in die Ungewißheit zu bringen, desto hartnäckiger wurde ihm der Zugang zu seiner Vergangenheit verweigert.

Wo hatte er seine zurückhaltende, präzise Ausdrucksweise gelernt? Wer hatte ihm seine angenehmen Umgangsformen beigebracht, ihm gezeigt, wie man sich bewegte und kleidete wie ein Edelmann? Oder hatte er lediglich jahrelang nachgeäfft, was von Rang und Namen war? Tief in seinem Gedächtnis regte sich eine vage Erinnerung, daß es tatsächlich einen Mentor gegeben hatte, einen Menschen, der weder Zeit noch Mühe scheute – doch er konnte ihn nicht sehen, konnte ihn nicht hören, erinnerte sich bloß an stundenlanges Lernen und Üben.

Die Leute, die ihnen etwas Neues über Joscelin zu sagen hatten, waren die Dawlishs. Ihr Haus lag in Primrose Hill, nicht weit vom zoologischen Garten entfernt, und Monk und Evan machten sich gleich am Tag nach ihrer Rückkehr aus Shelburne auf den Weg dorthin. Sie wurden von einem Butler empfangen, der so gut geschult war, daß er sich nicht einmal bei dem sensationellen Anblick zweier Polizisten am Haupteingang auch nur die geringste Überraschung anmerken ließ. Mrs. Dawlish erwartete sie im Damenzimmer. Sie war eine kleine, sanftmütig aussehende Frau mit blaßbraunen Augen und einer widerspenstigen Haarpracht, die auf permanentem Kriegsfuß mit den Haarnadeln zu stehen schien.

»Mr. Monk?« Sein Name sagte ihr offensichtlich nichts.

Monk machte eine leichte Verbeugung.

»Ja, Ma'am – und Mr. Evan. Dürfte Mr. Evan vielleicht mit den Bediensteten sprechen und versuchen, etwas Hilfreiches von Ihnen zu erfahren?«

»Ich wüßte zwar nicht was, Mr. Monk, aber solang er sie nicht von der Arbeit abhält, darf er das natürlich tun.«

»Vielen Dank, Ma'am.« Evan stürmte eifrig von dannen, während Monk abwartend dastand.

»Es geht um den armen Joscelin Grey?« Mrs. Dawlish war durcheinander und etwas nervös, anscheinend jedoch nicht abgeneigt zu helfen. »Was soll ich dazu sagen? Es war eine furchtbare Tragödie. Wir kannten ihn noch nicht sehr lang, müssen Sie wissen.«

»Wie lang, Mrs. Dawlish?«

»Ungefähr fünf Wochen, dann ... dann ist er gestorben.« Sie setzte sich, und er war froh, ihrem Beispiel folgen zu dürfen. »Ja, es kann nicht länger gewesen sein.«

»Trotzdem luden Sie ihn in Ihr Haus ein? Tun Sie das oft, wenn Sie jemand erst so kurz kennen?«

Sie schüttelte den Kopf, wobei sich eine weitere Haarsträhne löste und unordentlich herunterhing; sie kümmerte sich nicht darum.

»Nein, nie. Aber er war schließlich Menard Greys Bruder –« Sie sah plötzlich ganz elend aus, als wäre sie aus dem Hinterhalt überfallen und an einer Stelle getroffen worden, die sie in Sicherheit wähnte. »Und Joscelin war so charmant, so natürlich ... Außerdem war er auch ein Bekannter von Edward, meinem Ältesten. Er fiel bei Inkerman.«

»Mein aufrichtiges Beileid.«

Ihr Gesicht war starr, und Monk fürchtete einen Moment, sie würde die Nerven verlieren. Er sprach schnell weiter, um ihr über das peinliche Schweigen hinwegzuhelfen.

»Sie sagten ›auch‹ – kannte Menard Grey Ihren Sohn?«

»O ja. Die beiden waren gute Freunde, schon seit Jahren.« Ihre Augen füllten sich mit Tränen. »Seit der Schulzeit.«

»Und deshalb forderten Sie Joscelin auf, einige Tage bei Ihnen zu verbringen?« Monk wartete ihre Antwort nicht ab, sie war ohnehin unfähig zu sprechen. »Das ist verständlich.« Da kam ihm plötzlich eine ganz neue Idee, die ihn mit wilder Hoffnung erfüllte. Hatte der Mord eventuell gar nichts mit einem aktuellen Skandal, sondern mit dem Krieg, mit einem Zwischenfall an der Front zu tun? Ja, das war durchaus möglich. Warum war er nicht eher darauf gekommen!

»Ja«, sagte Mrs. Dawlish ruhig; sie hatte sich wieder in der Gewalt. »Wir wollten mit ihm sprechen, weil er Edward aus dem Krieg kannte, wollten hören, was er zu erzählen hatte. Wissen Sie – hier bei uns bekommt man so wenig von dem mit, was dort wirklich geschah.« Sie holte tief Luft. »Ich habe keine Ahnung, ob es tatsächlich hilft, in mancherlei Hinsicht wird es sogar schlimmer, aber wir ... wir fühlen uns einfach weniger abgeschnitten. Ich weiß, daß Edward tot ist, daß es für ihn jetzt keine Rolle mehr spielt; es klingt unlogisch, aber ich fühle mich ihm dadurch näher, egal wie weh es tut.«

Sie blickte ihm mit einer eigenartigen Sehnsucht nach Verständnis in die Augen. Vielleicht hatte sie das gleiche schon anderen Leuten erklärt, die daraufhin versuchten, sie davon abzubringen, ohne sich bewußt zu sein, daß es für sie keine Erleichterung, sondern einen zusätzlichen Schmerz bedeutete.

»Das finde ich nicht«, sagte er ruhig. Obwohl er sich in einer vollkommen anderen Situation befand, war auch für ihn jedes Wissen besser als diese Ungewißheit. »In seiner Phantasie beschwört man so viele Dinge herauf, und ehe man nicht weiß, was wirklich geschah, ist jeder einzelne Gedanke eine Tortur.«

Ihre Augen weiteten sich vor Verblüffung. »Sie verstehen das? Die meisten meiner Freunde wollen mich überreden, die Situation so zu akzeptieren, wie sie ist, aber ich kann das nicht. Die Zweifel lassen mir einfach keine Ruhe. Manchmal – wenn mein Mann nicht zu Hause ist –«, sie wurde rot, »lese ich die Zeitungen. Aber ich bin nicht sicher, wieviel man ihnen glauben kann. Die Berichterstattung ist –«, sie zerknüllte seufzend ihr Taschentuch im Schoß und hielt es krampfhaft fest. »Nun ja, manchmal kommt sie mir etwas schonend vor, damit die Leute sich nicht aufregen oder gar Kritik üben. Außerdem weichen die Darstellungen voneinander ab.«

»Das glaube ich gern.« Monk spürte eine irrationale Wut über die Verwirrung dieser Frau in sich hochsteigen, wurde von einem plötzlichen Groll auf die schweigende Mehrheit gepackt, die ähnlich wie sie empfand. Da hockten sie hier zu Hause herum, beweinten ihre Toten und ließen sich tatsächlich damit abspeisen, die Wahrheit wäre zu hart für sie. Vielleicht stimmte das sogar, vielleicht hätten viele die Wahrheit nicht ertragen, aber man hätte sie wenigstens fragen können. Man hatte sie vor vollendete Tatsachen gestellt, genauso wie man ihre Söhne vor die Tatsache gestellt hatte, in den Krieg ziehen zu müssen. Und wofür? Er hatte nicht die leiseste Ahnung. Obwohl er in den vergangenen Wochen etliche Zeitungen gelesen hatte, wußte er lediglich, daß das Ganze mit dem Osmanischen Reich und dem politischen Gleichgewicht zusammenhing.

»Joscelin hat sich immer so – so behutsam ausgedrückt«, fuhr sie fort, ohne ihn aus den Augen zu lassen. »Er hat uns viel über seine Empfindungen erzählt, und Edward muß das gleiche gefühlt haben. Ich hätte nie gedacht, daß es so furchtbar war. Woher soll man das auch wissen, wenn man hier in England sitzt –« Ihr Blick wurde ängstlich, und in ihrem Gesicht zuckte es. »Ich danke Gott, daß Edward, wenn er schon sterben mußte, wenigstens ein schnelles Ende durch eine Kugel oder ein Schwert gefunden hat und nicht an der Cholera hat dahinsiechen müssen. Können Sie das verstehen, Mr. Monk?«

»Ja«, versicherte er rasch. »Ich verstehe Sie gut, und es tut mir leid, daß ich Sie jetzt obendrein mit Fragen über Major Greys Tod belästigen muß – aber wir müssen seinen Mörder finden.«

Sie schauderte.

»Wie kann jemand so grausam sein? Wieviel Böses muß in einem Menschen stecken, daß er einen anderen so brutal erschlagen kann? Raufereien sind mir zuwider, ich kann sie jedoch bis zu einem gewissen Punkt verstehen – aber einen Toten noch zu verstümmeln ...! In den Zeitungen stand, er hätte grauenhaft ausgesehen. Mein Mann weiß selbstverständlich nicht, daß ich sie gelesen habe, aber ich fühlte mich einfach dazu verpflichtet; schließlich kannte ich den armen Kerl. Können Sie sich einen Reim darauf machen, Mr. Monk?«

»Nein. In meiner ganzen Laufbahn habe ich noch kein dermaßen brutales Verbrechen gesehen.« Er wußte zwar nicht genau, ob das stimmte, aber er hatte es im Gefühl. »Irgend jemand muß ihn mit einer Intensität gehaßt haben, die unsereins nur schwer begreifen kann.«

»Ich kann es mir einfach nicht vorstellen.« Sie schloß die Augen und schüttelte kaum merklich den Kopf. »Diesen Wunsch zu zerstören, zu ... zu verunstalten. Armer Joscelin, daß er ausgerechnet einer solchen ... Kreatur zum Opfer fallen mußte! Allein bei dem Gedanken, jemand könnte mich derart hassen, würde ich Angst bekommen. Ob der Ärmste es wohl geahnt hat?«

Auf die Idee war Monk noch gar nicht gekommen. Hatte Joscelin Grey gewußt, wie sehr sein Mörder ihn haßte? Hatte er ihm nur nicht zugetraut, daß er zur Tat schreiten würde?

»Er kann sich jedenfalls nicht vor ihm gefürchtet haben«, sagte er laut. »Ansonsten hätte er ihn kaum in die Wohnung gelassen, als er allein dort war.«

»Der arme Mann.« Sie zog unwillkürlich die Schultern hoch, als wäre ihr plötzlich kalt. »Ein furchtbarer Gedanke, daß so ein Verrückter frei herumlaufen kann und dabei nicht gefährlicher aussieht als Sie und ich. Ich wüßte wirklich gern, ob mich auch jemand aus tiefstem Herzen verabscheut und ich nur keine Ahnung davon habe. Früher habe ich mir darüber nie den Kopf zerbrochen, aber das hat sich inzwischen geändert. Ich werde den Menschen nie mehr so unbefangen begegnen können wie früher. Werden viele Leute von guten Bekannten umgebracht?«

»Ja, Ma'am, ich fürchte schon; und am häufigsten von einem Verwandten.«

»Das ist ja furchtbar«, sagte sie sehr leise; ihr Blick war auf einen fernen Punkt hinter ihm gerichtet. »Regelrecht tragisch.«

»Da haben Sie recht.« Er wollte weder grob noch gleichgültig wirken, aber er mußte allmählich wieder auf den Punkt kommen. »Hat Major Grey je von irgendwelchen Drohungen gesprochen oder einen Menschen erwähnt, der eventuell Angst vor ihm hätte haben können?«

Sie schaute ihn mit gerunzelter Stirn an, während die nächste Haarsträhne den offenbar untauglichen Haarnadeln entkam. »Angst vor ihm? Er war es doch, der umgebracht wurde!«

»Die Menschen sind wie alle Tiere«, entgegnete er ruhig. »Meistens töten sie aus Furcht.«

»Ja, vermutlich stimmt das; von der Seite habe ich es noch nie gesehen.« Dann schüttelte sie wieder den Kopf, nach wie vor verwirrt. »Aber Joscelin war der harmloseste Kerl, den man sich vorstellen kann! Ich habe ihn nicht ein einziges Mal ein wirklich böses Wort über jemanden sagen hören. Sicher, seine Scherze waren oft recht scharfzüngig, aber deshalb bringt man niemanden um.

»Trotzdem – gegen wen richteten sich diese Bemerkungen?«

Sie zögerte, anscheinend war ihr die Erinnerung unangenehm.

»Zum Großteil gegen seine Familie«, sagte sie schließlich. »Wenigstens hörte es sich für mich so an – und für andere wohl auch. Seine Kommentare über Menard waren nicht besonders nett – obwohl mein Mann bestimmt darüber mehr weiß als ich. Ich mochte Menard schon immer, aber das lag zweifellos daran, daß Edward und er sich so nahegestanden haben. Edward liebte ihn über alles. Die beiden haben soviel miteinander erlebt.« Sie blinzelte, was ihr sanftes Gesicht noch verknitterter aussehen ließ. »Außerdem hat Joscelin oft ziemlich abfällig über sich selbst gesprochen – es ist schwer zu begreifen.«

»Über sich selbst?« Monk war überrascht. »Ich war im Rahmen

der Ermittlungen auch bei seiner Familie und kann einen bestimmten Groll verstehen, aber warum über sich selbst?«

»Ach, weil er als Letztgeborener keinerlei Vermögensansprüche hatte. Und dann noch diese Kriegsverletzung, wegen der er hinken mußte; eine Karriere bei der Armee kam folglich nicht in Frage. Er schien das Gefühl gehabt zu haben, daß er irgendwie weniger ... weniger wert wäre. Aber das bildete er sich natürlich nur ein. Er war ein Held – alle mochten ihn, die unterschiedlichsten Leute!«

»Ja, ich verstehe.« Monk dachte an Rosamond Shelburne, die von ihrer Mutter gezwungen worden war, den Sohn mit dem Titel und den vielversprechenden Aussichten zu heiraten. Hatte Joscelin sie geliebt, oder hatte ihn ihre Absage mehr beleidigt als verletzt, ihn einmal mehr daran erinnert, daß er dritte Wahl war? Falls sie ihm tatsächlich etwas bedeutet hatte, mußte es ihn sehr getroffen haben.

Monk beschloß, das Thema zu wechseln. »Hat er irgendwann einmal erwähnt, womit er sein Geld verdiente? Er muß außer der Familienbeihilfe noch eine andere Einnahmequelle gehabt haben.«

»O ja. Er hat mit meinem Mann darüber gesprochen und es mir gegenüber angedeutet, aber ich weiß keine Einzelheiten.«

»Worum handelte es sich dabei, Mrs. Dawlish?«

»Ich glaube, es ging um die Teilhaberschaft an einer Gesellschaft, die in Handelsbeziehungen mit Ägypten stand.« Auf ihrem Gesicht spiegelten sich der damalige Enthusiasmus und Optimismus wider.

»War Mr. Dawlish an der Investition beteiligt?«

»Er zog es in Erwägung; er hielt es für ein recht vielversprechendes Projekt.«

»Aha. Dürfte ich vielleicht noch einmal vorbeikommen, wenn Mr. Dawlish zu Hause ist? Ich würde gern Genaueres über diese Gesellschaft von ihm erfahren.«

Die Begeisterung verschwand. »Ich habe mich wohl etwas ungeschickt ausgedrückt. Diese Gesellschaft gibt es nicht. Wie ich es verstanden habe, war es lediglich ein Plan, den Joscelin ins Auge gefaßt hatte.«

Monk ließ sich das durch den Kopf gehen. Wenn Grey gerade erst dabeigewesen war, eine Gesellschaft zu gründen, und möglicherweise versucht hatte, Dawlish zu einer finanziellen Beteiligung zu überreden, womit hatte er dann bis zu diesem Zeitpunkt seine umfangreichen Lebenshaltungskosten bestritten?

»Ich danke Ihnen.« Er stand auf. »Trotzdem würde ich mich gern mit Mr. Dawlish unterhalten; er kann durchaus über Major Greys Einkünfte im Bilde gewesen sein. Wenn er mit dem Gedanken gespielt hat, in eins seiner Geschäfte einzusteigen, wäre es nur natürlich gewesen, sich vorher dahingehend zu informieren.«

»Ja, da haben Sie wohl recht.« Sie zupfte ohne Erfolg an ihrer Frisur. »So gegen sechs vielleicht.«

Evans Bemühungen bei dem halben Dutzend Bediensteter ergaben außer dem Eindruck eines durch und durch normalen Haushalts nichts Neues. Geführt wurde er von einer stillen, traurigen Frau, die ihren Kummer so tapfer wie möglich trug, ohne daß er jedoch verborgen geblieben wäre. Außerdem war fast jeder selbst persönlich betroffen. Der Butler hatte einen Neffen, der als Fußsoldat in den Krieg gezogen und als Krüppel zurückgekehrt war. Das sechzehnjährige Hausmädchen hatte bei Inkerman seinen älteren Bruder verloren. Evan stellte ernüchtert fest, wie viele andere es gab, die einen geliebten Menschen verloren hatten und dabei ohne das Mitgefühl der Öffentlichkeit auskommen mußten, das Joscelin Greys Familie zuteil wurde.

Die gesamte Belegschaft erinnerte sich an Major Greys einnehmendes Wesen und wußte noch, wie angetan Miss Amanda von ihm gewesen war. Sie hatten gehofft, er würde bald wiederkommen, und waren entsetzt, daß er auf so grausige Art in seiner Wohnung ermordet worden war. Ihre offenkundig zweigleisige Denkweise verwirrte Evan. Einerseits faßten sie es nicht, daß ein Mann von Stand dermaßen scheußlich abgeschlachtet werden konnte, andererseits betrachteten sie ihre eigenen Verluste als relative Belanglosigkeit, die man mit stiller Würde zu tragen hatte.

Er verließ sie mit aufrichtiger Bewunderung für ihre stoische Haltung und einem bohrenden Zorn, weil sie den Klassenunterschied so einfach hinnahmen. Als er dann in die Halle trat, überlegte er, daß es wahrscheinlich die einzige Möglichkeit war, dieses Leben auszuhalten. Alles andere wäre selbstzerstörerisch und im Endeffekt fruchtlos gewesen.

Dawlish war ein stämmiger, recht kostspielig gekleideter Herr mit hoher Stirn und klugen, dunklen Augen, doch die Aussicht auf ein Schwätzchen mit der Polizei schien ihn nicht gerade zu beglücken; er fühlte sich sichtlich unwohl in seiner Haut.

Nach und nach stellte sich heraus, daß er bemerkenswert wenig über das Unternehmen wußte, das er sich bereits halbwegs zu unterstützen bereit erklärt hatte. Offenbar hatte er sich Joscelin Grey persönlich verpflichtet gefühlt und ihm aus diesem Grunde versprochen, seine Gelder sowie seinen guten Namen zur Verfügung zu stellen. »Reizender Bursche«, meinte er, das Gesicht halb abgewandt, während er vor dem Kamin im Salon stand. »Schlimme Sache, wenn man in einer Familie aufwächst und immer zusammengehört, bis der älteste Bruder heiratet und man plötzlich ein Niemand ist.« Er schüttelte verbittert den Kopf. »Verdammt schwierig, seinen Weg zu machen, wenn man für die Kirche ungeeignet und aus der Armee entlassen worden ist. Da bleibt nur eine standesgemäße Heirat.« Er warf Monk einen kurzen Blick zu, um sicherzugehen, daß der ihn verstand. »Keine Ahnung, warum Joscelin es nie getan hat; gut genug ausgesehen hat er bestimmt, und mit Frauen umgehen konnte er auch. War immer charmant, das rechte Wort zur rechten Zeit, na, Sie wissen schon – Amanda hielt große Stücke auf ihn.« Er räusperte sich. »Meine Tochter, wissen Sie. Das arme Ding war ganz verstört durch seinen Tod. Furchtbare Sache! Richtig scheußlich!« Er starrte auf die Glut; Traurigkeit verdunkelte seinen Blick und ließ die Falten um seinen Mund weicher erscheinen. »So ein anständiger junger Mann. Hätte eigentlich damit gerechnet, daß es ihn auf der Krim erwischt – gib dein Leben für dein Vaterland und so, Sie wissen schon –, aber das hier ...? Den ersten Verehrer hat sie in Sewastopol verloren, das arme Kind, dann natürlich ihren Bruder in Balaklawa. Dort hatten der junge Grey und er sich kennengelernt.« Er schluckte schwer und blickte trotzig zu Monk auf, als würde er seinen eigenen Gefühlen die Stirn bieten wollen. »War ein verdammtes Glück!« Er holte tief Luft und kämpfte mit Mühe seine schmerzhaften Erinnerungen nieder. »Die beiden haben sich in der Nacht vor der Schlacht miteinander unterhalten. Gute Sache, jemand zu kennen, der in der Nacht vor seinem Tod mit Edward zusammen war. War ein großer –« Er räusperte sich wieder und mußte den Blick abwenden; in seinen Augen standen Tränen. »War ein großer Trost für meine Frau und mich. Hat sie furchtbar mitgenommen, die Arme. Einziger Sohn und so, Sie wissen schon. Fünf Töchter – und dann das!«

»Soviel ich weiß, war Menard Grey ebenfalls eng mit ihrem Sohn befreundet«, sagte Monk, um das Schweigen zu überbrücken.

Dawlish schien völlig in den Anblick der Kohlen vertieft. »Unangenehmes Kapitel, das. Spreche nicht gern darüber«, brachte er mühsam und mit rauher Stimme hervor. »Habe eigentlich immer viel von Menard gehalten, aber er hat Edward auf dumme Gedanken gebracht – daran besteht kein Zweifel. Es war Joscelin, der seine Schulden bezahlt hat, damit er wenigstens nicht in Schande sterben mußte.«

Er schluckte krampfhaft. »Joscelin ist uns sehr ans Herz gewachsen, obwohl er nur wenige Tage hier bei uns verbracht hat.« Er nahm den Feuerhaken aus der Halterung und begann, heftig in der Glut zu stochern. »Ich bete zu Gott, daß Sie den Unmensch finden, der ihn auf dem Gewissen hat.«

»Wir tun, was wir können, Sir.« Monk hätte gern mehr gesagt, um sein Bedauern über soviel sinnloses Leid auszudrücken.

Dawlish sah ihn erwartungsvoll an. Der Mann rechnete augenscheinlich damit, daß er etwas sagte, irgendeine gefällige Phrase von sich gab.

»Ich bedaure sehr, daß Ihr Sohn auf diese Weise sein Leben lassen mußte«, meinte Monk schließlich und streckte spontan die Hand aus. »Und in so jungen Jahren. Wenigstens konnte Joscelin Grey Sie überzeugen, daß er tapfer und würdevoll starb und nicht lange zu leiden hatte.«

Dawlish ergriff die Hand, ehe er groß zum Nachdenken kam. »Ich danke Ihnen.« Er errötete leicht und war sichtlich gerührt. Erst als Monk längst verschwunden war, ging ihm auf, daß er einem

Polizisten so ungeniert die Hand geschüttelt hatte, als wäre er ein Mann von Stand.

Am folgenden Abend machte Monk sich zum erstenmal Gedanken über Grey, die persönlicherer Natur waren. Er saß in seinem Wohnzimmer, in dem es, abgesehen von den schwach heraufdringenden Straßengeräuschen, absolut still war. Durch die kleinen Aufmerksamkeiten den Dawlishs gegenüber und durch die Tatsache, daß er für die Schulden eines Toten aufgekommen war, hatte der Schemen Grey beträchtlich mehr an Dichte gewonnen als durch Schwärmereien seiner Mutter oder die erfreulichen, doch recht gehaltlosen Erinnerungen seiner Nachbarn. Er war plötzlich ein Mann, dessen Vergangenheit durch mehr geprägt wurde als ein bequemes Leben auf Shelburne Hall.

Nachdem er die erfrorenen Körper auf den Hügeln vor Sewastopol, das Blutbad von Balaklawa, den Dreck und die Seuchen in Skutari gesehen hatte, brachte er nicht mehr viel Geduld für die gesellschaftlichen Nichtigkeiten auf.

Unten auf der Straße polterte ein Wagen vorbei. Jemand schrie etwas, woraufhin brüllendes Gelächter erscholl.

Monk wurde auf einmal von dem gleichen unbestimmten Ekel befallen, den Grey bei seiner Rückkehr nach England empfunden haben mußte.

Etwas Ähnliches hatte er nach einem Besuch in den »Rookeries« verspürt, jenen höllenartigen, verrotteten Elendsvierteln, in denen es von Ungeziefer und Krankheitserregern nur so wimmelte – und die manchmal lediglich ein paar Dutzend Meter von den hellerleuchteten Prachtstraßen entfernt lagen, auf denen vornehme Herrschaften in vornehmen Kutschen von einem vornehmen Haus zum nächsten eilten. Er hatte dort fünfzehn bis zwanzig Personen in einem Raum zusammengepfercht gesehen, Männer, Kinder, Frauen, ohne Ofen oder sanitäre Einrichtungen. Er hatte acht- bis zehnjährige Kinder gesehen, die sich zur Prostitution anboten, mit Augen, so müde und alt wie die Sünde, und Körpern, die von Geschlechtskrankheiten zerfressen waren. Und er hatte fünfjährige und noch jüngere gesehen, die erfroren im Rinnstein lagen, weil es ihnen nicht gelungen war,

Unterkunft für eine Nacht zu erbetteln. Kein Wunder, daß sie stahlen oder das einzige verkauften, was sie besaßen – ihren Körper.

Wie konnte er das wissen, wo ihm das Gesicht seines eigenen Vaters nach wie vor ein Rätsel war? Das Erlebnis mußte ihm einen derart nachhaltigen Schock versetzt haben, daß er es bis heute nicht hatte vergessen können. War das vielleicht die Triebfeder hinter seinem Ehrgeiz, hinter dem unablässigen Drang, sich zu verbessern und den geheimnisvollen Mentor nachzuahmen, an dessen Gesicht er sich nicht erinnerte? Gebe Gott, daß es so war; es würde ihn zu einem erträglicheren Menschen machen, eventuell sogar zu einem, den er akzeptieren konnte.

Hatten Joscelin Grey solche Dinge etwas ausgemacht?

Monk hatte die feste Absicht, seinen Tod zu rächen. Er würde kein Mann sein, an dessen Tod man sich eher erinnerte als an seine Taten zu Lebzeiten.

Außerdem mußte er Licht in den Fall Latterly bringen. Er konnte kaum zu Mrs. Latterly gehen, ohne wenigstens in groben Zügen über das auf dem laufenden zu sein, was er ihr aufzuklären versprochen hatte – wie unangenehm die Wahrheit auch sein mochte. Und er *hatte* vor, zu ihr zu gehen! Wie er jetzt so darüber nachdachte, wurde ihm plötzlich klar, daß er es die ganze Zeit über vorgehabt hatte, daß er ihr Gesicht sehen, ihre Stimme hören, ihre Bewegungen beobachten wollte; er wollte ein einziges Mal im Mittelpunkt ihrer Aufmerksamkeit stehen, wenn auch nur für kurze Zeit.

Sich die Akten noch einmal anzusehen hatte wenig Sinn; das hatte er bereits zur Genüge getan. Wahrscheinlich war es sinnvoller, gleich zu Runcorn zu gehen.

»Morgen, Monk.« Runcorn saß nicht hinter seinem Schreibtisch, sondern stand am Fenster. Er klang munter und fidel. Sein bleiches Gesicht hatte Farbe, als ob er einen ausgiebigen Spaziergang in der Sonne gemacht hätte. Seine Augen strahlten. »Na, was macht der Mordfall Grey? Gibt's was Neues für die Presse? So schnell geben die nicht auf, wissen Sie.« Er rümpfte leicht die Nase und fischte in seiner Tasche nach einer Zigarre. »Es dauert nicht mehr lang, dann wollen sie Blut sehen – Rücktritt und so weiter, man kennt das ja!«

Monk sah an seiner Haltung, wie zufrieden er war. Die Schultern waren gestrafft, das Kinn etwas emporgereckt, die frischgeputzten Schuhe hatten einen beinah triumphierenden Glanz.

»Ja, Sir, das werden sie wohl«, räumte er ein. »Aber wie Sie selbst vor über einer Woche festgestellt haben, handelt es sich um eine dieser Ermittlungen, die geradezu prädestiniert dazu sind, schmutzige Wahrheiten ans Licht zu bringen. Wir sollten auf keinen Fall ohne entsprechende Beweise eine überstürzte Stellungnahme abgeben.«

»Haben Sie überhaupt was in der Hand, Monk?« Runcorns Gesicht wurde härter, doch seine hoffnungsvolle Vorfreude war ungetrübt. »Oder sind Sie genauso verloren wie Lamb?«

»Im Moment sieht es ganz nach einem Familiendrama aus, Sir«, gab Monk so gelassen wie möglich zurück. Er hatte das unangenehme Gefühl, daß Runcorn alle Fäden in der Hand hielt und es überaus genoß. »Zwischen den Brüdern bestanden enorme Spannungen. Die gegenwärtige Lady Shelburne wurde von Joscelin hofiert, ehe sie Lord Shelburne heiratete.«

»Kaum ein Grund, ihn zu ermorden«, unterbrach ihn Runcorn verächtlich. »Würde höchstens einen Sinn ergeben, wenn Shelburne das Opfer wäre. Anscheinend haben Sie nichts auf Lager!«

Monk beherrschte sich mühsam. Er spürte, daß Runcorn ihn provozieren wollte. Schließlich war ein Sieg wesentlich süßer, wenn die Niederlage offen zugegeben wurde und man ihn in Gegenwart des Besiegten auskosten konnte. Monk fragte sich, warum ihm das nicht schon vorher klargewesen war. Wieso hatte er dem nicht vorgebeugt oder war der Situation nicht gleich ganz aus dem Weg gegangen?

»Nichts Konkretes«, sagte er bewußt gleichgültig. »Aber ich denke, Joscelin war der Dame nach wie vor lieber, und ihr einziges Kind, das kurz vor seiner Abreise auf die Krim zur Welt kam, sieht ihm wesentlich ähnlicher als seiner Lordschaft.«

Runcorn machte im ersten Moment ein langes Gesicht, doch dann verzog er es langsam zu einem breiten Grinsen, das eher an ein Zähnefletschen erinnerte. Die Zigarre steckte immer noch unangezündet in seiner Hand.

»Ach, was Sie nicht sagen! Tja, ich hab Sie ja gewarnt, daß es brenzlich werden kann. Passen Sie bloß auf, Monk. Behaupten Sie nichts, was Sie nicht beweisen können. Die Shelburnes lassen Sie suspendieren, ehe Sie Piep sagen können.«

Und genau das wünschst du dir, dachte Monk.

»Richtig, Sir«, sagte er laut. »Und aus diesem Grund tappen wir – was die Presse betrifft – auch nach wie vor im dunkeln. Ich wollte eigentlich mit Ihnen über den Fall Latterly sprechen.«

»Latterly! Was, zum Teufel, spielt das jetzt für eine Rolle? Irgendein armer Hund hat Selbstmord begangen!« Runcorn schlenderte zu seinem Schreibtisch, setzte sich hin und begann ihn nach Streichhölzern zu durchsuchen. »Dafür ist die Kirche zuständig, nicht wir. Haben Sie zufällig Feuer, Monk? Wir hätten uns gar nicht drum gekümmert, wenn dieses unselige Weib nicht so ein Geschrei gemacht hätte. Ah – lassen Sie nur, da sind sie ja. Sollen sie ihre Toten doch gefälligst ohne Wirbel unter die Erde bringen!« Er zündete ein Streichholz an, hielt es an die Zigarre und begann gemütlich zu paffen. »Der Mann steckte bis über beide Ohren in einem Geschäft, das danebenging. Auf seinen Rat hin hatten all seine Freunde in das Unternehmen investiert, und damit wurde er nicht fertig. Hat sich eben für diesen Ausweg entschieden; manche nennen es feige, andere nennen es ehrenhaft.« Er blies den Rauch aus und blickte zu Monk hoch. »Ich nenn's verdammt albern. Aber in dieser Klasse ist man nun mal empfindlich, wenn es um den guten Ruf geht. Stolz ist ein übler Ratgeber – vor allem gesellschaftlicher Stolz.« Aus seinen Augen blitzte boshaftes Vergnügen. »Vergessen Sie das nicht, Monk.«

Er wandte sich wieder den Papieren auf seinem Schreibtisch zu. »Was verschwenden Sie überhaupt Ihre Zeit mit Latterly? Kümmern Sie sich lieber um Grey. Wir müssen den Fall aufklären, egal was dabei herauskommt. Die Öffentlichkeit läßt sich nicht mehr lange hinhalten; haben Sie gewußt, daß man sich sogar im Oberhaus schon wundert?«

»Nein, Sir, aber wenn ich an Lady Shelburnes Verfassung denke, überrascht's mich nicht. Haben Sie eine Akte über den Fall Latterly, Sir?«

»Sie sind ein sturer Bock, Monk – das ist eine recht zweifelhafte Charaktereigenschaft. Ich habe einen Bericht von Ihnen, in dem schwarz auf weiß steht, daß es Selbstmord war und uns nicht weiter betreffen würde. Sie wollen das Ganze doch nicht noch mal durchkauen?«

»Doch, Sir. Genau das will ich.« Monk nahm die Akte und ging.

Er besuchte die Latterlys nach Dienstschluß, in seiner Freizeit, da er nicht offiziell an dem Fall arbeitete. Irgendwann mußte er schon einmal dort gewesen sein; Mrs. Latterly und er konnten sich kaum zufällig kennengelernt haben, und daß sie auf dem Revier aufgetaucht war, erschien ihm unwahrscheinlich. Er ließ seinen Blick durch die Straße vor ihrem Haus wandern, ohne etwas wiederzuerkennen.

Monk stand vor der Haustür der Latterlys und war nervös wie ein Backfisch. Würde sie da sein? Er hatte sooft an sie gedacht. Erst in diesem Moment kam ihm der Gedanke, daß sie ihn wahrscheinlich vergessen hatte, und er wurde sich seiner Naivität und Verletzlichkeit schmerzhaft bewußt. Womöglich mußte er ihr sogar erklären, wer er war, und zweifellos würde er einen fürchterlich plumpen und unbeholfenen Eindruck machen, wenn er ihr mitteilte, daß er keine Neuigkeiten zu überbringen hatte.

Er wußte nicht recht, ob er bleiben oder gehen sollte; vielleicht war es besser, ein andermal wiederzukommen. In dem Moment erschien eine Magd im Kellervorhof, und er hob die Hand und klopfte an.

Das Stubenmädchen öffnete ihm fast augenblicklich. Sie hob leicht überrascht die Brauen.

»Guten Abend, Mr. Monk. Möchten Sie eintreten, Sir?« Am liebsten hätte sie ihn gleich auf der Türschwelle abgewimmelt. »Die Herrschaft hat gerade zu Abend gegessen und ist im Salon. Soll ich fragen, ob man Sie empfängt?«

»Ja, bitte. Das wäre nett.« Monk gab ihr seinen Mantel und folgte ihr in ein kleines Damenzimmer. Nachdem sie verschwunden war, ging er ruhelos auf und ab, ohne die Möbel, die Gemälde oder den abgetretenen Teppich wahrzunehmen. Was sollte er sagen? Er war in eine Welt eingedrungen, in der er nichts verloren hatte, nur weil das Gesicht einer Frau diffuse Träume in ihm weckte. Wahrscheinlich fand sie ihn abscheulich und würde ihn nicht weiter ertragen, wenn sie wegen ihres Schwiegervaters nicht derart bedrückt wäre und die Hoffnung hätte, er könnte sie zumindest teilweise von ihrem Kummer erlösen. Selbstmord war eine unverzeihliche Schandtat und in den Augen der Kirche mit finanziellen Problemen nicht zu rechtfertigen. Es war durchaus denkbar, daß Mr. Latterly auf ungeweihten Boden überführt wurde, wenn der Schuldspruch unwiderruflich feststand.

Für eine Flucht war es eindeutig zu spät, dennoch war die Vorstellung verlockend. Er spielte gerade mit dem Gedanken, sich eine andere Erklärung für sein Kommen einfallen zu lassen, etwas, das mit Grey und dem Brief in seiner Wohnung zusammenhing, als das Stubenmädchen zurückkam und weitere Überlegungen abrupt beendete.

»Mrs. Latterly erwartet Sie, Sir. Würden Sie mir bitte folgen –«

Gehorsam schlich er mit klopfendem Herzen und trockenem Mund hinter ihr her.

Der Salon war gemütlich, nicht zu groß und nicht zu klein, und ursprünglich mit einem Aufwand möbliert worden, der Leuten mit viel Geld zu eigen ist. Der Raum wirkte nach wie vor elegant, doch die Vorhänge waren etwas ausgebleicht, und an den mit Quasten besetzten Kordeln fehlte hier und da eine Troddel. Auch die Qualität des Teppichs konnte mit der des Chippendaletischchens und der Chaiselongue nicht mithalten. Monk fühlte sich in der Umgebung sofort wohl und fragte sich, wo im Verlauf seiner Selbstverfeinerung er soviel über guten Geschmack gelernt hatte.

Sein Blick glitt zu Mrs. Latterly, die vor dem Kamin saß. Sie trug nicht mehr Schwarz, sondern tiefes Dunkelrot, was ihrem Teint einen rosigen Schimmer verlieh. Ihr Hals und ihre Schultern waren schlank und anmutig wie die eines Kindes, ihr Gesicht war jedoch das einer erwachsenen Frau. Sie sah ihn mit großen, leuchtenden Augen an, deren Ausdruck er nicht deuten konnte, da sie zu sehr im Schatten lagen.

Er konzentrierte sich eilends auf den Rest der Anwesenden. Der

Mann mit dem helleren Haar und den schmalen Lippen mußte ihr Mann sein, die ihm gegenübersitzende Frau mit dem hochmütigen Gesicht, das so voller Unwillen, aber auch Einfallsreichtum war, kannte er bereits; sie hatten sich bei ihrer Begegnung auf Shelburne Hall miteinander gestritten – Miss Hester Latterly.

»Guten Abend, Monk«, sagte Charles, ohne aufzustehen. »Sie erinnern sich an meine Frau?« Er machte eine vage Handbewegung in Imogens Richtung. »Und das ist meine Schwester, Miss Hester Latterly. Sie war auf der Krim, als Vater starb.« Seinem Ton nach zu schließen, hatte er eindeutig etwas dagegen, daß Monk die Nase in seine Angelegenheiten steckte.

Monk wurde von einem grauenhaften Verdacht befallen. Hatte er ihren Kummer nicht genügend respektiert, war er zu forsch aufgetreten? Hatte er vielleicht etwas Unüberlegtes gesagt oder sich zu sehr in ihre Privatsphäre gedrängt? Das Blut stieg ihm in den Kopf, und er rettete sich hastig in unverfängliche Begrüßungsfloskeln, um das peinliche Schweigen zu durchbrechen.

»Guten Abend, Sir.« Dann, mit einer angedeuteten Verbeugung erst vor Imogen, anschließend vor Hester: »Guten Abend, Ma'am; Miss Latterly.« Er hatte nicht die Absicht, ihre frühere Begegnung zur Sprache zu bringen. Dazu war die Episode zu unerfreulich gewesen.

»Was können wir für Sie tun?« erkundigte sich Charles, während er mit dem Kopf auf einen Stuhl deutete, um Monk zu verstehen zu geben, daß er sich notfalls setzen durfte.

Kaum hatte er sich niedergelassen, schoß Monk der nächste beklemmende Gedanke durch den Kopf. Imogen hatte sich bei ihrem sonderbaren Zusammentreffen in der Kirche sehr zurückhaltend, fast heimlichtuerisch benommen. War es möglich, daß weder ihr Mann noch ihre Schwägerin wußten, daß sie die Angelegenheit über den Abschluß der üblichen Formalitäten hinaus verfolgt hatte? Wenn es so war, durfte er sie auf keinen Fall verraten.

Er atmete tief durch und hoffte inständig, daß er keinen vollkommen verrückten Eindruck machen würde. Wenn er sich nur an irgend etwas erinnern könnte, das Charles ihm erzählt hatte – oder Imogen, unter vier Augen. Es blieb ihm keine andere Wahl, als zu bluffen; er mußte so tun, als hätte sich etwas Neues ergeben, etwas, das mit dem Mordfall Grey zusammenhing, denn das war der einzige Fall, über den er einigermaßen Bescheid wußte. Diese Leute kannten ihn, egal wie flüchtig. Er hatte bis kurz vor seinem Unfall für sie gearbeitet – war da nicht anzunehmen, daß sie ihm etwas über seine Person verraten konnten?

Aber das war nicht mal die halbe Wahrheit, und er wußte es. Wozu sich selbst belügen? Er war einzig und allein wegen Imogen Latterly hier. Ihr Gesicht verfolgte ihn wie eine ferne Erinnerung, die in keinerlei Bezug zur Realität stand.

Die Latterlys sahen ihn unverwandt an; sie warteten.

»Wäre es denkbar ...«, begann er, aber seine Stimme klang so heiser, daß er sich hastig räusperte. »Ich habe eine überraschende Entdeckung gemacht, aber bevor ich Sie darüber in Kenntnis setze, muß ich mir absolut sicher sein. Es betrifft nämlich auch andere.« So – auf diese Weise waren sie dazu verpflichtet, nicht weiter in ihn zu dringen. Er räusperte sich noch einmal. »Unser letztes Gespräch liegt eine ganze Weile zurück, und ich habe mir damals – aus Gründen der Diskretion – keine Notizen gemacht ...«

»Danke«, sagte Charles zögernd. »Das war sehr rücksichtsvoll von Ihnen.« Es fiel ihm sichtlich schwer, die Worte über die Lippen zu bringen. Offensichtlich erkannte er nur ungern an, daß ein Polizist zu derartiger Feinfühligkeit imstande sein sollte.

Hester musterte ihn mit unverhohlenem Argwohn.

»Könnten wir die uns bekannten Details noch einmal durchgehen?« fragte Monk in der Hoffnung, sie würden vielleicht die klaffenden Lücken in seinem Gedächtnis schließen. Er wußte lediglich, was Runcorn ihm erzählt hatte, und das war wiederum nicht mehr, als er bereit gewesen war, Runcorn preiszugeben. Jedenfalls reichte es bei weitem nicht aus, um zu rechtfertigen, daß er seine Zeit auf den Fall Latterly verwendete.

»Ja, sicher.« Es war wieder Charles, der das Wort ergriff, aber Monk spürte deutlich die Blicke der beiden Frauen auf sich. Imogen machte einen verängstigten Eindruck; sie hatte die Hände in den üppigen Falten ihres Rockes vergraben, die dunklen Augen weit aufgerissen. Hester machte ein nachdenkliches Gesicht und war anscheinend jederzeit bereit, über ihn herzufallen. Er mußte beide aus seinen Gedanken verbannen und sich darauf konzentrieren, Charles' Bemerkungen aufzugreifen und sinnvolle Kommentare dazu abzugeben, ansonsten würde er wie ein Narr dastehen – und das wollte er in ihrer Gegenwart um jeden Preis vermeiden.

»Ihr Vater starb am vierzehnten Juni im Arbeitszimmer seines Hauses in Highgate«, begann er vorsichtig. Soviel wußte er von Runcorn.

»Richtig«, bestätigte Charles. »Am frühen Abend, noch vor dem Dinner. Meine Frau und ich waren ebenfalls dort. Wir waren fast alle oben, um uns umzuziehen.«

»Fast alle?«

»Meine Mutter und ich waren oben. Meine Frau kam später, weil sie Mrs. Standing besuchte, die Frau des Pfarrers, und mein Vater hielt sich, wie wir bald erfahren sollten, in seinem Arbeitszimmer auf.«

Der Tod war durch eine Kugel herbeigeführt worden, folglich fiel die nächste Frage nicht schwer.

»Und wie viele von Ihnen hörten den Knall?«

»Nun, ich nehme an, jeder von uns hat ihn gehört, aber meine Frau war die einzige, die das Geräusch richtig deutete. Sie hatte das Haus durch die Haustür betreten und befand sich im Wintergarten.«

Monk drehte sich zu Imogen um.

Sie schaute ihn mit leicht gerunzelter Stirn an, als ob sie etwas sagen wollte, es aber nicht wagte. Ihr Blick war gequält.

»Mrs. Latterly?« Er hatte vergessen, was er sie fragen wollte, und merkte, daß er die Hände seitlich am Körper zu Fäusten geballt hatte. Er zwang sich, sie unauffällig zu öffnen; sie klebten vor Schweiß.

»Ja, Mr. Monk?« erwiderte sie ruhig.

Er suchte krampfhaft nach taktvollen Worten, aber sein Kopf war wie leergefegt. Was mochte er bei ihrer ersten Begegnung zu ihr gesagt haben? Sie war zu ihm gekommen, zweifellos hatte sie ihm alles erzählt, was sie wußte. Die anderen beobachteten ihn und warteten – Charles Latterly abweisend und unverkennbar mißbilligend, Hester Latterly wütend wegen seiner stümperhaften Vorgehensweise. Er mußte sich schleunigst eine Frage einfallen lassen!

»Warum vermuteten Sie als einzige, daß es sich um einen Schuß handelte, Mrs. Latterly?« Seine Stimme dröhnte durch den totenstillen Raum wie die plötzlichen Schläge einer Standuhr. »Ahnten Sie, daß Ihr Schwiegervater mit dem Gedanken spielte, sich das Leben zu nehmen, oder daß er in Gefahr war?«

»Selbstverständlich nicht, Mr. Monk. Sonst hätte ich ihn kaum allein gelassen.« Sie schluckte und fügte etwas freundlicher hinzu: »Ich wußte, daß er Sorgen hatte, das wußten wir alle. Aber ich wäre nie auf die Idee gekommen, daß er sich deshalb erschießen würde oder derart durcheinander und unkonzentriert war, um einen Unfall haben zu können.« Ein tapferer Versuch.

»Falls Sie tatsächlich eine Entdeckung gemacht haben sollten«, warf Hester steif ein, »fände ich es besser, Sie würden sich erst dahingehend überzeugen und dann wiederkommen, um uns aufzuklären, Mr. Monk. Ihr momentanes Herumtappen ist sinnlos und unnötig belastend. Und Ihre Andeutung, meine Schwägerin hätte mehr gewußt, als sie damals zu Protokoll gab, ist eine Beleidigung!« Sie musterte ihn mit Abscheu. »Haben Sie wirklich nicht mehr zu bieten? Es ist mir ein Rätsel, wie Sie überhaupt jemand zu fassen kriegen, es sei denn, Sie stolpern direkt über ihn!«

»Hester!« Imogens Ton klang ziemlich scharf, obwohl sie den Blick gesenkt hielt. »Mr. Monk muß diese Frage stellen. Es könnte schließlich sein, daß ich etwas gehört oder gesehen habe, das mir erst im nachhinein verdächtig vorgekommen ist.«

Monk empfand einen kurzen, freudigen Stich. Eigentlich hatte er nicht verdient, in Schutz genommen zu werden.

»Danke, Ma'am.« Er versuchte Imogen anzulächeln und spürte, wie sich seine Lippen statt dessen zu einer grotesken Grimasse verzerrten. »Waren Sie damals über das volle Ausmaß des finanziellen Fiaskos Ihres Schwiegervaters im Bilde?«

»Es war nicht das Geld, was ihn ins Grab gebracht hat«, meinte sie, ehe Charles zu einer Entgegnung ansetzen konnte; Hester hatte sich vorübergehend in resigniertes Schweigen gehüllt. »Es war die Schande.« Sie biß sich gequält auf die Lippen, ihre Stimme war kaum mehr als ein Flüstern. »Sehen Sie, er hatte fast all seinen Freunden geraten, in das Projekt zu investieren. Er hat es sogar unter seinem Namen laufen lassen, und sie haben ihm das Geld gegeben, weil sie ihm vertrauten.«

Monk hätte ihr gern etwas Tröstendes gesagt. War es das, was er so intensiv spürte – Mitleid? Und das Bedürfnis zu beschützen?

»Und wohin hat das Ganze geführt? Zu einem einzigen Drama«, fuhr Imogen leise fort, den Blick auf den Boden gerichtet. »Erst Schwiegerpapa, dann Schwiegermama und jetzt auch noch Joscelin.«

Für einen kurzen Moment schienen Raum und Zeit stillzustehen, dann traf ihn die Bedeutung ihrer Worte mit voller Wucht.

»Sie kannten Joscelin Grey?« Seine Stimme schien einem andern zu gehören. Er hatte das Gefühl, hinter einer Glaswand zu stehen und durch sie hindurch auf eine Gruppe völlig fremder Menschen zu sehen.

Imogen runzelte leicht die Stirn, als würde sie seine Begriffsstutzigkeit verwirren. Ihre Wangen waren hochrot, und sie vermied es, irgendeinen von ihnen anzuschauen, insbesondere ihren Mann.

»Das darf doch nicht wahr sein!« Charles verlor die Beherrschung. »Wollen Sie uns zum Narren halten, Mann?«

Monk war absolut hilflos. Was in aller Welt hatte Grey mit dem Ganzen zu tun? Hatte er ihn am Ende gekannt?

Bei der Vorstellung, was sie jetzt von ihm denken mochten, wurde ihm übel. Wie sollte er aus diesem Dilemma wieder herausfinden? Entweder hielten sie ihn für vollkommen übergeschnappt, oder sie glaubten, er triebe ein übles Spiel mit ihnen. Das Leben mochte ihnen nicht heilig sein – der Tod war es zweifellos. Er spürte, wie sein Gesicht vor Verlegenheit brannte, und war sich Imogens Gegenwart so deutlich bewußt, als würde sie ihn berühren. Hesters Augen schienen sich voller Verachtung in seinen Rücken zu bohren.

Wieder war es Imogen, die als Retter in der Not fungierte.

»Mr. Monk ist Joscelin nie begegnet, Charles«, erklärte sie ruhig. »Man vergißt leicht einen Namen, wenn man den dazugehörenden Menschen nicht kennt.«

Hester blickte skeptisch von einem zum andern. In ihren klaren, intelligenten Augen spiegelte sich die wachsende Überzeugung, daß hier etwas ganz und gar nicht stimmte.

»Wie sollte er auch«, fügte Imogen etwas forscher hinzu, wobei sie ihre Gefühle geschickt verbarg. »Er war nach Papas Tod zum erstenmal hier – folglich hatte er gar keine Gelegenheit.« Diese Worte galten eindeutig ihrem Mann, obwohl sie ihn nicht ansah. »Und Joscelin hat sich von dem Zeitpunkt an nicht mehr hier sehen lassen, wenn du dich erinnerst.«

»Was man ihm kaum verdenken kann«, sagte Charles spitz, als wolle er durchblicken lassen, daß Imogen ungerecht war. »Es hat ihn genauso getroffen wie uns. Er schrieb mir einen sehr anständigen Brief, in dem er sein Beileid ausdrückte.« Er schob die Hände in die Taschen und zog die Schultern hoch. »Unter den gegebenen Umständen hielt er es für unpassend, persönlich vorbeizukommen. Er verstand, daß wir den Umgang miteinander abbrechen mußten – was ich überaus taktvoll fand«, schloß er mit einem ungeduldigen Blick auf seine Frau. Hester ignorierte er völlig.

»Ja, das paßt zu ihm. Er war immer sehr feinfühlig.« Imogens Blick war in weite Ferne gerichtet. »Ich vermisse ihn wirklich.«

Charles fuhr zu ihr herum und schaute ihr voll ins Gesicht. Er schien etwas sagen zu wollen, verkniff es sich jedoch, nahm stattdessen eine Hand aus der Tasche und legte den Arm um ihre Schultern. »Sie sind nicht bei ihm gewesen?« fragte er Monk, der nach wie vor kein Land sah.

»Nein. Er war nicht in der Stadt.« Das hörte sich halbwegs glaubhaft an.

»Armer Joscelin.« Imogen nahm weder ihren Mann noch die Hand auf ihrer Schulter wahr, deren Griff sich leicht verstärkte. »Er muß sich furchtbar gefühlt haben. Natürlich konnte er nichts dafür, er wurde genauso um sein Geld betrogen wie alle andern, aber er gehörte zu den Menschen, die immer zuerst sich selbst die Schuld geben.« Die Worte klangen traurig und sanft; sie enthielten nicht die leiseste Spur von Tadel.

Monk konnte lediglich raten, nachzufragen traute er sich nicht. Grey war offenbar an dem Unternehmensprojekt beteiligt gewesen, bei dem Latterly senior – und auf seine Empfehlung hin all seine

Freunde – so viel Geld verloren hatte. Folglich mußte auch Joscelin einen großen finanziellen Verlust erlitten haben, was er sich schwerlich hatte leisten können. Daher vielleicht die Bitte um einen höheren Familienzuschuß? Dem Datum auf dem Brief des Anwalts nach zu urteilen, kam es zeitlich ungefähr hin. Vermutlich hatte dieses finanzielle Debakel Joscelin Grey dazu verleitet, um Unsummen zu spielen oder sich auf das Niveau eines Erpressers zu begeben. Mit den Gläubigern im Nacken und dem drohenden gesellschaftlichen Skandal vor Augen hatte er allen Grund, verzweifelt zu sein. Außer seinem Charme hatte er nichts zu bieten; sein Unterhaltungswert öffnete ihm die Türen zur Gastfreundschaft anderer Häuser und war der einzige Weg, der zu einer reichen Erbin führte, die ihn letzten Endes aus der Abhängigkeit von seiner Mutter und seinem ungeliebten Bruder befreien konnte.

Aber wer? Wer aus seinem Bekanntenkreis war verwundbar genug, um Schweigegeld zu zahlen – und wer so verzweifelt und blutrünstig, daß er sogar vor Mord nicht zurückschreckte?

In welchen Häusern hatte Grey verkehrt? Im Verlauf eines langen Wochenendes auf dem Land konnte man Zeuge aller möglichen Indiskretionen werden. Ein Skandal wurde nicht durch das heraufbeschworen, was geschah, sondern durch das Wissen, daß etwas geschehen war. War Joscelin über einen sorgsam gehüteten Ehebruch gestolpert?

Aber Ehebruch war kein Grund zum Töten, es sei denn, es existierte ein erbberechtigtes Kind oder das Paar steckte in einer Krise, wie es bei einem laufenden Scheidungsverfahren und der anschließenden gesellschaftlichen Ächtung der Fall gewesen wäre. Für einen Mord bedurfte es eines verfänglicheren Geheimnisses, Blutschande etwa, Perversion oder Impotenz. Der Himmel allein wußte, warum Impotenz als entsetzliche Schmach betrachtet wurde, aber sie galt als abscheulichste aller Heimsuchungen, als etwas, worüber man nicht einmal hinter vorgehaltener Hand sprach.

Runcorn hatte recht. Die bloße Erwähnung einer solchen Möglichkeit würde reichen, um bei oberster Instanz Beschwerde gegen ihn einlegen und seine Karriere für immer blockieren zu können –

wenn man ihn nicht gleich vor die Tür setzte. Man würde ihm niemals verzeihen, daß er einen Mann dem Ruin ausgesetzt hatte, der einer derartigen Enthüllung zwangsläufig folgen mußte.

Charles, Hester, Imogen – sie alle starrten ihn an. Charles machte keinen Hehl daraus, daß er mit seiner Geduld am Ende war. Hester war so wütend, daß sie sich kaum noch beherrschen konnte. Ihre Finger fummelten nervös an ihrem Baumwolltaschentuch herum, ihr rechter Fuß wippte schnell und lautlos gegen den Boden. Was sie dachte, war jedem Quadratzentimeter ihres Gesichts deutlich anzusehen.

»Was müßten Sie Ihrer Ansicht nach sonst noch wissen, Mr. Monk?« erkundigte sich Charles scharf. »Wenn das alles war, möchte ich Sie bitten, uns in Zukunft nicht weiter zu quälen, indem Sie an Dinge rühren, die für uns nur schmerzhaft sind. Ob mein Vater sich nun das Leben genommen hat oder aufgrund seiner Zerstreutheit einen Unfall erlitt, läßt sich nicht beweisen, aber wir wären Ihnen sehr verbunden, wenn Sie die Leute, die nachsichtig genug sind, es als Unfall zu betrachten, auch in ihrem Glauben ließen! Meine Mutter starb, weil sie seelisch gebrochen war, und einer unserer Freunde wurde brutal ermordet. Wenn wir Ihnen ohnehin keine Hilfe mehr sein können, würde ich vorschlagen, Sie lassen uns in Ruhe und geben uns die Möglichkeit, auf unsre Weise mit all dem fertig zu werden. Vielleicht können wir dann endlich wieder in ein normales Leben zurückfinden. Es war ein Fehler, daß meine Frau hoffte, durch ihre Hartnäckigkeit eine angenehmere Alternative präsentiert zu bekommen, aber Frauen sind nun mal weichherzig, und es fällt ihr schwer, die bittere Wahrheit zu akzeptieren.«

»Sie bat mich lediglich festzustellen, ob es tatsächlich die Wahrheit ist«, warf Monk hastig ein; es ärgerte ihn, daß Imogen kritisiert wurde. »Ich kann daran beim besten Willen nichts Falsches finden«, fügte er kalt hinzu.

»Das ist sehr liebenswürdig von Ihnen, Mr. Monk«, erwiderte Charles mit einem gönnerhaften Blick auf Imogen, als wolle er andeuten, wie tapfer Monk deren Launen ertragen habe, »aber ich habe nicht den geringsten Zweifel, daß sie zu demselben Schluß kommen wird. Vielen Dank für Ihren Besuch. Ich bin sicher, Sie haben getan, was Sie für Ihre Pflicht hielten.«

Monk mußte sich dieser Aufforderung zum Gehen wohl oder übel fügen. Erst in der Halle wurde ihm klar, was er getan hatte. Er hatte sich durch die Gedanken an Imogen und durch Hesters beißende Verachtung aus dem Konzept bringen lassen, war viel zu sehr von dem Haus, von Charles Latterlys Selbstsicherheit und Arroganz sowie seinen Versuchen beeindruckt gewesen, eine Familientragödie zu bemänteln und zu verharmlosen.

Er machte auf dem Absatz kehrt und stand wieder vor der verschlossenen Tür. Er wollte ihnen ein paar Fragen über Grey stellen, wozu er genug Berechtigung hatte. Er machte einen Schritt vorwärts und kam sich plötzlich unglaublich lächerlich vor. Sollte er wie ein Lakai, der um Einlaß bittet, an die Tür klopfen? Er streckte die Hand aus und zog sie schnell wieder zurück.

In dem Moment öffnete sich die Tür, und Imogen kam heraus. Sie blieb verblüfft stehen, nur einen Schritt von ihm entfernt, den Rücken an der Wandvertäfelung. Das Blut stieg ihr ins Gesicht.

»Oh, Verzeihung.« Sie holte tief Luft. »Ich – ich wußte nicht, daß Sie noch hier sind.«

Auch er suchte krampfhaft nach Worten, doch er war sprachlos. Die Sekunden verstrichen wie eine Ewigkeit, dann sagte sie schließlich: »Was ist, Mr. Monk? Haben Sie etwas herausgefunden?« Ihre Stimme klang eifrig, ihre Augen leuchteten hoffnungsvoll, und er wußte nun mit Bestimmtheit, daß sie auf eigene Faust zu ihm gekommen war und ihm etwas anvertraut hatte, das weder ihrem Mann noch Hester bekannt war.

»Ich untersuche den Mordfall Grey.« Was hätte er sonst sagen sollen? Er steckte in einem Sumpf aus Unsicherheit und Unwissen. Wenn er sich nur erinnern könnte!

Die Hoffnung in ihren Augen erlosch. »Ach so. Dann sind Sie deswegen gekommen. Entschuldigen Sie, es war ein Mißverständnis meinerseits. Sie – Sie möchten etwas über Major Grey wissen?«

Es gab kaum etwas, das der Wahrheit ferner gelegen hätte.

»Ich –« Monk atmete tief durch. »Ich will Sie nur ungern damit quälen, nachdem Sie gerade erst –«

Sie hob abrupt den Kopf; in ihren Augen schimmerte Wut. Er hatte keine Ahnung, weshalb. Sie war so liebenswert, so sanft – sie weckte eine Sehnsucht in ihm, deren Inhalt sich seiner Erinnerung entzog; es war etwas Bittersüßes, das lange zurücklag, eine Zeit voll Gelächter und Vertrauen. Wie konnte er nur so dumm sein, diesen Wirbelsturm von Gefühlen für eine Frau zu empfinden, die ihn lediglich um Unterstützung bei einem familiären Drama gebeten hatte und ihn mit ziemlicher Sicherheit auf eine Stufe mit dem Klempner oder dem Feuerwehrmann stellte?

»Ein Unglück kommt selten allein«, entgegnete sie leise und ein wenig distanziert. »Und ich kenne die Ansicht der Presse. Was wollen Sie denn über ihn wissen? Wenn uns irgend etwas bekannt wäre, das Ihnen weiterhelfen könnte, hätten wir es Ihnen vorhin erzählt.«

»Ich weiß.« Ihr rätselhafter, unterschwelliger Zorn setzte ihm erheblich zu; er traf ihn mit vernichtender Intensität. »Natürlich hätten Sie das getan. Ich – ich habe mich nur gefragt, ob ich vielleicht etwas übersehen habe. Aber ich glaube nicht. Gute Nacht, Mrs. Latterly.«

»Gute Nacht, Mr. Monk.« Sie hob den Kopf etwas höher. Hatte sie gerade geblinzelt, um die Tränen zurückzudrängen? Aber das war absurd – aus welchem Grund sollte sie weinen? Aus Enttäuschung? Aus Resignation? Aus Ernüchterung, weil sie mehr von ihm erhofft und erwartet hatte? Könnte er sich bloß erinnern!

»Parkin, Mr. Monk möchte gehen.« Ohne ihn noch einmal anzusehen oder auf das Mädchen zu warten, wandte sie sich um und ließ ihn allein.

9

Monk beschäftigte sich wieder mit dem Mordfall Grey, aber sowohl Imogen Latterlys unvergeßliche Augen als auch Hester Latterly mit ihrem Zorn und ihrer raschen Auffassungsgabe gingen ihm nicht aus dem Kopf. Er mußte sich zwingen, seine Konzentration auf den aktuellen Stand der Ermittlungen zu lenken und die amorphe Masse von Fakten und Mutmaßungen, über die sie bisher verfügten, zu einem Bild zusammenzusetzen.

Er saß mit Evan in seinem Büro, und sie versuchten gemeinsam, aus der wachsenden Anzahl der Informationen schlau zu werden. Der gesamte Tatbestand erwies sich als wenig schlüssig und ohne Beweiskraft. Nur eins stand fest: Da nichts auf ein gewaltsames Eindringen des Mörders hinwies, mußte Grey ihn selbst hereingelassen haben – und wenn das der Fall war, war er sich nicht bewußt gewesen, daß er Grund hatte, die Person zu fürchten. Es war nicht sehr wahrscheinlich, daß er um diese Zeit einen Fremden empfangen hatte.

Oder war Grey über die Gefühle seines Mörders im Bilde gewesen, hatte sich aber davor in Sicherheit gewähnt? Hatte er geglaubt, der Betreffende wäre aus irgendeinem Grund nicht in der Lage, ihn anzugreifen? Nicht einmal darauf wußte Monk die Antwort.

Sowohl Yeats' als auch Grimwades Personenbeschreibungen des möglichen Täters paßten nicht auf Lovel Grey, allerdings waren sie so ungenau, daß es nicht viel heißen mußte. Falls Rosamond Greys Sohn tatsächlich Joscelins und nicht Lovels Kind war, würde das als Mordmotiv durchaus genügen – vor allem wenn Joscelin es wußte und Lovel ständig daran erinnerte. Es wäre nicht das erste Mal gewesen, daß eine höhnische, grausame Bemerkung, über Impotenz beispielsweise, einen unkontrollierten Gefühlsausbruch zur Folge hatte.

An diesem Punkt riß Evan ihn aus seinen Überlegungen; es schien fast so, als könne er Gedanken lesen.

»Glauben Sie, Shelburne hat Joscelin selbst umgebracht?« Seine Stirn war in Falten gelegt, sein Gesichtsausdruck besorgt, die großen Augen umwölkt. Um seine eigene Karriere konnte er kaum fürchten, weder die Regierung noch die Shelburnes würden ihm die Schuld an dem Skandal in die Schuhe schieben. Zitterte er für seinen Vorgesetzten? Ein erwärmender Gedanke.

Monk blickte auf.

»Nicht unbedingt. Aber wenn er irgendwen dafür bezahlt hätte, wäre derjenige sauberer und schneller vorgegangen – und weniger brutal. Profikiller erschlagen ihre Opfer normalerweise nicht. Sie erstechen oder erdrosseln sie; und das nicht in deren Wohnung.«

Evans empfindsamer Mund verzog sich angewidert. »Sie meinen eine Attacke auf offener Straße, in einem einsamen Winkel, wo alles ganz schnell vorbei ist?«

»So ungefähr. Und die Leiche wird in einer finsteren Gasse zurückgelassen, in der sie nicht so bald gefunden wird, vorzugsweise nicht in der Nähe ihrer ehemaligen Wohnung. Auf diese Weise wird das Risiko verringert, mit dem Opfer in Verbindung gebracht oder wiedererkannt zu werden.«

»Vielleicht war er in Eile und konnte den richtigen Ort und die richtige Zeit nicht mehr abwarten?« schlug Evan vor, während er sich samt seinem Stuhl zurücklehnte und zu kippeln begann.

»Wozu in Eile sein?« Monk zuckte mit den Schultern. »Falls es Shelburne war, bestand kein Grund zur Eile, schon gar nicht, wenn es um Rosamond ging. Da hätten ein paar Tage mehr oder weniger kaum eine Rolle gespielt.«

»Stimmt.« Evan ließ die vorderen Stuhlbeine wieder auf den Boden sinken. »Ich hab nicht die leiseste Ahnung, wie wir irgendwas beweisen wollen. Ich weiß nicht mal, wo anfangen.«

»Finden Sie heraus, wo sich Shelburne zur Tatzeit aufgehalten hat. Das hätte ich eigentlich längst tun sollen.«

»Oh, danach hab ich mich bereits bei den Bediensteten erkundigt – ganz unauffällig, versteht sich.« Trotz seiner Überraschung konnte Evan eine gewisse Genugtuung nicht verbergen.

»Und?« fragte Monk gespannt, um ihm nicht die Freude zu verderben.

»Er war nicht zu Hause; man hatte ihnen gesagt, er würde das Dinner in der Stadt einnehmen. Ich bin der Sache nachgegangen, und das mit dem Dinner stimmt. Den Rest des Abends verbrachte er in seinem Klub, in der Nähe vom Tavistock Place. Es wäre etwas schwierig für ihn gewesen, zur rechten Zeit am Mecklenburg Square zu sein, weil man ihn leicht hätte vermissen können, aber unmöglich war es nicht. Er mußte bloß die Compton Street entlanggehen, rechts in die Hunter abbiegen, um den Brunswick Square herum, am Lansdowne Place und dem Findelhaus vorbei bis zum Caroline Place – und schon war er da. Höchstens zehn Minuten, wahrscheinlich weniger. Nach ungefähr einer Dreiviertelstunde, das Gerangel mit Grey eingerechnet, wäre er wieder im Klub gewesen. Er hätte es jedenfalls zu Fuß schaffen können – leicht sogar.«

Monk lächelte. Evan hatte ein dickes Lob verdient, und er sagte es ihm gern.

»Phantastisch, gut gemacht; das wäre eigentlich meine Aufgabe gewesen. Wenn es bei dem Streit um eine alte Sache ging, hat es vielleicht gar nicht so lang gedauert – sagen wir mal, zehn Minuten für den Hinweg, zehn Minuten für den Rückweg und fünf Minuten für den Kampf selbst. In einem Klub kommt es öfter vor, daß jemand für diese Zeit scheinbar verschollen ist.«

Evan blickte auf den Boden. Er war etwas rot und grinste glücklich.

»Bringt uns nur leider auch nicht viel weiter«, meinte er schließlich. »Shelburne könnte es zwar gewesen sein, genausogut aber auch jemand anders. Wir müssen wohl in den sauren Apfel beißen und alle Leute unter die Lupe nehmen, die Joscelin erpreßt haben könnte, oder? Es dauert bestimmt nicht lang, und wir sind noch berüchtigter als Frankensteins Monster. Haben Sie den Verdacht, daß es Shelburne war, Sir, wir es aber niemals beweisen können?«

Monk erhob sich.

»Ich weiß es nicht, aber ich will verdammt sein, wenn's am mangelnden Einsatz scheitert.« Er überlegte, was Joscelin Grey auf der Krim alles durchgemacht haben mußte, während sein Bruder

Lovel bequem in seinem stattlichen Herrenhaus hockte, Rosamond heiratete und immer mehr Geld und Luxusgüter anhäufte.

Ein Gefühl bodenloser Ungerechtigkeit begann an ihm zu nagen, wütend und schmerzhaft wie ein eiterndes Geschwür. Er drückte die Türklinke heftig hinunter und riß die Tür auf.

»Sir!« Evan war halb aufgesprungen.

Monk wandte sich um.

Evan wußte nicht, in welche Worte er seine dunklen Ahnungen kleiden sollte, wovor er Monk warnen wollte, aber sein innerer Kampf war ihm deutlich anzusehen.

»Machen Sie nicht so ein entsetztes Gesicht«, sagte Monk ruhig, während er die Tür wieder schloß. »Ich bin auf dem Weg zu Greys Wohnung. Soweit ich mich erinnere, steht dort eine Familienfotografie, inklusive Lovel und Menard. Mich interessiert, ob Grimwade oder Yeats einen von beiden wiedererkennen. Wollen Sie mitkommen?«

Evans Gesichtsausdruck machte eine abrupte Wandlung durch. Sein Mund verzog sich zu einem breiten Lächeln.

»Klar, Sir. Und ob ich will.« Er riß Mantel und Schal vom Haken. »Könnten Sie den beiden das Bild vielleicht zeigen, ohne ihnen zu verraten, wer die Männer sind? Wenn die hören, daß es sich um seine Brüder handelt – na ja, Sie wissen schon . . . ich meine, Lord Shelburne –«

Monk schaute ihn von der Seite her an, und Evan schnitt augenblicklich eine reuevolle Grimasse.

»Jaja, schon gut«, brummte er, während er Monk durch den Flur folgte. »Aber die Shelburnes werden sowieso alles abstreiten und uns die Hölle heiß machen, wenn wir einen von ihnen beschuldigen!«

Darüber war Monk sich im klaren, und er hatte keinen Plan, wie er sich verhalten sollte, falls tatsächlich einer von ihnen identifiziert werden würde. Trotzdem war es eine Möglichkeit, der er nachgehen mußte.

Grimwade steckte wie üblich in seinem Kämmerchen. Er schien ausgezeichneter Laune zu sein.

»Wunderbar milder Tag heute, Sir«, meinte er, zog den Kopf ein und schaute blinzelnd aus dem Fenster. »Sieht fast so aus, als ob mal die Sonne scheinen würde.«

»Hm«, bestätigte Monk mechanisch. »Tolles Wetter.« Er wußte nur, daß er nicht naß war. »Wie müssen noch mal in Major Greys Wohnung, ein paar Dinge herausholen.«

»Du meine Güte, bei so vielen von Ihnen, die an dem Fall dran sind, müssen Sie den Kerl ja bald schnappen.« In Grimwades Gesicht schlich sich ein spöttischer Ausdruck. »So 'n vielbeschäftigten Haufen hab ich wirklich noch nie gesehen, Ehrenwort!«

Monk, den Schlüssel in der Hand, befand sich bereits auf halber Höhe der Treppe, als er den tieferen Sinn von Grimwades Bemerkung erfaßte. Er blieb so abrupt stehen, daß Evan ihm in die Hacken trat.

»Oh, Verzeihung.«

»Was hat er damit gemeint?« Monk drehte sich stirnrunzelnd um. »So viele von uns? Es gibt doch nur Sie und mich – oder?«

Evans Blick verdüsterte sich. »Meines Wissens schon! Glauben Sie, Runcorn war hier?«

Monks Körper wurde steif wie ein Stock. »Warum sollte er? Schließlich will er um keinen Preis derjenige sein, der das Rätsel löst, besonders wenn Shelburne der Täter ist. Er möchte nicht das geringste mit dem Fall zu tun haben.«

»Aus Neugier womöglich?« Es spiegelten sich noch andere Vermutungen in Evans Gesicht, doch die sprach er nicht aus.

Monk hegte ähnliche Gedanken. Hatte Runcorn etwa einen Beweis für Shelburnes Schuld herbeigeschafft, den Monk zwangsläufig finden mußte? In dem Fall wäre er gezwungen, den Mann öffentlich zu beschuldigen. Evan und er starrten sich einen Moment in stummem Einverständnis an.

»Das haben wir gleich«, sagte Evan und stieg langsam die Treppe hinunter.

Es dauerte einige Minuten, bis er zurückkam. Während Monk auf der Treppe auf ihn wartete, suchte sein Verstand nach einem Ausweg, nach einer Möglichkeit, die Anklageerhebung gegen Shelburne zu vermeiden. Dann erst grübelte er über Runcorn nach. Bestand die Feindschaft zwischen ihnen schon lang? Mochte Runcorn ihn nur deshalb nicht, weil er den jüngeren und schlaueren Rivalen in ihm sah?

Jünger und schlauer – sonst nichts? Vielleicht auch härter? Skrupellos, wenn es darum ging, den eigenen Ehrgeiz zu befriedigen? Ein Mensch, der andere für sich arbeiten ließ und dann die Lorbeeren einheimste, dem der Beifall der Öffentlichkeit wichtiger war als Gerechtigkeit? Der sich stets die reißerischsten, publicityträchtigsten Fälle aussuchte? Am Ende gar einer, der seine eigenen Fehler mit unendlichem Geschick auf andere abwälzte, nachdem er ihnen die Ideen gestohlen hatte?

Nun – in dem Fall hatte er sich Runcorns Haß zu Recht zugezogen.

Monk blickte zu der alten, sorgfältig verputzten Decke hoch. Gleich darüber befand sich der Raum, in dem Grey erschlagen worden war. Im Augenblick war er weit davon entfernt, skrupellos zu sein – er war durcheinander und deprimiert und fürchtete sich davor zu versagen. Konnte ihn die Kopfverletzung so stark verändert haben – und wenn nicht sie, dann vielleicht der Schock? Er sah sich von neuem mit der völligen Leere konfrontiert, die sich bereits im Krankenhaus wie ein gähnender Abgrund vor ihm aufgetan hatte.

Doch da kam Evan zurück und unterbrach ihn in seinen Gedanken. Sein Kollege machte ein hochgradig besorgtes Gesicht.

»Runcorn!« Nun, da er seine Befürchtung bestätigt sah, wurde Monk unvermittelt von heftiger Angst überfallen.

Evan schüttelte den Kopf.

»Nein. Es waren zwei Männer, denen ich noch nie begegnet bin, so wie Grimwade sie mir beschrieben hat. Aber er besteht darauf, daß sie von der Polizei waren, weil er einen Blick auf ihre Papiere geworfen hat, ehe er sie reinließ.«

»Ihre Papiere?« Es hatte wenig Sinn zu fragen, wie die beiden ausgesehen hatten. Er konnte sich nicht mal an die Männer aus seiner eigenen Abteilung erinnern, geschweige denn an die aus den anderen.

»Ja. Grimwade sagt, sie hätten die gleichen Dienstausweise gehabt wie wir.«

»Konnte er sehen, ob sie von unserem Revier waren?«

»Ja, Sir, das waren sie.« Evans Gesicht wurde noch bekümmerter. »Aber ich kann mir beim besten Willen nicht vorstellen, wer die beiden gewesen sein sollen. Warum sollte Runcorn noch jemand herschicken? Ich begreif das nicht.«

»Sie haben nicht zufällig ihre Namen genannt?«

»Grimwade hat sie sich nicht gemerkt, fürchte ich.«

Monk drehte sich um und stieg die Treppe hinauf. Er war beunruhigter, als er Evan sehen lassen wollte. Vor Greys Tür blieb er stehen, schob den Schlüssel ins Schloß und stieß sie auf. Die kleine Diele war unverändert und unangenehm vertraut; sie erschien ihm wie ein böses Omen auf das, was dahinter lag.

Evan folgte ihm auf dem Fuße. Sein Gesicht war blaß, sein Blick düster, aber Monk wußte, daß Runcorn und die beiden Männer, die er geschickt hatte, der Grund für seine Niedergeschlagenheit waren, nicht der Nachhall der brutalen Gewalttat.

Es noch länger hinauszuschieben hatte wenig Sinn. Monk öffnete die Tür.

Dicht hinter ihm, fast an seiner Schulter, ertönte ein langgezogener Seufzer, als Evan verblüfft den Atem ausstieß.

In Greys Wohnzimmer herrschte ein wildes Durcheinander. Der Schreibtisch war umgeworfen, sein gesamter Inhalt in die Zimmerecken geschleudert worden – die Schriftstücke offensichtlich Blatt für Blatt. Aus den Stühlen waren die Sitzflächen herausgerissen, das Polstersofa mit einem Messer aufgeschlitzt. Die Bilder waren auf dem ganzen Fußboden verstreut, die Rahmen an der Rückseite aufgetrennt.

»Großer Gott!« Mehr brachte Evan nicht heraus.

»Das war wohl kaum die Polizei«, stellte Monk ruhig fest.

»Aber sie hatten Dienstausweise«, protestierte Evan. »Grimwade hat sie mit eigenen Augen gesehen!«

»Noch nie was von Kopierkünstlern gehört?«

»Eine Fälschung?« meinte Evan matt. »Na ja, Grimwade wäre der Unterschied bestimmt nicht aufgefallen.«

»Uns wahrscheinlich auch nicht, wenn der Mann gut war.« Monk schnitt ein finsteres Gesicht.

»Wer kann das gewesen sein?« Evan ging an Monk vorbei, um den Trümmerhaufen besser betrachten zu können. »Und was, zum Teufel, wollten die hier?«

Monks Augen wanderten zu den Regalen, die einst voll Zierrat gestanden hatten.

»Da oben befand sich eine silberne Zuckerdose«, sagte er und wies auf die entsprechende Stelle. »Sehen Sie mal nach, ob sie irgendwo unter den Blättern liegt. Dort auf dem Tisch standen mehrere Jadefiguren und in der Nische da drüben zwei Schnupftabaksdosen; eine davon hatte einen Deckel mit Einlegearbeit. Und dann nehmen Sie sich die Anrichte vor – in der mittleren Schublade müßten Sie auf Silberbesteck stoßen.«

»Du meine Güte, Ihr Gedächtnis ist wirklich unglaublich!« Evan war beeindruckt und warf seinem Vorgesetzten einen bewundernden Blick zu, ehe er vorsichtig durch das Chaos auf dem Boden kroch und darunterschaute, ohne etwas zu verändern.

Monk staunte selbst. Er erinnerte sich nicht, dermaßen große Aufmerksamkeit auf nebensächliche Details verwendet zu haben. Hatte er sich nicht gleich nach dem Eintreten auf die Spuren des Kampfes konzentriert, auf die Blutflecken, die umgekippten Möbelstücke, die beschädigte Wand und die schief hängenden Bilder? Er hatte ganz bestimmt keinen Blick in die Schubladen der Anrichte geworfen, dennoch konnte er das Silberbesteck in den dafür vorgesehenen, mit grünem Filz ausgelegten Fächern deutlich vor sich sehen.

War das irgendwo anders gewesen? Brachte er diesen Raum mit einem anderen durcheinander? Handelte es sich um eine elegante Anrichte aus der Vergangenheit, die er in einer anderen Wohnung gesehen hatte? Womöglich bei Imogen Latterly?

Aber Imogen mußte er aus seinen Gedanken verbannen, wie hartnäckig und wunderbar sich ihm ihr Bild auch immer wieder aufdrängte. Sie war ein Traum, ein Produkt seiner Erinnerungen und Sehnsüchte.

Monk konzentrierte sich wieder auf die Gegenwart, auf Evan, der in der Anrichte herumstöberte, und auf dessen Bemerkung über sein Gedächtnis.

»Alles Übung«, sagte er lakonisch. »Kommt im Lauf der Zeit wie von selbst. Vielleicht war es gar nicht die mittlere Schublade, sehen Sie besser in allen nach.«

Evan tat, wie ihm geheißen, während Monk sich dem Chaos auf dem Fußboden widmete. Er suchte nach Anhaltspunkten, die ihm etwas über den Verursacher oder sein Motiv verraten konnten.

»Da ist nichts«, verkündete Evan, die Mundwinkel empört herabgezogen. »Aber die Stelle stimmt. Das ganze Schubfach ist mit Stoff ausgekleidet, und die Spalten sind eindeutig für die Besteckteile bestimmt. Die haben sich mächtig ins Zeug gelegt für ein Dutzend Silberbesteckgarnituren; hatten sich wohl mehr erwartet. Wo, sagten Sie, waren die Jadefiguren?«

»Hier.« Monk machte einen großen Schritt über einen Berg aus Papier und Polsterfüllung, um zu einem leeren Regal zu gelangen. Er fragte sich zum zweitenmal, ziemlich beunruhigt, woher er etwas wissen konnte, das er nicht einmal bemerkt hatte.

Er beugte sich hinunter, um den Boden abzusuchen, wobei er alles wieder so hinlegte, wie es gewesen war. Evan sah ihm zu.

»Keine Figuren?«

»Nein. Sie sind weg.« Monk richtete sich mit steifem Rücken auf. »Es fällt mir schwer zu glauben, daß gewöhnliche Diebe all die Mühen und Kosten auf sich nehmen, die mit der Beschaffung von gefälschten Polizeipapieren verbunden sind, nur um etwas Silber, etwas Jade und, wenn ich mich recht entsinne, ein oder zwei Tabaksdosen zu ergattern.« Er schaute sich um. »Viel mehr hätten sie auch nicht mitgehen lassen können, ohne aufzufallen. Grimwade wäre bestimmt mißtrauisch geworden, wenn sie mit Möbelstücken oder Gemälden an ihm vorbeimarschiert wären.«

»Das Silber und die Jade wird schon einiges wert sein, nehme ich an.«

»Nicht mehr besonders viel, nachdem der Hehler seinen Anteil eingestrichen hat.« Monk warf einen Blick auf das Durcheinander und stellte sich vor, wieviel Wirbel und Radau das Unternehmen verursacht haben mußte. »Bei weitem weniger jedenfalls, als das Risiko gerechtfertigt hätte. Es wäre wesentlich einfacher gewesen, in eine Wohnung einzubrechen, die nicht gerade im Brennpunkt des polizeilichen Interesses steht. Nein – sie waren auf irgend etwas anderes scharf. Das Silber und die Jade waren lediglich eine Sonderzulage. Welcher Profieinbrecher läßt außerdem ein solches Chaos zurück?«

»Sie meinen, es war Shelburne?« Aus lauter Ungläubigkeit ging Evans Stimmlage eine halbe Oktave in die Höhe.

Monk wußte selbst nicht, was er meinte.

»Ich kann mir nicht vorstellen, was Shelburne damit bezweckt haben sollte«, sagte er, während er seinen Blick noch einmal durch den Raum schweifen ließ und sich ausmalte, wie er vorher ausgesehen hatte. »Selbst wenn noch etwas hier war, das ihm gehörte, hätte er uns Dutzende von Erklärungen auftischen können, denn schließlich ist Joscelin tot und kann nichts mehr dagegen einwenden. Er könnte zum Beispiel behaupten, es hier vergessen zu haben, egal was es war, oder daß er es Joscelin geliehen oder der es einfach genommen hat.« Er musterte den zarten Akanthusstuck an der Decke. »Und ich halte es für ziemlich unwahrscheinlich, daß er ein paar Männer angeheuert hat, sich falsche Polizeiausweise zu besorgen und die Wohnung seines Bruders zu plündern. Nein, Shelburne kann es nicht gewesen sein.«

»Aber wer dann?«

Monk stellte erschrocken fest, daß das Ganze plötzlich keinen Sinn mehr ergab. Alles, was noch vor zehn Minuten halbwegs vernünftig geklungen hatte, paßte auf einmal nicht mehr zusammen, vergleichbar mit zwei Puzzleteilchen, die aus zwei vollkommen verschiedenen Motiven stammten. Andererseits war er beinah in Hochstimmung, denn wenn nicht Shelburne hierfür verantwortlich war, sondern jemand, der sich mit Fälschern und Einbrechern auskannte, hatte es vielleicht nie ein skandalträchtiges Geheimnis und infolgedessen auch keine Erpressung gegeben.

»Ich weiß es nicht«, erwiderte er in unerwartet energischem Ton. »Aber um das herauszufinden, müssen wir nicht mit Samthandschuhen vorgehen und auf Zehenspitzen durch die Gegend schleichen. Niemand wird uns unsren Job wegnehmen, nur weil wir ein paar Fälschern unangenehme Fragen stellen, einen Spitzel schmieren oder einem Hehler ein bißchen auf die Füße treten.«

Evans Gesicht entspannte sich. Seine Augen leuchteten auf, sein Mund verzog sich zu einem zaghaften Lächeln. Monk überlegte, daß er bislang wahrscheinlich kaum mit der Unterwelt in Berührung gekommen war, so daß sie für ihn noch im vollen Glanz des Geheimnisvollen erstrahlte. Nur zu bald würde er die dunklen Flecken darin entdecken: das Grau des Elends, das Schwarz des lebenslangen Leids und der ständigen Angst. Und er würde den schrillen Galgenhumor kennenlernen, der allgegenwärtig war.

Evan konnte es offensichtlich nicht erwarten, endlich die wahren Herausforderungen eines kriminalistischen Ermittlungsverfahrens kennenzulernen und in das Herz von Laster und Verbrechen vorzudringen.

»Ja«, nahm Monk den Faden wieder auf. »In dieser Angelegenheit können wir ganz so verfahren, wie es uns beliebt.« Und Runcorn einen Strich durch die Rechnung machen, fügte er im stillen hinzu.

Er ging, dicht gefolgt von Evan, zur Tür. Das Aufräumen konnten sie sich sparen; besser, alles blieb, wie es war. Selbst dieses Chaos konnte einen Hinweis enthalten – ein andermal.

In der Diele fiel sein Blick eher zufällig auf den Stockständer, den er schon früher bemerkt, sich jedoch nicht genauer angesehen hatte, weil er mit den Spuren der Gewalt im Wohnzimmer beschäftigt gewesen war. Außerdem hatten sie den Stock, der als Tatwaffe fungiert hatte, bereits sichergestellt. Jetzt sah er, daß noch vier weitere Exemplare vorhanden waren. Vielleicht hatte Grey, da er gewöhnlich einen Spazierstock als Gehhilfe verwenden mußte, im Lauf der Zeit eine Sammlerleidenschaft entwickelt. Das wäre nicht verwunderlich gewesen; nach dem zu urteilen, was über ihn bekannt war, hatte er viel Wert auf seine äußere Erscheinung gelegt. Wahrscheinlich hatte er einen Stock für den Morgen besessen, einen für den Abend, einen saloppen für die Freizeit und einen robusteren für den Aufenthalt auf dem Land.

Monks Augen blieben an einem dunkelmahagonifarbenen Prachtstück hängen. Direkt unterhalb des Knaufs war ein schmaler Messingstreifen eingehämmert, der die Form einer Gliederkette hatte. Der Anblick löste ein fast schwindelerregendes Gefühl in ihm aus – er wußte mit völliger Sicherheit, daß er diesen Stock schon gesehen hatte, und zwar mehr als einmal.

Evan stand neben ihm und wartete, verwundert, daß er stehengeblieben war. Monk versuchte, einen klaren Kopf zu bekommen und herauszufinden, wer diesen Stock wo und wann gehalten hatte. Er erreichte lediglich, daß sich das prickelnde Gefühl der Vertrautheit verstärkte – genau wie das der Angst.

»Sir?« Evan klang eine Spur argwöhnisch. Er verstand nicht, weshalb ihr Aufbruch so plötzlich zum Erliegen gekommen war. Sie standen beide wie angewurzelt in der Diele, und die einzige Erklärung dafür befand sich in Monks Kopf. Doch sosehr er sich auch anstrengte – er sah nichts als den Stock, nicht einmal die Hand, die ihn hielt.

»Ist Ihnen noch etwas eingefallen, Sir?« riß ihn Evans Stimme aus seinen Gedanken.

»Nein.« Wenigstens konnte er sich wieder bewegen. »Nichts.« Er suchte verzweifelt nach einer Erklärung für sein sonderbares Benehmen. »Ich habe nur überlegt, wie wir's am besten angehen. Grimwade konnte die Namen auf diesen Dienstausweisen nicht entziffern, sagen Sie?«

»Ja. Allerdings hätten sie wohl kaum ihre richtigen Namen benutzt, oder?«

»Nein, ganz bestimmt nicht, aber dann wüßten wir immerhin, welche Namen der Fälscher verwendet hat.« Das war keine allzu intelligente Frage gewesen, aber wenigstens klang sie halbwegs plausibel. Evan schien eine Art Lehrer in ihm zu sehen und sog jedes seiner Worte begierig auf. »Fälscher gibt's in London wie Sand am Meer«, sagte er mit Nachdruck, als wüßte er genau, wovon er sprach, und als wäre es tatsächlich von Bedeutung. »Und ich wage zu behaupten, daß in den vergangenen vierzehn Tagen sicher mehr als einer falsche Polizeipapiere ausgestellt hat.«

»Klar. Hätte ich auch selbst draufkommen können.« Evan war zufriedengestellt. »Ich hab Grimwade auch schon nach den Namen gefragt, als ich noch gar nicht wußte, daß es Einbrecher waren, aber er hat nicht darauf geachtet. War wohl mehr an dem Abschnitt über die Befugnis interessiert.«

»Macht nichts.« Monk hatte sich wieder unter Kontrolle. Er öffnete die Wohnungstür und ging hinaus. »Der Name des Reviers reicht wahrscheinlich vollkommen aus.« Evan folgte ihm, zog die Tür hinter sich zu und schloß ab.

Als sie auf der Straße standen, änderte Monk seine Meinung. Er wollte Runcorns Gesicht sehen, wenn er ihm von dem Einbruch erzählte und wenn ihm langsam dämmerte, daß Monk, auch ohne schmutzige Skandale aufzudecken, Greys Mörder finden konnte. Plötzlich hatte sich ein völlig neuer Weg aufgetan, der sich schlimmstenfalls als Fehlschlag erweisen konnte – aber es bestand eine reelle Chance auf Erfolg.

Er versorgte Evan mit einem belanglosen Auftrag und der Anweisung, sich in einer Stunde wieder mit ihm zu treffen, und ließ sich in einem Hansom durch das lärmende, sonnenüberflutete London zum Revier kutschieren. Runcorn war in seinem Büro. Ein hämischer Ausdruck trat in sein Gesicht, als er Monk hereinkommen sah.

»Morgen, Monk«, begrüßte er ihn gutgelaunt. »Nichts Neues, wie ich sehe?«

Monk gab sich ganz seinem inneren Hochgefühl hin. Er fühlte sich wie jemand, der langsam in ein heißes Bad steigt, Zentimeter für Zentimeter, um jeden Moment in vollen Zügen zu genießen.

»Dieser Fall steckt wirklich voller Überraschungen«, erwiderte er nichtssagend und sah Runcorn mit gespielter Besorgnis an.

Runcorns Gesicht verdüsterte sich, aber Monk konnte seinen heimlichen Triumph förmlich riechen.

»Fatalerweise kann sich die Öffentlichkeit für unser Staunen nicht viel kaufen«, versetzte er und badete seinerseits in freudiger Erwartung. »Ihre Verwirrung gibt uns in den Augen der Bevölkerung noch lange nicht das Recht, es ebenfalls zu sein. Sie machen nicht genug Druck, Monk.« Er runzelte kaum merklich die Stirn und lehnte sich auf seinem Stuhl zurück. Das durchs Fenster einfallende Sonnenlicht legte sich wie ein breiter Balken über sein Profil. »Sind Sie wirklich wieder ganz auf dem Damm?« fragte er mit vor Anteilnahme triefender Stimme. »Sie scheinen nicht mehr der alte zu sein. Früher waren Sie nicht so« – er lächelte genießerisch – »so zaghaft. Gerechtigkeit war Ihr oberstes Ziel, Ihr einziges sogar! Ich hab noch nie erlebt, daß Sie vor irgendwas zurückgeschreckt sind, auch nicht vor den übelsten Ermittlungen.« Irgendwo tief in Runcorns Augen regten sich Zweifel. Er pendelte wie ein Anfänger auf dem Fahrrad mühsam zwischen Kühnheit und praktischer Erfahrung hin und her. »Sie glauben doch, daß Ihre Erstklassigkeit Sie so schnell so weit gebracht hat«, fügte er hinzu und wartete auf eine Reaktion. Monk hatte die flüchtige Vision einer fetten Spinne, die träge im Zentrum ihres Netzes hockt und sich ganz der Gewißheit hingibt, daß sich die Fliegen früher oder später schon einstellen werden; das Wann interessierte sie höchstens bezüglich ihrer Gefräßigkeit, kommen würden sie auf jeden Fall.

Er beschloß, noch eine Weile mitzuspielen. Auf diese Weise konnte er Runcorn im Auge behalten, ihn vielleicht dazu bringen, Gefühle preiszugeben und eigene Schwachpunkte zu enthüllen.

»Dieser Fall ist anders«, antwortete er zögernd, wobei er sich einen bekümmerten Anschein gab. Er ließ sich auf dem Stuhl vor Runcorns Schreibtisch nieder. »Er übertrifft alles, was ich bisher erlebt habe. Man kann ihn unmöglich vergleichen.«

»Mord ist Mord.« Runcorn schüttelte wichtigtuerisch den Kopf. »Das Gesetz kennt keinen Unterschied – und die Öffentlichkeit auch nicht. Und wenn doch, bewegt dieser Fall die Gemüter ganz besonders. Er hat alles, was die Bevölkerung liebt, alles, was Reporter brauchen, um die Emotionen hochzupeitschen und die Leute in Furcht und Schrecken zu versetzen – und ihre Empörung anzustacheln.«

»Nicht alles«, gab Monk zu bedenken. »Es fehlt die Love-Story, und Affären liebt die Bevölkerung am meisten. Es ist keine Frau im Spiel.«

»Keine Love-Story?« Runcorns Brauen schossen in die Höhe. »Also, es ist schon eine Überraschung, daß Sie feige sind, Monk, aber obendrein noch dumm? Das hätte ich im Leben nicht gedacht!« Sein Gesicht verzerrte sich zu einer grotesken Mischung aus Genugtuung und simulierter Betroffenheit. »Geht es Ihnen wirklich gut?« Er beugte sich vor, um seinen Worten mehr Gewicht zu verleihen. »Sie haben nicht zufällig manchmal Kopfschmerzen, wie? Der Schlag auf Ihren Kopf war ziemlich heftig, wissen Sie. Ich glaube kaum, daß Sie sich noch dran erinnern, aber bei meinem ersten Besuch im Krankenhaus haben Sie mich nicht erkannt.«

Monk weigerte sich standhaft, den furchtbaren Gedanken zur Kenntnis zu nehmen, der sich ihm plötzlich aufdrängte.

»Eine Affäre?« fragte er verdutzt, als hätte er die folgenden Worte gar nicht gehört.

»Joscelin Grey und seine Schwägerin!« Runcorn beobachtete ihn scharf, obwohl sein Blick verschleiert war und er so tat, als würde er Monk nur vage anschauen.

»Weiß die Öffentlichkeit davon?« Genauso mühelos gelang es Monk, den Unschuldigen zu markieren. »Ich bin noch nicht dazu gekommen, einen Blick in die Zeitungen zu werfen.« Er schob skeptisch die Unterlippe vor. »Meinen Sie, es war klug, das jetzt schon verlauten zu lassen? Lord Shelburne wird nicht gerade begeistert sein!«

Die Haut über Runcorns Wangen straffte sich.

»Selbstverständlich habe ich noch nichts darüber verlauten lassen!« Er gab sich kaum noch Mühe, seine Wut zu verbergen. »Aber irgendwann muß es sein. Sie können das nicht ewig aufschieben.« In seine Augen trat ein hartes, fast lüsternes Glitzern. »Sie haben sich verändert, Monk, sagen Sie, was Sie wollen. Was waren Sie für ein Kämpfer! Es kommt mir fast so vor, als wären Sie plötzlich ein anderer Mensch. Haben Sie vergessen, wie Sie früher gewesen sind?«

Für die nächsten Sekunden war Monk unfähig zu antworten; er war unfähig, etwas anderes zu tun, als den Schock halbwegs zu verarbeiten. Eigentlich hätte er damit rechnen müssen, aber er war sich seiner selbst zu sicher gewesen, hatte dem Offensichtlichen gegenüber die Augen verschlossen. Runcorn wußte, daß er das Gedächtnis verloren hatte! Wenn es ihm nicht von Anfang an klargewesen war, dann hatte er es aus Monks vorsichtigem Lavieren und seiner völligen Unkenntnis hinsichtlich der Beschaffenheit ihrer Beziehung geschlossen. Runcorn war kein Anfänger; er hatte sein ganzes Leben damit verbracht, Gelogenes von der Wahrheit zu unterscheiden, intuitiv Motive zu erkennen, Verborgenes ans Licht zu holen. Was für ein eingebildeter Esel war er doch gewesen, zu glauben, er könnte Runcorn aufs Glatteis führen! Er schämte sich so sehr für seine Dummheit, daß ihm das Blut in die Wangen stieg.

Da Runcorn ihn nicht aus den Augen ließ, konnte ihm der plötzliche Farbwechsel in seinem Gesicht kaum entgangen sein. Er mußte wieder die Oberhand über seine Emotionen gewinnen, ein Schutzschild oder, besser noch, eine Waffe finden. Er richtete den Oberkörper ein wenig auf und begegnete Runcorns Blick.

»Sie mögen sich vielleicht nicht mit mir auskennen, Sir, ich hingegen schon. Schließlich sind die wenigsten von uns so unkompliziert, wie es nach außen hin scheint. Vermutlich bin ich einfach besonnener, als Sie angenommen haben – und das ist gut so!« Er kostete genüßlich den letzten Moment vor der großen Enthüllung aus, wenn er auch nicht ganz die erwartete Süße besaß. Dann sah er Runcorn direkt in die Augen.

»Eigentlich bin ich hier, um Sie darüber zu informieren, daß in Greys Wohnung eingebrochen wurde. Zwei Männer, die sich als Polizisten ausgegeben haben, haben alles auf den Kopf gestellt und ein paar wertvolle Gegenstände mitgehen lassen. Die Dienstausweise, die sie dem Portier gezeigt haben, müssen von einem Experten stammen.«

Runcorns Gesicht erstarrte; auf seiner Haut erschienen rote Flekken. Monk konnte der Versuchung nicht widerstehen, dem Ganzen noch eins draufzusetzen.

»Das wirft ein völlig neues Licht auf die Angelegenheit, finden Sie nicht?« fügte er fröhlich hinzu, als wäre es für sie beide tatsächlich ein Grund zur Freude. »Ich kann mir beim besten Willen nicht vorstellen, daß Lord Shelburne zusammen mit einem gedungenen Komplizen den Peeler spielt und die Wohnung seines Bruders durchsucht.«

Die wenigen Sekunden hatten Runcorn genug Zeit zum Nachdenken verschafft.

»Dann hat er eben zwei Männer angeheuert. Ist doch klar!«

Doch damit hatte Monk gerechnet. »Wenn Shelburne auf etwas aus war, das ein dermaßen großes Risiko gerechtfertigt hätte«, konterte er, »warum hat er es sich dann nicht früher geholt? Es würde sich mittlerweile schon seit zwei Monaten in der Wohnung befinden.«

»Welches große Risiko?« Runcorns Stimme war deutlich anzuhören, wie absurd er die Idee fand. »Sie haben's doch phantastisch eingefädelt – es muß ein Kinderspiel gewesen sein. Sie brauchten nichts weiter zu tun, als das Haus ein bißchen im Auge zu behalten, um sicherzugehen, daß die echte Polizei nicht da war. Dann sind sie mit ihren gefälschten Papieren hineinspaziert, haben sich geholt, was sie wollten, und sind wieder verschwunden. Ich wette, die haben sich hinterher ordentlich ins Fäustchen gelacht.«

»Ich dachte eigentlich nicht an die Gefahr, während des Einbruchs geschnappt zu werden«, sagte Monk spöttisch. »Mir schwebte das Risiko vor, daß Shelburne eingehen würde, indem er sich potentiellen Erpressern in die Hände gibt.«

Runcorns Gesichtsausdruck verriet, zu Monks heimlicher Freude, daß er daran nicht gedacht hatte.

»Er blieb natürlich anonym«, versuchte er den Gedanken abzutun.

Monk lächelte süß. »Wenn das, was er suchte, so wertvoll war, daß er ein paar Einbrecher und einen erstklassigen Fälscher dafür bezahlt hat, kann sich auch ein nicht besonders schlauer Dieb ausrechnen, daß es sicher auch wichtig genug ist, den Preis dafür ein wenig in die Höhe zu treiben. Ganz London weiß, daß in dieser Wohnung ein Mord geschah. Was immer sich dort befand, müßte wirklich vernichtend gewesen sein.«

Runcorn starrte wütend auf die Tischplatte. Monk wartete geduldig.

»Und? Was haben Sie vorzuschlagen? Irgendwer hat was gesucht. Oder behaupten Sie im Ernst, es war ein Gelegenheitsdieb, der mal schnell sein Glück versuchen wollte?« Runcorns Stimme triefte vor Verachtung; er schürzte angewidert die Lippen.

Monk ignorierte die Frage und meinte statt dessen: »Ich werde herausfinden, was so begehrt gewesen ist.« Er schob den Stuhl zurück und stand auf. »Vielleicht ist es etwas, das wir bis jetzt völlig übersehen haben.«

»Da müßten Sie aber ein verdammt guter Detektiv sein, wenn Sie das schaffen wollen!« Der triumphierende Ausdruck kehrte in Runcorns Augen zurück.

»Oh, das bin ich«, gab er ungerührt zurück. »Dachten Sie, das hätte sich auch geändert?«

In Wirklichkeit hatte er keine Ahnung, wo er beginnen sollte. Er hatte sämtliche Kontakte vergessen. Selbst wenn ihn ein Hehler oder ein Informant auf offener Straße anrempeln würde, würde er ihn nicht erkennen. Die Kollegen konnte er auch nicht fragen. Wenn Runcorn ihn schon haßte, war mehr als wahrscheinlich, daß viele von ihnen es ebenfalls taten. Sich so verwundbar zu zeigen, würde förmlich dazu einladen, ihm den Gnadenstoß zu versetzen. Runcorn wußte, daß er das Gedächtnis verloren hatte, soviel stand fest, auch wenn er es lediglich mit doppeldeutigen Anspielungen hatte durchblicken lassen. Es bestand jedoch eine gute Chance, diesen gefährlichen Mitwisser so lange in Schach zu halten, bis er wieder über genügend Erinnerungen und Know-how verfügte, um es mit allen aufnehmen zu können. Wenn es ihm gelang, den Mordfall Grey aufzuklären, war er unangreifbar – und dann konnte Runcorn erzählen, was er wollte.

Wie sollte er es anstellen, die Einbrecher aufzuspüren? Sosehr er Evan mochte – und er tat es jeden Tag mehr, denn der Mann war begeisterungsfähig und liebenswürdig, hatte Humor und ein durch und durch reines Herz, um das Monk ihn beneidete –, er durfte sich ihm auf keinen Fall auf Gedeih und Verderb ausliefern, indem er ihm die Wahrheit sagte. Und wenn er ehrlich sein sollte (zugegeben, ein bißchen Eitelkeit war auch dabei), war Evan außer Beth der einzige Mensch, der nichts gegen ihn zu haben schien, der ihn allem Anschein nach sogar gern hatte. Das durfte er sich nicht verscherzen.

Evan konnte er nicht um die Namen der Hehler und Informanten bitten, er mußte sie auf eigene Faust in Erfahrung bringen. Aber wenn er tatsächlich so ein guter Detektiv gewesen war, wie alle Anzeichen vermuten ließen, kannte er eine Menge, und die würden sich an ihn erinnern.

Monk war spät dran, und Evan wartete bereits. Er entschuldigte sich – zu Evans Überraschung – und wurde sich erst hinterher bewußt, daß ein Vorgesetzter etwas Derartiges nicht nötig hatte. Wenn er sein Vorhaben und sein Unvermögen geheimhalten wollte, mußte er vorsichtiger sein. Er hatte die Absicht, das Mittagessen in einem der billigen Eßlokale zu sich zu nehmen, die als beliebte Treffpunkte der Unterwelt galten. Vielleicht meldete sich jemand bei ihm, wenn er dem Wirt gegenüber eine entsprechende Bemerkung fallenließ. Es würde zwar einige Zeit dauern, bis er sämtliche Läden abgeklappert hatte, doch nach drei oder vier Tagen sollte er zumindest einen Punkt gefunden haben, von dem er ausgehen konnte.

Monk erinnerte sich zwar weder an Namen noch Gesichter, das Ambiente dieser finsteren Kaschemmen war ihm jedoch bestens vertraut. Er wußte auf Anhieb, wie er sich zu benehmen hatte: wie ein Chamäleon die Farbe wechseln und mit hängenden Schultern durch die Gegend schlurfen, den wachsamen Blick vermeintlich auf den Boden gerichtet. Man erkannte einen Menschen nicht an seiner Kleidung; jeder Falschspieler und Betrüger, jeder gute Taschendieb und jedes Mitglied der Londoner Hochstaplergilde konnte sich ebensogut kleiden wie die meisten anderen. Hatte der Pfleger im Krankenhaus nicht sogar ihn für einen Hochstapler gehalten?

Evan mit seinem netten Gesicht und dem offenen, humorvollen Blick sah allerdings viel zu sauber aus, um als Gauner durchzugehen. Er hatte nicht das geringste von der Verschlagenheit eines Überlebenskünstlers, wenn auch einige Vertreter dieser Spezies ausgesprochen geschickt waren, was die Vorspiegelung falscher Tatsachen betraf, und das unschuldigste Gesicht besaßen, das man sich vorstellen konnte. In der Unterwelt war genug Raum für Lügner und Betrüger aller Variationen; es gab keine menschliche Schwäche, aus der nicht Kapital geschlagen wurde.

Sie begannen westlich vom Mecklenburg Square und arbeiteten sich in Richtung King's Cross Road vor. Als sich gleich die erste Wirtschaft als Fehlschlag entpuppte, schlugen sie sich nach Norden, zur Pentonville Road, dann wieder nach Südwesten bis Clerkenwell.

Trotz aller logischen Betrachtungen regte sich in Monk am zweiten Tag des Unternehmens allmählich das Gefühl, er sei vollkommen auf dem Holzweg und Runcorn würde schließlich doch als letzter lachen. Da glitt plötzlich – in einer Schenke, die sich »Zur grinsenden Ratte« nannte und aus allen Nähten platzte – ein schmuddeliger kleiner Mann neben sie auf die Sitzbank und entblößte mit einem argwöhnischen Seitenblick auf Evan feixend eine Reihe gelbbrauner Zähne. Es herrschte ein ziemliches Getöse, und über allem hing ein strenger Geruch von Bier, Schweiß, schmutziger Kleidung, Körpern, bei denen ein Bad längst überfällig war, und dampfendem Essen. Der Fußboden war mit Sägemehl bedeckt, unablässig ertönte das Klirren aneinandergestoßener Gläser.

»Hallo, Mr. Monk. Lang nich mehr gesehen. Wo waren Se denn die ganze Zeit?«

Monk wurde von heftiger Erregung erfaßt, gab sich jedoch alle Mühe, es zu verbergen.

»Hatte einen Unfall«, sagte er bewußt gleichgültig.

Der Mann musterte ihn kritisch von oben bis unten und tat sodann mit einem Grunzen kund, daß ihn das Thema nicht weiter interessiere.

»Hab gehört, Sie suchen wen, der Ihnen 'n bißchen was pfeift?«

»Richtig«, bestätigte Monk. Er durfte nicht überstürzt vorgehen, denn das würde den Preis in die Höhe treiben, und zum Feilschen hatte er keine Zeit. Wenn er es nicht richtig anstellte, hielt man ihn für naiv. Die ganze Atmosphäre verriet ihm, daß Schachern unbedingt zum Spiel gehörte.

»Is was drin bei der Sache?«

»Schon möglich.«

»Hm.« Der Mann ließ sich das durch den Kopf gehen. »Sie sind immer fair gewesen, deshalb komm ich auch zu Ihnen, anstatt zu den anderen Bullen. So was von knickerig, 'n paar von denen, da würden Se sich richtig schämen!« Er schüttelte den Kopf und zog lautstark die Nase hoch, während er das Gesicht zu einer angewiderten Grimasse verzog.

Monk lächelte.

»Was brauchen Se denn?«

»So einiges.« Monk dämpfte die Stimme noch mehr. Sein Blick war starr auf den Tisch gerichtet. »Ein paar gestohlene Gegenstände, einen Hehler und einen erstklassigen Fälscher.«

Auch der Mann hielt den Blick gesenkt und studierte scheinbar gefesselt die ringförmigen Abdrücke der Bierkrüge auf der Tischplatte.

»Mann, Hehler gibt's haufenweise, aber nur 'n paar gute Fälscher. Irgendwas Besonderes, das geklaute Zeugs?«

»Eigentlich nicht.«

»Warum wolln Se den Kram dann zurück? Is jemand was passiert?«

»Genau.«

»Na schön, dann packen Se mal aus.«

Monk begann die Sachen so gut es ging zu beschreiben; er konnte sich dabei lediglich auf seine Erinnerung stützen.

»Tafelsilber –«

Der Mann warf ihm einen vernichtenden Blick zu.

Monk schrieb das Tafelsilber ab und fuhr fort: »Eine Jadefigur, etwa fünfzehn Zentimeter hoch – eine Tänzerin, die die Arme vor die Brust hält, die Ellbogen nach außen gedreht. Rosa Jade.«

»Na, wer sagt's denn! Schon besser.« Der Mann hob ein wenig die Stimme. Monk vermied es, ihn anzusehen. »Rosa Jade kriegt man hier nich oft zu sehen. Sonst noch was?«

»Eine silberne Zuckerdose, so um die zehn bis zwölf Zentimeter hoch, und zwei Schnupftabaksdosen mit Einlegearbeit.«

»Was für Schnupftabaksdosen, Mann – Silber, Gold, Emaille? Da müssen Se mir schon mehr verraten!«

»Ich weiß es nicht.«

»Was? Und der Knabe, dem se's geklaut haben, auch nicht?« Sein Gesicht verdüsterte sich mißtrauisch, dann sah er Monk zum erstenmal an. »Mensch! Isser abgekratzt oder was?«

»Genau«, sagte Monk gelassen, während er die Wand anstarrte. »Aber es besteht kein Verdacht, daß der Dieb dafür verantwortlich ist. Er war schon lange vor dem Einbruch tot.«

»Sicher? Woher wolln Se denn das wissen?«

»Er starb vor zwei Monaten.« Monk lächelte säuerlich. »Sogar ich kann mich da nicht irren. Man hat seine unbewohnte Wohnung geplündert.«

Der Mann hatte eine Weile daran zu kauen, ehe er seine Meinung äußern konnte.

Irgendwo in der Nähe des Schanktresens ertönte brüllendes Gelächter.

»'n toten Kerl haben se beklaut?« meinte er mit Todesverachtung. Is 'n bißchen unsicher, ob da überhaupt noch was zu holen is, finden Se nich? Aber haben Se nich was von 'nem Fälscher gesagt? Was wolln Se denn mit dem?«

»Die Einbrecher benutzten gefälschte Polizeiausweise, um ins Haus zu kommen«, erklärte Monk.

Bei dieser Vorstellung hellte sich das Gesicht des Mannes auf; er begann vergnügt zu kichern.

»Ganz schön gerissen. Gefällt mir!« Er wischte sich mit dem Handrücken über den Mund und mußte wieder lachen. »Is ja fast 'ne Schande, 'n Kerl mit soviel Köpfchen in 'n Knast zu bringen.«

Monk fischte einen halben Goldsovereign aus der Tasche und legte ihn demonstrativ auf den Tisch. Der Mann starrte darauf, als hätte die Münze magische Kräfte.

»Ich will den Kerl, der die Papiere gefälscht hat«, wiederholte Monk, streckte eine Hand nach dem Geldstück aus und versenkte es wieder in der Innentasche seines Mantels. Der Mann verfolgte jede seiner Bewegungen. »Und keine krummen Touren! Ich merke es, wenn Sie Ihre Finger in meine Tasche stecken. Das sollten Sie nicht vergessen, es sei denn, Sie sind scharf darauf, Hanf zu zupfen. Würde Ihren zarten Fingerchen allerdings gar nicht gut bekommen!« Wie aus heiterem Himmel stürmte plötzlich die quälende Erinnerung an blutige Männerhände auf ihn ein, die tagein, tagaus Seilenden auftrennten, während das Leben ihrer Besitzer Jahr für Jahr sinnlos verstrich.

Der Mann zuckte zusammen. »Das war jetzt aber nich nett, Mr. Monk. Bei Ihnen hab ich mein Lebtag noch nich lange Finger gemacht!« Er bekreuzigte sich hastig, und Monk war nicht sicher, ob er es tat, um seine Aufrichtigkeit zu bekräftigen oder weil er wegen der Lüge um Vergebung bat. »In den Wonneschuppen haben

Se's wohl schon probiert, wie?« fuhr der Mann fort und schnitt eine Grimasse. »Schwer loszuwerden, so 'ne Jade-Lady.«

Evan machte ein etwas verwirrtes Gesicht, wenn Monk auch nicht ganz verstand weshalb.

»Pfandhäuser«, übersetzte er. »Die Diebe entfernen natürlich alles, was zur Identifizierung der Beute führen könnte, aber bei Jade läßt sich das schlecht bewerkstelligen, ohne das Objekt zu beschädigen.« Er zog fünf Schillinge aus der Tasche und gab sie dem Mann. »Kommen Sie übermorgen wieder. Wenn Sie dann was Brauchbares für mich haben, kriegen Sie den Sovereign.«

»Is gut, Mann, aber nich hier. Unten inner Plumbers Row, gleich bei der Whitechapel Road, gibt's 'ne Kneipe, die heißt ›Zur purpurroten Ente‹. Kommen Se dahin!« Er musterte Monk mißbilligend. »Und kommen Se bloß in vernünftigen Klamotten – nich so wie jetzt, daß Se aussehn wie 'n voll aufgetakelter Schwafler! Und vergessen Se die Kohle nich, ich werd Ihnen nämlich was liefern. Macht's gut, Leute.« Er warf Evan einen letzten skeptischen Blick zu, rutschte von der Bank und verschwand im allgemeinen Gedränge. Monk war in Hochstimmung; er jubilierte innerlich. Sogar der viel zu schnell abgekühlte Pflaumenpudding war auf einmal erträglich. Er schaute Evan mit breitem Grinsen an.

»Wir sollen uns verkleiden«, klärte er ihn auf. »Damit man uns nicht für zwei Moralapostel hält.«

»Ach so.« Evan entspannte sich und begann allmählich selbst Spaß an dem Ganzen zu finden. »Alles klar.« Er betrachtete den Pulk von Gesichtern, hinter deren Schmutzschicht er wahre Mysterien vermutete, die ihm seine Phantasie in den schillernden Farben ausmalte.

Am übernächsten Tag stieg Monk gehorsam in entsprechend zerschlissene Kleidungsstücke; ihr Informant hätte sie wahrscheinlich »Aufpäppler« genannt. Er wünschte, er könnte sich an den Namen des Mannes erinnern, aber er blieb ihm genauso hartnäckig verborgen wie beinah alles nach seinem siebzehnten Lebensjahr.

Wenig später saßen Evan und er im Schankraum der »Purpurroten Ente«. Evans Gesicht spiegelte sowohl seinen Abscheu als auch seine Bemühungen, sich diesen nicht anmerken zu lassen, wider. Während er ihn betrachtete, rätselte Monk, wie oft er selbst schon hier gewesen sein mußte, daß es ihm so gar nichts ausmachte. Der Krach, der Gestank, der ungewollt enge Kontakt zu andern Menschen – all das schien sein Unterbewußtsein zu kennen, während sein Verstand nicht das geringste davon wußte.

Sie mußten fast eine Stunde warten, bis ihr Mann erschien. Dafür grinste er siegessicher, als er sich ohne ein Wort auf den Platz neben Monk plumpsen ließ.

Monk hatte nicht die Absicht, den Preis zu gefährden, indem er zu wißbegierig erschien.

»Durstig?« erkundigte er sich.

»Nee, höchstens auf den Guinee. Bin nich scharf drauf, mit Kerlen wie euch beim Trinken gesehn zu werden. Nix für ungut, aber die Jungs hier haben 'n scharfes Gedächtnis und 'n loses Mundwerk.«

»Das glaub ich gern«, pflichtete Monk ihm bei. »Aber die Guinee müssen Sie sich erst verdienen.«

»Bah – jetzt machen Se aber mal halblang, Mr. Monk! Hab ich Sie je aufs Kreuz gelegt, hä? Hab ich?«

Monk hatte keine Ahnung.

»Haben Sie meinen Fälscher gefunden?«

»Wo die Jade is, weiß ich nich. Jedenfalls nich genau.«

»Haben Sie den Fälscher gefunden?«

»Kennen Se Tommy, den Blütenmann?«

Monk spürte einen Anflug von Panik. Evan, den das Gefeilsche zu faszinieren schien, ließ ihn nicht aus den Augen. Sollte er diesen Tommy kennen? Was ein »Blütenmann« war, wußte er: jemand, der Falschgeld unter die Leute brachte.

»Tommy?« fragte er verständnislos.

»Hab ich doch gesagt, oder?« kam es unwirsch zurück. »Tommy der Blinde. Jedenfalls tut er so, als ob er blind wär. Wenn Se mich fragen, iss er nich blinder als Sie oder ich.«

»Und wo finde ich ihn?« Wenn es ihm gelang, zu nichts und niemand eine konkrete Aussage zu machen, konnte er sich vielleicht auch so durchmogeln.

»Wo Se den finden?« Der Mann schnaubte verächtlich; die Vorstellung war einfach absurd. »Sie finden den nie allein! Is auch viel zu gefährlich, der sitzt mitten in 'n Rookeries. Wenn Se da mutterseelenallein reinspaziert kommen, kriegen Se garantiert 'ne nette kleine Scherbe in Ihren netten Bauch – da können Se Gift drauf nehmen! Ich werd Sie hinbringen.«

»Ist Tommy neuerdings unter die Fälscher gegangen?« Monk versuchte seine Erleichterung mit dieser allgemeinen und, wie er hoffte, unverfänglichen Bemerkung zu überspielen.

Der kleine Mann sah ihn fassungslos an.

»Der doch nich! Der kann nich mal seinen eigenen Namen kritzeln, wie soll er da Papiere fälschen! Aber er kennt 'n richtig gerissenen Knaben, der's kann. Wenn Se mich fragen, hat der Ihre Wische ausgestellt. Hat 'n prima Ruf.«

»Gut. Jetzt zu der Jade – gar nichts rausgefunden?«

Der Mann verzog seine gummiartigen Züge, bis er aussah wie ein beleidigtes Nagetier.

»'n harter Brocken, das. Ich kenn 'n Bruder, der hat so 'n Ding gehabt, aber er schwört bei seiner Seele, daß er's von 'nem Schleicher gekriegt hat – und Sie haben nix von 'nem Schleicher gesagt.«

»Nein, ein Hoteldieb war das nicht«, bestätigte Monk. »Ist das alles?«

»Alles, was ich sicher weiß.«

Monk wußte genau, daß der Mann log, woher, konnte er nicht sagen. Es war die Summe etlicher Eindrücke und viel zu subtil, um analysiert werden zu können.

»Ich glaube Ihnen nicht, Jake, aber das mit dem Fälscher haben Sie gut gemacht.« Er griff in die Tasche und brachte die versprochene Goldmünze zum Vorschein. »Wenn die Spur tatsächlich zu dem Mann führt, den ich suche, springt noch eine für Sie raus. Und jetzt bringen Sie mich zu Tommy dem Blinden, unserm Blütenmann.«

Sie standen auf und zwängten sich an den Menschenmassen vorbei auf die Straße. Erst nach etwa zweihundert Metern wurde Monk bewußt, daß er den Mann mit seinem Namen angesprochen hatte; eine Woge der Erregung durchlief seinen Körper. Das war mehr als eine bloße Erinnerung, es war sein Wissen – es kehrte zurück! Er beschleunigte seine Schritte und stellte fest, daß er Evan überglücklich angrinste.

Das Elendsquartier, in das Jake sie führte, war eine monströse Ansammlung faulender, nebeneinandergezwängter Wohnbaracken, die bedenklich krumm und schief aussahen. Das Holz hatte sich durch die Feuchtigkeit verzogen, Böden und Wände waren mehrmals an denselben Stellen ausgebessert. Trotz des frühen Sommerabends war es düster, und die klamme, nach menschlichen Ausscheidungen stinkende Luft schlug ihnen unangenehm kalt ins Gesicht. Die Rinnsteine in den engen Gassen quollen über vor Dreck. Im Hintergrund hörte man ein stetiges Quieken und Rascheln, das von den allgegenwärtigen Ratten stammte. Überall waren Menschen; sie kauerten in den Hauseingängen, lagen auf den Pflastersteinen, manchmal mehrere auf einem Haufen, manche davon lebendig, andere bereits an Unterernährung oder Seuchen gestorben. Typhus und Lungenentzündung waren ständige Begleiter, und die Geschlechtskrankheiten breiteten sich in ebenso rasantem Tempo aus wie die Fliegen und Läuse.

Monks Blick fiel auf ein fünf- bis sechsjähriges Kind, das im Rinnstein lag. Sein Gesicht war ein grauer, schrecklich abgehärmter Fleck in dem trüben Zwielicht; man konnte unmöglich sagen, ob es sich um ein Mädchen oder einen Jungen handelte. Monk dachte mit dumpfem Zorn, daß Greys Tod – egal auf welch bestialische Weise er auch erschlagen worden war – immer noch eine bessere Art war zu sterben als das jämmerliche Verenden dieses Kindes.

Er schaute Evan an, dessen Gesicht wachsbleich in der Düsternis hervortrat; die Augen waren zwei dunkle Höhlen in seinem Kopf. Es gab nichts, das er ihm sagen konnte, nichts, das irgendwie geholfen hätte. Statt dessen streckte er eine Hand aus, um ihm kurz den Arm zu drücken – eine Vertraulichkeit, die ihm an einem solchen Ort des Schreckens vollkommen natürlich erschien.

Sie folgten Jake durch eine Gasse nach der andern, dann eine Treppe hinauf, die bei jedem Schritt unter ihnen zusammenzubrechen drohte, bis er auf dem vorletzten Absatz schließlich stehenblieb. Seine Stimme klang sanft, als ließe das Elend um ihn herum selbst ihn nicht kalt; es war die Stimme eines Menschen, der den Tod in seiner Nähe spürt.

»Noch 'n paar Stufen weiter, Mr. Monk, und Tommy der Blinde is gleich hinter der nächsten Tür rechts.«

»Danke. Sie bekommen Ihre Guinee, wenn sich herausgestellt hat, daß er uns helfen kann.«

Ein Grinsen spaltete Jakes Gesicht in zwei Teile.

»Hab Sie schon, Mr. Monk.« Er hielt eine leuchtende Münze hoch. »Sie haben wohl gedacht, ich weiß nich mehr, wie's geht, was? Ich war immer 'n prima Fummler, ja, das war ich – in jungen Jahren.« Er lachte und ließ das Geldstück in seiner Tasche verschwinden. »War beim besten Meister von 'ner ganzen Branche. Wir sehen uns, Mr. Monk. Wenn Se die Diebe kriegen, schulden Se mir noch eine!«

Monk mußte gegen seinen Willen schmunzeln. Der Mann war zwar ein Taschendieb, aber er hatte es bei einem der Halsabschneider gelernt, die Kinder für sich stehlen ließen, um sie als Gegenleistung für die Beute durchzubringen. Eine Lehre in Überlebenskunst! Jakes Alternative wäre der gleiche Hungertod gewesen, an dem das Kind im Rinnstein zugrunde gegangen war. Nur die mit den flinken Fingern, die Kräftigen und die, die Glück hatten, erreichten das Erwachsenenalter. Es stand ihm nicht zu, den Richter zu spielen.

»Wenn ich sie kriege, Jake, gehört sie Ihnen«, versprach er und stapfte vorsichtig und dicht gefolgt von Evan die letzten Stiegen hinauf. Oben angekommen, öffnete er die Tür, ohne anzuklopfen.

Tommy der Blinde hatte sie offensichtlich erwartet. Er war ein flinker kleiner Kerl, etwa einsfünfzig groß, mit spitzem, unbeschreiblich häßlichem Gesicht; er war auf eine Art gekleidet, die er selbst vermutlich »abgefahren« genannt hätte. Allem Anschein nach handelte es sich bei seiner Blindheit um nicht mehr als Kurzsichtigkeit, denn er erkannte Monk auf Anhieb.

»'n Abend, Mr. Monk. Sie interessieren sich für 'n Fälscher? 'n ganz besonderen, hab ich gehört?«

»Stimmt genau, Tommy. Und zwar einen, der zwei Ganoven mit falschen Papieren versorgt hat, damit sie eine Wohnung am Mecklenburg Square ausräumen konnten. Machten dem Portier weis, sie wären Peeler.«

Tommys Gesicht leuchtete amüsiert auf.

»Nich übel. Ganz schön clever, echt.«

»Vorausgesetzt, sie werden nicht geschnappt.«

»Was 'n drin bei der Sache?« Seine Augen wurden schmal.

»Es geht um Mord, Tommy. Der Mörder wird baumeln müssen, und seine Helfershelfer haben gute Chancen, das nächste Boot zu erwischen.«

»Großer Gott!« Tommy wurde sichtlich blaß. »Nach Australien zieht's mich nu überhaupt nich – und Bootfahren hab ich noch nie vertragen, echt! Der Mensch is nich dazu gemacht, so 'n elendes Leben zu führen. Is einfach unnatürlich! Außerdem hab ich grauenhafte Geschichten von da gehört.« Tommy der Blinde erschauerte theatralisch. »Nix als Wilde und Kreaturen, die kein Christengott im Leben nich erschaffen haben kann. Monster mit Dutzenden von Beinen und dann wieder welche ganz ohne! Uahh!« Er rollte die Augen. »'n richtiger Höllenort, echt. Glauben Se mir!«

»Dann gehen Sie kein Risiko ein, dort hingeschickt zu werden«, riet ihm Monk ohne jedes Mitgefühl. »Bringen Sie mich zum Fälscher.«

»Sind Se auch sicher, daß es Mord war?« Tommy hegte offenbar Zweifel. Monk fragte sich, wieviel davon einer gewissen Loyalität entsprang und wieviel auf das Abwägen der Vor- und Nachteile zurückzuführen war.

»Und ob ich sicher bin!« erwiderte er mit gedämpfter Stimme; er wußte, daß ein drohender Unterton darin mitschwang. »Erst Mord, dann Raub. Silber und Jade sind gestohlen worden. Wissen Sie zufällig was über eine Tänzerin aus Jade? Rosa Jade, ungefähr fünfzehn Zentimeter hoch?«

Tommy befand sich in der Defensive. Seine Stimme klang vor Furcht dünn und nasal.

»Mit Hehlerei hab ich nix am Hut. Versuchen Se bloß nich, mir das anzuhängen.«

»Was ist mit dem Fälscher?«

»Schon gut, schon gut, ich bring Sie hin! Is dann was für mich drin?« Sein Optimismus war unverwüstlich. Wenn ihn schon die furchtbare Realität der Rookeries nicht kleinkriegen konnte, dann Monk erst recht nicht.

»Wenn's der richtige Mann ist«, brummte er resigniert.

Während Tommy sie durch ein weiteres Labyrinth aus Gassen und Treppenfluchten dirigierte, überlegte Monk, wie weit sie wohl tatsächlich vorwärts gekommen waren. Er hatte den starken Verdacht, daß die Aktion nur dazu diente, ihren Orientierungssinn durcheinanderzubringen. Schließlich blieben sie vor einer großen Tür stehen. Tommy der Blinde hämmerte kurz und energisch dagegen und verschwand, ehe sie vor ihnen aufging.

Der dahinterliegende Raum war hell erleuchtet; es roch verbrannt. Monk trat ein, blickte unwillkürlich an die Decke und sah gläserne Oberlichter. Auch die Wände waren mit großen Fenstern ausgestattet. Die mühsame Detailarbeit eines Fälschers erforderte viel Licht.

Der einzige Anwesende drehte sich um, um die Eindringlinge zu begutachten. Er war untersetzt, hatte mächtige Schultern und riesige, spachtelförmige Hände. In seine ursprünglich blasse Haut hatte sich der Schmutz vieler Jahre gegraben, das farblose Haar sproß wie zerbrechliche Stacheln aus seinem Kopf.

»Was gibt's?« erkundigte er sich gereizt. Monk fiel auf, daß seine Zähne zu schwarzen Stummeln degradiert waren. Er bildete sich ein, ihre fauligen Ausdünstungen selbst auf die Entfernung riechen zu können.

»Sie haben zwei Männern Polizeiausweise ausgestellt, laut denen sie auf dem Revier in der Lye Street arbeiten.« Das war eine Feststellung, keine Frage. »Ich will deshalb nicht Ihnen an den Kragen, ich will diese Männer. Es geht um Mord, also würden Sie gut dran tun, sich auf die richtige Seite zu schlagen.«

Sein Gegenüber verzog die schmalen Lippen zu einem anzüglichen Grinsen, als mache er sich über etwas lustig. »Sie sind Monk?«

»Und wenn ich es bin?« Es wunderte ihn, daß der Mann von ihm gehört hatte. Hatte sein Ruf solche Kreise gezogen?

»Sie sind der, dem se mitten in 'nen Fall reingeplatzt sind, stimmt's?« Seine Erheiterung eskalierte in einem geräuschlosen Glucksen, das seine Fleischmassen bedenklich durchschüttelte.

»Ich bin der, der den Fall jetzt und hier untersucht«, gab Monk zurück. Er hatte nicht die Absicht zu erwähnen, daß der Mord und der Einbruch zwei verschiedene Paar Schuhe waren; der Einschüchterungseffekt, der vom drohenden Tod durch den Strang ausging, war zu nützlich.

»Also, was wolln Se von mir?« fragte der Mann. Seine Stimme war heiser, als hätte er zuviel gelacht oder zu laut geschrien, obwohl man sich beides nur schwer bei ihm vorstellen konnte.

»Wer sind die beiden?«

»Kommen Sie, Mr. Monk – woher soll ich das wissen?« Die massigen Schultern bebten immer noch. »Frag ich die Leute vielleicht, wie se heißen?«

»Wohl kaum, aber Sie wissen, wer sie sind. Spielen Sie nicht den Dummen – steht Ihnen nicht.«

»Klar kenn ich 'n paar Leute«, räumte er beinah im Flüsterton ein, »aber doch nich jeden armen Hund, der sein Glück beim Klauen versucht.«

»Armen Hund?« Monk sah ihn spöttisch an. »Machen Sie Ihre Arbeit neuerdings umsonst? Sie sind kein Wohltäter für verkrachte Existenzen! Jemand hat Sie bezahlt, wenn nicht die beiden selbst, dann jemand anders. Sagen Sie mir, wer es war – das reicht.«

Die zusammengekniffenen Augen öffneten sich etwas. »Oh, raffiniert, Mr. Monk. Sehr, sehr raffiniert.« Die kräftigen, breiten Hände klatschten lautlos Beifall.

»Also wer?«

»Meine Arbeit is vertraulich, Mr. Monk. Wenn ich anfang, die Kundschaft ans Messer zu liefern, kann ich gleich einpacken. Ein Geldverleiher war's, mehr sag ich nich.«

»In Australien besteht kein großer Bedarf an Urkundenfälschern.« Monk musterte die geschickten, sensiblen Finger. »Harte Arbeit – ungesundes Klima.«

»Wolln mich wohl aufs Boot schicken, hä?« Der Mann schürzte die Lippen. »Erst müssen Se mich mal kriegen, und Sie wissen genausogut wie ich, daß Se mich nie finden werden.« Das Grinsen auf seinem Gesicht hatte sich nicht die Spur verändert. »Außerdem werden Se ganz schön in Schwierigkeiten kommen; grausige Dinge passieren mit 'nem Peeler in 'n Rookeries, wenn erst mal was durchsickert.«

»Und grausige Dinge passieren mit einem Fälscher, der seine Kunden verpfeift – wenn erst mal was durchsickert«, konterte Monk prompt. »Grausige Dinge – gebrochene Finger zum Beispiel. Und was ist ein Fälscher schon wert, ohne seine Finger?«

Der Mann starrte ihn plötzlich mit unverhohlenem Haß an.

»Und warum sollte was durchsickern, Mr. Monk, wenn ich Ihnen gar nix erzählt hab?«

Evan, der an der Tür stand, machte eine unruhige Handbewegung; er fühlte sich nicht wohl in seiner Haut. Monk ignorierte ihn.

»Weil ich verbreiten werde, Sie hätten.«

»Dann haben Se aber immer noch keinen für Ihren Einbruch.« Das heisere Flüstern klang wieder gelassen und enthielt sogar eine Spur Belustigung.

»Ich finde schon jemand.«

»Das dauert aber, Mr. Monk, das dauert. Und können Se mir mal verraten, wie Se das ohne meine Hilfe anstellen wolln?«

»Sie ziehen voreilige Schlüsse, Fälscher!« Monk ließ sich nicht erweichen. »Es müssen ja nicht die richtigen sein; mir wär jeder recht. Und bis endlich durchsickert, daß ich die Falschen habe, kommt für Ihre Finger jede Rettung zu spät. Sich die Finger zu brechen, tut verdammt weh, und man hat noch Jahre danach Schmerzen, hab ich mir sagen lassen.«

Der Mann bedachte ihn mit einem obszönen Schimpfwort.

»Ganz meinerseits.« Monk sah ihn angeekelt an. »Also, wer hat Sie bezahlt?«

Sein Gegenüber starrte haßerfüllt zurück.

»Wer?« Monk beugte den Oberkörper vor.

»Josiah Wigtight«, spuckte der Mann aus. »Geldverleiher in der Gun Lane, Whitechapel. Und jetzt raus!«

»Geldverleiher. Und an welche Leute verleiht er Geld?«

»Die Sorte, die's zurückzahlen kann, Blödmann!«

»Danke.« Monk richtete sich lächelnd auf. »Danke, Fälscher. Ihrem Geschäft droht keine Gefahr; Sie haben uns nichts verraten.«

Der Fälscher wünschte ihn ein letztes Mal zum Teufel, doch Monk war bereits zur Tür hinaus, Evan dicht auf den Fersen. Monk lieferte ihm weder eine Erklärung, noch erwiderte er seinen fragenden Blick.

Um dem Geldverleiher einen Besuch abzustatten, war es zu spät. Er wollte so schnell wie möglich von hier verschwinden, ehe einer von ihnen ein Messer zwischen die Rippen bekam.

Er verabschiedete sich wortkarg und merkte, daß Evan noch etwas auf der Seele lag. Sein Kollege zögerte, wünschte ihm dann aber leise eine gute Nacht und machte sich auf den Weg. Im Licht der Gaslaternen wirkte seine elegante, hochgewachsene Gestalt eigenartig jung.

Zu Hause angekommen, verschlang Monk dankbar eine warme Mahlzeit; er genoß jeden Bissen und haßte ihn gleichzeitig, weil es ihm nicht gelang, den Gedanken an all die Menschen zu verdrängen, für die es einen Sieg bedeutete, einen Tag mehr überstanden und genug zwischen die Zähne bekommen zu haben, um nicht zu verhungern.

Im Gegensatz zu Evan war ihm nichts davon neu; anscheinend hatte er sich des öfteren in solchen Gegenden aufgehalten. Er hatte sich den Gegebenheiten instinktiv angepaßt, die Körperhaltung verändert, gewußt, wie man am effektivsten mit der Umgebung verschmolz, um ja nicht als Außenseiter, geschweige denn Amtsperson aufzufallen. Das Elend der Bettler, Kranken und Verzweifelten erfüllte ihn mit unerträglichem Mitleid und ohnmächtigem, bohrendem Zorn – aber es setzte ihn nicht in Erstaunen.

Die gnadenlose Art, wie er mit dem Fälscher umgesprungen war, war nicht kalkuliert, sondern eine instinktive Reaktion gewesen. Er kannte die Rookeries und ihre Bewohner – womöglich hatte er selbst einmal dort ums Überleben gekämpft.

Erst als auch das letzte Krümelchen vom Teller geputzt war, lehnte er sich zurück und dachte über den Fall nach.

Ein Geldverleiher paßte ins Bild. Joscelin Grey konnte sich Geld geborgt haben, nachdem er sein bißchen Vermögen bei dem Projekt mit Latterly eingebüßt hatte und seine Familie nicht bereit war, ihm unter die Arme zu greifen. Hatte dieser Kreditgeber ihn zu triezen versucht, ihn wegen der Rückzahlung unter Druck gesetzt? Und als Grey dagegen aufmuckte, war das Ganze außer Kontrolle geraten? Durchaus möglich. Yeats unerwarteter Gast konnte tatsächlich der Schläger eines Wucherers gewesen sein. Sowohl Yeats als auch Grimwade hatten den Mann als groß und kräftig beschrieben, soweit sie das unter dem Wust von Kleidungsstücken hatten erkennen können.

Was für eine Feuertaufe für den armen Evan. Er hatte kein Wort mehr darüber fallenlassen, ja nicht einmal wissen wollen, ob Monk wirklich unschuldige Leute verhaftet und anschließend das Gerücht verbreitet hätte, sie wären vom Fälscher verpfiffen worden.

Monk schüttelte sich bei der Erinnerung an das, was er alles gesagt hatte, auch wenn er nur seinem Instinkt gefolgt war. Er hatte eine Skrupellosigkeit an sich entdeckt, die ihn bei jedem anderen Menschen entsetzt hätte. War das sein wahres Gesicht? Nein, bestimmt hatte er dem Mann gegenüber bloß eine leere Drohung gemacht, die er nie im Leben in die Tat umgesetzt hätte. Oder doch?

Was mochte Evan jetzt von ihm halten? Die Vorstellung, Evan könnte ernüchtert sein, seine Methoden genauso verdammenswert finden wie das Verbrechen, gegen das er sich stark machte, war Monk schrecklich. Womöglich begriff er nicht, daß Monk die Worte lediglich als Waffe eingesetzt hatte.

Oder wußte Evan mehr über ihn als er selbst? Schließlich kannte er ihn von früher. Waren solche Worte damals eine Warnung gewesen, die prompt in die Tat umgesetzt wurde?

Und Imogen Latterly – was hätte sie wohl empfunden? Absurder Gedanke! Die Elendsquartiere waren ihr mindestens so fremd wie die Planeten des Universums. Allein bei ihrem Anblick würde ihr schlecht werden, würde sie sich angewidert abwenden. Wenn sie gesehen hätte, wie er in dem vor Dreck starrenden Raum stand und den Fälscher in die Zange nahm, würde sie ihm wahrscheinlich Hausverbot erteilen.

Monk saß da und starrte zornig und verbittert an die Decke. Daß er am nächsten Tag dem Wucherer gegenüberstehen würde, der

Joscelin Grey möglicherweise auf dem Gewissen hatte, war nur ein schwacher Trost. Er haßte die Seite der Welt, mit der er sich herumschlagen mußte. Er wollte auf der sauberen, auf der schönen Seite stehen, wo er als Gleicher unter Gleichen mit Leuten wie den Latterlys verkehren konnte. Ohne die Barrieren des Klassendenkens zwischen ihnen würde Charles ihn nicht herablassend behandeln, könnte er ein freundschaftliches Gespräch mit Imogen führen und sich ausgiebig mit Hester streiten. Es wäre ihm ein Vergnügen, dieser überheblichen jungen Frau einmal die Meinung zu sagen!

Doch eben weil er die Rookeries so abgrundtief haßte, konnte er ihre Existenz nicht ignorieren. Er war dort gewesen, hatte die Verkommenheit und die Ausweglosigkeit der Verhältnisse kennengelernt, und das waren Eindrücke, die ihn nie wieder loslassen würden.

Aber er könnte seine Wut wenigstens in sinnvollere Bahnen lenken und den brutalen, habgierigen Kerl ausfindig machen, der einen Killer angeheuert hatte, um Joscelin Grey erschlagen zu lassen. Dann wäre er in der Lage, seinen Frieden mit Grey zu schließen – und hätte Runcorn endgültig besiegt.

10

Monk erteilte Evan den Auftrag, sämtliche Leihhäuser nach der Figur aus rosa Jade abzusuchen, und machte sich selbst auf den Weg zu Josiah Wigtight. Er fand die Adresse auf Anhieb; sie führte ihn in eine Seitenstraße der Mile End Road, knapp einen Kilometer östlich von Whitechapel. Das Haus war so schmal, daß es fast zwischen einer schäbigen Anwaltskanzlei und einem Ausbeutungsbetrieb unterging, in dessen schummriger Beleuchtung und verbrauchter Luft gehetzte Frauen achtzehn Stunden täglich für eine Handvoll Kleingeld Hemden nähten. Manche von ihnen hatten keine andere Wahl, als zusätzlich nachts auf die Straße zu gehen, um mit den schnell verdienten Silbermünzen Miete und Nahrungsmittel zahlen zu können. Einige waren die Ehefrauen oder Töchter mittelloser, trunksüchtiger oder einfach nichtsnutziger Männer, viele hatten früher in einem Privathaushalt gearbeitet und waren auf die eine oder andere Art »gefallen«: wegen ihres unverschämten Benehmens, ihrer Verlogenheit, ihrer lockeren Moral, weil die Hausherrin sie zu hochnäsig oder der Hausherr sie zu anziehend gefunden hatte. Meistens waren sie irgendwann schwanger geworden und aus diesem Grund nicht nur unmöglich weiterzubeschäftigen, sondern eine Schande und eine Beleidigung für die ganze Familie.

Die Rolläden von Wigtights Büro waren heruntergelassen, so daß der Raum im Halbdunkel lag; es roch nach Möbelpolitur, Staub und altem Leder. Auf einem hohen Hocker thronte ein schwarz gekleideter Sekretär. Als Monk hereinkam, hob er den Kopf.

»Guten Morgen, Sir. Können wir etwas für Sie tun?« Seine Stimme war weich wie Schlamm. »Haben Sie ein kleines Problem?« Er rieb sich die Hände, als wäre ihm trotz der Jahreszeit kalt. »Ein vorübergehendes Problem, selbstverständlich?« Seine Scheinheiligkeit schien ihn zu amüsieren; er lächelte.

»Das hoffe ich doch«, Monk lächelte zurück.

Der Mann verstand seinen Job. Er beobachtete Monk wachsam, jedoch ohne die Nervosität, die dieser gemeinhin auslöste. Sein Gesicht war ausdruckslos. Monk sah ein, daß er zu plump vorgegangen war. Sicher hatte er früher mehr Einfühlungsvermögen bewiesen und sich den Gegebenheiten besser angepaßt.

»Das hängt zum Großteil von Ihnen ab«, fügte er hinzu, um den Mann zu ermuntern und eventuell entstandenes Mißtrauen zu beseitigen.

»Wie wahr, wie wahr«, bestätigte der Sekretär. »Genau das ist unsere Aufgabe: einem Gentleman aus einem vorübergehenden finanziellen Engpaß zu helfen. Sie verstehen, daß es gewisse Bedingungen gibt?« Er zog ein blütenweißes Blatt Papier hervor und setzte den Füllhalter an. »Dürfte ich um einige Details bitten, Sir?«

»Mein Problem ist nicht, daß ich knapp bei Kasse bin«, erwiderte Monk, nun kaum noch lächelnd. Er verabscheute Kredithaie; er verabscheute die Wonne, mit der sie ihr widerwärtiges Gewerbe betrieben. »Jedenfalls nicht so sehr, daß es mich zu Ihnen treiben würde. Ich habe etwas Geschäftliches mit Mr. Wigtight zu besprechen.«

»Aber natürlich.« Der Mann nickte und verzog die Lippen zu einem dümmlichen, verständnisvollen Grinsen. »Alle geschäftlichen Angelegenheiten werden letztlich an Mr. Wigtight weitergeleitet, Mr. – äh?« Er hob fragend die Brauen.

»Ich bin nicht hier, um Geld zu leihen«, klärte Monk ihn um einiges schärfer auf. »Sagen Sie Mr. Wigtight, es geht um etwas, das er verlegt hat und sicher sehr gern zurückhaben möchte.«

»Verlegt?« Der Mann zog sein bleiches Gesicht in Falten. »Was soll das heißen, Sir? Mr. Wigtight verlegt nichts.« Er rümpfte gekränkt die Nase.

Monk beugte sich vor und legte beide Hände auf die Theke, so daß der Sekretär nicht umhin kam, ihn direkt anzusehen.

»Bringen Sie mich jetzt zu Mr. Wigtight?« fragte er überdeutlich. »Oder muß ich mir die Information woanders beschaffen?« Wenn er dem Kerl verriet, wer er war, wäre Wigtight vorgewarnt, und er hatte den leichten Vorteil eines Überraschungsangriffs bitter nötig.

»Äh –« Der Sekretär änderte in Windeseile seine Meinung. »Ja, Sir, äh – sofort. Bitte folgen Sie mir, Sir.« Er klappte das Hauptbuch geräuschvoll zu und ließ es in einer Schublade verschwinden. Dann zog er, ohne Monk aus den Augen zu lassen, einen Schlüssel aus der Westentasche und schloß sie ab. »Bitte, Sir. Hier entlang.«

Zwischen Josiah Wigtights persönlichem Refugium und dem vorderen Raum, dem man auf erfolglose Weise den Anschein von Anonymität und Ehrbarkeit zu verleihen versucht hatte, bestand ein himmelweiter Unterschied. Alles hier war luxuriös, diente ausschließlich dem Komfort. Die breiten Lehnsessel waren mit Samt bezogen, die Polster dick und weich. Der Teppich verschluckte jedes Geräusch. Die Wandleuchten, die ein sanftes Zischen von sich gaben, hatten rosarote Schirme, so daß über dem Raum ein leichtes Glühen lag, in dem Konturen verwischt und wütende Blicke gemildert wurden. Die schweren, in Falten gelegten Vorhänge hielten das störende, schonungslose Tageslicht fern. Das Ganze wirkte weder geschmackvoll noch vulgär, es diente allein den Sinnesfreuden; nach wenigen Augenblicken war der Effekt einschläfernd. Monks Respekt für Wigtight wuchs; raffiniert, wie er das gemacht hatte.

»Aaah.« Wigtight atmete genüßlich aus. Er hockte wie eine fette Kröte hinter seinem Schreibtisch, die wulstigen Lippen zu einem Lächeln verzogen, das längst abgestorben war, ehe es seine Glubschaugen erreichen konnte. »Aaah«, machte er noch einmal. »Es geht wohl um eine in gewisser Hinsicht heikle Angelegenheit, Mr. –?«

»In gewisser Hinsicht, ja«, pflichtete Monk ihm bei und beschloß, sich nicht auf dem weichen, dunklen Sessel niederzulassen. Er befürchtete, darin zu versinken wie in einem Sumpf und zu keinem klaren Gedanken mehr fähig zu sein. Er spürte, daß er sich in diesem verlockenden Ungetüm in der schlechteren Position befinden würde, und er durfte sich auf keinen Fall einlullen lassen.

»Setzen Sie sich, setzen Sie sich!« Wigtight machte eine drängende Handbewegung. »Lassen Sie uns darüber reden. Ich bin sicher, wir werden zu einer Einigung kommen.«

»Das hoffe ich.« Monk ließ sich auf die Armlehne sinken. Das war zwar unbequem, doch in diesem Zimmer zog er die Unbequemlichkeit vor.

»Sie sind vorübergehend zahlungsunfähig?« begann Wigtight. »Sie möchten die Gelegenheit nutzen und eine vielversprechende Investition tätigen? Sie haben demnächst eine größere Summe von einem leidenden Verwandten zu erwarten, der Ihnen wohlgesonnen ist?«

»Danke vielmals, ich verfüge über ein Einkommen, das für die Deckung meiner Bedürfnisse vollkommen reicht.«

»Dann sind Sie ein glücklicher Mann.« Wigtights glatte, ausdruckslose Stimme klang nicht überzeugt. Er hatte schon jede Lüge und Ausflucht gehört, die der menschliche Verstand hervorbringen konnte.

»Glücklicher als Joscelin Grey!« versetzte Monk.

Wigtights Gesicht veränderte sich so gut wie nicht – ein leichter Schatten glitt darüber hinweg, das war alles. Wenn Monk ihn nicht daraufhin beobachtet hätte, wäre es ihm nicht aufgefallen.

»Joscelin Grey?« wiederholte er. Monk sah ihm die Unentschlossenheit an, ob er nun leugnen sollte, Grey zu kennen, oder ob es nicht ratsamer wäre, es angesichts dessen allgemeiner Popularität zuzugeben. Er entschied sich für den falschen Weg.

»Mir ist keine Person dieses Namens bekannt, Sir.«

»Sie haben noch nie von ihm gehört?« Monk gab sich Mühe, ihn nicht zu sehr unter Druck zu setzen. Er haßte Geldverleiher über alle Maßen. Er wollte, daß sich dieser schleimige, fette Mensch in seinen eigenen Worten verfing, wollte sehen, wie er in der Falle saß und seinen aufgequollenen Körper wand.

Doch Wigtight witterte Gefahr.

»Ich höre so viele Namen«, meinte er vorsichtig.

»Dann sollten Sie vielleicht einen Blick in Ihre Bücher werfen und nachsehen, ob er drinsteht.«

»Ich behalte keine Schuldscheine, nachdem die Schulden beglichen sind.« Wigtights vorstehende, blasse Augen nahmen einen gelangweilten Ausdruck an. »Eine Frage der Diskretion, wissen Sie. Die Leute werden nicht gern an schlechte Zeiten erinnert.«

»Wie zuvorkommend von Ihnen«, erwiderte Monk sarkastisch. »Wie steht's mit den Listen der Schuldner, die noch nicht zurückgezahlt haben?«

»Dort werde ich Mr. Grey nicht finden.«

»Folglich hat er bezahlt.« Monk ließ nur einen Bruchteil seines Triumphs in seinem Tonfall mitschwingen.

»Ich habe nicht behauptet, ihm etwas geliehen zu haben.«

»Und warum haben Sie dann zwei Männer beauftragt, sich mit gefälschten Papieren Zugang zu seiner Wohnung zu verschaffen, sie auf den Kopf zu stellen und ganz nebenbei sein Silber und einige Wertgegenstände mitgehen zu lassen?« Er sah voller Genugtuung, daß Wigtight zusammenzuckte. »Das war nicht besonders geschickt, Mr. Wigtight. Sie haben ein paar ziemlich jämmerliche Gestalten in Ihrem Stall. Ein kluger Mann hätte sich nie auf derart plumpe Weise geholfen; ist viel zu gefährlich – bringt noch eine weitere Belastung mit sich.«

»Sie sind von der Polizei!« stieß Wigtight giftig aus; er hatte plötzlich begriffen.

»Ganz recht.«

»Ich beschäftige keine Diebe.« Er versuchte Zeit zu schinden, was Monk nicht verborgen blieb.

»Sie beschäftigen Geldeintreiber, die sich als Diebe entpuppen. Vor dem Gesetz macht das keinen Unterschied.«

»Natürlich habe ich Leute, die für mich das Geld kassieren. Schließlich kann ich schlecht selbst hinter jedem herrennen!«

»Und wie vielen lassen Sie anhand falscher Polizeiausweise einen kleinen Besuch abstatten, zwei Monate, nachdem sie sich umgebracht haben?«

Alle Farbe wich aus Wigtights Gesicht. Monk dachte einen Moment lang, er hätte einen Schock, und es war ihm völlig egal.

Es dauerte eine Weile, bis Wigtight wieder in der Lage war zu sprechen. Monk wartete geduldig.

»Umgebracht!« Das Wort klang durch und durch hohl. »Ich schwöre beim Grab meiner Mutter, daß ich damit nichts zu tun hatte! Warum hätte ich das tun sollen? Warum? Ist doch verrückt. Sie sind ja übergeschnappt!«

»Weil Sie ein Wucherer und ein Halsabschneider sind!« In Monks Innern schien sich ein Hahn geöffnet zu haben, aus dem brodelnder Zorn und siedendheiße Verachtung hervorsprudelten. »Und Wucherer erlauben ihren Schuldnern nicht, die Rückzahlung zu verweigern, wenn der Betrag samt Zins und Zinseszins fällig ist.« Er beugte sich drohend zu Wigtight vor und fügte mit fast zusammengebissenen Zähnen hinzu: »Schlecht fürs Geschäft, wenn man sie einfach so davonkommen läßt. Ermuntert die andern, das gleiche zu tun! Wo käme man denn hin, wenn sich Hinz und Kunz weigern würden, ihre Schulden zu zahlen! Sollen sie doch vor die Hunde gehen – Hauptsache, die Kasse stimmt. Besser eine tote Gans als eine ganze Schar, die fett und zufrieden frei herumläuft, was?«

»Ich hab ihn nicht umgebracht!« Wigtight hatte mittlerweile wirklich Angst, nicht nur aufgrund der Fakten, sondern in erster Linie wegen Monks Haß. Er erkannte, wann jemand nicht mehr zur Räson zu bringen war, und Monk kostete seine Furcht regelrecht aus.

»Nein, Sie haben ihn umbringen lassen – das kommt aufs gleiche raus.«

»Hören Sie auf! Das ergibt doch keinen Sinn!« Wigtights Stimme wurde allmählich höher und nahm einen leicht hysterischen Klang an. Seine Panik ging Monk runter wie Öl. »Also schön.« Er hob die schwabbligen, fetten Hände. »Ich habe die beiden hingeschickt, weil sie nachsehen sollten, ob Grey noch irgendwelche Unterlagen über seinen Kredit bei mir hatte. Ich wußte, daß er ermordet worden war, und dachte mir, er wäre vielleicht noch im Besitz des ungültig gewordenen Schuldscheins. Ich wollte nicht mit ihm in Verbindung gebracht werden. Mehr war nicht, glauben Sie mir!« Sein schweißnasses Gesicht glitzerte im Schein der Gaslampen. »Er hat alles zurückgezahlt. Heilige Muttergottes, es waren sowieso nur fünfzig Pfund! Denken Sie etwa, ich lasse jemand wegen fünfzig Pfund umbringen? Das wäre doch bescheuert – vollkommen verrückt! Die Kerle hätten mich für den Rest meiner Tage in der Hand. Die würden mich ausziehen bis aufs letzte Hemd – oder mich an den Galgen bringen!«

Monk starrte ihn an. Langsam dämmerte ihm die Stichhaltigkeit von Wigtights Worten. Der Mann mochte ein Schmarotzer sein, aber er war kein Idiot. Er hätte niemals einen dermaßen unprofessionellen Helfershelfer angeheuert, um einen Mann wegen seiner

Schulden aus dem Weg räumen zu lassen, egal um welche Summe es ging. Wenn ihm tatsächlich der Sinn nach Mord gestanden hätte, wäre er klüger und weniger spektakulär vorgegangen. Ein wenig Gewalt hätte nicht geschadet, doch nicht in diesem Ausmaß und nicht in Greys Wohnung.

Außerdem war verständlich, daß er sichergehen wollte, keine Spuren bei Grey hinterlassen zu haben, einfach um Scherereien zu vermeiden.

»Warum haben Sie so lang damit gewartet?« fragte Monk in nüchternem Tonfall, der keine Spur der vorherigen Leidenschaft mehr enthielt. »Warum sind Sie nicht gleich hingegangen, um den Schuldschein zu suchen?«

Wigtight wußte, daß er gewonnen hatte, und dieses Wissen stand ihm groß und breit ins bleiche, glänzende Gesicht geschrieben. Er sah aus wie ein Frosch, der soeben einem schlammigen Tümpel entstiegen war.

»Anfangs wimmelte es dort von Polizisten.« Er spreizte selbstgefällig die Hände. Monk hätte ihn zu gern einen Lügner genannt, aber das konnte er nicht – noch nicht. »Konnte niemand auftreiben, der bereit war, ein solches Risiko einzugehen«, fuhr Wigtight fort. »Zahl einem Kerl zu viel für einen Auftrag, und er fragt sich auf der Stelle, ob nicht mehr dahintersteckt, als du ihm verraten hast. Womöglich denkt er noch, du hast vor irgendwas Angst! Ihr Haufen hielt es zunächst für das Werk eines Einbrechers, aber das hat sich offenbar geändert. Sie stellen Fragen über seine Einkünfte, über Geschäfte –«

»Wie kommen Sie darauf?« Monk glaubte ihm, es blieb ihm gar nichts anderes übrig, aber er wollte dem Mann soviel Unbehagen wie möglich bereiten.

»Man hört so verschiedenes. Sie waren bei seinem Schneider, in seiner Weinhandlung, haben sich erkundigt, ob er auch brav bezahlt hat.«

Monk erinnerte sich, Evan mit diesen Nachforschungen beauftragt zu haben. Anscheinend hatte der Wucherer überall Augen und Ohren, die für ihn aufpaßten. Im Grunde war das vorauszusehen gewesen; auf diese Weise kam er an seine Kunden, so fand er ihre

Schwachpunkte heraus und wußte, wie er sie anzupacken hatte. Gott, wie er sich vor diesem Schwein und seinesgleichen ekelte!

»Oh.« Ohne daß er es wollte, gab Monks Gesicht seine Niederlage preis. »Ich werde meine Ermittlungen wohl etwas diskreter durchführen müssen.«

Wigtight lächelte kalt.

»Ich an Ihrer Stelle würde mir nicht weiter den Kopf darüber zerbrechen. Es ändert sowieso nichts mehr.« Für ihn war Erfolg nichts Neues; den gleichen Genuß empfand er bei einem reifen Stilton-Käse und einem Gläschen Portwein nach dem Essen.

Es gab nichts weiter zu sagen, zudem konnte Monk Wigtights Genugtuung nicht länger verkraften. Er ging und ließ ihn und seinen Speichellecker, den Sekretär, allein, aber er war wild entschlossen, Josiah Wigtight bei der erstbesten Gelegenheit etwas anzuhängen – vorzugsweise etwas, das ihm ein ausgiebiges Studium der Gefängnistretmühle ermöglichen würde. Vielleicht war sein Haß auf jede Form von Wucher und das dadurch verursachte Leid, das den Betroffenen die Seele auffraß, für diesen Rachedurst verantwortlich, vielleicht war es Wigtight selbst mit seinem fetten Bauch und seinen kalten Augen; höchstwahrscheinlich lag es jedoch an der herben Enttäuschung, daß es nicht der Kredithai gewesen war, der Joscelin Grey auf dem Gewissen hatte.

Dieser Fehlschlag brachte ihn in die altvertraute Einbahnstraße zurück, die ihn zu Joscelin Greys Freunden führte, zu den Menschen, über die er etwas Anstößiges gewußt haben könnte. Er sah sich von neuem mit der Shelburne-Theorie und Runcorns Triumph konfrontiert.

Doch bevor er diesen Weg mit seinen unausweichlichen Endpunkten einschlug – entweder Shelburnes Festnahme und sein eigener Ruin oder das Eingeständnis, daß er versagt hatte, und Runcorns Siegesgeheul –, wollte er den anderen, wenn auch schwachen Spuren nachgehen. Eine davon begann bei Charles Latterly.

Er hielt den frühen Abend für einen Besuch am besten geeignet. Imogen würde zu Hause sein, und es war eine angemessene Zeit, um Charles um Audienz zu bitten.

Man empfing ihn mit zurückhaltender Höflichkeit. Das Stubenmädchen war zu gut geschult, um sich ein Erstaunen anmerken zu lassen. Er mußte nur wenige Minuten warten, bis man ihn in den Salon führte, dessen unaufdringliche Behaglichkeit ihn sofort in ihren Bann schlug.

Charles stand neben einem kleinen Tisch im Erker.

»Guten Tag, Mr. – äh – Monk«, sagte er hörbar frostig. »Welchem Umstand haben wir zu verdanken, daß Sie uns noch einmal beehren?«

Monk spürte, wie ihn der Mut verließ. Es kam ihm so vor, als würde der Gestank der Rookeries noch an ihm haften. Wahrscheinlich war offensichtlich, was für ein Mensch er war, wo er arbeitete, womit er zu tun hatte – und das schon immer. Er hatte es nur nicht gemerkt, weil er zu sehr mit sich selbst beschäftigt gewesen war.

»Ich untersuche nach wie vor den Mord an Joscelin Grey«, gab er etwas gestelzt zurück. Er war sich Imogens und Hesters Anwesenheit bewußt, vermied aber, sie anzusehen. Statt dessen machte er eine leichte Verbeugung, ohne den Blick zu heben, in ihre Richtung.

»Wäre es dann nicht langsam an der Zeit, zu irgendeinem Ergebnis zu kommen?« Charles wölbte die Brauen. »Natürlich bedauern wir seinen Tod, schließlich war er ein Bekannter von uns, aber wir brauchen keinen täglichen Report über Ihre Fortschritte – beziehungsweise den Mangel daran.«

»Das trifft sich gut«, erwiderte Monk bissig. Er war gekränkt und sich schmerzlich bewußt, daß er nie in diesen leicht verwohnten, behaglichen Raum mit seinen Polstermöbeln und dem glänzenden Walnußholz gehören würde. »Ich könnte mir so etwas nicht leisten. Der Grund für meinen Besuch ist die Tatsache, daß Sie Major Grey kannten.« Er schluckte. »Wir haben uns zunächst mit den Möglichkeiten befaßt, daß sein Mörder ein Gelegenheitsdieb war oder jemand, dem er Geld schuldete, entweder aufgrund von Spielschulden oder eines Kredits. Diese Theorien sind inzwischen erschöpft, so daß wir uns erneut an dem Punkt befinden, der sich – bedauerlicherweise – immer wieder als der wahrscheinlichste –«

»Anscheinend habe ich mich nicht verständlich genug ausgedrückt, Mr. Monk«, unterbrach ihn Charles scharf. »Es interessiert uns nicht! Und ich möchte meiner Frau und meiner Schwester nicht zumuten, sich solche Dinge anhören zu müssen. Die Frauen Ihrer« – er suchte ein Wort, das am wenigsten beleidigend klang –, »Ihrer Kreise mögen an Brutalität und Gewalt gewöhnt sein, aber meine Frau und meine Schwester sind Damen der Gesellschaft und wissen nicht das geringste darüber. Ich muß Sie bitten, Rücksicht auf ihre Gefühle zu nehmen!«

Monk spürte, wie seine Wangen brannten. Er hätte gern eine gebührend unverschämte Bemerkung zurückgegeben, doch die Gewißheit, daß Imogen Latterly kaum mehr als einen Meter neben ihm stand, hielt ihn zurück. Was Hester von ihm dachte, war ihm egal: Im Grunde genommen hätte es ihm Spaß gemacht, sich auf einen erfrischenden Streit mit ihr einzulassen, was vermutlich genauso belebend gewesen wäre wie eine Handvoll eiskaltes Wasser ins Gesicht.

»Es war nicht meine Absicht, irgend jemand unnötig zu quälen, Sir.« Mühsam preßte er die Worte hervor. »Außerdem bin ich nicht gekommen, um Sie zu informieren, sondern um mir von Ihnen einige Fragen beantworten zu lassen. Ich habe versucht, Ihnen den Grund dafür verständlich zu machen, damit Ihnen die Antworten eventuell leichter fallen.«

Charles schaute ihn aus zusammengekniffenen Augen an. Er lehnte inzwischen am Kaminsims und wurde augenblicklich steif wie ein Stock.

»Weder ich noch der Rest meiner Familie weiß auch nur das geringste zu diesem Thema zu sagen.«

»Sonst hätten wir es Ihnen bestimmt erzählt«, fügte Imogen hinzu. Einen Moment lang hatte Monk den Eindruck, sie würde sich für das herablassende Benehmen ihres Mannes schämen.

Hester stand auf, marschierte quer durch den Raum und blieb gegenüber von Monk stehen.

»Bis jetzt sind uns noch keine Fragen gestellt worden«, appellierte sie an Charles' Vernunft. »Woher sollen wir also wissen, daß wir sie nicht beantworten können? Ich kann zwar nicht für Imogen sprechen, aber was mich betrifft, habe ich damit keinerlei Probleme.

Wenn du in der Lage bist, über den Mord nachzudenken, bin ich es auch. Es ist sogar unsere Pflicht!«

»Hester, meine Liebe – du weißt nicht, wovon du sprichst.« Mit angespanntem Gesicht streckte Charles eine Hand nach ihr aus, was sie jedoch völlig ignorierte. »Du hast ja keine Ahnung, was für grauenhafte Einzelheiten ans Licht kommen könnten – schlimmere Dinge, als du sie dir vorstellen kannst.«

»Blödsinn!« fegte Hester seine Bemerkung resolut beiseite. »Meine Erlebnisse beinhalten einen Haufen *Dinge*, die dir nicht mal in deinen Alpträumen einfallen würden. Ich habe zerstückelte und zerfetzte Leichen gesehen, verhungerte und erfrorene Menschen, Menschen, die an Seuchen –«

»Hester!« Charles explodierte. »Um Gottes willen, reiß dich zusammen!«

»Also versuch nicht mir einzureden, ich würde das Salongeplänkel über einen einzigen, jämmerlichen Mord nicht überstehen«, brachte Hester ihren Satz zu Ende.

Charles' Gesicht war dunkelrot. Monk beachtete er nicht mehr. »Ist dir eigentlich noch nie in deinen unweiblichen Sinn gekommen, daß Imogen ein empfindsames Gemüt besitzt und bisher ein wesentlich schicklicheres Leben geführt hat, als du es dir für dich ausgesucht hast? Ehrlich – manchmal bist du unerträglich!«

»Imogen ist nicht annähernd so hilflos, wie du sie anscheinend gern hättest«, konterte Hester, obwohl sie leicht errötet war. »Genausowenig, denke ich, möchte sie die Wahrheit vertuschen, nur um einem unangenehmen Gespräch aus dem Weg zu gehen. Du traust ihr viel zu wenig zu.«

Monk warf Charles einen raschen Blick zu und war sicher, daß er seine Schwester nach Kräften ins Gebet genommen hätte, wenn sie allein gewesen wären – auch wenn das vermutlich nicht weit geführt hätte. Er war heilfroh, daß es nicht sein Problem war.

Imogen nahm die Angelegenheit selbst in die Hand.

»Sie sagten, Sie wären zu einem unausweichlichen Schluß gekommen, Mr. Monk. Bitte verraten Sie uns, zu welchem.« Sie sah ihn verlegen, fast abbittend an. Diese Frau schien ein bewegteres Innenleben und eine größere Sensibilität für Kränkungen zu haben als jeder Mensch, dem er bislang begegnet war. Er wußte nicht, was er ihr antworten sollte; sein Schweigen hing im Raum wie schwere Gewitterwolken. Sie hob ein wenig das Kinn, wandte den Blick jedoch nicht ab.

»Ich –« begann er und scheiterte kläglich. Dann machte er einen zweiten Anlauf: »Daß – daß der Mörder jemand ist, den Major Grey kannte, jemand aus denselben Gesellschaftskreisen –«

»Dummes Zeug!« fiel Charles ihm unfreundlich ins Wort und baute sich in der Mitte des Raumes auf, als würde er es notfalls auch physisch mit ihm aufnehmen. »Leute aus Joscelin Greys Kreisen laufen nicht in der Gegend herum und bringen andere um. Wenn das alles ist, was Sie zu bieten haben, sollten Sie den Fall besser an einen fähigeren Kopf abgeben.«

»Du bist unverhältnismäßig grob, Charles.« Imogens Augen brannten wie Feuer. »Es besteht keinerlei Grund zu der Annahme, daß Mr. Monk für seinen Beruf untauglich ist, und erst recht keine Veranlassung, es auszusprechen.«

Charles' ganzer Körper verkrampfte sich; eine solche Dreistigkeit konnte er beim besten Willen nicht hinnehmen.

»Imogen –« begann er eisig, erinnerte sich dann aber an seinen Verweis auf die weibliche Zerbrechlichkeit, um seinen Ton zu mäßigen. »Ich kann gut verstehen, daß dich diese Angelegenheit mitnimmt. Wahrscheinlich ist es besser, du läßt uns allein. Geh auf dein Zimmer, und ruh dich etwas aus. Wenn du dich beruhigt hast, kannst du gern wieder runterkommen. Vielleicht nimmst du ein bißchen Baldrian?«

»Ich bin weder müde, noch steht mir der Sinn nach Baldrian. Ich bin vollkommen ruhig, und die Polizei möchte mir ein paar Fragen stellen.« Sie wirbelte herum. »Das stimmt doch, Mr. Monk?«

Er wünschte, er könnte sich an das erinnern, was er über die Latterlys wußte, doch fiel ihm nichts ein. Durch die Gefühle und Sehnsüchte, die Imogen in ihm weckte, benahm er sich wie ein Idiot. Sie sprach eine weichere, menschlichere Seite in ihm an. Er war mehr als der brillante, ehrgeizige, scharfzüngige, einzelgängerische Detektiv, und daran erinnerte sie ihn.

»Hat Major Grey« – wagte er einen letzten Versuch –, »da Sie ihn relativ gut gekannt haben, Ihnen gegenüber vielleicht etwas darüber verlauten lassen, daß er um seine Sicherheit fürchtete, oder eine Person erwähnt, die ihn nicht mochte oder ihn schikanierte?« Er verfluchte sich insgeheim wegen der Holprigkeit, mit der er sich ausdrückte. »Hat er jemals mit Ihnen über Neider oder Rivalen gesprochen?«

»Nein, gar nicht. Warum hätte ihm auch jemand den Tod wünschen sollen? Er war nett. Ich habe kein einziges Mal erlebt, daß ein Streit mit ihm über ein paar scharfe Worte hinausging. Sein Humor war vielleicht manchmal etwas boshaft, aber kaum ein Grund, Mordgelüste zu wecken.«

»Meine liebe Imogen, deine Phantasie geht mit dir durch!« schnappte Charles. »Es war Raub – es muß Raub gewesen sein!«

Imogen atmete tief durch, beachtete ihren Mann nicht weiter und schaute Monk unverwandt mit ernstem Blick an. Sie wartete auf eine Antwort.

»Meiner Meinung nach war Erpressung im Spiel«, sagte Monk. »Oder es ging um eine Frau.«

»Erpressung!« stieß Charles entrüstet aus; er legte seinen gesamten Unglauben in dieses eine Wort. »Sie glauben, Grey hat jemanden erpreßt? Und womit, wenn ich fragen darf?«

»Wenn wir das wüßten, Sir, wüßten wir auch mit ziemlicher Sicherheit, wer der Täter ist, und der Fall wäre gelöst.«

»Folglich wissen Sie nichts.« Charles' Spott kehrte zurück.

»Im Gegenteil, wir wissen eine Menge. Wir haben sogar einen Verdächtigen, doch solange wir nicht alle anderen Möglichkeiten ausgeschaltet haben, können wir nicht Anklage gegen ihn erheben.« Das war eine riskante Übertreibung, aber Charles' blasiertes Gesicht, seine herablassende Art brachten Monk dermaßen in Rage, daß er sich nicht mehr unter Kontrolle hatte. Am liebsten hätte er den Mann geschüttelt, um ihn aus seiner selbstgerechten Ruhe zu reißen.

»Dann begehen Sie einen schwerwiegenden Fehler.« Charles musterte ihn aus zusammengekniffenen Augen. »Was mich nicht im geringsten überrascht.«

»Genau das versuche ich zu vermeiden, Sir, indem ich so viele

Informationen zusammentrage, wie ich bekommen kann. Ich bin überzeugt, Sie haben nichts dagegen.«

Monk sah aus den Augenwinkeln, daß Hester schmunzelte, und stellte verblüfft fest, daß es ihn tatsächlich freute.

Charles brummte etwas Unverständliches.

»Wir möchten Ihnen wirklich helfen«, sagte Imogen in das Schweigen hinein. »Mein Mann versucht nur, uns Unannehmlichkeiten zu ersparen, was ich sehr rücksichtsvoll von ihm finde. Aber da wir Joscelin außerordentlich gern hatten, sind wir bestimmt stark genug, uns Ihren Fragen zu stellen.«

»›Außerordentlich gern‹ ist ein wenig übertrieben, meine Liebe«, bemerkte Charles peinlich berührt. »Natürlich mochten wir ihn – schon wegen George.«

»George?« Monk runzelte die Stirn; dieser Name fiel zum erstenmal.

»Mein jüngerer Bruder«, klärte Charles ihn auf.

»Und er kannte Major Grey?« fragte Monk eifrig. »Könnte ich ihn auch sprechen?«

»Ich fürchte, das ist unmöglich. Aber er kannte Grey recht gut. Die beiden standen sich eine Zeitlang ziemlich nahe.«

»Eine Zeitlang? Gab es Differenzen?«

»Nein, George ist tot.«

»Oh –« Monk stockte verlegen. »Mein aufrichtiges Beileid.«

»Danke.« Charles räusperte sich. »Wir mochten Grey, aber daß wir ihn über alle Maßen gern hatten, ist zuviel gesagt. Ich nehme an, meine Frau überträgt einen Teil unsrer Zuneigung zu George auf Georges Freunde.«

»Ich verstehe.« Monk wußte nicht, wie er fortfahren sollte. Hatte Imogen in Joscelin den Freund ihres toten Schwagers gesehen – oder war auch sie seinem Witz und seinen Schmeicheleien erlegen? Wann immer sie von ihm sprach, nahmen ihre Züge einen leidenschaftlichen Ausdruck an, der ihn an Rosamond Shelburne erinnerte. Es war die gleiche Zärtlichkeit, der gleiche Widerhall gemeinsam erlebter Stunden voll Gelächter und Verzauberung, der sich darin spiegelte. War Charles blind gewesen – oder zu eingebildet, um es als das zu erkennen, was es war?

Ein häßlicher, gefährlicher Gedanke kam ihm in den Sinn und wurde auf der Stelle verdrängt. War nicht Rosamond die geheimnisvolle Frau gewesen, sondern Imogen Latterly? Monk verspürte den verzweifelten Drang, das Gegenteil zu beweisen. Aber wie? Wenn Charles für die Tatzeit ein nachweisbares Alibi hätte, wäre die lästige Frage ein für allemal aus der Welt geschafft.

Er starrte forschend in Charles' glattes Gesicht. Der Mann stellte eine verärgerte, aber vollkommen unschuldige Miene zur Schau. Monk sann fieberhaft nach einem indirekten Weg, herauszufinden, wo er sich zur Zeit des Mordes aufgehalten hatte, aber sein Verstand arbeitete zäh und schwerfällig wie Kleister. Warum, in drei Teufels Namen, mußte Charles auch Imogens Mann sein!

Gab es eine andere Möglichkeit? Waren seine Befürchtungen unsinnig? Die Ausgeburt einer Phantasie, die durch den Gedächtnisverlust über die Stränge schlagen konnte, weil sie nicht durch Erinnerungen in Schach gehalten wurde? Oder war es sein wiedererwachendes Gedächtnis, waren es gerade Erinnerungen, die diese Befürchtungen hervorriefen?

Der Stock in Joscelin Greys Diele. Sein Bild hatte sich ihm auf ewig eingebrannt. Könnte er dieses Bild nur ausweiten, die Hand und den Arm, den ganzen Menschen sehen, der ihn hielt! Das war es, was ihm wie Blei im Magen lag: Er kannte den Besitzer des Stocks, und er wußte mit absoluter Sicherheit, daß er Lovel Grey nie zuvor begegnet war. In Shelburne Hall hatte man ihn nicht mit der geringsten Spur von Wiedererkennen empfangen. Und warum sollten sie so etwas vortäuschen? Es wäre sogar riskant gewesen, denn schließlich konnten sie nicht wissen, daß er das Gedächtnis verloren hatte. Lovel Grey war auf keinen Fall der Besitzer des Stocks mit den Messingbeschlägen am Knauf.

Aber vielleicht Charles Latterly.

»Waren Sie jemals in Major Greys Wohnung, Mr. Latterly?« Die Frage war heraus, ehe er recht wußte, wie ihm geschah. Er hatte das Gefühl, mit Charles Latterly um die Antwort zu pokern, und wollte sie plötzlich nicht mehr hören. Wenn das Ganze erst ins Rollen kam, würde er nicht mehr lockerlassen können, sei es auch nur, um für sich selbst Gewißheit zu haben.

Charles sah ihn erstaunt an.

»Nein. Wieso? Sie waren doch sicher selbst dort. Das geht nun wirklich zu weit!«

»Sie waren niemals da?«

»Das habe ich Ihnen doch gerade gesagt. Es ergab sich keine Gelegenheit.«

»Für die übrigen Familienmitglieder auch nicht, nehme ich an?« Monk wich den Blicken der Frauen aus; er war sich bewußt, daß die Frage taktlos, wenn nicht unverschämt klang.

»Selbstverständlich nicht!« Charles beherrschte sich. Er schien etwas hinzufügen zu wollen, doch da ergriff Imogen das Wort.

»Möchten Sie, daß wir Sie über unseren Verbleib zur Zeit von Joscelins Tod unterrichten, Mr. Monk?«

Er sah sie vorsichtig an, konnte aber keine Spur von Sarkasmus in ihren Zügen entdecken. Sie hielt seinem Blick mit ihren unergründlichen Augen stand.

»Mach dich nicht lächerlich, Imogen!« schnappte Charles, der langsam wieder in Wut geriet. »Wenn du nicht den nötigen Ernst für diese Angelegenheit aufbringen kannst, gehst du besser auf dein Zimmer!«

»Es war mein völliger Ernst«, erwiderte sie und drehte sich ihrem Mann zu. »Falls es tatsächlich einer von Joscelins Freunden war, der ihn getötet hat, gehören wir natürlich auch zu den Verdächtigen. Es wäre sinnvoller, Charles, uns durch die Tatsache, daß wir zur fraglichen Zeit woanders gewesen sind, von diesem Verdacht zu befreien, als Mr. Monk klarzumachen, daß wir kein Motiv hatten, indem wir ihm Einblick in unsere Privatangelegenheiten gewähren.«

Charles erbleichte; er starrte Imogen an, als wäre sie ein giftiges Insekt, das plötzlich unter dem Teppich hervorgekrochen war und ihn gebissen hatte. Monk spürte, wie sich sein Magen zusammenzog.

»Ich war bei Freunden zum Dinner eingeladen«, sagte er mit dünner Stimme.

Nachdem ihm klargeworden war, daß er soeben eine Art Alibi zum besten gegeben hatte, sah er besonders elend aus. Monk konnte nicht anders – er mußte nachdenken.

»Wo genau, Sir?«

»In der Doughty Street.«

Imogen schaute Monk offen und unschuldig an, nur Hester hatte sich abgewandt.

»Welche Hausnummer, Sir?«

»Ist das wichtig, Mr. Monk?« erkundigte sich Imogen arglos.

Hester hob gespannt den Kopf.

Monk erklärte mit einem Schuldbewußtsein, das ihn selbst überraschte: »Die Doughty Street mündet auf den Mecklenburg Square, Mrs. Latterly. Beides liegt nicht mehr als einen zwei- bis dreiminütigen Fußmarsch auseinander.«

»Ach«, sagte sie matt und blickte ihren Mann an.

»Zweiundzwanzig«, preßte dieser zwischen zusammengebissenen Zähnen hervor. »Ich war den ganzen Abend dort, außerdem hatte ich keine Ahnung, daß Grey in der Nähe wohnte.«

»Es fällt mir schwer, das zu glauben, Sir, da Sie ihm an diese Adresse geschrieben haben. Wir fanden unter seinen persönlichen Dingen einen Brief von Ihnen.«

»Verdammt noch mal, ich –« Das Wort blieb Charles im Halse stecken.

Monk wartete. Die Stille war so tief, daß er das Pferdegetrappel aus der übernächsten Straße zu hören vermeinte. Er vermied es, die Frauen anzusehen.

»Ich wollte sagen –« versuchte Charles einen zweiten Anlauf und verstummte wieder.

Monk hielt es nicht länger aus. Das Ganze war ihm entsetzlich peinlich; diese Leute taten ihm furchtbar leid. Er schaute Imogen an – er wollte, daß sie es wußte, auch wenn es ihr nichts bedeutete.

Sie stand reglos da. Ihre Augen waren so dunkel, daß es unmöglich war, sie zu ergründen, aber sie schienen nichts von dem befürchteten Abscheu zu enthalten. Einen Moment lang hatte er das Gefühl, ihr die Unumgänglichkeit seiner Fragen, den schrecklichen Zwang, der ihn dazu trieb, begreiflich machen zu können – wäre er nur ein paar Minuten mit ihr allein.

»Meine Freunde können beschwören, daß ich den ganzen Abend bei ihnen war.« Unsanft zerschnitt Charles' Stimme das zarte Band zwischen ihnen. »Ich werde Ihnen ihre Namen geben, auch wenn das absolut lächerlich ist! Ich hatte nichts gegen Joscelin; wir befanden uns in derselben unglücklichen Lage. Es gab nicht den geringsten Grund, ihm etwas Böses zu wünschen, und sogar Sie werden keinen finden!«

»Würden Sie mir die Namen bitte nennen, Mr. Latterly?«

Charles' Kopf fuhr ruckartig hoch.

»Um Gottes willen – Sie werden sie keinesfalls dazu zwingen, Rechenschaft über mich abzulegen! Ich gebe Ihnen die Namen nur, wenn –«

»Ich werde diskret vorgehen, Sir.«

Charles schnaubte verächtlich; die Vorstellung eines zartfühlenden Polizeibeamten war grotesk.

Monk sah ihn gelassen an.

»Es wäre wesentlich einfacher, Sie geben mir die Namen selbst, Sir. Ansonsten muß ich sie mir auf andere Weise beschaffen.«

»Der Teufel soll Sie holen!« Die Adern auf Charles Stirn drohten jeden Moment zu platzen.

»Die Namen, Sir.«

Charles begab sich zu einem der kleinen Beistelltischchen, öffnete das Schubfach und zog ein Blatt Papier sowie einen Stift heraus. Er brauchte eine Weile, bis er die Adressen notiert hatte, faltete das Blatt dann zusammen und reichte es Monk.

Monk steckte es ungelesen ein.

»Ich danke Ihnen, Sir.«

»War das endlich alles?«

»Nein. Ich würde Ihnen gern noch einige Fragen über Major Greys Freunde stellen. Es könnte durchaus sein, daß er etwas über einen von ihnen in Erfahrung gebracht hat, das der Betreffende unbedingt geheimhalten wollte.«

»Und was, bitte, schwebt Ihnen da vor?« Charles betrachtete ihn mit extremer Abneigung.

Monk verspürte keinerlei Drang, die Dinge auszusprechen, die er sich in seiner Phantasie ausgemalt hatte, besonders nicht in Imogens Anwesenheit.

»Nichts Konkretes, Sir, und ohne handfeste Beweise wäre es vermessen, diesbezüglich Spekulationen anzustellen.«

»Vermessen«, wiederholte Charles höhnisch. »Soll das etwa heißen, so etwas spielt für Sie eine Rolle? Es wundert mich, daß Sie das Wort kennen!«

Imogen wandte sich verlegen ab, während Hesters Gesicht erstarrte. Sie öffnete den Mund, als hätte sie die Absicht, etwas zu sagen, hielt es dann aber für klüger zu schweigen.

Auch Charles schien sich in der darauffolgenden Stille nicht wohl zu fühlen, war jedoch unfähig, sich zu entschuldigen.

»Er erwähnte eine Familie namens Dawlish«, sagte er gereizt. »Außerdem verbrachte er meines Wissens ein- oder zweimal längere Zeit bei Gerry Fortescue.«

Monk notierte alles, was sie ihm über die Dawlishs, die Fortescues und ein paar andere Leute zu berichten wußten, obwohl es ihm sinnlos erschien und er sich Charles' Skepsis deutlich bewußt war; der Mann behandelte ihn wie einen frei herumlaufenden Irren, den man tunlichst nicht reizte. Im Grunde blieb er nur, um nicht vollkommen unglaubwürdig zu wirken, denn schließlich hatte er seinen Besuch damit erklärt, weitere Nachforschungen über Grey anstellen zu müssen.

Als er ging, meinte er in seinem Rücken schwere Seufzer der Erleichterung zu vernehmen. Er stellte sich vor, wie sie sich heimliche Blicke zuwarfen und sich in stillschweigendem Einverständnis freuten, den lästigen Eindringling endlich losgeworden zu sein und eine extrem unangenehme Begegnung hinter sich gebracht zu haben. Während des ganzen Wegs zum Revier waren seine Gedanken in dem behaglichen Salon – und bei Imogen. Er versuchte sich auszumalen, was sie tat, was sie von ihm dachte, ob sie auch den Mann in ihm sah oder nur den Inhaber eines Amts, vor dem sie plötzlich zurückschreckte.

Warum hatte sie ihn so eindringlich angesehen? Mehr als einmal hatte er das Gefühl gehabt, Raum und Zeit würden stillstehen, als er diesem Blick begegnet war – nur weil er den Moment um jeden Preis festhalten wollte? Womit hatte sie ihn ursprünglich beauftragt? Welche Worte waren zwischen ihnen gefallen?

Wieviel Macht doch die Einbildungskraft besaß, und zu welchen törichten Schlüssen sie einen verleiten konnte! Wenn er nicht genau wüßte, wie idiotisch das war, würde er fast glauben, daß sie beide schwerwiegende Erinnerungen miteinander teilten.

Hester, Imogen und Charles standen wie betäubt in dem kleinen Salon, nachdem Monk gegangen war. Helles Sonnenlicht schien durch das hinter den breiten Terrassentüren schimmernde Blattwerk in den Raum hinein. Es war absolut still.

Charles holte Atem, wie um etwas zu sagen, sah erst seine Frau, dann Hester an, ließ einen Seufzer entweichen und schwieg. Einen Augenblick später ging er mit angespanntem und unglücklichem Gesicht zur Tür, entschuldigte sich mechanisch und verschwand.

In Hesters Kopf überschlugen sich die Gedanken. Sie mochte Monk nicht, und er brachte sie zur Weißglut, doch je länger sie ihn beobachtete, desto mehr mußte sie ihre frühere Meinung bezüglich seiner Inkompetenz revidieren. Seine Fragen waren zwar scheinbar ziellos, und er schien Joscelin Greys Mörder seit ihrer ersten Begegnung keinen Schritt näher gekommen zu sein, trotzdem waren seine Intelligenz und seine unerbittliche Hartnäckigkeit nicht zu übersehen. Der Fall berührte ihn – es war sein Gerechtigkeitssinn, der ihn antrieb.

Wenn es nicht so weh tun würde, wäre es ein Grund zum Lachen, diese verblüffende Sanftheit im Umgang mit Imogen, diese Anhimmelei und dieser Beschützerinstinkt – alles Regungen, die Hester gewiß nicht bei ihm hervorrief. Ihr war dieser Gesichtsausdruck schon bei vielen Männern aufgefallen; genau die gleichen Gefühle hatte Imogen bei Charles geweckt, als sie sich zum erstenmal begegnet waren, und seitdem bei unzähligen anderen. Hester war sich nie im klaren, ob Imogen sich dessen bewußt war oder nicht.

Hatte sie etwas Ähnliches auch bei Joscelin Grey bewirkt? War auch er dem Zauber ihres Charmes, ihrer strahlenden Augen und dieser Unschuld erlegen, die jedes ihrer Worte, jede ihrer Taten zu umgeben schien?

Charles liebte sie. Ihr Bruder war ein ruhiger Mensch, der sich, zugegeben, manchmal etwas zu wichtig nahm und seit dem Tod des Vaters bedrückter war und leichter aufbrauste als davor – aber er war auch ehrlich, konnte großmütig sein, bisweilen sogar lustig;

zumindest war das früher so gewesen. In letzter Zeit war er ernster geworden, als ob ihm etwas schwer auf der Seele lasten würde.

Hatte Imogen den witzigen, galanten, vor Charme sprühenden Joscelin Grey interessanter gefunden? In dem Fall mußte Charles schrecklich gelitten haben, trotz seiner scheinbaren Selbstbeherrschung, und es war nicht auszuschließen, daß er die Kontrolle über sich verloren hatte. Imogen hütete eine Geheimnis. Hester kannte sie gut genug, um die leichten Spannungen zu spüren, um zu merken, wann sie schwieg, statt sich wie früher mitzuteilen, und wie vorsichtig sie sich zuweilen ausdrückte, wenn sie alle zusammen waren. Es war nicht etwa Charles, vor dem sie sich in acht nahm; der war unempfänglich für solche Dinge, ging sowieso davon aus, die Frauen niemals verstehen zu können. Nein, es war Hester. Imogen war so herzlich wie eh und je, nach wie vor sehr großzügig, wenn es darum ging, ihr eine Kleinigkeit auszuleihen, sie zu loben oder ihr zu danken – aber sie war vorsichtig geworden, sie war nicht mehr spontan.

Was mochte dieses Geheimnis sein? Etwas an Imogens Verhalten ließ Hester ahnen, daß es mit Joscelin Grey zusammenhing, denn Imogen hatte einerseits Angst vor dem Polizisten Monk, andererseits verfolgte sie ihn regelrecht.

»Du hast nie erwähnt, daß Joscelin Grey mit George befreundet war«, sagte sie laut.

Imogen blickte aus dem Fenster. »Nein? Na, wahrscheinlich wollte ich dich nicht unnötig quälen und dachte mir, es wäre besser, dich weder an ihn noch an Mama oder Papa zu erinnern.«

Daran war nichts auszusetzen. Hester glaubte ihr zwar nicht, aber es war exakt das, was Imogen in so einer Situation getan hätte.

»Danke«, erwiderte sie. »Das war sehr rücksichtsvoll von dir, vor allem, wo du Major Grey so gern hattest.«

Imogen lächelte, den verträumten Blick auf einen fernen Punkt jenseits der sonnenlichtgesprenkelten Scheibe gerichtet. Hester fand nicht, daß es ihr zustand, darüber nachzugrübeln, was ihre Schwägerin sah.

»Er war so lustig«, sagte Imogen langsam. »Joscelin war ganz anders als alle, die ich kenne. Er ist auf schreckliche Art ums Leben gekommen, aber ich schätze, es ging schnell, und er mußte weniger leiden als die meisten, die du sterben gesehen hast.«

Auch dagegen war nichts einzuwenden.

Als Monk im Revier eintraf, erwartete Runcorn ihn bereits. Er saß hinter seinem Schreibtisch und blätterte in irgendwelchen Papieren, die er bei Monks Anblick zur Seite legte.

»Ihr Dieb war also ein Geldverleiher«, meinte er zynisch und schnitt eine Grimasse. »Die Presse ist nicht an Geldverleihern interessiert, das garantier ich Ihnen.«

»Das sollte sie aber!« blaffte Monk zurück. »Die Kerle sind schlimmer als eine Rattenplage; sie sind eins der abstoßendsten Symptome von Armut –«

»Du liebe Zeit! Wollen Sie sich für die Parlamentschaftswahlen aufstellen lassen, oder sind Sie Polizist? Wenn Ihnen Ihr Job am Herzen liegt, sollten Sie sich für eins von beiden entscheiden – und Polizisten werden eingestellt, weil sie Verbrechen aufklären sollen, nicht um hochmoralische Kommentare abzugeben.«

Monk funkelte ihn wütend an.

»Wenn wir nur einen Teil der Armut – samt der Schmarotzer, die daraus ihren Nutzen ziehen – beseitigen könnten, würde es vermutlich gar nicht mehr so viel aufzuklären geben.« Seine Hitzigkeit überraschte ihn selbst. Allmählich wußte er wieder, was Leidenschaft war, wenn ihm auch die Beweggründe dafür nach wie vor verborgen blieben.

»Joscelin Grey«, sagte Runcorn ungerührt; er hatte nicht vor, sich ablenken zu lassen.

»Ich arbeite daran.«

»Dann sind Ihrer Tatkraft erstaunlich enge Grenzen gesetzt!«

»Haben Sie vielleicht Beweise für Shelburnes Schuld?« fragte Monk gelassen. Er wußte, was Runcorn im Schilde führte, und war entschlossen, es bis zum bitteren Ende mit ihm durchzukämpfen. Falls Runcorn ihn tatsächlich zwingen sollte, Shelburne festzunehmen, bevor er dafür gewappnet war, würde er dafür sorgen, daß die Öffentlichkeit es für Runcorns Werk hielt.

Doch so leicht war Runcorn nicht aus der Reserve zu locken.

»Das ist Ihre Aufgabe«, erwiderte er säuerlich. »Es ist nicht mein Fall.«

»Das ist womöglich ein Fehler.« Monk hob nachdenklich die Brauen, als zöge er die Möglichkeit ernsthaft in Betracht. »Ja, vielleicht sollten Sie ihn übernehmen.«

Runcorns Augen wurden schmal. »Soll das heißen, Sie kommen nicht klar?« erkundigte er sich unglaublich sanft. »Daß diese Sache eine Nummer zu groß für Sie ist?«

Monk hielt seinen Bluff aufrecht.

»Wenn Shelburne der Mörder ist, ist sie es wahrscheinlich wirklich. Vielleicht sollten Sie die Verhaftung durchführen – schließlich sind Sie der Ranghöhere.«

Runcorns Gesicht fiel in sich zusammen, und Monk wurde von einer süßen Woge der Genugtuung erfaßt, die jedoch gleich wieder abebbte.

»Anscheinend haben Sie nicht nur das Gedächtnis, sondern auch die Nerven verloren«, sagte Runcorn, während er mühsam ein höhnisches Grinsen zustande brachte. »Geben Sie auf?«

Monk holte tief Luft.

»Ich habe gar nichts verloren – schon gar nicht meinen Verstand! Ich denke nicht im Traum dran, einen Mann festzunehmen, gegen den ich außer einem schwerwiegenden Verdacht nichts in der Hand habe. Wenn Sie das wollen, müssen Sie mir den Fall offiziell abnehmen und es selbst tun. Und helf Ihnen Gott, wenn Lady Fabia von dem Ganzen Wind bekommt. Dann kommt für Sie nämlich jede Hilfe zu spät, das garantiere ich *Ihnen!*«

»Feigling! Meine Güte, wie haben Sie sich verändert, Monk!«

»Wenn ich früher einen Menschen ohne stichhaltige Beweise hinter Gitter gebracht hätte, war eine Veränderung wohl bitter nötig. Nehmen Sie mir den Fall ab?«

»Ich gebe Ihnen noch eine Woche. Länger wird sich die Öffentlichkeit wohl kaum von Ihnen hinhalten lassen.«

»Von *uns*«, korrigierte Monk. »Soviel die Öffentlichkeit weiß, ziehen wir alle am selben Strang. Haben Sie jetzt vielleicht einen konstruktiven Vorschlag, zum Beispiel wie man Shelburne die Tat ohne Zeugen nachweisen kann? Oder wären Sie in dem Fall längst vorgeprescht und hätten die Angelegenheit selbst in die Hand genommen?«

Die Anspielung tat ihre Wirkung. Verblüffenderweise lief Runcorn vor Wut rot an; vermutlich fühlte er sich ertappt.

»Es ist, wie gesagt, Ihr Fall«, schnaubte er. »Ich werde Sie erst dann von ihm befreien, wenn Sie zu mir kommen und zugeben, daß Sie versagt haben, oder wenn ich von höherer Instanz dazu aufgefordert werde.«

»Gut. Dann werde ich jetzt weitermachen.«

»Tun Sie das. Tun Sie das, Monk – wenn Sie nicht zu blöd dazu sind!«

Der Himmel über der Stadt war bleigrau; schwere Regentropfen prasselten auf die Erde. Während Monk nach Hause ging, überlegte er voll Bitterkeit, daß die Zeitungen mit ihrer Kritik vollkommen recht hatten. Er war inzwischen kaum schlauer als damals, als Evan ihn mit dem dürftigen Beweismaterial vertraut gemacht hatte. Shelburne war der einzige, der seines Wissens ein klares Motiv hatte, trotzdem gab ihm dieser unselige Spazierstock in Greys Diele zu denken. Er war nicht die Mordwaffe, aber er hatte ihn schon mal gesehen. Joscelin Grey konnte der Stock nicht gehört haben, denn Imogen hatte deutlich gesagt, daß er sich nach dem Tod ihres Schwiegervaters nicht mehr bei den Latterlys hatte blicken lassen, und davor war Monk zweifellos noch nie dort gewesen.

Aber wem gehörte er dann?

Shelburne auch nicht.

Ohne daß es ihm aufgefallen war, hatten ihn seine Füße nicht zu seiner Wohnung, sondern zum Mecklenburg Square getragen.

Unten in der Halle traf er auf Grimwade.

»'n Abend, Mr. Monk. So ein Sauwetter draußen, Sir. Der Sommer is auch nich mehr, was er mal war. Erst Hagelkörner im Juli, daß es aussieht, als wenn's geschneit hat, und jetzt das! 'ne richtige Strafe, bei so 'nem Wetter unterwegs zu sein.« Mitleidig beäugte er Monks triefenden Mantel. »Kann ich Ihnen irgendwie helfen, Sir?«

»Der Mann, der bei Mr. Yeats war –«

»Der Mörder?« Obwohl Grimwade erschauerte, sprach der melodramatische Ausdruck in seinem hageren Gesicht dafür, daß er die Vorstellung genoß.

»Es sieht so aus, ja«, räumte Monk ein. »Würden Sie ihn mir bitte noch einmal beschreiben?«

Grimwade verdrehte die Augen und fuhr sich mit der Zunge über die Lippen.

»Tja, is nich so einfach, Sir. Is schließlich schon 'ne ganze Weile her, und je mehr ich versuch, mich dran zu erinnern, desto schwieriger wird's. Groß war er, das weiß ich noch, aber für 'ne Übergröße, wie Sie vielleicht sagen würden, hat's nich gereicht. Schwer zu sagen, wenn jemand 'n Stück von einem weg steht. Als er kam, sah er 'n paar Zentimeter kleiner aus als Sie, obwohl er mir irgendwie größer vorkam, als er wieder ging. Kann mich aber auch täuschen, Sir.«

»Das ist doch schon mal was. Was für eine Gesichtsfarbe hatte er denn: frisch, fahl, blaß, dunkel?«

»Eher frisch, Sir. Aber das lag vielleicht an der Kälte. Mann, war das 'ne scheußliche Nacht, nich normal für Juli! Wie im Winter ging's zu, mit 'nem Ostwind, daß einem alles vergangen is.«

»Und Sie wissen nicht mehr, ob er einen Bart hatte?«

»Ich glaub nich, Sir, und wenn, dann muß er so winzig gewesen sein, daß er unter 'nem Schal verschwinden konnte.«

»Aber er war dunkelhaarig? Er könnte nicht auch braun oder sogar blond gewesen sein?«

»Nee Sir, nich blond und nich rotblond, ausgeschlossen; braun vielleicht schon. Aber ich erinner mich, daß er furchtbar graue Augen hatte. Die sind mir aufgefallen, als er rausgegangen is – so richtig stechende Augen hat der gehabt, genau wie die Typen, die Leute hypnotisieren.«

»Stechende Augen? Sind Sie sicher?« fragte Monk ungläubig; Grimwades Hang zur Melodramatik machte ihn etwas skeptisch.

»Jawohl, Sir. Je länger ich drüber nachdenk, desto sicherer bin ich mir. An sein Gesicht kann ich mich nich mehr erinnern, aber den Blick werd ich nie vergessen – nich als er reinkam, als er rausging! Komische Sache, versteh ich selbst nich. Hätt ich eigentlich schon merken müssen, als er mit mir gesprochen hat, hab ich aber nich – so wahr ich hier stehe!« Er schaute Monk treuherzig an.

»Vielen Dank, Mr. Grimwade. Und jetzt werde ich nachsehen, ob Mr. Yeats zu Hause ist. Wenn nicht, warte ich auf ihn.«

»Oh – der is da, Sir. Schon 'ne ganze Weile. Soll ich Sie hochbringen, oder wissen Sie noch, wo's langgeht?«

»Ich kenne den Weg, danke.« Monk lächelte grimmig und machte sich an den Aufstieg. Dieser Ort wurde ihm allmählich widerwärtig vertraut. Er lief schnell an Greys Wohnungstür vorbei und klopfte heftig an Yeats Tür. Einen Moment später schwang sie auf, und Yeats bekümmertes, kleines Gesicht blickte zu ihm auf.

»Oh!« entfuhr es ihm entsetzt. »Ich – ich wollte auch schon mit Ihnen sprechen. Ich – ich, äh . . . ich nehme an, das hätte ich längst tun sollen.« Er rang nervös die Hände, deren Knöchel schon ganz rot waren. »Aber Mr. – äh – Grimwade hat mir alles von dem Einbrecher erzählt, wissen Sie, und – und da dachte ich, Sie – Sie hätten den Mörder schon – äh . . . gefunden, also –«

»Darf ich hereinkommen, Mr. Yeats?« fiel Monk ihm ins Wort. Es war zu erwarten gewesen, daß Grimwade den Einbrecher erwähnt hatte, sei es auch nur, um die übrigen Mieter zu warnen – außerdem konnte man kaum davon ausgehen, daß ein geschwätziger, einsamer alter Mann ein derart aufregendes und spektakuläres Geheimnis für sich behalten würde. Trotzdem ärgerte es Monk, an diesen Fehlschlag erinnert zu werden.

»Es – es tut mir leid«, stammelte Yeats, als Monk an ihm vorbeiging. »Ich – ich weiß, daß ich es Ihnen schon früher hätte sagen sollen.«

»Was sagen, Mr. Yeats?« Monk sah seine Geduld auf eine harte Probe gestellt. Der kleine Mann stand offenbar am Rand eines Nervenzusammenbruchs.

»Na, das mit meinem Besucher, natürlich. Als ich Sie in der Tür stehen sah, dachte ich eigentlich, Sie wüßten Bescheid.« Yeats' Stimme steigerte sich zu einem fassungslosen Quieken.

»Was ist mit ihm? Ist Ihnen noch etwas eingefallen?« Er spürte Hoffnung in sich aufsteigen. Kam er nun vielleicht doch noch zu seinem Beweis?

»Na ja, Sir, ich habe herausbekommen, wer er ist.«

»Was sagen Sie da?« Monk traute seinen Ohren nicht. Das Zimmer um ihn herum begann zu singen und vor Aufregung auf und ab zu hüpfen. Gleich würde ihm dieses sonderbare kleine Männchen den Namen von Joscelin Greys Mörder nennen. Unglaublich – nicht zu fassen!«

»Ich habe herausbekommen, wer er ist«, wiederholte Yeats. »Ich weiß, ich hätte es Ihnen längst sagen sollen, aber ich dachte –«

Der Bann war gebrochen.

»Wer?« fragte Monk scharf; er wußte, daß seine Stimme bebte. »Wie heißt er?«

Erschrocken begann Yeats etwas Unverständliches zu stammeln.

»Wer war dieser Mann?« Obwohl Monk sich mit aller Kraft zusammenriß, steigerte sich sein Tonfall fast zu einem Brüllen.

»Ja, also – nun ja, Sir, ein Mann namens Bartholomew Stubbs. Soviel er sagte, handelt er mit alten Landkarten und dergleichen. Ist – ist das denn wichtig? Mr. Monk?«

Monk war völlig vor den Kopf gestoßen.

»Bartholomew Stubbs?« wiederholte er dümmlich.

»Ja, Sir. Ich bin ihm zufällig noch einmal begegnet und dachte mir, es wäre eine gute Gelegenheit, ihn nach seinem Namen zu fragen.« Er wedelte mit den Händen. »Ich war schrecklich nervös, das können Sie mir glauben – aber angesichts des schlimmen Schicksals des armen Major Grey fühlte ich mich verpflichtet, ihn anzusprechen. Er war sehr entgegenkommend und meinte, er hätte das Haus nach dem kurzen Besuch bei mir auf direktem Wege verlassen. Er mußte eine Viertelstunde später auf einem Abstinenzlertreffen in der Farringdon Road erscheinen, gleich in der Nähe der Jugendstrafanstalt. Ich weiß, daß das stimmt, weil ein Freund von mir ebenfalls dort war.« Er trat aufgeregt von einem Fuß auf den andern. »Mein Freund erinnert sich ganz deutlich an Mr. Stubbs' Ankunft, da der erste Redner schon mit seinem Vortrag begonnen hatte.«

Monk starrte ihn verständnislos an. Wenn Stubbs das Haus sofort wieder verlassen hatte, und das hatte er allem Anschein nach, wer war dann der Mann, den Grimwade später hatte gehen sehen?

»Blieb er den ganzen Abend auf dem Abstinenzlertreffen?« fragte er verzweifelt.

»Nein, Sir.« Yeats schüttelte den Kopf. »Er war dort nur mit meinem Freund verabredet – er ist ebenfalls Sammler, ein ziemlich versierter –«

»Er ging also wieder?« Monk stürzte sich darauf wie ein Tiger auf die Beute.

»Ja, Sir.« Yeats tänzelte mit zuckenden Händen um ihn herum. »Das versuche ich Ihnen ja die ganze Zeit klarzumachen! Sie gingen zusammen weg und nahmen ein leichtes Abendessen ein –«

»Zusammen?«

»Jawohl, Sir. Ich fürchte, Mr. Stubbs kann unmöglich der Kerl gewesen sein, der den bedauernswerten Major Grey so heimtückisch überfallen hat.«

»Nein.« Enttäuscht stand Monk wie angewurzelt da. Er hatte nicht die leiseste Ahnung, was er jetzt tun sollte.

»Geht es Ihnen gut, Mr. Monk?« erkundigte sich Yeats zaghaft. »Es tut mir so leid. Wahrscheinlich hätte ich es Ihnen schon früher sagen sollen, aber ich hielt es nicht für wichtig, weil er unschuldig ist.«

»Schon gut, machen Sie sich deshalb keine Sorgen«, hauchte Monk. »Ich verstehe das.«

»Oh, da bin ich aber froh! Ich dachte schon, ich hätte einen Fehler gemacht.«

Monk murmelte ein paar freundliche Worte, weil er dem kleinen Kerl nicht noch ärger zusetzen wollte, und trat wieder ins Treppenhaus. Er registrierte weder, wie er die Treppe hinunterstieg, noch daß ihm der Regen ins Gesicht schlug, nachdem er an Grimwade vorbeigegangen war und auf der Straße stand. Die Gaslaternen brannten, in den Rinnsteinen gurgelte das Wasser.

Er stapfte blind vor sich hin und merkte erst, als er mit Schlamm bespritzt wurde und eine Kutsche in weniger als einem Schritt Entfernung an ihm vorbeiraste, daß er sich in der Doughty Street befand.

»He!« schrie ihm der Kutscher ins Gesicht. »Passen Se auf, wo Se hinlaufen! Oder wolln Se sich umbringen?«

Monk blieb stehen und sah zu ihm hoch. »Sind Sie besetzt?«

»Nee, Mann. Soll ich Sie wo hinfahrn? Wär vielleicht besser, sonst sind Se noch schuld an 'nem Unfall!«

»Ja«, stimmte Monk ihm zu, ohne sich vom Fleck zu rühren.

»Na los, steigen Se schon ein«, rief der Kutscher unwirsch, beugte sich etwas vor und beäugte ihn argwöhnisch. »Bei dem Wetter sollte man nich mal 'n Hund vor die Tür jagen, wirklich nich. 'n Kumpel von mir hat's an so 'nem Abend bös erwischt, das arme Schwein. Erst is ihm der Gaul durchgegangen, und dann is auch noch die Kutsche umgekippt. Mausetot is er gewesen! Hat sich auf 'm Pflaster den Schädel eingeschlagen. Seinen Fahrgast hat's auch ganz schön gebeutelt, aber der is wieder in Ordnung, hab ich gehört. Mußten se natürlich ins Krankenhaus bringen. He – wollen Se die ganze Nacht da rumstehen, Mann? Was is, entweder Sie steigen ein, oder Sie lassen's bleiben, aber entscheiden Se sich endlich!«

»Ihr Freund« – sagte Monk mit verzerrter Stimme, die klang, als käme sie von weit her – »wann ist der gestorben? Wann genau war dieser Unfall?«

»Juli war's – und 'n richtiges Sauwetter! Hagelkörner im Juli, daß es ausgesehen hat, als wenn's geschneit hätte. Nich zu fassen! Da fragt man sich wirklich, wo das mit 'm Wetter noch hinkommen soll!«

»Wann im Juli?« Monks Körper war eiskalt und absolut bewegungsunfähig.

»Nu machen Se mal, Mann«, säuselte der Kutscher, als hätte er einen Betrunkenen oder ein widerspenstiges Tier vor sich. »Kommen Se aus dem Regen raus. Is doch furchtbar naß – Sie holen sich noch 'n Tod.«

»Wann?«

»Ich glaub, am vierten. Wieso? Jetzt haben Se mal keine Angst vor 'nem Unfall, ich paß schon auf. Ich fahr so vorsichtig, als ob Se meine Mutter wärn. Los, steigen Se ein!«

»Kannten Sie ihn gut?«

»Ja, Sir. War 'n Freund von mir. Kannten Se ihn auch? Sie wohnen doch hier, oder? Hat immer dieselbe Gegend abgeklappert, der arme Hund, und 'n letzten Fahrgast hat er hier aufgesammelt, genau wo wir jetzt stehn – steht jedenfalls im Fahrtenbuch. Hab ihn selbst noch an dem Abend gesehn, jawoll. Also, kommen Se jetzt, Sir, oder kommen Se nich? Hab nich die ganze Nacht Zeit. Aber wenn Se nur so zum Vergnügen hier rumlaufen, sollten Se besser jemand mitnehmen – so sind Se nämlich nich sicher.«

In dieser Straße. Der Kutscher hatte ihn, Monk, in dieser Straße aufgegriffen, weniger als hundert Meter vom Mecklenburg Square entfernt, in der Nacht, als Joscelin Grey ermordet wurde. Was hatte er hier zu suchen gehabt? Was?

»Is Ihnen schlecht, Sir?« Der Tonfall des Kutschers änderte sich plötzlich; er klang besorgt. »He – haben Se einen zuviel gekippt?« Er stieg vom Kutschbock und öffnete Monk die Tür.

»Nein, nein, mir geht's gut.« Monk stieg gehorsam ein, während der Kutscher etwas über feine Herren murmelte, deren Familien besser auf sie aufpassen sollten, wieder auf den Bock kletterte und die Zügel auf den Rücken des Pferdes klatschen ließ.

In der Grafton Street angelangt, zahlte Monk ihn hastig aus und stürmte ins Haus.

»Mrs. Worley!«

Stille.

»Mrs. Worley!« Seine Stimme war hart und rauh.

Sich die Hände an der Schürze trocknend, tauchte sie endlich auf.

»Gott im Himmel, Sie sind ja völlig naß – können bestimmt was Warmes zu trinken vertragen! Ziehen Se erst mal die nassen Sachen aus. Wie kann man sich nur so vollregnen lassen. Wo waren Se bloß wieder mit Ihren Gedanken!«

»Mrs. Worley.«

Der Klang seiner Stimme brachte sie zum Schweigen.

»Du liebe Zeit, Mr. Monk, was is denn passiert? Sie sehn ja ganz furchtbar aus!«

»Ich –« Wieder drangen die Worte wie aus weiter Ferne an sein Ohr. »Ich vermisse einen Spazierstock, Mrs. Worley. Haben Sie ihn vielleicht gesehen?«

»Nein, Mr. Monk, hab ich nich. Abgesehen davon is mir auch schleierhaft, was Sie bei so 'nem Wetter mit 'nem Stock wollen. Was Sie brauchen, is 'n Regenschirm!«

»Haben Sie ihn gesehen?«

Matronenhaft stand sie vor ihm. »Seit dem Unfall nich mehr, nein. Meinen Se diesen dunklen? Den rotbraunen mit der Goldkette drumrum, den Se erst einen Tag vorher gekauft hatten? Schönes Stück, ja, aber wozu Sie so 'n Ding brauchen, werd ich mein Lebtag nich verstehn. Na, hoffentlich haben Se ihn nich verloren! Wenn doch, muß das bei dem Unfall passiert sein. Als Se weggegangen sind, hatten Se ihn nämlich dabei. Ich seh Sie noch richtig vor mir, stolz wie Oskar. 'n richtiger kleiner Dandy!«

Das Blut rauschte in Monks Ohren. In die Finsternis um ihn herum bohrte sich ein winziger Gedanke, grell und schmerzhaft wie ein gewaltiger Blitz: Er war am Abend von Greys Tod in dessen Wohnung gewesen; es war sein eigener Stock, den er im Ständer in der Diele vergessen hatte. Er war der Mann mit den stechenden grauen Augen, den Grimwade um halb zehn hatte gehen sehen. Er mußte hineingegangen sein, als Grimwade Bartholomew Stubbs zu Yeats' Wohnung brachte.

Es gab nur einen logischen Schluß, grauenhaft und unsinnig, aber der letzte, der ihm blieb: Der Himmel wußte warum, aber er selbst hatte Joscelin Grey ermordet!

11

Monk saß in seinem Lehnstuhl und starrte an die Decke. Obwohl es aufgehört hatte zu regnen und die Luft warm und klamm war, war ihm eiskalt.

Warum?

Ja, warum? Es war so unbegreiflich und unsinnig wie ein Alptraum, verworren und unentrinnbar.

Er war an jenem Abend in Greys Wohnung gewesen. Irgend etwas mußte sich dort abgspielt haben, nach dem er in solcher Hast davongelaufen war, daß er den Stock vergessen hatte. In der Doughty Street war er von dem Kutscher aufgegriffen und dann, kaum einen Kilometer weiter, in einen Unfall verwickelt worden, der den Mann das Leben und ihn sein Gedächtnis gekostet hatte.

Aber warum hätte er Grey töten sollen? In welcher Beziehung hatte er zu ihm gestanden? Bei den Latterlys konnte er ihn nicht kennengelernt haben, und in seinen Gesellschaftskreisen hatte er nicht verkehrt. Wenn Grey mit irgendeinem Fall in Verbindung gestanden hätte, würde Runcorn sich daran erinnern – außerdem wäre es vermutlich auch aus seinen eigenen Unterlagen hervorgegangen.

Warum also? Warum den Mann umbringen? Man verfolgte einen Fremden nicht bis in seine Wohnung und prügelte ihn dann grundlos zu Tode – es sei denn, man war verrückt.

War das der Schlüssel? Er war verrückt? Sein Gehirn hatte schon vor dem Unfall nicht mehr richtig funktioniert? Er erinnerte sich nicht an das Verbrechen, weil diese Greueltat von seinem anderen Ich begangen worden war und sein momentanes Ich nichts davon wußte, keine Ahnung von den Begierden und Trieben, nicht einmal von der Existenz des anderen Monk hatte? Und der Mörder war einzig und allein von seinem Gefühl regiert worden; von einem ultimativen, verzehrenden, verabscheuungswürdigen Gefühl – von abgrundtiefem Haß. War das möglich?

Er mußte nachdenken. Logik war der einzige Weg, sich in diesem Chaos zurechtzufinden, einen Fluchtweg zu entdecken, der in die Welt der Vernunft zurückführte. Er begann jedes Detail zu untersuchen, Stück für Stück, wieder und wieder, ohne es wirklich glauben zu können.

Die Minuten wurden zu Stunden, die Stunden gingen ins Morgengrauen über. Anfangs ging er ruhelos auf und ab, hin und her, vor und zurück, bis ihm die Beine weh taten, dann warf er sich in den Sessel und saß da wie erstarrt. Seine Hände und Füße waren mittlerweile so kalt, daß er sie kaum mehr spürte, der Alptraum dagegen noch so real und unsinnig wie vor ein paar Stunden. Er zermarterte sich das Hirn nach Erinnerungen von der Schulzeit bis zur Gegenwart, doch nirgends tauchte Joscelin Grey auf. Er stieß nicht auf das leiseste Motiv, auf keine Erklärung, entdeckte kein Fünkchen Wut, keine Eifersucht, keinen Haß, keine Furcht – nur die erdrückenden Beweise. Er war dort gewesen, und zwar als Grimwade wegen Bartholomew Stubbs einen Augenblick nicht auf seinem Posten gewesen war.

Eine Dreiviertelstunde lang mußte er sich dort aufgehalten haben, und als er wieder ging, nahm Grimwade an, er wäre Stubbs. In Wirklichkeit mußte Stubbs auf der Treppe an ihm vorbeigekommen sein, als er kam und Stubbs ging. Grimwade hatte gesagt, der Mann wäre ihm beim Hinausgehen kräftiger und etwas größer vorgekommen, außerdem waren ihm besonders die Augen in Erinnerung geblieben. Monk dachte an die Augen, die ihn aus dem Schlafzimmerspiegel heraus angestarrt hatten, damals, als er gerade aus dem Krankenhaus gekommen war. Es waren ungewöhnliche Augen gewesen, genau wie Grimwade gesagt hatte: durchdringend, klar und grau, beinah hypnotisch. Doch weder er noch Grimwade waren auf die Idee verfallen, in dem ernsten Polizistenblick das eisige Starren jenes unglückseligen Fremden wiederzuerkennen.

Es ließ sich nicht leugnen: Er war in Greys Wohnung gewesen. Anscheinend hatte er auch genau gewußt, wo der Mann wohnte, denn gefolgt war er ihm nicht. Aber warum in Gottes Namen hatte er ihn so sehr gehaßt, daß er völlig den Verstand verlor, alles vergaß, was er im Leben gelernt und geschätzt hatte, und wie ein Wahnsinniger auf ihn eindrosch, selbst als er längst tot war?

Das Gefühl der Angst war ihm nicht neu. Er erinnerte sich dunkel an die lähmende Furcht, die der Anblick des Meeres bei ihm ausgelöst hatte, wenn sich seine finstren Eingeweide auftaten, um Menschen und Schiffe, ganze Küstenstriche zu verschlingen. Das Brüllen des Ozeans begleitete seine Kindheitserinnerungen wie ein düsteres Echo.

Und später dann die Angst in den dunklen Gassen Londons, die Angst in den Rookeries. Selbst heute noch bekam er eine Gänsehaut, wenn er an die dortigen Zustände dachte, an den Hunger und die Mißachtung des menschlichen Lebens, wenn es darum ging, die eigene Haut zu retten. Er war wohl zu stolz und zu ehrgeizig gewesen, um feige zu sein, und hatte sich ohne Gewissensbisse geholt, was er wollte.

Aber wie stellte man sich dem Unbekannten, der Finsternis und dem Grauen seiner eigenen Seele?

Er hatte so manches an sich entdeckt, das ihm nicht gefiel: Unsensibilität, übertriebenen Ehrgeiz, eine gewisse Skrupellosigkeit – doch mit all dem wurde er fertig; solche Dinge konnte er wiedergutmachen, versuchen abzulegen, womit er im Grunde schon begonnen hatte.

Aber weshalb sollte er Joscelin Grey getötet haben? Je mehr er es zu verstehen versuchte, desto unbegreiflicher wurde es. Warum sollte ihm der Mann so wichtig gewesen sein? Es gab nichts, gar nichts, das eine derart heftige Gemütsregung rechtfertigte.

Daß er verrückt war, konnte er nicht glauben. Wie auch immer, er hatte nicht etwa einen x-beliebigen Fremden auf offener Straße überfallen, er hatte es speziell auf Grey abgesehen gehabt und das Risiko auf sich genommen, zu ihm nach Hause zu gehen; und selbst Verrückte haben ihre Gründe, wie verzerrt sie auch sein mögen.

Er mußte das Motiv herausfinden, schon seinem eigenen Seelenfrieden zuliebe – und zwar bevor Runcorn es tat.

Nur würde es nicht Runcorn sein, sondern Evan.

Die Kälte in ihm wurde stärker. Das war eine der schlimmsten

Vorstellungen: der Moment, in dem Evan klar wurde, daß er Grey ermordet hatte, daß er der Mörder war, der sie beide mit solchem Grauen, mit solchem Abscheu vor seinem bestialischen Werk erfüllt hatte. Der Mörder war ein Monster aus einer anderen Welt für sie gewesen, eine unmenschliche Kreatur, denn nur ein Unmensch war zu einer solchen Tat fähig. Was Evan betraf, würde sich daran nichts ändern, wohingegen Monk es nicht länger als fremd und unbegreiflich abtun und vergessen konnte. Er mußte mit dieser Deformation und Perversion seiner selbst leben.

Er nahm sich vor, noch ein wenig zu schlafen; die Uhr auf dem Kaminsims zeigte dreizehn Minuten nach vier. Aber nach dem Aufstehen würde er mit einer vollkommen neuen Ermittlung beginnen – er würde alles menschenmögliche tun, um herauszufinden, weshalb er Joscelin Grey ermordet hatte. Und er würde Evan zuvorkommen.

Als er am nächsten Morgen in sein Büro kam, war er nicht darauf gefaßt, Evan zu begegnen, doch das würde er in Zunkunft wohl nie mehr sein.

»Guten Morgen, Sir«, sagte Evan fröhlich.

Monk erwiderte den Gruß, hielt das Gesicht jedoch abgewandt, so daß Evan den Ausdruck darin nicht sehen konnte. Es fiel ihm schwer zu lügen – aber das würde er von nun an Tag für Tag tun müssen.

»Ich hab mir ein paar Gedanken gemacht, Sir.« Evan schien nichts Ungewöhnliches zu bemerken. »Wir sollten uns erst mal die restlichen Leute vornehmen, ehe wir Lord Shelburne öffentlich beschuldigen. Joscelin Grey könnte sehr gut auch mit andren Frauen Affären gehabt haben. Dawlishs haben zum Beispiel eine Tochter, dann wäre da noch Fortescues Frau, und Charles Latterly ist vielleicht auch verheiratet.«

Monk erstarrte. Er hatte vollkommen vergessen, daß Evan Charles' Brief in Greys Schreibtisch gefunden hatte. Dummerweise war er davon ausgegangen, daß Evan nichts über die Latterlys wußte.

»Sir?« riß ihn Evans sanfte Stimme aus seinen Gedanken; sie klang besorgt.

»Sie haben recht«, stimmte Monk ihm hastig zu. Er durfte jetzt nicht die Nerven verlieren. »Ja, ich glaube, das wäre besser.«

Wie scheinheilig von ihm, Evan loszuschicken, um im Rahmen einer Mördersuche die heimlichen Schwachpunkte aus unschuldigen Menschen herauszupressen. Was würde Evan wohl denken, fühlen, wenn er herausfand, daß Monk dieser Mörder war?

Evan brach das Schweigen. »Soll ich mit Latterly anfangen, Sir? Über ihn wissen wir noch gar nichts.«

»Nein!«

Evan machte ein bestürztes Gesicht.

Monk riß sich zusammen. Seine Stimme klang wieder ruhig, aber er riskierte es nicht, Evan anzuschauen.

»Ich kümmere mich um die Recherchen hier in London. Sie fahren bitte nach Shelburne Hall.« Um etwas Zeit zu gewinnen, war es dringend erforderlich, Evan für eine Weile aus der Stadt zu entfernen. »Versuchen Sie noch mal Ihr Glück bei den Dienstboten. Am besten wär's, Sie könnten sich mit dem Stubenmädchen anfreunden. Stubenmädchen sind schon früh auf den Beinen; sie bekommen alles mögliche mit, wenn die meisten Leute noch schlafen. Der Mörder könnte zwar auch jemand aus den anderen Familien sein, aber Shelburne ist nach wie vor unser Hauptverdächtiger. Einem Bruder vergibt man schwerer, daß er einen zum Hahnrei gemacht hat, als einem Fremden, denn das ist nicht nur eine Beleidigung, es ist Verrat – außerdem wird man durch seine Anwesenheit ständig daran erinnert.«

»Glauben Sie wirklich, Sir?« Evan schien überrascht.

O Gott. Konnte er so schnell Verdacht geschöpft haben? Monk brach der kalte Schweiß aus.

»Ist es nicht genau das, was Mr. Runcorn glaubt?« fragte er zurück. Vor lauter Anstrengung, seiner Stimme einen beiläufigen Klang zu geben, war sie ganz rauh. Er fühlte sich schrecklich isoliert; sein grausiges Geheimnis machte jeden zwischenmenschlichen Kontakt unmöglich.

»Schon, Sir.« Er wußte, daß Evan ihn verwirrt anstarrte. »Das stimmt, aber er könnte sich doch irren. Er will Sie nur soweit bringen, Shelburne zu verhaften.« Zum erstenmal gab Evan klar und deutlich zu erkennen, daß er Runcorns Spiel durchschaute. Monk war so verblüfft, daß er aufsah, was er jedoch auf der Stelle bereute. Evans besorgter Blick war scheußlich direkt.

»Tja, das wird ihm nicht gelingen – jedenfalls nicht, bevor ich sichere Beweise habe«, sagte Monk langsam. »Und deshalb fahren Sie nach Shelburne Hall; versuchen Sie, welche zu finden. Aber gehen Sie behutsam vor – sperren Sie die Ohren auf, und lassen Sie vor allem keine Andeutungen fallen!«

Evan zögerte.

Monk schwieg. Ihm war nicht nach reden zumute.

Als Evan verschwunden war, ließ Monk sich auf seinem Stuhl zurücksinken. Er schloß die Augen. Die Zukunft sah noch schwärzer aus, als er sie sich vergangene Nacht vorgestellt hatte. Evan hatte an ihn geglaubt, ihn gemocht. Auf eine kräftige Ernüchterung folgte für gewöhnlich erst Mitleid, dann Haß.

Und Beth? So weit oben in Northumberland blieb ihr die schreckliche Wahrheit vielleicht erspart. Vielleicht fand er jemand, der ihr schreiben würde, er sei plötzlich gestorben. Nein, ihm zuliebe würde das bestimmt niemand tun, aber wenn er von ihren Kindern erzählte, wenn er alles erklären konnte, dann vielleicht um ihretwillen?

»Eingeschlafen, Monk? Oder darf ich hoffen, Sie denken nach?« Runcorn. Seine Stimme triefte vor Sarkasmus.

Monk schlug die Augen auf. Seine Karriere, seine Zukunft – alles war beim Teufel, aber einer der wenigen Vorteile, den das Ganze hatte, war, daß er keine Angst mehr vor Runcorn zu haben brauchte. Nichts, was Runcorn tun konnte, spielte noch eine Rolle, verglichen mit dem, was er sich selbst angetan hatte.

»Ich denke nach«, erwiderte er kalt. »Meiner Meinung nach tut man das besser, bevor man einem Zeugen gegenübertritt, als wenn man bereits vor ihm steht. Ansonsten schweigt man wie ein Idiot, oder man rettet sich in blödsinnige Plattheiten, um die Lücken zu füllen.«

»Oho, schon wieder Gesellschaftsspiele?« Runcorn hob die Brauen. »Es wundert mich, daß Sie für so was überhaupt Zeit haben.« Er stand direkt vor Monks Schreibtisch und wippte leicht auf und ab, die Hände hinter dem Rücken verschränkt. Eine davon ließ er plötzlich vorschnellen und hielt Monk streitlustig eine Tageszeitung unter die Nase. »Heute schon einen Blick in die Zeitung geworfen? In Stepney hat man eine Leiche gefunden – einen Mann, der auf offener Straße erstochen wurde. Hier steht, wir sollten langsam unsre Arbeit tun, sonst müßte man uns durch jemand ersetzen, der mehr taugt.«

»Wie kommen die Leute bloß auf die Idee, es gäbe in ganz London nur einen, der dazu fähig ist, einen Menschen zu erstechen?« fragte Monk verbittert.

»Weil sie wütend und verängstigt sind«, fuhr Runcorn ihn an. »Und weil sie sich von denen im Stich gelassen fühlen, die sie eigentlich schützen sollen. Deshalb.« Er knallte die Zeitung auf die Tischplatte. »Es ist ihnen egal, ob Sie sich wie ein Gentleman ausdrücken können oder wissen, wie man Messer und Gabel benutzt, Mr. Monk. Aber es ist ihnen nicht egal, ob Sie in der Lage sind, Ihren Job zu tun und Mörder zu fangen und die Straßen von verbrecherischen Elementen zu säubern!«

»Denken Sie, Lord Shelburne hätte diesen Mann in Stepney erstochen?« Monk sah Runcorn direkt in die Augen. Er war froh, jemand offen hassen zu dürfen und ohne schlechtes Gewissen ins Gesicht lügen zu können.

»Natürlich nicht! Aber ich denke, es ist höchste Zeit, daß Sie Ihr affektiertes Getue endlich sein lassen und so mutig sind, Ihre Karriere für einen Augenblick zu vergessen, um Lord Shelburne zu verhaften.«

»Ach ja? Nun, da muß ich Sie leider enttäuschen, denn ich bin keineswegs von seiner Schuld überzeugt«, sagte Monk gelassen, während er seinen Vorgesetzten unerschüttert ansah. »Falls Sie es sein sollten, müssen Sie ihn schon selbst festnehmen.«

»Ich kriege Sie wegen Beleidigung dran!« brüllte Runcorn, die Hände zu kalkweißen Fäusten geballt. »Ich werde verdammt noch mal dafür sorgen, daß Sie nie auf einen höheren Posten kommen, solang ich hier im Revier bin! Haben Sie mich verstanden?«

»Und ob ich Sie verstanden habe.« Monk blieb gelassen. »Obwohl es vollkommen überflüssig war, das extra zu erwähnen. Ihr Benehmen hat es längst offensichtlich gemacht. Es sei denn, Sie möchten, daß es die gesamte Belegschaft erfährt – geschrien haben Sie jedenfalls laut genug. Was mich betrifft, weiß ich schon lange, was Sie vorhaben. Und jetzt« – er stand auf und ging an Runcorn vorbei zur Tür –, »würde ich mich gern auf den Weg machen, wenn Sie mir sonst nichts zu sagen haben. Ich muß noch ein paar Zeugen vernehmen.«

»Ich gebe Ihnen bis Ende der Woche Zeit«, kreischte Runcorn mit hochrotem Kopf hinter ihm her, aber Monk lief bereits die Treppe hinunter, um sich unten Hut und Mantel zu holen. Das einzig Gute am totalen Desaster war, daß alle kleineren Übel darin untergingen.

Bis er das Haus der Latterlys erreicht hatte und vom Stubenmädchen hineingelassen worden war, stand sein Entschluß fest, das einzige zu tun, was ihn vielleicht zur Wahrheit führen könnte. Laut Runcorn hatte er noch eine Woche, Evan würde lange davor zurück sein. Ihm blieb nicht viel Zeit.

Er verlangte Imogen zu sprechen, und zwar unter vier Augen. Das Stubenmädchen zögerte, doch da es recht früh am Vormittag war, Charles sich außer Haus befand und es ihr nicht zustand, ihm etwas abzuschlagen, bat sie ihn, im Salon zu warten.

Monk lief unruhig auf und ab, bis er in der Halle schließlich leichte, energische Schritte vernahm und die Tür aufging. Er fuhr herum. Vor ihm stand nicht Imogen, sondern Hester Latterly.

Im ersten Moment empfand er bodenlose Enttäuschung, dann ein Gefühl, das beinah an Erleichterung grenzte. Er bekam noch einen Aufschub! Hester war noch nicht lange in England; wenn Imogen ihr nicht alles anvertraut hatte, konnte sie ihm nicht weiterhelfen. Es würde ihm nichts anderes übrigbleiben, als wiederzukommen. Und er mußte die Wahrheit herausfinden, so sehr er sich auch davor fürchtete.

»Guten Morgen, Mr. Monk«, sagte Hester neugierig. »Was können wir diesmal für Sie tun?«

»Ich fürchte, Sie können mir nicht helfen«, erwiderte er. Er mochte sie zwar nicht, aber es war sinnlos und unvernünftig, unfreundlich zu ihr zu sein. »Ich muß mit Mrs. Latterly sprechen, weil sie hier war, als Major Grey starb. Sie waren zu der Zeit noch im Ausland, soviel ich weiß?«

»Ja, das stimmt. Aber es tut mir leid, Imogen ist den ganzen Tag nicht zu Hause und kommt wahrscheinlich erst am späten Abend zurück«, meinte sie mit leichtem Stirnrunzeln. Monk war sich ihres scharfen Verstands und ihrer guten Beobachtungsgabe unangenehm bewußt. Imogen war herzlicher, bei weitem nicht so schroff, aber Hesters Intelligenz war seinem Anliegen womöglich zweckdienlicher.

»Wie ich sehe, macht Ihnen etwas große Sorgen«, sagte sie ernst. »Bitte setzen Sie sich. Falls es mit Imogen zusammenhängt, wäre mir lieb, Sie vertrauen mir und sagen, worum es geht. Ich werde alles tun, damit die Angelegenheit so schmerzlos wie möglich geklärt werden kann. Imogen hat in letzter Zeit viel durchgemacht, genau wie mein Bruder. Was haben Sie herausgefunden, Mr. Monk?«

Er blickte forschend in die klugen, klaren Augen. Sie war eine bemerkenswerte Frau. Wieviel Mut mußte es gekostet haben, der Familie die Stirn zu bieten und mutterseelenallein zu einem der furchtbarsten Kriegsschauplätze der Welt zu segeln, um das eigene Leben und die eigene Gesundheit für die Verwundeten aufs Spiel zu setzen. Sicher hatte sie nur noch wenig Illusionen, und diese Vorstellung war plötzlich sehr tröstlich. Zwischen Imogen und ihm lagen unendlich viele unterschiedliche Erfahrungen: Grauen, Gewalt, Haß und Elend – alles außerhalb ihres Begriffsvermögens und von nun an sein ständiger Begleiter, die eigene Haut. Hester hatte Menschen in Extremsituationen erlebt, hatte einen Blick auf die nackte, ungeschützte Seele werfen können, die immer dann zum Vorschein kommt, wenn die Angst alles andere verdrängt und man die Maske ablegt, weil Verstellen keinen Sinn mehr hat.

Vielleicht war es ganz gut, daß er mit ihr sprechen mußte.

»Ich habe ein grundlegendes Problem, Miss Latterly.« Die Worte gingen ihm leichter über die Lippen als erwartet. »Weder Sie noch sonst jemand wissen die ganze Wahrheit über meine Ermittlungen im Mordfall Grey.«

Sie ließ ihn reden; sie wußte genau, wann sie zu schweigen hatte.

»Ich habe zwar nicht gelogen«, fuhr er fort, »aber ich habe ein wesentliches Detail ausgelassen.«

Hester wurde blaß. »Imogen betreffend?«

»Nein, überhaupt nicht. Abgesehen von dem, was sie mir selbst erzählt hat, weiß ich gar nichts über sie – nur daß Sie Joscelin Grey kannte und mochte und daß er als Freund Ihres Bruders George des öfteren hier war. Was ich Ihnen verschwiegen habe, betrifft mich selbst.«

Er sah den Anflug von Besorgnis auf ihrem Gesicht, kannte aber den Grund nicht. War es die Reaktion einer geschulten Krankenschwester, oder geschah es aus Angst um Imogen? Hielt sie etwas vor ihm zurück? Sie fiel ihm auch diesmal nicht ins Wort.

»Durch den Unfall, den ich hatte, bevor ich mit der Untersuchung des Falls anfing, gibt es eine ernste Komplikation, die ich bisher nicht erwähnt habe.« Einen schrecklichen Moment lang dachte er, sie würde vielleicht glauben, daß er lediglich Mitleid heischen wollte. Er spürte, wie ihm das Blut in die Wangen stieg. »Ich verlor das Gedächtnis. Total. Als ich im Krankenhaus zu mir kam, wußte ich nicht einmal meinen Namen.« Wie unbedeutend war dieser winzige Alptraum mittlerweile geworden! »Als ich dann wieder so weit auf den Beinen war, daß ich nach Hause konnte, war mir meine eigene Wohnung so fremd wie die eines Menschen, den ich noch nie im Leben gesehen hatte. Ich hatte keine Ahnung, welche Leute ich kannte, wie alt ich war, geschweige denn, wie ich aussah. Sogar mein Spiegelbild sagte mir nicht das geringste.«

Sie machte einen betroffenen Eindruck. Ihr Blick war sanft und mitfühlend; Monk konnte nicht die leiseste Spur von Verachtung oder Abgrenzung darin erkennen. Ihr Verständnis war viel angenehmer als alles, womit er gerechnet hatte.

»Das tut mir sehr leid«, sagte sie ruhig. »Jetzt wird mir auch klar, warum ein paar Ihrer Fragen so sonderbar geklungen haben. Sie mußten Schritt für Schritt herausfinden, was überhaupt passiert ist.«

»Miss Latterly – ich glaube, Ihre Schwägerin kam vor dem Unfall zu mir und bat mich, irgendwelche vertraulichen Nachforschungen für sie anzustellen, aber ich kann mich an nichts mehr erinnern.

Vielleicht ging es dabei um Joscelin Grey. Wenn sie mir alles erzählen könnte, was sie über mich weiß, was ich zu ihr gesagt habe –«

»Aber wie könnte Ihnen das helfen, den Mord an Joscelin Grey aufzuklären?« Sie senkte plötzlich den Blick und betrachtete ihre im Schoß gefalteten Hände. »Denken Sie etwa, Imogen hätte etwas mit seinem Tod zu tun?« Ihr Kopf fuhr ruckartig hoch. »Glauben Sie, daß Charles ihn ermordet hat, Mr. Monk?«

»Nein – nein. Ich bin absolut sicher, daß er es nicht war.« Er konnte ihr unmöglich die Wahrheit sagen, aber er brauchte ihre Hilfe. »Ich habe Aufzeichnungen von mir gefunden, die noch aus der Zeit vor dem Unfall stammen. Sie lassen darauf schließen, daß ich bereits etwas Wichtiges herausgefunden hatte, ich kann mich nur nicht mehr daran erinnern. Bitte, Miss Latterly, bringen Sie Ihre Schwägerin dazu, mir zu helfen!«

Ihr Gesicht hatte sich etwas verdüstert, als fürchte sie sich selbst vor dem, was da zum Vorschein kommen könnte.

»Selbstverständlich, Mr. Monk. Wenn Sie zurückkommt, werde ich ihr erklären, wie wichtig es ist, und falls sie mir etwas erzählt, werde ich zu Ihnen kommen und es Ihnen mitteilen. Wo können wir ungestört miteinander reden?«

Er hatte recht: Sie fürchtete sich tatsächlich. Sie wollte nicht, daß ihre Familie Zeuge des Gesprächs wurde – vermutlich ging es ihr in erster Linie um Charles. Er lächelte bitter, und ihre Blicke trafen sich in schweigendem Einverständnis. Sie hatten sich zu einer absurden Verschwörung zusammengetan, sie, um ihre Familie soweit wie möglich zu schützen, er, um die Wahrheit über sich zu erfahren, ehe Evan oder Runcorn ihm einen Strich durch die Rechnung machten. Er *mußte* wissen, warum er Joscelin Grey umgebracht hatte.

»Lassen Sie mir eine Nachricht zukommen, dann treffen wir uns im Hydepark an der Serpentine, und zwar unten, Richtung Piccadilly. Zwei Spaziergänger werden niemandem auffallen.«

»Einverstanden, Mr. Monk. Ich werde tun, was ich kann.«

»Vielen Dank, Miss Latterly.« Er stand auf und verabschiedete sich. Hester schaute der aufrechten, eigenwilligen Gestalt nach, wie sie die Treppen hinunterging und auf die Straße hinaustrat. Sie hätte diesen Gang überall wiedererkannt; er erinnerte sie an den flotten Schritt eines Soldaten, der an stundenlanges Marschieren gewöhnt war, dennoch hatte er nichts Militärisch-Verbissenes an sich.

Als er außer Sichtweite war, kehrte Hester in den Salon zurück. Ihr war kalt, und sie fühlte sich eigenartig bedrückt, da sie aber wußte, daß kein Weg daran vorbeiführte, war sie entschlossen, seiner Bitte nachzukommen. Besser sie fand die Wahrheit gleich heraus, bevor andere es taten.

Sie verbrachte einen einsamen und elenden Abend auf ihrem Zimmer, wo sie auch das Dinner zu sich nahm. Ehe sie nicht mit Imogen gesprochen hatte, war es zu riskant, längere Zeit mit Charles zu verbringen, wie es am Eßtisch der Fall gewesen wäre. Ihre Gedanken hätten sie verraten, und das Ganze wäre in einem Fiasko geendet. Als Kind hatte sie sich eingebildet, ungeheuer gerissen und zu äußerster Verschlagenheit imstande zu sein. Mit ungefähr Zwanzig hatte sie das einmal bei Tisch erwähnt, und dadurch war die ganze Familie spontan in Gelächter ausgebrochen. Sie erinnerte sich noch deutlich an Georges verzerrtes Gesicht, während er sich vor Lachen auf seinem Stuhl gebogen hatte. Allein die Vorstellung war komisch gewesen, Hesters Gefühle waren so leicht zu durchschauen. Wenn sie glücklich war, fegte ihre Freude durchs Haus wie ein Wirbelwind – war sie traurig, verwandelte sich ihr Heim in ein Jammertal.

Es wäre nutzlos und schmerzhaft, Charles jetzt etwas vormachen zu wollen.

Erst am kommenden Nachmittag ergab sich die Möglichkeit für ein längeres, ungestörtes Gespräch mit Imogen. Sie war den Vormittag über unterwegs gewesen und kam soeben mit wehenden Röcken durch die Haustür in die Halle gerauscht. Aufgebracht stellte sie einen Korb voller Wäsche auf das Bänkchen neben der Treppe und nahm den Hut ab.

»Ich wüßte wirklich gern, was im Kopf dieser Pfarrersfrau vorgeht«, rief sie wütend. »Manchmal könnte ich schwören, sie glaubt tatsächlich, jedem Übel dieser Welt wäre mit einem gestickten Bibelspruch über gutes Benehmen, einem sauberen Unterhemd und einem Topf hausgemachter Suppe beizukommen! Und Miss Wentworth ist die letzte, die einer jungen Mutter mit zu vielen Kindern – aber ohne Dienstmädchen – helfen würde.«

»Mrs. Addison?« fragte Hester prompt.

»Die Ärmste weiß nicht mehr, ob sie Männlein ist oder Weiblein! Sieben Kinder, und sie ist dünn wie ein Handtuch und vollkommen ausgelaugt. Meiner Meinung nach ißt sie nicht mal genug, um einen Spatz am Leben zu halten – geschweige denn all diese hungrigen kleinen Mäuler, die ständig nach mehr verlangen. Und was tut unsere liebe Miss Wentworth? Steigert sich alle fünf Minuten in Ohnmachtsanfälle hinein! Die Hälfte der Zeit war ich damit beschäftigt, sie vom Fußboden aufzusammeln.«

»Ich hätte auch Ohnmachtsanfälle, wenn mein Korsett so eng geschnürt wäre wie ihrs«, bemerkte Hester sarkastisch. »Bestimmt muß sich ihre Zofe dabei mit einem Fuß am Bettpfosten abstützen. Armes Ding. Und Mrs. Wentworth versucht natürlich, sie mit Syndey Abernathy zu verkuppeln. Er hat einen Haufen Geld und eine Schwäche für geisterhafte Zerbrechlichkeit – sie gibt ihm ein Gefühl von Überlegenheit.«

»Ich sollte versuchen, einen passenden Bibelspruch über Eitelkeit für sie zu finden.« Imogen ließ den Korb unbeachtet stehen, ging zum Salon und warf sich in einen der breiten Sessel. »Puh, ist mir heiß; ich bin vollkommen erledigt. Martha soll uns etwas Limonade bringen. Kommst du an die Glocke?«

Die Frage war müßig, da Hester noch stand. Abwesend zog sie an der Schnur. »Es ist keine Eitelkeit«, sagte sie und meinte damit nach wie vor Miss Wentworth. »Es ist der nackte Überlebenstrieb. Was bleibt ihr denn, wenn sie nicht heiratet? Ihre Mutter und ihre Schwestern haben ihr eingeredet, daß die einzige Alternative in Armut, Schande und einem einsamen Lebensabend besteht.«

»Wo du gerade davon sprichst –« Imogen streifte ihre Stiefeletten ab. »Hast du schon was von Lady Callandras Krankenhaus gehört? Von dem, meine ich, das du verwalten möchtest?«

»So hoch will ich gar nicht hinaus. Mir reicht eine Assistenzstelle.«

»Quatsch!« Imogen streckte genüßlich die Füße aus und ließ sich noch tiefer in den Sessel sinken. »Du würdest doch am liebsten die ganze Belegschaft rumkommandieren.«

In dem Moment kam das Mädchen herein; respektvoll wartend blieb es in der Tür stehen.

»Bringen Sie uns bitte Limonade, Martha«, sagte Imogen. »Mir ist so heiß, daß ich das Gefühl habe zu verdampfen! Dieses Wetter ist wirklich absurd. Den einen Tag regnet's, um eine ganze Arche in Bewegung zu setzen, am nächsten kommt man um vor Hitze.«

»Jawohl, Ma'am. Hätten Sie auch gern ein paar Gurkensandwiches?«

»Oh – eine tolle Idee! Sehr gern, vielen Dank.«

»Jawohl, Ma'am.« Das Mädchen raffte die Röcke und wehte davon.

Hester überbrückte die wenigen Minuten bis zu ihrer Rückkehr mit einem belanglosen Thema. Es war ihr immer leichtgefallen, sich mit Imogen zu unterhalten. Ihre Beziehung zueinander war eher schwesterlicher Natur als die zweier grundverschiedener Frauen, die durch eine Heirat plötzlich miteinander verwandt waren. Nachdem Martha sie mit den versprochenen Broten und der Limonade versorgt und wieder allein gelassen hatte, kam sie endlich auf das zu sprechen, was ihr so dringend am Herzen lag.

»Imogen, dieser Polizist, Mr. Monk, war gestern noch mal hier –«

Imogens Hand blieb in der Luft stehen; sie hatte gerade nach einem Sandwich greifen wollen. Auf ihrem Gesicht spiegelten sich Neugier und eine gewisse Belustigung, jedoch nichts, das auch nur im entferntesten an Angst erinnerte. Andererseits war Imogen ein Mensch, der seine Gefühle perfekt verbergen konnte, wenn er wollte.

»Monk? Was wollte er denn schon wieder?«

»Worüber lachst du?«

»Über dich, meine Liebe. Du ärgerst dich zwar schrecklich über ihn, aber irgend etwas sagt mir, daß du ihn im Grunde magst. Ihr seid euch nicht unanähnlich; du bist genauso leicht aufbrausend und ungeduldig, wenn es um das Verfechten der Gerechtigkeit geht, außerdem kannst du jederzeit aus heiterem Himmel unverschämt werden.«

»Ich mag ihn nicht die Spur«, brauste Hester auf. »Und diese Angelegenheit ist keineswegs lustig!« Sie spürte ein irritierendes Brennen in den Wangen. Wenn sie doch nur hin und wieder etwas von dieser weiblichen List an den Tag legen könnte, die Imogen so leichtfiel wie das Atmen. Um sie zu beschützen, würde nie ein Mann herbeigestürzt kommen – wie das bei Imogen der Fall war. Die Männer gingen davon aus, daß sie ausgezeichnet auf sich selbst aufpassen konnte – ein Kompliment, das ihr langsam zum Hals raushing!

Imogen verspeiste gelassen ihr Sandwich, ein winziges Ding von etwa fünf Zentimetern Durchmesser.

»Verrätst du mir jetzt, warum er hier war, oder nicht?«

»Sofort.« Hester nahm sich ebenfalls eins der Brote und biß vorsichtig in das hauchdünne Gebilde; die Gurkenscheibe war angenehm knackig und kühl. »Etwa zu der Zeit, als Joscelin Grey ums Leben kam, hatte er einen sehr schweren Unfall.«

»Oh – das tut mir leid. Fehlt ihm denn was? Er macht einen vollkommen gesunden Eindruck.«

»Sein Körper hat sich wohl wieder erholt«, sagte Hester. Als sie den ernsten und betroffenen Ausdruck in Imogens Augen sah, wurde ihr selbst warm ums Herz. »Aber er bekam einen heftigen Schlag auf den Kopf und kann sich an absolut nichts mehr erinnern, was vor der Zeit passiert ist, als er im Krankenhaus aufwachte.«

»Absolut nichts mehr ...« Ein verblüffter Ausdruck glitt über Imogens Gesicht. »Du meinst, er erinnerte sich nicht mehr an mich – ich meine, an uns?«

»Er erinnert sich nicht mal an sich selbst«, erwiderte Hester schroff. »Er wußte weder seinen Namen, noch womit er sein Geld verdient. Ihm war sogar sein Spiegelbild völlig fremd.«

»Wie ungewöhnlich – und wie schrecklich! Ich mag mich ja auch nicht immer, aber sich ganz zu verlieren ... Ich kann mir überhaupt nicht vorstellen, wie es ist, wenn man plötzlich keine Vergangenheit mehr hat, wenn sämtliche Erfahrungen ausradiert sind und alles auf einmal verschwunden ist.«

»Warum bist du zu ihm gegangen, Imogen?«

»Was? Ich meine, wie bitte?«

»Du hast mich schon verstanden! Als wir Monk zum erstenmal begegnet sind, in St. Marylebone, bist du zu ihm gegangen und hast mit ihm gesprochen. Du kanntest ihn schon. Ich nahm damals an, er würde dich ebenfalls kennen, aber das war ein Irrtum. Er kannte überhaupt niemand.«

Imogen sah weg und griff sehr behutsam nach einem weiteren Sandwich.

»Ich vermute, es handelt sich um etwas, wovon Charles nichts weiß«, fuhr Hester fort.

»Willst du mir angst machen?« fragte Imogen, die großen Augen weit aufgerissen.

»Wie kommst du denn darauf?« Hester ärgerte sich, zum Teil über ihre eigene Tolpatschigkeit, zum Teil, weil Imogen so etwas für möglich hielt. »Ich habe nicht angenommen, daß du Grund hast, dich zu fürchten. Ich wollte dir lediglich sagen, daß ich ihm nichts erzählen werde, wenn es sich vermeiden läßt. Hatte es was mit Joscelin Grey zu tun?«

Imogen, die gerade auf einer Gurkenscheibe herumkaute, mußte sich eilends vorbeugen, um nicht daran zu ersticken.

»Nein«, sagte sie schließlich, als sie wieder bei Atem war. »Nein, das hatte es nicht! Im nachhinein kommt es mir selbst dumm vor, aber damals hoffte ich wirklich –«

»Du hofftest was? Du meine Güte, mach doch nicht so ein Geheimnis draus.«

Stück für Stück, unter Zuhilfenahme einer ganzen Menge Unterstützung, Kritik und Zuspruch von Hesters Seite, rückte Imogen mit der Sprache heraus und erzählte ihr haarklein, was sie getan, was sie wo, wie und warum zu Monk gesagt hatte.

Vier Stunden später stand Hester im goldenen Licht der Abendsonne an der Serpentine und betrachtete die glitzernde, gekräuselte Wasseroberfläche. Ein kleiner Junge in blauem Kittelchen kam mit seinem Kindermädchen an ihr vorbei. Er hatte eine Spielzeugboot unter den Arm geklemmt. Das Mädchen trug ein schlichtes Baumwollkleid und ein gestärktes Spitzenhäubchen; kerzengerade wie ein Soldat bei der Ehrenparade marschierte sie den Weg entlang. Ein

Musiker der Blaskapelle, die gerade Pause hatte, warf ihr bewundernde Blicke nach.

Jenseits der Wiesen und Bäume ritten zwei vornehme Damen auf glänzenden Rappen die Rotten Row entlang. Das Klingeln des Pferdegeschirrs und das leise Getrappel der Hufe drang schwach an Hesters Ohr. Die Kutschen, die an Knightsbridge vorbei auf den Piccadilly zuratterten, wirkten auf die Entfernung wie Spielzeuge, die in eine andere Welt gehörten.

Sie erkannte Monk an seinem Schritt, noch bevor sie ihn sah. Erst als er sich fast auf einer Höhe mit ihr befand, drehte sie sich um. Er blieb etwa einen Meter vor ihr stehen. Ihre Blicke begegneten sich. Keiner sagte etwas, langatmige Höflichkeitsfloskeln wären in ihrer Situation lächerlich gewesen. Äußerlich war ihm nicht anzumerken, daß er Angst hatte, aber Hester wußte sehr gut, wie leer und verloren er sich fühlen mußte.

Sie sprach als erste.

»Imogen kam nach dem Tod meines Vaters zu Ihnen, weil sie die vage Hoffnung hegte, Sie könnten vielleicht beweisen, daß es kein Selbstmord war. Der emotionale Zustand der Familie war verheerend. Erst war George im Krieg gefallen, dann hatte Papa sich erschossen – was die Polizei zwar freundlicherweise als Unfall bezeichnete, ohne daß es jemand geglaubt hätte. Er hatte eine Menge Geld verloren. Imogen versuchte, um Charles und meiner Mutter willen noch etwas aus dem Chaos zu retten.« Sie stockte einen Moment und bemühte sich, nicht die Fassung zu verlieren. Der Schmerz saß sehr tief.

Monk stand reglos da und sagte kein Wort, wofür sie ihm ausgesprochen dankbar war. Anscheinend begriff er, daß er sie nicht unterbrechen durfte, denn sonst wäre ihr das Sprechen noch schwerer gefallen.

»Für Mama kam jede Hilfe zu spät – ihre ganze Welt war zusammengebrochen. Der jüngste Sohn tot, die Familie am Rand des finanziellen Ruins, ihr Mann ein Selbstmörder. Es war nicht nur sein Verlust, was sie quälte, sondern auch die beschämende Art und Weise, wie es geschehen war. Zehn Tage später folgte sie ihm ins Grab. Sie war seelisch gebrochen ...« Hester konnte zum zweitenmal einige Minuten lang nicht weitersprechen. Monk ergriff wortlos ihre Hand und hielt sie ganz fest. Der Druck seiner Finger war so tröstlich wie der Rettungsring für einen Ertrinkenden.

In der Ferne tollte ein Hund durchs Gras, ein kleiner Junge jagte einem Reifen hinterher.

»Charles wußte nichts von Imogens Vorhaben – er hätte es nicht gebilligt. Deshalb hat sie es Ihnen gegenüber nicht noch einmal erwähnt, außerdem hatte sie natürlich keine Ahnung von Ihrem Gedächtnisverlust. Sie sagt, Sie hätten ihr zuerst alle möglichen Fragen über die Zeit vor dem Tod meines Vaters gestellt, dann, bei den späteren Treffen, über Joscelin Grey. Ich werde Ihnen möglichst genau wiedergeben, was sie mir erzählt hat.«

Ein Paar in makellosen Reitkleidern galoppierte gemessen über die Row. Monk hielt weiterhin ihre Hand.

»Meine Familie begegnete Joscelin Grey zum erstenmal im März. Keiner von ihnen hatte je zuvor etwas von ihm gehört, folglich war sein erster Besuch ziemlich überraschend. Er schneite ihnen eines Abends ins Haus. Sie können es nicht beurteilen, weil Sie ihn nie kennengelernt haben, aber er war wirklich ein sehr netter Mensch – das ist sogar mir während der kurzen Zeit aufgefallen, die er im Krankenhaus von Skutari verbracht hat. Er strengte sich unglaublich an, um die anderen Verwundeten aufzuheitern, und schrieb oft stundenlang Briefe für die, die nicht dazu in der Lage waren. Er hatte für jeden ein Lächeln und sorgte für Heiterkeit, indem er kleine Witze erzählte. Es gelang ihm tatsächlich, die allgemeine Stimmung um einiges zu heben. Sicher, er war nicht so schwer verwundet wie die meisten und hatte zum Glück weder Cholera noch Ruhr.«

Sie setzten sich langsam und dicht nebeneinander in Bewegung, um nicht die Aufmerksamkeit auf sich zu ziehen.

Hester zwang sich, an die Zeit in Skutari zurückzudenken. Sie stellte sich Joscelin Grey vor, wie sie ihn zuletzt gesehen hatte: ein hinkender Mann, der hastig an der Seite eines Korporals die Krankenhausstufen hinunterhumpelte, um das Schiff nach England noch zu erwischen.

»Er war etwas größer als der Durchschnitt«, sagte sie laut,

»schlank, blond und hinkte relativ stark – daran hätte sich vermutlich nie mehr etwas geändert. Er nannte meiner Familie seinen Namen, sagte, er wäre der jüngere Bruder von Lord Shelburne, und teilte ihnen natürlich mit, daß er auf der Krim gedient hatte und aufgrund seiner Kriegsverletzung aus der Armee entlassen worden war. Er sprach über die Zeit in Skutari und erklärte sein verspätetes Auftauchen mit der Verwundung am Bein.«

Sie schaute in Monks Gesicht und las die unausgesprochene Frage darin.

»Er sagte, er hätte George kurz vor der Schlacht an der Alma kennengelernt. Wie Sie wissen, kostete dieser Wahnsinn meinen Bruder das Leben. Grey war meiner Familie selbstverständlich sehr willkommen – wegen George und auch wegen sich selbst. Mama ging es sehr schlecht. Wenn junge Männer in den Krieg ziehen, weiß man zwar rational, daß sie umkommen können, aber das ist nur eine jämmerliche Vorbereitung auf den Schock, wenn es tatsächlich passiert. Für Papa bedeutete Georges Tod einen schlimmen Verlust, meint Imogen, aber für Mama war es, als hätte man ihr das Beste und Wertvollste in ihrem Leben genommen. Er war ihr Jüngster, vermutlich hatte sie deshalb immer besonders an ihm gehangen. George war –« Gegen ihren Willen stiegen Bilder aus der Kindheit in ihr hoch. Sie waren wie ein Sonnenstrahl, den man hinter Gartenmauern einzusperren versucht. »Er sah Papa von uns allen am ähnlichsten – er hatte das gleiche Lächeln, den gleichen Haarwuchs, auch wenn seins dunkel war wie Mamas. Er liebte Tiere über alles und war ein ausgezeichneter Reiter. Es lag nahe, daß er sich der Kavallerie anschloß.« Sie machte eine kleine Pause. »Jedenfalls stellte man Grey bei seinem ersten Besuch nicht allzu viele Fragen über George. Sie hielten es für unhöflich, als würden sie seinem kameradschaftlichen Verhalten dadurch nicht genug Achtung erweisen, und luden ihn ein, jederzeit wiederzukommen, wenn er die Zeit und den Wunsch dazu hätte.«

»Und er tat es?« Es war das erste Mal, daß Monk eine Frage einwarf. Seine Stimme klang ruhig und gefaßt, aber sein Gesicht wirkte plötzlich ganz schmal, der Blick düster.

»Ja, er kam sogar recht oft, und nach einer Weile fand Papa es annehmbar, über George zu sprechen. Sie hatten zwar Briefe von ihm bekommen, aber George hatte nur sehr wenig darüber geschrieben, wie es wirklich war.« Sie verzog den Mund zu einem bitteren Lächeln. »Genau wie ich. Mittlerweile denke ich, wir hätten es vielleicht tun sollen. Wenigstens Charles hätte eingeweiht werden müssen. Heute ist das nicht mehr möglich; es würde ihn nur sinnlos quälen.«

Sie schaute an Monk vorbei zu einem Paar, das Arm in Arm durch den Park schlenderte.

»Na ja, es spielt sowieso keine Rolle mehr. Joscelin Grey kam wieder, und eines Abends beim Dinner begann er ihnen von den Verhältnissen auf der Krim zu erzählen. Imogen meint, er hätte sich immer sehr vorsichtig ausgedrückt und wäre sehr zartfühlend gewesen. Obwohl Mama schrecklich aufgeregt war und nicht fassen konnte, unter welchen grauenhaften Bedingungen die Leute dort leben mußten, besaß er ein intuitives Gespür dafür, wieviel er sagen konnte, ohne daß bei ihr die feine Grenze zwischen tiefem Mitleid und echtem Entsetzen überschritten wurde. Er sprach über die Schlachten, aber die Seuchen und die Hungersnot verschwieg er ihnen. Außerdem redete er nur in den höchsten Tönen über George, so daß sie alle furchtbar stolz waren.

Sie wollten natürlich auch wissen, wie es ihm selbst ergangen war. Er hatte sich in Balaklawa der ›Charge of the Light‹-Brigade angeschlossen und meinte, die Tapferkeit der Truppe wäre unvorstellbar gewesen; nirgends hätte es bisher mutigere und aufopferungsbereitere Soldaten gegeben. Andererseits sagte er aber auch, nie etwas Scheußlicheres als das dortige Gemetzel gesehen zu haben. Die Soldaten seien geradewegs in die feindlichen Gewehre hineingeritten.« Sie fröstelte, als sie an die Wagenladungen halbzerfetzter Leichen dachte, an Verzweiflung, Ohnmacht und Angst. Hatte Joscelin Grey denselben Zorn, denselben überwältigenden Schmerz empfunden wie sie?

»Sie hatten von Anfang an nicht die geringste Chance, mit dem Leben davonzukommen«, sagte sie so leise, daß die Worte fast im Murmeln des Windes untergingen. »Darüber ärgerte er sich am meisten. Er sagte ein paar schreckliche Dinge über Lord Cardigan, und als Imogen das erwähnte, war er mir zum erstenmal durch und durch sympathisch.«

So weh es auch tat – Monk kam nicht umhin, ihn ebenfalls dafür zu mögen. Er hatte von dieser selbstmörderischen Attacke gehört, und nachdem sich die erste Bewunderung gelegt hatte, war nichts zurückgeblieben als ein wachsender Zorn auf die unfaßbare Eitelkeit und Unfähigkeit der Befehlshaber, auf die idiotischen Eifersüchteleien, die so viele Menschenleben gefordert hatten.

Weswegen, in Gottes Namen, konnte er Joscelin Grey dermaßen gehaßt haben?

Sie sprach weiter, aber er hörte nicht mehr zu. Ihr Gesicht war ernst und sah abgehärmt aus. Er hätte sie gern berührt, um ihr auf diese Weise zu zeigen, daß er das gleiche empfand wie sie.

Wie groß würde ihr Abscheu wohl sein, wenn sie erfuhr, daß er Grey in jenem grausigen Zimmer erschlagen hatte?

»... wuchs ihnen mehr und mehr ans Herz, je besser sie ihn kennenlernten«, sagte sie gerade. »Mama fieberte seinem nächsten Besuch regelrecht entgegen. Sie traf schon Tage davor alle erdenklichen Vorbereitungen. Gott sei Dank hat sie keine Ahnung, was mit ihm geschehen ist.«

Er verkniff sich im letzten Moment die Frage, wann ihre Mutter gestorben war. Soweit er sich erinnerte, hatte Hester etwas von einem Schock und einem gebrochenen Herzen gesagt.

»Sprechen Sie weiter«, meinte er statt dessen. »Oder war das alles?«

Sie schüttelte den Kopf. »Nein, da ist noch viel mehr. Wie gesagt, sie mochten ihn alle sehr gern, auch Imogen und Charles. Imogen ließ sich mit Vorliebe die Tapferheit der Soldaten schildern und war ganz begierig auf seine Geschichten über das Krankenhaus in Skutari. Das lag vermutlich zum Teil daran, daß ich dort war.«

Monk rief sich in Erinnerung, was er über das Militärlazarett, über Florence Nightingale und ihre Gefolgschaft gehört hatte. Die Krankenpflege war traditionsgemäß eine Männerdomäne, und die wenigen Frauen, die sich dennoch in ihr behaupten konnten, waren stark und hart im Nehmen. Der Großteil ihrer Tätigkeit bestand darin, den schlimmsten und ekelhaftesten Schmutz aufzuwischen.

»Ungefähr vier Wochen, nachdem sie ihn kennengelernt hatten, erwähnte er zum erstenmal die Uhr –«

»Die Uhr?« Abgesehen davon, daß sie bei der Leiche keine gefunden hatten, hatte eine Uhr bislang keine Rolle gespielt. Constable Harrison war zwar bei einem Pfandleiher auf ein Exemplar gestoßen, was sich jedoch als bedeutungslos erwiesen hatte.

»Sie gehörte Joscelin Grey«, erklärte Hester. »Eine goldene Taschenuhr, die einen besonders großen, ideellen Wert für ihn besaß. Sie stammte von seinem Großvater, der Seite an Seite mit dem Duke of Wellington in der Schlacht bei Waterloo gekämpft hatte. An einer Stelle war sie eingedrückt; diese Delle war das Werk einer Kugel aus einer französischen Muskete, die an ihr abgeprallt war und seinem Großvater das Leben gerettet hatte. Der alte Mann schenkte sie ihm, als Joscelin zum erstenmal den Wunsch äußerte, Soldat werden zu wollen. Er sah in ihr eine Art Talisman. Joscelin meinte, der arme George wäre in der Nacht vor der Schlacht an der Alma furchtbar nervös gewesen – vielleicht handelte es sich auch um eine Art Vorahnung –, woraufhin er ihm die Uhr lieh. George fiel am nächsten Tag und konnte sie ihm nicht mehr zurückgeben. Joscelin machte keine große Sache daraus, aber er sagte, falls man sie ihnen zusammen mit Georges Sachen schicken würde, wäre er sehr dankbar, wenn er sie zurück haben könnte. Er beschrieb sie bis ins kleinste Detail, auch die Gravur auf der Innenseite des Deckels.«

»Und – bekam er sie wieder?«

»Nein. Niemand wußte, was mit der Uhr passiert war. Man fand sie weder bei seiner Leiche, noch unter seiner persönlichen Habe. Ich denke mir, daß sie gestohlen wurde; eine widerliche, aber weitverbreitete Unsitte in Kriegsgebieten. Meiner Familie war das Ganze sehr unangenehm, vor allem Papa.«

»Und Joscelin Grey?«

»Er war verständlicherweise betrübt, gab sich aber laut Imogen große Mühe, es zu verbergen. Er erwähnte das Thema so gut wie nicht mehr.«

»Und Ihr Vater?«

Sie starrte an Monk vorbei auf das im Wind raschelnde Laub in den Bäumen, ohne es wahrzunehmen. »Er konnte ihm die Uhr weder zurückbringen, noch konnte er sie ersetzen, weil das kostbarste an ihr der ideelle Wert war. Als Joscelin dann wenig später Interesse an einem bestimmten Unternehmensprojekt zeigte, hielt er es für seine Pflicht, ihm wenigstens die Teilhaberschaft anzubieten. Sowohl meinem Vater als auch Charles erschien das Vorhaben damals durchaus erfolgversprechend.«

»Sprechen Sie von dem Projekt, bei dem Ihr Vater sein gesamtes Vermögen verlor?«

Ihr Gesicht wurde hart.

»Nicht alles, aber einen großen Teil, ja. Doch der Grund für seinen Selbstmord – Imogen hat ihn mittlerweile auch als solchen akzeptiert – war, daß er das Unternehmen an einige Freunde weiterempfohlen hatte. Manche von ihnen waren zu guter Letzt vollkommen ruiniert, und damit wurde er nicht fertig. Natürlich hatte Joscelin Grey ebenfalls sehr viel Geld verloren, so daß er sich selbst in einer prekären Lage befand.«

»Wurden die freundschaftlichen Beziehungen von dem Moment an eingestellt?«

»Nein, nicht sofort. Erst eine Woche später, als Papa sich erschoß. Joscelin Grey schickte ein Beileidsschreiben, woraufhin Charles ihm in einem Antwortbrief dankte und ihm vorschlug, den Umgang miteinander unter den gegebenen Umständen nicht fortzusetzen.«

»Ja, ich habe diesen Brief gesehen. Grey hob ihn auf – ich weiß nicht warum.«

»Wenige Tage später starb Mama. Sie brach zusammen und kam nicht wieder auf die Beine. Es war nicht der richtige Zeitpunkt, gesellschaftliche Kontakte zu pflegen – sie waren alle in Trauer.« Nach kurzem Zögern fügte sie hinzu: »Wir sind es immer noch.«

»Und nach dem Tod Ihres Vaters kam Imogen zu mir?« half er ihr nach einer Weile auf die Sprünge.

»Ja, aber nicht gleich. Einen Tag nach Mamas Beerdigung. Ich kann mir nicht vorstellen, was Sie von Ihnen erwartet hat, aber Imogen war viel zu aufgeregt, um noch klar denken zu können, und wer kann ihr das schon verübeln? Sie wollte sich nicht mit dem abfinden, was wohl oder übel die Wahrheit war.«

Sie kehrten um und gingen langsam zurück.

»Sie kam also zum Revier?«

»Ja.«

»Und erzählte mir genau das, was Sie mir gerade berichtet haben?«

»Ja. Sie stellten ihr eine Menge Fragen über Papas Tod: wie er starb, exakt um welche Zeit, wer sich im Haus befand und so weiter.«

»Habe ich mir Notizen gemacht?«

»Ja. Sie meinten, es wäre entweder Mord oder ein Unfall gewesen, was sie jedoch bezweifeln würden. Sie wollten der Sache nachgehen.«

»Wissen Sie zufällig, wie das aussah?«

»Ich fragte Imogen danach, aber sie hat keine Ahnung. Sie weiß nur, daß Sie keinerlei Beweise fanden, die gegen das Offensichtliche sprachen: daß er sich nämlich in einem Anfall tiefster Verzweiflung das Leben genommen hatte. Sie wollten die Ermittlungen jedoch fortsetzen und versprachen ihr, sich zu melden, falls sich etwas Neues ergeben sollte. Sie haben es nicht getan, jedenfalls nicht bis zu dem Moment, als wir Sie über zwei Monate später in der Kirche trafen.«

Monk war enttäuscht und spürte gleichzeitig, wie sich Angst in ihm breitmachte. Er hatte keine direkte Verbindung zwischen sich und Joscelin Grey entdeckt, geschweige denn einen Grund, den Mann zu hassen. Er wagte einen letzten Versuch.

»Sie weiß nicht das geringste über diese Ermittlungen? Ich habe ihr nichts erzählt?«

»Nein.« Hester schüttelte den Kopf. »Aber angesichts der Fragen, die Sie über Papa und das Unternehmensprojekt gestellt haben, würde ich annehmen, Sie haben in dieser Richtung nachgeforscht.«

»Habe ich mit Joscelin Grey darüber gesprochen?«

»Nein, mit einem Mr. Marner; er war einer der Auftraggeber. Sie erwähnten ihn Imogen gegenüber, aber Joscelin haben Sie ihres Wissens nie kennengelernt. Sie haben es bei der letzten Begegnung sogar ausdrücklich bestätigt. Er war demselben Mißgeschick zum Opfer gefallen, und Sie schienen Mr. Marner für den Verantwortlichen zu halten, ob er es nun absichtlich getan hatte oder nicht.«

Das war immerhin etwas, egal wie dürftig. Ein Punkt, an dem er ansetzen konnte.

»Haben Sie eine Ahnung, wo ich diesen Mann finden kann?«

»Nein, tut mir leid. Imogen weiß nichts weiter über ihn.«

»Habe ich ihr seinen Vornamen genannt?«

Hester schüttelte wieder den Kopf. »Leider auch nicht. Sie haben nur ganz kurz von ihm gesprochen. Ich wünschte, ich könnte Ihnen mehr helfen.«

»Sie haben mir sehr viel geholfen. Wenigstens weiß ich jetzt, was ich vor dem Unfall getan habe, und das bringt mich ein gutes Stück weiter.« Das war eine glatte Lüge, aber mit der Wahrheit war erst recht nichts zu erreichen.

»Glauben Sie, Joscelin Grey wurde wegen dieses mysteriösen Projekts umgebracht? Könnte er etwas über Mr. Marner in der Hand gehabt haben?« Obwohl ihr die Erinnerung an das Familiendrama sichtlich zusetzte, versuchte sie nicht, den Gedanken zu verdrängen. »Womöglich hatte er herausgefunden, daß das Ganze ein Schwindel war?«

Er konnte wieder nur lügen.

»Ich weiß es nicht. Ich werde nochmals ganz von vorn anfangen. Haben Sie eine Vorstellung, um welche Art Geschäft es sich drehte, oder können Sie mir die Namen der Freunde Ihres Vaters nennen, die daran beteiligt waren? Sie wären wahrscheinlich in der Lage, mir Näheres zu sagen.«

Sie nannte ihm einige Namen, die er samt den dazugehörigen Adressen notierte. Anschließend bedankte er sich mit dem dummen Gefühl, schrecklich plump zu sein. Er hätte ihr gern ohne Worte zu verstehen gegeben – um ihnen beiden eine peinliche Situation zu ersparen –, *wie* dankbar er ihr war: für ihre Offenheit und ihr Mitgefühl, das keine Spur von Mitleid enthielt, für eine erholsame Atempause ohne Streit und gesellschaftliche Spielereien.

Er schwieg hilflos und suchte nach Worten. Hester legte eine federleichte Hand auf seinen Ärmel und sah ihm sekundenlang direkt in die Augen. Einen Moment lang gab er sich der wilden Hoffnung auf eine tiefe Freundschaft hin, auf grenzenlose Nähe, die besser, reiner und ehrlicher war als jede Form von Romanze – dann war der Bann gebrochen. Zwischen ihm und jedem anderen stand der zerschmetterte Körper von Joscelin Grey.

»Nochmals danke«, sagte er ruhig. »Sie waren mir eine große Hilfe. Es war sehr nett, daß Sie mir soviel Zeit und Mühe geopfert haben.« Er schaute sie ein letztes Mal an und lächelte leicht. »Guten Abend, Miss Latterly.«

12

Der Name Marner sagte Monk nichts. Auch nachdem er am nächsten Tag bei drei der Adressen gewesen war, die Hester ihm genannt hatte, war er nicht viel schlauer. Er hatte lediglich erfahren, daß es sich bei dem Projekt um ein Importgeschäft handelte. Offenbar hatte niemand den ominösen Mr. Marner kennengelernt. Sämtliche Informationen der Teilhaber stammten von Latterly, der sie wiederum von Joscelin Grey bezogen hatte. Es ging um Tabakimport aus den Vereinigten Staaten von Amerika, der in Zusammenarbeit mit einer türkischen Firma betrieben werden sollte und im Einzelhandel beträchtliche Gewinne abzuwerfen versprach. Mehr wußte keiner – abgesehen von einer hohen Summe, die als Grundkapital investiert werden mußte, um das Unternehmen und die daraus resultierende Vermögenssteigerung der Beteiligten in Gang zu bringen.

Als Monk sich bei der letzten Adresse verabschiedete, war es bereits später Nachmittag, aber eine Pause konnte er sich nicht leisten. Er schlang in aller Eile ein köstlich-frisches Sandwich hinunter, das er bei einem Straßenverkäufer erstand, und machte sich auf den Weg zum Revier. Dort wollte er einen Kollegen zu Rate ziehen, der Fälle von Unternehmensbetrug untersuchte. Vielleicht kannte der Mann die Namen einiger Tabakhändler und konnte ihn so auf die Spur der türkischen Tabakfirma bringen.

»Marner?« wiederholte der Kollege, während er sich mit den Fingern durch das schüttere Haar fuhr. »Glaub nicht, daß ich schon mal von ihm gehört hab. Den Vornamen wissen Sie nicht, sagen Sie?«

»Nein, aber er soll eine Handelsgesellschaft gegründet haben, die Tabak aus Amerika importiert, ihn mit türkischem verschneidet und dann mit Gewinn weiterverkauft.«

Monks Gegenüber schnitt eine Grimasse.

»Klingt ja scheußlich. Ich kann türkischen Tabak nicht ausstehen – na ja, ist egal, ich mag lieber Schnupftabak. Marner?« Er schüttelte den Kopf. »Ich kenn bloß den guten, alten Zebedee Marner, aber den werden Sie kaum meinen. Wenn Sie's bei dem nicht schon versucht hätten, wären Sie vermutlich nicht hier. Ist ein schlauer, alter Fuchs, aber daß er mit Tabak zu tun hat, ist mir neu.«

»Was tut er dann?«

Der Mann hob verblüfft die Brauen.

»Wo haben Sie denn Ihren Grips gelassen, Monk? Stimmt was nicht mit Ihnen?« Er warf Monk einen schiefen Blick zu. »Sie müssen Zebedee Marner kennen! Es ist mir bis jetzt nie gelungen, ihm was anzuhängen, weil er sich immer wieder aus der Affäre ziehen kann, aber wir wissen genau, daß er hinter der Hälfte aller Pfandleihen, Ausbeutungsbetriebe und Bordelle von Limehouse bis zur Isle of Dogs steckt. Ich persönlich glaub ja, daß er außerdem einen fetten Gewinnanteil an der Kinderprostitution und am Opiumgeschäft einstreicht. Leider ist er viel zu gerissen, um sich irgendwo blicken zu lassen.«

Monk wagte kaum zu hoffen. Falls es sich um ein und denselben Marner handelte, hätte er zumindest einen Ansatzpunkt. Die Spur führte wieder einmal in die Unterwelt, zu Laster, Gier und Betrügerei – Grund genug für Joscelin Grey, jemand zu töten, aber warum sollte er das Opfer gewesen sein?

Hatte Grey gemeinsame Sache mit Marner gemacht? Gab es irgendwo in dem Gewirr von Beweismaterial etwas, wodurch wenigstens er überführt werden konnte?

»Wo steckt dieser Marner?« drängte er. »Ich brauche ihn, und die Zeit ist knapp.« Er hatte keine Zeit, Marners Adresse selbst hervorzukramen. Wenn er dem Mann vom Betrugsdezernat stümperhaft vorkam, konnte er auch nichts daran ändern. Das würde ohnehin bald keine Rolle mehr spielen.

Der Kollege war plötzlich hellhörig geworden. Er richtete sich kerzengerade auf und schaute Monk gespannt an.

»Wissen Sie was über Marner, das ich nicht weiß, Monk? Ich versuche schon seit Jahren, den schleimigen Mistkerl festzunageln.

Weihen Sie mich ein?« Er sah unglaublich eifrig aus; seine Augen leuchteten, als stünde er kurz davor, das große Los zu ziehen. »Keine Bange, ich bin nicht scharf auf die Lorbeeren. Keiner erfährt ein Wort. Ich will nur sein blödes Gesicht sehen, wenn er endlich geschnappt wird.«

Monk verstand das gut. Es tat ihm aufrichtig leid, daß er dem Mann nicht helfen konnte.

»Ich habe nicht das geringste über Marner in der Hand«, gab er zu. »Ich weiß nicht einmal, ob die Gesellschaft, um die es geht, tatsächlich in betrügerischer Absicht gegründet wurde. Einer der Investoren hat Selbstmord begangen, und ich will den Grund dafür herausfinden.«

»Wieso?« fragte der andere neugierig und sichtlich verblüfft; er legte den Kopf auf die Seite. »Was kümmert Sie ein Selbstmord? Ich dachte, Sie untersuchen den Mordfall Grey. Sagen Sie bloß nicht, Runcorn hat Sie davon freigestellt – ohne Festnahme?«

Also wußte sogar er über Runcorns Absichten Bescheid. Genau wie der Rest der Belegschaft? Kein Wunder, daß Runcorn über seinen Gedächtniverlust im Bilde war! Bestimmt hatte er sich über seine geistige Verwirrung und Unsicherheit schier totgelacht.

»O nein.« Monk machte ein bitteres Gesicht. »Nein, das gehört alles zusammen. Grey war an dem Unternehmen beteiligt.«

»An einem Importgeschäft?« stieß der Kollege mit schriller Stimme aus. »Sagen Sie bloß nicht, er wurde wegen einer Schiffsladung Tabak ermordet!«

»Der Tabak war nicht der Grund. Aber es wurde ein Haufen Geld investiert, und dann ging das Geschäft allem Anschein nach bankrott.«

»Ach wirklich? Das wär ja eine ganz neue Richtung von Marner.«

»Wenn des derselbe Mann ist«, gab Monk zu bedenken. »Und ich bin mir keineswegs sicher. Alles, was ich über den Kerl weiß, ist sein Name – und den nicht mal vollständig. Wo kann ich ihn finden?«

»Gun Lane dreizehn, Limehouse.« Der Mann schien zu überlegen. »Wenn Sie irgendwas rauskriegen, Monk, sagen Sie's mir dann? Solang es nichts mit dem Mord zu tun hat, meine ich? Glauben Sie, Marner hat da die Finger drin?«

»Nein, überhaupt nicht. Ich brauche nur ein paar Informationen. Falls ich auf irgendwelche Beweise für Betrug stoßen sollte, gebe ich sie an Sie weiter.« Er lächelte freudlos. »Ehrenwort.«

Das Gesicht seines Gegenübers entspannte sich. »Danke, Monk. Nett von Ihnen.«

Monk brach früh am Morgen auf und traf gegen neun in Limehouse ein. Er hätte auch schon früher dort sein können, wenn das einen Sinn gehabt hätte, denn ab sechs hatte er wach gelegen und sich den Kopf zerbrochen, was er sagen sollte.

Für einen Fußmarsch war die Strecke von der Grafton Street aus zu lang, also beschloß er, eine Kutsche zu nehmen. Wenig später rollte er durch Clerkenwell und Whitechapel Richtung Osten, bis endlich die schmalen, überfüllten Docks und Limehouse in Sicht kamen. Es war ein stiller, ruhiger Morgen. Das Sonnenlicht verwandelte den Fluß in ein schimmerndes Band; auf den Wellenkronen zwischen den schwarzen Schleppkähnen, die den Pool of London hinuntergeschippert kamen, funkelte und glitzerte es. Auf der anderen Seite der Themse lagen Bermondsey – das »Venedig der Abwässerkanäle« – und Rotherhithe mit den Surrey Docks, vor ihm erstreckte sich die im Sonnenlicht flirrende Isle of Dogs. Ihr gegenüber, am anderen Ufer, folgte erst Deptfort und schließlich das wunderschöne Greenwich mit seinen zahllosen Grünflächen und Parks und der architektonisch bewundernswürdigen Marineakademie.

Sein Weg führte ihn leider in die verkommenen Gassen von Limehouse, zu Bettlern, Wucherern und Dieben – und natürlich zu Zebedee Marner.

Die Gun Lane ging von der West India Dock Road ab, und Monk fand die Hausnummer dreizehn ohne Schwierigkeiten. Er kam an zwei finster dreinschauenden Tagedieben vorbei, von denen der eine mitten auf dem Bürgersteig hockte, der andere in einem Hauseingang lehnte, wurde aber von keinem der beiden belästigt. Offensichtlich sah er nicht wie jemand aus, der sein Geld an Bettler verschenkte, und hatte einen zu forschen Schritt, als daß sie es für ratsam gehalten hätten, ihn zu überfallen. Schließlich gab es jede

Menge andere, leichtere Beute. Er verachtete die jämmerlichen Gestalten und konnte sie gleichzeitig verstehen.

Das Glück stand auf seiner Seite: Zebedee Marner war anwesend. Nachdem sein Sekretär ein paar dezente Erkundigungen eingeholt hatte, brachte er Monk in ein Büro im ersten Stock.

»Guten Morgen, Mr. – Monk.« Marner saß hinter einem einschüchternden breiten Schreibtisch. Das weiße Haar fiel ihm in sanften Löckchen über die Ohren, die weißen Hände lagen auf einer in Leder eingefaßten Schreibunterlage. »Was kann ich für Sie tun?«

»Man hat Sie mir als äußerst vielseitigen Geschäftsmann empfohlen, Mr. Marner.« Es gelang Monk spielend, seinen Abscheu hinter glatten Worten zu verbergen.

»Und Sie werden sehen, Mr. Monk, daß es der Wahrheit entspricht. Ihnen schwebt eine Investition vor?«

»Was können Sie mir anbieten?«

»Oh, alles mögliche. Wieviel möchten Sie investieren?« Marner beobachtete ihn scharf, was er hervorragend mit ungezwungener Fröhlichkeit zu tarnen verstand.

»Für mich spielt Sicherheit eine große Rolle. Das ist mir wichtiger als schneller Profit«, sagte Monk, ohne auf seine Frage einzugehen. »Ich habe nicht die gerinste Lust, mein Kapital zu verlieren.«

»Natürlich nicht, wer hat das schon.« Marner spreizte die Hände und zuckte vielsagend mit den Schultern, mit kalten, starren Schlangenaugen fixierte er sein Gegenüber. »Sie wollen, daß Ihr Geld sicher angelegt wird?«

»Oh – unbedingt. Und da ich noch eine Reihe andere Herren kenne, die an einer Investition interessiert sind, muß außer Frage stehen, daß sie durch meine Empfehlung nicht zu Schaden kommen werden.«

Der starre Blick flackerte kaum merklich, dann wurde er rasch gesenkt, um die Gedanken seines Besitzers nicht zu verraten. »Ausgezeichnet, Mr. Monk. Ich kann Ihre Vorsicht sehr gut verstehen. Haben Sie schon mal Import oder Export in Betracht gezogen? Ein sehr einträgliches Geschäft – wirft immer Gewinne ab.«

»Ja, das habe ich auch gehört.« Monk nickte. »Aber ist es sicher?«

»Manchmal ja, manchmal nein. Leute wie ich verfügen über die nötige Erfahrung, um das entscheiden zu können.« Er verschränkte selbstgefällig die Hände auf seinem fetten Bauch und fixierte Monk von neuem. »Deshalb sind Sie schließlich hergekommen, anstatt auf eigene Faust zu investieren.«

»Wie wär's mit Tabak?«

Marner verzog keine Miene.

»Ein hervorragender Handelsartikel. Ganz hervorragend. Ein Mann von Welt gibt die kleinen Freuden des Daseins nicht auf, egal wie die Wirtschaftslage steht. Solange es Männer von Welt gibt, existiert auch ein Absatzmarkt für Tabak. Und sofern sich die Klimaverhältnisse in unsrem Land nicht auf drastische und unvorstellbare Weise ändern sollten« – er grinste über seinen eigenen kleinen Witz und wiegte erheitert seine enormen Fleischmassen –, »werden wir ihn nicht anbauen können, also müssen wir importieren. Haben Sie eine spezielle Handelsgesellschaft im Auge?«

»Kennen Sie sich auf dem Markt aus?« Monk konnte seinen Ekel vor diesem Mann, der wie eine fette, weiße Spinne bequem in seinem teuer eingerichteten Büro hockte, nur mit Mühe hinunterschlucken. In seinem schmutzigen Netz aus Lügen und Heuchelei verfingen sich ausschließlich so gutgläubige Fliegen wie Latterly – und vielleicht Joscelin Grey.

»Und ob«, erwiderte Marner selbstgefällig. »Wie in meiner Westentasche.«

»Sie haben selbst schon gehandelt?«

»Ja. Keine Sorge, Mr. Monk, ich weiß genau, was ich tue.«

»Sie würden sich nicht überrumpeln lassen und am Ende vor einem Haufen Scherben stehen?«

»Ganz gewiß nicht!« Marner sah ihn an, als hätte er bei Tisch eine obszöne Bemerkung gemacht.

»Sind Sie sicher?« bohrte Monk weiter.

»Ich bin mehr als sicher, mein lieber Herr.« Das klang geradezu gequält. »Ich bin todsicher.«

»Gut.« Endlich konnte Monk sein Gift verspritzen. »Genau das habe ich erwartet. Dann können Sie mir bestimmt erklären, wie es zu der Katastrophe kam, die Major Joscelin Grey sein gesamtes Kapital beim Handel mit eben diesem Artikel gekostet hat.«

Marner erbleichte. Er war derart vor den Kopf gestoßen, daß es ihm vorübergehend die Sprache verschlug.

»Ich – äh – versichere Ihnen, daß sich so etwas nicht wiederholen wird«, sagte er schließlich mit gesenktem Blick, dann sah er Monk plötzlich sehr direkt an, um seine Lüge zu kaschieren.

»Das ist ungemein beruhigend«, erwiderte Monk kühl, »hilft nur leider niemandem mehr. Dieses Desaster hat bereits zwei Menschenleben gefordert. Haben Sie auch eigenes Kapital verloren, Mr. Marner?«

»Von meinem eigenen Geld?« Marner schien verwirrt.

»Major Grey ist, soviel ich weiß, um einen ansehnlichen Betrag erleichtert worden, oder nicht?«

»Nein, da sind Sie falsch informiert.« Marner schüttelte so heftig den Kopf, daß ihm die weißen Löckchen um die Ohren flogen. »Die Gesellschaft ging im Grunde nicht bankrott. Du meine Güte, nein! Sie wurde lediglich übernommen. Niemand erwartet von Ihnen, daß Sie, als Laie, das verstehen. Geschäfte zu betreiben ist heutzutage außerordentlich kompliziert, Mr. Monk.«

»Scheint so, ja. Sie behaupten also, Major Grey hätte nicht viel Geld verloren? Können Sie das belegen?«

»Natürlich könnte ich.« Der blasiert-verschlagene Ausdruck kehrte in Marners Augen zurück. »Aber Major Greys Geschäfte gehen nur ihn etwas an, und ich würde sie genausowenig mit Ihnen besprechen wie die Ihren mit ihm. Die Grundvoraussetzung jeder guten Geschäftsbeziehung ist Diskretion, Sir.« Er lächelte selbstzufrieden. Allem Anschein nach hatte er sich vom ersten Schrecken erholt.

»Selbstverständlich«, pflichtete Monk im bei. »Nur bin ich unseligerweise von der Polizei und untersuche Major Greys Tod, folglich unterscheidet sich meine Wißbegier etwas von der anderer Leute.« Er senkte die Stimme, wodurch sie einen deutlich drohenden Beiklang erhielt. Marners Gesicht wurde hart. »Und Sie, als gesetzestreuer Mensch, sind sicher froh, mir in jeder Hinsicht helfen zu können. Ich würde gern die Unterlagen über das fragliche Projekt sehen. Wieviel hat Major Grey verloren, Mr. Marner – bis auf die Guinee, bitte?«

Marners Kinn fuhr ruckartig hoch. Er funkelte Monk beleidigt an.

»Polizei? Sagten Sie nicht, Sie wollten Geld anlegen?«

»Nein, das sagte ich nicht. Es war eine Mutmaßung Ihrerseits. Wieviel hat Major Grey verloren, Mr. Marner?«

»Nun ja, auf die Guinee genau, Mr. Monk – überhaupt nichts.«

»Ich denke, die Gesellschaft wurde aufgelöst.«

»Ja, das stimmt auch; eine dumme Sache war das damals. Aber Major Grey zog sein eigenes Kapital im letzten Moment zurück, direkt vor der . . . der Übernahme.«

Monk dachte an den Kollegen, der ihm Marners Adresse gegeben hatte. Wenn der Mann tatsächlich seit Jahren hinter Marner her war, wurde es allmählich Zeit, daß er ihn erwischte.

»Sieh an.« Er lehnte sich zurück. Sein Verhalten änderte sich schlagartig. »Dann war er von dem Verlust gar nicht betroffen?« erkundigte er sich beinah liebenswürdig.

»Nein, nicht im geringsten.«

Monk stand auf.

»In dem Fall ist es für den Mord unerheblich. Es tut mir leid, daß ich Ihre Zeit verschwendet habe, Mr. Marner. Vielen Dank für die Zusammenarbeit. Bestimmt besitzen Sie Unterlagen, die Ihre Worte belegen? Nur für den Bericht, versteht sich.«

»Ja, natürlich.« Marner entspannte sich merklich. »Wenn Sie einen Moment warten würden –« Er kam hinter seinem Schreibtisch hervor, ging zu einem großen Büroschrank voller Aktenordner, zog eine Schublade heraus und entnahm ihr ein schmales Notizbuch, das wie die Miniaturausgabe eines Hauptbuchs aussah. Er legte es aufgeschlagen vor Monk hin.

Monk nahm es in die Hand, begutachtete es kurz, las die Eintragung über die Rücknahme von Greys Kapital und klappte es zu.

»Danke sehr.« Er schob das Büchlein in die Innentasche seines Mantels.

Marners Hand schoß vor, um anzudeuten, daß er das gute Stück zurückhaben wollte. Als ihm klar wurde, daß er es nicht bekommen würde, rang er mit sich, ob er auf die Rückgabe bestehen sollte, entschied dann aber, daß er dadurch mehr Aufmerksamkeit auf das

Buch lenken würde, als ihm lieb war. Er zwang sich zu einem Lächeln, was seinem aufgedunsenen, weißen Gesicht ein unvorteilhaftes Aussehen verlieh.

»Immer gern zu Diensten, Sir. Wo würden wir hinkommen ohne Polizei? Heutzutage gibt es soviel Kriminalität, soviel Gewalt.«

»Ein wahres Wort«, bestätigte Monk. »Und soviel Betrug, der Gewalt erzeugt. Guten Tag, Mr. Marner.«

Während er mit raschen Schritten die Gun Lane in Richtung West India Dock Road zurückging, dachte Monk angestrengt nach. Falls das Beweisstück echt war und Zebedee Marner nicht daran herumgepfuscht hatte, mußte der mehr oder minder redliche Joscelin Grey rechtzeitig gewarnt worden sein, um mit heiler Haut davonzukommen und es Latterly samt Freunden zu überlassen, das Fiasko auszubaden. Nicht gerade redlich, aber auch nicht direkt illegal. Es wäre interessant zu wissen, wer die Aktionäre der Gesellschaft waren, die den Tabakimport gekauft hatte, und ob Grey sich womöglich darunter befand.

War er vor dem Unfall auch so weit gekommen? Marner kannte ihn nicht. Er hatte sich benommen, als höre er das alles zum erstenmal. Wahrscheinlich entsprach es der Wahrheit, denn andernfalls hätte Monk ihm unmöglich vormachen können, er wäre ein Investor.

Selbst wenn Zebedee Marner ihn vorher noch nie gesehen hatte, konnte er vor Greys Tod soviel herausbekommen haben, weil er zu der Zeit noch über sein Gedächtnis und genügend Informanten verfügt hatte und genau wußte, wen er fragen, wen schmieren, wem er drohen konnte – und womit.

Er erwischte in der West India Dock Road einen Hansom, machte es sich für die lange Fahrt bequem und dachte weiter nach.

Auf dem Revier begab er sich schnurstracks zu dem Mann, der ihm Marners Adresse gegeben hatte. Er erzählte ihm von dem Besuch, gab ihm das Notizbuch und zeigte ihm, womit Marner seiner Meinung nach als Betrüger entlarvt werden konnte. Der Kollege schäumte förmlich über vor Entzücken und freudiger Erwartung; er wirkte wie jemand, der einem Festschmaus entgegenfiebert. Monk empfand ein flüchtiges, heftiges Aufwallen von Zufriedenheit.

Das Gefühl hielt nicht lange an.

Runcorn erwartete ihn in seinem Büro.

»Immer noch keine Festnahme?« fragte er mit boshaftem Vergnügen. »Keine Anklageerhebung?«

Monk machte sich nicht die Mühe zu antworten.

»Monk!« Runcorns Faust knallte auf den Tisch.

»Ja, Sir?«

»Sie haben John Evan nach Shelburne geschickt, um die Dienstboten auszufragen?«

»Ja. Ist es nicht genau das, was Sie wollten?« Monk hob spöttisch die Brauen. »Beweise gegen Lord Shelburne?«

»Da draußen werden Sie die nicht finden. Wir kennen sein Motiv. Was wir brauchen, ist ein Beweis, daß er die Gelegenheit hatte. Jemand, der ihn hier in London gesehen hat.«

»Ich werde mich danach umsehen«, erwiderte Monk in beißend ironischem Ton. Innerlich mußte er lachen, was Runcorn keineswegs entging, aber sein Vorgesetzter hatte keine Ahnung weshalb, und das machte ihn fuchsteufelswild.

»Sie hätten sich den ganzen letzten Monat umsehen sollen!« brüllte er. »Was, zum Teufel, haben Sie, Monk? Sie waren zwar immer ein knallharter, arroganter Kerl mit Aufsteigerallüren, aber sie waren wenigstens ein guter Polizist. Jetzt benehmen Sie sich wie ein Idiot. Dieser Schlag auf den Kopf scheint in Ihrem Gehirn was durcheinandergebracht zu haben. Brauchen Sie vielleicht noch mehr Genesungsurlaub?«

»Ich bin völlig in Ordnung.« Monk fühlte sich hundsmiserabel. Zu gern würde er diesem Mann, der ihn so sehr haßte und letzten Endes den Sieg davontragen würde, ein wenig angst machen. »Aber vielleicht sollten Sie den Fall übernehmen. Sie haben recht, ich komme nicht weiter.« Er sah Runcorn unerschüttert in die Augen. »Die maßgeblichen Stellen wollen Resultate sehen – nehmen Sie es lieber selbst in die Hand.«

»Sie halten mich wohl für einen Dummkopf! Ich habe Evan eine Nachricht schicken lassen. Er ist morgen wieder hier.« Runcorn hob einen dicken Zeigefinger und schwenkte ihn drohend vor Monks Gesicht. »Nehmen Sie Shelburne noch diese Woche fest, oder Sie sind den Fall los.« Mit diesen Worten stolzierte er hinaus.

Monk starrte ihm nach. Er hatte Evan also zurückgepfiffen. Die Zeit war noch knapper, als er befürchtet hatte. Es würde nicht mehr lang dauern, dann mußte Evan zu dem gleichen Schluß kommen wie er selbst – und das bedeutete das Ende.

Evan kam tatsächlich am nächsten Tag zurück. Sie hatten sich zum Mittagessen in einer verrauchten Schenke verabredet. Es roch nach verschwitzten Körpern, verschüttetem Bier, Sägemehl und undefinierbarem Gemüseeintopf.

»Irgendwas Neues?« erkundigte sich Monk der Form halber. Hätte er es unterlassen, wäre das aufgefallen.

»Jede Menge Verdachtsmomente«, sagte Evan stirnrunzelnd. »Aber manchmal frag ich mich, ob ich sie nur mitbekomme, weil ich muß.«

»Sie meinen, Sie denken sich womöglich welche aus?«

Evan warf Monk einen raschen, verheerend offenen Blick zu.

»Sie glauben doch nicht ernsthaft, daß er es war, oder, Sir?«

Konnte er die Wahrheit so schnell erkannt haben? Blitzschnell ging Monk alle in Frage kommenden Antworten durch. Würde Evan es merken, wenn er log? Hatte er ihn bereits durchschaut? War er raffiniert genug, Monk ganz sanft in die eigene Falle zu locken? Wußte vielleicht sogar die gesamte Abteilung Bescheid und wartete nur darauf, daß er sich selbst ans Messer lieferte, daß er seine eigene Verurteilung herbeiführte? Einen Moment lang wurde Monk von grenzenloser Furcht überwältigt; der ausgelassene Wirtshaustrubel verwandelte sich in den Lärm eines Tollhauses – irr, inhaltslos, verfolgend. Ja, alle wußten es. Sie fieberten dem Augenblick entgegen, in dem er sich verraten und das Geheimnis preisgeben würde. Und dann würden sie Farbe bekennen, lachend mit den Handschellen klappern, Fragen stellen, sich beglückwünschen, daß ein weiterer Mordfall gelöst war; es käme eine Gerichtsverhandlung, ein kurzer Gefängnisaufenthalt und schließlich das feste, starke Seil, ein schneller Schmerz – und das Nichts.

Aber warum? Warum hatte er Joscelin Grey ermordet? Wohl kaum, weil Grey dem Bankrott der Tabakfirma entronnen war, selbst wenn er daraus Profit geschlagen hatte?

»Sir? Sir – sind Sie in Ordnung?« Wie von fern bohrte sich Evans Stimme in das entsetzliche Gefühl der Panik. Verschwommen sah er, wie ihn sein Kollege ängstlich musterte. »Sie sehen ein bißchen blaß aus, Sir. Geht es Ihnen gut?«

Monk zwang sich, gerade zu sitzen und Evans Blick zu begegnen. Hätte er in diesem Moment einen Wunsch äußern dürfen, dann den, daß Evan es niemals erfuhr. Imogen Latterly war nie mehr gewesen als ein Traum, ein Fingerzeig, daß er zu menschlicheren Gefühlen als kaltem Ehrgeiz imstande war – Evan dagegen ein Freund. Vielleicht hatte es einmal auch andere gegeben, aber davon wußte er nichts mehr.

»Ja«, sagte er vorsichtig. »Danke, machen Sie sich keine Sorgen. Ich habe nur nachgedacht. Sie haben recht: Ich halte Shelburne nicht für den Täter.«

Evan beugte sich eifrig vor.

»Ich bin froh, daß Sie das sagen, Sir. Lassen Sie sich nicht von Mr. Runcorn in die Enge treiben.« Seine langen Finger spielten mit dem Brot; er war zu aufgeregt, um etwas hinunterzukriegen. »Der Täter muß jemand aus London sein. Ich bin unsre und Mr. Lambs Aufzeichnungen noch mal durchgegangen, und je länger ich darin gelesen habe, desto sicherer bin ich geworden, daß es irgendwas mit Geld zu tun hat, mit Geschäften. Joscelin Grey hat ein wesentlich luxuriöseres Leben geführt, als der Familienzuschuß erlaubt hätte.« Er legte die Gabel aus der Hand und gab es auf, so zu tun, als würde ihn das Essen interessieren. »Entweder hat er jemand erpreßt, oder er hatte unvorstellbares Glück im Spiel, oder – und das halte ich für das wahrscheinlichste – er betrieb Geschäfte, von denen wir nichts wissen. Wenn diese Geschäfte legal gewesen wären, hätten wir Unterlagen darüber finden oder auf seine Partner stoßen müssen. Und wenn er sich etwas geliehen hätte, hätten die Gläubiger ihre Ansprüche in Shelburne Hall geltend gemacht.«

»Es sei denn, sie waren Kredithaie«, sagte Monk mechanisch. Sein Geist war vor Angst wie erstarrt, während er zusah, wie Evan der Wahrheit näher und näher kam. Seine feingliedrigen, sensiblen Hände konnten ihn jeden Moment zu fassen bekommen.

»Ich kann mir nicht vorstellen, daß die sich jemand wie Grey ausgesucht hätten«, wandte Evan mit leuchtenden Augen ein. »Kredithaie sind unglaublich vorsichtig, was ihre Investitionen betrifft, das hab ich inzwischen gelernt. Die geben keinen zweiten Kredit, bevor der erste nicht bezahlt ist, samt Zins und Zinseszins oder wenigstens einem Pfandrecht auf das persönliche Eigentum.« Eine schwere Haarlocke fiel ihm in die Stirn und wurde nicht weiter beachtet. »Was uns wieder auf dieselbe Frage zurückwirft: Wie hat Grey die Rückzahlung und die Zinsen finanziert? Er war der drittgeborene Sohn und besaß kein eigenes Vermögen. Nein Sir, er hat irgendwelche Geschäfte gemacht, da bin ich sicher. Und ich hab auch schon eine Idee, wie ich das herauskriege.«

Mit jeder Idee kam er dem verhängnisvollen Finale näher.

Monk sagte nichts. Seine Gedanken überschlugen sich mit aberwitziger Geschwindigkeit. Er mußte sich etwas einfallen lassen, womit er Evan von seiner heißen Spur ablenken konnte. Es war zwar nicht ewig hinauszuschieben, aber zuerst wollte er selbst Klarheit haben, und die lag zum Greifen nah.

»Sehen Sie das anders, Sir?« Evan war sichtlich enttäuscht; er machte ein geradezu deprimiertes Gesicht. Oder war er deprimiert, weil Monk ihn die ganze Zeit belog?

Monk riß sich zusammen und verdrängte den Schmerz. Er mußte unbedingt einen klaren Kopf behalten, nur noch für kurze Zeit.

»Nein, vielleicht liegen Sie gar nicht so falsch. Dawlish erwähnte ein Geschäftsunternehmen. Ich weiß nicht mehr, wieviel ich Ihnen davon erzählt habe. Meines Wissens ist das Projekt noch nicht angelaufen, aber es kann gut sein, daß es schon Teilhaber gab.« Wie er es haßte zu lügen! Besonders, was Evan betraf – dieser Verrat war der schlimmste. Der Gedanke, was Evan empfinden mochte, wenn er die Wahrheit erfuhr, war unerträglich. »Wir sollten der Sache nachgehen.«

Evans Gesicht hellte sich wieder auf.

»Sehr gut. Sie wissen, daß wir den Mörder meiner Meinung nach schnappen können. Ich glaube, wir sind ganz nah dran. Es müssen nur noch ein oder zwei Lücken geschlossen werden, dann paßt alles zusammen.«

War ihm eigentlich klar, *wie* scheußlich nah dran er war?

»Schon möglich«, stimmte Monk zögernd zu. Er starrte auf seinen Teller. »Trotzdem müssen Sie dezent vorgehen. Dawlish genießt enormes Ansehen.«

»Sicher, Sir, da brauchen Sie keine Angst zu haben. Ihn hab ich nicht in Verdacht. Was ist mit diesem Brief von Charles Latterly? Der war ganz schön eisig, fand ich. Ich hab übrigens eine Menge über Latterly rausgefunden.« Er führte sich nun doch noch eine Gabelladung seines Eintopfs zu Gemüte. »Wußten Sie, daß sich sein Vater wenige Wochen vor Greys Tod das Leben genommen hat? Dawlish mag mit einem zukünftigen Geschäft zu tun haben, aber Latterly könnte an einem früheren beteiligt gewesen sein. Was halten Sie davon, Sir?« Evan schlang den Bissen hinunter, ohne sich um Geschmack oder Beschaffenheit der Speise zu kümmern; er war viel zu beschäftigt. »Vielleicht war an der Sache irgendwas nicht ganz sauber, woraufhin sich Latterly senior das Leben nahm, als es publik wurde, und Latterly junior, der mit dem Brief, sich rächte, indem er Grey erschlug?«

Monk holte tief Luft. Er brauchte nur etwas mehr Zeit.

»Der Brief klang zu beherrscht für einen Menschen, der aus Rachsucht tötet«, sagte er bedächtig, während er seinerseits zu essen begann. »Aber ich werde mich dahingehend umhören. Versuchen Sie Ihr Glück bei Dawlish und meinetwegen auch bei den Fortescues. Wir tappen bei beiden ziemlich im dunklen, was ihre Verbindung zu Grey betrifft.« Er durfte nicht zulassen, daß Evan Charles wegen seiner Untat zusetzte. Er mochte Charles nicht, aber schließlich gab es so etwas wie Ehrgefühl – und er war Hesters Bruder.

»Genau –«, fügte er hinzu, »nehmen Sie sich ruhig auch die Fortescues vor.«

Nachdem Evan am Nachmittag voll Enthusiasmus zu Dawlish und den Fortescues davongestürzt war, kehrte Monk zum Revier zurück und begab sich noch einmal zu dem Mann, von dem er Marners Adresse bekommen hatte. Sein Gesicht leuchtete auf, als er Monk hereinkommen sah.

»Hallo, Monk. Ich schulde Ihnen was. Jetzt hat's den guten alten Zebedee doch noch erwischt.« Er wedelte triumphierend mit dem

Notizbuch. »Bin aufgrund des netten, kleinen Büchleins von Ihnen zu ihm gegangen und hab das ganze Haus auf den Kopf gestellt. Du meine Güte, hatte der die Hosen voll!« Vor lauter Überschwang bekam er einen leichten Schluckauf. »Hatte überall die Finger drin, bei sämtlichen zwielichtigen Geschichten in ganz Limehouse – bis zur Isle of Dogs. Der Himmel weiß, wieviel tausend Pfund dem durch die Hände gegangen sind, dem alten Gauner.«

Monk freute sich mit ihm; wenigstens hatte er einmal einen Beitrag zu einer anderen Karriere geleistet als seiner eigenen.

»Ausgezeichnet. Die Art von Blutsaugern stelle ich mir immer gern dabei vor, wie sie sich ein paar Jährchen ihre Speckrollen in der Gefängnistretmühle ablaufen.«

Der andere grinste.

»Geht mir auch so, vor allem bei diesem Vogel. Ach, wußten Sie übrigens, daß die Tabakimportgesellschaft eine Scheinfirma war?« Sein Schluckauf meldete sich wieder, woraufhin er sich hastig entschuldigte. »Sie existierte zwar dem Namen nach, aber es bestand nie eine reelle Chance, daß sie tatsächlich ins Geschäft einsteigen, geschweige denn Gewinn abwerfen würde. Ihr guter Grey hat sein Geld genau im richtigen Moment zurückgezogen. Wenn er nicht tot wäre, hätte ich große Lust, ihm ebenfalls eine Klage anzuhängen.«

Grey verklagen? Monk erstarrte. Bis auf einen kleinen Lichtstrudel vor seinen Augen und das Gesicht seines Gegenübers hatte sich der Raum plötzlich in Nichts aufgelöst.

»Große Lust? Wieso nur Lust?« Er wagte kaum zu fragen. Hoffnung begann an ihm zu nagen wie ein schmerzhaftes Geschwür.

»Weil es keine Beweise gibt«, erwiderte der Mann, ohne Monks Glücksgefühl zu bemerken. »Er tat nichts, was eindeutig illegal war, aber ich würd Stein und Bein drauf wetten, daß er bei dem Schwindel mitgemischt hat; war einfach zu clever, um übers Gesetz zu stolpern. Glauben Sie mir, er hat das Ganze auf die Beine gestellt und das Geld nach Hause gebracht.«

»Aber er war doch selbst von dem Betrug betroffen«, protestierte Monk, der sich davor fürchtete, die Worte für bare Münze zu nehmen. Er konnte nur mit Mühe dem Drang widerstehen, den Mann zu packen und durchzuschütteln. »Sind Sie absolut sicher?«

»Was denken Sie denn?« Der andere hob die Brauen. »Ich bin vielleicht nicht so ein brillanter Detektiv wie Sie, Monk, aber von meinem Job versteh ich was. Und einen Schwindler erkenn ich sieben Meilen gegen den Wind. Ihr Freund Grey war einer der Besten; hat unglaublich saubere Arbeit geleistet.« Er rutschte auf seinem Stuhl herum, bis er es möglichst bequem hatte. »Immer nur eine kleine Summe Geld, nie soviel, daß es aufgefallen wäre. Ein winziger Profit bloß – und eine blütenweiße Weste. Wenn er das gewohnheitsmäßig betrieben hat, muß er prächtig bei Kasse gewesen sein. Wie er allerdings die ganzen Leute dazu gebracht hat, ihm ihr Geld anzuvertrauen, ist mir ein Rätsel. Sie sollten mal ein paar der Namen sehen, die auf der Liste der Investoren stehen.«

»Sie haben recht«, sagte Monk langsam. »Ich würde auch gern wissen, wie er sie dazu überreden konnte. Das, und noch ein paar Dinge mehr.« Seine Gedanken wirbelten durcheinander. Wo war der Zusammenhang? »Tauchen noch andere Namen in dem Buch auf? Partner von Marner zum Beispiel?«

»Nur der des Sekretärs, der im Vorzimmer sitzt.«

»Keine Partner. Seltsam – gab es keine? Wer könnte sonst noch über dieses Geschäft Bescheid gewußt haben? Wer bekam denn den größten Teil vom Kuchen, wenn nicht Grey?«

Der Mann hickste gedämpft und seufzte dann. »Ein ziemlich nebulöser Mr. Robinson, aber ein Großteil floß in geheime Kanäle. Es gibt bisher keinen Beweis, daß dieser Robinson im Bilde war. Wir lassen ihn beschatten, haben allerdings noch nichts entdeckt, das für eine Festnahme reichen würde.«

»Wo wohnt er?« Monk mußte herausfinden, ob er besagtem Robinson im Verlauf seiner früheren Nachforschungen bezüglich Grey bereits begegnet war. Wenn Marner ihn nicht kannte, dann vielleicht er?

Der Mann kritzelte etwas auf ein Stück Papier und reichte es über den Tisch.

Monk nahm den Zettel und studierte die Adresse: Sie befand sich oberhalb der Elephant Stairs in Rotherhithe, auf der andren Seite vom Fluß. Er faltete das Papier zusammen und schob es in die Tasche.

»Ich habe nicht vor, Ihnen dazwischenfunken«, versprach er. »Ich will dem Kerl nur eine einzige Frage stellen, und die hängt mit Grey zusammen, nicht mit dem Betrug.«

»Ist schon in Ordnung«, meinte der andere zwischen zwei erleichterten Seufzern. »Mord hat immer Vorrang vor Betrug, zumindest wenn es der Sohn eines Lords ist, der abgemurkst wurde.« Zur Abwechslung seufzte und hickste er gleichzeitig. »Die Sache sähe natürlich vollkommen anders aus, wenn's bloß um einen Ladenbesitzer oder ein Zimmermädchen ginge. Kommt immer ganz drauf an, wer ausgeraubt oder ermordet wird, finden Sie nicht?«

Monk gab ihm mit einer bitteren, kleinen Grimasse zu verstehen, daß er es ebenfalls als himmelschreiende Ungerechtigkeit empfand, bedankte sich und ging.

Robinson war nicht zu Hause. Monk brauchte den ganzen Nachmittag, um ihn zu finden, doch als er ihn endlich in einer kleinen Spelunke in Seven Dials aufstöberte, erfuhr er auf Anhieb – ohne daß der Mann den Mund auftun mußte –, was er wissen wollte. Robinsons Gesicht wurde hart, kaum daß Monk zur Tür hereingekommen war, während sich gleichzeitig ein wachsamer Ausdruck in seine Augen schlich.

»Tag, Mr. Monk. Hätte nicht gedacht, Sie jemals wiederzusehen. Was gibt's denn diesmal?«

Monk bebte innerlich vor Aufregung. Er schluckte mühsam.

»Immer noch dasselbe –«

Robinsons leise Stimme, die zischende Aussprache – all das besaß eine Vertrautheit, die ihn elektrisierte. Der Schweiß auf seiner Haut begann zu prickeln. Sein Gedächtnis kehrte zurück! Er erinnerte sich – endlich. Sein Blick bohrte sich in den des Mannes, der vor ihm saß.

Robinsons schmales, keilförmiges Gesicht blieb unbewegt.

»Ich hab Ihnen schon alles erzählt, was ich weiß, Mr. Monk. Was spielt das noch für eine Rolle, jetzt, wo Grey tot ist?«

»Sie haben nichts ausgelassen, nicht die geringste Kleinigkeit? Können Sie das beschwören?«

Robinson schnaubte verächtlich.

»Ja, kann ich. Und jetzt lassen Sie mich bitte in Ruh. Man kennt

Sie hier. Ist nicht gut für mich, wenn die Bullen hier rumschnüffeln und blöde Fragen stellen. Die Leute denken noch, ich hätte was zu verbergen.«

Monk hatte keine Lust, mit ihm zu streiten. Der Kollege vom Betrugsdezernat würde ihn sich noch früh genug vorknöpfen.

»Gut«, sagte er. »Ich werde Sie nicht mehr belästigen.« Er trat wieder auf die flirrende, graue Straße hinaus, die von Bettlern und Obdachlosen überquoll. Seine Füße trugen ihn über das Pflaster, ohne daß er den Boden unter sich spürte. Er hatte also über Grey Bescheid gewußt, ehe er zu ihm gegangen war – ehe er ihn getötet hatte.

Aber weshalb hatte sich sein Haß ausgerechnet gegen Grey gerichtet? Marner war der Drahtzieher, der Kopf, der den Schwindel ausgebrütet hatte, der eigentliche Nutznießer. Gegen ihn hatte er anscheinend nichts unternommen.

Er mußte nachdenken, Ordnung in das Chaos in seinem Kopf bringen und sich überlegen, wo er sich nach dem letzten fehlenden Puzzleteil umsehen sollte.

Es war heiß und stickig, die Luft durch die Feuchtigkeit, die vom Fluß hochstieg, zum Schneiden dick. Sein Geist war erschöpft, versunken in einen Zustand der Stagnation, eingesponnen in das lähmende Netz der neuesten Erkenntnisse. Er brauchte etwas zu essen und ein wenig Flüssigkeit, um diesen furchtbaren Durst zu löschen, um den Gestank der Rookeries aus dem Mund zu spülen.

Ohne sich dessen bewußt zu sein, hatte er die Tür eines einfachen Eßlokals angesteuert. Er stieß sie auf und wurde augenblicklich von einem tröstlich frischen Duft nach Sägemehl und Apfelwein eingehüllt. Automatisch bahnte er sich einen Weg zum Schanktresen. Er wollte kein Bier, sondern frischgebackenes Brot und etwas von den hausgemachten Mixed Pickles, deren scharfer, süßsaurer Geruch ihn angenehm in der Nase kitzelte.

Der Wirt grinste ihn an, legte einige Brotkrusten, etwas krümeligen Wensleydale-Käse sowie mehrere eingelegte Silberzwiebeln auf einen Teller und stellte ihn vor ihm hin.

»Sie waren ja lang nich mehr hier, Sir«, sagte er gutgelaunt. »War wohl 'n bißchen zu spät damals, um den Typen noch zu erwischen.«

Monk hielt den Teller unbeholfen mit beiden Händen fest. Er konnte den Blick nicht von dem Gesicht hinter der Theke losreißen. Wieder kehrte ein Teil seines Erinnerungsvermögens zurück. Er hatte diesen Mann schon mal gesehen.

»Den Typen?« fragte er heiser.

»Genau.« Das Gesicht vor ihm grinste immer noch breit. »Major Grey. Als Sie das letzte Mal hier waren, haben Se den doch gesucht. Das war am selben Abend, als er umgebracht wurde, also hatten Se wohl kein Glück mehr.«

Das war es, das letzte fehlende Teil, zum Greifen nah – und entzog sich doch immer wieder mit aufreizender Geschicklichkeit dem endgültigen Zugriff.

»Sie haben ihn gekannt?« sagte er langsam, ohne den Teller loszulassen.

»So was! Klar hab ich ihn gekannt, Sir. Wissen Se doch.« Er zog die Stirn in Falten. »Erinnern Se sich nich mehr?«

»Nein.« Zum Lügen war es zu spät. »Ich hatte an diesem Abend einen Unfall. Tut mir leid, ich weiß tatsächlich nicht mehr, was Sie mir erzählt haben. Könnten Sie's vielleicht wiederholen?«

Der Mann wackelte bedauernd mit dem Kopf und fuhr fort, die Gläser zu polieren. »Hat keinen Sinn mehr, Sir. Major Grey wurde in derselben Nacht umgebracht, den werden Se nich mehr zu sehen kriegen. Lesen Se denn keine Zeitung?«

»Jedenfalls kannten sie ihn«, beharrte Monk. »Woher? Aus der Armee? Sie haben ihn ›Major‹ genannt.«

»Stimmt genau. Hab unter ihm gedient, stellen Se sich das mal vor. Bis man mich als Invalide aus 'm Heer entlassen hat.«

»Erzählen Sie mir von ihm. Erzählen Sie mir alles, was Sie mir damals schon erzählt haben.«

»Ich hab jetzt wirklich zu tun, Sir. Wenn ich bloß faul rumsteh, komm ich nich über die Runden«, beschwerte sich der Mann. »Was halten Se davon, wenn Se später wiederkommen?«

Monk wühlte in seinen Taschen und brachte alles Geld zum Vorschein, das er darin finden konnte, bis auf die letzte Münze. Er breitete es auf dem Tresen aus.

»Gar nichts. Ich muß es sofort wissen.«

Der Mann musterte erst die funklenden Geldstücke, dann Monk, und kam zu dem Schluß, daß es anscheinend sehr dringend war. Seine Hand glitt über die Theke und ließ das Geld blitzschnell in dem Lederbeutel unter seiner Schürze verschwinden. Als das vollbracht war, griff er wieder nach seinem Tuch.

»Sie haben mich gefragt, was ich von Major Grey weiß, Sir. Ich hab Ihnen gesagt, daß ich ihn auf der Krim kennengelernt hab – bei der Armee. Er war Major und ich 'n einfacher Soldat, aber ich hab 'ne ganze Weile unter ihm gedient. Als Offizier war er ganz ordentlich, nich besonders übel, nich besonders toll – wie die meisten eben. Hat seine Männer gut behandelt und war leidlich tapfer, genau wie die andern. Die Pferde hatten's bei ihm besonders gut, aber das is für diese adligen Typen wohl normal.« Er kniff die Augen zusammen und meinte dann, während er sich weiterhin abwesend an seinem Glas zu schaffen machte: »Hat Sie aber alles nich so schrecklich interessiert. Sie haben zwar zugehört, schien Ihnen allerdings egal zu sein. Dann haben Se mich über die Schlacht an der Alma ausgequetscht, wo irgend so 'n Leutnant Latterly gefallen sein soll. Ich hab Ihnen erklärt, daß wir nich an der Alma gewesen sind und ich Ihnen deshalb auch nix über diesen Leutnant Latterly erzählen kann.«

»Major Grey war aber in der Nacht vor dieser Schlacht mit Leutnant Latterly zusammen.« Monk packte seinen Arm. »Er lieh ihm seine Uhr. Latterly hatte Angst, und die Uhr galt als eine Art Glücksbringer, ein Talisman. Sein Großvater hatte sie schon in Waterloo dabei.«

»Tut mir leid, Sir, ich kenn keinen Leutnant Latterly, und Major Grey war nie auch nur in der Nähe von der Alma. Und 'ne besondere Uhr hat er auch nich gehabt.«

»Sind Sie sicher?« Monk verdrehte dem Mann das Handgelenk, ohne sich dessen bewußt zu sein.

»Klar bin ich sicher, Sir.« Er machte sich los. »Ich war ja dabei! Seine Uhr war ganz normal vergoldet und so neu wie seine Uniform. Die hat genausowenig von Waterloo gesehen wie er.«

»Und ein Offizier namens Dawlish?«

Der Wirt massierte stirnrunzelnd sein Handgelenk. »Dawlish?« Nach dem haben Se mich aber nich gefragt.«

»Ja, kann sein. Erinnern Sie sich trotzdem an ihn?«

»Nein, Sir. Hab den Namen noch nie gehört.«

»Und was die Schlacht an der Alma betrifft, sind Sie völlig sicher?«

»Todsicher, Sir, ich schwör's bei Gott. Wenn Sie auf der Krim gewesen wären, Sir, wüßten Se auch noch ganz genau, bei welcher Schlacht Sie dabeigewesen sind und bei welcher nich! Das war wohl der schlimmste Krieg, den's je gegeben hat. Überall Dreck und Männer, die am Krepieren waren – und die furchtbare Kälte ...«

»Vielen Dank für Ihre Hilfe.«

»Wolln Se denn nich mehr Ihr Brot und Ihren Käse essen, Sir? Die Silberzwiebeln da sind 'ne Spezialität des Hauses. Sollten Se unbedingt probieren. Schaden tut's Ihnen bestimmt nich; Sie sehen 'n bißchen spitz aus.«

Monk tat ihm den Gefallen, bedankte sich nochmals mehr oder minder mechanisch und ließ sich an einem der Tische nieder. Er aß, ohne etwas von dem zu schmecken, was er aß. Anschließend begab er sich wieder nach draußen, wo gerade die ersten, schweren Regentropfen auf den Boden klatschten. Er erinnerte sich, die langsam wachsende Wut schon einmal empfunden zu haben. Das Ganze war eine Lüge gewesen, ein grausamer und sorgfältig vorausgeplanter Schwindel, um sich Zutritt zum Haus der Latterlys zu verschaffen, sich allmählich ihre Freundschaft zu erschleichen und ihnen schließlich aufgrund der angeblich abhanden gekommenen Uhr solche Schuldgefühle einzureden, daß ihnen nichts anderes übrigblieb, als es durch eine Teilhaberschaft an seinem Geschäftsunternehmen wiedergutzumachen. Grey hatte sein gesamtes schauspielerisches Talent aufgeboten, um sich erst ihren Kummer, dann ihr Verantwortungsgefühl zunutze zu machen. Gut möglich, daß er auf die gleiche Weise mit den Dawlishs verfahren war.

Der Zorn in ihm wurde heftiger – genau wie damals. Er lief immer schneller durch den mittlerweile starken Regen. Die Tropfen peitschten seine Haut, er merkte es nicht. Das Schmutzwasser im überlaufenden Rinnstein spritzte unter seinen Füßen zur Seite weg, als er achtlos auf die Fahrbahn sprang, um eine Kutsche anzuhalten. Er befahl dem Kutscher, ihn zum Mecklenburg Square zu bringen – auch das hatte er schon einmal getan.

Dort angekommen, verschwand er sofort im Haus. Dieses Mal gab Grimwade ihm den Schlüssel, beim letztenmal war sein Platz verlassen gewesen.

Er ging hinauf. Die Umgebung kam ihm fremd und unbekannt vor, als wäre er tatsächlich zum erstenmal hier – wie vor zwei Monaten. Vor der Tür blieb er unschlüssig stehen. Damals hatte er geklopft, jetzt schob er den Schlüssel ins Schloß. Die Tür schwang auf, und er trat ein. An jenem anderen Abend hatte Joscelin Grey ihm geöffnet, in blasses Taubenblau gehüllt, das hübsche Gesicht zu einem freundlichen, nur leicht überraschten Lächeln verzogen. Er sah ihn so deutlich vor sich, als wäre es lediglich wenige Minuten her.

Grey hatte ihn vollkommen ungezwungen hereingebeten. Er hatte seinen Stock in den Ständer gestellt – den Mahagonistock mit der eingehämmerten Messingkette am Knauf, der sich nach wie vor dort befand. Dann war er Grey ins Wohnzimmer gefolgt und hatte ihn über den Grund seines Besuchs informiert: den Bankrott der Tabakfirma, Latterlys Tod, die Tatsache, daß er, Grey, gelogen hatte, daß er George Latterly nie begegnet war, daß überhaupt keine Uhr existierte.

Grey hatte sich von der Anrichte abgewandt, Monk einen Drink angeboten, sich selbst einen gemixt. Sein Lächeln war breiter geworden.

»Mein lieber Freund, nur eine harmlose kleine Lüge, kaum der Rede wert. Ich erzählte ihnen, was für ein guter Kamerad der arme George gewesen sei, wie tapfer, wie nett, wie beliebt. Es war genau das, was sie hören wollten. Was spielt es für eine Rolle, ob es der Wahrheit entsprach oder nicht?«

»Es war gelogen«, hatte Monk ihm ins Gesicht geschrien. »Sie haben George Latterly nicht mal gekannt. Alles, worauf Sie aus waren, war Geld!«

Grey hatte lediglich gegrinst.

»So ist es, und ich werde es wieder tun. Ich verfüge über einen unerschöpflichen Vorrat an goldenen Taschenuhren oder was immer – und es gibt nichts, was Sie dagegen unternehmen könnten, verehrter Herr Polizist. Ich werde so lange damit fortfahren, wie es auf der Welt noch jemand gibt, der sich an den Krimkrieg erinnert – und die Toten werden mir ganz bestimmt nicht ausgehen!«

Monk hatte ihn mit ohnmächtiger, ständig wachsender Wut angestarrt, bis er am liebsten geweint hätte wie ein hilfloses Kind.

»Es stimmt, ich habe Latterly nie kennengelernt«, war Grey fortgefahren. »Sein Name stand auf der Liste der Gefallenen. Sie haben ja keine Vorstellung, wie viele Namen dort stehen. Natürlich wußte ich die besseren Adressen von den armen Teufeln selbst – aus Skutari, wo sie von Seuchen geschüttelt alles vollgeblutet und vollgespuckt haben. Ich habe ihnen ihre letzten Briefe geschrieben. Unser bedauernswerter George muß ein rechter Feigling gewesen sein, nach allem, was ich über ihn gehört habe. Was für einen Sinn hätte es gehabt, seiner Familie das mitzuteilen? Ich hatte zwar keine Ahnung, wie er wirklich war, aber man braucht nicht viel Phantasie, um sich ausmalen zu können, was sie gern hören wollten! Die süße kleine Imogen betete ihn an, und wer kann ihr das verübeln? Charles ist ein gotterbärmlicher Langweiler; erinnert mich ein bißchen an meinen ältesten Bruder – auch so ein aufgeblasener Idiot.« Sein hübsches Gesicht war einen Moment häßlich vor Neid. Ein boshafter sinnlicher Ausdruck hatte sich hineingeschlichen, während er Monk mit wissendem Blick musterte.

»Und wer hätte unsrer reizenden Imogen nicht erzählt, was immer sie zu hören wünschte? Ich sagte ihr alles über dieses außergewöhnliche Wesen namens Florence Nightingale. Gewiß, ich schmückte ihren Heroismus noch ein wenig aus, verschönerte sie mit allem Ruhm und Glanz der ›Engel von Gottes Gnaden‹, die des Nachts beim sanften Schein ihrer Laternen bei den sterbenden Soldaten wachten. Sie hätten ihr Gesicht sehen sollen!« Er war in Gelächter ausgebrochen, hatte dann aber mit einem Blick erfaßt, daß er einen wunden Punkt getroffen hatte. »O ja, Imogen.« Ein langgezogenes Seufzen. »Ich kenne sie mittlerweile sehr, sehr gut.« Das Lächeln war in ein lüsternes Grinsen übergegangen. »Hmmm, dieser Gang – so voller Erwartung, voller Versprechen und Hoffnung.« Er hatte Monk spöttisch und mit einem Glanz in den Augen betrachtet, der so alt war wie die Begierde und die Lust selbst. Dann hatte er plötzlich zu kichern begonnen. »Mir scheint, Sie sind auch ganz angetan von ihr.«

»Sie eingebildeter Schwachkopf! Sie würde Sie nur aus diesem einzigen Grund anfassen – um Sie sich vom Leib zu halten!«

»Sie ist ganz verrückt nach Florence Nightingale und dem Glanz und der Herrlichkeit des Krimkriegs!« Greys glitzernder Blick hatte sich in seinen gebohrt. »Ich hätte sie jederzeit haben können – sie wäre mir zitternd und bebend vor Erwartung in die Arme gesunken.« Er hatte die Lippen gekräuselt und ein Lachen unterdrückt. »Ich bin Soldat. Ich habe die nackte Wirklichkeit kennengelernt, Blut und Leidenschaft, habe für unsre Königin und unser Land mein Leben riskiert. Ich lag unter Hunderten von Sterbenden im Militärlazarett von Skutari und habe die ›Charge of the Light‹-Brigade miterlebt. Wieviel, glauben Sie, bedeutet ihr dagegen ein schmuddeliger, kleiner Londoner Polzist, dessen Leben darin besteht, sich mit menschlichem Abschaum abzugeben, um Bettler und Degenerierte zur Strecke zu bringen? Sie sind nichts als ein Straßenkehrer, einer, der den Dreck andrer Leute wegputzt – eine notwendige Einrichtung, wie die Kanalisation.« Er hatte einen kräftigen Schluck Brandy genommen und Monk über den Rand seines Glases hinweg verächtlich fixiert.

Und in dem Moment, als er mit diesem lüsternen Zug um den Mund vor ihm stand, hatte Monk sein Glas erhoben und ihm den Inhalt ins Gesicht geschüttet. Er spürte den blinden, unbändigen Zorn genauso deutlich wie damals, als wäre er Bestandteil eines Alptraums, aus dem er soeben aufgewacht war. Fast meinte er, den bitteren, galligen Geschmack wieder auf der Zunge zu haben.

Die scharfe Flüssigkeit hatte in Greys Augen gebrannt, aber in erster Linie war es sein Stolz gewesen, der unerträglich verletzt war. Er war ein Mann von Stand, der sich durch die späte Geburt seines Vermögens beraubt sah, und nun kam dieser Lümmel von Polizist daher, erdreistete sich über alle Maßen und beleidigte ihn in seiner eigenen Wohnung! Seine hübschen Züge waren zu einem häßlichen Zähnefletschen entartet, dann hatte er seinen Stock gepackt und Monk damit einen Schlag auf die Schulter versetzt. Das Ziel war der

Kopf gewesen, doch Monk hatte den Hieb vorausgeahnt und war rechtzeitig ausgewichen.

Sie waren unter dem Vorwand, sich verteidigen zu müssen, aufeinander losgegangen, aber es hatte weitaus mehr dahintergesteckt. Monk war die Gelegenheit willkommen gewesen; er hatte so lang auf dieses Gesicht einschlagen wollen, bis das lüsterne Grinsen zertrümmert war – bis alles, was dieser Mann gesagt und über Imogen gedacht hatte, vernichtet, bis wenigstens ein Teil des Leids, das er ihrer Familie zugefügt hatte, wettgemacht war. In erster Linie aber wollte er ihm austreiben, jemals wieder aus der Leichtgläubigkeit und Trauer unschuldiger Menschen Profit zu schlagen, ihnen anhand von Lügen Schuldgefühle einzureden und den Toten das einzige zu nehmen, was sie zurückließen – die Erinnerung, wie sie gewesen waren und wie man sie geliebt hatte.

Grey hatte sich gewehrt, für einen Mann, der als Invalide aus dem Heer entlassen worden war, mit erstaunlichen Kräften. Sie hatten ineinander verschlungen um den Stock gekämpft, waren gegen Möbelstücke geprallt, hatten Stühle umgeworfen. Die rücksichtslose Gewalt war eine Katharsis gewesen, und all die herausbrechenden, aufgestauten Gefühle ließen ihn keinerlei Schmerz empfinden, nicht einmal in dem Moment, als Grey ihm einen fürchterlichen Hieb mit dem Stock auf die Rippen versetzte.

Doch Monks Körpergewicht und Stärke hatten den Ausschlag gegeben. Vielleicht lag es auch daran, daß sein Zorn größer gewesen war als Greys Angst und dessen stille Verbitterung über die langen Jahre, die er sich übergangen und nicht genügend anerkannt gefühlt hatte.

Monk erinnerte sich genau an den Augenblick, als er den schweren Stock aus Greys Hand entwunden und damit auf ihn einzuschlagen begonnen hatte, um zu zerstören, wogegen das Gesetz anscheinend machtlos war.

Und dann hatte er unvermittelt innegehalten, nach Luft ringend und über sich selbst zutiefst entsetzt. Grey lag fluchend wie ein Stallknecht auf dem Boden.

Er hatte sich umgedreht, war aus der Wohnung gestürzt und die Treppe hinuntergestolpert, hatte auf dem Weg nach unten den

Mantelkragen hochgeschlagen und sich den Schal über das Gesicht gezogen, um die Verletzungen zu verbergen. Als er unten in der Halle an Grimwade vorbeigekommen war, hatte das plötzliche Schrillen einer Glocke den Portier veranlaßt, seinen Posten zu verlassen.

Draußen hatte ein fürchterlicher Sturm getobt. Beinah wäre er von einem Windstoß ins Haus zurückgedrängt worden, als er die Tür öffnete. Er hatte den Kopf gesenkt und sich in den Regen gestürzt, der ihm eisig ins Gesicht schlug, dann hatte er sich, mit dem Rücken zum Licht, von Laterne zu Laterne durch die Dunkelheit geschlichen.

Ein Mann war ihm entgegengekommen, hatte sich dem erleuchteten Haus und der vom Wind aufgedrückten Tür genähert – so daß er einen flüchtigen Blick auf sein Gesicht hatte erhaschen können, ehe er in der hellen Öffnung verschwand. Es war Menard Grey.

Plötzlich ergab alles einen Sinn. Es war nicht George Latterlys Tod, beziehungsweise dessen Mißbrauch, gewesen, der Joscelin Greys Mörder getrieben hatte, sondern Edward Dawlishs – und Joscelins Verrat an jedem Ideal, das seinem Bruder wichtig gewesen war.

Das Hochgefühl verschwand so schnell, wie es gekommen war; die Erleichterung löste sich auf und machte einer ungeheuren Kälte Platz. Wie sollte er das beweisen? Sein Wort stand gegen das von Menard. Grimwade war nach dem Läuten der Glocke im Haus verschwunden und hatte nichts gesehen. Als er aus Greys Wohnung geflohen war, hatte er die Tür in seiner Erregung offenstehen lassen, so daß Menard nur noch einzutreten brauchte. Es gab keinen Beweis, nichts Handgreifliches, lediglich seine Erinnerung an Menards Gesicht, das kurz im Gaslicht vor ihm aufgetaucht war.

Man würde ihn hängen. Er stellte sich die Gerichtsverhandlung vor, malte sich aus, wie er vor der Anklagebank stand und zur allgemeinen Erheiterung zu erklären versuchte, was Joscelin Grey für ein Mensch gewesen war und daß nicht er, William Monk, sondern sein eigener Bruder Menard ihn umgebracht hatte. Er sah die ungläubigen Gesichter vor sich, voller Verachtung für einen

Mann, der sich der gerechten Strafe entziehen wollte, indem er eine ungeheuerliche Beschuldigung vorbrachte.

Verzweiflung drohte ihn zu erdrücken. Und er bekam Angst. Seine Zeit lief ab; es blieben ihm nur noch wenige Wochen in einer nackten Zelle, umgeben von steinernen Mauern und abgestumpften Wärtern, die ihn bemitleideten und haßten, dann die Henkersmahlzeit, der Priester, der kurze Gang zum Galgenbaum, der Geruch nach feuchtem Seil, der Schmerz, das Ringen mit dem Tod und – das Vergessen.

Er war noch immer wie gelähmt, als er im Treppenhaus Schritte hörte. Das Schnappschloß sprang auf, und Evan stand in der Tür. Dieser Moment war schlimmer als alles andere. Es war nutzlos zu lügen – Evan stand das Wissen ins Gesicht geschrieben –, aber er hatte ohnehin keine Kraft mehr dazu.

»Wie sind Sie dahintergekommen?« fragte er ruhig.

Evan zog die Tür hinter sich zu. »Sie haben mir den Auftrag gegeben, mich über Dawlish umzuhören. Ich stöberte einen Offizier auf, der mit Edward Dawlish bei derselben Truppe war. Er hat weder gespielt, noch ist Joscelin Grey für irgendwelche Schulden seinerseits aufgekommen. Alles, was er über ihn wußte, hatte Joscelin von Menard erfahren. Es war verdammt riskant, Edwards Familie ein solches Lügenmärchen aufzutischen, aber es hat funktioniert. Wenn er nicht ermordet worden wäre, hätten sie ihn finanziell unterstützt. Sie gaben Menard die Schuld an Edwards Abstieg in dubiose Gesellschaftskreise und verbaten ihm das Haus. Ein hübscher Streich, den Joscelin ihnen da gespielt hat.«

Monk starrte ihn an. Alles paßte zusammen und würde dennoch niemals ausreichen, einen Geschworenen an seiner Überzeugung zweifeln zu lassen.

»Das muß Greys mysteriöse Einnahmequelle gewesen sein: die Familien der Gefallenen durch geschickten Schwindel dazu zu bringen, seinen Lebensunterhalt zu bestreiten«, fuhr Evan fort. »Der Fall Latterly beschäftigte Sie so sehr, daß man nicht viel Phantasie brauchte, um auf den Gedanken zu kommen, daß die Latterlys ebenfalls zu seinen Opfern gehört hatten – woraufhin sich Charles Latterlys Vater das Leben nahm.« Er schaute Monk bekümmert an.

»Hatten Sie das damals auch schon alles herausgefunden – vor dem Unfall?«

Er wußte über Monks Gedächtnisverlust Bescheid. Wahrscheinlich war dieser Umstand offensichtlicher gewesen, als er angenommen hatte: sein unsicheres Gestammel, die völlige Unkenntnis, was Straßen, Schenken, altbekannte Schlupfwinkel von Informanten, ja sogar Runcorns Haß anbelangte. Egal – es war nicht mehr von Bedeutung.

»Ja. Aber ich habe Joscelin Grey nicht getötet. Wir haben uns geprügelt, vielleicht war er sogar verletzt – ich war es jedenfalls –, aber er war quicklebendig und fluchte lauthals, als ich ging.« Monk sprach sehr langsam, als würden die Worte an Glaubhaftigkeit gewinnen, wenn er sie eins nach dem andern in die Stille fallenließ. »Draußen auf der Straße kam mir Menard Grey entgegen. Ich sah, wie er im Haus verschwand. Er bewegte sich auf das Licht zu, während ich mich davon entfernte. Der Sturm hatte die Haustür aufgedrückt.«

Unbeschreibliche Erleichterung überflutete Evans Züge. Er sah plötzlich wieder jung und harmlos aus, und unglaublich müde. »Dann hat Menard ihn umgebracht.« Das war eine Feststellung.

»Ja.« Monk hatte das Gefühl, eine zarte Blüte würde sich in ihm auftun und eine Süße verströmen, die ihn mit tiefer Dankbarkeit erfüllte. Auch wenn es keine Hoffnung gab, Evans Vertrauen war ein unermeßlich wertvoller Schatz. »Es gibt nur keine Beweise dafür.«

»Aber –«, begann Evan eifrig, doch die Worte erstarben ihm auf den Lippen, als ihm klar wurde, wie recht Monk hatte. All ihre Nachforschungen hatten nichts Konkretes ergeben. Menard hatte zwar ein Motiv, aber das hatte Charles Latterly auch; genau wie Mr. Dawlish oder jede andere Familie, die Joscelin hinters Licht geführt hatte, wie jeder Freund, der von ihm entehrt worden war, wie Lovel Grey – den er womöglich auf die grausamste Art und Weise verraten hatte – und wie Monk. Und Monk war zur Tatzeit dort gewesen. Jetzt, wo sie das wußten, wußten sie auch, wie leicht es zu beweisen war. Man mußte lediglich das Geschäft ausfindig machen, in dem er diesen auffälligen Stock gekauft hatte, dieses Paradebeispiel männlicher Eitelkeit. Mrs. Worley würde sich daran erinnern – wie auch an sein plötzliches Verschwinden. Lamb würde wieder einfallen, daß er ihn am Morgen nach dem Mord in Greys Wohnung gesehen hatte. Imogen Latterly würde zugeben müssen, daß Monk den Tod ihres Schwiegervaters untersucht hatte.

Das Dunkel um sie herum wurde dichter, rückte näher, verdrängte das Licht.

»Wir müssen Menard zu einem Geständnis bringen«, sagte Evan schließlich.

Monk lachte hart auf. »Und wie, schlagen Sie vor, sollen wir das anstellen? Es gibt nicht den geringsten Beweis, und das weiß er. Niemand würde mir abkaufen, daß ich ihn gesehen habe, wenn er es leugnet, zumal ich erst jetzt damit herausrücke. Es würde wie ein schäbiger und ausgesprochen dummer Versuch aussehen, die Schuld von mir auf einen anderen abzuwälzen.«

Das klang logisch; Evan zermarterte sich das Gehirn vergeblich nach einer Entkräftung. Monk saß schlaff und erschöpft in dem großen Sessel. Die emotionale Berg- und Talfahrt hatte ihn stark mitgenommen.

»Gehen Sie nach Hause«, sagte Evan sanft. »Hier können Sie nicht bleiben. Eventuell –« Er hatte plötzlich eine Idee, die ihn hoffen ließ. Eine Person konnte ihnen vielleicht noch helfen. Es war zwar nur eine winzige Chance, aber sie hatten sowieso nichts mehr zu verlieren. »Ja«, wiederholte er energisch. »Gehen Sie nach Hause. Ich komme bald nach, muß nur noch was erledigen. Einen Besuch machen –« Damit drehte er sich auf dem Absatz um und stürmte aus dem Raum. Die Tür ließ er angelehnt.

Er jagte in großen Sprüngen die Treppe hinunter, schoß an Grimwade vorbei und stürzte in den Wolkenbruch hinaus. Dann rannte er um den Mecklenburg Square herum und die Doughty Street entlang, bis er auf einen Hansom stieß, dessen Fahrer den Mantelkragen weit über die Ohren und den Zylinder tief in die Stirn gezogen hatte.

»Bin nich im Dienst, Mann«, brummte der Kutscher unwirsch. »Für heut is Feierabend. Bin auf 'm Weg nach Hause, zum Abendessen.«

Ohne auf sein Gerede zu achten, stieg Evan ein und schrie ihm die Adresse der Latterlys zu.

»Haben Se nich gehört? Ich fahr nirgendwo mehr hin!« wiederholte der Mann etwas lauter. »Mein Abendessen wartet. Suchen Se sich wen anders!«

»Sie bringen mich jetzt sofort in die Thanet Street!« brüllte Evan zurück. »Polizei! Also ein bißchen dalli, oder Sie sind Ihre Lizenz los!«

»Verdammte Bullen«, schimpfte der Kutscher verdrossen. Er kam zu dem Schluß, daß er einen Irren hinten im Wagen sitzen hatte und daß es klüger wäre, zu tun, was er verlangte. Er nahm die Zügel und ließ sie auf den triefenden Rücken des Pferdes klatschen. Wenig später holperten sie in flottem Trab durch die Straßen.

Kaum hatten sie die Thanet Street erreicht, sprang Evan aus dem Wagen und befahl dem Kutscher unter Androhung von Lebenslänglich, auf ihn zu warten.

Hester war sogleich zur Stelle, als Evan von einem konsternierten Mädchen in die Halle geführt wurde. Das Wasser tropfte ihm vom ganzen Körper, und sein häßliches, wunderschönes Gesicht war kreideweiß. Das Haar klebte ihm in der Stirn, unter der ein gehetztes Augenpaar hervorstarrte.

Sie hatte Hoffnung und Verzweiflung zu oft gesehen, um sie nicht sofort zu erkennen.

»Können Sie mit mir kommen?« bat er eindringlich. »Bitte! Ich erklär's Ihnen unterwegs. Miss Latterly – ich –«

»Sicher.« Sie brauchte nicht lang zu überlegen. Eine Weigerung stand nicht zur Debatte, außerdem mußte sie verschwunden sein, bevor Charles oder Imogen erschienen und den triefenden, rasenden Polizisten in der Halle vorfanden. Sie konnte nicht einmal ihren Umhang holen – aber was hätte er bei diesem sintflutartigen Regen schon genützt? »Ich komme.« Ohne sich umzublicken, marschierte sie an ihm vorbei zur Tür hinaus. Sie hatte das Gefühl, gegen eine schiere Regenwand anzulaufen, kümmerte sich nicht darum, überquerte den Bürgersteig, machte einen großen Schritt über den gurgelnden Rinnstein und saß in der Kutsche, ehe Evan oder der Fahrer noch Gelegenheit gehabt hätten, ihr eine Hand zu reichen.

Evan kletterte hinter ihr her, schlug die Tür zu und befahl dem Kutscher brüllend, sie zur Grafton Street zu bringen. Da der Mann noch nicht bezahlt worden war, blieb ihm nichts anderes übrig.

»Was ist passiert, Mr. Evan?« fragte Hester, sobald sie losfuhren. »Es muß etwas Furchtbares sein. Haben Sie herausgefunden, wer Major Grey ermordet hat?«

Wozu es noch länger hinausschieben? Die Würfel waren gefallen.

»Ja, Miss Latterly. Mr. Monk ist noch einmal alle Schritte seiner ersten Untersuchung durchgegangen – mit Ihrer Hilfe.« Evan atmete tief durch. Jetzt, wo es endlich soweit war, kroch die Kälte in ihm hoch; er war naß bis auf die Haut und zitterte. »Joscelin Grey bestritt seinen Lebensunterhalt, indem er die Familien von Männern ausfindig machte, die auf der Krim gefallen waren, und ihnen vorgaukelte, er hätte den Betreffenden gekannt und sich mit ihm angefreundet. Er behauptete entweder, mit seinem Geld für die Spielschulden dieser Freunde nach deren Tod aufgekommen zu sein, oder – wie im Fall ihres Bruders – ihnen einen wertvollen, persönlichen Gegenstand geliehen zu haben, zum Beispiel eine Uhr. Fühlte sich die Familie daraufhin schuldig, weil sie sie ihm nicht zurückgeben konnte – was unmöglich war, da sie nicht existierte –, zog er geschickt Nutzen daraus. Er ließ sich einladen, finanziell unterstützen oder gewann durch den gesellschaftlichen Einfluß der Leute erhebliche Vorteile. Meistens ging es nur um ein paar hundert Guinee oder um einen zeitweiligen, kostenlosen Aufenthalt im Haus der Hinterbliebenen. Im Fall Ihres Vaters führte es zum Bankrott und anschließend zum Tod. Aber wie die Sache auch ausging, Grey war es egal, und er hatte nicht die Absicht, damit aufzuhören.«

»Was für ein abscheuliches Verbrechen«, sagte sie ruhig. »Er muß ein erbärmlicher Mensch gewesen sein. Ich bin froh, daß er tot ist – der Mörder tut mir sogar ein bißchen leid. Aber Sie haben noch nicht gesagt, wer es war.« Ihr wurde plötzlich ebenfalls kalt. »Mr. Evan –?«

»Ja, Ma'am. Mr. Monk ging zu ihm in die Wohnung am Mecklenburg Square und stellte ihn zur Rede. Sie gerieten aneinander. Mr. Monk hat ihn geschlagen, aber er war definitiv am Leben und nicht ernsthaft verletzt, als Mr. Monk das Haus wieder verließ. Unten auf der Straße kam ihm aber jemand anders entgegen und verschwand in der Tür, die im Wind klapperte und offenstand.«

Er sah Hester im fahlen Licht der Straßenlaternen, das durch die Fenster fiel, erbleichen.

»Wer?«

»Menard Grey.« Evan wartete auf ein Zeichen, ob sie ihm glaubte. Sie schwieg. »Vermutlich weil Joscelin das Andenken an seinen Freund Edward Dawlish beschmutzt hat und Edwards Vater dazu brachte, ihm seine Gastfreundschaft zu gewähren – genau wie Ihren Vater. Später hätte er dann auch Geld genommen.«

Hester hüllte sich einige Minuten in Schweigen. Sie rumpelten durch die dunklen Straßen, nur hin und wieder gestreift von dem schwachen Strahl einer Laterne. Der Regen trommelte aufs Dach und lief in Sturzbächen die Fenster hinab.

»Was für eine traurige Geschichte«, sagte sie schließlich. Ihre Stimme klang gepreßt, als schnüre ihr der Kummer die Kehle zu. »Armer Menard. Ich nehme an, Sie werden ihn festnehmen. Weshalb sind Sie zu mir gekommen? Ich kann Ihnen nicht helfen.«

»Wir können ihn nicht festnehmen«, gab Evan hastig zurück. »Wir haben keine Beweise.«

»Sie –« Hester fuhr auf ihrem Sitz herum. Er spürte ihre Anwesenheit eher, als daß er sie sah. »Aber was wollen Sie dann tun? Man wird Mr. Monk für den Täter halten. Man wird ihn anklagen, ihn – ihn . . .« Sie schluckte. »Man wird ihn hängen.«

»Ich weiß. Wir müssen Menard zu einem Geständnis bringen. Ich dachte, Sie hätten vielleicht eine Idee, wie wir das bewerkstelligen können. Sie kennen die Greys besser als wir, außerdem war Joscelin für den Tod Ihres Vaters verantwortlich – und indirekt auch für den Ihrer Mutter.«

Hester versank wieder in Schweigen, diesmal so ausgiebig, daß Evan schon fürchtete, sie beleidigt oder gekränkt zu haben. Die Kutsche näherte sich der Grafton Street. Gleich würden sie aussteigen und Monk gegenübertreten müssen – entweder mit einem Lösungsvorschlag oder dem Eingeständnis, daß es keinen gab. War letzteres der Fall, stünde er an dem Punkt, bei dessen Vorstellung sich ihm der Magen umdrehte. Entweder er erzählte Runcorn die

Wahrheit – daß Monk sich in der Nacht von Greys Tod mit diesem geprügelt hatte –, oder er hielt die Information zurück und riskierte damit die Suspendierung vom Dienst und eine mögliche Anklage wegen Beihilfe zum Mord.

Sie hatten mittlerweile die Tottenham Court Road erreicht. Die regennassen Bürgersteige glänzten im Gaslicht, die Rinnsteine waren unter den Wassermassen verschwunden. Und die Zeit war abgelaufen.

»Miss Latterly!«

»Ja. Ja! Ich komme mit nach Shelburne Hall. Ich glaube, es besteht eine Aussicht auf Erfolg, wenn Sie Lady Fabia die Wahrheit über Joscelin sagen, und ich werde Ihnen den Rücken stärken. Auch meine Familie ist ihm zum Opfer gefallen – es wird ihr nichts anderes übrigbleiben, als mir zu glauben, denn ich hätte kaum ein Interesse, sie zu belügen. Der Tod meines Vaters ist nach Ansicht der Kirche ohnehin nicht zu entschuldigen.« Sie stockte kurz. »Wenn Sie ihr dann von Edward Dawlish erzählen und sie ahnt – was bestimmt der Fall sein wird –, daß Menard Joscelin getötet hat, sieht er vielleicht keinen anderen Ausweg, als die Tat zu gestehen. Es wird sie niederschmettern, vielleicht sogar zerstören.« Sie sprach jetzt sehr leise. »Und Menard wird möglicherweise gehängt. Aber wir dürfen nicht zulassen, daß Mr. Monk an seiner Stelle hängen muß, nur weil die Wahrheit so schrecklich ist, daß sie eventuell eine tödliche Wunde reißt. Joscelin Grey hat viel Böses getan. Wir dürfen seine Mutter weder davor schützen, sich ihre eigene Schuld daran einzugestehen, noch können wir ihr den Schmerz ersparen, über den geliebten Sohn Bescheid zu wissen.«

»Sie kommen morgen mit nach Shelburne Hall?« Er mußte es noch einmal hören. »Sie werden ihr sagen, was Joscelin Ihrer Familie angetan hat?«

»Ja. Und wie er sich in Skutari die Namen der Sterbenden beschafft hat, um ihre Familien später hinters Licht zu führen. Wann wollen Sie aufbrechen?«

Evan wurde von einer Woge der Erleichterung erfaßt und bewunderte Hester für ihre Entschlußfreudigkeit. Aber es erforderte auch mehr als den üblichen Mut, auf die Krim zu gehen, um dort als

Krankenschwester zu arbeiten; und um dort zu bleiben, brauchte man manchmal enorme Willenskraft.

»Das habe ich mir noch nicht überlegt«, gab er verlegen zu. »Wenn Sie sich nicht bereit erklärt hätten mitzukommen, hätten wir uns den Weg sparen können. Lady Shelburne ist sicher nicht durch die Aussage von zwei Polizisten zu überzeugen. Sagen wir, mit dem ersten Zug nach acht Uhr früh?« Dann fiel ihm ein, daß er es mit einer Dame vornehmer Herkunft zu tun hatte. »Oder sollen wir lieber etwas später fahren?«

»Nein, das ist nicht nötig.« Hätte er ihr Gesicht sehen können, wäre ihm das schwache Lächeln nicht entgangen.

»Danke, Miss Latterly. Was halten Sie davon, wenn ich jetzt aussteige und Mr. Monk informiere, und Sie fahren mit der Kutsche nach Hause zurück?«

»Das ist vermutlich das praktischste«, stimmte sie zu. »Wir sehen uns morgen früh am Bahnhof.«

Evan hätte gern noch etwas hinzugefügt, doch alles, was ihm in den Sinn kam, war entweder bereits gesagt oder würde zu gönnerhaft klingen. Er bedankte sich noch einmal kurz und kletterte in die kalte, regnerische Nacht hinaus. Erst als die Kutsche längst von der Dunkelheit verschluckt worden war und er sich bereits auf halber Höhe zu Monks Wohnung befand, schoß ihm siedendheiß durch den Kopf, daß er es ihr überlassen hatte, den Fahrer zu bezahlen.

Die erste Hälfte der Zugfahrt nach Shelburne war von hitzigen Wortgefechten erfüllt, die zweite von tiefem Schweigen. Monk war wegen Hesters Anwesenheit furchtbar erbost. Wäre der Zug nicht bereits aus dem Bahnhof gerollt, als sie vom Gang ins Abteil trat, ihnen einen guten Morgen wünschte und sich ihm gegenüber niederließ, hätte er sie nach Hause zurückgeschickt.

»Ich habe Miss Latterly gebeten, uns zu begleiten«, erklärte Evan, ohne rot zu werden, »weil ihre Aussage bei Lady Fabia schwer ins Gewicht fallen wird. Uns allein würde sie kaum glauben, da wir ein offensichtliches Interesse daran haben, Joscelin als Schuft hinzustellen. Die Erfahrungen, die Miss Latterly und ihre Familie mit ihm gemacht haben, kann sie nicht anzweifeln.« Leider beging er nicht den Fehler zu behaupten, Miss Latterly habe aufgrund ihres eigenen Kummers und ihres Beitrags zur Lösung des Problems jedes moralische Recht, dabei zu sein. Monk wünschte, er hätte, denn dann hätte er das Recht gehabt, aus der Haut zu fahren und ihn der Faselei zu bezichtigen. Das Argument, das Evan ihm statt dessen präsentierte, war vernünftig und zutreffend. Hesters Bestätigung konnte die Situation sehr gut zum Kippen bringen, was die Greys ansonsten mit vereinten Kräften verhindern würden.

»Ich verlasse mich darauf, daß Sie nur etwas sagen, wenn Sie gefragt werden«, sagte er kalt. »Das hier ist ein Polizeieinsatz, ein ausgesprochen heikler!« Daß ausgerechnet sie es sein mußte, deren Hilfe er brauchte, war in höchstem Maße ärgerlich – wenn auch unbestreitbar. Sie war in vieler Hinsicht genau das, was er an Frauen nicht ausstehen konnte, das totale Gegenteil jener Sanftheit, die nach wie vor tief in seinem Gedächtnis schlummerte.

»Selbstverständlich, Mr. Monk«, gab sie mit hoch erhobenem Kinn und direktem Blick zurück – und er wußte im selben Moment, daß sie damit gerechnet hatte und zu spät zum Zug gekommen war, um die Möglichkeit auszuschalten, wieder nach Hause geschickt zu werden. Und fraglich war, ob sie überhaupt gegangen wäre! Abgesehen davon würde Evan es niemals gutheißen, sie auf dem Bahnsteig in Shelburne stehenzulassen. Und ihm war wichtig, was Evan guthieß.

So blieb ihm nichts anderes übrig, als ihr gegenüberzusitzen und sie grimmig anzustarren.

Sie erwiderte seinen Blick mit einem fügsamen, offenen Lächeln, das ihm weniger freundlich als triumphierend vorkam.

Den weiteren Verlauf der Fahrt brachten sie mit Höflichkeitsfloskeln über die Runden, gegen Ende versank jedoch jeder in seinen eigenen Grübeleien und Befürchtungen.

Als sie in Shelburne aus dem Zug stiegen, schlug ihnen ein eiskalter Wind entgegen. Der Winter lag in der Luft. Es hatte aufgehört zu regnen, aber der Himmel war verhangen und wirkte düster und bedrohlich.

Sie mußten etwa fünfzehn Minuten auf den Einspänner warten, der sie zum Herrenhaus bringen sollte. Auch diesen Teil der Reise legten sie schweigend zurück, während sie dicht aneinandergedrängt auf der schmalen Sitzbank saßen. Jeder von ihnen harrte bedrückt der Dinge, die da kommen würden, so daß ein banales Gespräch grotesk gewesen wäre.

Der Lakai ließ sie zwar widerstrebend hinein, weigerte sich aber hartnäckig, sie in den Salon zu führen. Statt dessen mußten sie im Damenzimmer warten – dessen kleines Kaminfeuer sie weder aufzuheitern noch zu erwärmen vermochte –, bis Ihre Ladyschaft sich entschieden hatte und bereit war, sie zu empfangen.

Nach fünfundzwanzig Minuten kehrte der Lakai zurück und brachte sie ins Boudour. Fabia thronte blaß und etwas mitgenommen, aber gefaßt auf ihrem Lieblingssofa.

»Guten Morgen, Mr. Monk.« Sie nickte Evan zu: »Constable«, dann wurde ihr Blick eisiger. »Guten Morgen, Miss Latterly. Sie können Ihr Erscheinen in derart kurioser Begleitung erklären, nehme ich an?«

Hester packte den Stier bei den Hörnern, ehe Monk sich eine Erwiderung einfallen lassen konnte.

»Ja, Lady Fabia. Ich bin hier, um Sie über die wahren Hintergründe meiner – und Ihrer – Familientragödie aufzuklären.«

»Sie dürfen sich meines aufrichtigen Beileids sicher sein, Miss Latterly.« Fabia betrachtete sie mitleidig und angewidert zugleich. »Aber ich habe weder das geringste Verlangen, die Einzelheiten Ihrer Familientragödie kennenzulernen, noch wünsche ich, meine eigene Trauer mit Ihnen zu besprechen. Das ist eine Privatangelegenheit. Ich weiß Ihre guten Absichten zu schätzen, sie sind nur fehl am Platze. Guten Tag. Der Lakai wird Sie zur Tür begleiten.«

Monk spürte Wut in sich hochsteigen. Ihre Blindheit und totale Gleichgültigkeit anderen Menschen gegenüber waren ungeheuerlich.

Hester war ihre Entschlossenheit anzusehen. Ihr Gesicht wurde hart wie Granit, bis es Fabias in nichts nachstand.

»Es handelt sich um ein und dieselbe Tragödie, Lady Fabia. Ich bin nicht gekommen, um Ihnen meine guten Absichten zu demonstrieren, sondern um mich einer Wahrheit zu stellen, der sich keiner von uns verschließen darf. Es macht mir nicht den geringsten Spaß, genausowenig gedenke ich, davor wegzulaufen.«

Fabia hob das Kinn, wodurch die dünnen Muskelstränge ihres Halses deutlich hervortraten. Sie wirkte plötzlich mager und ausgezehrt, als wäre sie seit ihrer Ankunft um Jahre gealtert.

»Ich bin noch nie von einer Wahrheit davongelaufen, Miss Latterly. Ihre unverschämte Andeutung berührt mich nicht im mindesten. Sie vergessen sich!«

»Ich würde gern alles vergessen und einfach nach Hause gehen.« Ein geisterhaftes Lächeln glitt über Hesters Züge und machte sich sofort wieder aus dem Staub. »Aber ich kann nicht. Ich denke, es wäre besser, Lord Shelburne und Mr. Menard Grey hereinzurufen, damit sie die Geschichte mit eigenen Ohren hören können. Vielleicht haben sie die eine oder andere Frage – schließlich war Major Grey ihr Bruder, und sie haben ein gewisses Anrecht darauf zu erfahren, wie und warum er starb.«

Lady Fabia saß stocksteif, mit starrem Gesicht auf dem kleinen Sofa, die Hände halb nach dem Glockenstrang ausgestreckt. Sie hatte nicht nur keinen von ihnen gebeten, Platz zu nehmen, es hatte ihr sichtlich auf der Zunge gelegen, sie endgültig zum Gehen aufzufordern. Die Erwähnung von Joscelins Tod veränderte die Situation grundlegend. Abgesehen von dem Ticken der Uhr auf dem Kaminsims war es totenstill.

»Sie kennen Joscelins Mörder?« fragte sie Monk, ohne Hester eines Blickes zu würdigen.

»Ja, Ma'am, so ist es.« Sein Mund war wie ausgedörrt, das Blut pochte in seinen Schläfen. War das Angst? Mitleid? Beides?

Fabia starrte ihn herausfordernd an, dann wich der kämpferische Ausdruck aus ihren Augen. Sie hatte etwas in seinen Zügen entdeckt, dem sie nicht gewachsen war, ein Wissen und eine Unabwendbarkeit, die einen ersten Anflug namenloser Angst in ihr hervorrief. Ihre Hand zog mechanisch am Glockenstrang, und als das Mädchen erschien, wies sie es an, Menard und Lovel augenblicklich hereinzuschicken. Von Rosamond sagte sie kein Wort. Da Lovels Frau keine gebürtige Grey war, fand Fabia es überflüssig, sie an der Enthüllung teilnehmen zu lassen.

Man wartete schweigend, jeder in eigenen Jammer und dunkle Ahnungen vertieft. Lovel betrat den Raum als erster. Er warf einen gereizten Blick von Fabia zu Monk, dann einen überraschten auf Hester. Man hatte ihn allem Anschein nach aus einer wichtigen Betätigung aufgescheucht.

»Was ist denn?« fragte er seine Mutter stirnrunzelnd. »Gibt es Neuigkeiten?«

»Mr. Monk behauptet zu wissen, wer Joscelin getötet hat«, erwiderte sie mit vorgetäuschter Ruhe.

»Wer?«

»Das hat er bisher nicht verraten. Er wartet noch auf Menard.«

Lovel wandte sich zu Hester, das Gesicht in verwirrte Falten gelegt. »Miss Latterly?«

»Das betrifft auch den Tod meines Vaters, Lord Shelburne«, sagte sie ernst. »Ich habe ein paar Dinge zu berichten, die dem besseren Verständnis dienen.«

Lovel machte plötzlich einen besorgten Eindruck, doch ehe er Hester weiter ausfragen konnte, kam Menard zur Tür herein, sah von einem zum andern und erbleichte.

»Monk weiß, wer Joscelin ermordet hat«, klärte Lovel ihn auf. »So, jetzt rücken Sie um Himmels willen mit der Sprache heraus! Ich darf wohl annehmen, daß Sie den Kerl festgenommen haben?«

»Wir sind dabei, die nötigen Schritte in die Wege zu leiten, Sir.« Monk stellte erstaunt fest, daß seine Umgangsformen den Shelburnes gegenüber höflicher waren als sonst. Vermutlich war es ein Versuch, sich zu distanzieren, eine Art verbale Verteidigungsstrategie.

»Ja, warum sind Sie dann hier?« fragte Lovel ungeduldig.

»Major Grey verdiente sich seinen Lebensunterhalt anhand gewisser Erfahrungen, die er im Krimkrieg gesammelt hat –« begann er unbeholfen. Was sollte diese elende Schönfärberei? Mußte er die Wahrheit mit gepflegten Worten bemänteln?

»Mein Sohn ›verdiente sich nicht seinen Lebensunterhalt‹, wie Sie es ausdrücken!« fuhr Fabia ihn an. »Das brauchte er nicht – er war ein Mann von Stand. Er erhielt einen monatlichen Zuschuß aus dem Familienfonds.«

»Der nicht annähernd reichte, die Kosten seines Lebensstils zu decken«, warf Menard grimmig ein. »Wenn ihr ihn nur ein einziges Mal genau angesehen hättet, würdet ihr das wissen.«

»Ich wußte es.« Lovel funkelte seinen Bruder wütend an. »Ich dachte immer, er hätte enormes Glück im Spiel gehabt.«

»Ja, das hatte er – manchmal. Und dann hat er wieder verloren, kräftig verloren; mehr als er besaß. Er spielte immer weiter, in der Hoffnung, das Geld zurückzugewinnen, und ohne auf die Schulden zu achten – bis ich sie schließlich bezahlt habe, um das Ansehen der Familie zu retten.«

»Du bist ein Lügner«, sagte Fabia angewidert. »Du warst schon immer auf Joscelin eifersüchtig, sogar als Kind. Er war tapferer und verständiger als du und hatte ein einnehmenderes Wesen!« Für einen Moment hoben ihre Erinnerungen die Gegenwart auf und wischten die Verbitterung aus ihrem Gesicht. Dann kehrte der Zorn schlimmer als vorher zurück. »Das konntest du ihm nie verzeihen.«

Menard wurde hochrot; er zuckte zusammen, als hätte sie ihn geschlagen, setzte sich jedoch nicht zur Wehr. Aus seinem Blick sprach trotz allem ein tiefes Mitleid für sie, ein Mitleid, hinter dem sich die schreckliche Wahrheit verbarg.

Monk haßte die Situation. Vergeblich versuchte er einen Weg zu finden, wie er Menard die Bloßstellung ersparen konnte.

Da schwang die Tür auf, und Callandra Daviot marschierte herein. Sie wechselte einen Blick mit Hester, registrierte deren Erleichterung, sah die grenzenlose Verachtung in Fabias Augen, die grenzenlose Qual in Menards.

»Wir besprechen gerade eine Familienangelegenheit«, sagte Fabia unfreundlich. »Es gibt keinen Grund, weshalb du dich damit belasten solltest.«

Callandra ging an Hester vorbei und setzte sich hin.

»Falls du es vergessen haben solltest, Fabia: Ich bin eine gebürtige Grey – im Gegensatz zu dir. Wie ich sehe, ist die Polizei da. Vermutlich haben Sie etwas Neues über den Mord an Joscelin in Erfahrung gebracht – möglicherweise kennen Sie sogar den Mörder. Aber was tust du hier, Hester?«

»Ich habe eine Menge über Joscelins Tod zu sagen, was man jemand anderem wahrscheinlich nicht glauben würde.«

»Und warum haben Sie so lang damit gewartet?« stieß Fabia ungläubig aus. »Ich denke, Sie ziehen ein persönliches Vergnügen daraus, sich auf vulgäre Art und Weise in unsere Angelegenheit einzumischen, Miss Latterly, was wohl auf dieselbe Halsstarrigkeit zurückzuführen ist, die Sie veranlaßt hat, sich auf die Krim davonzumachen. Kein Wunder, daß Sie nicht verheiratet sind.«

Hester war schon Schlimmeres als vulgär genannt worden, und das von Leuten, deren Meinung sie wesentlich mehr interessierte als Fabia Greys.

»Weil ich nicht wußte, daß es von Bedeutung war«, erwiderte sie ungerührt. »Jetzt weiß ich es. Joscelin besuchte meine Eltern, nachdem mein Bruder auf der Krim gefallen war. Er erzählte ihnen, er hätte George in der Nacht vor seinem Tod eine goldene Uhr geliehen, und bat darum, sie zurückzubekommen, falls sie sich unter Georges Sachen befinden sollte.« Ihre Stimme wurde eine Spur leiser, ihr Rücken noch steifer. »Nun – es war keine Uhr unter Georges Sachen, und mein Vater schämte sich deshalb so sehr, daß er alles tat, um Joscelin zu entschädigen. Er gewährte ihm jederzeit seine Gastfreundschaft, willigte schließlich ein, sich finanziell an einem von Joscelin ins Leben gerufenen Unternehmen zu beteiligen – und veranlaßte seine Freunde, es ebenfalls zu tun. Das Unternehmen scheiterte, so daß mein Vater und seine Freunde ihr ganzes Geld verloren. Er ertrug die Schande nicht und nahm sich das Leben. Kurz danach starb meine Mutter. Der Kummer war zuviel für sie.«

»Ich bedaure den Tod Ihrer Eltern zutiefst«, warf Lovel ein, während er erst seine Mutter, dann wieder Hester ansah. »Aber was hat das alles mit Joscelins Tod zu tun? Für mich klingt das nicht ungewöhnlich: Ein Mann mit Ehrgefühl möchte wiedergutmachen, was sein gefallener Sohn einem Regimentskameraden schuldig geblieben ist.«

Hesters Stimme schwankte. Sie drohte die Fassung zu verlieren.

»Es hat nie eine Uhr existiert. Joscelin hat George nicht mal gekannt – genausowenig wie das andere Dutzend Männer, deren Namen ihm auf den Verlustlisten aufgefallen waren oder die er in Skutari sterben gesehen hatte. Ich habe ihn selbst dabei beobachtet, nur war mir damals der Grund dafür nicht klar.«

Alles Blut war aus Fabias Lippen gewichen. »Was für eine skandalöse, niederträchtige Lüge! Wenn Sie ein Mann wären, würde ich Sie auspeitschen lassen.«

»Mutter!« rief Lovel sie zur Ordnung, was sie jedoch überhörte.

»Joscelin war ein wunderbarer Mensch – beherzt, talentiert, amüsant und ausgesprochen charmant«, brach es aus ihr heraus. »Jeder hatte ihn gern, ausgenommen die natürlich, die von Neid zerfressen waren.« Fabias Blick schoß mit einem an Haß grenzenden Ausdruck zu Menard. »Kleine, unbedeutende Männer, die nicht ertragen konnten, daß jemand ihre armseligen Bemühungen um Erfolg spielend in den Schatten stellte.« Ihre Lippen zitterten. »Lovel, weil Rosamond Joscelin liebte; er brachte sie zum Lachen – und zum Träumen. Und Menard«, fuhr sie mit harter Stimme fort, »weil er nicht mit der Tatsache leben konnte, daß ich Joscelin von Anfang an mehr geliebt habe als jeden andern.«

Sie schauderte, und ihr Körper schien zusammenzuschrumpfen, als würde er vor etwas furchtbar Schmutzigem zurückweichen. »Und jetzt taucht dieses Weib mit ihrer absurden, erfundenen Geschichte hier auf, und ihr steht einfach nur da und hört euch den Unsinn an! Wenn ihr Männer wärt, die diese Bezeichnung verdienen, würdet ihr sie hinauswerfen und wegen übler Nachrede zur Rechenschaft ziehen. Aber allem Anschein nach muß ich das wohl selbst tun.« Sie stützte sich auf der Sofalehne ab und machte Anstalten aufzustehen.

»Du wirst niemanden hinauswerfen, bevor ich es nicht sage«, fuhr Lovel ihr unerwartet in gefaßtem, ruhigem Ton über den Mund. »Du bist nie diejenige gewesen, die die Familienehre verteidigt hat. Alles, was du verteidigt hast, war Joscelin – ob nun zu Recht oder nicht. Menard ist für seine Schulden aufgekommen und hat die kleinen Betrügereien vertuscht, die er überall –«

»Dummes Zeug! Wessen Wort hast du dafür? Menards?« Sie spuckte den Namen förmlich aus. »Er nennt Joscelin einen Betrüger, sonst keiner! Und wenn Joscelin noch am Leben wäre, würde er es niemals wagen. Er traut sich das nur, weil er damit rechnet, daß du ihm den Rücken stärkst. Und er denkt, keiner von uns würde ihm auf den Kopf zu sagen, was für ein erbärmlicher, heimtückischer Lügner er ist.«

Menard stand da wie zur Salzsäule erstarrt. Ihm war deutlich anzusehen, wie schwer ihn dieser endgültige Hieb getroffen hatte. Nein, er würde Joscelin nie wieder um ihretwillen in Schutz nehmen.

Callandra stand auf.

»Du irrst dich, Fabia. Du hast dich immer geirrt! Miss Latterly hier bestätigt zum Beispiel, daß Joscelin ein Schwindler war. Er hat die Hinterbliebenen von Kriegsopfern um ihr Geld gebracht, weil sie ihn aufgrund ihres Kummers nicht als das sehen konnten, was er war. Menard war immer der bessere von beiden, aber du hast dich von Joscelins Schmeicheleien blenden lassen. Vielleicht hat er dich am allermeisten hinters Licht geführt.« Nicht einmal Fabias gramgebeugte Erscheinung – jetzt, wo ihr allmählich die furchtbare Wahrheit dämmerte – vermochte Callandra noch aufzuhalten. »Du wolltest ja getäuscht werden. Er sagte dir stets, was du hören wolltest: wie schön, wie charmant, wie bezaubernd du wärst – das ganze Zeug, was ein Mann an einer Frau schätzt. Und er machte eine Kunst daraus, machte sich deine Leichtgläubigkeit, deine unglaubliche Versessenheit darauf, unterhalten zu werden und im Mittelpunkt zu stehen, schamlos zunutze. Er hat das alles nicht etwa gesagt, weil er auch nur ein einziges Wort davon glaubte, nein – er wußte, daß du ihn dafür lieben würdest. Und du hast es getan, du bist blind und absolut unkritisch gewesen und hast jeden andern darüber vergessen. Ihr seid beide Opfer dieser Tragödie!«

Fabia welkte zusehends dahin.

»Du hast Joscelin noch nie leiden können«, machte sie einen letzten, verzweifelten Versuch, ihre Welt und ihre Träume zu retten, eine Vergangenheit zu bewahren, die einst in einem goldenen, wunderschönen Licht erstrahlt war und vor ihren Augen zu zerbrechen drohte. Es ging nicht allein um das, was Joscelin gewesen war – es ging um sie selbst. »Du bist eine boshafte, alte Frau.«

»O nein, Fabia«, gab Callandra zurück. »Eine sehr, sehr traurige.« Sie wandte sich zu Hester um. »Ich gehe nicht davon aus, daß Ihr Bruder Joscelin getötet hat, sonst wären Sie kaum hierhergekommen, um uns das alles zu erzählen. Wir hätten der Polizei geglaubt, und die Details wären überflüssig gewesen.« Sie warf

Menard einen unbeschreiblich schmerzerfüllten Blick zu. »Du hast seine Schulden bezahlt. Was hast du sonst noch getan?«

Der Raum versank in qualvollem Schweigen.

Monks Herz schlug so heftig, daß er das Gefühl hatte, sein ganzer Körper wankte. Sie bewegten sich am Rande der Wahrheit und waren dennoch so weit davon entfernt. Ein winziger Ausrutscher, und sie würden in die Abgründe der Furcht stürzen, in das Schattenreich geflüsterter Zweifel, unausgesprochener Verdächtigungen, unmißverständlicher Zweideutigkeiten – bis aus dem Hinterhalt Schritte nahten und man die Hand auf der Schulter spürte.

Gegen seinen Willen wanderten seine Augen zu Hester. Sie schaute ihn an, und er konnte ihrem Blick entnehmen, daß sie die gleichen unheilvollen Gedanken hegte.

»Was hast du sonst noch getan?« beharrte Callandra. »Du wußtest, was für ein Mensch Joscelin war.«

»Ich habe seine Schulden bezahlt.« Menards Stimme war zu einem Flüstern geschrumpft.

»Seine Spielschulden, ja. Und was ist mit seiner Ehrenschuld, Menard? Was ist mit der furchtbaren Schuld gegenüber Männern wie Hesters Vater und Hesters Bruder? Hast du die auch bezahlt?«

»Ich – ich wußte nichts von den Latterlys«, stammelte Menard.

Callandra betrachtete ihn unglücklich.

»Weich mir nicht aus, Menard. Du magst die Latterlys dem Namen nach nicht gekannt haben, aber du wußtest genau, was Joscelin trieb. Du wußtest, daß er eine heimliche Einnahmequelle haben mußte, weil du über die Summen informiert warst, die er beim Spiel einsetzte. Mach mir nicht weis, du wärst nicht dahintergekommen, woher dieses Geld stammte. Dazu kenne ich dich zu gut. Du hättest dich mit dieser Ungewißheit nie zufriedengegeben, außerdem war dir klar, was für ein Schwindler und Betrüger Joscelin war; er konnte das Geld unmöglich auf legalem Weg beschafft haben. Menard ...« Ihre Züge waren weich, voll Mitgefühl. »Du warst bisher immer ein anständiger, grundehrlicher Kerl. Willst du das jetzt zunichte machen, indem du uns belügst? Es wäre unsinnig – und zwecklos.«

Wieder zuckte er zusammen, als hätte man ihn geschlagen. Monk befürchtete einen Moment lang, er würde zusammenbrechen. Da richtete er sich kerzengerade auf und sah Callandra direkt in die Augen, als wäre sie ein lang erwartetes Exekutionskommando. Der Tod war nicht das schlimmste aller Übel.

»Was hat den Ausschlag gegeben? Edward Dawlish?« Jetzt war auch ihre Stimme kaum mehr als ein Flüstern. »Ich kann mich noch gut daran erinnern, wie ihr als junge Männer immer zusammengesteckt habt und wie sehr dich sein Tod getroffen hat. Weshalb hat sich sein Vater mit dir überworfen?«

Menard ging der Wahrheit nicht länger aus dem Weg, aber er richtete seine Worte nicht an Callandra, sondern an seine Mutter. Man spürte deutlich, daß er ein Leben lang Liebe gesucht hatte und immer wieder zurückgestoßen worden war.

»Weil Joscelin ihm einredete, ich hätte Edward zum Spielen verführt, woraufhin er sich auf der Krim bis über die Ohren bei seinen Regimentskameraden verschuldet hätte und in Schande gestorben wäre – wenn Joscelin nicht alles für ihn geregelt hätte.«

Die grausame Ironie des Ganzen verfehlte ihre Wirkung bei keinem. Sogar Fabia schrak zusammen.

»Seiner Familie zuliebe«, fuhr Menard heiser fort, den Blick wieder auf Callandra gerichtet. »Schließlich war ich derjenige, der ihn angeblich in den Ruin getrieben hat.«

Er mußte würgen. »Natürlich existierten gar keine Schulden. Joscelin war nicht mal im selben Kriegsgebiet gewesen wie Edward, wie ich später herausfand. Es war nur ein weiterer Bestandteil seines Lügengebäudes – seiner Methode, zu Geld zu kommen.« Sein Blick glitt zu Hester. »Trotzdem hat es die Dawlishs nicht so schlimm erwischt wie Sie. Edwards Vater hat sich wenigstens nicht das Leben genommen. Es tut mir sehr leid, was mit Ihrer Familie passiert ist.«

»Er hatte kein Geld verloren«, ließ sich Monk plötzlich vernehmen. »Noch nicht. Sie brachten Joscelin um, ehe es soweit kommen konnte. Aber er hatte bereits alles in die Wege geleitet.«

Das folgende Schweigen war tödlich. Callandra schlug die Hände vors Gesicht. Lovel stand da wie betäubt; er hatte offensichtlich Schwierigkeiten, zu begreifen. Fabia schien nicht länger zu existieren; ihr war alles egal, auch was mit Menard geschah. Joscelin, ihr über alles geliebter Joscelin, war vor ihren Augen ermordet worden, auf eine neue und weitaus schlimmere Art. Man hatte ihr nicht nur die Gegenwart und die Zukunft gestohlen, man hatte ihr darüber hinaus jede Minute ihrer verklärten, süßen, kostbaren Vergangenheit genommen. Es war nichts übriggeblieben als eine Handvoll bitterer Staub.

Sie warteten, jeder von ihnen hin- und hergerissen zwischen Hoffnung und Ausweglosigkeit. Nur Fabia hatte nichts mehr zu verlieren.

Monk merkte, wie sich seine Fingernägel in die Handflächen bohrten, so fest hatte er die Hände zu Fäusten geballt. Ihm konnte immer noch alles entgleiten. Menard konnte die Tat leugnen, ausreichende Beweise gab es nicht. Runcorn würde sich anhand der Fakten mit Vergnügen auf ihn stürzen, und wer wäre zur Stelle, um für ihn zu sprechen?

Die Stille war wie eine nach und nach verschärfte Folter, die mit jeder Sekunde unerträglicher wurde.

Menards Kopf drehte sich zu seiner Mutter um. Sie sah die Bewegung und wandte ihr Gesicht langsam ab.

»Ja«, sagte er ruhig. »Ich habe es getan. Ich habe ihn gehaßt. Nicht nur wegen dem, was er Edward Dawlish oder mir angetan hat, sondern weil er nicht die Absicht hatte, damit aufzuhören. Jemand mußte ihn aufhalten – bevor das Ganze herausgekommen und der Name Grey eine Umschreibung für einen Mann geworden wäre, der die Familien seiner gefallenen Waffengefährten ausbeutet. Er kam mir vor wie ein wesentlich subtilerer und schlimmerer Leichenfledderer als die, die sich am Morgen nach der Schlacht über die gefallenen Soldaten hermachen.«

Callandra trat zu ihm und legte eine Hand auf seinen Arm.

»Wir werden dir den besten Strafverteidiger besorgen, den es gibt«, sagte sie freundlich. »Deine Motive für die Tat sind durchaus nachvollziehbar. Ich glaube nicht, daß man auf Mord plädieren wird.«

»Das werden wir nicht!« Fabias Stimme war nur noch ein Knattern, fast ein Schluchzen. Sie starrte Menard mit unbeschreiblichem Haß an.

»Dann werde ich es tun«, klärte Callandra sie auf. »Ich verfüge über ausreichende Mittel.« Sie wandte sich wieder an Menard. »Keine Angst, ich lasse dich nicht im Stich, Lieber. Wahrscheinlich wird Mr. Monk dich erst einmal mitnehmen müssen, aber ich werde alles Nötige in die Wege leiten, das verspreche ich dir.«

Menard hielt einen Augenblick ihre Hand. Um seinen Mund spielte etwas, das fast an ein Lächeln erinnerte. Dann drehte er sich zu Monk um.

»Gehen wir.«

Evan erwartete sie an der Tür; die Handschellen hatte er griffbereit in der Tasche. Monk schüttelte den Kopf, und Menard ging langsam, von ihnen eingerahmt, hinaus. Das letzte, was Monk hörte, waren Hesters Worte an Callandra: »Ich werde zu seinen Gunsten aussagen. Wenn die Geschworenen hören, was Joscelin meiner Familie angetan hat, werden Sie vielleicht verstehen ...«

Monk fing Evans Blick auf und spürte einen Anflug von Optimismus. Wenn Hester Latterly sich für Menard einsetzte, war die Schlacht nicht unbedingt verloren. Er hielt Menards Arm – aber sanft.

KILLING ME SOFTLY

Die feine englische Art des Mordens

ANNE PERRY
Das Gesicht des Fremden (42675)

RUTH RENDELL
Stirb glücklich (42676)

ELIZABETH GEORGE
Gott schütze dieses Haus (42677)

ROBERT GODDARD
Die Krallen der Katze (42678)

JOHN HARVEY
Verführung zum Tod (42679)

LIZA CODY
Schweres Geschütz (42680)

LIONEL DAVIDSON
Tod in Chelsea (42681)

NIGEL WILLIAMS
MitGift (42682)

NGAIO MARSH
Das Todesspiel (42683)

EDWARD MARSTON
Das Haupt der Königin (42685)

EMMA CAVE
Blutiger Schwur (42684)

ULRICH GENZLER (Herausgeber)
Das große Lesebuch der englischen Krimis (42686)